商務印書館

中國俗語詞典

程　榮　主編

U0108784

中國俗語詞典

主　　編：程　榮

編　　者：程　榮　常　湧　舒　明　李　梅　方亞平　項增殷

責任編輯：楊克惠　趙　梅

出　　版：商務印書館（香港）有限公司
　　　　　香港筲箕灣耀興道 3 號東滙廣場 8 樓
　　　　　http://www.commercialpress.com.hk

發　　行：香港聯合書刊物流有限公司
　　　　　香港新界大埔汀麗路 36 號中華商務印刷大廈 3 字樓

印　　刷：中華商務彩色印刷有限公司
　　　　　香港新界大埔汀麗路 36 號中華商務印刷大廈 14 字樓

版　　次：2011 年 12 月第 1 版第 1 次印刷
　　　　　© 2011 商務印書館（香港）有限公司
　　　　　ISBN 978 962 07 0320 1
　　　　　Printed in Hong Kong

目　錄

凡例說明

1. 全書共收俗語約 8,000 條，是中等篇幅的工具書，包含豐富俗語內容。

2. 本書條目廣泛，遴選的標準有一定之規，其特點為：廣泛收選有喻義和義理的典型俗語諺語。儘量不收僅有描寫義和形容義的俗語和慣用語。

3. 書中所收諺語涉及社會生活的各個方面，能夠大體反映出俗語的全貌。如：修身治學類的有"功名不上懶人頭""久火煉成鋼"等；為政治家類的有"攻心為上，攻城為下""儉則家富，奢則家貧"等；待人處事類的有"瓜田不納履，李下不整冠"等；智謀技藝類的有"砍竹要看竹節，做事要分先後"等；倫理道德類的有"君子愛財，取之以道""寧救百隻羊，不救一隻狼"等；世態習俗類的有"官大有險，樹大招風""虎落平陽被犬欺"等；生活常識類的有"飢不暴食，渴不狂飲"等。

4. 書中所收條目涵蓋古今俗諺。比如"近朱者赤，近墨者黑""室於怒，市於色""知足者常樂"等出現於古代；"新薑沒有老薑辣""春山易賞，秋山易玩"出現於現代。

5. 全書註釋通俗簡明，內容和形式適合讀者的需求。具體做法是：對難字和破音字注音；對不易理解的詞語單獨解釋。

在符號 ◗ 之後串講字面意義；
在符號 ◇ 之後闡明喻義或義理；
在符號 ◎ 之後附列變體或等義諺語。如：

【君子一言，駟馬難追】駟：古代用四匹馬拉的車。◗ 品德高尚的人講信用，話一出口就像是快馬飛跑出去難以追回一樣，決不隨便食言。◇ 告誡人們，說話要講信用。《論語·顏淵》："棘子成曰：'君子質而已矣，何以文為？'子貢曰：'惜乎！夫子之說，君子也。駟不及舌。文猶質也，質猶文也。虎豹之鞟，猶犬羊之鞟。'"◎ 君子一言，快馬一鞭／君子一言，快馬難追

6. 正文前附有條目首字筆畫索引表；書後附有詞條索引表。

首字索引

一　畫

【一人一雙手，做事沒幫手；十人十雙手，抱着泰山走】◇喻指個人力量有限，遇到困難也沒有幫手，眾人團結起來，力量才強大無比。

【一人不開口，神仙難下手】◇一個人如果緘口不語，那麼任何人都對他沒有好辦法。◎只要不開口，神仙難下手

【一人不敵二人智】●一人的智謀不如兩人的智謀周密。◇説明人多主意也會多，辦法也會多。◎一人不敵二人計，三人合夥唱本戲 / 一人不敵二人意，二人心中有主意 / 一人不敵眾人智，三人出個好主意 / 一人做事不到，二人謀事有餘

【一人之智，不如眾人之愚】◇一個人再聰明，也比不上眾人的智慧。

【一人之謀，不敵兩人之智】◇一個人的智謀不如兩個人的智謀周全。

【一人打鐵錘不響，兩人打鐵響叮噹】◇喻指個人的力量是有限的，集體才會產生巨大的影響。

【一人仗義，眾人相從】仗義：主持正義。◇一個人站出來主持正義，大家都會跟着他學。

【一人出名，遠山有親】◇人一旦出名，即使是住在偏遠山裏的人，也會找上門來拉關係，攀親戚。

【一人在朝，百人緩帶】緩帶：放寬衣帶，從容自在。◇一人當了大官，許多與之有關的人都可以得益享福。《啟顏錄・逸文》：“一人在朝，百人緩帶。”◎一人當官，全家受祿 / 一人在朝，百人攜帶 / 一子受皇恩，全家受天祿

【一人有福，拖帶一屋】◇一人發達起來，他的親屬都得到好處。明代吳承恩《西遊記》：“沙僧道：‘二哥説那裏話，常言道：一人有福，帶挈一屋。我們在此合藥，俱是有功之人。只管受用去，再休多話。’”◎一人有福，挈帶全屋

【一人有慶，兆民賴之】兆：古指萬億，後指百萬。這裏是虛數，形容很多。賴：依靠。●帝王好的功德福氣，是百姓所仰賴的。◇形容一人有福運，很多人都跟着享福。《尚書・周書・呂刑》：“一人有慶，兆民賴之，其寧惟永。”

【一人吃齋，十人唸佛】●一個人吃齋信佛，就會帶動許多人吃齋信佛。◇喻指一個人做某件事，會帶動很多人跟着去做類似的事。明代羅貫中《三遂平妖傳》第七回：“常言道：一人吃齋，十人唸佛。因這楊巡檢夫妻好道，連這老門公也信心的。”◎一個人燒香，幾個人作揖

【一人向隅，滿座不樂】向隅（yú）：面朝角落。◇一人悲慘地哭泣，在座的所有人都會感到悲傷。漢代劉向《説苑・貴德》：“故聖人之於天下也，譬猶一堂之上也，今有滿堂飲酒者，有一人獨索然向隅而泣，則一堂之人皆不樂矣；聖人之於天下也，譬猶一堂之上也，有一人不得其所，則孝子不敢以其物薦進。”◎一人向隅，滿座寡歡

【一人作惡，萬人遭殃】◇一人做壞事，會使很多人受危害。

【一人坐食，千人受飢】◇一人不勞而獲，坐享其成，許多人就要忍飢捱餓。◎一人坐食天下飢

【一人拚命，萬夫難當】當：抵擋。◇如果一個人把生死置之度外，豁出命來幹，再多的人也抵擋不住。明代羅貫中《粉妝樓》第二十二回："自古道：'一人拚命，萬夫難當，'倘若你們打出事來，豈不是人財兩空、依了我，莫打的好！"◎一夫拚命，萬夫難敵／一夫捨死，萬夫莫當

【一人治一人，門官治灶神】門官、灶神：門上或鍋灶附近供的神。◇喻指再不好對付的人，也有人能對付他。

【一人孤，二人從，三人眾】◇人越多力量越大，智慧也越多。

【一人拾柴火不旺，眾人拾柴火焰高】◇喻指一個人的力量有限，人多力量就會強大。◎一人不如二人好，大家捧柴火焰高／一人拾柴火不旺，大家拾柴火焰高

【一人省一把，十年買匹馬】◇每人都節省一點糧食，時間長了就會積攢很多。◎一人省一口，能養一隻狗／一人省一兩，萬戶堆滿倉／一人省一兩，萬人省一倉

【一人計短，百人計長】◇一個人考慮問題難免會有不周到的地方，眾人在一起商量就會比較周全穩當。◎一人計短，二人計長，三人計妥當／一人計短，眾人計長／一人見識短，十人見識長

【一人為仇嫌太多，百人為友嫌太少】◐仇人一個也嫌多，朋友百個也嫌少。◇勸人要少結仇怨，廣交朋友。清史襄哉《中華諺海》："一人為仇嫌太多，百人為友嫌太少。"

【一人栽樹，萬人乘涼】◇喻指一人做好事，大家都受益。◎一人栽樹，千人乘涼

【一人修路，萬人安步】◇喻指一人做好事，眾人都受益。

【一人扇風二人涼】◇喻指一人做事，兩方面得利。

【一人造反，九族全誅】九族：高祖、曾祖、祖、父、自身、子、孫、曾孫、玄孫。◇古時一人起來造反，九族的人都要被處死。元代無名氏《賺蒯通》第四折："律法有云：'一人造反，九族全誅。'"◎一人造反，九族遭誅

【一人做事一人當】◇自己做的事，應該自己獨自承擔責任。明代許仲琳《封神演義》第十二回："我如今往乾元山上，問我師尊，必有主意。常言道：'一人做事一人當。'豈敢連累父母？"◎一人做事一人當，哪有嫂嫂替姑娘／一人做事一人當，嫂子不能替後娘

【一人得道，雞犬升天】◇喻指一個人做了官，同他有關係的人都跟着飛黃騰達。漢代王充《論衡•道虛》："淮南王學道，招會天下有道之人，傾一國之尊，下道術之士，是以道術之士並會淮南，奇方異術，莫不爭出。王遂得道，舉家升天，畜產皆仙，犬吠於天上，雞鳴於雲中。"◎一人得道，雞犬飛升／一人飛升，仙及雞犬

【一人開井，千人飲水】◇喻指少數人做的好事，多數人受益。◎一人開井，萬人飲水

【一人進山難打虎，眾人下海可擒龍】◇喻指憑個人的力量是無法戰勝困難，也不可能取得勝利，只有大家團結起來，人多力量大，再大的困難也能克服。

【一人善射，百夫決拾】決拾：古代射箭用具。☯一個人會射箭，多數人都置備射箭用具。◇喻指一個有本領的人，做了件很出色的事，其他人都跟着效法。《國語·吳語》：“夫申胥、華登簡服吳國之士于甲兵，而未嘗有所挫也。夫一人善射，百夫決拾，勝未可成也。”

【一人登空難，三人能上天】◇個人的能力是有限的，只有聯合起來才能幹成大事。

【一人傳虛，百人傳實】◇一個人傳播虛假的事，可能不會有人相信，但許多人一起來傳播虛假的事情，假的就變成真的了。漢代王符《潛夫論·賢難》：“一人傳虛，萬人傳實。”◎一人傳虛，萬人傳實

【一人種竹十年盛，十人種竹一年盛】☯一人種竹十年才能茂盛，許多人種竹一年就會茂盛。◇喻指有雄厚的基礎才能發展壯大，成就大事。

【一人説話全有理，兩人説話見高低】☯一人講的話，因為不同別人作比較，就會全有道理；兩人説話就會區分水平的高低。◇喻指有比較才會有鑑別。◎一個人説話全有理，兩個人説話見高低

【一人踏不倒地上草，眾人能踩出陽關道】◇喻指個人力量小，人多力量大。

【一人難唱一台戲】◇喻指個人的力量小，難以支撐整個局面。

【一人難稱百人意】◇一個人做事很難合乎眾人的心願。◎一人難稱十人意，十人難稱百人心／一人難順百人意，一堵牆難擋八面風／一人難隨百人願，百人難稱一人心

【一人難駕大帆船，雙手難遮眾人眼】◇喻指個人力量有限，難以成就大事。

【一了千明，一迷萬惑】◇關鍵問題搞清楚了，其他各方面的問題也會清楚；關鍵的一點不明白，其他諸多方面的問題就會很迷惑。《五燈會元·清涼益禪師法嗣》：“若於這裏徹底悟去，何法門而不明？百千諸佛方便一時，更有甚麼疑情？所以古人道：‘一了千明，一迷萬惑。’”

【一了可以百當】◇主要的事情取得了成功，其他許多相關的事情都穩妥了。明張居正《答山東巡撫何來山》：“清丈事，實百年曠舉，宜及仆在位，務為一了百當。”明代王守仁《傳習錄》卷下：“學問也要點化，但不如自家解化者，自一了百當。不然亦點化許多不得。”

【一了百了】◇關鍵的事情了結了，與其有關的事也會跟着了結。喻指一個人死了，與他有關的事也都了結了。宋代朱熹《朱子語類》第八卷：“有資質甚高者，一了一切，即不須節節用工也。”明代王守仁《傳習錄》卷下：“聖人只是知幾遇變而通耳。良知無前後，只知得見在的幾，便是一了百了。”

【一刀剃不完一個腦袋】◇喻指事情不可能一下子就辦成，必須一步一步地辦理。

【一力降十會】降（xiáng）：降伏。會：指會武藝的人。⊙一個力氣大的人，可以同時打敗十個會武藝的人。◇說明武林角力中，力氣大的佔上風。清代石玉昆《三俠五義》第五十回：「韓爺技藝雖強，吃虧了力軟；雷淇的本頜不濟，便宜力大，所謂『一力降十會』。」

【一寸山河一寸金】⊙面積一寸的國土跟寸金的價值一樣昂貴。◇形容領土極其寶貴。《金史・左企弓傳》：「君王莫聽捐燕議，一寸山河一寸金。」

【一寸光陰一寸金，寸金難買寸光陰】◇喻指時間比金子還寶貴，必須十分珍惜。唐代王貞白《白鹿洞二首》：「讀書不覺已春深，一寸光陰一寸金。不是道人來引笑，周情孔思正追尋。」明代羅懋登《西洋記》第十一回：「可歎一寸光陰一寸金，寸金難買寸光陰。寸金使盡金還在，過去光陰哪裏尋？」

【一寸長，一寸強】◇武打中，腿長或武器長會佔優勢。

【一口不能插兩匙】⊙一張嘴不能同時放兩把羹匙。◇喻指不能貪多。

【一口吃不成個胖子】◇❶喻指辦事不能急於求成。❷喻指知識的積累有一個過程，不可能在很短的時間內掌握大量的知識。◎一口吃不成大胖子，一步跨不到天邊／一口肉吃不成胖子／一嘴吃不成胖子，一步邁不到天上

【一女不吃兩家茶】吃茶：指女子許配人家。◇舊時訂婚，男方送茶給女方，女方家同意喝茶表示受聘，而且女方不能再接受第二家之聘，意即一個女子不能許配給兩家。清代翟灝《通俗編・儀節》：「俗以女子許嫁曰吃茶，有『一家女不吃兩家茶』之諺。」◎一家女兒吃不得兩家飯

【一天一根線，十年織成緞】⊙每天節約一根線，積累十年後就可以織成緞。◇告訴人們，平時要注意節約。

【一天一頓稀，荒年也不飢】⊙每天吃一頓稀飯，時間一長就能積攢許多糧食，遇上荒年就不會捱餓。◇說明節儉的重要性。

【一天不練手生腳慢，兩天不練功夫丟半，三天不練成了門外漢】◇告訴人們，學藝要持之以恆，經常練習。

【一天吃餐粥，一年省石穀】石（dàn）：容量單位。◇勸人過日子要注意節儉。◎一天節一把，三年買匹馬／一天省一口，一年省一斗／一天省一兩，十年用倉裝

【一天舞幾舞，活到九十五】◇告訴人們，要多參加運動，運動可以讓人長壽。◎一天舞幾舞，長命九十五／一天舞幾舞，活到九十九

【一夫銜恨，六月飛霜；匹婦含冤，三年不雨】⊙一個男人含冤死去，六月天竟下了霜；一個女人含冤而死，三年都不下雨。◇喻指人死得冤枉，連上天都顯示跡象表示憤怒。明代朱長祚《玉鏡新譚》：「說者為魏忠賢殺戮忠良之感，猶六月飛霜之異，上天示警焉。……昔匹婦含冤，三年不雨，此是傷天地之和而釀此異變者。」

【一不拗眾，四不拗六】拗（niù）：拗不過。◇少數人總是拗不過多數人。

【一不做，二不休】◇要麼不幹，要幹就幹到底。唐代趙元一《奉天錄》："光晟臨死而言曰：'傳語後人，第一莫作，第二莫休。'"◎一不做，二不休，搬倒葫蘆撒了油／一不做，二不休，打蛇不死反成仇／一不做，二不休，殺人不死反成仇

【一不賭力，二不賭食】◇提醒人們，不要跟人家賭力氣和食量的大小，因為這樣會傷身體。

【一犬吠形，百犬吠聲】●一條狗看到自己的影子叫了起來，結果其他的狗也都跟着叫起來。◇喻指不辨真偽，人云亦云，隨聲附和。漢代王符《潛夫論·賢難》："諺曰：一犬吠形，百犬吠聲。世之疾此固久矣哉！"◎一犬吠形，群犬吠聲／一犬吠影，百犬吠聲

【一日三笑，不用吃藥】◇喻指心胸開朗，精神愉快，有利於身體健康。

【一日夫妻百日恩】◇説明夫妻之間的感情非常深厚。明代蘭陵笑笑生《金瓶梅詞話》："金蓮惱了，向西門慶道：'賊淫婦，他一心只想他漢子，千也説一夜夫妻百夜恩，萬也説相隨百步，也有個徘徊意，這等貞節的婦人，卻拿甚麼拴的住他心？'"◎一夜的夫妻百夜的恩，百夜的夫妻情比海深／一夜夫妻百日恩／一夜夫妻百夜恩，百夜夫妻百載情

【一日不多，十日許多；一年不多，十年許多】●一天節約的不多，十天就會節約很多；一年節約的不多，十年就會節約很多。◇強調長期不懈地堅持節約，到時候就會積累許多。◎一日不多，十日許多；一天撒下一粒飯，一年就是一大鍋

【一日不作，一日不食】◇收入微薄，一天不做事就沒有飯吃，形容生活很艱難。◎一日不做，一日不食；兩日不做，餓得筆直

【一日不書，百事荒蕪】◇一天不讀書寫字，學業就要荒廢。告誡人們學習要堅持不懈。《魏書·李彪列傳》："一日不書。百事荒蕪。"◎一日無書，百事荒蕪

【一日不練手生，三日不唱口生】●練武的人一日不練，武藝就會覺得生疏；唱曲的人幾天不唱，聲音就不那麼圓潤。◇告訴人們，學習、做事要有毅力，持之以恆，才能取得進步。◎一日不讀口生，一月不寫手生／一日不談口生，一日不寫手生

【一日官司十日打】◇一旦打起官司來，在短時間內就不可能了結。喻指一天能幹完的事情，卻拖很長時間。《西遊記》："還是金星勸道：'一日官事十日打。你告了御狀，説妖精是天王的女兒，天王説不是，你兩個只管在御前折辨，反覆不已。'"

【一日春風，吹不盡三冬的嚴寒】◇喻指正氣不可能一下子壓倒多年滋生的歪風邪氣。

【一日為官，強似千載為民】●舊時當官的享有特權，生活優裕，而百姓生活比較窮苦，因此就是做一天的官，也比做一輩子只做老百姓強。元代無名氏《摩利支飛刀對箭》："（李老兒云）我老漢老了也，拂掉了土滿身，梳掠起白髭鬢。這的是一日為官，強似千載為民也。"

【一日為師，終身為父】◇告訴人們，一旦認作老師，就要一輩子像尊敬父親一樣尊敬他。《醒世姻緣》第

三十五回：“我又不曾使了本錢，便白教他成器，有何妨礙？一日為師，終身為父，可見這師弟的情分，也不是可以薄得的。”《西遊記》：“萬望哥哥念‘一日為師，終身為父’之情，千萬救他一救。”

【一日為親，終久託福】◇一旦和有權勢的人攀上了親，就會長久得到好處。清代《施公案》第一三八回：“喬氏聞聽，口尊：‘夫主，言之差矣。古人云：一日為親，終久託福。你不瞧他，也須瞧我。’”

【一日動干戈，十年不太平】◇只要一打起仗來，社會就會長時期地不安寧。◎一年動刀兵，十年不太平

【一日練一日功，一日不練十日空】●技藝的訓練必須持之以恆，停停練練，將會一事無成。◇喻指凡事貴在堅持，不可半途而廢。

【一日積一文，三年頭算量】一文：一文錢。●每天所積累的錢財，數目雖然很小，但時間長了數目就相當可觀。◇告訴人們，過日子要勤儉節約，每日積攢一些，慢慢就會富裕起來。◎一日積一文，十年頭算量／一日一文錢，十年共一千

【一日縱敵，萬世之患】◇一旦放走了敵人，將會後患無窮。明代羅貫中《三國演義》第二十一回：“郭嘉曰：‘丞相縱不殺備，亦不當使之去。古人云：一日縱敵，萬世之患。望丞相察之。’”◎一日放敵，十年不安／一日縱敵，十年不安／一日縱敵，數世之患

【一日讀書一日功，一日不讀十日空】◇學習要持之以恆，才能有收穫；如果學學停停，將會一事無成。

【一手捉不住兩條魚，一眼看不清兩行書】◇告訴人們，做事急躁、貪多，將一無所得。◎一隻手捉不住兩隻雞／一隻手難抓兩條魚

【一手遮不了天】◇倚仗權勢欺上瞞下的人，只能是橫行一時罷了，不可能長久地為所欲為。唐代曹鄴《讀李斯傳》詩：“難將一人手，掩得天下目。”明代張岱《馬士英阮大鋮傳》：“弘光好酒喜肉，日導以荒淫，毫不省外事，而士英一手遮天，靡所不為矣。”一手難遮天上月／一手難遮天下目／一手難遮眾目

【一分行情一分貨】行情：市面上商品的一般價格。◇意思是說，按質論價，商品質量好價格就高。◎一分價錢一分貨／一分錢，一分貨；十分錢，買不錯

【一分耕耘，一分收穫】◇告訴人們，付出勞動就會有收穫。◎一分勞動，一分效果

【一文錢難倒英雄漢】◇即使是很有能耐的英雄好漢，如果金錢方面非常拮据，也很難能把事情辦好。清代文康《兒女英雄傳》第十九回：“天下事只怕沒得銀錢，便是俗語說得好：一文錢難倒英雄漢。”◎一分錢難倒英雄漢／一錢逼死英雄漢

【一方水土養一方人】◇靠當地的資源養活當地的人。◎一塊水土養一塊人

【一方之地，有賢有愚】◇每個地方都有賢明的人和愚笨的人。明代蘭陵笑笑生《金瓶梅》：“溫秀才道：‘雖是士大夫，也只是秀才做的。老公公砍一枝損百林，兔死狐悲，物傷其類。’薛內相道：‘不然。一方之地，有賢有愚。’”

【一方吃全國】方：指藥方。◇醫生開的只是一個藥方，但藥方裏的藥材來自全國各地，吃一方藥等於吃遍了全國。

【一斗米養個恩人，一石米養個仇人】斗：容量單位，十升為一斗。石（dàn）：十斗為一石。◇喻指資助雖少，但解決了人家燃眉之急，對方非常感激；給人資助很多，但沒有滿足對方的慾望，對方反而恩將仇報。清代吳敬梓《儒林外史》第二十二回："自古‘一斗米養個恩人，一石米養個仇人’！這是我們養他的不是了！"◎一斗米吃仇人，一碗米吃恩人／一碗米養恩人，一擔米養仇人

【一戶省一兩，萬戶堆成倉】◐每戶節省一點糧食，大家湊在一起，就會堆積如山。◇勸人要節約糧食。

【一心不能二用】◇告誡人們，做事要專心，不能分散注意力。

【一尺布，尚可縫；兄弟兩人不能相容】◇兄弟之間鬧起矛盾來也會很厲害。《史記‧淮南厲王長列傳》："孝文十二年，民有作歌歌淮南厲王曰：‘一尺布，尚可縫；一斗粟，尚可舂。兄弟二人不能相容。’"

【一打三分低】◇告訴人們，動手打人，就會理虧。

【一巧破千斤】◐用巧妙的計策打敗力大千斤的人。◇告訴人們，要學會運用智謀爭取勝利。◎一巧勝百力

【一正無不正，一邪無不邪】◇正派的人會時時、處處表現出正派的行為；邪惡的人會時時、處處表現出邪惡的行為。

【一正避三邪】◇正氣可以使各種邪氣退避。◎一正敵千邪／一正壓千邪

【一世為官三世累】累（lěi）：拖累。◐一代做官，會連累三代後人。◇提醒為官者，要謹慎從事，以免累及後人。

【一旦無常萬事休】無常：鬼名。迷信的人相信，人將死時有"無常鬼"來勾魂。◇生命一結束，一了百了，萬事俱休。元代雜劇《關張雙赴西蜀夢》第四折："咱人三寸氣在千般用，一日無常萬事休，壯志難酬。"◎一日無常萬事休／無常一到萬事休

【一目之視，不若二目之視；一耳之聽，不若二耳之聽】◇喻指個人的力量和智慧是有限的，比不上眾人的智慧和力量。《墨子‧尚同下》："古者有語焉，曰：‘一目之視也，不若二目之視也。一耳之聽也，不若二耳之聽也。一手之操也，不若二手之強也。’"

【一生一死，乃見交情】◇經過生死的考驗，才能看到真正的友情。《史記‧鄭當時列傳》："翟公復為廷尉，賓客欲往，翟公乃大署其門曰：‘一死一生，乃知交情；一貧一富，乃知交態；一貴一賤，交情乃見。’汲、鄭亦云，悲夫！"◎一死一生，乃見交情

【一生不出門，終究是小人】◇一個人一輩子不出去闖蕩闖蕩，見見世面，終究不會是個有出息的人。

【一生都是命，半點不由人】◇一切都是命中注定，全不由人做主。《增廣賢文》："大家都是命，半點不由人。"

【一失足成千古恨，再回頭是百年身】◇喻指一旦犯了大錯誤，就是一件終身遺憾的事，即使想改正也會來不及。明代楊儀《明良記》："唐解元寅既廢棄，詩云：'一失足成千古笑，再回頭是百年人。'"

【一代為官，百世冤】◇舊時的官吏貪贓枉法，橫行霸道，跟百姓結下了深冤大仇，多少代人之後，都無法得到人們的寬恕和諒解。

【一白遮百醜】▼膚色白可以把其他的許多缺陷都掩蓋起來。◇喻指優點可以掩蓋缺點，長處可以彌補短處。◎一白遮九醜／一白遮十醜／一俊遮百醜

【一句虛言，折盡平生之福】▼說了一句虛假、不妥當的話，折損一生的福運。◇提醒人們，不要說假話，也不要沒有根據地亂說話。《醒世姻緣》第十五回："又是晁夫人說道：'小小年紀，要在忠厚處積泊，不要一句非言，折盡平生之福！'"

【一句話，百樣說】◇同一意思的話，可以有多種不同的說法。

【一句話能逗人笑，一句話能惹人跳】◇告訴人們，說話要注意表達方式，同樣說一句話，可以使人開懷大笑，也可以使人暴跳如雷。◎一句話把人說笑，一句話把人說跳／一句話使人笑，一句話叫人跳

【一皮隔一皮，孫子不如兒】◇孫子跟祖父母中間隔了一輩，關係就不如兒子跟父母那麼親近。唐代龐蘊《龐居士語錄》："一皮較一皮，孫子不如兒。坐禪勝讀經。讀經勝有為。"◎一皮隔一皮，孫子不及兒；一情隔一情，奶奶不及娘

【一百萬買宅，一千萬買鄰】◇有一個好鄰居比一棟豪華住宅更重要。《南史・呂僧珍傳》："初，宋季雅罷南康郡，市宅居僧珍宅側。僧珍問宅價，曰'一千一百萬'。怪其貴，季雅曰：'一百萬買宅，千萬買鄰。'"

【一回上了當，二回照個亮】◇提醒人們，上一回當時就要吸取教訓，引以為戒，防止再上當受騙。◎一回上當，二回照亮／一回受騙，二回心明

【一回春到一回新】◇每次春天到來，大地萬物就會更新一次。

【一年二年，與佛齊肩；三年四年，佛在一邊】▼唸佛的人短時間內能跟佛親近，時間長了就把佛丟在一邊。◇喻指人的志氣和感情，隨着時間的推移難以持久。明代李夢陽《空同集》："一年二年，與佛齊肩；三年四年，佛在一邊。"

【一年不開市，開市吃一年】◇做買賣的不開張則已，一開張就能賺很多錢。

【一年之計在於春，一日之計在於晨，一家之計在於和，一生之計在於勤】◇一年中最關鍵時候是在春天；一天中最關鍵的時候是在早晨，一家中的關鍵問題是和睦相處，一生中最關鍵問題是勤奮。明代《增廣賢文》："一年之計在於春，一日之計在於寅，一家之計在於和，一生之計在於勤。"

【一年之計，莫如樹穀；十年之計，莫如樹木；終身之計，莫如樹人】樹：種植，培育。◇如果只打算一年的經濟效益，沒有比種糧食更好的；如果打算十年的經濟效益，沒

有比種樹木更好的；如果是更長久的打算，培養人才更好。《管子·權修》：“一年之計，莫如樹穀；十年之計，莫如樹木；終身之計，莫如樹人。”◎一年種穀，十年樹木，百年樹人

【一任重瞳勇，難敵萬刃鋒】重瞳：眼睛有雙瞳的人，這裏指項羽。◇像項羽那樣勇猛的人，也抵擋不住許多人的拼殺。清代《施公案》：“常言道：‘一任重瞳勇，難敵萬刃鋒’。”

【一任清知府，十萬雪花銀】知府：明清兩代對一府長官的稱呼。◇舊時做官的大肆掠奪人民，在很短的時間內就可以搜刮到很多錢財。清代吳敬梓《儒林外史》第八回：“王太守笑道：‘可見三年清知府，十萬雪花銀的話，而今也不甚準了！’”

【一行服一行，豆腐服米湯】行：行業。◇喻指事物之間相互制約，一物降一物。◎一行服一行，糯米服沙糖／一行服一行，泡菜服米湯／一行服一行，煙膏怕紅糖

【一羊領路，千羊後繼】◇喻指一個人帶頭，其他人就會緊緊跟上。◎一羊前行，群羊後繼

【一字入公門，九牛拔不出】公門：官府衙門。❖訴訟狀子一旦交到官府衙門，想撤回或更改一個字都是不可能了。◇提醒人們，寫訴訟狀子要特別謹慎。南宋·雷庵正受編《普燈錄·黃龍慧南禪師》：“一字入公門，九牛曳不出。”《醒世姻緣》第四十六回：“只這他自己的狀子上好些別腳。一字入公門，九牛拔不出哩！”◎一紙入公門，九牛拔不出／一字入公門，九牛拖不出

【一好要兩好，兩好合一好】◇告訴人們，要處好關係，需要雙方共同努力。

【一羽示風向，一草示水流】❖一根羽毛在空中飛動，就可以顯示出風吹的方向；漂浮在水面上的一棵小草，也可以顯示出水流的方向。◇喻指從細微的跡象中可以看出事情發展的趨勢與結果。

【一把火煮不熟一鍋飯】◇❶喻指力量不夠，辦不成事情。❷指努力的程度不夠，事情不會成功。◎一把火燒不熱整個海的水

【一把指頭總向內】◇喻指自己人總是照顧自己人。

【一把剪子一把尺，走盡天下都有吃】◇掌握裁縫這門手藝，只需一把剪刀一把尺子，無論走到哪裏都會有活幹，能掙到飯吃。

【一把鑰匙開一把鎖】◇要用不同的方法解決不同的矛盾。◎一把鑰匙不能開兩把鎖

【一車十子寒】車（jū）：象棋棋子的一種。寒：害怕、畏懼。◇由於象棋中車受到的限制最少，行進最自由，戰鬥力也最強，所以別的棋子都怕它。

【一步不能登天】◇喻指事情不能一下子成功，必須經過必要的過程。◎一步邁不到天上

【一步落了後，步步跟不上】◇開始跟不上，就會一直落在人家的後面。◎一步趕不上，步步打急慌／一步趕不上，步步趕不上／一步跟不上，步步趕不着／一步踏綻腳，百步趕不上

【一步領先，步步領先】◇一開始就掌握主動權，走在別人的前頭，就會一直處於領先地位。

【一步錯，步步錯】● 開頭一步錯了，或者關鍵一步走錯了，以後就會步步走錯。◇強調剛開始不能有錯，或者重要的一步不能錯。◎一步走錯百步歪 / 一步走錯，步步走錯 / 一步走錯下步歪

【一兵不能成將，獨木不能成林】◇喻指一個人的力量太薄弱，不可能做成大事。

【一身做不得兩件事，一時丟不得兩條心】◇告訴人們，做事不能分心，要專心致志。

【一言不用，千言無用】◇一句很有價值的話沒有被採用，其他的話講得再多也就毫無用處了。◎一言不中，千言無用

【一言既出，駟馬難追】駟（sì）：駟馬：同拉一輛車的四匹馬。● 一句話說出口，就像四匹馬拉的車，想追也追不回來了。◇喻指說話要慎重、誠信，說到做到。元代雜劇《地藏王證東窗事犯》第二折：“你心我知，一言既出，駟馬難追。”◎君子一言，駟馬難追 / 君子一言，快馬一鞭 / 好漢一言，快馬一鞭

【一言能惹塌天禍，話不三思休出唇】● 一句話能惹出天大的禍來，沒有想好的話就不要說出來。◇勸人說話要小心謹慎，切不可信口開河。

【一言興邦，一言喪邦】● 一句話可以使國家振興起來，一句話也可以使國家滅亡。◇說明重要人物關鍵性的一句話能產生巨大作用。《論語·子路》：“定公問：‘一言而可以興邦，有諸？’孔子對曰：‘言不可以若是其幾也。人之言曰：為君難，為臣不易。如知為君之難也，不幾乎一言而興邦乎？’”◎一言而興邦，一言而喪邦 / 一言能興，一言能喪

【一長便形一短】● 有長的做比較，就看出短的來。◇喻指有好的做比較，差的就顯示出來了。

【一芽知春，一葉知秋】● 草木發出嫩芽，預示春天的到來；一片樹葉的凋落，預示着秋天的來臨。◇喻指細微的跡象就可以看出整個形勢的變化。

【一林不二虎】◇喻指同一個地方容不下兩個強人。清代魏文忠《繡雲閣》第五十五回：“俗云：‘一林不藏二虎’，汝宜另尋他處，任汝附物駭人。”◎一林不兩虎 / 一山不容二虎 / 一穴不容二虎

【一林竹子有深淺，十個指頭有長短】◇喻指事物之間存在着差別，不能強求完全一樣。

【一枝不動，百枝不搖】◇喻指事物的關鍵實質部分穩定不變，整體就不容易發生變化。

【一枝動，百枝搖】◇喻指事物局部的變化，引起整體的變化。◎一葉既動，百枝皆搖 / 一枝動，百枝搖，牽一毛而動全身

【一事差，百事錯】◇一件事做錯了，與之相關的許多事都會跟着錯。

【一兩金子四兩福】◇舊時認為，錢財只有福分大的人才能擁有和亨受。現在用來勸告後人要珍惜獲得的財富。

【一虎勢單，眾鳥遮日】◇喻指個人的能力再強，也是有限的；弱者只要團結起來，也能發揮巨大的作用。

【一門不到一門黑】◇如果某件事情從來沒有做過，就不會了解其中的奧秘和技巧。

【一咒十年旺】◐咒罵人家一句，人家可以興旺十年。◇告誡人們咒罵人是沒有用的，也不用害怕人家咒罵自己。

【一物必有一主】◇一種東西必定有一個能夠使用它的主人。元代無名氏《衣襖車》第一折："這披掛一物一主，看有甚麼人來？"◎一物自有一主

【一物必有一物制】◇一種事物總有另一種事物能制伏，一种事物也總會制服另一種事物的。

【一物百用，各各不同】◇一種東西會有許多不同的用途。

【一物降一物】降（xiáng）：制伏。◇事物之間互相制約，一種事物必定可以制伏另一種事物。《西遊記》："常言道：'一物降一物'哩。你好違了旨意？但憑高見，選用天將，勿得遲疑誤事。"◎一物降一物，蛤蟆降癩蛛 / 一物降一物，鹵水點豆腐

【一爭兩醜，一讓兩有】◐互相爭鬥，雙方都要出醜；互相謙讓，雙方都會得到好處。◇提醒人們，見有利益時，要發揚風格，互相謙讓，這樣會共同受益。

【一念之差，終身之誤】◇偶然之間產生的一個錯誤想法，結果貽誤了自己的一生。宋代陸游《丈人觀》詩："我亦宿頌五千文，一念之差墮世紛。"

【一夜不宿，十夜不足】◐一個晚上不睡覺，很多個晚上都補不回來。◇強調生活要有規律，不要隨便熬夜。一夜不眠，十日不醒 / 一夜不眠，十日不安 / 一夜不睡，十夜不足 / 一夜無眠，九夜睡不盡 / 一夜勿眠，十夜不醒

【一夜思想千條路，明日還是賣豆腐】◐一晚上想出了很多致富的辦法，第二天還是照舊去賣豆腐。◇喻指想了許多錦囊妙計，但不付之行動，仍然是毫無意義的空想。◎一夜想盡千般計，天亮還是舊營生

【一法通，萬法通】法：方法，訣竅。◇帶有普遍性和典型性的問題解決了，其他眾多的問題也就迎刃而解了。明代羅貫中《三遂平妖傳》第十三回："一法通，萬法通，一法不通，萬法都不通了"◎一理通，百理融 / 一竅通，百竅通 / 一竅通時萬竅通

【一波才動萬波隨】◐一層波浪剛掀起，後面的萬層波浪就緊跟而來。◇喻指事情一旦開始，就會一發而不可收拾，飛速發展起來。金元代好問《論詩》詩之二二："奇外無奇更出奇，一波才動萬波隨。只知詩到蘇黃盡，滄海橫流卻是誰？"

【一是誤，二是故】◇第一次做錯事情可能是一時疏忽，但第二次出同樣的錯誤就是故意的。

【一缸釀不出兩種酒，一樹難開兩樣花】◇喻指條件相同的情況下，不可能出現兩種截然不同的結果。◎一個鍋裏做不出兩樣飯來 / 一鍋米煮不出兩樣飯

【一重山後一重人】◐一層山後有一層人。◇喻指人才輩出。

【一竿子打倒一船人】◇喻指不分青紅皂白、好壞對錯，全部否定。◎一竿子打倒一朝人 / 一竿子打倒一灣人 / 一篙打一船人 / 一棍子打一船

【一籽下地，萬粒歸倉】◇春天一粒種子下地，秋天可以收穫萬顆糧食。

【一洞豺狼不嫌臊】◇喻指一旦臭味相投，就會互不嫌棄。

【一客不煩二主】◐指一個客人不需要麻煩兩家的主人來招待。◇喻指一件事情已經委託人去辦理了，就讓他辦到底，不必再麻煩另一個人。宋代釋惟白《續傳燈錄・堂遠禪師》："一鶴不棲雙木，一客不煩兩家。"◎一客不煩兩家 / 一客不犯二主

【一馬不行百馬憂】◑馬群行進中，如果一匹馬不走了，別的馬也不能順利行走。◇喻指個人或局部出問題了，就會影響集體或全局。明代《增廣賢文》："一家養女百家求，一馬不行百馬憂。"

【一馬不鞴兩鞍，一女不事二夫】鞴（bèi）：把馬鞍放在馬身上。◑一匹馬不用兩副鞍子，一個女人不嫁兩個男人。《敦煌變文集・秋胡變文》："一馬不鞴兩鞍，單牛豈有雙車並駕？"《左傳・莊公十四年》："對曰：'吾一婦人而事二夫，縱弗能死，其又奚言！'"◎一馬不配兩鞍，一腳難踏兩船 / 一馬不鞴兩鞍，雙輪不輾四轍

【一馬當先，萬馬奔騰】◇喻指一個人帶頭做好榜樣，就會帶動成千上萬的人力爭上游，奮發向上。明代羅貫中《三國演義》七十一回："黃忠一馬當先，馳下山來，猶如天崩地塌之勢。"◎一馬領先，萬馬奔騰

【一根竿子撐不起帳篷】◇喻指個人的力量有限，不可能完成艱巨的任務。

【一根筷子容易折，十根筷子硬似鐵】◇喻指個人的力量雖小，但團結起來力量就大。◎一隻筷子容易折，十隻筷子撐不彎

【一根稻草拋不過牆，一根木頭豎不起樑】◇喻指一個人勢單力薄，起不了大作用。◎一根木頭做不成樑，一塊磚頭砌不成牆

【一根鐵線容易彎，一縷棉紗拉不斷】◇喻指個人的能力再強，但力量是有限的；只有發揮集體的作用，力量才是無窮的。◎一根線容易斷，萬根線能拉船 / 一根竹棍易折斷，三根竹棍當扁擔

【一時比不得一時】◒一個時代的王法不能同另一個時代相比。◇喻指現在不能和以前相比。

【一時得了高官做，忘記沿街捧瓢時】◇喻指一旦處境順利，就容易忘記身處逆境的時候。

【一時難治百樣病，一日難結三尺冰】◇喻指事物的發展有其自身的規律，不能急於求成。

【一個山頭一隻虎】◇喻指每個地方都會有一個為首的權勢人物。

【一個巴掌拍不響】◇❶喻指一個人勢單力薄，辦不成事。❷指一個人不可能引不起矛盾和糾紛。清代曹雪芹《紅樓夢》："襲人道：'一個巴掌拍不響'，老的也太不公些，小的也太可惡些。"◎一個巴掌拍不響，獨木難撐大瓦房 / 一個巴掌拍不響，一人難唱獨板腔

【一個君子待了十個小人】◇君子氣度大，能寬容許多小人。

【一個和尚挑水吃，兩個和尚抬水吃，三個和尚沒水吃】◇喻指人多時會產生互相依賴的思想，工作推諉，最終辦不成事。◎一個長老擔水吃，兩個長老抬水吃

【一個朋友一條路，一個冤家一堵牆】▼多一個朋友，就多一個相幫的人；多一個仇人，就多一道障礙。◇告誡人們，要多交朋友，少結冤家。

【一個香爐一個磬，一個人一個性】磬（qìng）：寺院中和尚敲打的銅鐵鑄的鳴器。◇喻指人不同，人的思想性格也會不同。

【一個便宜三個愛】◇❶物美價廉的東西人都喜歡。❷指能夠得到實惠的事情，誰都願意去做。

【一個馬勺一個把兒】馬勺兒：舀水舀飯的長柄大勺。把兒：長柄。◇喻指各有各的特點。

【一個臭皮匠，沒有好鞋樣；兩個臭皮匠，做事好商量；三個臭皮匠，當個諸葛亮】當（dàng）：抵得上。諸葛亮：三國時足智多謀的人。▼一個人不會有好辦法；兩個人商量着辦，就會好些；三個人在一起能抵得上諸葛亮。◇喻指人多智慧多，做事互相商量，就會想出好辦法來。◎一個巧鞋匠，沒有好鞋樣；兩個巧鞋匠，大家有商量

【一個拳頭打不出一口井】◇❶喻指難度大的工作不可能一下子就能完成。❷指個人的力量是有限的，勢單力薄很難辦成大事。

【一個將軍一個令】▼一個將軍有一個將軍的命令。◇喻指各有各的辦法，各按各的規則行事。◎一個將軍一個令，一個和尚一個磬

【一個婦女一面鑼，三個婦女半台戲】◇女人喜歡說笑，幾個女人在一起就會更熱鬧。

【一個碗不響，兩個碗叮噹】◇喻指一個人吵不起架來，兩個人才會吵架。◎一隻碗不響，兩隻碗叮噹

【一個碗內兩張匙，不是燙着就抹着】◇喻指兩個人在一起，發生矛盾總是難免的。

【一個槽上拴不下倆叫驢】叫驢：公驢。▼兩頭公驢在一起會咬架，所以不能拴在一個槽上。◇喻指一個地方容納不下兩個互不相讓的人。◎一槽拴不得倆叫驢 / 一個椿不能拴兩條牛 / 一個椿不拴二牛

【一個彈打一隻鳥兒】◇❶喻指一個對付一個，一個制伏一個。❷指凡事都會受到客觀條件的制約。◎一個子彈只能打一個鳥 / 一個彈打一個雀

【一個錢一斗米，沒有錢吃不起】◇喻指如果窮得沒有一分錢，那麼再便宜的東西也會買不起。◎一個錢一斗的穀，沒錢看着哭 / 一個錢一石穀，沒有錢望到哭 / 一錢一斗穀，沒錢守住哭

【一個雞蛋吃不飽，一身臭名背到老】◇喻指因貪圖小利，結果壞了自己一輩子的名聲。勸人千萬不要因小失大。

【一個饅頭也得蒸熟吃】◇喻指雖然數量小，但也得按照程序做事。◎一個饃饃也要上籠蒸

【一個饅頭起酵，一籠饅頭也起酵】酵：發酵。◇❶喻指情況相同，不會有甚麼例外。❷指從部分的變化可見全局的變化。還指要既然付出同樣的勞動，索性就多做一些。

【一個蘿蔔一個坑】◇喻指各人有各人的崗位，各人有各人的職責。

【一個籬笆三個樁，一個好漢三個幫】◇一個人即使再有本事，也需要別人的幫助。勸人要團結友愛，互幫互助。◎一個好漢三個幫，一根屋柱三個樁

【一隻眼看不遠，千隻眼看穿天】◇喻指個人的見識是有限的，群眾的見識才是無限的。

【一隻腳難走路，一個人難成戶】◇喻指做任何事情，靠單方面的努力是難以成功的。

【一隻壞蛋，臭了一屋】⊙一個壞雞蛋散發出的臭氣，能使整個屋子裏都有臭味。◇喻指一個壞人或一件壞事，會影響整個集體的榮譽。

【一脈不和，周身不適】⊙血脈不正常，全身都會感到不舒服。◇喻指一個地方出問題，就會影響到全局。

【一畝之地，三蛇九鼠】⊙一畝地內，會存在蛇、鼠等許多害人的東西。◇喻指每個地方都會有壞人存在。宋代釋普濟《五燈會元代》卷十九："問：'雪峰道："盡大地撮來如粟米粒大，拋向面前。漆桶不會，打鼓普請看。"未審此意如何？'師曰：'一畝之地，三蛇九鼠。'"

【一席待百客】◇一桌酒席招待的是來自四面八方的不同客人。

【一拳難敵四手】◇喻指一個人力量太單薄，不可能戰勝眾多強大的敵人。◎一人難敵眾手／一手不敵兩掌／隻手難敵雙拳

【一家女兒百家求】⊙一家有女兒，許多家都會來提親。《增廣賢文》："一家養女百家求，一馬不行百馬憂。"◎一家女，百家求／一家女兒百家問／一家有女百家求

【一家不知一家，和尚不知道家】◇各家都有各家的難處，別人不知道罷了。◎一家不知兩家事，神仙不知瓜裏事

【一家不夠，百家相湊】⊙一人遇到困難，大家來幫助，每人湊一點就能解決問題。◎一家不夠，大家零湊／一家不夠，兩家相湊／一家不夠三家湊

【一家打牆，兩家得用】⊙一家砌牆，自己和鄰居二家都受益。◇喻指一方做事，他方也能得益。◎一家打牆，兩家好看／一家打牆，兩家沾光／一家砌牆，兩家方便

【一家失熛，百家皆燒】熛（biāo）：火飛。⊙一戶人家不謹慎失火，就會燒掉幾百戶人家。◇喻指一人的過失，會使許多人受害。《淮南子·説林訓》："山雲蒸，柱礎潤；伏苓掘，兔絲死。一家失熛，百家皆燒；讒夫陰謀，百姓暴骸。"

【一家有事，四鄰不安】⊙一家有事，周圍鄰居也會不得安寧。

【一家安樂值千金】◇全家平安快樂最為可貴。◎一家安樂值錢多

【一家門口一個天】◇各家的情況不同，一個門庭就有一個天地。◎一家門裏一個天，到誰家隨誰家

【一家做官七家窮】◇舊時官吏貪贓枉法，欺壓百姓，一戶人家做官發財，就會使很多黎民百姓窮困潦倒。

【一家飽暖千家怨】◐一家富裕，會遭到很多人妒忌。◇揭露舊社會有錢人家的財富是從窮苦人那裏搜刮來的。◎一家飽暖千家怨，半世功名百世冤／一家溫飽千家冤

【一家蓋不起夫子廟，一日造不起洛陽橋】◐一家的力量蓋不起夫子廟，一天的時間建不成洛陽橋。◇喻指辦大事不容易，需要投入大量的人力和物力，還要花費一定的時間才能辦成。◎一家蓋不起龍王廟，一人造不起洛陽橋／一家蓋不起天王廟，一日造不起洛陽橋

【一副毒藥，一副解藥】◇喻指一物降一物，不同的矛盾有不同的解決方法。

【一處不到一處迷】◇沒有做過或學過這件事，就不會知道其中的奧妙。

【一處不通，兩處失功】◇一處沒有弄通，就會造成與之相連的幾處都出現錯誤。

【一畦蘿蔔一畦菜，各人養的各人愛】畦（qí）：指有土埂圍着的一塊塊的田地。◇無論子女長得好壞，父母都會喜歡。◎一兜蘿蔔一兜菜，各人養的各人愛

【一國三公，吾誰適從】◇喻指領導多，政令不統一，叫下面的人無所適從。《史記•晉世家》："初，獻公使士蔿為二公子築蒲、屈城，弗就。夷吾以告公，公怒士蔿。士蔿謝曰：'邊城少寇，安用之？'退而歌曰：'狐裘蒙茸，一國三公，吾誰適從！'卒就城。"

【一國不容二主】◇一個國家不能有兩個君主，否則就會相互爭鬥。《後漢書•劉焉列傳》："璋主簿巴西黃權諫曰：'劉備有梟名，今以部曲遇之，則不滿其心，以賓客待之，則一國不容二主，此非自安之道。'"

【一動不如一靜】◇❶喻指多一事不如少一事。❷指常變換還不如保持原狀好。清代曹雪芹《紅樓夢》："紫鵑停了半晌，自言自語的説道：'一動不如一靜。我們這裏就算好人家，別的都容易，最難得的是從小兒一處長大，脾氣、性情，都彼此知道的了。'"

【一條小毛蟲，能把樹蛀空】◇喻指小的禍患不及時除掉，就會釀成大的禍患。

【一條直道總不能走到黑】◇喻指做事不能太死板，要有一定的靈活性。

【一鳥在手，勝於二鳥在林】◇喻指東西雖少，但屬自己所有，勝於數量雖多，但不屬自己所有。

【一瓶不動半瓶搖】◇喻指學識淵博、本領大的人謙虛、謹慎、輕易不會顯露自己；而才學膚淺、本領不大的人卻喜歡表現自己。◎一瓶醋穩穩當當，半瓶醋晃裏晃蕩／一瓶子不搖半瓶子晃／整瓶子不動半瓶子搖

【一粒良種，千粒好糧】◇告訴人們，好種子是農作物豐收的關鍵，一定要重視選種。

【一粒度三關】◇很少一點糧食就能維持人的生命，勸人要珍惜每一粒糧食。

【一張一弛，文武之道】張：弓上弦。弛：弓卸弦。文：周文王。武：

周武王。▲ 有緊張，有鬆馳，寬嚴結合，這是周文王、周武王的治國之道。◇喻指工作和生活要進行合理的安排，要勞逸結合，有緊有鬆。《禮記・雜記下》：“張而不弛，文武弗能也，弛而不張，文武弗為也。一張一弛，文武之道也。”

【一張牀上説不出兩樣話】◇喻指夫妻一條心，辦事的方法和觀點都會一致。

【一將功成萬骨枯】◇一個將帥的功勳是千百萬士兵的生命換來的。唐代曹松《己亥歲二首》之一：“憑君莫話封侯事，一將功成萬骨枯。”◎一將成功，萬人殞命

【一將無謀，累死三軍】三軍：軍隊的統稱。▲ 將領無能，沒有謀略，士兵就要作出無謂的犧牲。◇說明領導無能，群眾就會跟着受累吃苦。◎一將無能，累死千軍 / 一將無能，累死三軍

【一將難求，千軍易得】◇挑選一個好將帥很難，而招募成千上萬的士兵卻很容易。元代關漢卿《單鞭奪槊》第二折：“可不道千軍容易得，一將最難求，怎學那蕭何的做手。”

【一菜難合百味】▲ 一個菜不可能適合所有人的口味。◇喻指做一件事情不可能讓所有人都很滿意。

【一報還一報，不差半分毫】報：報應。◇做了壞事會得到該有的報應，一絲一毫都不會差。◎一報還一報

【一朝天子一朝臣】朝：朝廷。天子：國王或皇帝。▲ 每個帝王都有自己的官僚班子，換一個帝王，官僚班子也會隨着更換。◇喻指一個領導人上台，就想任用自己的親信。元代代金仁傑《蕭何月夜追韓信》第三折：“（堯民歌）我從來將相出寒門，咱正是一朝天子一朝臣。”◎一朝天子一朝臣，朝朝天子出奸臣 / 一朝天子一朝臣，這朝不用那朝人

【一朝不朝，其間容刀】◇一旦棄官離開朝廷，手中失去了權力，隨時都有被害的危險。《晉書・閻纘列傳》：“故曰‘一朝不朝，其間容刀’。五日之制，起漢高祖，身為天子，父為庶人，萬機事多，故闕私敬耳。今主上臨朝，太子無事，專主孝養，宜改此俗。”

【一朝被蛇咬，十年怕井繩】◇喻指有些人遭受一次挫折後，變得膽小怕事。◎一次被蛇咬，十年怕井繩 / 一回捱蛇咬，二回不鑽草 / 一回蛇咬腳，十年怕踩草 / 一日被蜂叮，三日怕蒼蠅 / 一朝被蛇咬，十年怕鱔跑

【一朝權在手，便把令來行】◇舊時官吏一旦掌握了大權，就有了隨意發號施令的權利。《醒世姻緣》第六十八回：“我且一朝權在手，便把令來行！”◎一朝權在手，誰敢不低頭

【一棲不兩雄，一泉無二蛟】◇喻指一個地方不能容納兩個能力強的人。唐代趙蕤《反經》：“《易》曰：二女同居，其志不同行。語曰：一棲兩雄，一泉無二蛟。”

【一棵草易凋，一滴水易乾】◇喻指個人的力量是單薄的，難以長期堅持，只有融匯在集體中，才能長久地發揮作用。

【一棵樹上吊死人】◇喻指做事辦法少，腦筋死板，缺少變通。

【一間廟，一個神】◇喻指每個單位都有一個起決定作用的人物。

【一貴一賤，交情乃現】◇通過地位貴賤的考驗，才能看出情誼的真假和感情的深淺。劉向《説苑‧談叢》："一死一生，乃知交情；一貧一富，乃知交態；一貴一賤，交情乃見；一浮一沒，交情乃出。"

【一等爺娘九等子】◇父母很出色，孩子不一定會很出色。

【一番江水一番魚】一番：一種。◐不同的江裏長着不同的魚。◇喻指不同的地域有不同的風俗習慣。

【一番拆洗一番新】◇衣服、被子等髒了，經過拆洗後就像新的一樣。指世事可以不斷地更新變化。

【一飯之德必償，睚眥之怨必報】睚眥（yá zì）：發怒時瞪眼睛，借指極小的仇恨。◐一頓飯的恩情也一定要報答；再小的仇恨也一定要報復。◇形容恩怨分明。漢代司馬遷《史記‧范雎列傳》："范雎於是散家財物，盡以報所嘗困厄者。一飯之德必償，睚眥之怨必報。"

【一飯值千金】◇喻指對小恩予以厚報。《史記‧淮陰侯列傳》："信釣於城下，諸母漂，有一母見信饑，飯信，竟漂數十日。"又："信至國，召所從食漂母，賜千金。"

【一飯莫忘懷】◐別人給自己吃一頓飯的恩德也不能忘記。◇告訴人們，即使接受別人的恩惠再小，也不能忘記。

【一飲一啄，莫非前定】◐鳥雀喝一點吃一點，都是前生注定的。◇喻指人的一切都是命中注定的。清代李汝珍《鏡花緣》第九回："多九公手扶林之洋，氣喘吁吁走來，望着唐敖歎道：'一飲一啄，莫非前定，何況此等大事？這是唐兄仙緣湊巧，所以毫不費事，竟被得着了。'"

【一着不慎，滿盤皆輸】◑下棋時，關鍵的一步走錯，就會導致全盤都輸。◇喻指因一步失誤，導致全局失敗。元代李元代蔚《將神靈應》第二折："只因一着錯，輸了半盤棋。"◎一着失算，滿盤皆輸／下錯一着棋，全盤都是輸／一着不到處，滿盤都是空

【一善可以蓋百惡】◑做一件好事，可以遮蓋做過的許多壞事。◇勸人要多做好事。

【一淵不兩蛟】◇喻指一個地方容納不下兩個能力強的人。《文子‧上德》："一淵不兩蛟，一雌不二雄，一即定，兩即爭。"

【一富敗三村】三：表示多數。◑一家富豪，周圍村落全會破敗。◇舊時一家當官發財富起來，眾人就會受剝削變窮。

【一粥一飯汗珠換】◇告訴人們，糧食是用勞動和汗水換來的，應當十分珍惜。

【一粥一飯，當思來之不易；半絲半縷，恆念物力維艱】◇提醒人們，一點點糧食都是汗水換來的，應當好好地珍惜。清代朱柏廬《治家格言》："一粥一飯，當思來處不易；半絲半縷，恆念物力維艱。"◎一粥一飯，來處不易；一針一線，珍惜物力

【一登龍門，身價十倍】登龍門：傳說鯉魚一旦登上龍門，就化而為龍。

◇❶喻指一旦攀附上權貴，地位就會提高許多。❷喻指一旦取得了某種資格，境遇會立即變好。唐代李白《與韓荊州書》："一登龍門，則聲譽十倍。"

【一葉浮萍歸大海，人生何處不相逢】❤一葉浮萍終會歸入大海，人生中總有相逢的機會。

【一葉落而知天下秋】❤看見樹葉凋落下來，就知道秋天來臨。◇喻指從事物變化的細微跡象中，便可推知其發展的趨向和結果。漢代劉安《淮南子·說山訓》："見一葉落，而知歲之將暮；睹瓶中之冰，而知天下之寒；以近論遠。"◎一葉落知天下秋

【一葉蔽目，不見泰山】❤一片樹葉遮蔽了眼睛，泰山近在面前也會不見。◇喻指被個別現象所迷惑，看不到整體。《鶡冠子·天則》："一葉蔽目，不見太山，兩豆塞耳，不聞雷霆。"◎一葉遮目，不知有天下 / 一葉遮目，看不見泰山 / 兩豆塞耳，聞不見雷鳴

【一塊磚頭難砌牆，一根甘蔗難榨糖】◇喻指個人的力量單薄，做不成大事。◎一塊磚頭壘不成牆，一根椽子蓋不成房 / 一塊磚頭難砌牆，組織起來有力量 / 一塊磚頭砌不成牆，一棵甘蔗榨不成糖

【一勤天下無難事】◇告訴人們，只要勤奮，甚麼困難都能克服。

【一勤生百巧，一懶出百病】◇人勤勞會變得心靈手巧；懶惰則會百病纏身。

【一勤交十懶，不懶也要懶；一懶交十勤，不勤也要勤】❤一個勤快人交了十個懶惰的朋友，不懶也會變懶；一個懶人交了十個勤快朋友，不勤快也變得勤快了。◇說明環境對人的影響非常大。

【一碗水要端平】◇告訴人們，處理事情要公平，不偏袒。◎一碗水往平處端

【一頓吃傷，十頓吃湯】❤有了就大吃一頓，沒有了喝湯充飢。◇提醒人們，過日子要精打細算，細水長流。

【一頓省一口，一年省幾斗】❤每頓飯省下一口，一年就能節省很多。◇告訴人們，平時過日子要精打細算，勤儉持家，一年積攢下來就很多。

【一盞能消萬古愁】◇心中愁悶時，喝杯酒，以消愁解悶。唐代翁綬《詠酒》："百年莫惜千回醉，一盞能消萬古愁。"◎一醉解千愁 / 一醉能消萬古愁 / 一醉散千愁

【一歲主，百歲奴】❤主人歲數再小也是主人，奴僕年齡再大也是僕人。◇用以強調尊卑等級。《舊五代史·梁書·李振列傳》："振顧希貞曰：'百歲奴事三歲主，亂國不義，廢君不祥，非敢聞也。況梁王以百萬之師，匡輔天子，禮樂尊戴，猶恐不及，幸熟計之。'希貞大沮而去。"

【一號藤子結一號瓜】◇喻指甚麼家庭，教育出甚麼子女。

【一與之醮，終身不改】醮（jiào）：古代婚娶時用酒祭神的禮儀。◇女子一旦結婚，終身就不再改嫁。西漢劉向《列女傳》卷四〈蔡人之妻傳〉："夫不幸，乃妾之不幸也，奈何去之？適人之道，壹與之醮，終身不改。不幸遇惡疾，不改其意。"

【一飽不能忘百飢】◇告誡人們，千萬不能忘本，境況好時不能忘記昔日的艱苦。唐代趙州禪師《十二時歌》："曾聞一飽忘百飢，今日老僧身便是。"

【一道河也是過，兩道河也是過】◇喻指既然已經開了頭，就應該乾乾脆脆做下去。

【一遍生，兩遍熟】◇不管事情多麼複雜，只要反覆實踐，就能熟練。◎一遍生，兩遍熟，三遍四遍當師傅 / 一次生，兩次熟，三次跑大路 / 一次相交兩次熟

【一福能消百禍，一正能消百邪】◇福運就能消除禍患，正氣能驅散邪惡。◎一福能壓百禍，一正能克諸邪 / 一福壓百禍，寸草遮大風

【一疑無不疑】◇一件事發現一處疑點後，就容易對他也產生懷疑。

【一語傷人，千刀攪腹】◇一句傷人的話，就像千把刀子在肚子裏亂攪那樣，使人感到非常難受。

【一窩老鼠不嫌灰】◇喻指壞人聚在一起，臭味相投，彼此不嫌棄。◎一窩的老鼠不嫌臊 / 一窩皮狐子不嫌臊

【一網打不盡天下魚】◇喻指不可能一下子把所有的事情都做完，所有的問題都解決掉。宋代魏泰《東軒筆錄》卷四："劉侍制元瑜既彈蘇舜欽，而連坐者甚眾，同時俊彥，為之一空。劉見宰相曰：'聊為相公一網打盡。'"《宋史·范純仁列傳》："純仁曰：'朝臣本無黨，但善惡邪正，各以類分。彥博、公著皆累朝舊人，豈容雷同岡上。昔先臣與韓琦、富弼同慶曆柄任，各舉所知。當時飛語指

為朋黨，三人相繼補外。造謗者公相慶曰：一網打盡。此事未遠，願陛下戒之。'"

【一樣人情兩樣看】◇同樣做人情，不同的人有不同的看法。

【一樣米養出百樣人】◇喻指在同樣的生活環境中長大的人，但特性各有不同。◎一樣米吃百樣人，一樣樹開百樣花 / 一樣米粟食百樣人 / 一樣泥種出百樣花

【一樣的米麵，百人的手段】◇喻指做同樣一件事情，可以有多種不同的方法。

【一醉解千愁，酒醒愁更愁】◇喝酒只能解一時之愁，不能從根本上解決問題，而酒醒之後會更加憂愁。◎一醉解千愁，酒醒愁還在

【一鋤頭掏不出個井】◇喻指性急辦不成事。◎一鋤挖不成井，一筆畫不成龍 / 一鍬掘不出一口井，一口不能吃個餅

【一熟三分巧】◇做事熟練了，就能找到竅門。

【一窰燒得幾百磚，一娘養得不一般】◇喻指同一個母親所生的孩子，性格、特點也會各不相同。

【一層布，一層風；十層布，過一冬】◆一層布能抵禦一層風的侵襲，多層布就可以過冬了。◇強調多穿一層衣服，就多一點保暖的效果。◎一層布兒一層風，十層布兒過一冬 / 一層布遮一層風 / 一層洋布隔層風，三層洋布過一冬

【一層棉抵過十層單】◆穿一層棉衣抵得上穿十層單衣。◇說明棉衣禦寒效果好。◎一層棉十層單

【一嬌百病生，傲慢萬人疏】疏：疏遠。◇嬌氣的人懶得活動，體質就會逐漸下降，各種疾病就會伴隨而來；傲慢的人自以為是，大家也不願跟他接近。◎一懶百病生

【一撿三分偷】◇告訴人們，撿來的東西不還給別人，就有點偷的性質。

【一樹之果，有酸有甜；一母之子，有愚有賢】◐同一棵樹上結的果子，有酸的有甜的；同一個母親所生的孩子，有好的也有不好的。◇說明血緣關係很親近的人也是有差別的。

【一頭人情兩面光】◇做一次人情，使多方面都感到光彩和滿意。

【一頭壞驢，帶壞一圈馬】圈（juàn）：養牲畜的建築。◇喻指一個壞人會把一幫人帶壞。

【一龍九種，種種各別】◐一條龍生下的九個兒子，牠們各有各的形狀和特性。◇喻指即使是同胞兄弟姐妹，性格和長相也會各不相同。清代曹雪芹《紅樓夢》：“俗語說的好，‘一龍九種，種種各別’，未免人多了，就有龍蛇混雜，下流人物在內。”

【一顆牙齒痛，滿口不安寧】◇喻指局部出了問題，使全局受到影響。

【一顆老鼠屎，搞壞一鍋粥】◇❶喻指很少的一點壞東西，把整個事情都破壞掉了。❷指個別人不良的思想行為，影響了整個集體的聲譽。◎一顆耗子屎，帶壞一鍋飯／一塊臭肉染得滿鍋腥／一塊雞屎壞一缸醬

【一顆黃豆磨不成漿】◇喻指力量單薄辦不成事。

【一點星星火，能毀百年林】◐一點小星火，能燒毀生長多年的樹林。◇告誡人們，要提高警惕，防火護林。

【一薰一蕕，十年尚猶有臭】薰：香草。蕕：臭草。◐薰草和蕕草放在一起，十年後還依然有臭味。◇喻指一善一惡，善容易消逝，惡卻很難消除。《左傳‧僖公四年》：“一薰一蕕，十年尚猶有臭。”

【一雞死，一雞鳴】◐一隻雞死了，另外的雞就會接着鳴叫。◇喻指在位置上的人離去了，或者死去了，就會有其他人來接替。

【一糧帶百價】◇糧食是人們生活的必需品，糧食價格是其他商品價格的基礎，糧食便宜了，其他商品也會便宜，糧食漲價了，其他商品也會跟着漲價。

【一藝不精，誤了終身】◇一個人沒有一門精熟的技藝，一輩子就不會有大的成就。

【一藝頂三工】藝：手藝，技術。◇手藝人掙錢比靠出賣體力掙錢的人收入要高得多。

【一權壓百僚】僚：官吏。◇掌大權者能壓服眾多官吏。

【一聾三分傻】◇聾子因為聽不見，也說不出話，反應遲鈍，就顯得有些呆傻。◎一聾三分癡／一聾有三癡

【一蠻三分理】◇蠻橫的人即使沒有理也能先佔幾分理。

【一灣死水全無浪，也有春風擺動時】◇喻指處於困境中的人，也會有得意的時候。元代戴善夫《陶學士醉寫風光好》：“我正坎坷，自怨咨，九重天忽有君恩至，正是一灣死水全無浪，也有春風擺動時。”

二　畫

【二十年的媳婦熬成婆，百年的道路熬成河】◇喻指人們歷經艱辛之後，終於有了出頭的日子。◎多年的媳婦熬成了婆

【二十年河東，二十年河西】◇二十年的時間變化很大。比喻盛衰興替，變化無常。清代吳敬梓《儒林外史》第四十六回：“大先生，‘三十年河東，三十年河西’！那像三十年前，你二位府上何等優勢，我是親眼看見的。”

【二人同心，其利斷金】◐兩人如能齊心合力，就會像一把利劍一樣，能切斷金屬。◇喻指齊心協力，就能做成任何事情。《周易·繫辭上》：“子曰：‘君子之道，或出或處，或默或語，二人同心，其利斷金。同心之言，其臭如蘭。’”◎二人同心，則利斷金／二人同心，糞土成金

【二八月亂穿衣】◇農曆二月、八月的天氣是由冷轉熱，又由熱向冷的過渡時候，因此人們穿衣可厚可薄，可多可少，這是時令季節引起的。

【二月二，龍抬頭】◇到了驚蟄節氣，氣候轉暖，冬眠的動物開始蘇醒，慢慢地出來活動。

【二虎相爭，必有一傷】◇喻指兩強相鬥，必然有一方受到損傷。《三國演義》第六十二回：“今兩虎相鬥，必有一傷。須誤了我大事。吾與你二人勸解，休得爭論。”◎二虎相鬥，必有一傷／二寶相逢，必有一傷

【二則二，一則一】◇辦事實事求是，説話老老實實，一點都不差。◎一是一，二是二／該一是一，該二是二／是一説一，是二道二

【二雄不並棲】◇兩強在一起必定要爭鬥，不可能並存。清代西周生《醒世姻緣傳》第九十一回：“雖説是二雄不並棲，誰知這二雌也是並棲不得的東西。”◎二虎不能同山，兩雄不能並立

【丁是丁，卯是卯】◐丁是天干之一，卯是地支之一，干支錯誤就影響農曆的推算。而丁卯又是木工“釘鉚”的諧音。丁：即“釘”。這裏借指器物接榫的榫頭。卯：即“鉚”，指接榫的凹入處，卯眼。釘鉚相合相接器物才能安牢，否則就安裝不上。◇喻指做事認真，一絲不苟。《紅樓夢》：“明兒有了事，我也丁是丁卯是卯的，你也別抱怨。”

【十人上山，各自努力】◇幸福要靠自己努力創造，不要依靠他人。

【十人種竹，一年成林；一人種竹，十年成林】◇喻指人多力量大。

【十入一出】◇喻指收入遠遠大於支出。

【十丈深水易測，一人心思難量】◇人心易變難以捉摸。

【十日灘頭坐，一日行九灘】◇喻指忙閒不均。也喻指沒有機會，只好坐等，一旦有了機會，就會十倍百倍賺錢。

【十分收成，七分管】◇告訴人們，要想得到好的收成，必須加強農作物的管理。

【十分惺惺使九分，留着一分與兒孫】惺惺（xīng）：聰明智慧。◇不要把自己的聰明才智全使盡了，不要把

所有的事都包攬了，子孫後代會因得不到鍛煉而愚笨。也喻指凡事不能做絕，要留有餘地。◎十分惺惺使九分／十分惺惺使五分

【十月懷胎，一朝分娩】◇喻指經過長期努力，最終取得了成果。

【十月懷胎，三年乳哺】▽嬰兒在出生前，要在母親體內孕育十個月，出生後還要哺乳三年。強調母親養育子女很艱辛。

【十月蘿蔔小人參】▽生長了十個月的蘿蔔，就像小人參一樣有營養。

【十目所視，十手所指】◇周圍有許多人監督着，如果言談舉動有錯誤，絕不可能隱匿。

【十句諺語九句真】◇諺語是勞動人民在生活實踐中的經驗總結，基本上是真理。◎十句諺語五句真

【十年栽樹，萬年歇涼】◇喻指付出一定的勞動，能換取長期的利益。

【十年寒窗無人問，一舉成名天下知】◇長期在家裏刻苦讀書的時候，沒人過問，一旦考取功名，就名揚天下了。金代劉祁《歸潛誌》卷七：“古人謂十年窗下無人問，一舉成名天下知。”元代關漢卿《包待制三勘蝴蝶夢》第一折：“你孩兒十年窗下無人問。一舉成名天下知。”◎十年窗下無人問，一舉成名天下知

【十年窗下苦，不及一聲嚎】◇十年寒窗，刻苦讀書的人，還不如在朝廷裏大聲讚揚、給權貴們歌功頌德的人，容易得到高官厚祿。

【十年樹木，百年樹人】◇喻指培養人才需要很長的時間。《管子‧權修》：“一年之計，莫如樹穀；十年之計，莫如樹木；終身之計，莫如樹人。一樹一獲者，穀也；一樹十獲者，木也；一樹百獲者，人也。”

【十朵菊花九朵黃，十個女兒九個像娘】◇絕大多數女兒都像母親。

【十步九回頭】◇ ❶喻指猶豫不決，徘徊不前。❷喻指留戀不捨。

【十步之內，必有芳草】芳草：香草，指賢人或才士。◇喻指人才濟濟，到處都有賢能的人。漢代王符《潛夫論‧實貢》：“夫十步之間，必有茂草；十室之邑，必有俊士。”◎十步芳草

【十步留一步，免得徒弟打師傅】◇師傅教授徒弟技藝時要留一手，不能讓徒弟超過自己，對自己構成威脅。

【十里不同天，一山有四季】◇告訴人們，山區海拔高度不同，氣候差別很大。

【十里之郡，必有良才】◇喻指周圍就有人材。

【十里無真言】◇喻指傳播的消息大多不可靠。◎十里沒真信

【十事半通，不如一事精通】◇告訴人們，泛泛地了解膚淺的知識，不如精通一門好。

【十指有長短，痛惜皆相似】◇喻指兒女之間雖然有差別，但父母對兒女的疼愛都一樣。

【十胖九虛】◇胖人身體大多虛弱。

【十室之邑，必有忠信】▽即使是十來戶人家的小村子，也有忠信之士。◇說明到處都有賢人。《論語‧公冶長》：“子曰：‘十室之邑，必有忠信如丘者焉，不如丘之好學也。’”

【十桃九蛀】● 桃子容易遭蟲蛀。

【十個人十樣性】◇各人有各人的性格。◎十個人十個性

【十個大夫九當歸】當歸：多年生草本植物，莖帶紫色，根肥大，供藥用，能補血活血，調經止痛。◇醫生給病人開藥都愛用當歸。

【十個光棍九個倔】倔：jué，固執。◇告訴大家，單身漢的性格都比較倔強。

【十個明星當不的月】● 十顆很亮的星星也頂不上一個月亮。◇喻指才能小的人再多，也抵不過一個能力強的人。

【十個指頭不一般齊】◇喻指人和人，物和物之間總是有差別的，不可能一模一樣。◎十個指頭有長短／十個指頭有長短，荷花出水有高低

【十個指頭按不住十個跳蚤】◇喻指幹工作力量分散，會顧此失彼，不能取得成功。

【十個指頭個個痛】◇喻指父母對每一個子女都是一樣疼愛。

【十個指頭連着心，提起葫蘆也動根】◇喻指父母親時時刻刻惦念着孩子，孩子受一點委屈，父母親就會心痛。

【十個指頭朝裏彎】◇喻指自己人應該幫助自己人。

【十個便宜九個愛】◇告訴人們，便宜的商品，人們都喜歡買。

【十個梅子九個酸，十個官兒九個貪】◇舊社會當官的大多數是貪官污吏。

【十個啞巴九個性子急】◇啞巴因說不出話，難以表達自己的思想，性子往往比較着急。

【十個麻子九個俏，沒有麻子不風騷】風騷：指婦女舉止輕佻。◇告訴大家，臉上有麻點的女子，往往因有麻點而顯得更加俊俏，給人有愛賣弄風騷之感。

【十個媒人九個謊】◇告訴人們，媒婆為了貪圖財禮，想盡辦法要把婚事說成，因而誇大男女雙方的條件，說謊是常有的事。◎十個媒人九個謊，不謊就會喝粥湯

【十個衙門十個贓】◇告訴人們，舊社會衙門裏個個都是貪官污吏。

【十個廚師九個淡】◇做菜想要味鮮，就要注意少放鹽。

【十個錢要花，一個錢要省】◇告訴人們，該花的錢再多也得花，不該花的錢再少也要省。

【十個聾子九個啞】◇聾子因為聽不到聲音，所以大多都是啞巴。

【十家鍋灶九不同】◇喻指各人的境遇不同，各人的思想也不同。

【十啞九聾】◇啞巴大多數是聾子。

【十鳥在樹，不如一鳥在手】◇喻指沒有到手的東西再多，還不如有一件屬於自己的東西好。

【十訪九空，也好省窮】◇訪親友借貸，多少可以得到一些資助。

【十網九空，一網成功】◇喻指只要堅持不懈，總會有一次成功。

【十層單不及一層棉】◇單衣穿得再多，也抵不上一件棉衣暖和。◎千層單，不如一層棉

【十謁朱門九不開】謁：拜見。朱門：紅漆大門，指富貴人家。◇向富貴人家求助，往往總是碰壁。元雜劇《相國寺公孫汗衫記》第三折："若是你一句射透千年事，強如俺十謁朱門九不開。那賊漢也合是敗。您福消災至，俺苦盡甘來。"

【十磨九難出好人】◇經過多次磨礪，才能鍛煉出人才。

【十幫一易，一幫十難】◇眾人幫助一人很容易，而一人幫助眾人就很難。

【十霧九晴天】◇早晨有霧的天氣大多數是晴天。

【七十二行，哪行都養人】七十二：指數量多。行（háng）：行業。養人：維持生活。◇無論從事哪一個行業，都能養家糊口。

【七十二個心眼，八十多個轉軸子】七十二，八十：指數量多。轉軸子：指主意或心眼。◇形容人心眼多，很有心計。◎七十二個心眼，九十六個轉軸兒／七十三個心眼，八十四個螺絲

【七十二變，本相難變】七十二變：《西遊記》裏孫悟空神通廣大，可以變成七十二種形象，只有尾巴不會變。本相：原來的面貌。◇外表偽裝得再巧妙，也改變不了真實的面目。

【七十三，八十四，閻王不叫自己去】閻王：迷信傳說中管地獄的神，他招呼誰，誰就得死。叫：招喚。◑人到了七十三歲或八十四歲，不待閻王招呼，自己也就去陰間了。◇舊時認為七十三歲、八十四歲是一個檻，多數人都在這個歲數去世。

【七十瓦上霜，八十風前燭】◑人活到七十歲就像房頂上的霜，隨時都可能消融；人活到八十歲就像風中的蠟燭，隨時都可能熄滅。◇喻指人年歲大了，隨時都有死亡的可能。

【七孔生煙，三尸冒火】七孔：指兩眼、兩耳、兩鼻孔和口。三尸：道家指人體內作祟的一種神靈。◇當人非常生氣或着急時，眼耳鼻口像着火冒煙一樣。清代張春帆《宦海》第三回："只把個方伯氣得七孔生煙，渾身亂抖，一時軟癱在椅子上，一句話都說不出來。"

【七世仇寇，八世冤家】世：代。七世、八世：指很早以前。◇幾代人結下的仇恨，冤大仇深，無法化解。清代李寶嘉《官場現形記》："真正不知道是我那一門的七世仇寇，八世冤家！"

【七年之病，求三年之艾】艾（ài）：多年生草本植物，可入藥。◑患病七年，才開始尋找生長了三年的艾蒿。◇喻指陷入困境多年，才開始想辦法，為時實在太晚。《孟子・離婁上》："今之欲王者，猶七年之病求三年之艾也。苟為不畜，終身不得。苟不志於仁，終身憂辱，以陷於死亡。"

【七次量衣一次裁】七次：指反覆多次。◑做衣服時，要先反覆量身體的尺寸，才能一剪裁就合身。◇ ❶喻指在行動前，要反覆細緻地調查研究，做好充分準備。❷指做事方法得當，才能有成功的把握。

【七兩為參，八兩為寶】參：人參，入藥，有滋補作用。寶：珍寶。◇七兩重的人參雖然珍貴，但也只是人參；八兩重的人參非常罕見，可以稱得上珍寶。

【七個吃飯，八個當家】當家：主持家務。◇喻指每個人都有自己的主張，最後誰也做不了主。◎七個當家，八個做主 / 七個當家，八口子主事

【七個和尚八樣腔】腔：腔調，這裏指唸經的語調。◇各人搞自己的一套，意見不統一，分歧嚴重。◎七個猴子八樣腔

【七歲八歲討人厭，十歲還要淘兩年】厭：厭惡，嫌棄。淘：淘氣。◗七八歲的孩子好動，而且特別淘氣，惹人厭煩，十歲的孩子還得淘氣兩年。◇告訴人們，兒童在發育過程中，愛說愛動是正常現象。◎七歲八歲討人嫌 / 七歲八歲討人厭

【七歲八歲討狗嫌】◇孩子七八歲的時候最淘氣，連狗都嫌棄他們。

【七竅裏冒火，五臟裏生煙】七竅：指兩眼、兩耳、兩鼻孔和口。五臟：指心、肝、脾、肺、腎五種器官。◗七竅往外出火苗，五臟往外冒煙。◇喻指焦急萬分或氣憤異常。《說唐》三十回：“（邱瑞）急得七竅生煙，一些主意全無。”清代劉鄂《老殘遊記續集遺稿》第三回：“一天兩天還好受，等到第三天，真受不得了！怎麼還沒有信呢？俗語說的好，真是七竅冒火，五臟裏生煙。”

【人一走，茶就涼】◇人一旦離開原來的職位，失去了原有的地位，別人跟他的感情或關係就會淡漠或疏遠。常用來說明世態炎涼，人情冷暖。◎人走茶涼

【人丁上百，武藝皆全】人丁：人口。武藝：武術上的本領，也指各種才能。◇喻指人多了，各種才能的人就都有。

【人人有面，樹樹有皮】面：臉面。◗每個人都有自己的臉面，就像每棵樹都有樹皮一樣。◇人都有羞恥之心，應該自尊自重。清代李海觀《歧路燈》第三十六回：“人有臉樹有皮，前日趕出來，磕頭亂央不肯收下，今日得不的一聲兒，又回去了。”◎人人有臉，樹樹有皮 / 人有臉，樹樹有皮

【人人都有難唱的曲，家家都有難唸的經】◇喻指誰都有難處，不要過分強調自己的困難。

【人上一百，必有奇謀】奇謀：不同尋常的謀略。◇人多了，就會有人能想出好主意來。

【人上百，形形色色】形形色色：各種各樣。◇❶人多了，甚麼樣的人都有，難免良莠不齊。❷指人多了，就會有各種各樣的人才。◎人上一百，五顏六色

【人子立身，莫大於孝】◗做兒子的在社會上安身立命，沒有比孝敬父母更重要的。◇勸人孝順父母，只有孝順自己的父母，才可能推及他人，做有益的事情。《孝經・聖治》：“人之行，莫大於孝。孝莫大於嚴父。”

【人不中敬】中（zhòng）：適於。◗對有些人不適宜去敬重他們。◇有些人敬重他們，他們反而把你看輕，不放在眼裏；要是不理睬他們，他們反而畏懼你、重視你。

【人不可貌相，海水不可斗量】相（xiàng）：察看事物的外表，判斷事物的優劣。斗（dǒu）：舊時量糧食的器具。◗人不能從外表相貌上判定他的能力大小或人品高下，就像海水不能用斗來衡量多少一樣。◇強調僅憑外表相貌來估量人，容易低估人。元

代雜劇《醉思鄉王粲登樓》第一折：
"凡人不得用貌相，海水不可用斗量。"◎人不可以貌相，海水不可以斗量／凡人不可貌相，海水不可斗量／人無貌相，水無斗量

【人不立家身無主】立家：成家立業。◇人如果沒有成家立業，就像沒有歸宿一樣。

【人不求人一般大】求：央求，請求。一般：一樣，同樣。◇求人時低人一等，不求人時就兩相平等。

【人不見長，總見衣短】長（zhǎng）：長高。◐人長個頭不容易看出來，卻總是發現衣服顯短了。◇喻指看到人的缺點容易，看到人的進步難。

【人不利己，誰肯早起】◐人要不是為了自己的利益，有誰肯早早地起牀幹活。◇喻指人肯出力做事，都是出於自私自利，為了個人謀取好處。◎人不為利，誰肯早起

【人不知自醜，馬不知臉長】◐自己看不到自己長得醜，就像馬看不見自己的臉長一樣。◇形容人們往往很難發現自己的缺點和錯誤，都自以為是。

【人不知，鬼不覺】覺：覺察。◇做事異常隱蔽，誰也不知道。◎人不知，鬼不見／神不知，鬼不覺

【人不宜好，狗不宜飽】◇人生活條件好了，就會安於現狀，不知奮鬥，就像狗餵飽了，就會變得懶洋洋的，而不去看守家門。

【人不要臉鬼都怕】臉：指面子。◐人如果不要臉面，毫無羞恥，就連鬼也怕他。◇喻指對毫無廉恥之心的人，誰都沒有辦法。

【人不保死，車不保翻】保：擔保。◐誰也不敢擔保人不死，誰也不敢擔保車不會傾覆。◇強調事情的發展是不以人的意志為轉移。

【人不為己，天誅地滅】誅（zhū）：殺。滅：消滅。◇人做事不為自己盤算，就為天地所不容。西晉《佛說十善業道經》第二十四集："人生為己，天經地義，人不為己，天誅地滅。"

【人不能全，車不能圓】全：完整無缺。◐人不可能完美無缺，就像車輪不可能絕對圓一樣。◇說明人都會有缺點，不可能十全十美。

【人不得外財不富，馬不吃夜草不肥】外財：外快，正常收入以外的收入。夜草：夜間添的草料。◐人沒有外快就不可能暴富起來，就像馬夜裏不添草就不會長膘一樣。◎人不得外財不富，馬不吃夜草不上膘

【人不通古今，馬牛而襟裾】裾（jū）：衣服的大襟。襟裾：指衣服，這裏指穿衣服。◇人如果不學習，不通曉古今事理，就像穿着衣服的牛馬。唐代韓愈《符讀書城南》詩："潢潦無根源，朝滿夕已除。人不通古今，馬牛而襟裾。行身陷不義，況望多名譽。"

【人不量力，馬不量騎】量（liáng）：估計，衡量。◐人做事不能正確估計自己的能力，就如同騎馬不能估量自己的技術一樣。◇喻指自不量力，做超出自己能力的事情。

【人不經百語，柴不經百斧】◐眾人都說某人不好，時間一長，大家就會相信，就像一塊柴經不住斧子不停地砍一樣。◇喻指外界輿論的力量很

大，常常能左右人的判斷力，有時甚至能積非成是。

【人不説不知，木不鑽不透】 知：明白。鑽（zuān）：用尖鋭的工具在物體上轉動，使出現孔眼。◇事理不説清楚，人就不會明白，就像木頭不鑽就不可能穿透一樣。◎話不説不明，木不鑽不透

【人不論大小，馬不論高低】 ◐ 不能只根據年齡大小來判斷人的能力，就像不能只根據個頭高低來判斷馬的優劣一樣。

【人不學，不知道】 ◇人如果不學習就不會通曉事理。《禮記・學記》：“玉不琢，不成器。人不學，不知道。是故古之王者建國君民，教學為先。”

【人不親土親，河不親水親】 ◐ 雖然不熟悉，但都是同鄉人；雖然不是同一條河，但都一樣是水。◇強調同鄉同土的人雖然關係不密切，但有鄉土情，應該相互照應。◎不親土親／人不親道還親／人不親土親，和尚不親廟親

【人不辭路，虎不辭山】 辭：告別。這裏指離開。◐ 人離不了道路，就像老虎離不了深山一樣。◇告訴人們，人總要外出走動，出門在外就免不了求助於人，因此説話做事要留有餘地，為自己留下後路。清代《施公案》：“列位往後撞着我，不必理我。常言：‘人不辭路，虎不辭山。’”

【人不離鄉，鳥不離枝】 ◐ 人不願意離開自己的故鄉，如同鳥兒離不開樹枝一樣。◇喻指留戀故土。

【人不勸不善，鐘不敲不叫響】 勸：勸誡。◐ 人如果不勸誡，就不能改惡從善，就像鐘不敲不響一樣。◇告訴人們，對犯錯誤的人要進行教育，使他改正錯誤，步入正途。

【人比人，氣死人】 ◐ 人跟人相比，境況差的人就會氣得要死。◇人和人之間差別很大，不能相比。多用來感歎人的社會地位、生活條件等差別巨大。◎人比人，活不成／人比人，氣煞人

【人比人得死，物比物得丟】 丟：捨棄，扔掉。◐ 境遇差的人和境遇好的人相比，條件差的人就沒法活下去；差的東西和好的相比，差的東西就得扔掉。◇人和人、物和物之間差別很大，不能做比較。◎貨比貨得扔，人比人得死

【人中呂布，馬中赤兔】 呂布：東漢時大將，武藝高強，善於騎馬射箭。赤兔：呂布騎的駿馬名。◐ 人當中英俊威武要數呂布，馬當中出類拔萃要數赤兔。◇喻指人才出眾。明代羅貫中《三國演義》第五回：“弓箭隨身，手持畫戟；坐下嘶風赤兔馬；果然是人中呂布，馬中赤兔！”◎人中有呂布，馬中有赤兔／人中有張飛，馬中有烏騅

【人之初，性本善】 ◇人剛生下來的時候，本性是善良的。宋代王應麟《三字經》：“人之初，性本善。性相近，習相遠。”

【人之相知，貴相知心】 知：交往而相互了解。◇人相互交往，最重要的是對彼此内心的真正了解。漢代李陵《答蘇武書》：“嗟乎！子卿！人之相知，貴相知心。前書倉卒，未盡所懷，故復略而言之。”

【人之患在好為人師】 患：毛病。好（hào）：喜歡。◐ 人最大的毛病就在

於總喜歡做別人的老師。◇喻指有些人不謙虛，自以為高明，喜歡指點別人。《孟子・離婁章句上》：「人之患在好為人師。」

【人之將死，其言也善】◇人快要死的時候，所說的話都是善良的、真心的。《論語・泰伯》：「曾子有疾，孟敬子問之。曾子言曰：『鳥之將死，其鳴也哀；人之將死，其言也善。』」

【人心不可欺】●人心難以欺瞞。◇人如果做了昧良心的壞事，天地都會知道，都不會寬恕。

【人心不同，各如其面】◇人的思想性格各不相同，就像人的長相千差萬別一樣。《左傳・襄公三十一年》：「人之不同，如其面焉。吾豈敢謂子面如吾面乎？」

【人心不似水長流】◇人心多變，不像水不斷地只朝一個方向流去。

【人心不足蛇吞象】●人的貪心得不到滿足，就像蛇妄想吞吃大象一樣。◇喻指人貪得無厭。戰國楚屈原《天問》：「一蛇吞象，厥大何如？」元代無名氏《冤家債主》楔子：「得失榮枯總在天，機關用盡也徒然。人心不足蛇吞象，世事到頭螳捕蟬。」◎貪心不足蛇吞象

【人心不足，得隴望蜀】隴：今甘肅一帶。蜀：今四川東部。●人的貪慾難以滿足，平定了隴地，又想攻取西蜀。◇喻指人貪得無厭，慾望永遠得不到滿足。明代淩蒙初《二刻拍案驚奇》卷一一：「真叫做人心不足，得隴望蜀，見他好情，也就有個希冀借些盤纏之意。」清代李汝珍《鏡花緣》：「紫芝道：『你左一個雙杯，右一個雙杯，都教人吃了；此刻又教

人說笑話；竟是得隴望蜀，貪得無厭了。』」

【人心自不同，花有別樣紅】●人的想法互不相同，就像花的顏色各不相同一樣。◇人善惡不一。

【人心似鐵，官法如爐】●人的意志即使像鐵一樣堅硬，也經受不住像熔爐一樣的刑律。◇鐵落進熔爐就會熔化，人再剛強，也要屈服於無情的法律。明代蘭陵笑笑生《金瓶梅》：「李通判道：『老先生不該發落他，常言：人心似鐵，官法如爐，從容他一夜不打緊，就翻異口詞。』」◎人心似鐵非是鐵，官法如爐果是爐／人心堅似鐵，官法熾如爐

【人心沒底，黃河沒蓋】●人心深不見底，黃河遮蓋不住。◇形容人的心思難以揣測。

【人心易昧，天理難容】昧（mèi）：隱藏。◇人做昧良心的事容易，但天理難以寬恕。

【人心要實，火心要虛】◇人要忠誠老實，才能把事情辦好，就像生火時柴草要架空，火才能燒旺一樣。◎人要忠心，火要空心／火要空心，人要實心

【人心換人心】●用真心換取別人的真心。◇自己真誠對待別人，別人才能真誠對待自己。◎人心比人心／人心換人心，八兩換半斤／人心換人心，五兩換半斤

【人心無剛一世窮】剛：剛強。◇人要是不要強，就會一輩子受窮。

【人心隔肚皮】●人心有肚皮隔着，所以相互看不見。◇各人有各人的想法，難以揣測別人真實的想法。慨歎

人與人彼此難以真正了解。清代西周生《醒世姻緣》第四十三回："晁鳳道：'人心隔肚皮的，這怎麼定的？依着珍姨説的，像似有理的；據着晁住昨日説的，又像是有理似的。'"清代錢彩《説岳全傳》："虎豹不堪騎，人心隔肚皮。休將心腹事，説與結交知！"◎人心隔肚皮，虎心隔毛皮／人心隔肚皮，飯桶隔木皮／人心隔肚皮，你我兩不知／人心隔肚皮，裏外不相通／人心隔肚皮，做事兩不知／人心隔着一張皮，皮裏皮外不一樣

【人心隔肚皮，嘴巴一層皮】▶人心有肚皮隔着，相互看不見，人只能看見嘴巴上下唇。◇喻指人心難以猜測，不能單看人嘴上説甚麼。

【人心齊，泰山移】▶只要人齊心協力，連泰山都能給移走。◇喻指人心齊，團結一致，就力量強大。

【人心難料，鴨肫難剝】料：預料，料想。肫（zhūn）：鳥類的胃。鴨肫、鴨子的胃。▶人的心思難以揣測，就像鴨肫難以剝離一樣。◇喻指人的心思最不容易了解。

【人心難測，海水難量】測；揣測。量（liáng）：估量。▶人的真實想法難以猜測，就像海水難以估量一樣。明代淩蒙初《二刻拍案驚奇》卷二十："看官你道賺去商家物事的，卻是那個？真個是人心難測，海水難量。原來就是賈廉訪。"

【人心難滿，溪壑易填】壑（hè）：山溝。▶溪壑容易填平，人的慾望難以滿足。◇形容人的貪慾太大，無法滿足。

【人未傷心不得死，花殘葉落是根枯】傷心：人情感受到傷害。▶人要是沒有傷及內心深處的情感就不會死去，

就像花草的根枯乾了，才會花葉凋落一樣。◇人心受到嚴重傷害，毫無生活的趣味，容易導致人的死亡。《西遊記》："俗語云：'人未傷心不得死，花殘葉落是根枯。'他聽見叫張口，即便忍着疼，把口大張。"

【人正不怕影斜】▶只要人長得端正，就不要怕身影歪斜。◇説明人光明磊落，為人正派，就不怕別人説三道四。◎人正不怕影子斜，佛正不怕香爐歪／人正不怕影子斜，腳正不怕鞋子歪

【人去不中留】中（zhòng）：適合。▶人家去意已定，不宜強作挽留，不如順其自然。

【人世間有千條路】▶人生活在世上，有多條路可走，不必固守原來的生活。

【人世無足，足在寡慾】◇人活在世上，慾望沒有滿足的時候，如果想要慾望滿足，就要克制自己的慾望。

【人世難逢開口笑】◇人生多苦痛，難得遇上讓人歡樂的事情。

【人可饒人，理不饒人】饒：寬恕。▶人做了錯事，別人可以寬恕他，但世間情理難以容忍他。

【人平不語，水平不流】▶人受到公平對待，心態平和，就像平穩的、不流動的水一樣。◇喻指做事公道，就不會有人議論紛紛。宋代普濟編集《五燈會元》卷十八："問：佛未出世時如何？師曰：絕毫絕厘。曰：出世後如何？師曰：填溝填壑。曰：出與未出，相去幾何？師曰：人平不語，水平不流。"《張協狀元》："人平不語。水平不流。"

【人叫人千聲不語，貨叫人點手自來】 ◯ 貨物不吸引人，賣家再高聲叫喊，都不會有買主；貨物吸引人，招招手，買主就會自己找上門來。◇說明做買賣關鍵要貨物好，才能吸引主顧。◎人叫人千聲不應，貨叫人點頭就來

【人生一世，草木一秋】秋：年。◯人只能活一輩子，草只能活一年。◇慨歎人生短暫，應該珍惜寶貴時間，幹一番事業。

【人生一世，無非是戲】◯人一輩子活在世間，所作所為都像是演戲。◇舊時思想消極的人認為，人生就是一齣戲，人們相互之間缺乏真實的情感，沒有值得信奉的東西。◎人在世上一台戲

【人生一世，無後為大】後：後代。◯人活在世上一輩子，以沒有留下子孫後代為最大的不孝。◇舊時家庭把傳留後代視為人生第一大事。《孟子・離婁上》：“孟子曰：‘不孝有三，無後為大。舜不告而娶，為無後也，君子以為猶告也。’”

【人生七十古來稀】◇自古以來，能活到七十歲的人就很少見，很不容易。唐代杜甫《曲江詩二首》之二：“朝回日日典春衣，每日江頭盡醉歸。酒債尋常行處有，人生七十古來稀。”◎人生百歲，七十者稀／人生七十從來少／年過七十常稀／世間七十老人稀／人生七十稀

【人生七十鬼為鄰】◯人活到七十歲，就和鬼為鄰了。◇喻指人活到七十歲，就離死不遠了。宋代釋文瑩《湘山野錄》引孫冕詩云：“人生七十鬼為鄰，已覺風光屬別人。莫待朝廷差致仕，早謀泉石養閒身。”

【人生七尺軀，畏此三寸舌】◯人雖然生就七尺高的身軀，但卻畏懼三寸短的舌頭。◇喻指輿論會給人帶來很大的壓力。

【人生三尺，世界難藏】生：生長。◯人身體有三尺那麼長，很難隱藏起來。◇形容人不可能藏得無影無蹤。◎人有三尺長，天下沒落藏

【人生不做鎖眉事，世上須無切齒人】鎖眉：皺眉頭，指不滿。切齒：咬緊牙齒，形容非常憤恨。◇人一生中只要不做有違良心的事情，就不會遭人痛恨。宋代話本《碾玉觀音》：“渾家説與丈夫道：‘你與我叫住那排軍！我相問則個。正是：平生不作皺眉事，世上應無切齒人。’”《張協狀元》：“平生不作皺眉事，世上應無切齒人。”◎人生不作虧心事，世上須無切齒人

【人生不滿百，常懷千歲憂】◯人生在世，難得有活過一百歲的，但是卻常為身後長遠的事情憂慮。◇勸人們不要為未來的事情過度地勞神操心，人生苦短，要及時行樂。漢代無名氏《古詩十九首・生年不滿百》：“生年不滿百，常懷千歲憂。晝短苦夜長，何不秉燭遊。”

【人生分定，不必強求】分（fēn）：命分，命運。◇人生在世，一切都早已由命運決定了，沒有必要勉強追求命運中沒有的東西。

【人生本是同林鳥，大限來時各自飛】◯人活在世上，就像同處一個樹林的鳥，災難來臨時各奔東西。◇喻指人生聚合短暫而偶然，情意淡薄，大難臨頭時，就各顧各了。《增廣賢

文》：“人生似鳥同林宿，大限來時各自飛。”

【人生在世，如駒過隙】隙：縫隙。◎人生活在世間的時間很短，就像從縫隙看駿馬飛馳，一閃而過。◇喻指人生極其短暫，要抓緊時間。《莊子‧知北遊》：“人生天地之間，若白駒之過郤，忽然而已。”◎人生如白駒過隙

【人生在世，無非曇花泡影】◎人活在世上，像曇花一現、泡影轉瞬即逝一樣短暫。◇喻指人生短暫，不能持久。

【人生在勤，勤則不匱】匱（kuì）：缺乏，短缺。◎人貴在勤勞，只要勤勞，就不會錢財匱乏。◇說明只有勤勞才能富足。

【人生有酒須當醉，一滴何曾到九泉】九泉：迷信指人死後靈魂的歸宿。◎人活在世上，有美酒的時候就要一醉方休，人死後，到了陰曹地府，想喝一滴酒也喝不到。◇勸人們要及時行樂。宋代高翥的《清明日對酒》：“南北山頭多墓田，清明祭掃各紛然。紙灰飛作白蝴蝶，淚血染成紅杜鵑。日落狐狸眠塚上，夜妝兒女笑燈前。人生有酒須當醉，一滴何曾到九泉。”

【人生百行，孝悌為先】行：行為。孝：孝順父母。悌（tì）：敬愛兄長。◎人生在世應把孝敬父母和尊敬兄長放在首要位置。

【人生百歲，總有一死】◎人即使活到一百歲，最終也免不了死去。◇人無論活長活短，最終的結果都是一樣，還不如為了脫離苦難或某種事業，自願去死。◎人生百歲，終須一死／人活百歲也是死，不如早死早超生

【人生如戲，聚散無常】◎人生就像一齣戲，歡聚和離散沒有一定的規律。◇形容世事多變，人生無常。

【人生若不圖富貴，便作如來也枉然】如來：佛祖釋迦牟尼的俗稱。枉然：徒然，沒有任何收穫。◎人活在世上，如果不追求榮華富貴，就是當了如來佛也沒有甚麼意思。◇意思是說人活着就是為了享受，如果不能享受，做了神仙也沒甚麼用。

【人生都是命，半點不由人】◎人生在世，一切都是命運決定的，根本就由不得自己做主。◇舊時認為人的命運由天意決定。

【人生唯有別離苦】唯：只。◇人活在世上，種種痛苦中，最痛苦的是生離死別。◎人生最苦是離別／人生離別難／人生最苦難堪事，莫過死別與生離／人間最苦處，死別共生離

【人生喪家亡身，言語佔了八分】◎人生中家破人亡的災禍，大多是因為說話不謹慎引起的。◇告誡人們，禍從口出，說話要當心，以免招惹禍端。

【人生最怕老來磨】◎人活在世上一輩子，最怕到了老年遭受折磨。◇人到老年，身體衰弱，經不起各種折磨。

【人生富貴由天命】富貴：有錢又有地位。◎人的窮富貴賤都是天意所決定的。

【人生結交在終始】◎人生在世，與人相交相處，貴在有始有終。◇與人交往，不能因為對方境遇的改變而改變。

【人生照鏡須自知，無鹽何用妒西施】
無鹽：春秋齊國的醜女。西施：春秋越國的美女。人生在世，要像照鏡子一樣正確估量自己，如果這樣，無鹽又何必妒嫉西施的美貌呢？◇喻指人貴有自知之明，不如人家也用不着去妒嫉人家。唐代李端《雜歌》：“人生照鏡須自知，無鹽何用妒西施。秦庭野鹿忽為馬，巧偽亂真君試思。”

【人生禍福總由天】❶人的吉凶禍福都是由天意決定的，不隨人的主觀意志而改變。

【人生難得月當頭】月當頭：明月當空，指團圓。◇喻指人生歡聚團圓的日子十分難得。

【人生難得，至道難聞】至道：最有價值的教義，這裏指佛教教義。❷原為佛教用語，用來奉勸修行者。能修成人身，來到世間就很不容易，能聆聽到佛教精義更加不易。◇後用以喻指要珍惜好不容易得來的機緣，行善去惡。清代孔尚任《桃花扇》第四十齣：“人生難得，大道難聞。”◎人生難得，大道難聞／人生在世，佛法難聞，人身難得

【人生識字憂患始】❷人一認識字，就開始了困苦憂患。◇意指人識字以後，見聞增廣，開始關心周圍的世界，常常為世事憂慮。宋代蘇軾《石蒼舒醉墨堂》詩：“人生識字憂患始，姓名粗記可以休。”

【人用財交始見心】◇人的情意是真是假，在錢財上就能考驗出來。◎金將石試方知色，人用財交始見心

【人用財試，金用火試】◇錢財可以考驗出人的真實思想，就像火燒可以考驗出金子的真假一樣。

【人犯王法身無主】◇人要是觸犯了國家法律，就身不由主，只能接受法律的制裁。

【人外有人，山外有山】❷儘管很有本領，但世間還有比你本領更高的人，就像山雖然高，但還有更高的山一樣。◇告誡人們，不能自滿自傲，要虛心學習。◎人外有人，天外有天／人外有人人上人，天外有天天上天

【人必自侮，然後人侮】侮（wǔ）：輕視。❷人總是首先自己不知自愛，才會遭到別人敢欺侮凌辱。◇告誡人們，自己要行為端正，愛惜名譽，才不至於招人損辱。《孟子·離婁上》：“夫人必自侮，然後人侮之；家必自毀，而後人毀之；國必自伐，而後人伐之。”

【人老心不老】◇人年紀雖然大了，但雄心壯志沒有衰竭，仍富有朝氣。◎人老志不衰／人老雄心在

【人老先老腿】❷人年歲大了，首先開始感覺到的就是腿腳不靈便。◇人的衰老首先表現在腿腳上。

【人老奸，馬老滑】奸：自私自利，投機取巧。滑：耍滑頭，指幹活不出力。❷人年紀大了，經歷多了，容易學得世故，做事愛投機取巧，就像馬老了愛耍滑，幹活不賣力一樣。◇批評年紀大的人做事偷懶耍奸。

【人老珠黃不值錢】❷人年紀大了，就像珍珠年頭久了，顏色變黃了一樣，沒有甚麼價值。◇舊時喻指婦女年老色衰，無人喜歡，被人輕視。

【人老病出，樹老根出】◇喻指人年紀大了，機體開始衰老，容易發生疾病。

【人老無能，神老無靈】◐ 人年紀大了不中用，神年紀大了也就不靈驗了。◇人老了反應遲鈍，常常糊裏糊塗，不明事理。

【人老精，薑老辣】精：精靈。◐ 人年紀大了，變得更加精明，就像生薑越老越辣一樣。◇喻指人越老，經驗越豐富，做事也就越精練老到。

【人老嘴乏味】乏味：缺乏味道，沒有滋味。◐ 人年歲大了，食慾不振，吃甚麼東西都覺得沒有味道。

【人老歸鄉，葉落歸根】◐ 人年紀大了，就想返回自己的家鄉，像樹葉落下來總要落到樹周圍一樣。◇喻指客居異鄉的人終究要回到故鄉。

【人在人情在，人亡兩無交】◐ 人活着的時候，交情自然存在；相關的人一死，雙方的交情也沒有了。◇人際關係只是情面上的事，人死即亡，感歎人情的勢利與短暫。清代石玉昆《三俠五義》十五回："後來秦鳳自焚而死，秦母亦相繼而亡。所有子孫不知娘娘是何等人。所謂'人在人情在，人亡兩無交。'"◎ 人生情誼在，人死情分完／人在人情在，人死人情兩丟開

【人在山頂知山高，人進山中知山深】◇只有深入透徹地了解問題，才能認識其中的複雜程度和包含的深刻意義。◎人在山外覺山小，人在山中覺山深

【人在世上煉，刀在石上磨】◇人在社會上只有經受鍛煉，才能增長才幹，就像鋼刀只有在石頭上反覆磨礪，才能銳利一樣。

【人在事中迷，就怕沒人提】迷：迷惑，分辨不清。◐ 當事人對於自己所面臨的事情，常常分辨不清是非，看不出存在的錯誤，需要有人加以提醒。◇意思是說當事人看問題往往會陷於主觀、片面，不如旁觀的人看得清楚、全面，需要加以規勸。

【人在春風喜氣多】春風：喻事情順達時洋洋得意的樣子。◐ 人逢喜事，高興的心情掩飾不住，顯得喜氣洋洋。

【人在亮處，禍在暗處】◇禍福無常，人容易遭受飛來橫禍。

【人在屋簷下，怎敢不低頭】◐ 人處在低矮的屋簷下面，只好低頭。◇喻指處在別人的權勢之下，受制於人，只得屈服從命。◎人在矮簷下，不得不彎腰／在他簷下走，怎敢不低頭

【人在馬下難做人】馬下：舊時做官的人騎馬坐轎，失去了官職就只得步行。"馬下"即指失去官職。◇有權勢的人失去了權勢，日子不好過，滋味不好受。

【人在時中，船遇順風】時：時運。◇人運氣好了，就像船行走時遇上順風一樣，事事順利。

【人在曹營心在漢】曹營：三國曹操的軍營。漢：指三國蜀漢。◐ 蜀漢大將關羽在曹營裏，受到曹操的優厚待遇，但他心卻思念着蜀漢，渴望回到劉備那邊去。◇❶ 喻指人忠於故舊。❷ 指人在這裏，心卻想着別處。雖然能留住人身，但卻留不住人心。◎身在曹營心在漢

【人在經堂坐，禍從天上來】經堂：唸經的廳堂。◐ 人端坐在經堂裏唸佛誦經，卻遭受飛來之禍。◇虔誠信奉

天命，安分守己，卻遭到災禍。慨歎
禍福無常，行好事卻沒得好報。

【人有一技之長，不愁家裏無米糧】
◯ 人只要學會一門手藝，就可以在社
會上立足謀生，不用擔心家中沒有糧
吃。◇說明掌握一門手藝具有重要的
作用。

【人有十不同，花有十樣紅】◯ 人之
間的差別很大，就像花的顏色各不相
同一樣。◇要認識到人的差別，區別
對待，而不能強求一致。

【人有十年旺，神鬼不敢傍】傍：
靠近。◯ 人一生中有幾年時運旺盛，
神鬼不敢靠近侵擾。◇喻指人處世為
人堂堂正正，卑鄙的小人不敢侵犯，
因此，做事也十分順利。明代佚名
《濟公全傳》：“‘也許你我的正氣，把
邪趕走。’雷鳴説：‘對。人有十年
旺，神鬼不敢傍。’”

【人有七貧八富】◇人的窮富不可能
永遠不變，總是在不斷地變化。唐代
王梵志《吾富有錢時》詩：“人有七
貧時，七富還相報。圖財不顧人，且
看來時道。”

【人有人言，獸有獸語】◯ 人有人
的語言，禽獸也有禽獸的語言。◇喻
指一個群體內部有自己獨特的交流方
式。◎禽有禽言，獸有獸語

【人有人門，狗有狗竇】竇：洞。
◯ 人走為人而設的門，狗鑽為狗設
的洞。◇人不能做辱沒自己人格的事
情。

【人有人道，車有車道】◯ 人有人走
的路，車有車行的道。◇喻指各人選
擇的生活方式不同，不能強求一致。
◎人有人道，水有水路

【人有人道，賊有賊道】◯ 好人有好
人的生活方式，壞人有壞人的生活方
式。

【人有三尺長，天下沒落藏】見【人
生三尺，世界難藏】

【人有二回六轉，山有九曲八彎】
◇人説話或做事總是拐彎抹角，就像
山脈彎彎曲曲一樣。◎人有三回六
轉，河有九曲八彎

【人有三昏三迷】昏：頭腦迷糊，神
志不清。迷：分辨不清。◯ 人總有做
事糊塗的時候。

【人有大譽，無訾小故】訾（zǐ）：議
論別人的短處。故：缺點。◇人成就
了偉大事業，就不要再去計較他的
小小過錯。漢代劉安《淮南子‧氾論
訓》：“故人有厚德，無問其小節；而
有大譽，無疵其小故。”

【人有小九九，天有大算盤】小
九九：珠算的乘法口訣。◯ 人雖然有
高明的謀略，但天意決定着一切，不
以人的意志轉移。◇舊時認為人無論
怎麼籌劃，也無法勝過天意。

【人有千日譽，花無百日紅】◯ 人行
善事可以有千年的美譽，花朵卻不能
常開不謝。◇勸誡人們要多做善事，
維護自己的名譽。明代施耐庵《水滸
傳》四十三回：“人無千日好，花無
百日紅。”《三遂平妖傳》第十二回：
“正是人無千日好，花無百日紅。”

【人有可延之壽，亦有可折之壽】
◇人的壽命可以因多行善而得到延
長，也可以因作惡多而遭受減損。明
代馮夢龍《喻世明言》第三十一卷：
“閻君聽稟：常言‘人有可延之壽，亦
有可折之壽’，所以星家偏有壽命難

定。"元代關漢卿《山神廟裴度還帶》第二折："可不道人有可延之壽也。"

【人有旦夕之災，馬有轉韁之病】旦夕：早晨和晚上，指短暫的時間。轉韁：牽動韁繩，指短暫時間。◐人的災難頃刻之間說來就來，就像馬轉瞬間就會生病一樣。◇喻指人的災禍難以預料。

【人有生死，物有毀壞】◐人有出生，也有死亡，東西也一樣，總有毀壞的時候。◇這句話用來勸慰無意中毀壞器物的人，不必過分自責，甚麼東西都有始有終，不可能永遠完好無缺。

【人有失錯，馬有漏蹄】失錯：過失，差錯。漏蹄：馬不小心摔倒。◐人做事難免會有疏忽，出現失誤的時候，就像馬不小心就會摔倒一樣。◇❶勸慰人們，不要因為出現差錯而喪失信心。❷有時也用來寬慰自己，失誤是意外出現的，不是自己能力有問題。◎人有錯手，馬有失蹄／人有一時不慎，馬有一時失蹄／馬有閃蹄，人有失足／馬有漏蹄，牛有失腳

【人有吉凶事，不在鳥音中】鳥音：鳥雀的鳴叫。迷信認為喜鵲叫是吉祥的徵兆，烏鴉叫是凶禍的徵兆。◐人的禍福吉凶並不是鳥雀鳴叫所能預卜的，跟鳥叫毫無關係。清代曹雪芹《紅樓夢》："只聽見簷外老鴉呱呱的叫了幾聲，便飛向東南上去。寶玉道：'不知主何吉凶？'黛玉道：'人有吉凶事，不在鳥音中'。"

【人有耳朵牆有縫】◇沒有不洩露的秘密。提醒人們，不要在背後議論別人的是非，因為說過的話總會被人知道。

【人有同相，馬有同鞍】相：相貌。◇人的長相有非常相近的，就像大小相近的馬，可以配相同的鞍子一樣。

【人有名，樹有影】名：名聲。◐人有名聲，就像樹有影子一樣。◇人生在世，做好事就有好名聲，做壞事就有壞名聲，勸人多做好事。◎人的名兒，樹的影兒

【人有志，竹有節】節：物體各段之間相連的地方，這裏指竹節。◇人要有追求上進的志向。

【人有所不為，然後可以有為】為(wéi)：做。◐人必須捨棄或者不做某些事情，才能夠做成一些事情。◇做事情必須有所選擇，才能大有作為。《孟子‧離婁下》："人有不為也，而後可以有為。"

【人有前後眼，富貴一千年】◐人做事要是能瞻前顧後，考慮周全，就可以免遭禍患，長久地享受榮華富貴。

【人有逆天之時，天無絕人之路】逆：抵觸，不順從。絕：斷絕。人做事有違背天意、不順遂的時候，老天卻不會斷絕人的活路。◐人在困境中，不要絕望，總會有辦法生存下去。◇勸慰人們，對生活要保持信心，不要輕易放棄希望。明代馮夢龍《醒世恆言‧黃秀才徼靈玉馬墜》："人有逆天之時，天無絕人之路。萬事不由人計較，一生都是命安排。"

【人有害虎心，虎有傷人意】◐人有傷害老虎的心思，老虎也有傷害人的想法。◇喻指謀劃傷害別人的人，別人也會謀算着傷害他。

【人有貴賤，不可概論】◐人的地位有高貴的，也有卑賤的，不能不加區

別地一律對待。元代高明《琵琶記》第十九齣：「〔旦〕自古道：人有貴賤，不可概論。夫人是香閨繡閣之名姝，奴家是裙布荊釵之貧婦。」

【人有貴賤，年有老少】貴賤：地位的高低。◐人的身份地位有高貴和卑賤之分，就像人的年齡有年長和年少之分一樣。◇人的身份不同，就要區別對待。

【人有短長，氣有盛衰】◇人有缺點也有優點，就像時運有旺盛的時候也有衰竭的時候一樣。

【人有善願，天必從之】◇人的善良願望，老天一定會保佑，幫他實現。《增廣賢文》：「人有善願，天必佑。」◎人有善念，天必從之／人有所願天必從之／人發善願，天必從之；人發惡願，天必除之

【人有道理，馬有韁繩】◐事物的客觀規律制約着人的行動，就像馬的韁繩控制着馬的行動一樣。◇人的言行要符合客觀規律，不能隨心所欲。

【人有頭，家有主】◇人群中一定要有領頭做事的人，一個家庭一定也要有一個當家作主的人。

【人有薄技不受欺】薄技：微小的技能。◐人只要練就一點微小的本領，就可以獨立謀生，不必仰人鼻息，受人欺負。

【人而無信，不知其可】信：信用，信譽。◐人如果不講信用，不知道還有甚麼能行的。◇人必須講誠信，否則，甚麼也做不了。《論語・為政》：「子曰：‘人而無信，不知其可也。大車無輗，小車無軏，其何以行之哉？’」

【人而無禮，不若遄死】遄（chuán）：迅速地。◐人如果不講禮義，不守禮義，不如快點死去。◇人不遵循禮義，則無異於禽獸，就只能給社會帶來危害。《詩經・鄘風・相鼠》：「相鼠有體，人而無禮，人而無禮，何不遄死。」

【人死不知心】◇人心難測，人的真實想法難以探知。

【人死如燈滅】滅：熄滅。◐人死了，就像燈熄滅了一樣。◇強調人是一切事務的關鍵，人死了，所有的一切都不存在了。

【人死如燈滅，半晌時不借】半晌：半天。◐人死就像燈熄滅一樣，各人有各人的壽命，時限到了，想多活半天，閻王也不肯。◇人的壽命是前世注定，不能隨人的願望而更改。

【人死賬不死】賬：指欠賬，債務。◐人雖然死了，但是欠賬還在，不能因人去世了就不還賬。◇人生前的欠賬，後人要接着償還。

【人死賬爛】◇人一旦死了，所欠的債務也就一筆勾銷，無須償還了。◎人死債結

【人同此心，心同此理】同：相同。◇對於某些事情，人們的感受和看法大致相同。《孟子・告子上》：「欲貴者，人之同心也。」

【人吃土一輩，土吃人一回】◐人依靠土地生產糧食，生活一輩子，死後也埋葬在土裏。

【人吃五穀生百病】五穀：指稻、黍、稷、麥、豆，也泛指糧食作物。◐人吃五穀雜糧，免不了生病。◇說明人犯點錯誤是正常事。◎人吃五穀雜糧，難免災枝病葉

【人至察則無徒】察：審察。徒：同類，眾人。◎人太過明察，過於苛求，就會沒有同伴。◇意指應該寬容地對待別人，容許別人有缺點錯誤。《漢書・東方朔傳》：「故曰：『水至清則無魚，人至察則無徒，冕而前旒，所以蔽明；黈纊充耳，所以塞聰。』」◎水至清則無魚，人至察則無徒

【人似魚，錢如水】◎人跟錢的關係就像魚跟水的關係一樣。◇喻指有錢的重要性，沒有錢，人就難以有所作為。◎人是魚，錢是水

【人行有腳印，鳥過有落毛】◎人走過的地方會留下腳印，鳥飛的地方會留下掉落的羽毛。◇凡事都有跡可循。◎人過有腳印，鳥飛有落毛／人行有腳跡，鳥過有落毛

【人行好事，莫問前程】行：做。莫：不要。前程：前途，舊時指讀書人或官員企求的功名職位。◎人只要做有利於人的事，就不用考慮自己的功名職位。◇人多做善事，一定會有好的結果。唐五代馮道《天道》詩：「窮達皆由命，何勞發歎聲？但知行好事，莫要問前程。」◎但行好事，莫問前程／但知行好事，莫要問前程

【人合心馬合套】合心：齊心。套：牲口套。◎人同心協力，就像幾匹馬一起拉車一樣。◇大家做事要同心同德，互相配合，才能更有力量。◎人合脾氣馬合套

【人各有心，心各有志】志：志向。◎每個人都有自己的想法和志向。◇人不能用自己的想法推測別人。志向不同，也不要勉強。《三國志・邴原傳》：「人各有志，所規不同，故乃有登山而採玉者，有入海而採珠者，豈可謂登山者不知海之深，入海者不知山之高哉！」

【人各有志，鳥各有群】◎每個人都有自己的志向，就像鳥兒都有所屬的群落一樣。◇人的興趣志向不同，不能強迫別人改變。

【人各吃得半升糧】◎人吃得都差不多。◇人的水平、能力都差不多。

【人多一技有益，物裕一備有用】裕：富餘。備：準備。◎人多學一門技藝總有好處，東西多準備一些總有用得着的時候。◇提醒人們，多學幾種本領，以備萬一。

【人多人強，狗多咬死狼】◎人數眾多，力量強大，甚麼困難也能克服，就像狗多了可以咬死兇惡的狼一樣。

【人多不怕虎，狗多不怕狼】◇喻指人多勢大，膽子壯，甚麼危險都不畏懼。◎狗多不怕狼，人多不怕虎

【人多手稠，做活不愁】稠：稠密，形容多。愁：犯愁。◇喻指人數眾多，力量強大，甚麼事情都難不倒。

【人多打爛船】打：打造。◎人一多，各有主意，打造出的船也就不結實，容易散架。◇喻指人多嘴雜，意見難以統一，事情不宜辦成功。

【人多四靠】靠：依靠，依賴。◎人數多了，做事反而互相依靠。◇喻指人一多，責任就不分明，互相推諉，事情反而辦不好。

【人多出理，穀多出米】◎人多了可以辨明是非曲直，就如同穀多了米也多一樣。◇人多大家一起討論，可以分清是非，找出合乎道理的方法措施。◎人多講出理，田多長出米

【人多出聖人】聖人：舊時指品德最高尚，智慧最高超的人。◐大家集思廣益，就能產生像聖人那樣的智慧。◇喻指群眾中也有智慧高超的人。◎人多是聖人

【人多出韓信】韓信：西漢著名將領，足智多謀，善於用兵。◐大家一起動腦筋，就會有韓信一樣的智謀。◇喻指人多可以集思廣益，想出良策。◎人多出諸葛／人上一百出韓信

【人多成王】◐人數多了，勢力就大，就可以成為支配其他力量的首領。◇人多勢眾，力量大，相互有所依靠，毫不畏懼。◎人多為王

【人多好做工，蟻多困死蟲】◐人數多，就力量大，智慧高，事情就容易成功，就像螞蟻雖小，但數量多了，也可以咬死比牠大得多的蟲子。◇喻指人多力量大。

【人多好種田，人少好過年】◇人手多了幹活快，種田也就容易；人少了花費就少，過年也就容易應付。

【人多好辦事】◐人手多，幹起活來就快，辦起事來也就容易。◎人多好作活／人多好做作

【人多蓋歪房】◐人手多了，造房屋容易建成歪斜的。◇喻指人多主意雜，反而做不好事情。

【人多懶，龍多旱】◐人多了，就互相依靠，誰也不做，就像龍多了都不去佈雲降雨，反而會乾旱一樣。◇喻指人員過多，就會相互依賴，事情反而沒人做了。宋代李季可《松窗百説‧恃眾》：「爐火盛，燕爐木，至一邊盡，眾客環視，莫令止之。直舍吏至，始撲滅……徐笑謂鄰坐曰：

'一二客在，豈至是乎？今不救之，罪分於眾而難責，則皆莫之顧，況橫身犯眾，為人肩利害事耶？諺所謂龍多乃旱是也。'」

【人忙神不忙】◐人祈求禱告忙個不停，神卻不緊不慢。◇有所求的一方心情迫切，被求的一方卻不急不忙。

【人走時氣馬走膘】時氣：時運。膘：牲畜身上的肥肉。◇人走運時事事順利，就像馬吃甚麼都長膘一樣。◎人走紅運馬走膘／人走時氣馬走膘，兔子倒霉招老雕／人走時氣馬走膘，倒運人一步一跌跤

【人見利而不見害，魚見食而不見鈎】利：利益。害：危害。◐人看到事情有利可圖，而看不到它的危害，就像魚只看見魚餌而看不見魚鈎一樣。◇喻指人只顧謀取眼前的利益而不顧及它帶來的危害。清代李汝珍《鏡花緣》第九十二回：「每見世人惟利是趨，至於害在眼前，哪裏還去管他。所以俗語説的：'人見利而不見害，魚見食而不見鈎。'」

【人吵生，肉炒熟】吵：吵架。◐肉炒熟可以食用，而人發生口角就會產生隔閡。◇人與人應該和睦相處，不要無緣無故地爭吵。

【人串門子惹是非，狗串門子挨棒槌】串門子：到別人家裏閒坐聊天。是非：矛盾，糾紛。◐人經常去別人家閒坐聊天會招惹是非，狗亂串門子就會遭打。◇串門聊天，容易議論別人，因而會招來麻煩。

【人作千年調，鬼見拍手笑】調(diào)：安排，打算。◐人壽命不過百歲，卻作活一千年的打算，這種想法連陰間的鬼都會拍巴掌笑話。◇人

生短暫，要及時行樂，不必考慮得太遠。唐代王梵志《世無百年人》詩："世無百年人，強作千年調。打鐵作門限，鬼見拍手笑。"

【人住馬不住】◐人想要停住腳，所騎的馬卻收不住腳步。◇❶喻指自己不願意，但迫於環境不得不去幹。❷指事態的發展失去控制，想停止也停止不了。

【人伴賢良智轉高】賢良：指有德行、有才能的人。◐和有德行、有才幹的人相交，自己也會變聰明，也會增長才幹。◇説明人所處的環境很重要，應當多跟有才德的人交往。

【人身似鐵，國法如爐】國法：國家的法紀。◐人縱然堅硬如鐵，國法如熔爐一般，也可以把人熔化。◇喻指法律無情，個人無法對抗國法。

【人言未必真，聽言聽三分】人言：指傳言。◐傳言不一定都是真實的，聽的時候不能完全聽信。◇對流言蜚語不可輕信，要注意思考和分辨。

【人冷穿襖，魚冷穿草】◐人要是感覺到寒冷就會加棉襖，魚要是感覺到寒冷，就會鑽入水草叢中。

【人沒虧心事，不怕鬼叫門】虧心：言行違背正理。◐只要自己不做昧良心的事情，鬼來敲門都不怕。◇做事光明正大，人就無所畏懼。◎不做虧心事，不怕鬼叫門

【人忌虎三分，虎怕人七分】忌(jì)：怕。◇喻指邪惡勢力雖然可怕，但邪惡勢力更怕正義的力量。鼓勵人們保持勇氣，與貌似強大的惡勢力作鬥爭。◎人有三分怕虎，虎有七分怕人／人怕三分鬼，鬼怕七分人

【人防虎，虎防人】◐人防備着老虎咬人，老虎防備人打老虎。◇喻指雙方都存有戒心，互相防備。

【人長六尺，天下難藏】◇人有形有蹤，難以長久隱藏，遲早會暴露的。

【人拉着不走，鬼拉着飛跑】◇喻指人不肯學好，不聽從善意的勸告，跟着壞人學壞很快。◎人引着不走，鬼拉着飛跑

【人直人窮，木直木穿空】◐人要是正直剛強就會遭到打擊，就像樹木直了容易遭受刀斧砍斲一樣。◇意指正直的人命運一般比較坎坷。《黃帝四經·行守》第十三："直木伐，直人殺。無形無名，先天地生，至今未成。"

【人直不富，港直不深】◇人要是正直無私，就不能發財致富，就像港口直了，水就不會深一樣。

【人直有人逢，路直有人走】直：正直。逢：遇，接近。◇人們願意接近正直的人，就像人願意走直路一樣。

【人事瞬息變化，天上風雲莫測】瞬息：一眨眼一呼吸的短時間。◇人間的事情在極短的時間裏，會有許多變化，就像天上的風和雲一樣變化多端，難以預料。

【人來投主，鳥來投林】◇喻指人新到一個地方，要投奔可以依靠的人，就像鳥兒投奔樹林棲息一樣。◎人來求主，鳥來投林

【人到八十八，莫笑人家跛與瞎】跛(bǒ)：腿腳有毛病，走起路來身體搖擺。◐人活到八十八歲高齡，身體衰老，就不要取笑別人腳跛、眼瞎。◇喻指自己條件有限，要有自知之明，不能強求別人。

【人到窮時想賣無】◇人窮得沒有辦法時，甚麼都想變賣，以換取金錢渡過難關。

【人到難中信鬼神】難（nàn）：不幸的遭遇。◐人陷入急難的時候容易產生迷信思想，祈求鬼神保佑。◇人遇難無助的時候，心態會發生變化。

【人到難處顯賓朋】◐人遇到困難的時候，才能看出誰是真正的朋友。◇真正的朋友會在你陷入困境時予以幫助。

【人非草木，孰能無情】◐人不是草木，誰能沒有感情。◇人都是有感情的，即使外表不顯露出來，內心裏也發生變化。清代紀昀《閱微草堂筆記·槐西雜誌一》：“人非草木，豈得無情？”◎人非草木，豈能無情／人非木石，豈能無情

【人非聖賢，孰能無過】聖賢：聖人和賢人，指品格、智慧和才能超群的人。◐大家都是一般的人，不是聖賢，誰能沒有過錯。◇無論人修養有多高，也難免有犯錯誤的時候。《左傳·宣公二年》：“人誰無過，過而能改，善莫大焉。”◎人非聖賢，誰能無過

【人的肚子，雜貨舖子】雜貨舖子：出售各類日用生活品的店舖。◐人體需要各種營養，所以各類食物都要吃一些，就像雜貨舖甚麼都要有一些一樣。◇提醒人們，不要偏食。

【人往高處走，水往低處流】◐人向高的地方走，水向低的地方流。◇人不同於水，人總是攀高向上，有進取心。常用來勉勵人進步。◎人望高頭，水往低流／人往高山水往低／人往高來水往低

【人受一口氣，佛受一爐香】◐人都想爭一口氣，臉面上也好有光彩，就像佛希望人們燒香禮敬他一樣。◇喻指人為了顏面，發憤圖強，不甘落後。明代蘭陵笑笑生《金瓶梅》：“你兩個已是見過話，只顧使性兒幾時？人受一口氣，佛受一爐香。你去與他陪過不是兒，天大事都了了。”◎人爭一口氣，佛爭一爐香／人爭一口氣，佛爭一股香／人爭氣，火爭煙

【人服理，馬服鞭，黃鼠狼服的是稻草煙】服：服從。◐人服從於真理，就像馬聽從馬鞭子指揮、黃鼠狼害怕稻草煙燻一樣。◇喻指做事只要合乎道理，人們才能遵照執行。◎人怕理，馬怕鞭，蚊蟲怕火煙

【人怕三對面，木怕彈墨線】三對面：指有關的人證和物證一同對質。墨線：木工裝在墨斗裏用來打直線的線繩。◐人的言行是否真實，只要經過有關人員的對證，就可以查清楚；這就像木頭的曲直經過墨線一量，就可以看得清清楚楚了。◇告訴人們，虛假的事情是經不起檢驗的。

【人怕上牀，字怕上牆】上牀：指人死後屍體停放在牀板上。◐人害怕躺在停放屍體的牀板上，字的好壞，掛在牆上就會更加分明。

【人怕引誘，塘怕滲透】引誘：誘惑，指引人做壞事。滲透：液體從細小的空隙中透過。◐水塘慢慢地往外滲水，不易為人察覺，一旦決口，就不可收拾；人被引誘做壞事，也是從一點一滴開始的，容易喪失警惕，一旦身陷其中，就難以自拔。◇提醒人們，要防微杜漸，免受引誘。

【人怕出名豬怕壯】◇人出了名容易惹來麻煩，招致打擊，就像豬長肥了就要被宰殺，招來殺身之禍一樣。清代曹雪芹《紅樓夢》：「俗話兒說的，‘人怕出名豬怕壯’，況且又是個虛名兒。」◎人懼名，豕懼壯

【人怕老心，樹怕老根】老心：指沒有朝氣，喪失進取心。◇喻指人一旦思想衰退，失去進取心，就像枯了根的樹木一樣，開始走向生命的終結。

【人怕老來貧】◇人年紀大了，喪失了勞動力，再遇到貧困，就無法應付了。

【人怕沒星秤】星：秤桿上標記斤、兩、錢的小點子。◇❶喻指人做事要是沒有主見，就甚麼也做不好。❷喻指為人處事要有原則。

【人怕沒臉，樹怕沒皮】臉：臉面，指羞恥。◇人不要臉面，沒有羞恥，就無所顧忌，就像樹沒有了樹皮，誰也沒辦法救治一樣。

【人怕眾嫌，肉怕眾揀】嫌：嫌棄。◗大家都嫌棄的人，就像被大家揀剩下的肉一樣，不受歡迎。◇喻指人的處境艱尬、十分孤立。

【人怕落理，鐵怕落爐】落理：不佔理。◗人做事不合正理，就像鐵塊掉進熔爐中一樣。◇喻指做事不合正理，就難以服人，必然遭到失敗。

【人怕落蕩，鐵怕落爐】蕩：滿是淤泥的淺水湖。◗人掉進蕩裏，再有本領也難以掙脫，就像鐵掉進熔爐裏會被熔化一樣。◇喻指一旦落入圈套或法網，就再也難以擺脫。◎人怕落套，鐵怕落爐／鐵怕落爐，人怕落囤

【人怕傷心，樹怕剝皮】傷心：感情受到傷害。◗人感情受到傷害後，長久難以恢復，就像樹被剝掉樹皮一樣。◇告誡人們，要尊重別人的感情，不要做傷害別人心靈的事情。◎樹怕傷根，人怕傷心

【人怕齊心，虎怕成群】◗人團結一心，就像老虎成群一樣，甚麼也阻擋不住。◇喻指大家團結一致就會產生強大的力量。

【人怕戴高帽】戴高帽：指說恭維話。◇提醒人們，受人恭維，自己容易失掉辨別能力。

【人居兩地，情發一心】◗人雖然分居兩個不同的地方，但會不約而同地產生相同的感情或情緒。

【人苦不自知】◇人難以正確的認識自己，或評價自己。

【人要公，火要空】◇人做事要公道，才能做得好；柴草要架空，火才能燒得旺。

【人要衣裝，佛要金裝】◗人靠衣服來裝扮才顯得精神，佛像靠金粉或金箔來裝飾才顯得莊嚴。◇人的外表是否好看，跟人的穿着打扮有很大關係。◎人是衣裝，佛是金裝

【人要俏，一身皂】俏：俊俏。皂：黑色，指黑衣服。◇人穿一身黑衣服會使人模樣顯得俊俏。◎男要俏，一身皂

【人要俏，戴身孝】俏：俊俏。孝：孝服，指白色服裝。◇人穿一身白衣服會使人模樣顯得俊俏。◎女要俏，戴身孝／要得俏，身穿孝

【人要煉，馬要騎】◇人要經受磨煉，才能提高自己的能力，就像馬要人騎才能便於駕馭一樣。

【人面不看看佛面】◇即使不顧及某人的情面，也要顧及與他有密切關係的人的情面。

【人面相似，人心不同】❍人和人的外貌相差不大，但內心卻大不相同。◇喻指人的志向、思想、興趣等各不相同，難以猜測。

【人面咫尺，心隔千里】咫（zhǐ）：古代稱八寸為咫。咫尺：指距離很近。❍人雖然彼此朝夕相處，距離很近，心思卻差之千里。◇喻指人各懷心思，真心難以了解。

【人皆有過，改之為貴】過：過錯。❍人都難免會有過錯，只要能夠改正錯誤就十分可貴。◇人認識到錯誤後，能勇於改正，是十分可取的積極態度。◎人孰無過，改之為貴

【人背時，鬼打門】背時：倒霉。❍人倒霉的時候，鬼都會找上門來。◇喻指人運氣不好的時候，甚麼不順利的事都會遇上。

【人是一盤磨，睡倒就不餓】❍人好比是磨盤，轉動起來就要不斷添加糧食，只有躺下睡着，就不知道飢餓。◇人一入睡就可以暫時忘卻飢餓。◎人肚是盤磨，放倒就不餓

【人是地行仙，一日不見走一千】地行仙：傳說中在地上行走極快的仙人。❍人像地行仙一樣，來去迅速，一天的功夫就能走出一千多里地。◇人來去無定。

【人是苦蟲，不打不招】苦蟲：古人把動物分為五大類，人屬裸蟲，這裏稍作改造，稱"苦蟲"，指不受苦不行的賤骨頭。◇人是賤骨頭，不用刑不肯招供。這是舊時審理案情嚴刑逼供的論調。《警世通言·玉堂春落難逢夫》："玉堂春正待分辨，知縣大怒，說：'人是苦蟲，不打不招。'"《醒世姻緣》："素姐接到手，略瞧得一瞧，笑了一面道：'人是苦蟲，要不給他兩下子，他肯善便拿出來麼？'"◎人是苦蟲，不打不成／人是賤蟲，不打不招

【人是活財，物是死寶】❍人是財富的創造者，財物卻只是財物，不能替人創造財富。◇只要存活下來，保存了最根本的力量，就不愁沒辦法。

【人是鐵，飯是鋼】❍人好比是鐵，飯好比是鋼。◇人吃飽了飯才有力量。

【人看從小，馬看蹄爪】❍人能否健康發展。成為有用之才，從小時候的表現就可以看出來，就像從馬蹄子長相可以看出一匹馬的優劣一樣。◇提醒人們，要重視人的早期思想教育。◎人看起小，馬看蹄走

【人怨語聲高】怨：怨恨。◇人心中存有怨氣，說話聲音就特別大。◎人怨語聲高，激石乃有火

【人急不如火急】火急：火力旺盛。❍人再着急，要是火力不旺，也生不着火。◇喻指做事要方法對路，找到問題的關鍵所在。

【人急投親，鳥急投林】投：投奔。❍人遇到急難時往往會投奔親友，就像鳥兒遭遇危難時，投奔樹林以躲避風險一樣。

【人急馬不快】❍人再着急，馬卻不着急，也就跑不快。◇自己着急，別人不着急，急也沒有用。

【人急辦不了好事，貓急逮不到耗子】❍人要是着急，就辦不出讓人滿意

的事情，就像性急的貓抓不住耗子一樣。◇提醒人們，遇事不可急躁，否則欲速而不達。

【人急燒香，狗急驀牆】驀（mò）：越過。●人遇到急難時，燒香磕頭，求神保佑；狗被追急了就會越牆而逃。◇人走投無路時，往往會做出一些極端的事情。《敦煌變文集‧燕子賦》：「人急燒香，狗急驀牆。」

【人急懸樑，狗急跳牆】懸樑：上吊自盡。●人急得沒有辦法就會上吊自盡，狗被追急了就會越牆而逃。◇人走投無路時，會冒險蠻幹，做出一些極端的事情。

【人前一面鼓，人後一面鑼】◇喻指耍兩面手法，當面一套，背後一套。

【人前一套，人後一套】●當面一套，背後一套，耍兩面手法，表裏不一。

【人前人話，鬼前鬼話】◇喻指人毫無原則，見風使舵，見甚麼人說甚麼話。◎人前頭說人話，鬼前頭說鬼話

【人前只說三分話，未可全拋一片心】未：不。●跟人說話要留有餘地，不能把自己心裏想的都說出來。◇告誡人們，人心難測，說話要謹慎小心，要有所保留，免得授人以柄。◎逢人只說三分話，未可全拋一片心／逢人且說三分話，未可全拋一片心

【人前是花，人後是刺】◇喻指耍兩面手法，當面說好聽的，背後卻進行攻擊誣衊。◎人前一朵花，人後一根刺／人前花一朵，背後刺一根

【人前哈哈笑，人後暗磨刀】●當面討好人家，背後暗地裏要詭計。◇喻指玩弄兩面手法。

【人前笑哈哈，人後卻磨牙】磨牙：指咬牙切齒。●當面討好人家，背後痛恨人家。◇喻指玩弄兩面手法。

【人前莫說人長短，始信人中更有人】●在人面前不要評論別人的是非，要知道能人之外還能力更強的人。◇告誡人們，不要妄自尊大，隨便貶低別人，因為比自己強的人有的是。

【人為刀俎，我為魚肉】為（wéi）：是。俎（zǔ）：古代切割肉類用的砧板。●別人是切肉刀子和砧板，我是魚和肉。◇喻指別人掌握着生殺予奪的大權，自己處於任人宰割的地位。《史記‧項羽本紀》：「如今人方為刀俎，我為魚肉，何辭為！」

【人為財死，鳥為食亡】●人為了獲得錢財而喪生，鳥為覓取食物而丟命。清代李寶嘉《官場現形記》第十三回：「俗話說得好：『人為財死，鳥為食亡。』當時袁伯珍聽得這些說話，便要從此發一宗洋財。」◎人為錢，鳥為食

【人為國本，食為民命】●人民是國家的根本，糧食關係着人民的性命。◇強調要重視民生，重視農業生產。

【人活一條龍，人死一條蟲】◇人活着，就像龍一樣充滿生機和活力；人死了，就像蟲一樣沒有甚麼用處。告誡人們要珍惜生命。

【人活六十不遠行】●人年紀過了六十歲，就不要出遠門。◇提醒人年紀大了，應該注意保養自己，不應該出外奔波。

【人活臉，樹活皮】●樹剝掉皮沒法活，人沒有臉面也沒法在世上生活。◇人要有羞恥心，要注意自己的名

聲。◎人活一張臉，樹活一層皮／人活臉，樹活皮，牆頭活的一把泥

【人飢投親，鳥飢投林】◇人遇到困難就會投奔親人，向親人求助，就像鳥兒飢餓了就飛到樹林中覓食一樣。

【人留半句話，鼠留隔夜糧】隔夜：隔一夜。☯對人說話，不要把全部想法都說出來，就跟老鼠保留隔夜的糧食一樣，為以後留有餘地。◇喻指說話要留有迴旋的餘地。

【人高有人抬，牆倒眾人推】◇人地位高了，有了權勢，就有人來吹捧奉承；人要是失去了權勢，就會受到眾人的打擊。

【人高碰門楣，樹大招風吹】門楣：門框上邊的橫木。☯人個頭高了，腦袋就容易碰到門楣上；樹長得高大，就容易遭強風摧折。◇喻指人有了名氣，就引人注意，惹人嫉妒，容易生出是非。

【人家的騾子使不長】☯雖然可以借用別人的騾子，但不可能長期借用。◇喻指做事情雖然可以藉助別人的力量，但最終還是要靠自己的力量。

【人家説着耳邊風，外人説着金字經】人家：指自己人。耳邊風：耳邊吹過的風，指聽後不放在心上的話。金字經：用金粉印成的經文，指非常珍貴的良言。◇不把自己人好言勸告的話放在心上，卻把外人說的話當成金科玉律，十分重視。

【人家養貓捉老鼠，自家養貓咬小雞】◇採取同樣的辦法做事，別人效果好，自己效果差。

【人家騎馬我騎驢，後邊還有步行的】◇喻指自己比上不足、比下有餘，處

於中間狀態，就覺得滿足了。

【人能百忍自無憂】☯遇到事情，人要是能忍讓，就會省去許多不必要的煩惱。◇告誡人們，遇事要克制自己，忍住一時的氣憤，就不會招來災禍。

【人能克己身無患】◇提醒人們，凡事只要能克制忍讓，就不會招惹災禍。

【人掙人錢，鬼掙鬼錢】☯好人和壞人掙錢方法不同，好人規規矩矩掙乾淨錢，壞人搞歪門邪道賺昧心錢。

【人掙錢，難上難；錢掙錢，不費難】◇人靠賣力氣勞動來掙錢，賺錢非常艱難；拿錢去做生意掙錢，賺錢十分容易。

【人處疾則貴醫】☯人得了病才感覺到醫生的重要。◇喻指人的處境困難了，才認識到解危濟困的必要。

【人眼不藏私】私：秘密的。◇眼睛裏流露的是人最真實想法，透過人的眼睛可以觀察到他的內心思想感情。

【人眾耳朵長，辦事好商量】耳朵長：指聽到的消息多。◇人數多了，消息就靈通，做起事來容易成功。

【人得道哄人，鬼成仙騙鬼】得道：指人獲得名利或地位。◇人得勢後，往往裝腔作勢，欺哄別人，就像鬼得道成仙，會哄騙鬼一樣。

【人貧當街賣藝，虎瘦攔路傷人】當街：街上。賣藝：指靠表演雜技、武術、曲藝等掙錢謀生。☯人窮了就會在大街上賣藝糊口，老虎飢餓了就會跑到大路上傷害人的性命。◇人貧困潦倒時，為了維持生計，就顧不上講究體面了。

【人貧賤，親子離】◐ 人貧窮卑微的時候，連親生的兒子都會遠離自己。◇說明無錢無勢容易遭人冷落。

【人逢利處難逃，心到貪時最硬】◐ 人遇到關係錢財的事情時，難以逃避誘惑，貪求錢財時，人的心腸最硬。◇人貪求錢財，會見利忘義。

【人逢知己千言少，話不投機半句多】逢：遇。知己：彼此相互了解而情誼深切的人。投機：見解相同。◐ 遇到知心的朋友，話總也說不完；碰到意見不同的人，說半句話都嫌多。◇情投意合話題才能廣泛而深入。

【人逢喜事腳板輕】逢：遇到。腳板：腳掌，指腳步。◇人遇上喜慶的事，走起路來腳步也輕快。

【人逢喜事精神爽，月到中秋分外明】爽：暢快。中秋：農曆八月十五日。分外：特別，超出平常。◇人遇上喜慶的事，精神格外暢快；就像月亮到了八月十五日特別明亮一樣。◎人聞喜信精神爽，月到中秋分外明 / 人逢喜事精神爽，月到秋來光彩新

【人逢喜事精神爽，悶上心來瞌睡多】爽：暢快。悶：煩悶。◐ 人遇上喜慶的事，精神格外暢快；遇上煩悶的事，精神萎靡，容易打盹犯睏。◎人逢喜事精神爽，悶到頭來瞌睡多 / 人逢喜事精神爽，悶來愁腸瞌睡多

【人逢喜事精神爽，話合心機意氣投】爽：暢快。合：符合。心機：心思。意氣：志趣和性格。投：投合。◇人遇上令人高興的事，精神格外暢快；話說得合乎自己的心意，更感到情投意合。

【人逢難處想賓朋】逢：碰上，遇到。難處：困難。賓朋：賓客，朋友。◇人一旦遇到困難就會想念朋友，希望得到他們的幫助。

【人望人好，閻王望鬼好】望：希望。閻王：佛教裏管地獄的神。◐ 人希望周圍的人有一個好前程，閻王爺也希望手下的小鬼有個好的出路。◇自家人向着自家人，總希望自家人好。

【人望花開，樹望鳥來】望：盼望。◇喻指大家都嚮往美好生活，渴望過上好日子。

【人情一張紙，世情一杯水】人情：人之間的情誼。世情：世態人情。◐ 人的情誼像一張紙那樣薄，人的關係像水那樣淡。◇喻指世間人情淡薄。

【人情人情，在人情願】人情：禮物，送人情即送禮物。◐ 給人送禮，要自己願意才行，不能強迫。

【人情三峽水，世事一盤棋】三峽：指長江上游的瞿塘峽、巫峽、西陵峽。◐ 人情像三峽的江水那樣，時時變化；世事像棋局一樣變幻無常。◇喻指人情多變，世事無常。

【人情大似聖旨】人情：人的情面。聖旨：皇帝的命令。◐ 人的情面比聖旨的作用還大。◇請人辦事時託關係找人情，可以超越常規，起着重要的作用。

【人情大似債，頭頂鍋兒賣】人情：習俗性的禮節應酬。◐ 人情往來送禮比還債還重要，就是把飯鍋賣掉，也得送人情禮。◇禮尚往來非常重要，但有時也會給人帶來很大的壓力。

【人情不用掙，勢利兩相隨】人情：人的感情。掙（zhèng）：用勞動換錢。

◎ 人的感情是自己挣不回來的，它跟勢力和錢財緊緊連結在一起。◇只要有權勢有錢財，人就會主動來結交自己，無須自己去下工夫。

【人情似紙張張薄，世事如棋局局新】人情：人之間的情誼。世事：世間的事情。◎ 人的情誼像紙一樣薄，世事像棋局一樣每盤都不同。◇喻指人情淡薄，世事多變。◎人情似紙多翻覆，世事如棋費指揮／人情似紙張張薄，世事如棋局局高

【人情似鐵，官法如爐】◎ 人的情面像鐵一樣，法律像熔爐一般。◇喻指人雖然講情面，但在法律面前就不能徇私情，要秉公執法。◎人情似鐵非為鐵，官法如爐卻是爐

【人情若似初相識，到底終無怨恨心】人情：人的感情。◎ 人之間的感情如果能像初次認識時那樣，平淡疏遠，彼此尊重，相處再久也不會產生怨恨。◇人難以長久地親密相處。◎人心若比初相識，到底終無怨恨心

【人情若好，吃水也甜；人情不好，吃酒也嫌】◇雙方如果情投意合，就是喝對方的水也覺得分外甘甜；雙方如果關係不好，就是喝對方的酒也覺得沒有滋味。

【人情留一線，日後好相見】◎ 對人要留一點情面，以後好見面往來。◇告訴人們，為人處事不能太絕情，要留點退路，以便將來遇到困難時，有迴旋的餘地。◎凡事留人情，日後好相會／去時留人情，轉來好相見／做事留一線，他日好相見

【人情做到底，送佛送到西天】人情：恩惠，情誼。西天：佛教徒指極樂世界。◎ 既然做了好事就做到底，就像送佛一直送到西天去一樣。◇幫人一定要幫到底。

【人情淡如水，世路本來難】◎ 人和人之間的情義像水一樣淡薄，世間為人做事原本就艱難。◇喻指人情非常冷漠，生活也艱辛困苦。

【人情薄如紙，恩義皆糞土】人情：情誼，恩惠。恩義：情義。糞土：此處指不值錢的東西。◎ 對惟利是圖的人而言，人和人之間的關係像一層紙那樣薄，人與人之間的情義像糞土一樣不值錢。

【人情彎彎曲曲水，世事重重疊疊山】◇人情像蜿蜒流轉的江水一樣，變化無常，世事像重疊不斷的山峰一樣，錯綜複雜。

【人惟舊，物惟新】◎ 使用的東西都是新的好，而交往的人則是早已熟識的朋友最好。◇說明人們在交際過程中，重視老交情。

【人強不如命強】◎ 宿命論認為人能力再大也比不上命好。◇人的命運決定一切，人的努力無濟於事。

【人將語試，金將火試】◎ 通過言談話語可以了解人的品質，就像通過烈火燒煉可以判斷金子的真假一樣。

【人惡人怕天不怕，人善人欺天不欺】◎ 兇惡的人雖然猖狂，讓人畏懼，但老天爺不會怕他；善良的人雖然遭受欺負，但老天爺不會欺負他。◇喻指天道公平，惡人必受懲罰，好人會得到保護。

【人惡禮不惡】◇儘管對方兇惡不講道理，對他依然要有禮貌。元鄭德輝《王粲登樓》第一折：“賢士，常言道人惡禮不惡，還辭一辭老丞相。”

【人欺不是辱，人怕不是福】◐受人欺負並不是恥辱；讓人畏懼並不是有福分。◇能忍辱負重有時是有修養的表現，不是件壞事情；別人害怕自己則容易招惹禍端，不是件好事情。

【人貯二年糧，羊貯三春草】◇夏天要把羊過冬春的乾草貯備足，以保證青草還沒長出來的一段時間，羊有足夠的飼料。

【人間五福，惟壽為先】五福：指長壽、富貴、康寧、德望、善終。◐人世間五種福分中，長壽排在第一位，是人最大的福分。

【人間私語，天聞若雷】私語：低聲說話。◐人世間人們低聲私語，天上的神仙聽起來就像打雷一樣清楚。◇告誡人們，不要做虧心事，因為甚麼也瞞不過天上的神明。

【人閒生病，石閒生苔】苔：苔蘚。◐人閒着沒事幹容易生病，就像石頭長久不動就會長出苔蘚一樣。◇勸告人們，多活動，多做一點事有利於身心健康。

【人貴見機】見機：看機會，看形勢。◇人最為可貴的是能夠見機行事。

【人無十足，裙無十幅】十足：完美無缺。幅：布的寬度。◐人沒有完善無缺的，就像做裙子沒有用十幅布的一樣。◇人總是有缺點，不能求全責備。

【人無三代窮】◐人不可能連續幾代人都受窮。◇人的命運循環周轉，總有時來運轉的時候，盛衰窮富都會變化。

【人無千日好，花無百日紅】◐人不可能青春常駐，就像花朵不可能長開不敗一樣。◇❶喻指好景不長。❷指人情冷暖變化，不能長期和諧相處。明代羅貫中《三遂平妖傳》第十二回："正是人無千日好，花無百日紅。又道人心若比初相識，到底終無怨恨心。"◎人無千日好，花無百日開／人無千日好，花有幾日紅

【人無千日計，老至一場空】◐人如果沒有長期打算，到了老年就會一無所有。◇勸人凡事要有長遠的謀劃，免得最後一無所有。

【人無心術代代窮，肉到嘴邊變骨頭】心術：心計，計謀。◐人如果沒有心計，不動腦筋謀劃，就會幾代人都受窮，連到嘴邊的肉都會變骨頭。◇喻指做事不用心謀劃，就不能發家致富。

【人無主心骨，要吃眼前苦】主心骨：主見，主意。◇人做事如果自己沒有主見，就要遭受痛苦或吃虧上當。

【人無完人，金無足赤】完：完美，沒有缺點。足赤：成色十足的金子。◐人沒有完美無缺的，就像金子沒有成色十足的一樣。◇人都有缺點，不能苛求。宋代戴復古《寄興》："黃金無足色，白璧有微瑕。求人不求備，妄願老君家。"◎金無足赤，人無十全／人無完人

【人無背後眼】◐人背後不長眼睛。◇人做事情的時候，難以預料未來可能發生的變化。

【人無信不立】信：信用。◐人如果不講信用，就無法立身處世。◇強調人的信用的重要性。

【人無前後眼，禍害一千年】◇人做事如果不瞻前顧後，考慮周全，就可能造成禍害，貽害無窮。

【人無剛骨，安身不牢】安身：指立身處世。◇人如果沒有剛強的性格，就難以立身處世。◎人無剛強，安身不牢／人無鋼骨，安身不牢

【人無氣勢精神減，囊少金錢應付難】◇人志氣沮喪就會精神不振，情緒低落，口袋裏缺少金錢就會應酬艱難。

【人無害虎心，虎有傷人意】◐人沒有傷害老虎的心思，老虎卻有傷人的心思。◇喻指即使不去招惹壞人，壞人也會傷害人。強調要保持警惕，提防壞人。◎人無防虎心，虎有害人意／人不打虎，虎要吃人／人無傷虎意，虎有咬人心

【人無害虎心，虎無傷人意】害：傷害。◐人沒有傷害老虎的心思，老虎也就沒有傷人的舉動。◇❶喻指自己不去傷害別人，別人也就不會傷害自己。❷喻指要遠離壞人，免得惹禍上身。◎人沒傷虎心，虎沒傷人意／人無傷虎意，虎無害人心

【人無常俗，政有理亂；兵無強弱，將有巧拙】常：倫常，指禮貌。俗：粗俗，無禮貌。理：條理，指安定有序。◐人沒有粗俗高雅的區別，政治卻有安定和混亂的區別；軍隊沒有強大或弱小的區別，領兵作戰的將領卻有機敏和蠢笨的區別。◇治理國家貴在有賢明的統治者，統率軍隊貴在有智謀的將領。

【人無喜事精神減，運到窮時落寞多】窮：窮盡。落寞：寂寞，冷落。◇人總遇不上喜慶的事，精神就會萎靡不振；人背運的時候情緒就會低落沮喪。

【人無遠見，安身不牢】遠見：遠大的眼光。◐人做事如果沒有長遠考慮，過日子就不可能安穩，會遇到意想不到的困難。

【人無遠慮，必有近憂】慮：考慮。憂：憂患。◇人如果做事沒有長遠周密的考慮，就一定會有憂患來到眼前。《論語‧衛靈公》：“子曰：‘人無遠慮，必有近憂。’”◎無遠慮者，必有近憂／無遠慮，必然有近災

【人無壽夭，祿盡則亡】夭：人沒到成年就去世。祿：古代官吏的俸錢，借指人的福分。◐人沒有長壽和短命的區別，福分享盡了就會死去。◇舊時認為人福分的多少是命裏注定的，享用過分，生命就會縮短。

【人無橫財不富，馬無夜草不肥】橫（hèng）：意外的。橫財：意外得到的錢財，多指用不正當的手段得來的錢財。◐人沒有意外之財不可能暴富，就像馬夜晚不添料就不會長膘一樣。◎人無橫財不富，馬無野草不肥／人無橫財不富，馬無夜料不肥／人無橫財不富

【人無頭不走，鳥無翅不飛】◐人沒有帶頭的就無法行動，鳥沒有翅膀就無法飛行。◇做事要有人領頭，否則，將會不知所措，一事無成。◎人無頭不行，鳥無翅有騰／人無頭不走，雁無頭不飛／鳥無頭不飛，獸無頭不走／鳥無頭不飛，龍無頭不走

【人無舉薦窮無奈】舉薦：推薦。◇人即使有才能，但如果沒有人推薦，也會處境困窘，無可奈何。

【人善被人欺，馬善被人騎】◐人老實善良，往往被人欺負，就像馴服的馬往往被人騎着一樣。◇意指人過分老實善良，容易被人視為懦弱無能，而受人欺負。◎人善有人欺，馬善有人騎／人善得人欺，馬善得人騎／馬老實有人騎，人老實有人欺

【人勤地不懶】◐人只要勤勞肯幹，精心耕作，土地就會長出好莊稼，有好的收成。◇強調只有辛勤勞作，才會有豐收果實。

【人敬我一尺，我敬人一丈】◇人與人之間應該互相尊重，別人敬重自己，自己應該更加敬重別人。

【人逼造反，狗逼跳牆】造反：採取反抗行動。◐人要是被逼迫得沒有辦法，就會採取激烈的反抗行動；狗要是被逼迫得走投無路，就會不顧一切地跳牆而逃。◇人受情勢威逼過分，會鋌而走險，採取過激行動。◎人急造反，狗急跳牆／人急上房狗急跳牆

【人當貧賤語聲低，馬瘦毛長不顯肥】當（dàng）：正處在。◐人貧窮困窘的時候連說話的聲音都不敢放開，就像馬瘦了毛長，顯不出肥壯一樣。◇人處境困難時就會顯得低聲下氣。

【人暖腿，狗暖嘴】◇人只要腿部得到溫暖，全身就會暖和；狗只要嘴得到溫暖，全身就會暖和。

【人過後生花過時，年怕中秋月怕半】後生：青年。中秋：農曆八月十五日，是我國傳統節日。◐人生走過青年時代就像花朵過了花季一樣；一年之中過了中秋節就像一個月過了大半個月一樣。◇喻指人生短促，過了青年，精力不再旺盛，以後就很難有所作為了。勸誡青年要珍惜青春，發奮努力。

【人過留名，雁過留聲】◐人在一個地方呆着，就應該留下姓名和好的名聲，就像大雁在空中飛過，也會留下鳴叫聲一樣。◇人生在世要給後人留下一個好名聲。人四處奔走闖蕩，經過一個地方就要留下自己的姓名，讓人記住或提起。常用於舊時江湖藝人的開場白。

【人過留蹤，雁過留聲】蹤：蹤跡，痕跡。◐人從一個地方經過，總會留下蹤跡，就像大雁從空中飛過，也會留下鳴叫聲一樣。◇人的行動都有跡可尋，不可能沒有一點線索。

【人與智長，習與化成】習：習俗。化：教化。◇人隨着智慧的提高而不斷成長，習俗隨着教化的進行而逐漸形成。

【人愛富的，狗咬窮的】◐人往往敬重有錢的人，連狗都欺負窮人。◇社會上有些人往往愛富嫌貧，看重金錢，欺凌窮人。◎人敬有錢的，狗咬挎籃的

【人壽有限，學問無窮】◐人的壽命有限，但學問是沒有窮盡的。◇強調學無止境。

【人圖一時樂，招來一世悲】圖：貪圖。一時：暫時，短時間。招：招致，引來。一世：一輩子。◐人貪圖瞬間的快樂，結果招來一輩子的痛苦。◇人為追求一時的快樂而忘乎所以，招來禍端，後悔也來不及。

【人算不如天算】算：算計，謀劃，◐人的謀略再高明，也無法勝過天意。◇舊時認為自然界或人是天意決

定一切，不由人的意志轉移。◎人算不如天算巧 / 天算不由人算

【人誤地一時，地誤人一年】誤：耽誤。◇如果播種錯過了農時，土地就會減產，影響一年的糧食收成。◎人誤莊稼一時，莊稼誤人一年

【人瘦尚可肥，士俗不可醫】士：指有學識的人。◇人要是瘦了還可以長胖，讀書人要是庸俗了就無藥可救。

【人熊被人欺，馬熊被人騎】熊：怯懦，沒有能力。◐人要是軟弱無能就容易受欺負，就像馬膽小順從就被人騎一樣。◇勸告人們，為人處世要有一點剛氣，不能過分老實怯弱。

【人賣一張臉，貨賣一張皮】◐對顧客要熱情接待，笑臉相迎；賣的貨要重視包裝的美觀。◇喻指待人接物要尊重對方，有禮貌。

【人熱則跳，秧熱則笑】◐天氣太熱，人感覺難受，而水稻生長需要較高的溫度，溫度過低就會影響水稻生長。

【人靠衣裳，馬靠鞍】◐人穿上好衣服就顯得漂亮，馬配上好鞍子就顯得雄壯。◇人的衣着修飾很重要，能給人增加精神。◎人是衣，馬是鞍 / 人要衣裝，馬要鞍裝

【人靠良心樹靠根】◐樹要成活必須有根，人活在世上必須有良心。◇勸誡人說話做事都要講良心。

【人熟理不熟】熟：熟悉。理：道理，事理。◐人雖然熟悉，但是做事情的道理不能因此而有所改變。◇強調對待熟人也要按照原則辦事，不能講私人情面。

【人熟禮不熟】熟：熟悉。禮：禮節。◐人雖然熟悉，但不能因此而不講究禮節。◇對熟人也要講禮節。

【人窮失志，旱澇失陰陽】◐人貧窮了就容易喪失骨氣，就像旱澇改變了天氣的正常規律一樣。◇人窮喪失志氣，會沒有氣概。

【人窮志短，馬瘦毛長】◐人貧困了容易顯得缺少志氣，就像馬瘦弱了容易顯得毛長一樣。◇人貧困無奈時，做事會沒有骨氣。◎人貧志短，馬瘦毛長 / 人窮低了三分志 / 人窮志窄

【人窮思舊債】◇人窮困無路時，就想起別人過去欠下未還的債。◎窮人思舊債

【人嘴快如風】◐人相互傳話，消息傳播得像風一樣快。◇消息傳開特別快。◎人口快如風 / 人口如風

【人嘴兩張皮】◇❶說話沒有原則，想怎麼說就怎麼說。❷有時也指事情任由別人評說。◎一張嘴兩張皮 / 人嘴兩層皮，咋說咋有理 / 人嘴兩塊皮，上下隨人移 / 人嘴兩塊皮，翻來翻去都是理

【人嘴兩張皮，說話看高低】◇人說話無原則，只根據對方的地位高低，改變說話的內容和方式。

【人嘴能殺人】◐人信口開河，散播謠言，中傷他人，能害人性命。◇喻指人言可畏。也勸誡人說話要有根據，不能捕風捉影，隨意傳播有損他人名譽的話。

【人憑志氣虎憑威】憑：靠。◐人做事憑藉的是志氣，就像老虎行動全仗着威風一樣。◇告訴人們，人就應該有志氣，有志氣才能把事情辦好。

【人親骨肉香】◇親戚之間血脈相連，關係密切，感情深厚超過外人。

【人隨大眾不捱罵，羊隨大群不捱打】● 説話做事只要跟着多數人就不吃虧出錯，也不會受責罵，就像羊隨着羊群一起走，就不會捱鞭子抽一樣。◇由於對問題的原則性不置可否，為了避免犯錯誤，説話做事只附和多數人的意思。

【人隨王法草隨風】王法：封建時代稱國家法律，泛指法令。● 人按照王法做事，就像野草隨着風向擺動一樣。◇説明遵從法律辦事，是天經地義的事情，不容置辯。

【人幫人成王，土幫土成牆】● 人與人互相幫助，就可以變得力量強大，成為支配其他力量的首領；鬆散的泥土凝聚在一起，就可以築成堅固的城牆。◇喻指互相幫助，團結一心，就能克服困難，取得成功。

【人醜愛戴花】● 人長得難看，就喜歡戴朵花來美化一下。◇喻指有缺點錯誤的人，總是盡力掩飾自己。

【人嚏噴，為人説】嚏（tì）：打噴嚏。◇迷信的説法認為人打噴嚏，説明有人在背後議論自己。

【人離原地活，樹離原地死】● 人離開原來環境，換一個新的地方生活、工作，處境往往會大有改善；而樹從原來栽種的地方移開，往往不能活。◇勸誡人們，不要困守在一個地方而無所作為。◎樹挪死，人挪活

【人離鄉賤】● 人離開了家鄉，流落到外地，受人輕視。◇人離開本鄉本土，失去了原來的地位、聲望，容易被人輕視。

【人懶事多，馬懶路多】● 人要是懶惰，該辦的事沒辦，事情就會越積越多，就像馬耍滑偷懶不肯快走，道路就顯得越走越長一樣。◇提醒人們要勤奮努力。

【入山不怕傷人虎】● 既然有勇氣進山，就不怕吃人的老虎。◇喻指敢做敢為，不畏艱險。

【入山不怕傷人虎，就怕人情兩面刀】兩面刀：兩面三刀，耍兩面手法。◇兩面三刀的人最陰險可怕，比山中兇惡的老虎還厲害。提醒人們，結交朋友要認清本質，要警惕兩面派。

【入山不畏虎，當路卻防人】● 進入山林可以不畏懼老虎，走在路上卻要防備壞人暗算。◇提醒人們，壞人居心叵測，必須時刻注意防範。

【入山問樵，入水問漁】樵（qiáo）：樵夫，打柴人。● 進山應該向樵夫請教道路該怎麼走，渡水應該向漁夫請教水勢如何。◇喻指要向內行人學習。

【入山擒虎易，開口告人難】告人：向人請求借錢。● 開口向人借貸，比上山捉老虎還難。◇説明向人借貸是一件難以開口的事情，只有迫於無奈，萬不得已才去做。◎入山擒虎易，叉手告人難／上山擒虎易，開口告人難

【入田觀稼，從小看大】觀稼：察看禾苗長勢。● 到田地裏察看禾苗生長情況，就可以預測到，莊稼長成後的收成好壞。◇喻指事情發展變化，都會有微兆，從微小處可以看到顯著處，從當前情況可以預知未來。

【入行三日無劣把】行（háng）：行業。劣：差，水平低。把（bǎ）：把勢，精通某種技術的人。◐進入某一行業，很快就能掌握行業技能。◇喻指跟有本事的人在一起，也會受薰陶，學會本事。

【入芝蘭之室，久而不聞其香】芝、蘭：兩種香草。◐在滿是香草的屋子裏呆久了也就聞不出它的香氣了。◇喻指長期在良好的環境中，也就習以為常，感覺不到它的好處了。

【入虎穴，下龍潭】虎穴：老虎的窩。龍潭：龍住的地方。虎穴、龍潭：指兇險的境地。◇喻指冒着生命危險，深入到兇險的境地。

【入門三相，便知其家】相（xiàng）：觀察事物的外表。◇走進別人家門稍作觀察，就能看出這個家庭興盛還是衰敗。

【入門休問榮枯事，觀看容顏便得知】◐到了一戶人家裏，不用詢問家境怎麼樣，只要察看一下主人臉上的表情，就知道情況如何。◇人的情緒總能表露出來，只要善於察言觀色，便能了解到真實情況。◎入門休問榮枯事，觀看形容便得知

【入城問稅，入衙問諱】衙：衙門。諱：避諱。◐進入一個新城鎮，首先要問清納稅的有關事情，走進衙門則要首先打聽那裏有甚麼該避諱的。◇說明無論從事哪一類事情，都要先探清規矩，以免觸犯，招惹麻煩。

【入眼知生死，到手可回生】回生：死再活過來。◐只要看一眼病人，就知道病人有無救活的希望；只要動手施治，死人也可以救活。◇形容醫生的醫術十分高明。

【入鄉問禁，入廟拜神】禁：禁令，指法令所不允許的事情。◐到了一個新地方要首先詢問當地的禁令，進到廟宇裏就要首先參拜神佛。◇❶喻指要遵守當地的法令和風俗。❷指新到一地要首先拜望當地有權勢的人物。

【入鄉隨鄉，入街隨街】◇喻指到了一個新地方，就要遵照當地的風俗習慣行事。

【入境問禁，入國問俗】禁：禁令，指法令不允許的事情。俗：風俗，指風俗不允許的事情。◇到了一個新國家或地方，首先要了解當地的禁令和風俗禁忌，以便於遵守，免得觸犯，招惹麻煩。《禮記‧曲禮上》："入竟而問禁，入國而問俗，入門而問諱。"◎入鄉先問俗／入國問禁，入里問俗／入國問諱

【入廟拜神，見面問名】◇跟生人初次見面先要問清姓名，就像進廟宇參拜神佛要先看清對象一樣。

【八十不稀奇，七十多來兮，六十小弟弟】◐活到八十歲的人不稀奇，活到七十歲的人多得很，活到六十歲算是小弟弟了。◇當今長壽的人很多。

【八月的蟹子蓋兒肥】◇農曆八月的螃蟹最肥，味道最鮮美。

【八仙過海，各顯神通】◐八仙：道教中的八位神仙：漢鍾離、張果老、呂洞賓、鐵枴李、韓湘子、曹國舅、藍采和、何仙姑。傳說八位仙人，各顯神通，乘風破浪，渡過東海。◇喻指各有各的本領或辦法。《西遊記》八一回："正是八仙同過海，獨自顯神通。"

【八兩換半斤，人心換人心】八兩、半斤：舊制一斤是十六兩，八兩即半斤。◇喻指誠懇待人一般能換取他人的信任。

【八個人也抬不走一個"理"字】理：道理，事理。◇喻指任何力量也改變不了真理，做事只要講道理，符合事理，就能站住腳。

【九子不忘媒】◇即使夫妻結婚後已經生養了九個孩子，也不應該忘記當初媒人為促成這樁婚姻付出的心血。清代《飛花詠》："常言道：'九子不忘媒。'將來親友之情，綿綿不絕矣。"

【九子不葬父，一女打荊棺】荊棺：用荊條編的棺材。▣父親死了，九個兒子卻互相推諉，誰都不去埋葬父親；只有一個女兒的人死後，女兒再窮也能編個荊棺把他埋葬。◇喻指人多了容易互相推諉，辦不成事；而一個人倒生獨自承擔把事辦成。唐代《荊棺峽諺》："九子不葬父，一女打荊棺。"

【刀不磨要生鏽；人不學要落後】◇刀要經常磨礪，才能不生鏽，保持鋒利；人要堅持不斷學習，才能不落後，不斷進步。◎刀兒不磨要生鏽，人不學習要落後

【刀快不怕脖子粗】◇喻指人多心齊，不怕對方強硬。◎斧快不怕木柴硬

【刀鈍石上磨，人鈍世上磨】◇刀不鋒利要在砥石上磨礪；人不明智要在社會上鍛煉。◎刀在石上磨，鋼在火中煉

【刀傷好活，舌傷難醫】◇刀傷不難治療；惡語傷人，傷透了人的心，就

不容易恢復了。

【刀瘡藥雖好，不割為妙】刀瘡藥：治跌打損傷的藥。▣刀瘡藥治療效果雖好，但還是不受損傷最好。◇補救的方法再好，總不如順順利利不出問題好。

【力大不如辦法巧】◇憑着力氣大蠻幹，不如想出好辦法巧幹。

【力大是壓的，膽大是嚇的】◇力氣大和膽量大都是鍛煉出來的。

【力能勝貧，謹能勝禍】◇肯於出力，就能戰勝貧困；謹慎行事，可以避免災禍。北魏賈思勰《齊民要術序》："力能勝貧，謹能勝禍。"◎力勝貧，謹勝禍

【力貴突，智貴卒】突：急促，迅猛。卒（cù）：同"猝"，急遽，迅速。▣力量的可貴在於能迅猛出擊，智謀的可貴在於果斷迅速地實施。◇告訴人們，有力量必須儘快發揮，有智謀必須及早實施。《呂氏春秋·貴卒》："力貴突，智貴卒。得之同則速為上，勝之同則濕為下。"◎力貴疾，智貴卒

【力微休負重，言輕莫勸人】▣力氣小的人不要承擔重擔，職位低、說話不起作用的人不要去規勸別人。◇說明辦事、說話要從實際出發，量力而行。

【力賤得人敬，口賤得人憎】力賤：指不惜力。口賤：指多嘴，亂說。◇不惜力愛幫助人的人，受人尊敬；多嘴亂說的人，令人憎惡。

【又想吃魚，又怕腥氣】◇諷喻有些人想做事，卻又怕給自己帶來麻煩而不敢做。◎又吃魚兒又嫌腥／又想

吃油糕，又怕膩了嘴／又要吃，又
怕燙

【又想當婊子，又想立牌坊】◇諷有
些人既想做卑鄙無恥的事，又想留個
好名聲。◎既當婊子，又立牌坊

三　畫

【三十三天，惟有離恨天最高；
四百八十四病，惟有相思病最苦】
三十三天：古人指四方各有八天，中
央為帝釋天，合成三十三天；離恨
天：指人死後靈魂歸宿的地方。◇告
訴人們，人世間最難忍受的痛苦，是
生離死別和相思病。

【三十不榮，四十不富，五十看看
尋死路】◇舊時喻指人如果三十歲
還不發跡，四十歲還不能致富，到了
五十歲就不用指望了，一輩子也就不
會再有甚麼出息了。

【三十六行，行行相妒】◇喻指同
行之間，互相嫉妒。清代李漁《玉
搔頭‧篾哄》：“三十六行，行行相
妒。”

【三十六着，走為上着】着：指下棋
時的步子，喻指計策或手段。▼如果
無力抵擋敵人，在三十六種計策中，
逃跑為最好的計策。◇事態已到無法
挽回的時候，別無他計，只有一走了
之。《南齊書‧王敬則傳》：
‘檀公三十六策，走是上計。汝父子
唯應急走耳。’”◎三十六策，走為
上策／三十六策，走是上計

【三十而立】◇喻指人到了三十歲就
應該有所作為，在社會佔有一席之地

了。《論語‧為政》：“子曰：‘吾十
有五而志于學，三十而立，四十而
不惑，五十而知天命，六十而耳順，
七十而從心所欲，不踰矩。’”

【三十年弄馬騎，今日被驢撲】▼騎
了三十年馬，今天反被一頭毛驢撲
打。◇喻指陰溝裏翻船，老到的能手
被欺。

【三十年河東，三十年河西】三十：
泛指多數。河：指黃河。▼舊時黃河
常改道，某個地方原來在黃河東邊，
多少年後又變成在黃河西邊。◇喻指
世道或人事興衰變化無常。清代吳敬
梓《儒林外史》第四十六回：“大先
生，‘三十年河东，三十年河西’！就
像三十年前，你二位府上何等優越，
我是親眼看見的。”◎十年河東，十
年河西／三十年河東，四十年河西

【三十年風水輪流轉】風水：指住宅
基地、墳地等的地理形勢，如地脈、
山水的方位等。迷信認為，風水的
好壞可以影響其家族、子孫的盛衰
吉凶。◇隨着時間的推移，風水有變
化，人的命運也會隨着發生變化。

【三十年遠報】報：報應。◇喻指善
惡必有報應，壞人受到懲罰，有時會
相隔很多年。

【三人一條心，黃土變成金】▼三個
人同心，即使黃土地也能變成金子。
◇喻指眾人同心協力，就能成就大
事。◎大家一條心，黃土變成金／兄
弟一條心，黃土變成金／夫妻一條
心，黃土變成金

【三人六樣話】▼三個人說着六種不
同的話。◇喻指眾說紛紜，說法不
一。◎三人說着九頭話

【三人成虎】 ◐ 三個人都説有虎，聽的人就當真了。◇喻指本來沒有的事，説的人多了，就會弄假成真。《戰國策・魏策二》：“龐葱與太子質於邯鄲，謂魏王曰：‘今一人言市有虎，王信之乎？’王曰：‘否’。‘二人言市有虎，王信之乎？’王曰：‘寡人疑之矣。’‘三人言市有虎，王信之乎？’王曰：‘寡人信之矣。’龐葱曰：‘夫市之無虎明矣，然而三人言而成虎。今邯鄲去大梁也遠於市，而議臣者過於三人矣。願王察之矣。’”

【三人成眾】 ◐ 有三個人就能算人多了。◇喻指人多力量大。

【三人同心，其利斷金】 利：通“力”。◐ 三人一條心，其力量就可以斬斷金屬。◇喻指眾人齊心協力，就可以辦成大事。◎二人同心，其利斷金

【三人同行小的苦】 ◐ 三個人一起走路，年齡小或輩分低的人吃苦。◇喻指在外旅行時，年輕人應該多分擔一些事務。

【三人行必有我師】 ◐ 三個人在一起走，其中必定有可以作為自己老師的人。◇喻指在自己的周圍，肯定有某方面比自己強的人。《論語・述而》：“子曰：‘三人行，必有我師焉。擇其善者而從之，其不善者而改之。’”

【三人當家，七扯八拉】 ◐ 如果三個人當家主事，容易扯皮，就形不成統一的意見。◇喻指在一個集體中，如果主事的人多，就會各抒己見，難以形成統一的意見，事情難辦。

【三人誤大事，六耳不通謀】 ◐ 人多相互依賴，可能耽誤大事，人多也不宜謀劃機密。◇喻指知道事情的人多了，就不容易保密，洩露出去就會壞事。

【三人證，龜成鱉】 ◐ 有三個人證明龜是鱉，大家就會把龜當作鱉。◇多數人都這麼認為，假的也會被誤認為真的。

【三寸舌是斬身刀】 ◇喻指説話不謹慎會招致殺身之禍。

【三寸舌為安國劍，五言詩作上天梯】 ◐ 言辭可以成為安邦定國的寶劍，詩文可以作為登科中舉的階梯。◇喻指憑着口才就可以安邦定國；憑着學問，就可以為自己謀取功名，加官進爵。明代馮夢龍《喻世明言》卷十一：“三寸舌為安國劍，五言詩作上天梯。青雲有路終須到，金榜無名誓不歸。”

【三寸舌害着七尺身】 ◇喻指説話不謹慎將危害自身的性命。

【三寸氣在千般用，一旦無常萬事休】 三寸氣在：指人活着的時候。無常：迷信傳說中鬼的名字，認為人將死時有“無常鬼”來勾魂，在這裏指人死。◇人活着的時候能幹各種各樣的事情，一旦死了以後，甚麼都完了。

【三天不唱口生，三天不做手生】 ◐ 曲調三天不唱就會感到生疏，技藝三天不練習就會感到手生疏。◇戲曲和技藝貴在堅持，要天天練習才能熟練、進步。◎三天不唸口生，三天不練手生 / 三天不拿針，熟手也變生

【三木之下，何求不得】 三木：指刑具。◐ 在刑具面前，想要甚麼口供得不到呢？◇喻指屈打成招。

【三不孝，無後為先；四無告，鰥夫獨苦】 三和四：指多。告：告訴，訴苦。鰥（guān）夫：喪妻沒取之人。

◇舊時認為各種不孝的行為中，沒有後代居首位；各種難以訴說的苦處中，喪妻最痛苦。

【三不拗六】三：指少數。六：指多數。拗（ào）：不順，不順從。◇喻指少數人不能違背或改變多數人的主張。

【三不知】◇喻指對事情的起源、經過、結果全都不知道，事情的發生完全出乎人的意料之外。

【三日不見，當刮目相待】◐三天不見面，就要用新的眼光去看待對方。◇喻指人是在不斷的進步，不能用老眼光看，尤其是讀書人，變化更大。◎三日不相見，莫作舊時看

【三日打魚，兩日曬網】◐打三天魚，曬兩天網。◇喻指做事或學習沒有恆心，時斷時續。◎三天打魚，兩天曬網／五天打魚，三天曬網／五日打魚，十日曬網

【三日賣不得一擔真，一日賣了三擔假】◐三天沒有賣一擔真貨，但一天卻賣出了三擔假貨。◇喻指社會上經常有人玩弄花招，以假亂真蒙騙人，導致假的有市場，真的反而滯銷。◎三日難賣一擔真，一日可賣三擔假／三日不去一件真，一日到去三擔假

【三斤子薑不如一斤老薑】子薑：嫩薑。◐三斤嫩薑沒有一斤老薑辣。◇喻指年輕人趕不上老年人成熟老練，能力大。◎薑是老的辣

【三分人才，七分打扮】人才：指人的相貌。◐一個人好不好看，三分在於相貌，七分在於穿着打扮。◇說明衣着打扮對人的外表十分重要。◎三分人樣，七分打扮

【三分人事，七分天】◐事情要辦好，一方面是靠人的努力，但更主要的是靠天意。◇喻指農作物的豐收和減產，主要取決於氣候等自然條件。

【三分天才，七分勤勞】天才：突出的聰明智慧。◐一個人要取得成功，聰明智慧只佔三分，自己的勤奮努力要佔七分。◇一個人要成功主要靠自己的勤奮努力。◎三分天才七分學

【三分手藝，七分傢伙】傢伙：這裏指工具。◐工藝做得好不好，技藝佔三分，工具佔七分。◇工具比技藝更重要。

【三分匠人，七分主人】匠人：指手藝工人。◐在幹活時，工匠出三分主意，主人出七分主意。◇喻指被僱傭的人要服從主人的意志。

【三分吃藥，七分調理】調理：調養護理。◐要想病好，三分在於吃藥，七分在於調養。◇人生病需要吃藥，但精心調養護理更為重要。◎三分吃藥，七分養／三分治病七分養

【三分教，七分學】◐讀書時，三分在於老師的教授，七分在於自己的學習。◇喻指學習主要靠自己努力鑽研。

【三分造林，七分管理】◐植樹造林，三分在於栽種，七分在於管理。◇告訴人們，植樹造林時後續管理非常重要。

【三分動作，七分口令】口令：戰鬥、練兵或做體操時，用簡短的術語下達口頭命令。◐要練好操，三分在於受訓者的動作，七分在於指揮員的口令。◇說明操練時口令非常重要。

【三分像人，七分像鬼】◇喻指人長相十分醜陋，或指人瘦弱、疲憊得幾乎沒有人樣。宋代無名氏《張協狀元》：“我嫁你！看牛骨自不中，三分像人，七分像鬼。”

【三分顏色開染坊】顏色：顏料或染料。染坊：染綢、布、衣服等的作坊。◎剛有了點染料就想開染坊店。◇喻指剛有了點本事就得意忘形，或指條件不具備就開始動手大幹。

【三心二意，永不成器】◇告訴人們，做事不專一，永遠也成不了大器。

【三打不回頭，四打連身轉】◎敲打三下連頭都不回一下，敲打四下整個身體都轉過來了。◇嘲弄人不機靈，動作遲緩，愣頭愣腦。

【三世仕宦，方會着衣吃飯】仕宦：指做官；着（zhuó）：穿（衣）。◎做了三代官的人家，才懂得如何吃飯、穿衣。◇喻指做官人家禮制繁多，生活的奢侈。

【三句話不離本行】◎沒說上三句話，就說到自己的行業上去了。◇喻指人們習慣談論與自己所從事的工作有關的話題。清代李寶嘉《官場現形記》第三十四回：“每到一處，開口三句話不離本行，立刻從懷裏掏出捐冊送給人看。”

【三百六十行，行行出狀元】三百六十行：各行各業的總稱。◇喻指工作不分貴賤，各行各業都有專家和能手。

【三百六十行，種田第一行】◇喻指各行各業中，農業最重要，是基礎，是根本。

【三百六十病，唯有相思苦】唯：同“惟”，單單，只。相思：指男女因互相愛慕而又無法接近所引起的思念。◇喻指各種各樣的疾病中，相思病最為痛苦。

【三尖瓦絆倒人】◎幾塊碎瓦片能使人跌倒。◇喻指細小的事情都能妨礙人成功，使人遭受挫折。

【三早當一工】◎起三個大早幹的活，就相當於一天幹的活。◇告訴人們，每天早起一點，能幹許多活。

【三年大旱，餓不死做飯的】◎連年天災鬧荒，卻餓不死廚師。◇喻指近水樓台先得月。

【三年不上門，當親也不親】◎長時間不到人家裏走動走動，本來親近的人也會疏遠。◇說明人與人要經常來往，否則就會疏遠。

【三年不提筆，秀才手也生】◎長時間不動筆，就連秀才也感覺到手生，不會做文章了。◇喻指做任何事情，要經常幹，才能熟練，假如長時間不幹，非常熟悉的工作也會變得生疏。

【三年不喝酒，吃穿啥都有】◎如果喝酒的人不再喝酒了，要不了多久，經濟上就會寬裕，吃的穿的也就不成問題了。◇勸誡人們戒酒。◎三年不喝酒，家中樣樣有

【三年不請匠，屋子走了樣】◎如果房屋不請匠人經常維修，要不了多久房屋就會陳舊變樣。◇強調房屋要經常維修，才能保持整潔完好。

【三年乳哺，十月懷胎】乳哺：用乳汁哺，哺奶。◎嬰兒出生前要在體內孕育十個月，出生後母親還要用乳汁哺育他幾年。◇強調母親養育孩子很艱辛。

【三年耕而餘一年之積，九年作而有三年之儲】積：聚集。作：種植。儲：儲備。◐連續耕種三年就能積攢出一年的糧食；連續耕種九年就能儲備出三年的糧食。◇強調國家要重視農業生產，逐年積累儲糧，做到有備無患。

【三年清知府，十萬雪花銀】清：指為官廉潔。知府：明清兩代稱一府的長官。雪花銀：白銀。◐即使是廉潔的知府，很短的時間內也會撈到很多的銀兩。◇諷刺舊時官吏口頭上標榜為政清廉，但實際上在大肆搜刮民脂民膏。

【三年爛飯砌個房】◐三年剩下來的稀飯，積攢起來就可以蓋一座房子。◇說明勤儉節約，就可以積少成多，辦大事情。

【三折肱知為良醫】肱（gōng）：指胳膊。◐三次折斷胳膊，自己就能成為一個好的醫生。◇喻指一個人經過多次挫折後，對事物就會有更深刻的認識。◎三折肱，為良醫／久病成良醫

【三更燈火五更雞】三更：古代打更報時，一夜分五更，三更正當夜半。◐三更時房間裏還點着燈，五更雞叫時就已起牀。◇喻指起早摸黑地讀書或勞動。

【三更燈火五更雞，正是男兒讀書時】◐少年讀書要五更雞叫就起牀，晚上三更以後再睡。◇喻指要充分利用有限的光陰，刻苦讀書，才能有所作為。

【三里地沒準信兒】◇告訴人們，傳播的消息不準確，要提高警惕。

【三杯和萬事，一醉解千愁】三杯：指喝酒。萬事：很多事。◐喝酒可以平息事情，醉了就甚麼愁悶都忘掉了。◇喻指喝酒可以解悶消愁，平息是非。

【三虎必有一彪，三鷹必有一鶚】鶚（yào）：鶚鷹，一種兇猛的鳥。◐三隻虎中必有一隻體格強大的，三隻鷹中必有一隻兇猛的鶚鷹。◇喻指人群中必然有出類拔萃的人物。

【三虎出一豹】◐虎生三子中必有一隻是豹。◇喻指弟兄幾個中，必有一人能力比其他人強。

【三官避酒客】三官：泛指做官的人。◇做官的人不要與喝醉酒的人計較。

【三春靠一冬，三早當一工】◇冬天做好各種準備，春耕就能順利進行；每天早晨，早一點起來幹活，幾天加起來就能頂一天幹的活。

【三思而後行】三：再三。◐反覆考慮，然後才去做。◇強調做事要慎重，多思考會有好處。《論語・公冶長》：「季文子三思而後行。」◎三思而行

【三軍未動，糧草先行】◐軍隊還未行動時，軍用的糧食和草料得先準備好。◇喻指要進行某項行動，必須事先做好各方面的準備工作。

【三軍可奪帥，匹夫不可奪志】三軍：春秋時，大國的軍隊分為中軍、上軍、下軍（也有稱中軍、左軍、右軍的），後來就把三軍作為對軍隊的統稱。現指陸軍、海軍、空軍。匹夫：泛指平常人。◐可以改變三軍的元帥，卻改變不了平常人的志向。◇強調要堅守自己的志氣和節操。《論語・

子罕》：“子曰：‘三軍可奪帥也，匹夫不可奪志也。’”

【三軍易得，一將難求】◇喻指徵集兵士很容易，選擇一個有才能的將帥卻非常困難。元馬致遠《漢宮秋》第二折：“陡恁的千軍易得，一將難求。”

【三鬥始成親】鬥：爭鬥，引申為波折。◇經過多次波折才結成親事。◇比喻好事多磨。

【三個人字抬不過理字去】◇喻指人再多，也要以理服人。◎三人抬不過個“理”字去／三人抬不過個“理”字

【三個不開口，神仙難下手】三個：眾人。◇喻指眾人如果都不說話，再有能力的人也難辦事。

【三個公章，不如一個老鄉】◇❶喻指熟人好辦事。❷也用以諷刺利用人際關係以公謀私的人。

【三個秀才講書，三個屠夫講豬】◉讀書人走到一塊就談論詩書，殺豬人湊到一塊便談論豬的事。◇喻指物以類聚，人以群分，幹同一行的人走在一起自然會說自己本行的事。

【三個和尚沒水吃】◉一個和尚挑水吃，兩個和尚抬水吃，三個和尚誰也不想擔水，就沒有水吃。◇喻指人一多，互相依賴扯皮，甚麼事也辦不成。

【三個臭皮匠，頂個諸葛亮】皮匠：修鞋或做鞋的工人。頂：抵得上。諸葛亮：三國蜀國丞相，很有智謀，後人把他作為智慧的化身。◉三個臭皮匠在一起，就能像諸葛亮那樣聰明有智慧。◇指大家一起商量，就會想出好辦法，喻指人多智慧多。◎三個臭

皮匠，趕上個諸葛亮／三個臭皮匠，湊個諸葛亮

【三個閨女一台戲】◉姑娘們聚在一起，有說有笑，熱鬧得像演一台戲。◇喻指女人多了容易產生是非。◎三個女人一台戲／三個婦女一台戲

【三隻骰子十九窩】骰（tóu）：骰子，又叫色子，一種遊戲用具或賭具，用骨頭或木頭等製成的立體小方塊，六面分別刻有一至六點。窩：指骰子的點。一隻骰子有六個點（即六個窩）。◉三隻骰子有十九個點（註：三隻骰子應該是十八點）。◇喻指絕無其事。

【三討不如一偷】◉多次討要得不到，不如偷竊有效。◇喻指用正常的方法解決不了問題，不如來邪的手段。

【三畝好地一頭牛，老婆孩子熱炕頭】◇舊時代表小農經濟的理想生活，有幾畝好田地和一頭耕牛，再加上有一個溫暖的小家庭就心滿意足了。◎三十畝地一頭牛，老婆娃娃熱炕頭

【三拳不及四手，四手不及人多】◉三隻拳頭趕不上四隻手，四隻手趕不上很多人。◇喻指人多力量大。

【三拳迭不得四手】迭（dié）：及。迭不得：趕不上。◉三隻拳頭趕不上四隻手。◇喻指寡不敵眾。◎雙拳難敵四手／三拳敵不得四手

【三家鄉亦有小人】三家鄉：指偏僻或人煙稀少的地方，也稱“三家村”。小人：指人格卑鄙的人。◇喻指每個地方都有人格卑鄙的人。

【三國盡歸司馬懿】三國：指東漢後魏、蜀、吳三國。司馬懿：三國時曹

魏政權中掌握軍權的大臣。嘉平元年（公元249年）他發動政變，獨掌了曹魏大權。❻魏、蜀、吳三國都歸入了司馬懿的手中。◇喻指權力掌握在一個人手中。

【三着不出車，滿盤都是輸】着(zhāo)：下棋時走 步叫一着。車(jū)：象棋中發揮作用較大的一顆棋子。❻下象棋時，如果走三步還不出車，整盤棋都會輸。◇喻指主要人物不及時發揮作用，就可能導致全局失敗。

【三勤夾一懶】◆把懶惰的人放在幾個勤快的人中間幹活。◇喻指用先進帶動後進。

【三頓飯不餓，三件衣不破】◇ ❶ 人不必有過高的要求，能有飯吃、有衣穿就行。❷ 喻指人沒有追求，沒有理想。

【三歲至老】❻從三歲時就可以判斷出到老時是個甚麼樣的人。◇即指從一個人小時候的靈氣和性情，就可以推斷出他的一生。

【三歲學，不如三歲擇師】❻三歲開始學習，還不如用三年的時間給他請一個好老師。◇投奔名師是學業的第一需要。

【三飽一倒，長生不老】三飽：每天三頓飽飯。一倒：每天睡一次覺。❻每天吃三頓飽飯，睡一次覺，就可以長生不老。◇喻指無所事事，養尊處優，貪圖享樂的消極人生觀。◎三個飽，一個倒

【三腫三消，預備鐵鍬】❻病人多次浮腫，就應該準備挖墳坑了。◇喻指病人已病入膏肓快要死了，應趕快準備後事。

【三腳蝦蟆飛上天】蝦蟆：青蛙和蟾蜍的統稱，也作"蛤蟆"。◇喻指癡心妄想，根本不可能辦到的事。

【三請諸葛亮】諸葛亮：字孔明，三國時蜀國的政治家、軍事家。❻劉備曾三次去隆中，請隱居在草廬中的諸葛亮出山，幫助劉備打天下。◇喻指要想得到人才，必須誠心誠意地邀請。此故事見於《三國志·蜀志·諸葛亮傳》。

【土地公不點頭，老虎也不敢咬人】土地公：迷信指管理一個小地面的神，也叫土地菩薩、土地爺、土地神。◇喻指沒有地方官員的支持，就辦不成事情。

【土地無私心，專愛勞動人】◇勤勞的人能從土地裏獲得更多的糧食。

【土地需要勤耕作，知識更應常溫習】◇經常耕作土地，就能多產糧食；經常溫習學過的知識，就能鞏固提高。

【土多好打牆，人多力量強】◇人多力量大，好辦大事。

【土幫土成牆，水幫水成浪】◇喻指團結互助，力量就能強大起來。◎土幫土成牆，窮幫窮成王／土幫土成牆，人幫人成王／土相扶為牆，人相扶為王

【士大夫遊藝必審輕重】士大夫：泛指封建社會的官僚階層和有地位的讀書人。❻有地位的讀書人嬉戲娛樂要認真考慮利害關係。◇舊時勸誡上層人士，不要過分沉溺於吃喝玩樂之中。

【士之立身，忠信為本】❻讀書人應把忠信作為立身處世的根本。

【士可殺，不可辱】◇讀書人重節操，寧可被殺死，也不可以蒙受恥辱。《禮記‧儒行》：“儒有可親而不可劫也；可近而不可迫也；可殺而不可辱也。”

【士各有志，不可相強】◇不同的人有不同的志向，別人不能夠勉強。

【士見危受命】◇面臨危險時接受使命。《論語‧憲問》：“（子）曰：‘今之成人者何必然？見利思義，見危授命，久要不忘平生之言，亦可以為成人矣。’”

【士別三日，刮目相待】士：士人，此泛指人。◆人分別三天以後，就要擦擦眼睛去看待。◇每個人每天都在不斷地變化，不可等閒視之。《三國志‧呂蒙傳》：“魯肅拊蒙背曰：‘吾謂大弟但有武略耳。至於今者，學識英博，非復吳下阿蒙。’蒙曰：‘士別三日，即當刮目相待。’”◎士別三日，刮目相看／士三日不見，當刮目相待

【士非璧也，談者謂價】璧：圓形、扁平、中間穿孔的玉，古代作裝飾、送禮等用。◇讀書人不是玉，他們的身價是隨着人們的評價好壞而定。

【士為知己者用】◇人願意為了解自己的人出力。

【士為知己者死，女為悅己者容】◇男人可以為非常了解自己、賞識自己的人去獻身；女子願為喜愛自己的人穿着打扮。《戰國策‧趙策一》：“豫讓遁逃山中，曰：‘嗟乎！士為知己者死，女為悅己者容，吾其報知氏之讎矣。’”◎士為知己者死

【士修之於家，而壞之天子之庭】修：指在學問和品行方面的學習和鍛煉。◆讀書人在家做學問，學品行，但到了朝廷一做官就變壞了。《漢書‧賈山傳》：“夫士修之於家，而壞之於天子之廷，臣竊湣之。”

【士視其所遇】◇有能力的人看對方給予自己的待遇，來決定是否為其效力。

【士無賢不肖，入朝見疾】不肖：品行不好。疾：通“嫉”。◇不論有無才德，只要入朝做官就會遭到嫉妒。

【士農工商，各執一業】◇社會上的行業有多種多樣，每個人都應該選擇或找到適合自己的行業。

【工夫長過命】◇說明要做的工作和要下的工夫是沒有完結的，而一個人的生命是有限的。提醒人們，在工作中也應注意休息，勞逸結合。

【工夫到了收效好，工夫差了辦的糟】◇做任何事情，只要把工夫下到家，就會有好的收效，否則就不可能把事情辦好。

【工不到事不成，氣不匀飯不熟】◆做事的工夫不到，事情就難以辦成；做飯的火候不夠，上氣不均勻，飯就做不熟。◇指做任何事都要功夫到家，否則是不會取得成功。

【工多出巧藝】◇工夫下得多，技藝就能精巧。◎工多藝就熟／工多藝熟，熟能生巧

【工作愈多，見聞越廣】◇說明在工作中能夠增長知識和才幹。

【工欲善其事，必先利其器】欲：想要。善：做好。利：使鋒利。器：工具。◆工匠要想把活做好，必須事先準備好鋒利的工具。◇指做任何事情都必須事先做好充分準備。《論語‧

衛靈公》：「工欲善其事，必先利其器。居是邦也，事其大夫之賢者，友其士之仁者。」

【才子佳人，一雙兩好】才子：有才學的男人。佳人：容貌美麗的女子。◇才子配佳人，正好是一雙好姻緣。

【才高必狂，藝高必傲】◇才華高了容易狂妄，技藝高了容易傲慢。

【才高難入俗人機】◇文才高超的人，很難與常人投緣。

【下力吃飽飯，遊閒受飢寒】◎勤勞肯幹才能有飯吃，遊手好閒就要忍飢捱餓。◇勸誡人們要勤勞，勤勞不但能解決溫飽，還能致富；遊手好閒要受餓捱冬。

【下山容易上山難】◇喻指走下坡路，學壞很容易；要積極向上，學好爭先很難。

【下不得無情意，殺不得有情人】◇不下狠心，不絕情，就殺不了人。

【下有茯苓，上有菟絲】茯苓（fú líng）：菌類植物，可入藥。菟絲：一種藤細如絲的植物。◎菟絲之下必有茯苓。◇喻指尋找一個事物，可以從與他相關事物着手，由此及彼。《史記・龜策列傳》：「傳曰：『下有伏靈，上有菟絲；上有擣蓍，下有神龜。』」◎下有茯苓，上有生絲

【下雨先爛出頭椽】椽（chuán）：放在檁上，架着屋頂的木條。◎連續陰雨天，漚爛的先是屋頂上的椽子。◇喻指好出風頭的人常常先遭受打擊。

【下雨防旱，天乾防洪】◎下雨時應防止以後旱情的發生，天氣乾燥時也應防止以後洪澇的發生。◇告訴人們，無論何種情況下，都要做好充分準備，防止災難的發生。

【下河才知水深淺】◇喻指只有深入到實際生活中，進行調查研究，才可能了解到真實的情況。◎下海方知海水深，上山才曉山難行

【下雪不冷，化雪冷】◇雪融化時要吸收空氣中的熱量，所以比下雪時冷。

【下淺水只能抓魚蝦，入深潭方能擒蛟龍】◇喻指只有不怕艱難險阻，敢想敢幹，才能取得大的成果。

【寸釘才入木，九牛拽不出】拽：拉。◎一寸長的釘子剛打進去，九頭牛的力量都拔不出來。◇喻指事態發展到一定的程度，便不可逆轉。◎寸鐵入木，九牛難拔

【寸鐵入木，九牛難拔】◎鐵器刺入木中，多大勁也很難拔出。◇喻指一旦被讒言中傷，很難洗刷清楚。

【丈母娘看女婿，越看越好看】◇做母親的對自己的女兒痛愛有加，所以對女婿也格外喜歡，越看越好看。◎丈母見郎，雞仔翻湯／丈母看女婿，越看越中意／丈母娘看女婿，越看越歡喜

【大人不同小人鬥】◇地位高的人不會和地位低的人爭鬥；修養高的人不會和粗魯野蠻的人計較。

【大人不記細怨】◇心胸寬闊坦蕩的人，不會把小小的仇怨記心上。◎大人不記小事

【大人不強小人志】◇修養好的人不會隨便把自己的意志，強加給下屬身上。

【大人要有容人量】◇修養好的人，要有寬容別人的度量。◎大人有大量

【大丈夫不可三日無權，好漢不可三日無錢】◇大人物有作為、有志向，一日不能沒有權勢；有本事的人要結交朋友，手中不能沒有金錢。

【大丈夫牀下，焉許小人酣呼】◇在重要人物的周圍，不能有圖謀不軌的小人。◎臥榻之側，豈容他人酣睡

【大王好見，小鬼難當】◇首領人物倒好說話，下面的人反而不好對付。◎閻王好見，小鬼難當

【大不正則小不敬】◇做長輩的行為不正派，當小輩的便不會敬重他。明代蘭陵笑笑生《金瓶梅》："月娘道：'大不正則小不敬。母狗不掉尾，公狗不上身。大凡還是女人心邪，若是那正氣的，誰敢犯他！'"

【大不欺小，壯不欺老】◇年長的不欺侮年幼的，年富力強的不欺侮年老體弱的。◎大不欺小

【大水未到先治壩，休到河邊再脫鞋】◇喻指做事要提前做好準備，有備無患。◎大水未到先築堤

【大火開鍋，小火燜飯】●大火容易開鍋，但燜飯得用小火。◇喻指針對不同的情況，要採取不同的措施，該快就得快，該慢就得慢，要合理掌握。

【大石頭離不了小石頭支，唱紅生離不了打詐旗的】●砌牆時，大石頭放不平，需要用小石頭墊襯；演戲，主角離不了配角的幫襯。◇喻指幹大事業的人，離不了群眾的支持。◎大石頭離開小石頭砌不成牆

【大匠運斤，無斧鑿痕】斤：斧頭。●技術高明的木匠，所製作出來的器具，沒有斧削的痕跡。◇喻指高手創作的文藝作品，能夠達到渾然天成的境界。

【大成之人，越誇越怕；小就之人，見誇就炸】◇做大事業的人，越取得成績就越謙虛，就怕人稱讚；偶爾做出一點成績的人，一有人稱讚便趾高氣揚。

【大行不顧細謹】大行：大作為。◇做大事的人，往往不拘泥於小節。《史記·項羽本紀》："沛公已出，項王使都尉陳平召沛公。沛公曰：'今者出，未辭也，為之奈何？'樊噲曰：'大行不顧細謹，大禮不辭小讓。如今人方為刀俎，我為魚肉，何辭為！'於是遂去，乃令張良留謝。"

【大奸似忠，大詐似信】●內心奸詐邪惡，外表卻貌似忠厚。說奸惡者善於偽裝。《明史·黃澤傳》："刑餘之人，其情幽陰，其慮險譎，大奸似忠，大詐似信，大巧似愚。"◇告誡人們，特別奸詐狡猾的人，看上去忠厚老實、誠實可信，其實是偽裝的手段高明，大家要提高警惕，以免上當受騙。

【大災之後必有大疫】◇自然災害之後，必然有疫病流行，應及時採取相應的防範措施。

【大抵還他肌骨好，不搽紅粉也風流】大抵：總是。還他：虧他。●女人生就窈窕的形貌，不用梳妝打扮也美麗風流。

【大事不糊塗，小事不糾纏】◇對大是大非問題，要頭腦清楚；對小事不必多計較。◎大事清楚，小事糊塗

【大河裏有水小河裏滿】◇❶喻指大集體的經濟情況好，小集體和個人

自然會好。❷指長輩或上級好了，晚輩、下級也自然會好。◎大河漲水小河滿

【大缸裏打翻了油，沿路兒拾芝麻】◇喻指大處非常浪費，小處又十分節省。

【大風颳不了多日，親人惱不了多時】◇颳大風的時間不會持續很久；親人之間的不愉快和矛盾也不會持續長久。

【大風颳不多時，大雨下不多時】●狂風暴雨不會持續很久。◇喻指不尋常的特殊情況，一般維持不了多久。

【大軍未發，糧草先行】◇喻指做事情要提前做好準備工作。

【大哥別説二哥，兩個差不多】◇倆人的情況類似，最好不要互相挑剔指責。

【大飢而食宜軟，大渴而飲宜溫】●極度飢餓時，應進軟食；極度口渴時，應喝溫水。◇告誡人們，大飢大渴時，不可猛進硬食和猛喝冷水，否則易患腸胃疾病。

【大病用功，小病用藥】功：功夫，引申為時間。◇大病要經過長時間的用心調養，才能康復；小病抓緊時間吃藥治療就行。

【大海有魚千萬擔，不撒漁網打不到魚】●儘管大海裏有很多魚，但不去費力撒網，魚是得不到的。◇喻指任何事情要想成功，都要付出辛勤的勞動。

【大海浮萍，也有相逢之日】◇喻指雖然是人海茫茫，飄泊無定，但總會有見面的機會。

【大家捧柴火焰高】◇喻指許多人共同努力，力量就會壯大，智慧就會強大。◎大夥拾柴火焰高

【大家閨女小家妻】●富貴的大戶人家疼愛女兒，小戶人家疼愛妻子。◇寧可嫁給小戶人家做媳婦，也不要嫁到大戶人家去受氣。

【大能掩小，海納百川】掩：遮掩。●大人物能寬容小人物，大海能容納百川之水。◇喻指胸懷廣闊的人，能寬容別人。

【大處着眼，小處着手】●從大局的利益出發去謀劃，而從具體的小事做起。清代文康《兒女英雄傳》二五回：「只是他二老是一片仁厚心腸，感念姑娘救了自己的兒子，延了安家的宗祀，大處着眼，便不忍吹毛求疵。」

【大從小來，有從無來】◇告誡人們，事物的發展或潰滅都是從小到大，從無到有。因此求發展要從小事入手，防潰滅要把禍患杜絕於萌芽之中。

【大魚吃小魚，小魚吃蝦子】◇喻指恃強凌弱，層層吞食。

【大將無能，累死三軍】●統帥無能，三軍受累。◇領導幹部無能，會把群眾累死；因此選拔領導應該慎重，應盡可能避免啟用庸才。

【大將難過美人關】◇英雄豪傑常常會經不起美女的誘惑，栽在美人的手裏。◎英雄難脫美人手

【大盜沿街走，無贓不定罪】◇喻指明知是壞人，但沒有證據，拿他沒有辦法。

【大寒須守火，無事不出門】守火：
圍爐取火。◇天氣寒冷，不宜出門做
事。

【大路不平眾人踩】◇喻指辦事不公，
群眾會出來抱打不平、主持公道。
◎大路不平旁人剷／大路不平眾人剷／
大路不平有人踩

【大路講話，草窩有人】◇説秘密話
要提防有人偷聽。◎大路上説話，草
棵裏有人

【大廈千間，不過身眠七尺】●房屋
再多，而一個人睡覺只需七尺之地。
◇人要知足，不要貪得無厭。

【大廈千間，夜眠七尺；好田萬畝，
日食一升】●房屋再多，一個人睡
覺只需七尺之地；良田再多，一個人
一天只不過吃一升糧食。◇告誡人
們，切莫貪婪，要知足。

【大廈將傾，非一木可支】●高樓
將要傾倒，不是一根木頭可以支撐
得住。◇喻指大勢已去，一個人的
力量是無法挽回的。隋代王通《中
説・事君》："大廈將顛，非一木所支
也。"◎獨木不能支大廈／一木難支
大廈／大廈將傾，一木難支／大廈
將傾，獨木難支

【大蒜百補，獨損一目】◇大蒜營
養豐富，能治好些病，但對眼睛有損
害，不宜多吃。

【大葱蘸醬，越吃越胖】◇大葱蘸醬
能刺激食慾，多吃會使人長胖。

【大夥一條心，黃土變成金】◇告訴
大家，團結一致，齊心合力，就能創
造奇跡。◎大家合心，黃土變金／大
家齊了心，黃土變成金

【大夥心齊，泰山能移】◇大家團結
起來，齊心合力才能做大事。◎大夥
擰成一股繩，做起事來力無窮

【大夥兒支持，樹稍上站得穩；大
夥兒反對，大山頂也蹲不住】◇喻
指事情的成敗，關鍵在於是否能得到
群眾的支持。

【大樹之下，必有枯枝】●繁茂的大
樹之下，必然也有枯枝。◇喻指大家
族的子孫中，免不了有敗業者。

【大樹之下，草不沾霜】◇喻指有權
勢者的庇護，不會受到侵害。《張協
狀元》："大樹之下，草不沾霜。奴家
求庇於李大公大婆，莊家有甚出豁？"

【大樹底下好乘涼】◇喻指藉助尊長
的庇護，過着舒心的日子。元無名氏
《劉弘嫁婢》第一折："每日如是吃他
家的，便好道這大樹底下好乘涼。"

【大樹砍不倒，小草站不牢】●是棵
大樹就砍不倒，是棵小草就站不牢。
◇喻指意志堅強的人能經受住磨難，
始終威武不屈。意志薄弱的人，似風
吹小草左右搖擺，不能自立自強。

【大鍋裏有飯，小鍋裏好辦】◇喻指
集體的經濟發展良好，個人的經濟利
益自然會好。

【大膽天下去得，小心寸步難行】
◇膽大的人奔南闖北，四海為家；膽
小怕事的人，則守着家門寸步難離。
明代馮夢龍《警世通言・趙太祖千里
送京娘》："大膽天下去得，小心寸步
難行。"

【大難不死，必有厚祿】祿：古代
官吏的薪俸，也指福氣。◇人經過很
大的災難不死，日後必有大福降臨。
清代錢彩《説岳全傳》二回："他懷

中抱着個孩子，漂流不死。古人云：'大難不死，必有厚祿。'"

【大難不死，必有後福】◇在絕境中擺脱危難，化險為夷，將來必定有享福之日。元代關漢卿《裴度還帶》第三折："皆是先生陰德太重。救我一家之命。因此遇大難不死，必有後程。準定發跡也。"

【大鵬飛上梧桐樹，自有旁人説短長】◖梧桐是鳳凰棲息的地方，大鵬上了梧桐樹，不是尋常的事。◇喻指發生了新鮮的事，自然會有人説長論短。◎大鵬飛上梧桐樹，自有旁人説短長／大鵬飛上梧桐樹，自有旁人説是非。

【上人不好，下人不要】好（hào）：愛好，喜好。◇喻指上級沒有喜好，下級就不會去搜刮。

【上了賭博場，不認爹和娘】◖賭徒一進賭場，就紅了眼，連自己的親爹和親娘都不會認。◇喻指賭場裏只認錢，不認人，不講情面。

【上山砍柴先看樹，拉馬趕車先看路】◇喻指做任何一件事，都要先搞好調查研究。

【上山容易下山難】◖上山好攀登，不容易出危險；下山時腳下滑，移步困難，容易失足。◇喻指幹事往往開頭容易結尾難。

【上山釣不着魚，下水打不着柴】◇喻指犯方向性錯誤，無法達到目的。

【上山擒虎易，開口告人難】告：告借。◇喻指向人求助是一件很困難的事。

【上天不負苦心人，文章自有定論】◇上天不會辜負刻苦用心的人，文章的好壞自然會有定論。

【上天有好生之德】◇上天有憐憫生命的德行。

【上天有眼】◖上天能夠明察秋毫。◇人世間的一切是非曲直自會有公論。

【上天報應，分毫不爽】爽：差失。◇舊時迷信認為上天對人間的善惡報應，不會有一點差錯。

【上不得台盤】◖不適合在正式場合露面。◇説明不善應酬，不懂禮貌。◎上不得台面

【上不緊，則不慢】◇意思是説，上面抓得不緊，下面的人辦事就很緩慢。◎上不緊，下不忙

【上可與玉皇同居，下可與乞兒共飯】◇❶告訴人們，與人交往不要在乎對方身份高低，也不要分貴賤。❷指有條件能享受，沒有條件也能吃苦。

【上有天堂，下有蘇杭】蘇杭：指蘇州、杭州，都是歷史上有名的繁華城市。◇蘇州、杭州可同神話傳説中的天堂相媲美，是人們居住最理想的地方。◎上説天堂，下説蘇杭

【上有所好，下必甚焉】好（hào）：愛好，喜好。◇上級所愛好、所喜歡的，下面的人會投其所好，照樣模仿，相習成風。《孟子·滕文公上》："上有好者，下必有甚焉者矣。"◎上有好者，下必有效者

【上多故則下多詐，上多事則下多態】◖上級多生故事，下級就多行奸詐；上級多生是非，下級就多行事

態。◇喻指上面幹甚麼，下面也會跟着幹甚麼。《淮南子・主術訓》：“是以上多故則下多詐，上多事則下多態，上煩擾則下不定，上多求則下交爭。”

【上交不諂，下交不瀆】諂：諂媚。瀆：輕慢。◇與上級有地位的人交往，不要阿諛奉承；與下面平民百姓交往，不能輕視怠慢。《周易・繫辭下》：“子曰。知幾其神乎。君子上交不諂。下交不瀆。其知幾乎。幾者動之微。”

【上求材，臣殘木；上求魚，臣乾谷】❍君王想要木材，當臣子的就會為此去毀林；君王想吃魚蝦，當臣子的就會使河谷乾涸。◇上面想要甚麼，下面就會不惜一切代價進行搜刮。

【上卦不靈下卦靈】卦：占卜用的符號。◇喻指這次不成功還有下一次。

【上門的買賣好做】◇喻指對方主動找上門的事情容易辦成。

【上明不知下暗】◇喻指身居高位的人難以知道百姓的疾苦。

【上炕不脫鞋，必是襪底破】◇遮遮掩掩一定有不能見人的事，否則用不着隱瞞。

【上炕蘿蔔，下炕薑】◇晚上睡覺前吃些蘿蔔，有利於飲食消化；早上起牀後吃些生薑能夠開胃，這樣做對腸胃有好處。

【上河裏漲水下河裏渾】渾（hún）：渾濁。◇喻指上面出了問題，下面就會受到影響，反映出來。◎上河裏漲水下河裏混

【上官一句話，下面一台戲】◇上級隨便說一句話，下級就會忙得不可開交。

【上肩容易下肩難】◇喻指開始幹容易，但一旦要擔責任來，想脫手就不容易了。

【上甚麼山唱甚麼歌，見甚麼佛唸甚麼經】◇ ❶喻指遇到具體情況，再作具體決定，隨機應變。❷喻指要從實際情況出發，因地制宜。

【上面千條線，下面一根針】◇喻指上級部門林立，人浮於事，下面具體幹活的只有很少的幾個人。

【上屋搬下屋，少了三籮穀】◇告訴人們，儘量少搬家，搬家時整理東西的過程中，會丟失一些東西。◎上屋搬下屋，少去一籮穀

【上陣無過親父子，打虎還須親弟兄】◇如作戰或打虎這種關鍵時刻，只有父子兄弟才會同心協力。◎上陣無過父子軍／打仗親兄弟，上陣父子兵

【上得山多碰着虎】◇喻指經常幹事的人，總會遇到問題。

【上聖忘情，下不及情，而中得之】◇德才高超的人往往會忘掉感情；德才低下的人談不上感情，只有德才一般的人才能真正獲得感情。《晉書・王戎列傳》：“衍嘗喪幼子，山簡弔之。衍悲不自勝，簡曰：‘孩抱中物，何至於此！’衍曰：‘聖人忘情，最下不及於情。然則情之所鍾，正在我輩。’簡服其言，更為之慟。”

【上當只有一回】◇喻指上過一次當後，有了經驗教訓，就不會再上當了。

【上當學乖，吃虧學能】◇人吃虧上當之後，會總結經驗教訓，慢慢地就變得聰明了。◎上一次當，學一次乖

【上賊船容易，下賊船難】◇告誡人們，跟壞人同流合污，學壞很容易，想洗手不幹做好人很難。

【上樑不正下樑歪】◇喻指上面的思想作風不端正，下面的也就會跟着學壞。晉代楊泉《物理論》：“上不正，下參差。”◎上樑不正下樑差

【上醫醫未病，中醫醫欲病，下醫醫已病】◇好的醫生預防疾病，一般的醫生醫治將要發生的疾病，差的醫生醫治已經發生的疾病。

【上醫醫國，中醫醫人，下醫醫病】◇最好的醫生為國家為人民制定好的策略方針，醫治國家的弊病；一般的醫生醫治人思想行為上的錯誤；差的醫生醫治人身體的各種疾病。《國語‧晉語八》：“文子曰：‘醫及國家乎？’對曰：‘上醫醫國，其次疾人，固醫官也。’”

【上轎才扎耳朵眼】◐女孩子到出嫁前才扎耳朵眼。◇喻指事前不準備，事到臨頭才動手。

【上轎才裹腳】◐女孩子到出嫁前才想到裹腳。◇喻指事前不作準備，事到臨頭才動手，為時已太晚了。

【小人口如蜜，轉眼是仇人】◇告訴人們，卑鄙的小人經常反覆無常，當面說得好聽，轉眼就翻臉不認賬，把你視作仇人。

【小人不可與作緣】小人：品格低下的人。◇品格低下的人不可親近、信賴。

【小人之性，專務苟且】苟（gǒu）且：只顧眼前，得過且過。◇小人的習性就是專門貪圖苟且偷安。

【小人心多，矮樹根多】◇小人疑心多，矮樹根鬚多。

【小人自大，小水聲大】◐小人易自高自大，小的水流聲音大。◇喻指沒有本領的人往往喜歡虛張聲勢，自吹自擂。

【小人何苦作小人，君子樂得為君子】◇告訴人們，不要做小人，要做君子。

【小人肚裏不下拳，大人肚裏撐得船】◇喻指品格低下的人心胸狹窄，品格高尚的人心胸寬廣，能容納百川。

【小人知其過，謝之以文；君子知其過，謝之以質】過：錯誤。謝：認錯。文：掩飾。質：指實在，與“文”相反。◇小人認錯只是說漂亮話，掩飾搪塞而已。君子認錯則見於實際行動。《東周列國誌》第七十八回：“晏子進曰：‘臣聞‘小人知其過，謝之以文；君子知其過，謝之以質。’”

【小人得志，勝過登天】◇小人一旦得志，就會氣焰囂張，不可一世。《官場現形記》三八回：“至於內裏這位寶小姐，真正是小人得志，弄得個氣焰燻天，見了戴世昌，喝去呼來，簡直像他的奴才一樣。”

【小人極慾窮奢，君子齎鹽樂道】奢：奢侈。君子：品格高尚的人。齎（jī）：調味用的薑、蒜或韭菜末兒。◇小人貪圖享受，生活極端奢侈；君子則安於貧困的生活，樂於求索立身處世的大道。

【小小本領學在身，賽過祖產千萬金】◇告訴人們，靠祖上留下的財產生活，再多總有用完的時候；靠自己的本領掙飯吃，一輩子都不會受窮。

【小小石頭，打壞大缸】◇喻指小的能夠戰勝大的，弱的能夠戰勝強的。

【小不忍則亂大謀】謀：計策，計謀。◐小的問題、小事上不忍讓，就會打亂總體計劃。◇告訴人們，要想成就大事，就得心胸開闊，不要在小事上計較。《論語·衛靈公》："子曰：'巧言亂德，小不忍則亂大謀。'"

【小不能敵大】敵：對抗，抵擋。◇弱小的不能與強大的抗爭。◎小不敵大，寡不敵眾，弱不敵強

【小水不容大舟】◐水少的河流不可能負載大船。◇喻指條件有限的小地方，不能容納有大才幹的人。

【小牛不喝水，硬搉頭】◇喻指被迫去幹不願幹，或者幹不了的事情。◎牛不喝水強按頭

【小毛驢使不出黃牛勁】◇喻指小孩子力量小，不能過高地要求他。

【小心天下去得，大意寸步難行】◐小心謹慎則處處順利，粗心大意則寸步難行。◇告誡人們，辦事小心謹慎能減少或杜絕差錯；如果粗心大意就容易出差錯。◎小心百事可做，大意寸步難行／小心天下去得，大膽寸步難行／小心天下去得，大意百事吃虧／小心天下去得，鹵莽寸步難行

【小心天下無難事】◇告訴人們，只要小心謹慎，就沒有辦不成的事。

【小心不怕多】◇告訴人們，凡事還是多小心謹慎為好。

【小心好過膽】◇小心謹慎總比膽大妄為好。

【小心沒大差】差（chà）：錯誤。◇做事小心，就不會發生大的差錯。◎小心沒過錯／小心無大錯／小心無過失

【小心駛得萬年船】◇喻指做事小心謹慎，就能永保平安，不會發生危險。

【小有小難，大有大難】◐小家庭有小的難處，家業大有大的難處。◇各有各的難處，大家都不好過。

【小杖則受，大杖則走】◇這句話教育人們，在家裏受責罰時，如果是輕微的，就應該承受，這樣可以讓家長消氣；如果是比較重的責罰，就要逃走，因為家長在盛怒之下，難免做出過分的事情，一不小心把孩子打死了，也會陷家長於不義，也就不是孝順父母了，所以要趕快躲開。

【小車不倒只管推】◇喻指只要還有一口氣，就不停地工作。

【小拐子撞着大拐子，惡人自有惡人磨】拐子：騙子。◇厲害者一定會有更厲害者去制服。

【小事細心，大事當真】◇告訴人們，不管小事大事都要細心對待，認真處理，盡全力把它做好。◎小事須細心，大事要當真

【小雨久了會成災】◐小雨下長了也會造成水災。◇喻指小問題不及時處理解決，積壓多了，會積重難返，成為大災難。

【小來穿線，大來穿絹】◐小時候穿棉布衣服，長大了就能穿綢緞衣服。◇一個人小時候生活儉樸一點，養成

了艱苦樸素的好習慣，長大了就能過上好日子。

【小兒犯罪，罪坐家長】坐：定罪。◇小孩子犯法，家長要負責任。

【小兒欲得安，無過飢與寒】◇要想小孩了平安，最好不要讓他吃得過飽，穿得過暖。

【小兒無詐病】詐(zhà)：假裝。◇小孩天真爛漫，不會裝病。◎小孩無假病

【小斧頭也能砍倒大樹】◇喻指只要有毅力，堅持不懈，弱小的也能戰勝強大的。

【小狐渡水，污濡其尾】濡(rú)：沾濕。🔽小狐狸涉水，弄髒和沾濕了尾巴。◇喻指要想做成某件事情，難免會在另一方面受到一些損失。

【小卒一去不還鄉】🔽中國象棋規定，小卒只能前進和左右挪動，不能後退復原位。◇小人物一旦鬧出去後，就不要指望再回來。

【小卒過河頂大車】卒、車(jū)：卒、車分別是象棋中一子。◇喻指在一定條件下，力量小的可以戰勝力量大的。喻指小人物可以幹成大事業。◎小卒過河，車馬得挪 / 小卒子過河能吃車馬炮

【小泥鰍躍不過大河壩】◇喻指本領小，幹不成大事。

【小官抵得富百姓】◇説明舊時當官的搜刮民財，即使是個小官，也能撈到很多油水。

【小洞不補，大洞吃苦】◇喻指小過失或小問題不及時糾正解決，就會發展成大錯誤或大問題。◎小洞不補，到大一尺五 / 小洞不管，大洞瞪眼 / 小孔不補，大孔喊苦

【小洞爬不出大蟹】◇喻指小地方出不了大人物。◎小洞裏掏不出大螃蟹來。

【小孩上學，野馬入欄】◇小孩活潑好動，愛調皮搗蛋，一上學就像野馬入欄一樣，被管束起來了。

【小孩不能慣，一慣定有亂】◇提醒人們，小孩子不能嬌生慣養，否則對他將來的成長不利。

【小孩不蹦，必定有病】◇告訴人們，小孩天性活躍，如果不蹦不跳，肯定是身體不適。

【小孩屁股三把火】◇告訴人們，小孩子火力旺盛，不太怕冷，不宜捂得過嚴。

【小孩兒家口沒遮攔】◇小孩子單純、天真活潑，説話沒有顧忌。

【小孩要領，小樹要修】🔽對小孩子要注意引導，就像小樹要經常修枝剪杈一樣。◇喻指必須重視對小孩的培養教育。◎小娃要經管，小樹要修剪

【小孩盼過年，大人愁臘月】◇小孩子愛熱鬧，跟富人家的孩子一樣都盼着過年，但大人們因家境貧寒，一進入臘月，債主逼債，愁苦難熬。

【小孩哭大，葫蘆吊大】◇小孩是伴隨着哭聲長大的，就像葫蘆必須從小吊起來才能長大一樣。◎小孩哭大不生災，葫蘆吊大瓣不歪

【小孩能擔十分病】◇小孩的生命力很強，一般的病都能挺得住。

【小孩會走，強似使狗】◇小孩子會走之後，就能按照大人的吩咐做一點

力所能及的事情，遠比使喚狗強。◎小孩會走，強似小狗；會說不會走，早晚餵了狗

【小孩説話不摻假】◇小孩天真無邪，不會説假話。

【小孩嘴裏討實話】討：索取。◇小孩思想單純，看到甚麼説甚麼，從小孩子嘴裏往往能得到真實的情況。◎小兒口裏出真言／小孩嘴裏吐真言／小孩嘴裏無假話

【小娃兒口裏紮不住話】◇喻指小孩心裏沒有秘密，有甚麼説甚麼，不知避諱。

【小馬乍行嫌路窄，雛鶯初舞恨天低】乍（zhà）：剛剛開始。雛：幼小的，剛生下不久。●小馬剛開始行走時，總是嫌路太窄；雛鶯剛學飛時總是恨天太低。◇❶喻指剛見世面的年輕人自命不凡，不知天高地厚。❷指青少年思想解放，敢想敢幹，無所顧忌。◎小馬乍行嫌路窄，大鵬展翅恨天低

【小挫之後，反有大獲】●經受小的挫折之後，反而會有大的收穫。◇説明挫折有助於人們總結經驗教訓，有利於以後取得成功。

【小時不防，大時跳牆】跳牆：指做賊。◇告訴人們，小孩如果不從小加強教育，長大後就會幹壞事。喻指小差錯不制止，就會釀成大過失。

【小時是兄弟，長大各鄉里】◇人們小時候生活在一起，像兄弟一樣親密，長大以後就各奔東西，很難相聚了。◎小時是兄弟，大時各鄉里

【小時看看，到老一半】◇觀察一個人小時候的品德、行為，大體上就可以看出這個人長大以後所具有的品德、行為。

【小時栽棵樹，大了有屋住】●小時候栽上樹，到自己長大時樹也長大成材了，可以用來蓋房子。◇告訴人們，要重視植樹。◎小時好栽樹，大了有屋住

【小時差一歲，到老不同年】◇喻指一開始有了差距，到最終也很難趕不上。勸人要珍惜光陰，努力學習，向比自己強的人看齊。

【小時偷針，大時偷金】◇小時候小偷小摸，如果不加以糾正，任他發展下去，長大後就會成為盜賊。◎小時偷菖蒲，大了偷牽牛／小時偷了針，長大偷犍牛／小時偷油，大了偷牛／幼時偷針，長大偷金

【小鬼不曾見過大饅頭】◇喻指小人物沒見過大世面。

【小鬼可以搬金剛，小鼠可以斷大繩】◇喻指弱小的惡勢力，如果任其發展下去，也會起很大的破壞作用。◎小鬼跌金剛，小鼠斷大繩

【小鬼鬥不過閻王】小鬼：鬼神的差役。閻王：佛教稱管地獄的神，也叫閻羅、閻羅王、閻王爺。◇喻指小的勝不了大的，弱的敵不過強的。◎小麻雀鬥不過大老鷹

【小病不治成大病，漏眼不堵大堤崩】◇提醒人們，小缺點不及時改正，就會犯大錯誤；小問題不及時解決，讓它自由發展下去，就會釀成大危害。◎小病不治，大病難醫

【小蛇出大蟒】蟒（mǎng）：大蛇。◇喻指弱小的能變成強大的。

【小船不堪重載】堪：能忍受。◇❶喻指能力小的人不能完成重大的任務。❷指不要給缺乏能力的人委以重任。◎小船勿宜重載／小車不堪重載

【小船歇在大船邊，三月不用買油鹽】◉大船上的東西多，小船歇在大船邊可以揩點油。◇喻指與大單位相鄰，小單位可以佔點便宜。◎小船歇在大船邊，三天不要買油鹽

【小富由人做，大富天之數】數：命數，命運。◇宿命論認為小富可以靠人的努力去獲取，大富則全憑命運決定。

【小塘能養大魚，軟繩能套猛龍】◇小東西也能起大作用，如柔弱的繩索能縛強大的蛟龍。

【小舅小叔，相追相逐】◇輩分不同而年齡相仿的小孩，同樣可以無拘無束地在一起玩耍。唐代孫光憲《北夢瑣言》引諺：“小舅小叔，相追相逐。”

【小傷風三日，大傷風七天】◇得了小的傷風感冒，好好休息治療，三天就能見好；得了重傷風需要七天才能好。

【小亂居城，大亂居鄉】◇遇到小的戰亂，可以到小城鎮裏去躲避；遇到大的戰亂，就要躲到鄉下去。◎小亂避城，大亂避鄉／小亂住城，大亂住鄉

【小溪聲喧嘩，大海寂無聲】◇喻指沒有才能的人愛張揚自己，真正有才能的人倒不願顯露。

【小腿扭不過大腿】◇喻指小的敵不過大的，弱的勝不了強的。◎小腿到甚時也別不過大腿

【小窩裏掏不出大螃蟹】◇喻指小地方出不了大人物。

【小數怕長算】◇不要小看東西數量少，但日積月累，數量就會相當可觀。◎小數怕長算，零數怕整算

【小廟的鬼，進不得大殿】◇喻指見識少的人，上不了台面。◎小廟鬼上不了大殿

【小廟放不進大菩薩】◇喻指小地方或小單位容不下大人物。◎小廟盛不住大神／小廟堂容不下大神／小廟裝不下大菩薩

【小廟神仙，受不得大香燭】◇喻指小地方的人見不得大場面。

【小樹不扶容易彎】◇喻指對孩子要加強教育，正確引導，要不然就不能健康成長。◎小樹不理不成材

【小樹要修，小孩要管】◇告訴人們，小樹要經常修枝才能成材，小孩子要加強管理教育才能健康成長，成為有用之人。◎小樹要砍，小孩要管

【小器易盈】易：容易。盈：滿。◉小的容器容易裝滿。◇喻指氣度小、水平低的人往往容易自滿或自狂。《舊唐書·崔慎由列傳》：“殊不知漏卮難滿，小器易盈，曾無報國之心，但作危邦之計，四居極位，一無可稱。”

【小錢不去，大錢不來】◉捨不得花小錢，就掙不到大錢。◇喻指不付出小的代價，就不會獲得大的收益。◎小錢去了大錢來

【小蟲能蛀壞大樑】◇喻指對小過小錯不警惕，放任自流，長期發展下去就會釀成大錯，造成重大損失。

【小籠裝不住大鳥】◇喻指小地方或小單位容納不下大人物。◎小籠子盛不住大鳥

【口上仁義禮智，心裏男盜女娼】仁義禮智：道德標準。盜：盜賊。娼：妓女。◇告誡人們，要警惕那些表面道貌岸然，說得都是道德倫理，實際上卻是心懷污穢，道德敗壞的偽君子。

【口可以食不可以言】◐嘴可以吃食物，卻不可以隨便說話。◇告誡人們，說話要謹慎，不可信口胡說。

【口似無欄斗】◇提醒人們，切不可像沒有橫樑遮攔的斗那樣，無節制地隨便說話。

【口如扃，言有恆；口如注，言無據】扃(jiǒng)：門閂，窗上的插銷。注：注子，酒壺。◇告訴人們，嘴像門閂似的防備很嚴的人，說出的話往往是可靠的；而嘴像注子滴酒似的不經意愛流露的人，說話大多是無根據的。明仁孝文皇后在《內訓‧慎言》：“口如扃，言有恆；口如注，言無據。”

【口如蜜，腹如劍】◇嘴甜心毒，形容壞人的陰險狡詐。宋代司馬光《資治通鑑‧唐玄宗天寶元年》：“李林甫為相……尤忌文學之士，或陽與之善，啗以甘言而陰陷之。世謂李林甫‘口有蜜，腹有劍’。”告誡人們，要警惕那些嘴甜心狠的偽善者。

【口是心苗】◇一個人嘴裏說出話能反映一個人的內心世界。◎言為心之苗

【口是風，筆是蹤】風：風吹。蹤：蹤跡。◇意思是說，嘴裏說出的話，風吹即散；而用筆寫的書面材料卻字跡斑斑，留有證據。◎口是風，筆是蹤

【口是傷人虎，言是割舌刀；閉口深藏舌，安身處處牢】◇告訴人們，話說得不合適，對人的傷害是很大的，因此說話一定要謹慎，才不致於招惹麻煩。

【口是禍之門】◐開口亂說閒話最容易招致災禍。◇提醒人們，說話要謹慎，不要隨便說話。

【口是禍之門，舌是斬身刀；閉口深藏舌，安身處處牢】◇說話如不謹慎，會招惹禍災，甚至殺身亡命；最好不開口，少說少道，這樣就可以處處保平安。

【口乾服鹵】鹵：鹽鹵，有毒。◐口乾渴，飲鹵水。◇提醒人們，不能只顧眼前急需，不顧致命的後果。

【口惠實不至，怨災及其身】◐口頭上答應給人好處，實際上不兌現，長此以往就會招怨致災。◇告誡人們，要言而有信，要重視承諾，不可說空話、假話。《禮記‧表記》：“子曰：‘口惠而實不至，怨菑及其身。是故君子與其有諾責也，寧有己怨。國風曰：言笑晏晏，信誓旦旦，不思其反；反是不思，亦己焉哉！’”

【口無尊卑】◐人的嘴沒有尊卑貴賤之分。◇無論貴賤、貧富，人人都要用嘴吃飯。◎口沒尊卑

【口訴無據，筆墨為證】◇口頭說的不是證據，筆頭寫的才是證據。

【口善心不善，枉把彌陀唸】◇有些人雖然吃齋唸佛，嘴裏說出的話很善良，但內心深處卻是兇狠惡毒的。

【口説千遍，不如登山指點】◇到現場實際指導，比脱離實際地説千百遍要強得多。◎口説千遍，不如上山指點

【口説不如手到，耳聞不如目睹】◇對於任何事情，光説總是不如自己親手做，只是聽到不如自己親眼見到。

【口説不如身逢，耳聞不如眼見】● 口頭傳説的不如親身經歷的可靠；耳朵聽到的不如親眼見到的可靠。◇凡事要親眼看到，親身實踐，才能獲得最可靠依據或結論。

【口説不為憑，舉手見高低】◇光説沒有用，要通過實際行動才能看出誰高誰低。

【口説如風過，紙筆定山河】◇口頭説的就像颳風一樣，説完就完了；用筆寫在紙上，就永遠記載下來了。◎口頭如風過，紙筆定山河

【口説無憑，事實為證】◇空口説沒有憑據，事實就是最好的證據。

【口説無憑，做出便見】◇嘴裏説出的話不能當作憑證，真正做出來才能看得見，使人相信。◎口説無憑，行動作證

【口齊不如心齊】◇説明心齊才能真正把事情辦好。

【口講手做説話靈，光講不做沒人聽】◇告訴人們，應該言行一致，不能只説不幹，否則就會失信於人。

【山大壓不住泉水】◇喻指貌似強大者並不能使弱小者屈服。◎山大壓不住泉水，牛大壓不死蝨子

【山上多栽樹，等於修水庫】◇告訴人們，多種樹可以防止水土流失，涵養水源，濕潤氣候，就像修了一座水庫一樣。

【山上沒有樹，水土難保住】◇強調多種樹，可以防止水土流失。

【山上和尚頭，清水斷了流】和尚頭：指禿禿的山。◇説明不注意植樹綠化，生態環境就會破壞，會時常出現旱災。

【山上苦竹根連根，天下窮人心連心】◇喻指普天下勞苦大眾都是一家人。◎山上苦竹根連根，階級兄弟心連心

【山上開荒，山下遭殃】◇告訴人們，在山上拓荒砍樹，把茅草都剷除了，就不能保持水土，一旦下大雨，山下農田村舍就會被大水沖垮。

【山上無老虎，猴子稱大王】大王：戲曲小説中對國王和強盜首領的稱呼。● 山中沒有老虎，猴子也就成為首領。◇喻指當地沒有出色的人才，一般人物也能被擠到顯赫的位置上。《晚清文學叢鈔・冷眼觀》第十四回：“靠着老子做過上海道，在城裏面山上無老虎，猴子稱大王弄慣了的脾氣，陪着朋友來吃台把酒，就像是連四塊下腳錢都是冤枉花的。”◎山中無老虎，猴子稱大王

【山山有老虎，處處有強人】◇喻指任何地方都有出類拔萃的人。

【山不轉路轉】● 山雖然不轉動。但路可以繞着山轉。◇喻指任何問題都能想辦法解決。◎山不轉路轉，石不轉磨轉／山不轉路轉，河不彎水彎／山不轉水轉／天不轉地移／天不轉地轉／天不轉路轉／天不轉地轉，石不轉磨轉

【山不礙路，路自通山】◐ 山阻礙不了道路，道路可以通到山上。◇喻指不管甚麼困難都會有解決的辦法。

【山中方七日，世上已千年】◐ 山裏剛剛過了七天，人世間已過了一千年。◇佛道認為，仙居山中與人間凡塵不同，並歎息人生短暫，光陰流逝眨眼就是千年。東晉虞喜《志林》曰：“信安山有石室，王質入其室，見二童子對弈，看之。局未終，視其所執伐薪柯已爛朽，遂歸，鄉里已非矣。”

【山中有直樹，世上無直人】直：前一個“直”為筆直、挺直，後一個“直”為公正、坦率。◇喻指世上沒有完全坦率、正直的人。

【山中常有千年樹，世上難逢百歲人】◐ 在大山裏常能見到一千年大樹，但在人世間卻很難碰到百歲老人。◇說明人壽是有限的，活到一百歲很不容易。

【山中無甲子，寒盡不知年】甲子：用干支紀年或計算時間，六十組干支叫一個甲子。◐ 大山中沒有曆書，嚴寒將過，還不知道已到年節。◇喻指住在窮鄉僻壤，與世隔絕，不知世事。《西遊記》：“山中無甲子，寒盡不知年。”◎山中無甲子，寒暑不知年

【山水尚有相逢之日】◐ 山和水還有相見的時候。◇喻指人總有相逢的時候，彼此之間應保持友好關係。◎山水有相逢之日

【山外有山，天外有天】◐ 山的外面還有山，天的上面還有天。◇喻指好的還有更好的，美的還有更美的，能人背後還會有更能的人。

【山出車，澤出舟】◐ 山裏出產車，水邊出產船。◇喻指不同的地區出產不同的物品。漢代王充《論衡·是應篇》：“又言山出車，澤出舟，男女異路，市無二價，耕者讓畔，行者讓路，頒白不提挈。”

【山再高，沒有腳板高；浪再大，也在船底下】◐ 山即使再高，人也能夠爬上去；風浪再大，船也能駛過去。◇❶喻指雖然困難大，但決心更大，高山駭浪嚇不倒生活的強者。❷喻指邪不壓正。

【山有山神，廟有廟主】◐ 山上有掌管該山的山神，廟裏有主持該廟的廟主。◇各處自有負責人。

【山有木，工則度之；賓有禮，主則擇之】◐ 山中有好的木材，工匠就會用它們來製做器具；賓客懂禮儀，主人就會選擇他予以任用。◇喻指只要有德有才，就會有人來聘用。《左傳·隱公十一年》：“周諺有之曰，山有木，工則度之，賓有禮，主則擇之。”

【山有猛獸，林木為之不斬；園有螫蟲，葵藿為之不採】斬：砍。螫（shì）：蜂、蠍等用尾部的毒刺。葵：葵花。藿（huò）：豆類植物的葉子。◐ 山上有猛獸，人們便不敢上山去伐木；園子裏有螫人的蟲子，人們就不敢去採摘葵花和豆葉。◇喻指壞人橫行，強權當道，人民不能正常地工作和生活，國家利益也會受到損害。《文子·上德》：“山有猛獸，林木為之不斬，園有螫蟲，葵藿為之不採，國有賢臣，折衝千里，通於道者若車之轉於轂中，不運於己，與之致於千里，終而復始，轉無窮之原也。”

【山羊不跟豺狼作親戚，老鼠不和貓兒打親家】打親家：結親。◇喻指勢不兩立的人不可能走到一塊。

【山羊怎麼跑也撞不倒高山，駱駝怎麼跑也上不了青天】◇喻指再強大的人的能力是有限的，只能在他的能力範圍內行事。

【山芋越冬要變心】● 山芋經過冬天就要爛，中間會變成黑色。◇喻指事物經受不住困難的考驗，時間一長會有變故。

【山東出相，山西出將】山：秦漢建都關中，泛指今陝西、河南一帶的華山、崤山等地。◇古代東部地區民風尚文，做宰相的多；西部地區民風習武，做將軍的多。

【山雨欲來風滿樓】● 大雨來臨之前，風颳滿樓。◇喻指重大事件即將發生之時，總會出現一些緊張氣氛和跡象作為先兆。唐代許渾《咸陽城東樓》詩：“溪雲初起日沈閣，山雨欲來風滿樓。”

【山和山不相遇，人跟人總相逢】◇山和山永遠不會相見；人在走動，總會有相逢的時候，因此人們交往時要注意多留情面。

【山河易改，本性難移】本性：習慣養成的個性。◇喻指人習慣成性，難以改變。元雜劇《小張屠焚兒救母雜劇》第三折：“貪財的本性難移，作惡的山河易改。”◎山河易改，本性還在／江山易改，稟性難移

【山要綠化，人要文化】◇山上綠化植樹，能美化環境，淨化空氣，人要習文化，能掌握科技知識，為人類造福。

【山是山，水是水，僧是僧，俗是俗】僧：和尚。俗：沒有出家的人。◇喻指各種事物的界限很明顯，互不相干。《續古尊宿語錄》卷一：“山是山，水是水，僧是僧，俗是俗。更將何物演真乘？六六元來三十六。”

【山是搖錢樹，海是聚寶盆】◇喻指大山和大海裏蘊藏着豐富的、寶貴的資源。

【山風緊時蛇鼠動】● 山裏颳大風時，蛇和老鼠到處亂跑。◇喻指社會動亂時，壞人會乘機活動。

【山洪未來先築壩】● 在山洪還沒有到來之前，先把堤壩修好。◇喻指在問題出現之前，先做好預防工作，有備無患。

【山鬼之伎倆無限，老僧之不聞不睹無窮】伎倆：不正當手段。● 山鬼的伎倆雖然非常多，但老和尚可以永遠不去看不去理睬。◇喻指壞人雖然會玩弄各種不正當的把戲，但有能耐的人對此不予理會，他也就無可奈何了。

【山高不礙雲】● 山高妨礙不了雲彩的流動。◇喻指困難再大也阻礙不了有決心的人。

【山高有攀頭，路遠有奔頭】◇喻指目標越遠大，越能鼓舞人的幹勁。

【山高自有客行路，水深自有渡船人】● 山再高也會有客人走的路，水再深也會有人渡船。◇喻指世上沒有不通行地方，再危險偏僻的地方也有辦法到達。《西遊記》：“山高自有客行路，水深自有渡船人。”◎山高有人到，水深有船行

【山高皇帝遠】◇喻指地處偏遠，中央政府管轄不到，人們無法無天，不受法律和制度的約束。《醒世姻緣》第十二回：“我在天高皇帝遠的去處去告了官兒麼？”◎天高皇帝遠

【山高高不過太陽】◐山再高也沒有太陽高。◇❶喻指高處上面還有更高處。❷喻指有能力的人很多，強中還有強中手。

【山高遮不住太陽】◐山再高也遮擋不住太陽的光輝。◇❶舊時喻指晚輩居下，無論如何也不能超越長輩。❷也常用來喻指謊言掩蓋不住真理，假象掩蓋不住事實。《紅樓夢》：“原來這賈芸最伶俐乖巧，聽寶玉説像他的兒子，便笑道：‘俗話説的好，“搖車兒裏的爺爺，拄枴棍兒的孫子”，雖然年紀大，山高遮不住太陽。’”◎山高遮不住太陽，水大淹不了月亮

【山高擋不住南來雁，牆高隔不住北來風】◐山高阻擋不了從南邊飛來的大雁，牆高阻隔不了從北邊吹來的風。◇喻指自然規律是不可抗拒的，任何力量也無法阻擋。

【山高樹高，井深水涼】◐山高了樹就長得高，井深了水就很涼。◇喻指客觀條件對事物影響很大，事物跟着環境變化而變化。

【山高藏猛虎，峽深藏蛟龍】◇有相應的環境條件才會產生出色的人才。

【山頂有花山下香，橋下有水橋面流】◇❶喻指事物是相互影響、相互聯繫的。❷指沾別人的光，從別人那裏得到好處。

【山陰道中，應接不暇】山陰：今浙江紹興縣。◐走在山陰境內，一路風景優美，看不過來。◇喻指好東西很多，來不及應付。南朝宋劉義慶《世説新語·言語》：“王子敬云：‘從山陰道上行，山川自相映發，使人應接不暇。若秋冬之際，尤難為壞。’”

【山惡人善】◇喻指窮鄉僻壤的人，心地往往善良。

【山裏孩子不怕狼】◇喻指生活在一定的環境裏，天天同兇險打交道，見識多了就會有經驗，遇事就不害怕了。

【山歌不唱忘記多，好田不耕草成窩】◐山歌不唱，時間長了就會忘記；好田不耕，荒蕪時間長了就會長滿野草。◇喻指做事不能間斷，時間擱長了就會生疏。◎山歌不唱忘記多，大路不走草盤窩

【山窮水盡疑無路，柳暗花明又一村】窮：盡。◐山和水都到了盡頭，懷疑前面沒有路了，卻突然出現了綠樹成蔭、繁花似錦的地方。◇喻指絕處逢生。陸游《遊山西村》：“莫笑農家臘酒渾，豐年留客足雞豚。山重水複疑無路，柳暗花明又一村。”◎山重水複疑無路，柳暗花明又一村

【山靜似太古，日長如小年】太古：人類最古的時代。◇山林幽靜好像遠古時代一樣，歲月漫長的有度日如年的感覺，時間彷彿都凝固了。宋代唐庚《醉眠》：“山靜似太古，日長如小年。餘花猶可醉，好鳥不妨眠。”

【山藪藏疾，川澤納污，瑾瑜匿惡，國君含垢】藪（sǒu）：湖，多指水淺草多的地方。疾：野獸毒蟲之類。瑾瑜（jǐn yú）：美玉。匿：隱藏。垢：恥辱。◐山湖隱藏野獸毒蟲，河流接納污物，美玉隱藏瑕疵，國君要能

殉蒙受恥辱。◇喻指成就大事業的人能容忍小的恥辱。《左傳·宣公十五年》："諺曰，高下在心，川澤納污，山藪藏疾，瑾瑜匿瑕，國君含垢，天之道也。"

【山鷹不怕峰巒陡】◇喻指勇敢堅強的人不畏任何艱難險阻，敢於頂着困難而上。◎山鷹不怕劈頭風

【山鷹的眼睛不怕迷霧，真理的光輝不怕籠罩】◇喻指真理是不可戰勝的。

【千人上路，一人帶頭】◇眾人做事，一人領導，沒有人統率領導就會亂套。

【千人同船共條命】◇眾人面臨着共同的命運。提醒人們要同心協力，共渡難關。

【千人所指，無疾而亡】指：指責。疾：病。亡：死。◉受到眾人的一致指責，就是不生病，也活不長了。◇眾怒難犯，受到大眾的指責，會生活不好。《漢書·王嘉傳》："今（董）賢散公賦以施私惠，一家至受千金，往古以來，貴臣未嘗有此，流聞四方，皆同怨之。里諺曰：'千人所指，無病而死。'臣常為之寒心。"◎千人所指，無病自死／千人所指，無疾將死

【千人諾諾，不如一士諤諤】諾諾：隨聲應和的樣子。諤諤（è）：直言爭辯的樣子。◇眾人一起隨聲應諾，掩蓋了事實真相，比不上一個正直的人直言不諱的爭辯，更有助於解決問題。西漢司馬遷《史記·商君列傳》："趙良曰：'千羊之皮，不如一狐之掖；千人之諾諾，不如一士之諤諤。'"

【千丈麻繩總有一個結】結：疙瘩。◗麻繩再長，也有一個結扣。◇喻指無論事情拖多久，最終總得有一個處理結果。

【千口吐沫淹死人】吐沫：唾沫，指人的議論。◇形容人言可畏，流言蜚語可致人於死地。

【千日在泥，不如一日在世】在世：活在世上。◇人死後長眠地下，不如活在世上過一天日子。◇長期在艱難困苦中掙扎着生活，還不如索性痛痛快快地過一天好日子。

【千日吃了千升米】◇天長日久，花費相當大。

【千日拜佛，一朝添丁】拜佛：向佛像行禮。朝（zhāo）：天。添丁：生孩子，家裏增添了人口。◗長時間堅持拜佛求子，終有一天，願望實現，生下了孩子。◇喻指矢志不移，堅持不懈，所追求的願望終究會實現的。

【千日造船，一日過江】◇❶喻指成功來之不易，需要長期不懈的努力。❷指長期的準備工作是為了一時的需要。

【千日斲柴一日燒】斲（zhuó）：砍。◇❶喻指任何成功都來之不易，需要長期不懈的努力。❷指長期積累的財富一下子就消耗掉了。◎千日砍柴一日燒

【千日養馬一日用】◇❶平時長久的準備，是為了應付不時之需。❷指只有經過長期努力，才能取得最後的成功。

【千中有頭，萬中有尾】◇❶任何事情的發生，總有其原因和結果。❷指無論做甚麼事情，總有領頭幹的人。

【千斤石不離寸地】●石頭再重也離不開地面支撐。◇喻指人能耐再大，也要依靠眾人的支持。

【千斤白，四兩唱】白：戲曲或歌劇中的說白。◇戲曲表演中，道白上的功夫比唱還難得多。

【千斤索從細處斷】索：繩索。◇喻指薄弱環節容易出問題。提醒人們，要注意防微杜漸。

【千斤擔子眾人挑】◇大家共同來承擔重大的任務。

【千尺有頭，百尺有尾】◇❶事情無論繁簡，都有起因和結果。❷指做事要有先後順序，依次進行。

【千古華山一條路】千古：指時間長久，自古以來。華山：在陝西，以險峻著稱。●自古以來，華山的地勢非常險峻，只有一條路能攀登到峰頂。◇喻指別無選擇，只有一種辦法。

【千有萬有，不如自己有】◇別人的東西再多，總歸是別人的，不如自己有好。

【千死敢當，一飢難忍】◇死亡雖然讓人恐懼，但一死就了事；飢餓雖然不致喪命，但非常折磨人，讓人難以忍受。

【千死萬死，終須一死】●無論怎麼樣，終究免不了一死。◇與其拖延受折磨，還不如乾脆一點，以死求解脫。

【千死萬死，無過一死】●無論用甚麼方法死，只不過都是一死。◇把命豁出去了，就無所畏懼。

【千年瓦片會翻身】◇❶沉冤已久，總有昭雪的日子。❷指世道不可能永遠不變，長期受欺壓的窮人，總有翻身的一天。

【千年的大道走成河】●上千年的道路，經人們行走，踩成了一條河。◇事物經時間的變遷，會發生重大的變化。◎千年大路走成河

【千年的王八萬年的龜】王八：烏龜或鱉的俗稱。王八和龜能活很長時間。

【千年的紙墨會說話】紙墨：指契約等文字憑證。◇立下的字據，時間再長也可以作為憑證。

【千年的野豬，老虎的食】●野豬活得壽命再長，最終還是被老虎吃了。◇喻指弱者無論怎樣掙扎，最終還是免不了被強者征服。

【千年的壁虎長不成蛇】壁虎：爬行動物，個頭很小。●壁虎無論生長多少年都變不成蛇。◇無論怎麼變化，事物的本質不會變。

【千年猢猻性難改】猢猻（hú sūn）：獼猴的一種。●猴子活得再長，本性也難以改變。◇喻指人的本性和習慣不容易改變。

【千年道行只一佛】道行（dào héng）：僧道修行的功夫，指本領或技能。佛：佛教徒稱修行圓滿的人。●歷經艱辛，修行一千年，也只不過修成一佛而已。◇付出的太多了，得到的太少了，事情不值得做。

【千朵桃花一樹生】◇喻指兄弟姐妹血脈相連，由一母所生。◎千朵鮮花一樹開

【千羊不能抵獨虎】抵（dǐ）：抵擋。●羊再多也抵擋不了一隻虎。◇弱者敵不過強者。

【千羊在望，不如一兔在手】在望：在視線以內，可以看見。◐眼前有一千隻羊，比不上實際得到的一隻兔子。◇喻指將來有可能獲得的好處再多，也不如已經取得的利益實惠。

【千求不如一嚇】求：請求。嚇：嚇唬。◇多次反覆地向人懇求，還不如嚇唬他一下更有效。

【千里不同風，百里不同俗】風：風氣，風俗。◇各地的風俗習慣不同，外出要入鄉隨俗，要尊重當地習俗。《漢書・王吉傳》：“是以百里不同風，千里不同俗，戶異政，人殊服，詐偽萌生，刑罰亡極，質樸日銷，恩愛寖薄。”

【千里不捎書】捎：順便帶在身邊。書：書信。◐走很遠的路程，一封信這樣輕的東西也不要捎帶。◇遠程旅途，捎帶再輕的東西在身邊，也會覺得沉重。

【千里之行，始於足下】行：行程。足：腳。◐一千里的路程也是從第一步開始的。◇告訴人們，偉大的事業要從小事做起，逐步積累。《道德經》第六十四章：“合抱之木，生於毫末；九層之台，起於累土；千里之行，始於足下。”◎千里之途，始於足下

【千里之差，興自毫端】差：差距。興：開始。毫端：毫末，毫毛的末梢，指極微小的地方。鑄成大錯的原因，是平時點點滴滴的微小差錯引起的。◇告訴人們要謹小慎微，不要忽視小的錯誤。《後漢書・南匈奴傳》：“嗚呼！千里之差，興自毫端，失得之源，百世不磨矣。”

【千里之堤，潰於蟻穴】堤：堤圍。潰：大水沖開堤壩。穴：洞。◐千里長的大堤，由於一個蟻穴而潰決。◇喻指小問題不注意，就會釀成大錯，造成巨大損失。《韓非子・喻老》：“千丈之堤以螻蟻之穴潰，百尺之室以突隙之煙焚。”◎一蟻之穴，能潰千里之堤 / 百尺長堤毀於蟻穴 / 千里金堤，潰於一洞

【千里打柴一火燒】◐走了很遠的路打來的柴，被一把火燒個淨光。◇❶喻指花費很大力氣，所取得的成績，被一點小錯誤所毀掉。❷指破壞容易，創建艱難。

【千里投任只怕到】任：任職，指擔任官職的人。◇投奔遠處當官的親友，就怕到了後，親友在官場上有變故，自己希望落空，無所依靠。◎千里投託只怕到

【千里投名，萬里投主】投：投奔。◇是從很遠的地方慕名而來投靠。明代施耐庵《水滸全傳》第十一回：“三位頭領容覆：小人‘千里投名，萬里投主’，憑託柴大官人面皮，徑投大寨入夥。林沖雖然不才，望賜收錄。”

【千里的船錢，寸步的腳錢】腳錢：付給搬送東西的人的報酬。◐遠渡千里要付船錢，移動幾步也要付腳錢。◇無論做甚麼都得花錢。

【千里的雷聲，萬里的閃】◇聲勢很大，影響廣泛。◎千里雷聲萬里閃

【千里相送，歸於一別】◇為人送行，無論送多遠，最終總要分別，離別前勸慰送行者的婉語。◎千里相送，終於一別 / 送君千里，終有一別 / 送君千里終須別

【千里為官只為財】◇不遠千里外出做官，只是為了錢財。

【千里姻緣一線牽】姻緣：指婚姻的緣分。一線牽：傳說月下老人用一根紅線把有婚姻緣分的男女的腳拴在一起。◇舊時認為，男女婚姻是前世注定。只要有緣分，男女兩人相隔再遠也能締結婚姻。此語來源於唐代李復言《續玄怪錄・定婚店》中的故事。◎千里良緣一線牽 / 千里姻緣使線牽 / 千里姻緣着線牽

【千里馬也有一蹶】蹶（jué）：蹄倒。指失敗或挫折。◐駿馬也有蹄倒的時候。◇喻指才識能力出眾的人，也可能會遭受失敗或挫折。

【千里馬必得有人騎】◐日行千里的駿馬被人騎過之後，才能被發現。◇喻指才能出眾的人只有被人們認識，才會發揮出自己的作用。

【千里馬拜訪老黃牛】千里馬：駿馬，指有才幹的人。拜訪：訪問。◇喻指才幹出眾的人向平庸的人請教。

【千里馬常有，伯樂不常有】千里馬：駿馬，喻指才能出眾的人。伯樂：春秋秦國人，善於相馬。◇世上有才能的人很多，但能識別人才、任用人才的人卻很少。唐代韓愈《馬說》："世有伯樂，然後有千里馬。千里馬常有，而伯樂不常有。"

【千里送鵝毛，禮輕人意重】◇禮物是從很遠的地方帶過來的，雖然並不是很貴重，但是卻表達了友人深厚的情誼。清代李汝珍《鏡花緣》第五十回："他這禮物雖覺微末，俗語説的千里送鵝毛，禮輕人意重，只好備個領謝帖兒，權且收了。"◎千里敬鵝毛，禮輕情誼重 / 千里鴻毛，禮輕情重

【千里做官，為了吃穿】◇舊時人們不遠千里出去做官，目的只是為了吃好穿好。◎千里居官為吃穿 / 千里做官，只圖吃着

【千里搭長棚，沒有不散的筵席】搭長棚：指遇上婚喪喜事，客人多，屋裏容納不了，就在屋外設棚子招待，事情完了就拆除。◐即使長棚搭設有千里長，筵席早晚也要結束。◇喻指事物有興盛的時候，也一定有衰敗的時候。《紅樓夢》："小紅道：'也犯不着氣他們。俗語説的，'千里搭長棚，沒有個不散的筵席'，誰守一輩子呢？不過三年五載，各人幹各人的去了，那時誰還管誰呢？'"◎千里長篷，沒個不散的筵席 / 千里搭涼棚，終無不散的筵席

【千里當差只為財】當差：舊時指做小官吏或當僕人。◇離家千里，出門在外，目的就是為了掙錢。

【千里遇故知】故知：舊日的老朋友。◐在外地遇上老朋友，遇到過去的老朋友，感到格外親切。

【千招會當不了一招值】招：招數，技藝。◇甚麼招數都會一點，還不如精通一招更有用。

【千枝萬葉一條根】◇事物表現的形式雖然各種各樣，但其本質基本相同，就像樹的枝葉雖然很多，卻都生在同一樹根一樣。

【千金不死，百金不刑】◐花費千金可以免除死罪，花費百金可以免受刑罰。◇舊時司法制度的黑暗，有錢人可以用錢來贖命，免受刑罰。

【千金之子，不死於市】市：集市，古代處決犯人常在集市進行。◐富

貴人家的孩子觸犯法律，因為有錢贖命，所以不會死在街頭。《史記・貨殖列傳》：「諺曰：『千金之子，不死於市。』此非空言也。」

【千金之子，坐不垂堂】垂堂：靠近屋外簷下。❷富貴人家的孩子，不會在屋外簷下坐，恐屋頂掉瓦傷着。◇有錢人家的人比較嬌貴，所以應該遠離危險。《三國志・吳書・薛綜傳》：「水火之險至危，非帝王所宜涉也。諺曰：『千金之子，坐不垂堂。』況萬乘之尊乎？」◎千金之子不垂堂

【千金之珠，必在九重之淵】珠：珍珠。九重之淵：非常深的水潭。❷價值昂貴的珍珠，必定在深淵中。◇喻指要想取得大的成就，必須付出極大的努力。《莊子・列禦寇》：「夫千金之珠，必在九重之淵而驪龍頷下，子能得珠者，必遭其睡也。」

【千金之裘，非一狐之腋】裘：皮衣。腋：指獸腋下的皮毛。❷價值昂貴的皮衣，不是用一隻狐腋下的皮毛做成的。◇喻指事情的成功是依靠眾人的智慧和力量完成的。西漢司馬遷《史記・孫通列傳》：「太史公曰：語曰『千金之裘，非一狐之腋也；台榭之榱，非一木之枝也；三代之際，非一士之智也』。」◎千金之裘，非一狐之皮／千金之裘，非一狐之力

【千金之鋸，命懸一絲】鋸：鋸魚，鋸魚生於大海中，其牙齒長五六尺，此魚惜齒，齒掛於網上，則身不敢動，恐傷其齒。❷十分珍貴的鋸魚，因愛惜自己的牙齒，結果性命斷送在魚網絲上。◇喻指因小失大。

【千金買房，萬金買鄰】千金：指很多的錢。❷花千金購買房產，花萬金來選擇鄰居。◇選擇鄰居比選擇房子更重要。《南史・呂僧珍傳》：「初，宋季雅罷南康郡，市宅居僧珍宅側。僧珍問宅價，曰『一千一百萬』。怪其貴，季雅曰：『一百萬買宅，千萬買鄰。』」宋代辛棄疾《新居上梁文》：「百萬買宅，千萬買鄰，人生孰若安居之樂。」◎千錢買鄰，八百買舍

【千金難買一口氣】氣：指人的呼吸。◇人活一口氣，沒有這口氣就沒有生命了，金錢再多也換不會來。

【千金難買亡人筆】亡人筆：指遺囑。◇死者的遺囑非常重要，人一死，寫下的東西再也無法更改了。

【千金難買天下穩】穩：安穩，安定。◇安居樂業，生活安定，無憂無慮，是金錢買不到的，十分寶貴。

【千金難買心中願】願：願意。❷花錢也難以改變別人的心願。◇心甘情願做自己想做的事，別人想阻擋也沒有用。

【千金難買老來瘦】老：年紀大。瘦：身體不胖。◇老年人身體不宜胖，瘦一點不易生病，是一件好事。◎有錢難買老來瘦

【千金難買回頭看】◇回顧反思大有益處，做過的事情要及時總結經驗教訓，發揚成績糾正錯誤，有益於進一步改進工作方法和提高工作質量。

【千金難買相連地】◇田地連成一片，使用起來方便，是十分難得的事，花錢也不一定能買到。

【千金難買意相投】意：心意。投：投合。◇朋友之間的情趣相投，心意相合，是非常重要的，用金錢也買不到。

【千穿萬穿，馬屁不穿】穿：拆穿，顯露。馬屁：指諂媚奉承。◎甚麼事情最終都可能顯露真相，只有奉承話不易拆穿。◇人都愛聽別人的奉承話。

【千軍易得，一將難求】將：將領。◇傑出的人才難以尋找。◎千金易得，一將難求／三軍易得，一將難求

【千個明朝，萬個後天】朝（zhāo）：天。◇❶以後的日子還很多，不應計較眼前的幾天時間。❷指辦事拖拉，時間一推再推。◎千個明早，萬個後天

【千個屠戶一把刀】◎屠戶：以宰殺牲畜為業的人。◎屠戶雖然不是一人，使用的卻都是一樣的屠刀。◇在同一行當裏，大家採取的方法、手段幾乎一樣。

【千個屠戶一雙眼】屠戶：以宰殺牲畜為業的人。◇同行的見識、看法基本都差不多。

【千般易學，千竅難通】般：種。竅：竅竅，指竅門。◎千種本事容易學，千種竅門卻不容易精通。◇想學會比較容易，要精通就很難。

【千座菩薩一爐香】◎供奉一千座菩薩，卻只燃一爐香。◇❶喻指敷衍了事。❷指不想付出代價，卻想獲得最大的利益。

【千家吃酒，一家還錢】還：償付。◎許多人在一起喝酒，由一個人來付賬。◇喻指眾人得到的恩惠，都出自同一個人。◎千人吃藥，一個還錢

【千頃大戶不如老藥舖】頃：地積單位，合一百畝。◎擁有千頃土地的大戶人家卻難保收成，比不上幾代相傳的開藥舖人家，收入穩定，又有技術能傳給後代。

【千條小溪流成河】◎溪流雖然細小，但眾多小溪匯在一起，就會形成江河。◇只要持之以恆，就會積少成多。

【千斜不如一直】◇❶旁門左道修的行再多，不如走正道修得正果好。❷指做歪門邪道的事情，不如實實在在做點正事。

【千部一腔，千人一面】腔：唱腔，腔調。面：面孔。◎成千部戲都是一個腔調，成千個人都是一副面孔。◇文藝創作或戲曲表演公式化，沒有新的創意。清代曹雪芹《紅樓夢》：「至於才子佳人等書，則又開口文君，滿篇子建，千部一腔，千人一面，且終不能不涉淫濫。」

【千貫治家，萬貫結鄰】貫：舊時的制錢，用繩子穿上，一千個叫一貫。治：治理。結：結交。◇治理好家庭很重要，但更重要的是有個好鄰居。

【千揀百揀，揀來個破燈盞】揀：挑選。燈盞：沒有燈罩的油燈。◎挑選了無數次，卻挑中了一個破爛油燈。◇要求過高，挑來揀去，最後卻選中不好的。◎千揀萬揀，揀個無底燈盞／千選萬選，選了個漏油的燈盞

【千虛不抵一實】虛：虛假。抵：代替，相當。實：確實，真實。◎一千個假的，也比不了一個真的。◇費盡心機弄虛作假，比不上事實確鑿。◎千虛不如一實／千虛不博一實

【千萬滴口水成江潮】口水：指人的議論。◎口水雖少，累積多了，也會形成江河的浪頭。◇人的議論雖然無足輕重，但累積多了就非常可怕。

【千搖萬搖，不如風篷直腰】風篷：船的風帆。◐行船時無論怎麼用力搖櫓，也比不上扯起風帆走得快。◇喻指巧妙地藉助外部力量，會事半功倍。

【千經萬典，忠孝為先】經、典：傳統的具有權威性的著作。忠：忠誠，對國家、人民盡心盡力。孝：孝順，盡心奉養父母，順從父母的意志。◇所有的經書典藉，都把忠誠和孝順放在首要地位。

【千滾豆腐萬滾魚】滾：湯水燒開後沸騰翻滾。◐豆腐和魚燉得時間越長，越好吃。◇事物各有自己的特點，掌握好了，就能達到最佳的效果。

【千網萬網，候着一網】◐盲目地多次撒網所獲得的魚蝦，不如看準了魚群撒一次網收穫的多。◇喻指做事要抓住時機，選準方向，可以事半功倍。

【千賣萬賣，折本不賣】折（shé）：賠。◐做生意招數很多，但不能做虧本買賣。◇做事不能吃虧。◎千做萬做，折本不做

【千慮成之不足，一失壞之有餘】慮：考慮。成：成全。失：失誤。壞：使變糟。◐考慮一千次，事情不見得能成功，失誤一次足以把事情辦壞。《晏子春秋・內篇雜下》：「嬰聞之，聖人千慮，必有一失；愚人千慮，必有一得。」◇提醒人們，做事一定要考慮周全，不能貿然行事。

【千擔禾種一根秧】禾：水稻。秧：指水稻幼苗。◐要想有千擔米的收穫，就要認真插好每一株稻秧。◇喻指要想有所成就，就必須打好基礎，認真對待每一件事情。

【千篙撐船，一篙靠岸】篙（gāo）：撐船用的杆子。◇任何成功都是經過長期艱苦不懈的努力而取得的，就像水中行船，只有不停地用篙子撐船，才能抵達岸邊一樣。

【千錢賒不如八百現】賒：賒欠，延期交付。現：現金。◐出售貨物賒欠一千塊錢，還不如當場付清八百塊錢可靠。◇實實在在地當場獲得好處，比將來預期的好處更為可靠。

【千錘打鼓，一錘定音】◇喻指眾人各有主張，最後由一個人作出決定。◎千錘打鑼，一錘定音／千人打鑼，一槌定音／打鼓千聲，一錘定音

【千錘成利器，百煉變純鋼】利器：鋒利的刀劍等。煉：燒。◐生鐵經過千百次錘子敲打，才能製成鋒利的刀劍；鐵經過千百次燒煉，才能煉出精純的鋼材。◇❶只有經過多次鍛煉和考驗，才能成為有用之材。❷指詩文經過多次加工修改，才能精益求精。

【千鏹而家藏，不若銖兩而時入】鏹（qiǎng）：古代指成串的錢。藏：儲藏，存放。若：如，比得上。銖（zhū）：重量單位，合一兩的二十四分之一。銖兩：指數量很少的錢。◐家中即使擁有很多的財富，還不如每天有少量錢進入好。

【千變萬變，官場不變】官場：指官吏階層及其活動範圍。這裏指官吏的做派。◐甚麼事情都在變化，只有官場做事的老規矩沒有變化。◇官場的陳規陋習難以改變。

【乞丐不過朽木橋】乞丐：生活沒有着落，專靠向人要飯、要錢為生的人。◇意思是說：乞丐靠乞討為生，因此乞丐不會到無人施捨的地方去乞討，就像不會走木頭已腐爛的橋一樣，去冒不必要的風險。

【乞丐跟龍王比寶】龍王：神話中統領水族的王。●乞丐一無所有，卻要跟龍王比一比誰的珍寶多。◇喻指無知透頂，不自量力，過高地估計自己的實力。

【乞兒不辱馬醫】乞兒：叫化子，討飯的人。馬醫：獸醫。◇舊時叫化子和獸醫被認為是卑賤職業，他們的身份地位相似，互相不輕視。

【乞兒害病想人參】乞兒：叫化子，討飯者。◇❶喻指陷入困境的人，為了急於解脫，容易產生不切合實際的幻想。❷指癡心妄想，完全脫離實際。

【乞食身，皇帝嘴】乞食：討飯。●人雖然是討飯的，嘴卻像皇帝一樣愛挑別。◇人窮得像個叫化子，卻非常挑食。◎乞丐身，皇帝嘴

【乞食婆自稱好命身】乞食：討飯。●討飯的老太婆討得一點東西，就自誇自己命好。◇❶喻指不自量力的誇誇其談。❷指容易滿足，得到一點東西就沾沾自喜。

【川壅則潰，月盈則匡】壅：堵塞。盈：滿。匡：虧。●河流堵塞就會決堤，月亮圓了就會變虧。◇喻指一個人如果自滿，必招致失敗。唐代崔湜《登姑蘇台賦》："川壅則潰，月盈則匡，善敗由己，吉凶何嘗。"

【久火煉成鋼】●鐵在火中長時間地冶煉，就能煉成堅硬的鋼材。◇喻指一個人經過長期的艱苦磨煉，就能成為有用的人材。《唸佛法要》卷二："妻曰：'此非汝家，家在何處？'曰：'我家在西方。'妻笑曰：'汝去好了。'仍打鐵唸佛如故。旋說偈曰：'叮叮噹噹，久煉成鋼，太平將近，我往西方。'"

【久旱知雨貴，天黑顯燈明】◇喻指在最急需的時候才能真正體會到某一事物的可貴。

【久別如新婚】◇夫妻之間在久別之後再相聚，往往會像剛結婚時一樣親密。

【久住令人賤，頻來親也疏】在別人家住的時間太長了，會令人輕視、厭煩；親戚來往的過於頻繁了，也會疏遠，冷淡。◇指過多過密的往來，難免產生厭煩情緒或出現摩擦，即使原本親密，也會逐漸變得疏遠。

【久雨必有久晴，久晴必有久雨】◇天氣變化是有階段性的，雨天和晴天也是這樣，長時間的陰雨之後，必然會有長時間的晴天，長時間的天空晴朗之後，必會有長時間的陰雨連綿。

【久居芝蘭之室，不聞其香】●在有芝蘭的室內居住久了，就嗅不出芝蘭的芳香。◇喻指對某一事物接觸多了便會習以為常，就會感覺不到其特別之處。◎入芝蘭之室，久而不聞其香；入鮑魚之肆，久而不聞其臭

【久病成良醫】●生病時間長了，在治療過程中可以得到不少醫療知識。◇喻指對某一問題接觸多了，就可以熟悉它掌握它，逐漸成為這一方面的內行。◎久病成名醫

【久病牀前無孝子】◇意思是說：病得時間久了，在牀前長期服侍的兒女們易生厭煩情緒。◎百日牀前無孝子

【久病牀前無賢妻】◇丈夫長期生病不下牀，再賢惠的妻子伺候多年之後也難免會產生厭煩情緒。

【久病故人稀】故人：老朋友。◑病得時間久了，連前來看望的老朋友也稀少了。◇慨歎世態炎涼。

【久經大海難為水】◇喻指見過大世面的人，對一些微小的事情不會放在眼裏。

【久睡傷神】◇提醒人們，睡覺的時間不可過長，否則，就會損傷精神。

【久賭無勝家】◑經常賭博的人，沒有贏錢的。◇喻指長期幹冒險的事，存僥倖心理，最後總會失敗。

【久練為熟，手熟為巧】◇經過長時間的練習，手就會熟練起來，手熟練了，自然也就變巧了。

【凡人不可貌相，海水不可斗量】◇對任何一個人，都不能從外貌去評定，正像大海之水，無法用斗去量一樣。◎人不可貌相，海水不可斗量

【凡人不開口，神仙難動手】◇對閉口不言的人，誰也沒辦法幫助他。◎凡事不開口，神仙難下手

【凡有喜酒，必有人醉】◇喻指再好的事情，也有不足之處。

【凡事不可造次，凡人不可輕視】◇無論做甚麼事，都不要魯莽，不能貿然行動；不管是誰，都不能小看人家。

【凡事不可做絕】◇待人處事要和善、寬容、留有餘地，千萬不可做絕，否則物極必反，會貽禍於己。

【凡事不得已總求其次】◇事情到無可奈何的地步，已經無法達到預期所想像的目的時，只能是降低標準，接受稍低檔次的。

【凡事只因忙裏錯】◇做事過於繁忙就會急躁，急躁就會引起忙亂，出現差錯。

【凡事有個先來後到】◇不管做甚麼事情，總應該按先後次序進行。

【凡事回頭看】◇每做完一件事都應該反思，要總結經驗教訓，再接再厲，以便取得更大的成績。

【凡事要好，須問三老】◇要想把事情做好，就應該多向有經驗、有德行的人請教。

【凡事起頭難】◇無論做任何事情，開頭時一定難度很大，問題也很多。◎凡事開頭難

【凡事留人情，後來好相會】◇做任何事都要給人留點情面，日後再交往就不難了。◎凡事留人情，後來好相見

【凡事都是命】◇舊時認為，生活中所發生的一切事情都是命中注定的，人都應該想明白，不要與命抗爭。

【凡事從小地方着手】◇凡事都應該從小地方扎扎實實地做起。

【凡所難求皆絕好，及能如願又平常】◇凡是很難得到的東西，都被認為是絕頂好的，到手後又會覺得沒有甚麼，是一件很平常的東西。

【凡藥三分毒】◑藥物裏面都有一些對人體有害的物質。◇告誡人們，應對症服藥，不可隨意過量，否則對身體會引起副作用。

【勹子免不了碰鍋台】◇喻指一家人之間也難免會有一些摩擦。

【亡人入土為安】◇把死者埋入土中，才算為安妥。清代紀曉嵐《閱微草堂筆記·槐西雜誌一》：“告於官而遷焉。用知亡人以入土為安。”

【亡羊補牢，猶未為晚】● 羊丟了，再修補羊圈，還不算晚。◇喻指犯了錯誤，如果能及時糾正錯誤，採取有效的補救辦法，還不算晚。《戰國策·楚策四》：“見兔而顧犬，未為晚也；亡羊而補牢，未為遲也。”

【亡國之臣，不敢語政；敗軍之將，不敢語勇】◇喪失了國家的臣子，不敢談論政治，打了敗仗的將軍，不敢談論勇敢。《吳越春秋·越王勾踐五年》：“范蠡對曰：‘臣聞亡國之臣，不敢語政，敗軍之將，不敢語勇。’”

【亡國奴不如喪家犬】◇祖國滅亡或被侵佔，人民受侵略奴役，任人宰割，還不如失去主人的狗。

【己身不正，焉能正人】焉：怎麼。● 自己品行不端正，怎麼能指導端正別人。◇說明只有以身作則，才能指責別人。

【己所不欲，勿施於人】己：自己。欲：想，願望。勿：不要。施：加。◇自己不願意做的事，不要強加給別人。《論語·衛靈公》：“子貢問曰：‘有一言而可以終生行之者乎？’子曰：‘其恕乎。己所不欲，勿施於人。’”《論語·顏淵》：“仲弓問仁。子曰：‘出門如見大賓，使民如承大祭。己所不欲，勿施於人。在邦無怨，在家無怨。’仲弓曰：‘雍雖不敏，請事斯語矣。’”

【己是而彼非，不當於非爭；己非而彼是，不當於非平】己：自己，彼：別人，是：正確，非：錯誤，不對。● 當自己正確別人不對的時候，不應當抓住別人的錯誤爭執不休；如果是自己錯了而別人正確，就不可放過自己的錯誤，平息了事。◇要寬厚待人，嚴於律己。

【弓上要有兩根箭】◇喻指做任何事情都應做好兩手準備，要有後備力量。

【弓是彎的，理是直的】◇儘管弓是彎的，但箭靶子上反映的情況卻是真實可靠的。說明真理永遠是反映客觀實際，不容歪曲的。

【弓硬弦長斷，人強禍必臨】長：這裏是經常的意思。◇弓如果太硬，弦就容易折斷；人的性格如果太偏激，愛逞強，也就必然遭來災禍。◎弓硬弦長斷，人強禍必隨

【弓滿易折，月滿則缺】● 弓拉滿了就容易折斷，月圓以後就該缺了。◇指事物發展到了頂點，就會走向反面。說明了物極必反的道理。◎弓太滿則折，月太滿則缺

【子不言父過，臣不彰君惡】◇舊觀念認為，兒子不談論父親的過失，臣子不揭露君王的罪惡。

【子不嫌母醜，狗不嫌家貧】◇親生的兒女不會嫌自己的母親長得醜，家狗不會嫌主人貧窮。

【子用父錢心不痛】◇兒子花父親的錢不會心疼。

【子弟惜爺娘，都無一寸長；爺娘惜子女，好比長江水】◇父母對兒女的愛像長江水源源不斷，比子女對父母的愛深得多。

【女子無才便是德】◇舊觀念認為，女子沒有才學就應該有良好的品德。

【女忌繡郎，男忌紅娘】◇提醒人們，男女選擇配偶，不要一味苛求對方的容貌。◎女忌繡郎，郎忌紅娘

四　畫

【王子不動蜂不動，王子一動亂哄哄】◇喻指當領導的頭腦冷靜，遇事不慌張，下級就會安定；當領導的遇事慌慌張張，下級就會亂成一團。

【王子犯法，與民同罪】◇法律不論貴賤，人人平等，不管是地位顯赫的人犯法，還是平民百姓，都要同樣依法處理。◎王子犯法與庶民同罪

【王言如絲，其出如綸】綸：青絲帶子。◇意思是說，君王的話雖很少，但很有威力。《禮記・緇衣》：“王言如絲，其出如綸；王言如綸，其出如綍。”

【王者以民為天，民以食為天】◇君王以老百姓為重，老百姓以生活為重。

【王者顯善以消惡】◇卓越的君王用推崇善良，發揚正氣，來消除邪惡。《三國志・魏書・管寧傳》：“臣聞王者顯善以消惡，故湯舉伊尹，不仁者遠。”

【王侯將相原無種，半屬天公半屬人】◇王侯將相不是天生的，一半是靠運氣，另一半是靠個人努力奮鬥得到的。

【王婆賣瓜，自賣自誇】●老王太太賣瓜，自己稱讚自己的瓜好。◇喻指自我吹噓。

【井口上瓦罐終須破】◇喻指常處險地，難免遇難。

【井水不生魚，枯樹不開花】●井水裏不能生長魚，枯乾的樹不會開花。◇說明事物的生存與發展都要有一定的環境和一定的條件。

【井水不犯河水】◇喻指互不侵犯，互不干擾。

【井水不外流，密事不外傳】◇提醒人們，需要保密的事一定不能外傳，這就像自家的井水不能讓它外流一樣。

【井底之蛙，妄自尊大】◇諷喻沒見過大世面的人反而容易盲目驕傲自滿。《後漢書・馬援列傳》：“（馬援）因辭歸，謂囂曰：‘子陽井底蛙耳，而妄自尊大，不如專意東方。’”

【井底蛙天窄，山頂鷹眼寬】●井底青蛙看天時眼界就窄小，山頂雄鷹的眼界就寬廣。◇喻指不經風雨不見世面的人，目光短淺，心胸狹窄；經受過風雨考驗經常見世面的人，才能眼界開闊，心胸豁達。

【井底蛤蟆，沒見甚麼天日】◇喻指見識淺就眼光短。◎井底蛤蟆，見過多大天

【井要淘，人要教】●水井要經常淘，人要經常受教育。◇告誡人們，要經常不斷地接受教育，更新知識。

【井乾才覺水可貴】◇喻指當可用的德才兼備的人缺少時，人們才會感覺到人才的可貴。

【井淘三遍吃甜水，人從三師武藝高】●井多淘幾遍就能吃上甘甜的水，人多從幾個老師學習，就會識多見廣，本領高強。◇說明只要不辭辛苦，廣

識多學，功夫下到家，就會有成就。
◎井淘三遍喝好水

【井深槐樹粗，街闊人義疏】◇如果
井深水充足，附近的槐樹就會長得粗
壯茂盛；而如果街道寬闊了，各個門
戶之間的距離就會有所加大，人與人
之間的關係也就容易疏遠。

【井越淘，水越清；事越擺，理越明】
◇告訴人們，只有把事情擺到桌面上
來分辯，才能把事實講清楚，道理搞
分明。

【井蛙不可以言海】◐對井底之蛙無
法談論大海。◇喻指對見識短淺沒見
過世面的人，不可能討論宏圖大志。

【井蛙見天小，夏蟲不知冰】◇喻指
不見世面、處境局限的人，就不知道
天地的廣闊，萬物的複雜。《莊子·
秋水》："井蛙不可以語於海者，拘
於虛也；夏蟲不可以語於冰者，篤於
時也；曲士不可以語於道者，束於教
也。"

【天才在於學習，知識在於積累】
◇告訴人們，人的聰明才智來自勤奮
學習和不斷總結經驗、積累知識。

【天下人管天下事】◇人世間的事，
人人都能管。◎天下人管天下事，世
間人管世間人的事

【天下才一石，子建獨得八斗】一
石：量詞，十斗為一石。子建：即曹
植，字子建。曹操的第三個兒子，很
有詩才。◐天下的才總共為一石，曹
植佔八斗。◇這裏用來褒讚曹植的才
華。這句話相傳是南朝大詩人謝靈運
所說。

【天下大事，必作於細】作（zuò）：
起。◐天下的大事，是從小事起始

的。◇告訴人們，大事業要從小事做
起。《道德經》第六十三章："天下難
事必作於易，天下大事必於細。"

【天下大勢，分久必合，合久必分】
◇舊時認為，國家的政權統一時間久
了，矛盾激化，就會分裂；分裂時間
長了，也自然會走向統一。《三國演
義》第一回："話說天下大勢，分久
必合，合久必分。周末七國分爭，並
入於秦。及秦滅之後，楚、漢分爭，
又並入於漢。漢朝自高祖斬白蛇而起
義，一統天下，後來光武中興，傳至
獻帝，遂分為三國。"

【天下本無事，庸人自擾之】庸人：
平凡的人。自擾：自己攪亂自己。◇本
來沒有甚麼事，結果自己大驚小怪，
自尋煩惱。《新唐書·陸象先傳》："天
下本無事，庸人擾之為煩耳。"

【天下有情人終成眷屬】◇世間相愛
的男女，最終會結為夫妻。元代王實
甫《西廂記》第五本第四折："永老
無別離，萬古常完聚，願天下有情的
都成了眷屬。"

【天下有道，庶人不議】庶人：老
百姓。◇統治者管理有方，老百姓就
不會胡亂議論朝政。《論語·季氏》：
"孔子曰：'天下有道，則禮樂征伐自
天子出；天下無道，則禮樂征伐自諸
侯出。自諸侯出，蓋十世希不失矣；
自大夫出，五世希不失矣；陪臣執國
命，三世希不失矣。天下有道，則政
不在大夫。天下有道，則庶人不議。'"

【天下危，注意帥】◇國家出現危急
的時候，要重視將帥的選用。

【天下名山僧佔多】◇名山幾乎都建
有寺廟，因此有種說法，天下名山被
僧人所佔有。

【天下多有不平事，世上難遇有心人】◇世上到處都有不公平的事，但好心的人卻很難碰到。

【天下沒有不散的筵席】◇喻指世間有聚必有散。◎天下無不散的筵席／未有不散之筵

【天下武功出少林】少林：指少林寺，在河南省登封市北少室山北麓五乳峰下，北魏孝文帝太和二十年（公元496年）建，是佛教禪宗的發源地。唐朝以後，僧徒常習武藝，成為武林一派，世稱少林派。◇天下武功高強的人，都出自少林寺。

【天下者非一人之天下，乃天下之天下】●國家不是屬於一個人的，而是全天下人的。◇告誡統治者不要獨攬大權，為所欲為。《六韜·文韜·文師》：「天下非一人之天下，乃天下之天下也。同下之利者則得天下，擅天下之利者則失天下。」

【天下事抬不過個理去】◇世上一切事情都要服從一定的道理。

【天下皆知取之為取，而莫知與之為取】◇人們都知道取得是獲取，而不知道給予別人的也是獲取。《後漢書·桓譚列傳上》：「古人有言曰：『天下皆知取之為取，而莫知與之為取。』」

【天下烏鴉一般黑】●各地的烏鴉都一樣黑。◇喻指天下的壞人本質都是一樣的。◎天下老鴉一般黑／天下老鴰一樣黑／天下烏鴉一般黑，哪個貓兒不吃腥／天下烏鴉一般黑，世上豺狼都吃人／天下鍋底一般黑

【天下逃不過一個"理"字去】◇世上所發生的事情，都有一定的道理。

【天下惟理可服人】◇世上只有道理才可以使人信服。

【天下無不是的父母】●世上當父母的沒有不對的。◇父母總是對的，子女要無條件服從，即使父母有錯也要諒解。

【天下無不為之事】●世上沒有不能夠做的事。◇告訴人們，做事要大膽，敢作敢為，只要態度認真，沒有辦不成的事。

【天下無不散的筵席】見【天下沒有不散的筵席】

【天下無難事，只怕有心人】◇只要下決心去做，無論多麼困難的事情都能做成。明代王驥德《韓夫人題紅記·花陰私祝》：「天下無難事，只怕有心人。」

【天下無難事，只要老面皮】◇人只要臉皮厚，甚麼事都能辦成。

【天下熙熙，皆為利來；天下攘攘，皆為利往】熙熙（xī）：和樂的樣子。攘攘（rǎng）：紛亂的樣子。●世上和樂，都是為利益而來；世上紛亂，都是為利益而去。◇人們都是為了獲得利益而忙碌。《史記·貨殖列傳》：「故曰：『天下熙熙，皆為利來；天下攘攘，皆為利往。』夫千乘之王，萬家之侯，百室之君，尚猶患貧，而況匹夫編戶之民乎！」

【天下興亡，匹夫有責】匹夫：一個人，泛指普通人。●國家的興盛和滅亡，每個人都有責任。清代顧炎武《日知錄》卷十三：「保天下者，匹夫之賤，與有責焉。」

【天下錢眼兒都一樣】◇喻指大多數人都追求金錢。

【天下雖平，忘戰必危】◑天下雖然太平，忘記戰備必然會有危險。◇告誡人們，不管任何時候都要保持警惕。《司馬法・仁本》：“國雖大，好戰必亡；天下雖平，忘戰必危。”

【天大的本事，飛不過理去】◇再有本事的人，也不可能戰勝真理。

【天上人間，方便第一】◇無論甚麼時候，方便他人都應該放在第一位。

【天上下雨地下流，小兩口吵架不記仇】◇年輕夫妻吵架，吵完了就完事了，一般不會記仇。

【天上下雨地下陰，人留後代草留根】◇舊時喻指生兒育女，後繼有人是人生大事。

【天上下雨地上滑，各自跌倒各自爬】◇喻指自己的問題靠自己解決。◎天上下雨地下滑，自己跌倒自己爬

【天上四兩，勝過地下一斤】◇飛禽的肉比走獸的肉好吃。◎天上四兩，抵得地下半斤 / 寧吃飛禽四兩，不吃走獸半斤

【天上的仙鶴，比不上手裏的麻雀】◇喻指辦事要講究實際，不要空談。◎天上有蟠桃，不如手裏有核桃

【天上金童配玉女，地上癩騾配破車】◇喻指男女雙方婚配的條件要相當。

【天上星多月不明，地上人多心不平】◇人多思想雜，意見就會不統一。

【天上星多黑夜明，地上樹多成森林】◇人多力量就會大。

【天上神仙府，人間宰相家】宰相：封建時代掌管國家政務的最高級別官員。◇喻指當官的人家裏不同尋常，非常豪華。

【天上飛的野鴨子不能算碗菜】◇喻指沒有到手的東西不能算數。

【天上斑鳩，地上驢肉】◇飛禽走獸中，斑鳩肉和驢肉最好吃。◎天上斑鳩，地下泥鰍 / 天上飛的數斑鳩，地下走的數狗肉

【天上無雲不下雨，地上無人事不成】◇人是先決條件，沒有人就辦不成事情。

【天上無雲不下雨，地上無水不行船】◇喻指關鍵的條件不具備，事情就會辦不成。

【天上無雲不下雨，地上無鬼不成災】◇壞事不會自己產生，肯定有壞人在搗亂。

【天上無雲不下雨，地上無媒不成婚】◇舊時認為，男女之間如果沒有媒人的介紹，是不能成婚的。

【天上無雲地下旱，大河無水小河乾】◇喻指沒有整體的利益就不會有個人的利益。

【天子不差餓兵】◑皇帝不會派遣餓着肚子的軍隊去打仗。◇喻指上司不會讓辦事人得不到好處。

【天子犯法，與庶民同罪】庶民：老百姓。◑皇帝犯了法，同百姓犯法一樣要治罪。◇喻指法律面前人人平等。

【天子無戲言】◇舊時認為，皇帝是金口玉言，説話算數。

【天子避酒客】◑皇帝也要躲避喝醉了酒的人。◇大家不要同喝醉酒的人計較。◎天子避醉客 / 天了門下避醉人 / 天子尚避醉漢

【天天走，不怕千萬里，日日做，不怕千萬事】◇只要堅持不懈，任何事情都能辦成。

【天不打吃飯人】● 舊時迷信認為，上天不會打正在吃飯的人。◇喻指對人發脾氣要看時機，要看對象。

【天不可一日無日，國不可一日無君】◇國家必須要有人管理。

【天不可違】◇人不能違背上天的意志。

【天不生無祿之人，地不長無根之草】● 世上不會降生沒有飯吃的人，地裏不會長出沒有根的草。◇喻指不管境遇多差，只要人活在世上，總會有辦法生存下去。◎天不生無路之人／天不生無祿之人，地不長無名之草

【天不言自高，地不言自厚】◇指才能學識高超的人不用自我誇耀，大家都會承認。

【天不雨，地不濕】● 天上不下雨，地上自然不會濕。◇喻指發生任何事情，都有其原因。

【天不怕，地不怕】◇膽子大，甚麼都不害怕。◎天不怕，地不怕，老虎屁股都要摸一下

【天不怕，地不怕，大夥團結力量大】◇不用怕，只要大家團結起來，就能戰勝一切困難。

【天不着風兒晴不的，人不着謊兒成不的】◇舊時人們認為，不會説謊就辦不成任何事情。

【天不蓋，地不載】◇作惡多端的人，天地不容，決沒有好下場。

【天不颳風不為冷，人不借債不為窮】◇沒有向別人借債過日子，就不算是窮人。

【天公不可欺】天公：指天。● 上天是不可以欺侮的。◇勸誡人們，不要做惡事，不要違背天理。

【天可度，地可量，唯有人心不可防】● 天和地都可以度量，只有人心難以防備。◇人心難測。唐代白居易《天可度－惡詐人也》：“天可度，地可量，唯有人心不可防。但見丹誠赤如血，誰知偽言巧似簧。勸君掩鼻君莫掩，使君夫婦為參商。”

【天生一個人，必有一份糧】◇每個人都會有飯吃。

【天生我材必有用】◇上天造就我這樣一個有才能的人，就一定有用武之地。唐代李白《將進酒》：“天生我材必有用，千金散盡還復來。”

【天外有天，人上有人】● 天外還有更廣闊的天，能人中還有更能的人。◇告訴人們，總有比能人本領更高強的人。◎天外有天／天外有天，人外有人

【天台有路終須到】◇地方無論多麼險惡，總有辦法到達。

【天地之大，無所不有】◇世界很大，包羅萬象，甚麼怪事都可能出現。

【天地之性人為貴】◇天地之間人是最寶貴的。

【天地君親師】◇上天、大地、國君、父母親、老師是最值得人尊敬的。

【天地者萬物之逆旅，光陰者百代之過客】逆旅：客舍，旅館。過客：過路人。● 天地是一切事物寄宿的旅館；光陰是世代飛逝的匆匆過客。◇光陰似箭，人的一生非常短暫。唐代李

白《春夜宴從弟桃李園序》："夫天地者，萬物之逆旅也；光陰者，百代之過客也。而浮生若夢，為歡幾何？"

【天地間有一物必有一制】◇一物降一物，只要世上有一種事物存在，必有另一種事物可以制伏它。◎天地間有一物必有一伏

【天地無大，親師為尊】◇對父母親和老師必須尊敬。

【天有十日，人有十等】◒天上有十個太陽，人能分成十個等次。◇人與人之間是不同的。

【天有不測風雲，人有旦夕禍福】旦夕：早上和晚上，指在很短的時間裏。◇天氣變化無常，很難預測；人的命運也變化無常，禍event很難預料。宋代無名氏《張協狀元》："天有不測風雲，人有旦夕禍福。"◎天有不測風雲，人有暫時禍福

【天有時刻陰晴，人有三回六轉】◇喻指人的生活道路是曲折的。

【天有眼，牆有耳】◇喻指世上沒有不洩密的事。

【天有無情災，人有回天力】◇自然界會發生無情的災害，但人類有戰勝自然災害的能力。

【天旱莫望疙瘩雲，人窮莫上親戚門】◒天旱時不要奢望天上出現黑雲，人窮時不要去親戚家。◇告訴人們，窮要窮得有志氣，要靠自力更生，不要指望人家施捨。

【天旱莫望雲頭雨】雲頭雨：指陣雨。◇喻指量小解決不了大問題。

【天佑善人】◇上天能保佑心地善良的人。

【天作孽，猶可違；自作孽，不可活】◇上天造成的過錯，還可以努力去改變它；人自身造成的罪孽，就無可救藥了。《孟子・公孫丑上》："《太甲》曰：'天作孽，猶可違；自作孽，不可活。'此之謂也。"

【天長事多，夜長夢多】◇喻指時間長了，事情就可能發生許多變化。

【天知地知，你知我知】◇事情要保密，不能讓第三者知道。

【天命無常，惟有德者居之】◇上天的意志變化無常，只有道德高尚的人才能立足於世。

【天狗吃不了日頭】天狗：古代神話中的獸名。舊時傳說日蝕是太陽被天狗所食。◇喻指邪惡戰勝不了正義。◎天狗難吃月妹 / 天狗難吃月亮

【天怕烏雲地怕旱，人怕疾病草怕霜】◒天空怕出現烏雲，有烏雲就大雨來臨；土地怕乾旱，一乾旱苗就無法生長；人怕有疾病，一生病就顯得萎靡不振；草怕霜凍，一凍就會枯萎。◇人害怕生病。

【天怕黃亮，人怕肚脹】◇天色變黃亮，就要下雨了；如果人覺得肚脹，說明病情加重了。

【天定可以勝人，人定可以勝天】◇自然界可以控制人類，人類也可以征服自然、改造世界。

【天若不降嚴霜，松柏不如蒿草】◇喻指上天如果不懲罰做壞事的人，做好人就不如做壞人了。

【天怒不旋日，人怨不旋踵】旋日：過一天。旋踵：轉動腳後跟。◇上天動怒，會很快顯示；人有怨恨，也會很快表現出來。漢代王充《論衡・

雷虛篇》：“天怒不旋日，人怨不旋踵。”

【天時人事兩相扶】◇時機成熟和人們努力，兩者要結合好才能成功。

【天時不如地利，地利不如人和】
⊙打仗時，有利的形勢不如佔據有利的地形，有利的地形不如和睦的人際關係。◇強調團結的重要性。《孟子・公孫丑下》：“孟子曰：‘天時不如地利，地利不如人和。三里之城，七里之郭，環而攻之而不勝。夫環而攻之，必有得天時者矣；然而不勝者，是天時不如地利也。城非不高也，池非不深也，兵革非不堅利也，米粟非不多也；委而去之，是地利不如人和也。’”

【天高不為高，人心更為高】◇❶喻指人的志向遠大。❷喻指人心不足。

【天高皇帝遠，有冤無處伸】◇舊時偏僻的地方，土豪官吏把持一方，法律不能申張正義，人們即使有冤枉也無處申訴。

【天理昭彰，人心難昧】⊙天道是明白顯著的，人不能昧着良心做事。◇上天是很清楚明白的，不容許壞人作惡。

【天理國法人情】◇人的行為準則應該符合上天的道理和國家的法律以及人世間的常情。

【天堂有路無人走，地獄無門人自蹽】◇人都是要死的。

【天涯何處無芳草】天涯：天下。⊙世上甚麼地方都有芳草。◇喻指到處都有美好的事物和善良的人。蘇東坡的《蝶戀花》：“枝上柳綿吹又少，天涯何處無芳草。”

【天陰總有晴天日】◇喻指形勢遲早會好轉。

【天陰總有晴天時，受苦人總有翻身時】◇被剝削、被壓迫的貧苦老百姓總有一天會翻身得解放。

【天黃有雨，人黃有病】◇天空變成黃色時，預示風雨即將來臨；人臉變成黃色時，說明身體有病。

【天晴不下雨，下雨天不晴】◇喻指說話實在，不會騙人。

【天晴不肯走，只待雨淋頭】◇喻指喪失了良機，只得招受災難。

【天晴不開溝，雨來到處流】⊙天晴時不把排水溝挖好，下雨時，水就會到處溢流。◇平時不採取預防措施，到緊要關頭就會吃虧。◎天晴不開溝，雨落沒處流

【天無二日，人無二理】⊙天上沒有兩個太陽，人們在一件事上沒有兩個真理。◇真理只有一個。

【天無二日，民無二王】⊙天上沒有兩個太陽，老百姓沒有兩個君王。◇一個國家只能有一個君主。◎天無二日，國無二王

【天無百日雨，人無一世窮】◇人不會一輩子都貧窮。◎天無三日雨，人沒一世窮

【天無絕人之路】⊙上天不會斷絕人的生路。◇喻指無論遇到多大困難，總能想出解決的辦法。明代羅貫中《三遂平妖傳》第十九回：“又道：‘喜得天無絕人之路，虧了他家老院子留義，一片好心，請我到店中吃了酒飯，又與陳教授湊出三百多錢相助。’”

【天寒不凍織女手，饑荒不餓牛郎星】
　◇勞動可以使人吃飽穿暖。◎天寒不
凍織女手，饑荒不餓苦耕人

【天落饅頭，也要起早去拾】◇喻指
機會再好，也需要人的後天努力。

【天落饅頭狗造化】◇喻指意外的收
穫。

【天塌了大家頂】◇喻指無論出多大
問題，大家共同承擔責任。◎天塌下
來眾人擎

【天塌了地接着】◇喻指不管出了多
大問題，總會有解決的辦法。◎天塌
了有地接着／天塌下來撐得起

【天塌下來自有長人頂】◇出了大問
題自然會有能人來解決。◎天塌自有
長子頂／天癱自有長子撐／天塌了，
還有撐天大漢／天攤下來，自有長的
撐住

【天塌壓大家】◇喻指一旦出了壞事，
大家都得受苦。

【天道三十年一變】◇舊時民間認為
世間的風俗、政權、國運等，每隔
三十年，都會隨着上天的意志改變。

【天道好還，絲差不爽】好還：指行
善或行惡都會有報應。爽：差失。◇上
天對人的報應，不會有一點差錯。

【天道忌全，人事忌滿】◇對人對事
都不能要求過高，也不要太完滿。

【天道無常】●上天的意志不是固定
不變的。◇世上的萬事萬物都是在不
斷地發展和變化着。

【天道無親，常與善人】◇上天不親
近任何人，只是保佑心地善良的人，
意在勸人為善。《道德經》第七九
章：“天道無親，常與善人。”

【天道遠，人道邇】邇（ěr）：近。●上
天的意志離人世比較遠，而人間的變
化離人比較近。人間的善惡報應就
在身邊，是可以察覺到的。語出《左
傳‧昭公十八年》：“天道遠，人道
邇，非所及也。何以知之？”

【天運循環轉，富貴輪流做】◇喻指
人的貧窮和富貴不是一成不變的。

【天網恢恢，疏而不露】天網：天
道的網，指自然的懲罰。恢恢：寬廣
的樣子。疏：稀，不密。●天道的網
很寬廣，它看起來很稀疏，但決不會
放過一個壞人。◇壞人最終會受到懲
罰。《道德經》七三章：“天網恢恢，
踈而不失。”

【天增歲月人增壽】◇隨着時光的流
逝，人們的年齡也在不斷增大。

【天憑日雨，人憑良心】◇人要憑良
心做事。

【天臉黑有雨，人臉黑有事】◇天
空黑暗，將有風雨來臨；人的臉色黑
暗，心中肯定有不可告人的事。

【夫大一，金銀堆屋脊；妻大一，
麥粟無半粒】◇舊時認為，丈夫比
妻子大一歲，日子會過得很富裕；妻
子比丈夫大一歲，家裏會很貧窮，甚
至連飯都吃不飽。

【夫有千斤擔，妻挑五百斤】◇無論
碰到多大的困難，妻子總是為丈夫分
擔憂愁。

【夫妻一條心，黃土變成金】◇夫妻
團結如一人，就能發家致富。

【夫妻不和，子孫不旺】◇夫妻關
係不好，相互不和睦，後代就不會興
旺。

【夫妻本是同林鳥，大限來時各自飛】
大限：指生命的終點，也指大災大難。◇到了生死關頭，即使是親密的夫妻，也會各奔東西，很難顧及。明代馮夢龍《警世通言》：“夫妻本是同林鳥，巴到天明各自飛。”《張協狀元》：“夫妻本是同林鳥，大限來時各自飛”◎夫妻本是同林鳥，巴到天明各自飛／夫妻本是同林鳥，大難來時各自飛／夫妻本是同林鳥，大難臨頭各自飛／夫妻本是同林鳥，壽限一到各自飛

【夫妻且説三分話，未可全抛一片心】
◇即使是夫妻，説話也要有所保留，不可把心全部掏出來。

【夫妻同牀，心隔千里】◐夫妻同牀共枕，思想差距卻很遠。◇喻指人心難測，表面上看來很親近，實際上面和心不和。◎夫妻同牀睡，人心隔肚皮

【夫妻交市，莫問誰益；兄弟交憎，莫問誰直】◇夫妻之間做買賣，沒有必要問誰得了盈利；兄弟之間爭鬥，沒有必要問誰佔着理。◎夫妻交市，莫問誰益；兄弟交爭，莫問誰直

【夫妻安，合家歡】◇夫妻和睦相處，互敬互愛，就會合家歡樂。◎夫婦和，家道成

【夫妻如一體】◇夫妻關係很密切，就像一個人樣。

【夫妻好比一桿秤，秤盤秤砣兩頭兒平】◇喻指夫妻雙方在才學、品格、地位方面要像秤砣和秤盤一樣相稱，不能相差太懸殊了，不然相處時間長不了。

【夫妻吵架好比舌頭碰牙】◇夫妻生活在一起，每天都要處理瑣碎的家庭事務，吵架的事是很難避免的，好比是舌頭和牙相互磕碰一樣。

【夫妻相恩愛，久別如新婚】◇夫妻久別重逢，就格外親熱，好像新婚一樣幸福。

【夫妻面前莫説真，朋友面前莫説假】◇夫妻之間要保留一些秘密，預防哪一天夫妻反目為仇；朋友之間就不要保留秘密。

【夫妻是打罵不開的】◐夫妻之間縱然吵嘴打架，也不完全可能割斷感情，斷然分離。◇夫妻間發生矛盾是常事，但很容易平息。

【夫妻是福齊】◇夫妻不管那一方有了福分，總是共同分享。

【夫妻恩愛苦也甜】◇夫妻之間只要恩恩愛愛、感情深厚，生活上即使苦一點，日子也會過得很溫暖，心情也會非常愉快。

【夫妻無隔宿之仇】宿：夜。◇夫妻之間的矛盾是暫時的，持續不了多久就會消除。◎夫婦之恨不隔宿／夫妻沒有隔宿怨／夫妻不吵隔夜架／夫妻不記隔夜仇／夫妻沒有隔夜的仇／夫妻沒有隔夜的火

【夫妻諧，可以攻齊；小夫怒，可以攻魯】◐夫妻同心，可以攻克強大的齊國；小夫發怒，可以攻克像魯國一樣的國家。◇喻指只要團結一致，英勇善戰，就能無往而不勝。唐代李筌《神機制敵太白陰經·子卒篇》第十五：“語曰：夫妻諧，可以攻齊；小夫怒，以攻魯。王剪、李牧、吳起、田穰苴竟如此而兵強於諸侯也。”

【夫貴妻榮】◇丈夫顯貴了，妻子的地位也會隨着提高。唐代正辭《太子賓客趙夫人夏侯氏墓誌》："魚軒象服，夫貴妻榮。"◎夫榮妻貴／夫榮婦貴，子榮母貴

【夫愁妻憂心相親】◇丈夫有了愁悶的事，妻子心裏也憂傷。這說明夫妻之間是相親相愛的。

【木不離根，水不脫源】根：樹根。源：水的源頭。◇喻指說話不能沒有根據。

【木不鑽不透】◇喻指不聰明的人需要多啟發，多開導。

【木不鑽不透，人不激不發】◇木頭不鑽，就不會穿透，人不經激勵，就不會奮發圖強。

【木不鑽不透，理不辯不明】◇木頭不鑽，就不會穿透，道理不經過辯論，就不容易清楚明白。

【木不鑿不透，話不說不知】◇就像木頭不鑽鑿不能穿透一樣，該說的話不說出來，別人就不會明白。

【木不鑿不通，人不學不懂】◐木頭如果不用鑿子打孔，就不可能通透，一個人如果不學習，就將甚麼都不懂，都不會做。◇強調學習的重要。◎木不鑿不通，人不學不精

【木尺雖短，能量千丈】◇說明世間事物各有所長，各自有各自的特點，不應以長短大小論優劣。

【木朽蟲生，牆罅蟻入】罅（xià）：縫隙。◐木頭腐朽了，蛀蟲就容易生長；牆壁上有了縫隙，螞蟻就容易乘虛而入。◇喻指外患是由於內患引起的。◎木朽蟲生，牆空蟻入

【木有本，水有源】本：樹根。源：水的源頭。◇喻指任何事物的發生，都是有緣由的。

【木有蠹，蟲生之】蠹（dù）：蛀蝕。◐樹被蛀蝕後，蛀蟲就容易在裏面生長。◇喻指自身有缺點、有漏洞，才有可能被壞人利用。

【木匠兒子會拉鋸，鐵匠兒子會打釘】◇說明周圍環境對人的影響很大，不可忽視。

【木匠過多，房樑不正】◇喻指幹活的人多，如果心不齊，效果反而不好。

【木歪不可作箭，心歪不可為友】◇提醒人們，不要同心術不正的人交朋友，這就像歪木頭不能做箭一樣。

【木偶出神，背後有人】◐木偶會跳動，能夠生動有神，是因為幕後有人牽線操縱。◇喻指有些人幹壞事是由於背後有人指使。◎木偶不會自己跳，幕後必有牽線人

【木從繩則直，人從諫則聖】繩：木工用的墨線。諫：直言規勸。◇木材按照墨線的痕跡去鋸刨，就能筆直不彎曲；人能聽從直言規勸，才能明智不犯錯誤。◎木受繩則直，人受諫則聖

【木粗用處大，人粗害處大】◐木頭粗能製作大的木器，用處很大，但一個人如果為人粗魯，辦事粗心，就會帶來很大的麻煩或造成很大的損失，害處很大。◇提醒人們，為人不能粗魯，辦事不能粗心。

【木無本必枯，水無源必竭】本：樹根。竭：枯竭。◐樹木如果沒有樹根吸收營養和水分，就必然枯乾；水

如果沒有來源，就必然乾涸。◇喻指任何事物如果失去了本源，都必然衰亡。

【木鑽透了就不費力氣，話說通了就心裏好受】◇告訴人們，彼此發生誤會時，需要把該說的話說透、說通，這樣就不會因此再鬧彆扭。

【五十不栽樹，六十不蓋房】◇舊時認為人活到五十歲不要栽樹，已經享受不到栽樹的好處了；人活到六十歲不要蓋房，享受的日子不多了。

【五人團結賽猛虎，十人團結一條龍，百人團結像泰山】◇團結的人越多，力量越強大，力量強大就能辦大事。

【五百年前是一家】◇同姓的人，原本都是同一個宗族的。指同姓相稱，拉攏關係。元代鄭廷玉《布袋和尚忍字記》楔子：“可不道一般樹上有兩般花，五百年前是一家。”

【五更侵早起，更有夜行人】五更：一夜分為五更，每更大約二小時，五更是天將亮時的最後一個更次。侵（qīn）：接近。●自己天將亮就起牀，啟程趕路，路上已有趕夜路的人。◇自己行動很快，但還有行動更快的人。◎五更清早起，更有早行人

【五嶽歸來不看山】五嶽：東嶽泰山、西嶽華山、南嶽衡山、北嶽恆山和中嶽嵩山，我國五大名山。◇五嶽的風景非常好，集天下名山之大成，看了五嶽之後，就沒有興趣再看別的山了。明代徐霞客《漫遊黃山仙境》：“五嶽歸來不看山，黃山歸來不看嶽。”

【不入地獄，不知餓鬼變相】變相：根據佛經的故事所繪的圖畫。●不進地獄，就不會了解餓鬼變相的真實情況。◇不深入內部，難以了解內情。

【不入虎穴，焉得虎子】●不進虎窩，怎麼能得到小虎崽兒呢？◇不冒風險深入實地，不可能獲得需要的東西。《後漢書·班超列傳》：“超曰：‘不入虎穴，焉得虎子。’”◎不入獸穴，安得獸子／不入虎穴，安得虎子

【不比不知道，一比嚇一跳】◇人與人之間只有通過比較，才能找出差距，相互學習，共同進步。

【不以成敗論英雄】◇告訴人們，不要以成功和失敗作為標準，來評價英雄人物。◎莫以成敗論英雄

【不以言取人，不以言廢人】◇不能因為一個人說的話順耳，就說他是好人；也不能因為一個人說的話刺耳，就說他不好。《論語·衛靈公》：“子曰：‘君子不以言舉人，不以人廢言。’”

【不打不成人，打到做官人】◇孩子有過錯要進行嚴厲訓斥，甚至打罵體罰，孩子才能成材，而且要一直到他有了出息為止。

【不打不成相識】◇經過一場衝突，把矛盾完全暴露出來，便會相互了解，最後成為朋友。明代施耐庵《水滸傳》第三十八回：“你兩個今番卻做個至交的弟兄，常言道：‘不打不成相識。’”◎不打不相識／不打不成相與／不打不相交／不打不成交

【不巧不成書】書：此指說書人講的小說、評話、故事。◇沒有巧合的情節，那就談不上是故事了。◎沒巧不

成書／沒巧不成話／沒巧不成語／無巧不成話／無巧不成書／不巧不成辭

【不可一日近小人】◇提醒人們，千萬不能親近那些德行不好、居心不良的人。◎寧可終歲不讀書，不可一日近小人

【不平則鳴】●器物不平就會鳴響。◇喻指人如果受到不公正的對待，就會發出不滿的抱怨。唐代韓愈《送孟東野序》：“大凡物不得其平則鳴。”◎物不平則鳴／不平而鳴

【不出聲的狗才咬人】◇平日裏不苟言笑，看似規矩厚道的人，整起人來比誰都厲害。

【不吃一塹，不長一智】◇告訴人們，不遭挫折，就不會增長見識。宋代悟明禪師《聯燈會要・道本禪師》：“老趙州十八上便解破家散宅，徒為戲論，雖然如是，不因一事，不長一智。”◎不吃虧，不長智

【不吃苦中苦，難得甜上甜】◇不經受艱苦磨煉，難得有事業上的成功或生活上的改善。◎不吃苦中苦，哪有甜中甜／不吃苦中苦，難有福中福／不受苦中苦，難有來日甜／不吃苦中苦，難攀高上高

【不吃魚，口不腥】●不吃魚，嘴自然就不會有腥氣。◇喻指沒有涉入不正當的事情中，自然也不會惹出是非來。

【不吃涼粉騰板凳】●在街頭的涼粉攤上，如果不吃人家的涼粉，就別佔着人家的座位。◇幹不好那個工作，或者不想幹那個工作，就別佔那個職位。

【不因漁父引，怎得見波濤】●不是因為有了漁父引導，怎麼能夠有機會領教波濤呢？◇要想知道根底緣由，或想見到某人某物，必須有適當的人指引。

【不行春風，難得秋雨】●沒有颳過春風，就難降下秋雨。◇告訴人們，在人際關係中，沒有付出和施與，就難以得到回報。◎行得春風有夏雨／行得春風，指望夏雨／行得春風，便有夏雨

【不扶自直，不鏤自雕】鏤（lòu）：刻。雕：裝飾。●不用扶持，自然挺直；不用雕刻，自會形成文飾。◇一個有出息能成大器的人，不用費力去管教，自己會把握自己，成為有作為的人。《後漢書・徐穉列傳》：“蕃對曰：‘閎出生公族，聞道漸訓。著長於三輔禮義之俗，所謂不扶自直，不鏤自雕。’”

【不求有功，先求無過】◇不要急於做出甚麼功績，先不犯甚麼過錯就好。

【不求有功，但求無過】◇不追求有甚麼功績，只希望沒有過錯。《晚清文學叢鈔・中國現在記》第二回：“總而言之，一句話，現在的情形，我不求有功，但求無過。”

【不見了羊，還在羊群裏找】◇在哪裏丟失了東西，就應該去哪裏找。◎羊群裏丟了羊群裏找

【不見可欲，使心不亂】◇沒有看見自己想要得到的，就不會感到心煩意亂。《道德經》第三章：“不尚賢，使民不爭；不貴難得之貨，使民不為盜；不見可欲，使心不亂。”

【不見血不落淚】◇不受到一定的損失，沒有血的教訓，總不肯放棄原先的想法。

【不見兔子不撒鷹】● 狩獵的人沒有看見兔子，就不會把鷹放出去。◇比喻沒發現預定的目標，不到時機，絕對不能採取行動。

【不見風浪，不顯本領】● 行船不遇風浪，顯示不出駕船人的本事。◇辦事如果不遇到艱難險阻，就不能顯示出辦事的能力和才幹。

【不見真佛，不唸真經】◇提醒人們，沒見到所要找的人，就不要把自己想辦的事說出來。

【不見真佛不燒香】◇提醒人們，沒見到知根知底的人，不可輕易採取行動。◎不見真神不燒香 / 不見真佛不下拜 / 不見真佛，不能燒香

【不見高山，不見平地】此處第二個"見"同"現"。● 沒有高山，顯不出平地。◇有比較才有鑒別，事物的差別是通過比較才能顯現出來。◎不見高山，不顯平川 / 不見高山，哪見平地

【不見魚出水，不下釣魚竿】◇提醒人們，要看準了時機再行動。

【不見棺材不落淚】◇喻指有些人看到最後一敗塗地的結局不肯認輸。明代蘭陵笑笑生《金瓶梅詞話》第九十八回："咱如今將理和他說，不見棺材不下淚，他必然不肯。"◎不見棺材不下淚 / 不見棺材不哭爺 / 不見死人不掉淚 / 不見喪不掉淚

【不作賊，心不驚，不吃魚，嘴不腥】◇沒有做壞事，心裏就不會驚怕。就像沒有吃魚，嘴裏沒有腥味一樣。◎不做賊，心不虛

【不作虧心事，心裏不發虛】◇沒有做昧良心的事情，心裏就會很踏實。

【不防一萬，只防萬一】一萬：數量眾多。萬一：指可能性極小的意外變化。◇告誡人們，凡事不可粗心大意，要防備有意外事發生。

【不花金彈子，打不住銀鳳凰】◇告訴人們，要想辦成事情或達到目的，就要付出一定的代價。

【不幸狐狸遇着狼虎】● 有點兒伎倆的狐狸恰恰碰上了更厲害的狼虎。◇喻指要小聰明的人，偏偏遇到了更有手段的人。

【不來不去真親戚】◇親戚是否親，不在於來往多少。

【不到火候不揭鍋】● 燒火做飯，火候不到，不能揭鍋。◇喻指做事時機不成熟，就不採取行動。◎火候不到不揭鍋

【不到西天，不知佛大小】西天：阿彌陀佛居住的國土。◇喻指不經過親自實踐，就沒有感性認識。◎不到西天不識佛

【不到烏江心不死】烏江：楚霸王兵敗自刎的地方。◇有些人不到一敗塗地、走投無路的地步，絕不肯罷休。明代凌蒙初《初刻拍案驚奇》卷十五："我道：'你不到烏江心不死，今已到了烏江，這心原也該死了。'"

【不受苦中苦，難為人上人】◇不經過艱苦奮鬥，是不可能出人頭地的。

【不受磨煉不成佛】◇喻指不經受艱苦的磨煉，就很難成為一個有成就的人。

【不服藥，為中醫】◇生病時不用吃藥，靠自身的免疫力抵抗疾病，這不失為一種療法，是中醫之道。

【不怕一萬，就怕萬一】一萬：指絕大多數的情況。萬一：指極其偶然的意外情況。◇告誡人們，不要被絕大多數的正常、順利、成功所迷惑，要警惕極其偶然的意外情況發生，提醒人們千萬不可掉以輕心。

【不怕人老，就怕心老】●不怕人年歲大，就怕人的心態老，意志衰退。◇告誡人們，心態和意志的衰老比年齡的衰老更可怕。◎不怕人老，單怕心老

【不怕千着巧，就怕一着錯】●每一着棋都走得非常巧妙，但關鍵的一步棋走錯了，就會前功盡棄，全盤皆輸。◇喻指做關鍵性的事，要細心謹慎，防止出差錯。

【不怕不賣錢，就怕貨不齊】◇商店只要商品多，種類齊全，生意就會興旺。

【不怕不識貨，只怕貨比貨】●不了解產品不用怕，只要對同類產品作一番比較，就能判斷質量的優劣。◇凡事只要經過比較，就能做出正確的鑒別。

【不怕外來盜，就怕地面賊】地面賊：本地的竊賊。◇外來的盜賊因不熟悉當地情況，危害性就不會太嚴重，而本地的竊賊因熟門熟路，危害性就大多了。

【不怕出山狼，就怕藏家鼠】●從山裏來的狼並不可怕，可怕的是藏在家裏的老鼠。◇告訴人們，隱藏在內部的壞人比公開的壞人更可怕。

【不怕年災，就怕連災】◇一年受災不可怕，就怕連年發生災荒。

【不怕舌頭不靈活，就怕手心無鋼火】◇人只要能掌握一門技術，就能生活得很好，即使嘴巴笨一點也沒有關係。

【不怕奸，只怕難】◇不怕欠債人詭計多端，就怕欠債人沒有錢，困窮還不起債。◎不怕兇，只怕窮

【不怕低，就怕比】●個子矮不要緊，就怕跟人家站在一起比高低。◇事物經過比較，就會分出高低優劣來。

【不怕你千招會，就怕你一招獨】●拳術之道，貴精不貴多，不怕你會千招，就怕你一招獨特。◇喻指一般地掌握多種技能，還不如精通一門獨特的本領好。

【不怕你銅牆鐵壁，只怕你緊狗健人】◇竊賊害怕的不是建築設施堅固，而是警覺性強的狗和健壯的看門人。

【不怕肚不飽，就怕氣不平】●餓肚子並不可怕，受窩囊氣才是最難受的。◇喻指物質待遇不好，並不是甚麼大不了的事；精神上的壓迫才是不容忽視的問題。

【不怕虎生三隻口，只怕人懷兩樣心】●老虎即使長出三張嘴，也並不可怕；如果跟自己相處的人懷着兩個心眼，那是最可怕的。◇喻指外部的敵人再厲害，也不可怕；自己的人如果存有貳心，那就太可怕了。

【不怕明處槍和棍，只怕陰陽兩面刀】◇公開的較量並不可怕，就怕兩面三刀，暗地裏使壞。

【不怕明説，就怕暗點】◇事情暗中點到，有時比講在當面更有效果。

【不怕念起，就怕覺遲】覺（jué）：覺悟。◇產生邪惡的念頭並不可怕，怕就怕覺悟得太晚。

【不怕官，就怕管】◇當官的並不可怕，可怕的是管事的頂頭上司。◎不怕官，最怕管／不怕你官，就怕你管

【不怕屋漏，就怕鍋漏】◑房子漏是外面的雨水流進來，而鍋漏是裏面的食物流到外面去了，因此鍋漏比屋漏要壞得多。◇喻指內部管理和防範不善，會發生嚴重虧空。

【不怕紅臉關公，就怕抿嘴菩薩】關公：關羽，指性格剛毅、敦厚直爽的人。◇告訴人們，性格直爽的人，即使當面發生頂撞也沒有甚麼關係，最可怕的是表面慈善，平時不言不語的有心計人。

【不怕起點低，就怕不到底】◇告誡人們，做事不怕基礎差，就怕沒有決心堅持到底。

【不怕倒運，全怕懶性】◇一個人不怕運氣不好，就怕懶惰沒有上進心。

【不怕寅時雨，只怕卯時雷】◑寅時：凌晨三點到五點。卯時：清晨五點到七點。◇凌晨三五點鐘下雨，持續時間不會長久；如果五至七點打雷，那麼雨就會下個不停。

【不怕路遠，只怕志短】◑不怕路途遙遠漫長，就怕人志氣短淺。◇只要人有決心，有志氣，再艱巨的任務也能完成。

【不怕該債的精窮，只怕討債的英雄】◇欠債的人即使窮得叮噹響，如果討債的人厲害，欠的債也得設法歸還。

【不怕慢，全怕站】◇慢一些不要緊，只要行動起來就能達到目的。◎不怕慢，只怕站

【不怕鬧得歡，就怕拉清單】◇當面公開搗蛋並沒有甚麼可怕，如果暗地裏給你記下一本賬，到時候秋後算總賬，那就太可怕了。

【不怕窮，就怕懶】◑不怕貧窮，就怕懶惰。◇只要勤懇勞動，就可以改變貧窮的生活。

【不怕學不會，只怕不肯鑽】◇只要下功夫鑽研，世上沒有學不會的事。

【不怕驟，只怕湊；不怕一，只怕積】驟：急速。湊：積累。◑突然地增加，沒有甚麼了不起，如果逐漸地持久積累，那就會相當可觀；一個半個出現，根本不起眼，但慢慢地長期地積蓄，那就相當可觀。◇喻指事物經過日積月累，可以積少成多。

【不挑秦川地，但挑好女婿】秦川地：陝西、甘肅秦嶺以北平原地帶，泛指良田。◑不挑揀良田，只挑揀好女婿。◇有一個好女婿比擁有良田更重要。

【不要氣，只要記】◇無論發生甚麼可氣的事情，一定要記取經驗教訓，而不要一味生氣。

【不厚其棟，不能任重】厚：加厚。棟：房屋的正樑。◑不用粗大的棟樑，就不能承受房屋的重壓。◇掌管重要部門的人如果沒有好的修養、品德、才能，就不可能擔負這項職務。《國語·魯語上》：「對曰：『吾聞之，不厚其棟，不能任重。重莫如國，棟莫如德。』」

【不是一家人，不進一家門】◇志趣不相投，沒有緣分的人是不會聚在一起的。

【不是一番寒徹骨，怎得梅花撲鼻香】◐梅花經受一番嚴寒的考驗，才發出沁人心脾的清香。◇喻指不經受艱苦的磨煉，就不能獲得日後的成功。唐代黃檗禪師《上堂開示頌》：“塵勞迴脫事非常，緊把繩頭做一場。不經一番寒徹骨，怎得梅花撲鼻香。”◎不經一番寒徹骨，哪得梅花撲鼻香

【不是東風壓倒西風，就是西風壓倒東風】◇矛盾對立的雙方會此消彼長，在一個時期內，總會有一方處於優勢地位。

【不思萬丈深潭計，怎得驪龍頷下珠】驪龍：傳說中的黑龍。頷：下巴。◐不打算下到萬丈深淵裏，怎麼能得到黑龍下巴底下那顆寶珠呢。◇只有敢於冒風險，富有犧牲精神，才能最終獲得成功。

【不看家中寶，單看門前草】◇不用看住戶家裏趁多少錢財，只要看看他家門前的稻草垛大小，就知道他是不是富裕人家。因為稻草多，説明田產多，生活富足。

【不看僧面看佛面】◐不看和尚的情面，也要看菩薩的情面。◇在處理事務時，即使不考慮當事人的情面，也要顧及跟當事人有關係的人的情分。◎不看僧面也看佛面 / 不看金面看佛面 / 不念僧面念佛面 / 不看金剛也看佛面

【不信好人言，必有悽惶事】悽惶：驚恐煩惱。◇不聽信好人的勸戒，一定會發生令人驚恐煩惱的事。◎不聽好人言，必有惶事淚 / 不聽好人言，必有悽惶淚

【不信直中直，須防仁不仁】◇告訴人們，不要輕信有些人所謂的正直，一定要提防這樣的人有一副壞心腸。語出《增廣賢文》：“莫信直中直，須防仁不仁。”◎莫信直中直，須防仁不仁 / 莫信直中直，提防人不仁 / 莫信直中術，須防人不仁

【不為良相，當為良醫】◇如果當不了好宰相，也要當一個好醫生。意思是輔佐天子治國，可以活天下百姓的命；探究醫家奧旨，可以治人之命。

【不為物慾所惑，不為利害所移】物慾：得到某種物質利益的慾望。◐自己的品德不被物慾所誘惑，不因利害而更移。◇辦事要出於公心，秉公辦事，不要為物質享受所引誘，也不要為個人利害而更移。

【不為福先，不為禍始】◇提醒人們，不做禍害的肇事者。《莊子・刻意》：“故曰：聖人之生也天行，其死也物化；靜而與陰同德，動而與陽同波；不為福先，不為禍始；感而後應，迫而後動，不得已而後起。”

【不矜細行，終累大德】矜：慎重。德：品德，品行。◇告誡人們，小事如果不謹慎，最終會損壞自己的品行。《尚書・周書・旅獒》：“夙夜罔或不勤，不矜細行，終累大德。為山九仞，功虧一簣。”

【不能正己，焉能化人】正己：端正自己的言行。焉：怎麼。化：教化。◐不能端正自己的言行，怎麼能夠去教化別人呢？◇自己品行不好，不能以身作則，是沒有資格去教育別人的。

【不剝不沐，十年成轂】剝：傷害。沐：整治。轂(gǔ)：此指車軸。◇一棵榆樹，如果不傷害它，不修剪它，十年就會長成做車軸的好材料。(註：榆樹常修剪反而會使它長得細長，而且多瘢痕。)

【不除病邪，不能治本；不經風雨，不能強身】● 不根除病痛，就不能醫治好身體；不經風雨，不加強鍛煉，就不能增強體質。◇喻指國家不根除腐敗，就不能強盛；個人不經磨煉，不奮發圖強，就不能成就一番事業。

【不捱罵，長不大】◇不經受一些批評和斥責，就不可能成熟有長進。

【不乾不淨，吃了沒病】◇吃東西不要太講究衛生，自身抵抗力強就不會生病。民間認為日常生活不必過於講究，這樣倒可以增強身體的免疫力。

【不患人不知，單怕不知人】患：擔心，憂慮。◇不必擔心別人不知道自己的本領，就怕自己不知道人家的能耐。

【不做虧心事，不怕鬼叫門】虧心：違背良心。◇沒有做過違背良心的事，即使有鬼來叫門也不會害怕。◎不做虧心事，哪怕鬼敲門 / 心裏不做虧心事，不怕三更鬼叫門 / 不做虧心事，不怕打霹靂 / 不做虧心事，不怕天火燒

【不覓仙方覓睡方】● 不必去尋求靈丹妙藥，只要能找到可以安睡的方法就行。◇告訴人們，安寢是很重要的，睡得好就能健康長壽，因此認為安睡比獲得靈丹妙藥還重要。

【不惜錢，也惜福】◇告訴人們，對錢財不愛惜倒也罷了，但對自己的福分總得珍惜。

【不將辛苦意，難近世間財】◇不承受一番辛苦，不可能獲得世上的財富。

【不習為吏，視已成事】◇告訴人們，如果不熟悉怎樣當官，不妨看看以往歷史的成敗教訓。《大戴禮記·保傅》："鄙語曰：'不習為吏，如視已事。'又曰：'前車覆，後車誡。'夫殷周所以長久者，其已事可知也，然如不能從，是不法聖知也。"◎不習為吏，而視已事 / 不知為吏，視已成事 / 不習為吏，如視已事 / 不會做官看前樣

【不琢磨不成大器】◇一個人如果不經過培養教育，就不能成為棟樑之材。

【不敢捏石頭，只去捏豆腐】◇喻指不敢碰硬，只會欺負弱者。

【不喝涼水不打顫】● 不喝涼水，身體自然不會打哆嗦。◇喻指不做壞事，心裏自然就不會發虛。

【不須賽神明，不必求巫祝，爾莫犯盧公，立便有禍福】賽：酬勞。巫祝：靠裝神弄鬼騙錢的人。盧公：盧奐，唐代陝西刺史，為官剛毅嚴明，力禁民間濫行的祭祀。◇不必酬謝神仙給你賜福，不必祈求巫祝給你消災，否則冒犯了盧刺史，立刻就應驗了禍福。

【不善操舟者而惡河之曲】● 不擅長划船的人埋怨河道彎曲。◇喻指缺乏處事能力的人，常常埋怨客觀條件不好。◎不會使船嫌溪曲

【不勞動者不得食】◇不付出勞動就不能得到相應的報酬。

【不割誰的肉誰不心疼】◇沒有侵犯到誰的利益，誰就不會感到心裏難受。

【不結子花不要種，無義之人不可交】◇指醒人們，不結子的花不要種，不講信義的人不要交往。

【不給活人做主，卻替死鬼爭氣】◇人活着的時候不替他說話，主持公道，維護正義；人死了後，才替他喊冤叫屈，這是完全不正常的怪現象。

【不當撐船手，不會摸篙】◇不幹這個行當，就不會有這個行當的本領。

【不遇盤根錯節，不足以成大器】◇如果人沒有遇到一些挫折，就不會積累經驗教訓，就不容易成就大事。

【不愁事難，就怕不做】●不怕事情難做，就怕不去做。◇再難的事情，只要肯去做，就一定能學會。

【不會打仗不吃糧，不會唱歌不賣糖】●不會打仗就沒有資格吃軍糧，不會唱歌就沒有資格擺攤賣糖。◇喻指既然幹上這一行，就應該具備幹這一行的真本領。

【不會看的看熱鬧，會看的看門道】不會看的：指外行。會看的：指內行。◇外行只會看表面的熱鬧。內行才能看懂其中的奧妙。

【不會唸經，休做和尚；不會上鞋，休做皮匠】●不會朗讀經文就別想做和尚；不會把鞋幫與鞋底縫在一起的人就別想做皮匠。◇幹哪一行當的人，必須掌握哪一行當的本領，不能濫竽充數。

【不會做飯的看鍋，會做飯的看火】火：火候，指有利的時機。●不會做飯的人總是瞅着鍋，會做飯的人卻總注意着火候。◇會辦事的人總是善於掌握時機。

【不會蝕本，就不會賺錢】蝕本：賠本。◇做生意如捨不得下本錢投資，就不可能盈利賺錢。

【不義之財不可發】◇告誡人們，不能用不正當的手段去謀財。

【不義之餌，鱉將吐之】鱉（áo）：傳說中的大鱉。●用不義的餌料釣鱉，鱉吃了也會吐出來。◇喻指無義之人是要被世人唾棄的。

【不經一事，不長一智】◇經歷過一次挫折，就會增長一些見識和智慧。◎不經一塹，不長一智

【不經知者道，怎曉彀中情】知者：明白內情的人。道：說。彀（gòu）中：箭能射到的範圍，又引申為圈套。◇不經了解內情的人指點，怎麼能知道圈套裏的實情。

【不經高山，不知平地】◇沒有經歷過艱難和風險，就體會不到安定的生活來得不易。◎不經高山，哪知平地 / 不知高山，哪知平地

【不對仇人哭，淚向親人流】◇告誡人們，不要在仇人面前流淚，有甚麼苦難向親人訴說。

【不嘗苦中苦，不知甜中甜】◇如果沒有經歷過苦難的日子，就不會知道幸福生活的甜美。

【不圖打魚，只圖混水】●不想打到魚，只想把水弄渾。◇有些人並不是想從中撈好處，而是想把事情搞亂。

【不管閒事終無事】◇不去管閒事，到頭來總不會惹上麻煩。

【不管黑貓白貓，抓着耗子的就是好貓】◇喻指不管採取甚麼辦法，效果好就是好辦法。◎黃狸白狸，得鼠者雄／黃狸黑狸，得鼠者雄

【不敲背後鼓，應打當面鑼】◇告訴人們，有話要說在當面，不要背後議論是非，說三道四，搞小動作。

【不滿則旺】◇告訴人們，不驕傲自滿才能興旺發達。

【不賢妻，不孝子，沒法可治】◇對不賢惠的妻子和不孝順的兒子，想治好是沒有法子的。

【不憂年儉，但憂廩空】年儉：歉收之年。廩（lǐn）：糧倉。◇不擔憂農作物收成不好，只擔憂庫糧裏沒有儲備。

【不養不成材】◇孩子不嚴加教養，就不會成才，不會有出息，不會有作為。

【不養不殺，是謂菩薩】◇不養生也不殺生的人，就是真正的菩薩。

【不聰不明不能王，不瞽不聾不能公】聰：聽覺靈敏。明：眼力好。瞽（gǔ）：眼睛瞎。公：指家主公。●耳朵不靈敏，眼力不銳利的人，是不能做王的；不懂得裝聾裝瞎的人，是不能當官的。◇要想在官場上出人頭地，就要眼觀四路，耳聽八方，時刻掌握局勢的發展變化；一般為官的，要學會裝聾作啞，明哲保身。◎不聰不明，不能為王；不瞽不聾，不能為公／不聰不明，不能為王；不瞽不聾，不能為翁

【不應遠水救近渴】●不該指望用遠處的水給近處人解渴。◇告訴人們，面對眼前的困難，應該拿出有效的應

急辦法，不要奢談不切合實際的方案。

【不騎馬不踔跤，不打水不掉筲】筲（shāo）：水桶，多用竹子或木頭製成。●不騎馬就不會從馬背上摔下來，不打水就不會把水桶掉進井裏。◇喻指只要做事情，難免總會出一些差錯。

【不願金玉富，但願子孫賢】◇家中不必有金玉財寶之類的富有物品，但願有品德好的子孫後代。

【不關己事不開口】◇舊時認為，跟自己無關的事不要多說話，不要去插手，免得給自己增加麻煩。這是一種消極處世哲學。◎事不關己莫多問

【不鏡於水，而鏡於人】鏡：照鏡子。◇告訴人們，不必在水裏照自己的容貌，要從別人的反映裏去觀察自己的為人。《墨子・非攻中》：“是故子墨子言曰：‘古者有語曰：君子不鏡於水而鏡於人，鏡於水，見面之容，鏡於人，則知吉與凶。今以攻戰為利，則蓋嘗鑒之於智伯之事乎？此其為不吉而凶，既可得而知矣。’”◎不鑒於鏡，而鑒於人

【不識字看招牌】◇如果不識字，看看招牌也會知道賣的是甚麼東西，因為廣告非常直觀、形象，比文字更通俗易懂。

【不癡不聾，不做大家翁】家翁：阿公，阿婆，指公公婆婆。此處“家”讀（gū），通“姑”。◇做公婆的不要過於精明，不要過分挑剔兒媳，在一些事情上要裝聾作啞，採取寬容的態度。◎不癡不聾，不成姑公／不瞎不癡聾，難為家主翁／不啞不聾，怎做得阿家翁／不喑不聾，不成姑公

【不聽老人言，一定打破船】◇不虛
心聽取老人們的經驗之談，一定會遭
受挫折和損失。

【不聽老人言，吃虧在眼前】◇不
聽老年人們的教誨，隨時都會吃虧倒
霉。◎不聽老人言，禍患在眼前／不
聽老人言，定會受飢寒／不聽老人
言，到老不周全

【不讀哪家書，不識哪家字】◇喻指
不是局內人，就不會了解內情。

【不戀故鄉生處好，受恩深處便為家】
⬤不必留戀生養自己的故鄉好處多，
給予我恩德最大的地方就是家。◇哪裏
給自己的恩惠多，哪裏就是自己的家。
◎休戀故鄉生處好，受恩深處便為家／
不戀故鄉春色好，受恩深處便為家／
莫道故鄉生處好，受恩深處便為家

【太山不讓土壤，故能成其大；河
海不擇細流，故能就其深】太山：
即泰山。讓：推辭，拒絕。擇：捨
棄。⬤泰山不拒絕土壤，所以能那麼
高；河海不捨棄小溪，所以能那樣深
廣。◇能容納一切，兼收並蓄，才能
成大氣候。《史記・李斯列傳》：“是
以太山不讓土壤，故能成其大；河海
不擇細流，故能就其深；王者不卻眾
庶，故能明其德。”

【太公八十遇文王】⬤姜太公八十
歲，才遇到周文王。◇喻指雖然年齡
大，但仍有展示才能的機會。

【太公釣魚，願者上鈎】◇喻指心甘
情願地上當。元代《武王伐紂平話》
卷下：“姜尚因命守時，直鈎釣釣：‘負
命者上鈎釣！’”

【太平不用舊將軍】◇天下安定後，
原來打天下、立過功的將軍就不被

重用了。元代關漢卿《哭存孝》第二
折：“我本是安邦定國李存孝，今日
個太平不用舊將軍。”

【太平本是將軍定，不許將軍見太平】
◇天下太平的局面，是將軍浴血奮戰
打出來的，但是皇帝害怕將軍功大，
會危及自己的地位，在太平局面到來
之前，設法除掉將軍。

【太剛則折，太柔則捲】◇人太剛直
就會受到傷害，太軟弱就容易受人欺
侮。

【太倉一粟，無濟於事】太倉：古
時京師儲糧的大糧倉。粟：穀子，
小米。⬤太倉裏的一粒小米，於事
無補，起不了甚麼作用。◇喻指數量
太少，不能解決任何問題。清代文康
《兒女英雄傳》三回：“我們已寫了
知單去知會各同窗的朋友，多少大家
集個成數出來；但恐太倉一粟，無濟
於事。”

【太陽不從誰家門口過】◇喻指規律
是客觀的，不依人們的意志而轉移。

【太陽從西邊出來】◇喻指出現了完
全不可能發生的事情。

【太陽雖暖不當衣，牆上畫馬不能騎】
◇喻指不實際的東西是解決不了問題
的。

【太歲頭上動土】太歲：古代傳說中
的神。舊時迷信認為太歲之神在地，
與天上歲星（即木星）相應而行，掘
土（興建工程）要躲避太歲的方位，
否則就要遭受禍害。⬤在太歲行經的
方位掘土興建。◇喻指觸犯了有權勢
和強有力的人物。

【犬不怨主貧】犬：狗。怨：抱怨。
主：主人。⬤狗重情義，不會厭嫌主

人貧窮。◇喻指人忠心不渝，不因貧窮而改變。

【犬守夜，雞司晨】守夜：夜間守衛門戶。司晨：主管早晨打鳴。●狗夜晚看守門戶，公雞主管清晨打鳴。◇各自都有不同的職責範圍。

【匹夫不可奪志】匹夫：一個人，泛指平常人。奪：強行剝奪。◇即使是個平常的人，也不能強迫他改變志向。《論語・子罕》：“子曰：‘三軍可奪帥，匹夫不可奪志。’”

【匹夫之勇，婦人之仁】匹夫：沒有見識、沒有智謀的人。勇：勇敢。仁：仁愛。◇缺乏智謀，只憑勇猛，或像婦女那樣的仁慈心腸，施小恩小惠就成不了大事。

【匹夫鬥勇，英雄鬥智】匹夫：指無學識無智謀的人。英雄：有才能、有膽識的人。●匹夫只憑勇氣和力氣跟人爭鬥，英雄則動用智謀來取勝。◇聰明的人遇事多思考，會運用智謀取勝。

【匹夫無罪，懷璧其罪】匹夫：泛指普通人。璧：古代的一種玉器，扁平，圓形，中間有一小孔。●老百姓沒有甚麼罪過，但身上藏着璧就會招來罪名。◇錢財會招來災禍。《左傳・桓公十年》：“初，虞叔有玉，虞公求旃，弗獻，既而悔之曰：‘周諺有之，匹夫無罪，懷璧其罪，吾焉用此，其以賈害也。’乃獻，又求其寶劍，叔曰：‘是無厭也，無厭將及我。’遂伐虞公，故虞公出奔共池。”

【牙硬磨不過舌頭】●堅硬的牙齒磨不過柔軟的舌頭。◇喻指柔能剋剛。

【牙痛不是病，痛死無人問】◇牙痛不是甚麼大病，不會有生命危險，也引不起旁人的特別關切，可是痛起來叫人受不了。◎牙疼不是病，病死了無人問／牙疼不算病，疼起來真要命／牙痛不是病，痛來痛死人

【牙齒不剔不空，耳朵不挖不聾】●牙齒不剔就不會過早鬆動和脫落；耳朵不挖就會減少病菌感染的機會，就不會過早耳聾。◇勸人不要經常剔牙齒、掏耳朵。◎牙不剔不稀，耳不挖不聾

【牙齒老缺，鬍子老白】●人歲數大了，牙齒就會脫落，鬍子就會變白。◇喻指事物都有其自身的發展規律，不為人們的意志所轉移。

【牙齒和舌頭有時也會相咬】◇喻指關係非常親密的人之間，有時也會發生矛盾。◎牙齒也有和舌頭打架的時候

【牙齒咬得鐵釘斷】◇喻指弱小者有時也能發揮出巨大的力量。

【牙錯了還咬腮】◇喻指終日在一起相處，難免會產生一些矛盾。

【互相窺伺做不了鄰居，互相作對成不了夥伴】窺伺：暗中觀望動靜，等待行動機會。◇鄰里之間決不可互相窺伺，夥伴之間決不可彼此作對。

【少不惜力，老不歇心】●年輕人不能吝惜自己的力氣，年長者不能失去自己的進取心。◇勸人要終生努力，積極進取。

【少成若天性，習慣如自然】●幼年成長受天性的影響比較大，習慣是自然形成的。◇幼年教育非常重要，許多壞習慣是自然養成的。

【少吃一口，香甜一宿】◇晚飯少吃一點，夜裏睡得好覺。◎少吃一口，安穩一夜／少吃一碗，安穩一天

【少吃不濟事，多吃濟甚事，有事壞了事，無事生出事】●喝酒少了不過癮，喝多了又有甚麼用？搞不好酒後還會耽誤事，即使沒有事還會生是非。◇告訴人們，多飲酒沒有甚麼意義。

【少吃多餐，病好自安】◇告訴人們，病人一般消化能力差，精神不大安定，因此每次進餐要控制食量，少食多餐，有利於恢復健康。

【少吃香，多吃傷】◇食物少吃一點，就會覺得美味可口，非常香甜，如果吃得過量就會傷身體。◎少吃有滋味，多吃傷脾胃／少吃多滋味，多吃活受罪

【少吃鹹魚少口乾】◇喻指少管事，少麻煩。

【少年子弟江湖老】◇年輕時就出外謀生，到老了還在外面漂泊，難回故鄉。

【少年夫妻老來伴兒】●年輕時兩人是夫妻，年齡大時兩人成了互相依靠、互相照顧的伴侶。

【少年木匠老郎中】◇木匠是年輕的好，年輕人身體強壯，幹活有力氣；醫生是年長的好，年齡越大，經驗越豐富。

【少年不知勤學苦，老來方知讀書遲】◇告訴人們，小時候就應該知道勤奮讀書，如果到老了才知道讀書的重要性，已為時太晚。

【少年登高科，一不幸也】●年輕時考中進士是一件不幸的事。◇喻指年輕人閱歷淺，經驗少，當官後不能處理好政事，還會增加生活壓力，日子過的不輕鬆。

【少年學習記得深，好比石上刻刀印】◇年輕時記憶力特別好，要抓緊時間學習。

【少壯不努力，老大徒傷悲】老大：年老。徒：白白地。◇年輕時不努力學習、工作，到老了後悔自己一事無成，來不及了。◇勸人年輕時要努力學習，以免老時後悔莫及。《樂府詩集·長歌行》：“百川東到海，何時復西歸。少壯不努力，老大徒傷悲。”

【少所見，多所怪】◇人見識少，遇見沒有見過的新鮮事，就會大驚小怪。《抱朴子·金丹》：“世人少所識，多所怪，或不知水銀出於丹砂，告之終不肯信，雲丹砂本赤物，從何得成此白物。”

【少則得，多則惑】●要的適量就容易得到，貪多就不容易得到。◇告誡人們，做事不可貪多，量多了承受不了，只會欲速而不達。《道德經》：“曲則全，枉則直，窪則盈，弊則新，少則得，多則惑。”

【少時練得一身勁，老來健康少生病】◇年輕時注意鍛煉身體，年齡大時就少生病，身體健康。

【少說話，多思考】◇勸人不要隨便發表意見，要多動腦筋，才能把事情考慮周密。

【日日行不怕千萬里，時時做不怕千萬事】◇喻指堅持不懈，持之以恆，就能有所成就，最終一定能達到目的。

【日日杭州，夜夜牀頭】●每天都嚮往杭州，想去杭州看看，卻每天守在

家裏，不肯遠行。◇喻指有抱負，想做一番事業，但因戀家而不能實現。

【日中必昃，月滿必虧】昃（zè）：太陽西斜。虧：虧缺。◙太陽升到正當空，就開始偏向西方；月亮到了正圓，就開始出現缺損。◇喻指事情達到極盛時期，就開始向反面轉化，走向衰落。《周易‧豐》：“日中則昃，月盈則食，天地盈虛，與時消息，而況人於人乎？況於鬼神乎？”◎月滿則虧，水滿則溢／日中則移，月滿則虧／日中則昃，月盈則食

【日月有所不照，聖人有所不知】◙太陽和月亮雖然明亮，但也有照耀不到的地方；聖人雖然智慧高超，但也有不能明察的地方。◇才能出眾的人，也有力所不及的地方。晉代葛洪《抱朴子‧辨問》：“周孔自偶不信仙道。日月有所不照，聖人有所不知，豈可以聖人所不為，便云天下無仙，是責三光不照覆盆之內也。”◎日月之明，有所不照；四聰之聽，有所不聞

【日出萬言，必有一傷】◇❶意思是說，每天話說得太多，就容易傷神傷氣。❷指說話說多了，容易在無意之間傷害別人。

【日有所思，夜有所夢】◙白天想甚麼，晚上就夢見甚麼。◇說明夢中的事情，都是白天深切思念所造成的。

【日有陰晴，月有盈虧】◙太陽有直射無礙的時候，也有烏雲遮沒的時候；月亮有圓的時候，也有缺的時候。◇❶喻指事物總是在發展，有興盛的時期，也有衰敗的時期。❷指沒有完美無缺的事物。

【日光不照臨，醫生便上門】◙屋裏沒有陽光或陽光不足，就容易患病。

◇勸告人們，要多照曬太陽，可以減少疾病。

【日食三餐，夜眠一榻】◙白天吃三頓飯，晚上睡一個好覺。◇人吃飽了就睡，睡足了就吃，沒有志向，碌碌無為，對周圍的事情毫不關心。◎日求三餐，夜求一宿／日圖三餐飽，夜圖一宿好／日裏三頓飯，夜裏三塊板

【日計不足，歲計有餘】計：計算。◙按每天計算數量有限，按一年計算就會數量可觀。◇只要持之以恆，自然會積少成多。

【日間不做虧心事，夜半敲門不吃驚】日間：白天。夜半：半夜。◙白天沒有做過違背良心的事情，半夜裏有人來敲門也不怕。◇意指不做損害他人的事情，就心地坦然。◎白日不做虧心事，半夜敲門不吃驚／平生莫做虧心事，半夜敲門不吃驚／為人不做虧心事，不怕半夜鬼吹燈／心裏沒有鬼，不怕半夜敲門聲

【日裏講到夜裏，菩薩還在廟裏】◙從白天到夜晚，不停地講解佛法，但是還是沒有把菩薩從廟裏請出來。◇喻指沒有實際行動，單純空談，於事無補。

【日遠日疏，日親日近】◙不經常在一起，就會一天比一天疏遠；經常在一起，就會一天比一天親近。◇告訴人們，人和人的關係，交往越頻繁就越親密，聯繫越稀少就會越疏遠。◎日疏日遠／日親日近

【日頭打西邊出來】日頭：太陽。◇❶喻指事情根本不可能發生。❷指事情反常，極其罕見。◎太陽從西邊出來／日頭從西邊出來

【中河失船，一壺千金】壺：通“瓠”(hú)，即葫蘆。●河中間翻了船，一隻漂浮在水面可以用於救生的大葫蘆，就會非常值錢。◇●喻指低賤的東西如果派上大用場時，就會顯得非常有價值。●指一個平凡的小人物，如果碰上大用場就會不一般。《鶡冠子·學問》：“中河失船，一壺千金，貴賤無常，時使物然。”◎中流失船，一壺千金

【中看不中吃】◇喻指外表好看的東西，實際上不一定有多大用處。

【中間沒人事不成】◇無論做甚麼事情，都需要有人從中幫忙，才容易成功。

【內方外圓】內：內心。外：表面。◇舊時一種處世哲學，喻指為人處世內心要有一定的主張，表面卻要圓滑，靈活。

【內心無邪事，不怕鬼叫門】◇沒做壞事的人內心就坦然。

【內行不上當】◇說明要精通業務，幹甚麼行當，就懂得甚麼行當的知識，這樣可以防止因不懂而上當受騙。

【內言不出於閫，外言不入於閫】閫(kǔn)：婦女居住的內室。◇閨房內室說的話不可傳到外面，外面的污言穢語也不可傳入內室閨房。《禮記·曲禮上》：“外言不入於梱，內言不出於梱。”鄭玄註：“外言內言，男女之職也。不出入者，不以相問也。”

【內軸轉了，不怕外輪不動】內軸：車輪的軸。●車輪的軸轉動了，車輪不會不動。◇●喻指辦任何事情只要是最關鍵的人同意了，其餘的人自然也會同意的。●喻指辦事要抓主要矛盾，主要矛盾解決了，其餘自然會迎刃而解。

【內舉不避親，外舉不避仇】舉：推薦。●推薦賢能之人，於內能不迴避親屬；於外能不迴避仇人。◇讚譽大公無私的仁人智士能推薦善良賢能之人。《呂氏春秋·去私》：“孔子聞之曰：‘善哉，祁黃羊之論也！外舉不避仇，內舉不避子。祁黃羊可謂公矣。’”

【水大漫不過船去】◇喻指困難再大，也難不倒有本領、有辦法的人。◎水大淹不死鴨子

【水不平要流，人不平要說】◇有不公平的地方，人們就會出來說話。

【水不緊，魚不跳】●水不缺時，魚就不會跳。◇喻指不到緊急的時候，人就不會去冒險。

【水不激不能破舟，矢不激不能飲羽】破舟：擊破船隻。飲羽：箭射入物體。●水不激起巨浪就不能擊破船，箭不被激發就不能射中飛鳥。◇喻指人不被刺激就不能奮起。《後漢書·馮衍列傳》：“鄙語曰：‘水不激不能破舟，矢不激不能飲羽。’”

【水不激不躍，人不激不奮】●水不沖擊就不起浪花，人不被刺激就不會發奮。◇人需有外力刺激，才能有所作為。◎水不激不發，人不激不奮

【水牛身上拔一根毛】◇喻指所受的損失非常小。

【水火不同爐】◇喻指對立的雙方不能共處。◎水火不相容

【水火無情】◇水和火都能給人帶來災害，不能輕視。元代楊梓《豫讓吞炭》二折：「俺城中把金鼓鳴，正是外合裏應，教智伯才知水火無情。」◎水火不留情

【水平不流，人平不語】◐水面平穩了，水就不會流動；人心公平了，就不會發表不同的意見。◇處理問題公正、公平了，就不會生異議，鬧意見。◎水平不流，人平不言／人平不語，水平不流

【水有源，病有根】◐水有源頭，生病有原因。◇喻指任何事情的發生都有起因。◎水有源，樹有根

【水至清則無魚，人至察則無徒】察：仔細看。徒：同類人，同夥。◐水太清，魚就不能生存；為人太苛刻，就沒有朋友。◇待人不能求全責備，否則就交不上朋友。《漢書·東方朔傳》：「故曰：『水至清則無魚，人至察則無徒，冕而前旒，所以蔽明；黈纊充耳，所以塞聰。』」◎水至清則無魚

【水行百丈過牆頭】◐水如果要走一百丈遠，就必須有牆頭那樣高的水位。◇喻指只有能力大，才能辦成大事。

【水多了甚麼蝦蟹都有，山大了甚麼鳥獸都出】◇喻指人多了，好人壞人，五花八門的人都會有。

【水米無交】◇喻指無任何聯繫。也喻指為官清廉，從不盤剝老百姓。關漢卿《錢大尹智寵謝天香》第四折：「老夫在此為理三年。治百姓水米無交。於天香秋毫不染。」

【水利通，民力鬆】◐水利修得通暢，老百姓從事生產就不用花費很大力氣。◇要重視農田水利建設，水利通暢，利國益民。

【水來土掩，將至兵迎】◇要根據不同情況，採取不同對策。《三國演義》第七十三回：「驍將夏侯存曰：『此書生之言耳。豈不聞；水來土掩，將至兵迎？我軍以逸代勞，自可取勝。』」

【水來河漲，風來樹動】◐水大了河面就會升高，風吹來了樹就會動。◇喻指事物的因果聯繫是必然的。

【水到魚行】◇喻指條件成熟了，事情自然就會成功。

【水往低流人望高】◇人都願意向更好的地方去發展。◎水往低處流，人往高處走

【水底魚，天邊雁，高可射兮低可釣】◐水裏的魚，天空中的雁，高的可以射中，水裏的可以釣到。◇喻指不管多麼困難的事情都能夠辦到。

【水性從來無定準，這頭方了那頭圓】◐水的深淺，流速從來不好把握，有時很平緩，有時又很湍急。◇喻指人的性情有時有棱角，有時又很圓滑。

【水則載舟，水則覆舟】◐水能夠載船，水也能夠使船傾覆。◇喻指人民可以擁護君主，也可以把君主推翻。勸誡君主要愛護百姓。《荀子·王制》：「傳曰：『君者，舟也，庶人者、水也；水則載舟，水則覆舟。』此之謂也。」

【水借魚，魚借水】◇喻指互相依賴，互相幫助。

【水高船去急，沙陷馬行遲】◐水位高，行船快；沙土鬆軟，馬就走得慢。◇喻指客觀條件差，人的行為受到很大影響。

【水流千里歸大海】◐無論水流多遠，最終都得流進大海。◇喻指漂流在外的人，遲早總要回到故鄉去。◎水流千遭歸大海

【水流濕，火就燥】◐水向潮濕的地方流去，火向乾燥的地方燒去。◇喻指志趣相投的人容易接近，容易交往。

【水能剋火】◇告訴人們，一物降一物，水可以制服火。

【水從源流樹從根】◐水是從源頭流出來的，樹是從根部長出來的。◇任何事情的發生總有根源。◎水有源，樹有根

【水清不養魚】◐水太清了，就養不了魚。◇❶喻指紀律太嚴明，要求太苛刻，就容不下人。❷喻指主政者太苛察，就會失去人心。《大戴禮記・子張問入宮》：「故水至清則無魚，人至察則無徒。」◎水清無大魚／水清無魚

【水清方見兩般魚】◐水清了才可以看見各種不同的魚。◇❶喻指事實澄清了，問題自然會搞清楚。❷喻指清明廉正的環境中，是非善惡才能分明。

【水清石自見】見：通「現」。◐水清澈，水中的石頭會自然顯露出來。◇比喻情況搞清楚了，問題的性質也就明白了。漢代無名氏《艷歌行》：「語卿且勿眄，水清石自見。石見何纍纍，遠行不如歸。」◎水清魚自見

【水淺不容大舟】◐水太淺了，不能承載大船。◇喻指不具備好條件，就不能辦大事。

【水淺養不住大魚】◐水太淺了，養活不了大魚。◇喻指小地方容不下大人物。◎水淺養不了大魚／水淺魚不住

【水深見長人】◐高個子站在深水裏，才能顯得個子高。◇喻指在實踐中才能顯示人的才能。

【水賊不傷船家，旱賊不傷馱夫】◐水上強盜不傷害開船的人家，陸地強盜不傷害挑東西的腳夫。◇喻指做事不要牽連不相干的人。

【水路不修，有田也丟】◇排灌渠道不修好，一遇旱澇季節，收成就沒法保證。

【水過地皮濕】◇喻指事情過後，沒有產生多大影響。

【水筲離不了井繩，瓦匠離不了小工】水筲（shāo）：水桶。◐水桶離開井繩就打不上水，瓦匠離開小工就不能幹活。◇喻指沒人幫助，全憑個人奮鬥是難成大事的。

【水裏來，水裏去】◇喻指花錢似流水，怎麼樣賺來，仍舊怎麼樣花去。

【水源不濁水尾清】濁（zhuó）：渾濁。◐水的源頭不渾濁，水的下游也會清澈。◇喻指基礎打好了，整體就不會差。◎水源不渾水尾清

【水滿則溢，月滿則虧】◐水滿了就會溢出來，月亮圓了就要缺了。◇告訴人們，取得了好成績，不要驕傲自滿，驕傲自滿會使人落後。

【水滿塘，穀滿倉】❷ 塘裏的水滿了，倉裏的穀也就滿了。◇水利灌溉工作做得好，就能增產豐收。

【水滴石穿】❷ 水不停地滴下來，能把石頭滴穿。◇喻指只要堅持不懈，力量雖小也能做出很大的成就。《漢書·枚乘傳》：“泰山之霤穿石，單極之綆斷幹。水非石之鑽，索非木之鋸，漸靡使之然也。”

【水漲則船高】❷ 水位增高，船身也就跟着浮起。◇喻事物是隨着它所憑藉的基礎的提高而提高。《官場現形記》五九回：“他曉得人家有仰仗他的地方，頓時水漲船高，架子亦就慢慢的大了起來。”

【水盡鵝飛】❷ 水沒有了，鵝就飛走了。◇喻指情盡義了。元代關漢卿《望江亭》二折：“你休等得我恩斷意絕，眉南面北，恁時節水盡鵝飛。”

【水廣魚大】◇ ❶ 喻指環境條件好，就能造就出傑出的人才。❷ 喻指條件好，能獲得大利益。《淮南子·説山訓》：“水廣魚大，山高木修。”◎水寬魚大

【水寬養得魚活】❷ 水域寬闊，魚才能養得活。◇喻指環境是生存的基礎條件。

【水濁則魚喁，政苛則民亂】喁(yóng)：魚嘴露出水面呼吸。❷ 水渾濁，魚嘴就會露出水面。為政太苛察，百姓就要動亂。◇統治者為政不能太苛察，要求過嚴，百姓無法生活反而作亂。《韓詩外傳》：“傳曰：水濁則魚喁，令苛則民亂，城削則崩，岸削則陂。”◎水濁則魚喁，令苛則民亂

【水幫魚，魚幫水】◇喻指人與人之間都應該互相幫助。

【手大遮不過天】❷ 手掌再大也無法遮住天。◇ ❶ 喻指一個人的力量是有限的，不可能代替一切。❷ 喻指惡勢力再強大，也掩蓋不住真理。

【手中沒有米，叫雞雞不來】◇喻指沒有實質的利益，就不能吸引別人。

【手心手背都是肉】◇喻指不分彼此，同等對待。◎手掌手背都是肉 / 手心也是肉，手背也是肉 / 手掌也是肉，手背也是肉

【手心永遠看不見手背】◇喻指自己看不見自己的短處。

【手是兩扇門，擊人全憑腳】◇和人對打，手只用於防禦，腳比手的作用更大。

【手拿討飯棍，親戚鄰居不敢認】◇喻指嫌貧愛富。

【手越做越巧，腦越用越活】◇告訴人們，多動手，多動腦，會越來越聰明。

【手提燈籠不知腳下亮】❷ 夜間手提着燈籠，只注意給人照路。◇不會利用對自己有利的條件。

【手插魚籃，避不得腥】手已經插到魚籃裏了，就不能避開腥氣。◇喻指既然已經幹了，就幹下去，不必有甚麼顧慮。

【手腕子給人家攥着】◇喻指受人限制，沒有自由。◎手脖子給人家攥着

【手舞足蹈，九十不老】◇告訴人們，人要經常鍛煉身體，多運動可以健康長壽。

【手藝高了不壓人】◇勸告人們，即使有能力也要謙虛謹慎，絕不能以勢壓人。

【手穩口也穩，到處好藏身】◇不偷不摸，不亂說話，為人正派，無論到甚麼地方都可以站住腳。

【牛大壓不死蝨子】◇喻指大的事物不一定能制服小的事物。

【牛不知力大，人不知己過】◇牛不知道自己的力氣有多大，人不容易看到自身的缺點。◎牛不知力大，人不知己錯

【牛不知角彎，馬不知臉長】◇喻指一般人容易看不見自己的短處，看不見自身的缺點。

【牛不喝水強按頭】◇喻指對有些不聽話的人，只有採用某些強制手段逼他去幹。

【牛毛細雨，點點入地】◇喻指做工作要像牛毛細雨，點點入地般地細緻、扎實、深入，不能只浮在表面。

【牛皮不是吹的，泰山不是壘的】◇告訴人們，吹牛皮說大話是辦不成事的，要辦成大事就必需腳踏實地認真幹。◎牛皮不是吹的，泰山不是堆的

【牛老一月，人老一年】❷牛是過一個月老一個月，人則是過一年老一年。

【牛有千斤之力，人有倒牛之方】◇喻指敵對力量再強大，只要不畏懼就有壓倒制服的好辦法。

【牛有千斤之力，不能一時逼】❷牛的力氣雖然很大，但決不能強逼硬拉，過度使用會使牛受傷致病。◇喻指再能幹的人也不能給他工作安排得太累、太緊，否則他同樣會吃不消。

【牛即戴嵩，馬即韓幹，鶴即杜荀，象即章得】戴嵩、韓幹：唐代人，皆以書畫聞名。杜荀：指唐代以書畫聞名的杜荀鶴。章得：指宋代以書畫聞名的章得象。◇指知識淺薄的人，見有牛的畫就說是戴嵩的作品；見到有馬的畫就說是韓幹的作品；見到有鶴的畫就說是杜荀鶴的作品；見到有象的畫就說是章得的作品。用以諷刺毫無鑒賞能力的人，不懂裝懂，牽強附會。宋代米芾《畫史》記載："今人以無名命為有名，不可勝數，故諺云'牛即戴嵩，馬即韓幹，鶴即杜荀，象即章得'也。妄題不勝枚舉。"

【牛躅之窪，不生魴鱮】躅（zhú）：足跡。窪：淺坑。魴（fáng）：一種跟鯿魚相似的魚。鱮（xù）：古指鰱魚。❷牛踩出來的小水坑，不能長出魚。◇喻指鄙陋的環境造就不出傑出的人才。北齊劉晝《劉子·妄瑕》："牛躅之窪，不生魴鱮；巢幕之窠，不容鵠卵。"

【毛毛細雨打濕衣裳，杯杯酒吃敗家當】◇正像毛毛細雨不停地下也會淋濕衣裳一樣，生活上的微小浪費長時間下來也會使家當耗盡。◎毛毛細雨濕衣裳，杯杯酒喝垮家當

【毛毛細雨濕衣裳，小事不防上大當】◇說明小問題不注意，會釀成大錯誤。提醒人們要防微杜漸。◎毛毛細雨濕衣裳，小不在意上大當

【毛羽未成，不可高飛】❷小鳥的羽毛還沒有豐滿的時候，不可以高飛。◇喻指在本身實力還不夠強的情況下，切不可採取好高騖遠的行動。

《戰國策・秦策一》：“秦王曰：‘寡人聞之，毛羽不豐滿者不可以高飛，文章不成者不可以誅罰，道德不厚者不可以使民，政教不順者不可以煩大臣。’”◎毛兒不豐滿，不可以高飛

【毛草繩先從細處斷】◇❶喻指事物往往先從薄弱環節損壞。❷指先受到打擊的人，常常是弱小者。

【毛筆不寫蟲蛀頭，腦子不用變呆頭】◇說明筆要勤用，腦要勤動。

【仁不統兵，義不聚財】◎心地仁慈的人不能帶兵打仗，仗義疏財的人不能積聚起財富。◇做事不能講情面，講情面就做不了事。◎義不主財，慈不主兵／慈不掌兵，義不主財

【仁不輕絕，智不輕怨】◇講求仁愛的人從不輕易拋棄別人，智慧明達的人從不輕易怨恨別人。《戰國策・燕策三》：“語曰：‘仁不輕絕，智不輕怨。’君之於先王也，世之所明知也。寡人望有非則君掩蓋之，不虞君之明罪之也；望有過則君教誨之，不虞君之明罪之也。”

【仁者不以盛衰改節，義者不以存亡易心】◎仁愛之心的人不會因為國運的興盛或衰敗而改變自己的節操，講禮義的人不會因為國家的存在或滅亡而改變自己的初衷。《三國志・何晏傳》：“仁者不以盛衰改節，義者不以存亡易心。”

【仁者不盜，盜者不仁】◇心腸仁慈的人不做強盜，做強盜的人心腸自然不仁慈。

【仁者見仁，智者見智】◎仁愛的人看見仁愛的方面，智慧的人看見智慧的方面。◇對同一個問題，各人所處的地位不同和觀察的角度不同，看法也就不同。語出《周易・繫辭上》：“仁者見之謂之仁，智者見之謂之智。”

【仁義值千金】仁義：仁愛和正義。◎仁義比千金還貴重。◇高尚的品德比起錢財來，價值無法衡量。

【片紙非容易，措手七十二】措手：經過的工序。◎小小的一片紙，造出來不容易，需要經過許多道工序。◇告訴人們，造紙要付出許多人力物力，一定要珍惜紙張。

【仇人相見，分外眼紅】分外：格外，特別。◇仇人之間恨之入骨，一見面就咬牙切齒，恨不得把對方殺了。◎仇人相見，分外明白／仇人見仇人，分外眼睛明／仇人相見，分外眼睜／冤家相見，分外眼紅／仇人相見眼睛紅

【仇可解不可結】◇人與人之間有了仇恨，應該千方百計和解，不可結死疙瘩，沒完沒了地敵對下去，對雙方都沒有好處。◎仇宜解不宜結／仇恨宜解不宜結

【反兵有勇】◇被逼造反的士兵非常勇猛。

【反彈琵琶亦動人】◇喻指在成績面前，反思不足之處，也會受益匪淺。

【父子上山，各人努力】◇不要互相依賴，各人盡力而為。

【父子不同舟】◎父子和兒子不要同坐一條船。◇因為乘船風險大，父子同船容易同時遇難，會斷絕後代。

【父子不和家不旺，鄰里不和是非多】◎父子不和睦，家庭不會興旺；鄰居不和睦，多發生口舌之爭。◇和睦相處無論對家庭，或對鄰居都很重要。

【父子兄弟，罪不相及】◇父子兄弟之間，如果有人犯罪，應該一人做事，一人承當。《左傳·昭公二十年》："在《康誥》曰，父子兄弟，罪不相及，況在群臣。"

【父子同心土變金】◇父子團結如一人，心往一處想，勁往一處使，就沒有辦不成的事。◎父子協力山成玉，兄弟同心土變金

【父子無隔宿之仇】隔宿：隔夜。◇父子之間的矛盾容易消除。

【父不正子奔他鄉】◇父輩不走正道，兒女就會遠離他們。

【父不記子過】◇父親不會計較兒女的過錯。

【父不慈則子不孝】慈：慈愛，仁慈。◇父輩不關心愛護子女，子女也不會孝順父輩。顏之推《顏氏家訓·治家》："是以父不慈則子不孝，兄不友則弟不恭，夫不義則婦不順矣。"◎父不慈，子不孝

【父不憂心因子孝，家無煩惱為妻賢】◇有孝順的兒子，當父親的就無需擔憂；有賢惠的妻子，家裏就沒有煩惱。

【父仇不報，枉為人子】❷不替父母報仇，就白當兒女了。◇兒女替父母報仇是義不容辭的責任，也是理所當然的事。

【父母之仇，不共戴天】❷不能與父母的仇人在一起並存。◇對父母的仇人，絕對不能寬容。◎父仇不共戴天／父母之仇，不共戴天

【父母只能生身，不能生心】◇告訴人們，聰明的才智和事業的成功，都是靠自身後天的努力學習與艱苦奮鬥才能得到，不是父母能遺傳的。

【父母的家當，兒一份，女一份】◇父母親的遺產，兒子和女兒都應該同等分配。

【父母恩比天大】◇父母對子女的恩情無邊深厚。

【父要子亡，不得不亡】◇兒子要絕對服從父親，不能有半點含糊。

【父強子不弱，將門出虎子】虎子：指勇猛的兒子。◇父輩出類拔萃，兒女不會平庸。◎父強子不弱／父是英雄兒好漢

【父道尊，母道親】◇對待子女，做父親的一定要嚴格，做母親的一定要親近和善。◎父親尊，母親親

【今日事，今日畢】◇當天的事就應該當天做完，不要推到第二天。

【今生不與人方便，唸盡彌陀總是空】方便：這裏是佛教用語，指因人施教，使領悟真義。彌陀：阿彌陀佛的簡稱，信佛人唸此以示修行。◇如果一輩子不做幫助人的好事，即使信佛也沒有用。

【今生受者前生是】◇因果論認為今世所遭受的一切，都是前世所做所為的結果。《因果經》："欲知前世因，今生受者是。　欲知來世果，今生作者是。"

【今年筍子來年竹，少壯體強老來福】❷來年高大挺拔的竹子是由今年苗壯的竹筍長成的；老年健康幸福是由於青壯年時期身體強壯。◇說明從小參加體育鍛煉，身體強壯，才能終生健康幸福。

【今朝有酒今朝醉，莫管門前是與非】❷今天有酒就今天痛飲享受，不要去管門前那些誰是誰非。◇喻指人要及

時行樂，盡情享受，不要去管事態趨勢如何變化。

【今餐要思來餐餓，春暖要思冬日寒】◇提醒人們，要注意儲備和積累，不要吃光用淨。

【凶事不厭遲，吉事不厭近】凶：不吉祥。厭：嫌。◇對不幸的事，不會嫌發生得太晚；對吉利的事，不會嫌發生得太早。

【分家如比戶，比戶如遠鄰，遠鄰不如行路人】比戶：並行緊挨着的家戶。◇兄弟分家後就成了二戶人家，關係越來越疏遠，時間一久如同相隔很遠的鄰居。

【分銀子都會有人罵】◇分錢是件大好事，但也會出現不公平的現象，所以獲利的人也有不滿意的。

【分辨人的好壞看言行，分辨馬的優劣聽聲音】◇根據人的言談和行為，就能分辨出人的好壞；根據馬的叫聲，就能分辨出馬的優劣。

【公土打公牆，有理走四方】公土：指公家的建築材料。打：指修建。公牆：指公家的圍牆或公家的建築物。◇公私分明、不謀私利的人，走到哪兒都佔得住理。

【公不離婆，秤不離砣】⊙一個男人家裏沒有女人，就不可能幸福；一桿秤如果沒有秤砣，就不可能發揮秤的作用。◇喻指兩件相互依賴的事物缺一不可，必須相互配合才能發揮效用。

【公平正直為君子】◇辦事公平、為人正直的人才是好人。

【公平出於眾議】眾：指多數人。◇多數人所持有的意見和看法往往具有公平性。

【公生明，偏生暗】⊙公正產生於明智，偏心產生於昏庸。◇告訴人們，辦事要公正，不要存有私心，這才是最明智的做法。《荀子‧不苟》：“公生明，偏生闇，端愨生通，詐偽生塞，誠信生神，誇誕生惑。此六生者，君子慎之，而禹桀所以分也。”

【公私不可不明，法禁不可不審】◇提醒人們，辦事要公私分明，執法要嚴謹。《韓非子‧飾邪》：“故曰：公私不可不明，法禁不可不審，先王知之矣。”

【公事不私議】◇提醒人們，對公家的事要按照原則去辦，不在私下研究解決。

【公事無兒戲】◇說明辦公事必須認真負責，不能隨隨便便、敷衍了事。

【公門裏好修行】公門：舊的稱謂，即衙門。修行：做善事。◇舊時衙門裏權力比較大，如果官員能存心公正，就很容易做有利於老百姓的善事。明代葉憲祖《金鎖記‧探獄》：“禁長哥呀，自古道‘公門裏面好修行’。”◎公門中好修行／公門裏面好修行／公門好修行／公庭裏面好修行

【公門蕩蕩開，有理無錢莫進來】公門：指舊時衙門。◇諷喻封建衙門不是秉公執法，老百姓打官司即使有理，如果沒錢賄賂官吏也打不贏。

【公要餛飩婆要麵】◇說明各人會有各人的要求，不可能千篇一律。

【公修公得，婆修婆得，不修不得】修：指修行。得：指佛教所謂的得到正果。◇喻指誰努力誰就能得到他想要得到的東西，不努力就甚麼也得不到。

【公卿生於白屋，將相出於寒門】◇高官常常出身於平民家庭。

【公理自在人心】◙公理就在每個人的心裏。◇說明公理、是非自有公論。

【公理勝強權】◙公理能夠戰勝一切強暴的權勢。◇說明真理是不可戰勝的，如果背離真理，即使權力再大，也終將受到懲罰。

【公堂一點硃，下民千滴血】公堂：指舊時官吏辦案的地方。硃：硃砂。舊時判官用硃砂點在被判處死刑的犯人姓名上，表示對該案的最後判決。◇揭露舊官吏沒有公正、慎重地斷案，使許許多多的平民百姓冤屈而死。◎堂上一點硃，民間千滴血

【公眾馬，公眾騎】◇喻指公眾的東西可以大家共同使用。

【公婆疼大孫，父母疼幼子】◇當祖父、祖母的一般都疼愛長孫，當父親、母親的一般都疼愛小兒子。

【公道世間唯白髮，貴人頭上不曾饒】◇白髮是世間最公道的，任何人到老來都要白髮上頭，即使是達官顯貴也不例外。唐代杜牧《送隱者一絕》："無媒徑路草蕭蕭，自古雲林遠市朝。公道世間唯白髮，貴人頭上不曾饒。"

【公道世間唯病死，貴人身上不曾饒】◇世上所有的人都會生病、死亡，富貴的人也不會例外。

【公道自在人心】◇公正的道理本身就在人們的心裏，是非曲直自有公論。◎公道總在人心／公理自在人心／公道原在人心／公道在人心

【公道好比對面鏡，人人都能看分明】◇說明公理自有公論，對於人間的是非曲直群眾是能分辨清楚的。

【公說公有理，婆說婆有理】◇矛盾的雙方都認為自己是對的，說明有些事情不易斷定誰是誰非。

【公雞不啼，天照樣亮】◇喻指事物發展的客觀規律是不以人們的意志為轉移的，誰也不可能扭轉。◎公雞不報曉，太陽照樣出

【月到十五光明少，人到中年萬事休】◇人到中年已做不了多少事了，就不容易有大的作為。因此勸人平時要珍惜光陰，多作貢獻。◎月到十五光明少，人過三十不少年／月過十五光明少，人到中年萬事休

【月兒有圓有缺，花兒有開有謝】◇喻指美好的事物不會永遠存在。

【月怕十五，年怕中秋】◙每月一過十五，離月底就很近了；每年一過中秋，離年終也就不遠了。◇說明光陰似箭，眨眼就逝去，人們應該好好珍惜時間。◎年怕中秋，月怕十五

【月是故鄉明】◇身處異鄉的人總覺得故鄉一切都好，甚至月亮都比他鄉的明亮。唐代杜甫《月夜憶舍弟》："戍鼓斷人行，秋邊一雁聲。露從今夜白，月是故鄉明。"◎月是故鄉圓／月是家鄉明

【月計不足，歲計有餘】◙一月的積累不多，一年的積累就多了。◇勸人要勤儉節約，積少成多。

【月無常圓，花不常開】◇❶喻指世上的事物不可能永久不變。❷指任何事物不可能十全十美，做事也不可能永遠順利。◎月不常圓，日不再中／月無常圓，人無長壽

【月暈主風，日暈主雨】◇月亮周圍出現光環時就要颳風；太陽周圍出現光環時就將下雨。宋代蘇洵《辨奸論》：「月暈而風，礎潤而雨，人人知之。」

【月裏嫦娥愛少年】嫦娥：神話中的月宮仙女。◇美女喜愛年輕的小伙子。

【月滿則虧，水滿則溢】◇喻指物極必反，盛極必衰。清代曹雪芹《紅樓夢》：「(秦氏)你如何連兩句俗語也不曉得？常言『月滿則虧，水滿則溢。』又道是『登高必跌重』。」◎月盈則虧，日中則昃／月圓則缺，器滿則傾

【勿以惡小而為之，勿以善小而不為】◇提醒人們，不要以為是件很小的壞事，做做也無妨；不要以為是件很小的好事，就不想去做。《三國志‧先主劉備傳》：「勿以惡小而為之，勿以善小而不為。惟賢惟德，能服於人。」

【欠字壓人頭】◇欠別人的債，就會覺得矮人一頭。

【欠債如管下，還了兩平交】◇欠債就會受到債權人的管制，只有還清了債務，雙方才可以平等相處。

【及溺呼船，悔之無及】◇等到被水淹沒，才想起喊船來救，已經來不及了。◇提醒人們，做事要有充分準備，不要等到事情陷入絕境後再想補救辦法，那時就來不及了。《文子‧上禮》：「故揚湯止沸，沸乃益甚，知其者，去火而已。」

【六耳不同謀】六耳：指三個人。◇謀劃機密大事，不能有第三者在場。

【文不文，武不武】◇❶喻指文人不像文人，武士不像武士。❷喻指不倫不類的。

【文不能安邦，武不能附眾】◇文武都不行，甚麼都不會幹。

【文不能像秀才，武不能當兵】◇喻指甚麼也沒學會。

【文史不分家】◇文學和歷史關係非常密切。

【文必窮而後工】◇舊時認為文人越是生活上曲折不得志，詩文就寫得越好。宋代歐陽修《梅聖俞詩集序》：「世謂詩人少達而多窮，夫豈然哉！蓋世所傳詩者，多出於古窮人之辭也……蓋愈窮則愈工。然則非詩之能窮人，殆窮者而後工也。」◎文窮而後工

【文在精，不在多】◇文章在於內容精練，而不在於篇幅長。

【文似看山不喜平】◇文章要像高山溝壑，高低起伏富於變化；切忌平鋪直敘沒有色彩。清代袁枚《李覺出身傳評語》：「文似看山不喜平。」

【文官不愛錢，武將不惜死】◇當文官的應廉潔，做武官的應不怕犧牲。

【文官把筆安天下，武將提刀定太平】◇文官寫文章使天下安定；武將用刀槍使國家太平。

【文章千古事，得失寸心知】◇雖然文章是關係到千秋萬代的事情，但是只有寫文章的人自己才知道其中的痛苦和快樂。唐代杜甫《偶題》：「文章千古事，得失寸心知。作者皆殊列，名聲豈浪垂。」

【文章千卷富，命運一時通】◇要孜孜不倦地大量讀書，才能考取功名變

富，而一旦考取功名，就會一下子飛黃騰達。

【文章不妨千次磨】◇要寫出好的文章，應該反覆修改、磨煉才行。

【文章有價，功業無涯】◇好文章能獲得很高評價，但建功立業是無止境的。

【文章自古無憑據，惟要朱衣暗點頭】朱衣：紅色衣服，指穿紅衣的官員，這裏指考官。◇自古以來，對文章的評價沒有特定的標準，關鍵是要看考官的喜好。明代陳耀文《天中記》卷三十八引《侯鯖錄》："歐陽修知貢舉日，每遇考試卷，坐後常覺一朱衣人時複點頭，然後其文入格。……因語其事於同列，為之三歎。嘗有句云：'唯願朱衣一點頭。'"

【文章好立身】◇能寫出好文章來，就有立身處世之地。

【文章好濟貧】◇寫文章提出好見解，能夠解決世間的貧困問題。

【文無難易，惟求其是】◇寫文章沒有甚麼困難與容易，只要寫得對路子就行。

【文齊福不齊】◇文章雖然寫得好，但福運不好，仍然考不取功名。

【文窮煙背時，話長酒遭殃】◇文章寫不出來，就會一根接一根拚命抽煙；喝酒時話多，就會越喝越多。

【文選爛，秀才半】文選：指梁代昭明太子蕭統編選的秦至齊梁的詩文辭賦總集《昭明文選》。◇把《昭明文選》讀得熟爛，就是半個秀才了。宋代陸游《老學庵筆記》："方其盛時，士子至為之語曰：文選爛，秀才半。"

【方木頭不滾，圓木頭不穩】◐方木頭穩實，卻不易滾動；圓木頭易滾動，卻又不穩。◇世上任何事物都一樣，既有其長處，也有其短處；人也一樣有其優點和缺點，不可能十全十美。

【方以類聚，物以群分】◐昆蟲鳥獸屬同類的，會分別相聚在一起。◇喻指人和人因為共同的特點或愛好，會自然聚集在一起。《周易·繫辭上》："卑高以陳，貴賤位矣。動靜有常，剛柔斷矣。方以類聚，物以群分，吉凶生矣。"

【方從海上來】◐藥方是從海上神仙島找來的。◇藥方非常神奇，能治百病。

【方話不入圓耳朵】◇喻指話不投機，對方聽不進去。

【方離狼窩，又逢虎口】◇喻指災難頻至，躲避不脱，剛脱離險境，又碰到災禍。

【火大無濕柴】◐在大火中，即使是濕柴也能燒着。◇喻指只要群眾齊心協力，就能克服一切困難。

【火大無濕柴，功到無難事】◇做任何事情，只要把功夫下到家，就不會感到困難。

【火不吹不燃，人不學不懂】◇凡是沒有學過的東西就不可能懂得。

【火不旺煙就黑，人無能口氣大】◇説明沒有真本事的人才喜歡説大話。

【火心貴空，人心貴實】◇燒火時中心空，火才容易旺；而一個人寶貴的是心眼實在。

【火車不是推的，牛皮不是吹的】
◇靠吹牛皮、説大話是行不通的。

【火車跑得快，全靠車頭帶】◇喻指
工作做得好，關鍵在於領導。◎火車
跑得快，要靠車頭帶

【火災要在發生時撲滅，缺點要在
發現時改掉】◇提醒人們，發現缺
點要及時改正。

【火到豬頭爛，情到公事辦】公事：
此處指訴訟方面的事。◇舊時指訴訟
的事只要人情送到了，就會像火候到
了豬頭便煮爛了一樣，肯定能辦好。
◎火到豬頭爛，錢到公事辦

【火旺不怕濕柴，好漢不怕困難】
◇真正的英雄好漢是不會懼怕困難的。

【火要空心，人要虛心】●火要空心
燒才能燒旺；人要虛心學才能進步。
◇勸誡人們不可自滿。

【火要空心，人要實心】◇勸誡人
們，做事或待人要真心實意。

【火星怕蔓延，疾病怕傳染】◇提醒
人們，要防止傳染病的蔓延。

【火星蔓延可成大災，悲傷加劇會
成大病】◇提醒人們，要防止過度
悲傷引起大病。

【火急烙不好餅，火猛燒不好飯】
◇提醒人們，要想把事情辦好，絕對
不能有急躁情緒。

【火候不到不揭鍋】●蒸饅頭的時
候，火候不到決不能揭鍋，否則，饅
頭就蒸不熟。◇提醒人們，當時機不
成熟的時候一定不要動手。

【火從小時救，樹從小時修】◇❶喻
指發現問題要及時糾正。❷指對孩子
要從小嚴格管教。

【火猛飯焦多】◇喻指做事要掌握好
分寸，否則一旦過了頭，就會產生副
作用。

【火越燒越旺，人越學越棒】◇一個
人學得越多，水平越高。

【火裏面識金子，勞動中顯人才】
◇只有通過幹工作，才能看出誰是真
正的人才。

【火燒一大片，水流一條線】◇喻指
有些事物影響廣泛，如果處理不好，
後果將不堪設想。

【火燒到身，各去掃；蜂蠆入懷，隨
即解衣】蠆（chài）：蠍類毒蟲。◇諷喻
一旦災禍臨頭時，往往自己顧自己。
◎火燒到身，各自去掃／火到身邊，顧
不得親眷／蜂蠆入懷，解衣去趕

【火燒眉毛，且顧眼前】◇指在緊
急的情況下，有時只能先顧及眼前，
以擺脫困境。清代李汝珍《鏡花緣》
三五回：“唐敖道：‘小弟此番揭榜，
雖覺孟浪，但因要救舅兄，不得已做
了一個火燒眉毛，且顧眼前之計，實
是無可奈何。’”◎火燒眉毛，且顧
眼下／火燒眉毛顧眼前

【戶樞不蠹，流水不腐】戶樞：門上
的轉軸。蠹：指蛀蝕。●門上的轉軸
不會被蛀蝕；流動的水不會腐臭。◇喻
指經常活動的事物不容易腐壞。宋代
蘇象先《丞相魏公譚訓》卷七：“人
生在勤，勤則不匱。戶樞不蠹，流水
不腐，此其理也。”

【心大蠟燭不經點】●蠟燭心大，油
脂比率相對會變小，容易很快燃盡。
◇喻指志大才疏的人，一定會經不起
實際工作的考驗，很快就被淘汰出
局。

【心不負人，面無慚色】◇不做對不起人的事，就不會感到慚愧。◎心不負人，面無愧色

【心中有力人伺候，肩上有力伺候人】◇擅長於腦力勞動的人，由別人來伺候他；擅長於體力勞動的人，只能去伺候別人。◎心中有力，養活千口；肩膀有力，養活一口

【心中無事一身輕】◇沒有思想負擔，就會感到渾身輕鬆。◎心中有事一身重，心中無事一身輕

【心正不怕影兒斜，腳正不怕倒踏鞋】◇喻指只要自己心地光明，作風正派，就不怕有流言蜚語。◎心正不怕人說，腳穩不怕路滑／心正不怕邪，路正不怕鬼

【心正何愁着鬼迷】◇心正不怕邪氣。◎心正邪難入

【心去意難留，留着是冤仇】◇如果想離去的心思已定，那麼就不要勉強挽留，留下來反而結成冤仇。◎心去人難留

【心忙不擇路，事急且相隨】● 心裏着急，顧不上選擇走哪條路了；事情緊急，不是同路人也得暫且同行。◇做事倉促急躁，沒有做好充分的準備，只能臨時瞎對付。

【心忙事亂，心煩事多】◇心中急躁忙亂，事情就會顯得沒有頭緒，不知從何下手；心中憂慮煩惱，處理事情就會沒有耐心，問題就會越來越多。

【心忙來路遠】● 去某一地方，如果心裏着急，就會覺得路途遙遠。◇告訴人們，做事要有耐心，過於急躁就難持之以恆，困難就不容易克服。

【心安茅屋穩】◇無需追求高標準的物質享受，只要內心安定，就是住在茅屋裏心情也會安穩自得。◎心安茅屋穩，胃好菜根香／心安茅屋穩，心定菜根香

【心好不用吃齋】● 心地好上天自然會保佑，無需吃齋唸佛求神保佑。◇告訴人們，行善積德，多做好事，遠比燒香唸佛好。◎心好強似吃齋

【心好自有好，老天昧不了】◇好心人總會有好報。

【心好命也好，富貴直到老】● 心腸好，命運也會好，就能富貴到老。◇告訴人們，多做好事會有好報，行善積德能富貴到老。

【心者一身之主】◇心是人的主導，或者說是根本。古人誤以為心是思維器官，故有此種說法。◎心為一身之主

【心直口快，招人責怪】● 性情直爽，說話直率，往往招到別人的責怪。◇提醒人們，說話要掌握分寸。

【心到神知】● 敬神的心意到了，神仙就會知道。◇喻指虔敬的心意已經表達，不直說對方也一定能知道。◎心到神知，供饗人吃

【心底無私天地寬】◇沒有私心雜念的人心胸就寬廣。

【心要常操，體要常勞】◇告誡人們，要多思考問題，頭腦才會聰明；要多參加勞動，身體才會健康。

【心要熱，頭要冷】◇做事情要滿腔熱情，又要頭腦冷靜。這樣既有衝天的幹勁，又有科學的態度。◎頭要冷，心要熱

【心急不能看下棋】◇下棋不能急躁，要走一步看三步，才能克敵制勝。所以沒有耐心的人是不能看下棋。

【心急吃不了熱豆腐】◇勸人不要急躁，沒有耐心辦不好事情。◎心急吃不得熱地瓜／心急喝不得豆兒粥／心急喝不得熱粥／性急吃不了熱豆腐

【心急馬行遲】●心中着急，嫌馬跑得太慢。◇喻指人們想急於成事，因此常埋怨客觀條件不好。◎心急馬不快／心急馬倒退／心急只恨馬行慢

【心急等不得人，性急釣不得魚】◇急性子的人做不了慢工夫的活。

【心急鍋不滾】◇喻指想急於求成，結果反倒辦不成事。

【心亮見得天】◇喻指不做虧心事，心地光明磊落，見誰都不怕。

【心病從來無藥醫】心病：多指相思病。◇心病無法用藥物來醫治。

【心病最難醫】◇心中的隱痛是醫生和藥物無法醫治的。

【心病還從心上醫】心病：指相思病，也指不好直說的隱情或隱痛。◇告訴人們，思想、精神上的病痛，無法用藥物醫治。一定要從思想、精神上入手，找出病的根源，才能醫治。◎心病還得心藥醫

【心專才能繡花，心靜才能織麻】◇心情好，情緒穩定，才能保證專心致志做好細工活。

【心堅不怕路途遠】◇喻指只要有恆心、有毅力，任何困難都能克服。

【心堅石也穿】●意志堅定可以把石頭穿透。◇喻指只要意志堅定，任何難事都能辦成功。◎人心堅，石也穿

【心笨就怕功夫多】◇人不用怕自己腦子笨或理解能力差，只要下功夫多實踐，就能增長知識和才幹。

【心裏不做虧心事，不怕三更鬼叫門】◇只要不做虧心事，別人來找麻煩也不怕。◎不做虧心事，不怕鬼叫門／心裏亮堂堂，不怕鬼上炕／心裏沒鬼，不怕夜裏鬼敲門／心裏沒鬼，鬼不上門

【心裏有事面帶色】◇一個人如果有心事，就會從臉上的神色反映出來。

【心裏有病舌頭短】◇喻指做了虧心事的人，會說話結結巴巴，不能理直氣壯。

【心裏沒病，不怕冷年糕】●冷年糕不易消化，有胃病不宜食用。◇喻指自己沒幹壞事，行為端正，就不怕別人議論。◎心裏沒病，不怕吃冷年糕／心裏沒病不怕冷／心裏沒病，不怕冷言侵／心裏沒病，不怕冷子丁／心裏沒有弊病，不怕別人議論／心中無冷病，哪怕吃西瓜

【心裏痛快百病消】◇人只要心情舒暢，精神愉快，就不容易生病，因此各種病痛也就不見了。

【心慌吃不得熱粥，騎馬看不得"三國"】三國：即明代羅貫中所著的《三國演義》。◇心慌意亂無法把事情辦好，一心二用也不可能把事情辦好。◎心慌吃不了熱粥，走馬看不了"春秋"

【心疑生暗鬼】●生性多疑，就覺得有鬼怪在作弄。◇如果疑神疑鬼，就是很平常的事，也會覺得異常。

【心齊不怕萬重山】◇告訴人們，只要人心齊，團結一致，任何困難都能克服。

【心慾小而志欲大，智欲圓而行欲方】
◇慾望要小，志向要大；智謀要周全，行為要端正。西漢劉安《淮南子·主術訓》：「凡人之論，心慾小而志欲大，智欲員而行欲方，能慾多而事欲鮮。」

【心慾專，鑿石穿】◐只要專心致志，石頭也能鑿穿。◇喻指只要心志專一，沒有辦不成的事情。

【心寬不在屋寬】◐只要心情舒暢，就不在乎房子是否寬敞。◇人如果心胸曠達，就無需居大廈，就是住在陋室裏也會自得其樂。喻指精神生活比物質生活更重要。

【心寬出少年】◇心情舒暢，無憂無慮，人就不容易衰老。◎心歡返少年

【心寬體胖】胖（pán）：指安泰舒適。◇心情舒暢，心胸寬廣，身體就結實健壯。《禮記·大學》：「富潤屋，德潤身，心廣體胖，故君子必誠其意。」◎心廣體胖

【心靜自然涼】◇如果心情平靜，自然就會感到比較涼爽。唐代白居易《苦熱題恆寂師禪室》：「人人避暑走如狂，獨有禪師不出房；非是禪房無熱到，為人心靜身即涼。」◎心定自然涼

【心頭不似口頭】◇心裏想的跟嘴裏說的不一致。

【尺水番成一丈波】◇小事經過渲染和炒作，就能翻成大事。

【尺之木，必有節目】節目：樹木枝幹交接處為節，紋理糾結而形成的疙瘩為目。◐一尺短的木頭上也有疙瘩。◇任何事物不可能一點缺點也沒有。《呂氏春秋·舉難》：「尺之木必有節目，寸之玉必有瑕瓃。先王知物之不可全也，故擇務而貴取一也。」

【尺有所短，寸有所長】◐尺比寸長，但跟長於尺的東西比就短了；寸比尺短，但跟短於寸的東西比就長了。◇任何事物，各有所長，各有所短。西漢劉向《新序·雜事五》：「夫尺有所短，寸有所長，驊騮綠驥，天下之俊馬也，使之與貍鼬試於釜灶之間，其疾未必能過貍鼬也。」

【尺蚓穿堤，能漂了邑】邑：城市。◐一條小小的蚯蚓能鑽透堤岸，造成決堤，淹沒整個城市。◇喻指一個小小的紕漏，不及時補救，能釀成大禍。

【尺蠖有伸日，九泉無歸時】尺蠖（huò）：一種節肢蟲，行動時屈身向前。九泉：指人死後埋葬處。◇人如果遭受冤屈，只要活着就會有伸冤出頭之日；要是死了，便無法替自己伸冤了。

【孔子家兒不知罵，曾子家兒不知路】孔子：名丘，中國古代大教育家。曾子：名參，孔子的弟子。路：通"露"，敗壞。◐孔子家的子弟不會罵人，曾子家的子弟不會做壞事。◇喻指父母正，子孫賢，強調家庭教育的重要。西漢劉向《說苑·雜言》：「是以孔子家兒不知罵，曾子家兒不知怒；所以然者，生而善教也。」◎孔子家兒不識罵，曾子家兒不識鬥

【孔夫子不賴學】◐孔子雖然博學多識，卻仍然不放鬆學習。◇告訴人們，即使知識再多，也需要繼續不斷學習提高。

【孔雀毛雖然美麗，但孔雀膽會毒死人】◇喻指世間的事物有些具有兩

面性，有對人有益的一面，也有對人有害的一面，應善於區分。

【孔雀是森林的裝飾，客人是家中的寶貝】◇告訴人們，應該熱情待客。

【孔雀看自己的花翎，君子看自己的言行】◇告訴人們，應該在言語和行動上都嚴格要求自己。

【孔雀美麗看花翎，人的品德看言行】◇一個人品德的如何是從他的言行上看出來的。

【孔雀愛惜羽毛，好人珍視名譽】◇品德高尚的人一言一行都注意維護自己的名聲，從不涉足不應該去的地方。

【巴豆未開花，黃連先結子】巴豆：草藥，有毒性。黃連：草藥，有解毒功效。● 巴豆的花還沒有開，黃連卻已經結子了。◇黃連能制巴豆之毒。巴豆還沒有開花，對付它的黃連都已經成熟了。隱喻壞事還沒有萌芽，對付它的方法和手段已經有了。

【巴東三峽巫峽長，猿鳴三聲斷客腸】巴：古國名；三峽：瞿塘峽、西陵峽、巫峽的合稱；斷腸：悲傷到極點。● 三峽之中巫峽最長，兩岸都是高山峻嶺，古木陰森，絕無人煙，唯聞猿聲不斷。◇巴東三峽氣氛森穆，以巫峽為最，兩岸猿聲令遊客無不動容。

【以色事人者，色衰而愛弛】◇憑姿色侍奉人的人，姿色衰退時愛情就會消失。《史記‧呂不韋列傳》：“不韋因使其姊說夫人曰：‘吾聞之，以色事人者，色衰而愛弛。’”◎以色事他人，能得幾時好

【以身教者從，以言教者訟】◇以實際行動去教育別人，別人才會聽；光講大道理別人就不會聽。

【以春風待人，以寒風自述】◇對待別人要像春風一樣和煦；對待自己要像寒風一樣冷酷，即嚴以律己，寬以待人。

【以毒攻毒，以火攻火】攻：治。◇喻指要用同對方相同的厲害手段或辦法對付對方。清代曹雪芹《紅樓夢》：“劉姥姥忙笑道：‘這個正好，就叫做巧姐兒好。這個叫做以毒攻毒，以火攻火的法子。姑奶奶定依我這名字，必然長命百歲。……’”

【以狼牧羊，何能久長】● 用狼來放羊，羊怎麼能長久？◇喻指讓壞人來管事非常危險，其結果可想而知。

【以眼還眼，以牙還牙】◇喻指用對方使用的手段回擊對方。

【以湯止沸，沸愈不止】湯：開水。● 如果用澆開水的辦法去使沸騰的水停止沸騰，沸騰的水會越來越無法停止。◇喻指採用的方法不對頭，不但不能制止現有的勢頭，反而會助長和蔓延。《呂氏春秋‧盡數》：“夫以湯止沸，沸愈不止，去其火則止矣。”

【以勢交者，勢盡則疏；以利合者，利盡則散】◇靠權勢和利益相交，一旦失去權勢或財力，雙方就會疏遠，關係很容易瓦解。清代梁恭辰《巧對續錄下卷十六言》：“以勢交者，勢盡則疏；以利合者，利盡則散；欲人不知，莫若無為，欲人不聞，莫若不言。”◎以權力合者，權力盡而交疏

【以勢服人者，口服；以理服人者，心服】◇憑藉權勢強迫人家服從，別

人只是嘴裏説服了，而内心不會真的服氣；用講道理的方法使別人順服，別人才會真正心服口服。◎以理服人心服，以力服人身服／以勢服人口，以理服人心

【以道望人難，以人望人易】 ❍ 用理想的標準看待一個人是困難的，而用普通的做人標準看待一個人很容易。◇衡量一個人不應該用理想的標準，應該從社會實際出發，用普通的標準看待。

【以德報德，以直報怨】 直：坦率。◇應該用恩德報答恩德，用坦率回報仇怨。《論語・憲問》：“或曰：‘以德報怨，何如？’子曰：‘何以報德？以直報怨，以德報德。’”

【毋卜其宅，而卜其鄰】 ◇不要選擇房子的地點、風水是否好，應該選擇住宅的鄰居怎麼樣，選擇鄰居比選擇風水更重要。

【毋為權首，反受其咎】 咎（jiù）：怪罪，處分。◇不要爭權奪利，搞權謀會招來災禍。《史記・吳王濞列傳》：“‘毋為權首，反受其咎’，豈盍、錯邪？”

五　畫

【玉不琢不成器，人不磨不成道】 ◇玉石不經過雕琢加工就成不了器物，人不經受磨煉就成不了才。《禮記・學記》：“玉不琢，不成器。人不學，不知道。是故古之王者建國君民，教學為先。”◎玉不琢，不成器；人不學，不長進／玉不琢，不成器；人不學，不知道／玉不琢，不成

器；人不學，不知理

【玉碎不改白，竹焚不改節】 ◇喻指具有高尚節操的人，有自己的信仰和理想，為追求真理堅貞不屈，即使犧牲生命也不會低頭求饒。◎玉碎不改白，竹焚不毀節／玉碎不改色，竹焚不改節

【未成三尺水，休想划龍舟】 ❍ 沒有三尺深的水，不要想去划龍舟。◇喻指不具備一定的條件，就不用想辦成事情。

【未見其人，先觀使數】 使數：僕人。◇雖然沒有看到主人，但只要先觀察一下他的僕人，就可以知道主人是甚麼樣的人。

【未知鹿死誰手】 鹿：比喻政權，也比喻爭奪的對象。◇不知政權落在誰的手裏，後也用來指不知誰能獲勝，多用於指比賽的勝負。《晉書・石勒載記下》：“脱遇光武，當並驅於中原，未知鹿死誰手。”

【未能免俗，聊復爾耳】 ◇不能免除習俗，只好如此了。《晉書・阮咸傳》：“未能免俗，聊復爾耳。”

【未能事人，焉能事鬼】 ◇連人都不能待奉好，怎麼能夠待奉鬼呢？《論語・先進》：“季路問鬼神。子曰：‘未能事人，焉能事鬼？’曰：‘敢問死？’曰：‘未知生，焉知死？’”

【未晚要投宿，雞鳴早看天】 ❍ 天還沒有黑時，就得趕快住宿；早晨雞叫時，要起來看天色，能否早起程趕路。◇提醒人們，出門在外要注意安全，又不要耽誤時間趕路。

【未曾水來先築壩】 ◇告訴人們，問題還沒有發生前，就要預先做好準備。

【未曾學爬莫想走】● 嬰兒沒有學會爬，就不要想走。◇事物發展是有規律的，不能隨意超越某個階段。

【未富先富終不富，未貧先貧終不貧】◇還沒有到富裕時就超前消費，不但富不起來，而且還會貧窮；沒有到貧窮時，就精打細算過窮日子，最終會富起來。

【未種瓜，先搭棚】◇喻指事先就要做好準備工作。

【未學功夫，先學馬步；未學拳頭，先學跌打】◇學習武術，要從基本功練起。

【未歸三尺土，難保百年身；已歸三尺土，難保百年墳】◇人死之前，很難保證自己能夠活一百歲；入土以後，墳墓也不一定能保留百年，未來的事是很難預料。◎未歸三尺土，難保百年身

【末大必折，尾大不掉】末：樹梢。掉：擺動。● 樹梢過大，必然折斷；尾巴過大，不易擺動。◇喻指如果屬下的勢力過大，就難以駕馭。《左傳·昭公十一年》："末大必折，尾大不掉，君所知也。"◎末大必折，尾大難掉

【打一巴掌揉三揉】◇喻指先打擊對方，把威風殺下去，讓他服輸了，然後再拉攏。

【打人一拳，防人一腳】◇喻指在進擊敵方時，要謹防敵方反撲。◎打人一拳，要防人一腳／打人一拳，得防人一腳

【打人先下手，後下手遭殃】◇爭鬥或打仗，後動手的往往吃虧。俗話說，先下手為強，後下手遭殃。

【打人休打臉】● 打臉易激怒對方。◇提醒人們，凡事要留有餘地，不要做絕。

【打人休打臉，罵人休揭短】◇提醒人們，要給人留些面子，不要揭露別人的短處。《金瓶梅詞話》第八六回："你打人休打臉，罵人休揭短。"

【打人莫打膝，道人莫道實】膝：膝蓋，人賴此而站立。道人：評論人。◇說話要留些情面，不要太傷人家的自尊心；打人也不可打要害處，會使人致殘。

【打九九，不打十足】◇做事要適可而止，留有餘地。

【打了一輩子雁，被雁啄瞎了眼睛】◇告誡人們，要時刻提高警惕，不要疏忽大意，防止發生不應該發生的意外。◎打雁一生，反被大雁啄瞎了眼／打一輩雁，反叫雁啄了眼

【打了不罰，罰了不打】◇受了皮肉之苦就不受經濟損失，受了經濟損失就不受皮肉之苦。

【打了盆說盆，打了罐說罐】◇告訴人們，有甚麼問題，就解決甚麼問題。

【打不斷的親，罵不斷的鄰】◇親戚關係和鄰居關係是密切的，雖然有時會發生矛盾，但衝突是暫時的，不會永遠斷絕往來。

【打出來的朋友，殺出來的交情】◇經過磨煉和考驗結成的友誼，才是真實的友誼。

【打出來的鐵，煉出來的鋼】◇喻指人的堅強意志，是從艱苦的生活環境和工作環境中，鍛煉出來的。

【打死人有罪，哄死人沒罪】◑打死人是有罪的，一般人都不敢在光天化日之下打人；但哄騙人至死，也很難追究責任的。◇❶提醒人們警惕那些口蜜腹劍的人。❷指為了拉攏關係，可以適當地説一些甜言蜜語的話。◎打殺人償命，騙殺人不償命

【打死閻王，嚇煞小鬼】◇打死了為首的，小嘍囉就嚇得不敢動了。

【打死膽大的，嚇住膽小的】◇懲治膽大的，膽小的也就不敢動了。

【打好了江山殺韓信】韓信：漢初諸侯王，楚漢戰爭時，曾為劉邦策劃攻取關中，屢立戰功，劉邦封他為齊王。不久他率軍與劉邦會合於垓下，擊滅項羽。漢立後，改封為楚王。時有人告他謀反，被降為淮陰侯。後又被告與陳豨勾結謀反，為呂后所殺。◇喻指大事告成了，就把曾經幫助過自己的人一腳踢開了。

【打卦打卦，只會説話】◇告誡人們，靠打卦測字為生的人，只會用花言巧語騙人錢財，不可相信。

【打虎不成，反為虎傷】◇喻指制服不了敵人，反被強敵所傷。

【打虎打頭，殺雞割喉】◇告訴人們，做事要抓住要害。◎打虎先打頭，擒賊先擒王

【打虎先拔牙】◇喻指要制伏強敵，必須先消滅其最得力的依靠力量。◎打虎先敲牙／打虎先拔牙，擒賊先擒王

【打虎要力，捉猴要智】◇喻指處理不同性質的問題，要採取不同的辦法。

【打虎進深山，捕蛇下箐底】箐（qìng）：竹木叢生的山谷。◇喻指辦事要找對門路。

【打虎還防虎傷人】◇喻指打擊兇惡的敵人，同時還要防範敵人反撲。

【打虎還得親兄弟，上陣須教父子兵】◇危及生命的事，只有親如兄弟父子的人才會一起去幹。◎打虎要靠親兄弟，上陣離不了父子兵／打虎親兄弟，上陣父子兵

【打兔的不嫌兔多，吃魚的不怕魚腥】◇喻指如果是自己渴望想得到的東西，往往就不會嫌多，也不會嫌不好。

【打狗如打狼】◇喻指降伏一般尋常的敵人時，不要麻痹輕敵，要拿出對付最兇狠敵人的辦法和力量。◎打狗要用擒虎力

【打狗看主面】◇喻指懲處某人要顧及主子或與他有關人的顏面。◎打狗看主人面／打狗看主子／打狗看主人

【打狗得有根棍子】◇喻指辦事要有所準備。

【打狗就不怕狗咬，殺豬就不怕豬叫】◇喻指要制伏敵人，就不要怕敵人報復。

【打油的錢不買醋】◑打油的錢不能同時用它去買醋。◇提醒人們，既已在幹一件事，就不要分心去幹第二件事。

【打是惜，罵是憐】◇長輩對晚輩的嚴厲是疼愛，是為了晚輩有長進。◎打是疼，罵是愛／打是心疼，罵是愛／打是殷勤，罵是愛／打是親，罵是愛

【打盆兒還盆兒，打碗兒還碗兒】◇損壞了人家甚麼東西，就應當賠人家甚麼東西。

【打起來沒好拳，罵起來沒好言】
◇相互打罵起來，雙方的態度都不會
好。◎要打沒好手，廝罵沒好口

【打破的盆子，摔爛的碗，揀起哪
一片也扎手】◇喻指未曾解決的問
題，擱置在那裏多年，再去處理就會
非常棘手。

【打破砂鍋璺到底】砂鍋：沙鍋，一
打破，璺就會從上裂到底。璺(wèn)：
陶瓷或玻璃等器皿上的裂紋，諧
"問"。◇喻指對事情刨根問底，窮究
緣由，要弄個明白。元代王實甫《破
窰記》第二折："(呂蒙正云)端的是
誰打了來？[正旦唱]打破砂鍋璺到
底，俺爺抱着一套禦寒衣，他兩口兒
都來到這裏。"◎打破沙鍋問到底

【打柴總得先探路】◇辦事之前須先
摸清情況。

【打倒了長人，矮子露臉】長(cháng)
人：高個子，指才能出眾的人。◇喻
指打倒了出眾的人，不起眼的人就顯
出來了。

【打倒金剛賴到佛】金剛：佛教護法
神將。◇❶喻指出了事故往往都往
領導身上推。❷指出了事情往當家人
身上一推了事。

【打蛇勿死終有害】◇喻指除害不
成，定有禍害。

【打蛇打七寸】七寸：蛇的要害之
處。◇喻指制敵要攻其要害，辦事要
抓住關鍵。

【打蛇先打頭，擒賊先擒王】◇喻指
打擊敵人要先打擊為首的人。

【打得一拳去，免得百拳來】◇先給
對方點顏色看看，讓對方知道厲害，
就可以避免對方多次來找麻煩。

【打得船來，過了端午】端午：指
農曆五月初五日端午節，有賽龍舟之
俗。◐等把船修整好了，已經過了端
午節。◇喻指如果行動遲緩，就會錯
過有利時機。

【打落牙齒向肚中嚥】◇❶喻指挨
了打仍然很堅強，不表示出絲毫痛苦
和怯懦。❷指受了委屈還忍氣吞聲，
不敢吭氣。

【打鼓弄琵琶，相逢是一家】◐打鼓
和彈琵琶的合奏時是一家，過後便離
散。◇喻指臨時聚合，逢場作戲，沒
有情義可言。

【打鼓敲鑼，各擔一角】◇每個人
各執其事，互相配合，才能把事情
辦好。

【打當面鼓，不敲背後鑼】◇告誡人
們，有意見要當面說，不要在背後亂
說。

【打噴嚏是鼻子癢，做夢是心裏想】
◇喻指發生任何事情，都是有一定的
緣由。

【打斷骨頭還連着筋】◇喻如果關係
親密，即使出現了一些矛盾，卻也割
不斷情意。

【打鐵先得本身硬】◇喻指要戰勝困
難，或解決難題，首先要靠自身的本
領過硬。◎打鐵先要本身硬／打鐵貴
在自身硬／打鐵必須自身硬／打鐵
要靠本身硬／打鐵先得鎚子硬／打
鐵得要鐵砧硬

【打鐵要趁熱，治病要趁早】◇喻指
辦事要抓住時機，及時採取行動。

【打鐵看火候，做事看時機】火候：
火色程度，火力大小和時間長短。◇做
事要抓住機遇。

【巧中説話，巧中有人】◇雖然説話做事很巧妙很隱蔽，但也難免會被人知道。

【巧手難使兩根針】◇一心不能二用，做事要專心致志。

【巧匠施工，不露斤斧】巧匠：心思靈敏、技術高明的工匠。施工：依照一定的要求建築房屋、橋樑等。斤：古代砍伐樹木的工具。◓高明的工匠幹起活來，顯露不出斤斧砍的痕跡。◇意思説，有本事的人辦事不露鋒芒而遊刃有餘。

【巧舌頭轉不出腮幫子】巧舌頭：轉動靈巧的舌頭，指巧言善辯。腮幫子：腮。◓無論舌頭轉動得多麼靈巧，也轉不到腮的外邊去。◇再能説會道，也不能改變事情的性質，也不能把沒有理的事，説成有理的。

【巧言不如直道】巧言：花言巧語。直：直截了當。道：説。◇花言巧語地繞彎子説話，還不如直截了當，實話實説。

【巧者多勞拙者閒】勞：勞動，幹活。閒：清閒。◇能幹的人反而忙忙碌碌，非常勞累，笨拙的人倒清閒無事。

【巧者勞而知者憂】知：同「智」，有見識。◇聰明能幹的人往往過多地辛苦，有見識、有智慧的人往往過多地憂慮。《莊子‧列禦寇》：「巧者勞而知者憂，無能者無所求，飽食而敖遊，汎若不繫之舟，虛而敖遊者也。」

【巧姑娘難繡無線花】◓沒有線，再心靈手巧的姑娘也繡不出花來。◇做事必須具備必要的條件。

【巧婦難為無米之炊】炊：燒火做飯。◓沒有米，再能幹的婦女也做不出飯來。◇不具備必要的條件，再能幹的人也不可能做成事情。典出宋代陸游《老學庵筆記》卷三：「晏景初尚書，請僧住院，僧辭以窮陋不可為。景初曰：『高才固易耳。』僧曰：『巧婦安能作無麵湯餅乎？』」◎巧婦婦難做無米飯／巧媳婦做不出無米的飯／巧婦安能作無麵湯餅／巧手莫為無麵餅／巧媳婦煮不得無米粥／巧媳婦做不出無米粥

【巧詐不如拙誠】詐：欺騙。誠：誠實。◓再巧妙的欺哄蒙騙也比不上樸拙的誠實。◇提醒人們應該誠實行事。《韓非子‧説林上》：「故曰：『巧詐不如拙誠。』樂羊以有功見疑，秦西巴以有罪益信。」◎巧偽不如拙誠

【巧艄公善借八面風】艄公：指撐船的人。◓聰明的艄公善於藉助風力來揚帆行船。◇聰明人做事，會利用各種有利條件。

【巧説不抵一見】巧説：説得虛浮不實。抵：相當，代替。◓説得再好聽，也比不上親眼一見。◇耳聽為虛，眼見為實。

【巧鞋匠全靠個好楦頭】楦（xuàn）頭：做鞋時所用的模子。◇再聰明能幹的人，也應該具備最基本的條件，才能辦成事。

【巧嘴行藝，黑手經商】巧嘴：指嘴皮子靈巧，説話討人喜歡。行藝：指在街頭或娛樂場所表演雜技、武術、曲藝等。黑手：指不擇手段。經商：經營商業，做買賣。◓能説會道的人可以行藝賺錢；不擇手段的人可以經商賺錢。◇幹甚麼行業都要有與之相配的手段和技能。

【巧嘴郎中沒好藥】巧嘴：指嘴皮子靈巧，說話討人喜歡。郎中：中醫醫生。◐ 會耍嘴皮子的郎中，開不出甚麼好藥方。◇喻指有些人只會耍嘴皮，沒有真才實學，沒有真本事。

【正人先正己】◐ 要讓別人端正，首先必須自己端正。◇告訴人們，只有自己做得端正，批評別人時才會令人信服。◎正人先正己，己正人才服

【扒得一個蝨子，也要揪下兩條腿】◇貪婪成性的人，不會放過任何可以撈取好處的機會。

【功夫大了不壓人】◇功夫深、技藝高，對人只能有好處，不會有壞處。

【功夫不負有心人】◐ 辦任何事只要肯花工夫，有恆心，有毅力，盡力去做，總會成功的。◇說明功到自然成。◎功夫不負苦心人／功夫不虧人

【功夫練就不誤人，隨處可以展身手】◐ 任何技術練好了都不會白練，需要的時候隨時隨地可以施展。◇說明多學點本事沒有壞處。

【功不獨居，過不推諉】◇告誡人們，有了成績不可居功自傲，有了過失不可互相推諉。

【功名不上懶人頭】◇取得功名要靠勤奮，懶人則很難取得功名。

【功名富貴草頭露，骨肉團圓飾上花】◇人生在世，功名富貴像草上的露水一樣，很快就會消失，而家中親人們的團聚卻會像錦上添花一般讓人永誌不忘。

【功者難成而易敗，時者難得而易失】◐ 事業上的成功十分困難，而失敗卻很容易；獲得有利的時機很難，而失去時很容易。◇說明要珍惜已取得的成果，善於抓住有利時機。

【功到自然成】◇辦任何事，只要把工夫下到家，自然會成功。明代吳承恩《西遊記》第三十六回：「師父不必掛念，少要心焦。且自放心前進，還你個『功到自然成』也。」

【功高莫如救駕，奸毒莫過絕糧】◇最大的功勞要數在最危急的時刻幫人一把，最惡毒的行為要數斷絕對方的供給。

【去了咳嗽添了喘】喘（chuǎn）：哮喘。◐ 咳嗽治好了，又染上了哮喘。◇喻指剛解決了一個問題，又發生了另一個問題。

【去個蒼蠅，來個臭蟲】◇剛走了一個壞蛋，卻又來了一個壞傢伙。

【瓦片也有翻身日，烏龜也有出頭時】◇喻指人不會一輩子受苦受窮，必有出頭之日。◎瓦片也有翻身日，哪个窮人窮到底

【瓦屋簷前水，點點不離窩】◇喻指說話、辦事全都抓住了中心和主題。

【瓦罐不離井上破，強人必在鏃前亡】強人：強盜。鏃：箭頭。◇強盜經常搶劫，必定會死在刀槍箭矢之下。

【瓦罐不離井上破，將軍難免陣中亡】◐ 汲水的瓦罐難免打破在井台上，作戰的將軍難免陣亡在戰場上。◇喻指經常做冒風險的事，難免發生意外。◎瓦罐不離井上破，將軍多在陣前亡／瓦罐不離井上破

【甘井先竭】◐ 水味甘甜的泉井，由於飲用的人多，就會先乾枯。◇喻指好用的東西總是要先被用盡。《莊子‧山木》：「直木先伐，甘井先竭。」◎甘泉先竭

【甘瓜苦蒂，物無全美】◐味甜的瓜，蒂是苦的；物品沒有完全美好的。◇說明世間事物都不可能十全十美。漢代無名氏《古詩》：「甘瓜抱苦蒂，美棗生荊棘。」◎甘瓜苦蒂，天下物無全美／甘瓜苦蒂

【甘言疾也，苦言藥也】◇告訴人們，悅耳的甜言蜜語會使人神志不清，昏昏然找不到前進的方向；逆耳的忠誠言語卻像苦口的良藥，能使人心明眼亮。

【甘言奪志，糖食壞齒】◐好聽的話語能夠使人喪失鬥志，就像甜食容易損害牙齒一樣。◇提醒人們，不要被甜言蜜語所迷惑而改變自己的志向。

【甘泉知於渴時，良友識於患難日】◇喻指在困難或危難的時候最能識別人。◎甘旱識好泉，艱難識好漢

【甘脆肥膿，腐腸之藥】◇味美質重的食物是最容易腐蝕內臟的東西。漢代枚乘《七發》：「甘脆肥膿，命曰腐腸之藥。」晉代張協《七命》：「耽口爽之饌，甘臘毒之味，服腐腸之藥，禦亡國之器。」

【甘蔗老來甜，辣椒老來紅】◇❶喻指老年人有經驗，人越老越精神，日子過得越紅火。❷指事物只有完全成熟了，才是最美好的。◎甘蔗老頭甜，愈老愈鮮甜

【甘蔗沒有兩頭甜】◇喻指很難兩方面都好。

【世上人間，方便第一】◇無論何時何地要多給人家方便。

【世上三般拚命事，行船走馬打鞦韆】◇提醒人們，行船、騎馬、鞦韆都非常危險，同拚命一樣。

【世上有，戲上有；戲上有，世上有】◇戲劇中的故事是反映社會現實生活的。

【世上死生皆為利，不到烏江不肯休】◐世上的人無論生和死都是為了追求利益，不走到烏江就不肯停止。◇生生死死都是在追逐名利，不到死就不會停止。

【世上沒有不透風的牆】◇喻指要保守機密很難。

【世上無魚蛤蟆貴】◇喻指一種貨物沒有時，類似的東西也就值錢了。

【世上無難事，只怕有心人】有心人：意志堅決，又肯動腦筋的人。◇只要有信心、有恆心，再困難的事也能辦到。◎天下無難事，只怕有心人／世上無難事，貴在有心人／事怕有心人

【世上無難事，廚中有熱人】◇只要有熱心，世界上就沒有辦不成的事。

【世上萬般悲苦事，無過死別與分離】◇人世間的生離死別是最痛苦的事。

【世有伯樂，然後有千里馬】伯樂：相傳秦穆公時，有個叫孫陽的人，號稱伯樂，擅長相馬。◇喻指先要有識才的人，才能挑選出有才能的人。唐代韓愈《馬說》：「世有伯樂，然後有千里馬。千里馬常有，而伯樂不常有。故雖有名馬，祇辱於奴隸人之手，駢死於槽櫪之間，不以千里稱也。」

【世事如棋局】◐世間的事像棋盤的局勢一樣。◇喻指世事多變。

【世事洞明皆學問，人情練達即文章】練達：閱歷多而通達人情世故。◇一個人能洞察明瞭世間的事，也算是一

種學問；通達人情世故，就會在社會上有所作，也可以成就一番事業。清代曹雪芹《紅樓夢》："又有一副對聯，寫的是：'世事洞明皆學問，人情練達即文章。'"

【世事茫茫如大海，人生何處無風波】◉世間的事像大海一樣蒼茫無邊，人生路途處處都有風波。◇人的一生不是一帆風順的。

【世事短如春夢，人情薄似秋雲】◉世間的事情像春天的夢一樣短暫，人與人之間的情分像秋天的雲一樣淡薄。◇喻指人生短暫，人情冷漠。宋代朱敦儒《西江月·世事短如春夢》："世事短如春夢，人情薄似秋雲。不必計較苦勞心，萬事原來有命。幸遇三杯酒好，況逢一朵花新。片時歡笑且相親，明日陰晴未定。"

【世法平等】法：梵文"達摩"的意譯，指佛教的佛法（即信條、規範等），這裏指一切事物。◇世界上一切事情都應該平等。

【世治用文，世亂用武】◇太平盛世要多用文人，世道混亂得注重使用武將。

【世情休説透了，世事休説夠了】◉不要把世間人情説得太透徹，不要把世間的事情説得太多。◇勸人少談人情世事。

【世情如紙】◇世間人情像紙一樣薄。

【世情看冷暖，人面逐高低】世情：人情世故。◇人情勢利，有錢有勢就有人來巴結，一旦無權無勢就沒人來理你。《張協狀元》："世情看冷暖，人面逐高低。"元代劉唐卿《白兔記》第十齣："他宿世是夫妻，何須苦折離？世情看冷暖，人面逐高低。"◎人面逐高低，世情看冷暖

【世間三件休輕惹，黃蜂老虎狠家婆】◇不能輕易招惹兇狠的女人。

【世間五福，富壽為先】◇世上的各種福運中，富貴和長壽在首位。

【世間沒個早知道】◇人在世間，榮辱禍福，誰也無法預先知道。

【世間惟有別離苦】◇告訴人們，世界上最痛苦的事是別離。

【世祿之家，鮮克有禮】◉世代拿俸祿的人家，很少有禮儀。◇喻指當官的人家橫行霸道慣了，很少有禮儀。

【世路難行錢作馬，愁城欲破酒為軍】◇喻指有錢好辦事，有酒好解愁。

【世亂識忠臣】◇世道不穩時，就可以看出誰是忠臣。《新唐書·崔圓列傳》："帝省書泣下曰：'世亂識忠臣。'即日拜中書侍郎、同中書門下平章事，仍兼劍南節度使。"

【世態炎涼，人情冷暖】◇喻指有錢有勢就有人巴結奉承，無錢無勢就無人理睬。清代陳忱《水滸後傳》三一回："只是在家受不得那愛慾牽纏，生老病死，世態炎涼，人情險惡。"

【世錢紅粉歌酒樓，誰為三般事不迷】◇大多數人都難逃脱金錢、美女、酒宴的迷惑。

【古井無波】古井：老井，枯井。◉枯井就不會有波瀾。◇舊指寡婦就不再改嫁，或指老忠臣不事二主。唐代孟郊《烈女操》："波瀾誓不起，妾心井中水。"

【古古今今多更改，貧貧富富有循環】
◇人的貧富常常會發生變化，不斷循環往復。

【古來冤枉事，皆在路途間】◖◗古往今來，人們遭遇到的冤枉事往往都是在路途的行進中發生的。◇提醒人們，外出在路途中容易發生災禍，要小心謹慎，警惕壞人。

【本小利微，本大利寬】◇做買賣本錢小，盈利也就少；本錢投入多，盈利當然也會多。

【本地薑不辣】◇本地的人雖然出色，常常得不到重視，本地的物產雖然好，常常被人看不起。

【本錢易尋，伙計難討】◇做買賣籌集資金是比較容易的事，但要找到可靠的伙計就很困難了。

【可口味多終作疾，快心事過始為殃】◖◗愛吃的美味食品吃多了會得疾病；高興的事高興得過了頭容易遭禍殃。◇告誡人們，凡事都要適當，不可過頭、過分。◎爽口物多須作疾，快心事過必為殃

【可着頭做帽子】◖◗比着頭的大小做帽子。◇要根據家庭經濟情況決定開支。

【可與共患難，不可與共安樂】◇告誡人們，對寡情無義的人要警惕，這類小人在困難時刻尚可與他一起奮鬥，但卻不可與他共享安樂。

【可憐狼的牧人，羊群不會增多；可憐麻雀的人，糧堆不會升高】
◇提醒人們，決不要同情壞人，否則勢必受到壞人的傷害。

【左眼跳財，右眼跳災】◇迷信認為，左眼皮跳會有財運，右眼皮跳將

會遇到災禍。

【石子裏榨不出油來】見【石頭裏榨不出油來】

【石灰布袋，到處留跡】◇❶喻指人到處留下痕跡。❷暗喻愛好女色。

【石看紋理山看脈，人看志氣樹看材】◇石頭價值高低，要看石頭上呈現的花紋美不美；山要看山脈的走勢如何；人是否有作為，要看他的志氣高不高；樹要看是否成材。

【石頭浸久也會長青苔】◇喻指人或物常處在某種環境中，總會受環境影響，產生某種變化。

【石頭裏榨不出油來】◇喻指不可能辦到的事情。◎石子裏榨不出油來

【石頭雖小壘成山，羊毛雖細積成毯】
◇喻指東西雖小，但可以積少成多，辦成大事。

【石壁汗淋淋，外面落不停】◇石壁潮濕，天就會不停地下雨。

【平日不參神，急時抱佛腳】平日：平時。參神：參拜神佛。◖◗平常日裏不參拜神佛，遇到急難時，才想到乞求神佛救助。◇❶喻指平時不做準備，臨時慌忙應付。❷指平時沒有聯繫，遇到緊急事情，慌忙懇求別人幫忙。

【平日不敲鐘，臨死求菩薩】平日：平時，平常的日子。敲鐘：指佛教寺院早晨撞鐘。◖◗平時不唸經禮佛，到了性命危險的時候才請求菩薩保佑。◇平時不做準備工作，到了危難時刻，再乞求神靈，已無濟於事了。

【平斗麥，尖斗麵】斗：舊時一種量具。◖◗同一重量的麵粉比麥粒體積要

大，用斗量麥是平斗，量麵粉時是尖斗，重量才會一樣。◇針對事物各自的特點，應該採取不同的方法，不能整齊劃一。

【平生五千卷，一字不救飢】平生：一輩子。◇一輩子做學問，寫了很多書，但到了貧窮時，卻不能當飯吃。《蘇軾詩集‧和孔郎中荊林馬上見寄》："秋禾不滿眼，宿麥種亦稀。永愧此邦人，芒刺在膚肌。平生五千卷，一字不救飢。方將怨無襦，忽復歌緇衣。"

【平生不做虧心事，世上應無切齒人】平生：一生，終身。虧心：言行違背正理。切齒：咬緊牙齒，形容非常憤恨。◇生平不做違背良心的事情，在世間裏就不會有切齒痛恨自己的人。◎平生不做皺眉事，世上應無切齒人

【平地一聲雷】◇❶ 突然發生了一件意想不到的大事。❷ 指名聲、地位突然升高。五代前蜀韋莊《喜遷鶯》："鳳銜金榜出門來，平地一聲雷。"

【平地好打椿】打椿：把椿子砸進地裏，用來鞏固建築物基礎。◇基礎條件好，辦事容易成功。

【平地挖枯井，專等失足人】平地：平坦的土地。失足：行走時不小心跌倒。◇有意佈設圈套，專等人上當受騙。

【平地起風波】起：發生。風波：指糾紛或禍端。◇無緣無故，突然之間無中生有出了亂子，鬧起糾紛來了。唐代劉禹錫《竹枝詞》："長恨人心不如水，等閒平地起波瀾。"

【平地跌跟頭】跌跟斗：蹉跌。◇在平坦的地面上摔了跟頭。◇提醒人們，在順利的時候不要放鬆警惕，麻痺大意會出問題，招來禍患。

【平光鏡八面光】平光鏡：屈光度為零的眼鏡。◇喻指人處世圓滑，做事面面俱到，不得罪任何一方。

【平時不修欄，虎咬豬着忙】欄：圍欄。着忙：着急、慌張。◇平日裏時間寬裕時，不積極做好防範工作，到出了事才着急忙亂。

【平時不燒香，臨時抱佛腳】燒香：拜神佛時把點着的香插在香爐中。臨時：接近事情發生時。◇平常不燒香拜佛，臨到有急難時才祈求神佛救助。◇❶ 指平時不積極做準備，臨時慌忙應付。❷ 指平時沒有聯繫，臨時慌忙懇求。◎不燒香，急來抱佛腳 / 閒時不燒香，急來抱佛腳 / 平時不燒香，急來抱佛足 / 平時不燒香，急時拜觀音

【平路跌死馬，淺水淹死人】◇平坦的大路上，如果麻痺大意，反而更易車翻馬死。水淺的地方，如果放鬆警惕，反而更容易淹死人。◇人處在順境時，容易精神鬆懈，得意忘形，釀成大禍。

【平蝨舉斧子，殺蟲拿鎚子】平：消滅，蝨（shī）：蝨子。◇舉起斧子來消滅蝨子，拿起鎚子來殺死蟲子。◇喻指小題大做，舉措失當。

【北人騎馬，南人駛舟】◇北方旱路多，所以北方人善騎馬；南方水路多，所以南方人善行船。◎北人乘馬，南人乘舟 / 北人使馬，南人使舟

【北方不暖南方暖】◇北方地區不暖和的時候，南方地區還是暖和的。◇喻指總會有遂自己心願的時候。

【目能見千里之外，而不能自見其眉睫】◇一個人有遠識，但卻不容易看到自身的短處。

【目短於自見】◐眼睛能看清楚諸多的事物，卻不能看見自身。◇喻指一個人不容易對自己有一個全面正確的認識。《韓非子・觀行》：「古之人目短於自見，故以鏡觀面；智短於自知，故以道正己。」

【田好靠人做，船快靠人划】◇好的結果是人們辛勤勞動換來的。

【田怕秋旱，人畏老貧】◇秋天正好是晚稻揚花的時候，需要一定的水分，如乾旱會影響收成；人老了如果生活貧窮，日子就會非常淒苦。◎田怕秋旱，人怕老貧

【田要朝朝到，地要朝朝掃】◐田要天天耕作，地要天天打掃。◇勤奮勞作就會出成果。

【田等秧，穀滿倉；秧等田，無米過年】◇插秧前要把農田整治好，為獲得農業豐收打下基礎；如果秧苗已長好，農田尚未整好，就必然會耽誤農時，造成農業減產。

【田螺不知尾下皺，狐狸不知尾下臭】◇喻指人往往看不見自己的缺點。

【田雞要命蛇要飽】◐蛇為了填飽肚子而追田雞，田雞為了逃命而奔跑。◇人或動物都是為了生存而搏鬥。

【由命不由人】◇命中注定的事由不得人。◎由天不由地，由命不由人／由天由命不由人

【由着肚子，穿不上褲子】◐有錢不計劃着花，大吃大喝，會窮得穿不上褲子。◇勸人要精打細算，勤儉持家。

【由儉入奢易，由奢入儉難】◐節儉的生活習慣變為奢侈容易，奢侈的生活習慣變為節儉就困難了。◇告訴人們，要保持勤儉節約的好習慣。司馬光《訓儉示康》：「由儉入奢易，由奢入儉難。」

【只可信其有，不可信其無】◇只可相信有這麼回事，不可相信沒有這麼回事，這樣才能有所準備，立於不敗之地。

【只有大意吃虧，沒有小心上當】◇告訴人們，粗心大意就要吃虧，小心謹慎才不會上當。◎只有麻痹吃虧，沒有警惕上當

【只有上不去的天，沒有過不去的河】◇沒有克服不了的困難，沒有解決不了的難題。◎只有上不去的天，沒有過不去的山

【只有千日做賊，哪有千日防賊】◐賊是天天要作案，但人們總不能天天防賊。◇人們很難做到長久地、時時刻刻地防範偷盜。◎只有全夜做賊，沒有全夜防賊／只有千人做賊，沒有千人防賊

【只有千年族，沒有百年親】◇家族可以世世代代傳下去，但親戚過不了幾代關係就會疏遠。◎只有千百年的家底，沒有千百年的親戚／只有千年族誼，無千年親眷

【只有丫環的不是，沒有姑娘的不是】◇喻指只有做具體事的人的錯誤，沒有下命令的人失誤。

【只有不快的斧，沒有劈不開的柴】◇喻指只有沒有本領的人，沒有解決不了的困難。只要肯動腦筋，努力去幹，甚麼樣的困難都能克服。

【只有私房路，哪有私房肚】◇錢財可以私自積蓄在手裏，但飯食不可能積蓄在肚裏。

【只有背時人，沒有背時貨】背時：倒霉，不合時宜。◐只有不善於經營的倒霉人，沒有倒霉的貨物。◇說明商品能否賣得出去不在於貨物本身，而在於人們怎樣去運作。

【只有凍死的蒼蠅，沒有累死的蜜蜂】◇喻指只會凍死懶人，不會累死勤快人。

【只有剩男無剩女】◇只有男的打光棍，沒有女的嫁不出去。◎只見剩下好男子，沒見剩下賴閨女

【只有說不到的事，沒有做不到的事】◇甚麼事情人都可以做出來。

【只有錯拿，沒有錯放】◐只有抓錯人，沒有放錯人。◇抓錯了案犯還可以放掉，錯放了案犯再要捉回來就很難。

【只有錯買，無有錯賣】◇賣東西的人總比買東西的人精明。

【只有錦上添花，哪有雪中送炭】◇喻指有權有勢的人，會有人來巴結；窮苦的人很難得他人的幫助。反映世態炎涼。◎只有錦上添花，沒有雪裏送炭

【只有憶兒女，沒有憶爹娘】◇父母永遠都會惦記着兒女，但兒女長大了卻很少會想着父母。

【只有醜人，沒有醜田】醜人：懶人。醜田：貧瘠的土地。◐只有懶人，沒有永遠貧瘠的土地。◇說明只要勤勞，貧瘠的土地就會變成肥沃的良田。◎只有懶人，沒有懶地

【只有藤纏樹，哪有樹纏藤】◇喻指男女戀愛，男的應該主動。◎只有藤牽樹，哪有樹牽藤

【只因一着錯，滿盤都是空】◐走錯了一步棋，導致整盤棋都輸掉。◇喻指走錯關鍵的一步，導致全局失敗。明代馮夢龍《古今小說‧陳御史巧勘金釵鈿》：“只因一着錯，滿盤都是空。”◎只因一着錯，遂叫滿盤輸／走錯一步路，輸了滿盤棋／走錯一步，滿盤皆輸／走錯一步，全盤皆輸／走錯一顆子兒，輸了全盤棋

【只因上岸身安穩，忘卻從前落水時】◇喻指糟糕的境遇改善之後，人們往往很容易忘卻當年所遭受的挫折。

【只因覽勝探奇，不顧山遙水遠】覽勝：遊覽勝地。探奇：探求奇景。◐為了觀賞山川美景，不怕路途遙遠艱苦。◇喻指為了得到美好的東西，不怕付出代價。

【只見別人眉毛短，不見別人頭髮長】◇喻指人們很容易看見別人的缺點和不足，看不見別人的優點和長處。

【只見波瀾起，不測洞庭深】◇喻指有些人只習慣看表面現象，而不知道去了解其中的奧妙。

【只見活人受罪，沒見死人帶枷】◇活着的時候人受苦受難，死了就全部都解脫了。◎只見活人受罪，哪見死鬼帶枷／只見活者受罪，沒見死鬼帶枷

【只知路上說話，不知草裏有人】◇說話不注意場合，就容易洩露機密。

【只怕不做，不怕不會】◇不管是甚麼工作，就怕你不去做，只要肯做就能學會。

【只怕無恆，不怕無成】▣只怕沒有恆心和毅力，不怕做不成事。◇說明只要有恆心和有毅力，就沒有做不成的事。

【只怕睜着眼的金剛，不怕閉着眼的佛】金剛：佛教稱佛的衛士。◇喻指都怕外表兇惡的人，不怕慈眉善目的有真本事的人。◎只敬睜眼大王，不敬閉眼佛爺 / 只怕睜眼金剛，不怕閉眼菩薩 / 只認得鼓眼羅漢，認不得閉眼觀音

【只怕懶漢不耕，不怕黃土不生】▣只要辛勤耕種，甚麼樣的土地都能長出好莊稼。◇喻指只要付出勞動，就會有所收穫。◎只怕懶漢不耕，不怕地裏不生 / 只怕懶漢不耕，哪怕黃土不生 / 只怕懶漢不種，哪怕黃金不生

【只要人手多，大山會過河】◇喻指人多力量大，大家齊心就能辦大事。◎只要人馬多，萬斤石柱搬過河 / 只要人手多，石磨挪過河

【只要人手好，不怕田地壞】◇只要幹活的人個個技術好，勤勞肯幹，再貧瘠的土地也能變成良田。◎只要人手強，哪怕田地壞

【只要人有恆，萬事都可成】◇只要有恆心，甚麼事情都可以做成。◎只要有恆心，摘下月亮來點燈

【只要功夫深，鐵杵磨成針】杵（chǔ）：春米或捶衣用的一頭粗一頭略細的棒。◇喻指只要有恆心和毅力，肯下苦功夫，再難的事情也能成功。典出

宋代祝穆《方輿勝覽·眉州·磨針溪》：世傳李白讀書象耳山中，學業未成，即棄去，"過是溪，逢老媼方磨鐵杵，問之，曰：'欲作針。'太白感其意，還卒業。"◎只要功夫深，鋼杵磨成繡花針 / 只要功夫深，鐵杵磨成繡花針 / 只要功夫深，鐵杵磨繡針 / 只要功夫深，岩塔開個井

【只要先上船，自然先到岸】◇只要提早行動，就能較早達到目的。

【只要茶飯吃得勻，不怕荒年餓死人】◇只要平時勤儉持家，細水長流，就能有所積蓄，碰上災荒年月就不用發愁沒有飯吃。

【只要船頭坐得穩，不怕四面浪來顛】◇喻指只要立場堅定，行為端正，就不怕歪風邪氣的侵襲。◎只要船頭站得穩，哪怕風浪來顛簸 / 只要船頭坐得穩，不怕浪來顛

【只要婚姻合，鐵棒打不脫】◇只要男女雙方情投意合，不管遇到甚麼樣的挫折，婚姻都不會輕易破裂。◎只要婚姻對，草鞋木錘打勿退

【只要敢死，閻王都怕】◇誰都害怕不怕死的人。

【只要槳花齊，不怕浪花急】◇喻指只要大家同心協力、團結一致，就能戰勝困難。

【只要邁步總不遲】◇喻指只要大家能夠幹起來，就談不上晚。

【只許州官放火，不許百姓點燈】◇舊時官吏們橫行霸道，為所欲為，而老百姓卻一點自由都沒有。典出宋代陸游《老學庵筆記》卷五："田登作郡，自諱其名，觸者必怒，吏卒多

被榜笞。於是舉州皆謂燈為火。上元放燈許人入州治遊觀，吏人遂書榜揭於市曰：‘本州依例放火三日。’”◎只許你燒山放火，不准人夜裏點燈／只許閻王放火，不准小鬼點燈／只許自己打銅鑼，不許人家打雙鑔

【只勤不儉無底洞，只儉不勤水無源】◎只是辛勤工作，拚命掙錢，但生活不儉樸，創造再多的錢財也會用光；只是生活節儉，但不努力工作去掙錢，不可能很有錢。◇告訴人們，既要勤勞，又要儉樸。

【只敬衣衫不敬人】◇世俗勢利的人對待別人只注重他的衣着，而不注重他的人品。◎先敬羅衣後敬人／只敬衣冠不敬人／只重衣衫不重人

【只管三尺門裏，不管三尺門外】◇舊觀念認為，只要管好自己的家就行，不用去管自己家以外的事情。

【只管今天有飯吃，不管明天無柴燒】◇喻指有些人生活沒有計劃，只管眼前享受，不管日後會不會碰到困難，只圖一時享樂，不作長遠打算。

【只管開窗戶，不顧門朝哪】◇喻指做事有片面性，不從全局考慮，只顧及次要方面的問題，拚命去努力，卻忽視了主要方面。

【只幫窮人持鍋，不幫富人吃喝】◇應該幫助窮人，讓他們能夠吃上飯，不應該為富人們大吃大喝出力。

【只顧自己碗裏滿，不顧人家肚裏空】◇喻指有些人自私自利，只顧自己的日子過好，不管別人的處境困難。◎只顧自己灣裏滿，常怨他家井底深／只管自己鍋滿，不管別人屋漏／只管自己鍋滿，哪管別人屋漏

【只顧道場做得好看，不顧祖宗升天不升天】道場：佛教禮拜、誦經、祭祀、學道、行道的場所。◇喻指只搞形式走過場，不解決實際問題。

【央人不如求自己】央：求。◎求別人不如求自己。◇不要去求別人，要自立自強，活得有志氣。

【兄弟刀槍殺，血被他人踏】◎兄弟之間互相殘殺，會被別人看笑話。◇勸告親兄弟之間不要自相殘殺。

【兄弟不和旁人欺】◎兄弟不團結就會受到別人的欺負。◇強調兄弟之間要和睦相處，團結好了旁人就不會來欺負。◎兄弟不和，別人欺負／兄弟不和，受人欺訛

【兄弟合得長，天天算伙食賬】◇兄弟之間要想相處得長久，必須把賬算清楚。◎兄弟親，賬莫混

【兄弟如手足，妻子如衣服】◎兄弟如同手足，不可一刻分離，妻子像衣服一樣可穿可脫。◇意在強調兄弟情誼深重。《三國演義》第十五回：“古人云：‘兄弟如手足，妻子如衣服。衣服破，尚可縫；手足斷，安可續？’”◎兄弟是手足，妻子是牆上泥皮

【兄弟好，土變金】◎兄弟關係好，黃土能變成金子。◇強調兄弟之間團結的重要性。◎兄弟和好土變金，妯娌和好家不分

【兄弟和順家必昌】◇兄弟之間和睦相處，家庭就會富裕興旺。◎兄弟睦，家乃肥

【兄弟雖和勤算數】◇兄弟之間雖然和睦相處，但在錢財的問題上要算清楚。◎兄弟雖親，財各有別

【兄弟鬩鬥，侮人百里】鬩：説別人的壞話。◇兄弟之間雖有糾紛，但能共同抗拒外敵，關鍵時刻能顯出兄弟間的情誼。

【囚人夢赦，渴人夢漿】赦：赦免。漿：汁。◎囚犯常夢見自己被赦免，口渴的人常夢見水。◇心裏常想着的事，在夜裏也會夢見它。

【四不拗六】拗（niù）：固執，執拗，不順從。◇喻指少數違拗不過多數，只能服從多數人的意見。明代淩蒙初《二刻拍案驚奇》卷一："眾人聽得，盡拍手道：'黃先生説得有理。'一齊就去辨悟身邊，討取來看。辨悟四不拗六，抵當眾人不住，只得解開包袱，攤在艙板上。"

【四兩撥千斤】◇只要掌握好要領，藉用對方的力量，用很小的勁兒便可以克敵制勝，以輕敵重，以弱勝強。◎四兩壓千斤

【四兩鴨子半斤嘴】◇喻指人很會説話。

【四海之內皆兄弟】◇天下的人都像兄弟一樣，親如一家。《論語·顏淵》："司馬牛憂曰：'人皆有兄弟，我獨亡。'子夏曰：'商聞之矣：死生有命，富貴在天。君子敬而無失，與人恭而有禮。四海之內，皆兄弟也。君子何患乎無兄弟也？'"◎四海之內，皆為兄弟／四海之內，皆為朋友

【四體不勤，五穀不分】四體：四肢。勤：勞動。五穀：指稻、麥、黍、稷、菽。◇人如果脱離勞動，就會分不清五穀。《論語·微子》："子路從而後，遇丈人，以杖荷蓧。子路問曰：'子見夫子乎？'丈人曰：'四體不勤，五穀不分，孰為夫子？'"

【生不入高門，死不入地獄】高門：指權勢人家。◎不出生在有權有勢的人家，死後也就不會進入地獄了。◇舊時有權勢人家是靠幹壞事發財的，如果不生活在權勢之家就不會跟着做壞事，也就不用入地獄了。舊時迷信認為，活在世間如果做了壞事，死後就會入地獄受苦。

【生瓜梨棗，吃多不好】◇告訴人們，多吃生冷的瓜果，對身體健康不利。

【生在蘇州，食在廣州，死在柳州】◇告訴人們，蘇州風景秀麗，適宜居住；廣州食品好，適宜吃喝；柳州木材好，適宜做棺材。◎生在蘇州，長在杭州，吃在廣州，睡在福州，死在柳州

【生有知人之明，死有貴神之驗】◎活在世上有識別人才的智慧，死後又如神明一樣的靈驗。◇人活着時要有洞悉才能，死後又要有靈驗。《三國志·魏書·張既傳》："于時關中稱曰：'生有知人之明，死有貴神之靈。'"

【生有時，死有地】◇舊時迷信認為，人出生在甚麼時間，死後埋葬在甚麼地方，都由上天安排好的，是有定數的。

【生有益於人，死不害於人】◎活在世上時對別人有好處，死了後對別人沒有害處。◇人活着時應該做好事，死後也不禍害別人。

【生有涯，學無邊】◇人的生命是有限的，但學習是無止境的。

【生存華屋，零落山丘】零落：凋謝，指死。◎生前居住在豪華的房

子裏，死後埋在荒山野嶺。◇喻指盛衰變換無常。曹植《箜篌引》：「驚風飄白日，光景馳西流。盛時不可再，百年忽我遒。生存華無處，零落歸山丘。」

【生死在於天，善惡由人做】◇生死由天安排，但行善與作惡可以由人來定奪。勸人多做好事，多積德。

【生死有命，富貴在天】◇舊時認為人的生死等一切遭際皆由天命決定。常用作事勢所至，人力不可挽回之意。《論語·顏淵》：「商聞之矣，生死有命，富貴在天。」

【生死事大，無常迅速】無常：鬼名，迷信認為，人臨死時，有「無常鬼」來勾魂。◇人的生死事關重大，但當差的「無常」來捉魂一點不懈怠，因此人生很短暫。

【生成的駱駝改不成象】◇喻指事物的本質是無法改變的。

【生年不滿百，常懷子孫憂】◇人的一生難活滿一百歲，但時常為子孫後代、幾百年以後的事憂慮。

【生米做成熟飯】◐生的米已經做了熟的飯。◇喻指已成定局，無法改變。◎生米已煮成熟飯／生米已成熟飯

【生男勿喜、生女勿悲】◐生個男孩不要高興，生個女孩不要悲傷。◇告訴人們，男孩女孩都一樣。

【生的親，買不親】◇舊時認為，自己生的孩子當然會跟自己親近，收養的孩子當然不會跟自己親近。

【生於憂患，死於安樂】◐憂患能使人奮發圖強，安樂能使人意志衰頹。◇告訴人們，艱難困苦的環境，可以使人奮發圖強；舒適安樂的環境，容易消磨人的意志。《孟子·告子下》：「入則無法家拂士，出則無敵國外患者，國恆亡。然後知生於憂患而死於安樂也。」

【生相憐，死相捐】憐：憐愛。捐：丟棄。◇夫妻之間活着時，要互相憐愛，多多照顧，死後就誰也管不了誰了。《列子·楊朱篇》：「楊朱曰：『古語有之：生相憐，死相捐。』」

【生則同衾，死則同穴】衾（qīn）：被子。穴：墳墓。◐活着時同蓋一牀被子，死後同葬在一個墳墓裏。◇喻指夫妻恩愛，永不分離。元代王實甫《西廂記》第四折：「雖然是一時間花殘月缺，休猜做瓶墜簪折。不戀豪傑，不羨驕奢；自願的生則同衾，死則同穴。」

【生看衣衫熟看人】◇不熟悉的人，初次見面，是通過對方的穿着，猜測他的身份；相識以後，就要看他為人如何。

【生前如水，死後如醴】醴（lǐ）：甜酒。◇喻指生前朋友之間的交往淡泊如水，但死後感情卻像甜酒一樣深厚。說明朋友情誼非常深厚。

【生活是知識的源泉，知識是生活的明燈】◇告訴人們，知識是從生活實踐中獲得的，知識的豐富又可為生活指明方向。並闡述了生活和知識的辯證關係，強調知識的重要性。

【生財有大道】◇◐發財致富要有正確的途徑，用正當手段賺錢。◑喻指發財致富很有門路，會開發財源。《禮記·大學》：「生財有大道。生之者眾，食之者寡，為之者疾，用之者舒，則財恆足矣。」◎生財有道

【生處不如聚處】◇告訴人們，集散地的貨物價值比生產地高。

【生就的骨頭長就了的肉】◇強調歷來如此，無法改變。

【生當作人傑，死亦為鬼雄】🔽活在世上要成為人中豪傑，死了也要做鬼中的英雄。◇喻指活要活得顯林，死要死得悲壯。宋代李清照《夏日絕句》：「生當作人傑，死亦為鬼雄。至今思項羽，不肯過江東。」

【生意人人會做，各有巧妙不同】◇喻指做生意的方法很有講究。

【生薑改不了辣味】◇喻指人的本性很難改變。◎生薑斷不了辣氣

【生薑還是老的辣】🔽老的生薑味辣。◇喻指老年人經驗豐富，辦事老練。◎生薑還是老的辣，八角還是老的香／生薑老的辣

【生鐵必難成金，化龍定是鰍鱔】鰍鱔：泥鰍、鱔魚。🔽生鐵變不成黃金。鰍鱔有可能修成龍。◇喻指品質不好的人不可能有所作為，有所作為的人必定是品質好的。

【生鐵煉成鋼，要靠爐火旺】◇喻指人要成才，只有經過千錘百煉。

【失之東隅，收之桑榆】東隅（yú）：指日出處。桑榆：日將落時餘光在桑榆間，指日落處。◇喻指這邊失敗了，但在那邊取得了勝利。也喻指這邊虧了，在那邊賺了。《後漢書·馮異傳》：「璽書勞異曰：『赤眉破平，士吏勞苦，始雖垂翅回谿，終能奮翼黽池，可謂失之東隅，收之桑榆。方論功賞，以答大勳。』」

【失之毫釐，差之千里】失：過錯，失誤。毫、釐：長度的小單位。◇剛開始時只是細小的失誤，到最後就會釀成重大的錯誤。《説苑·建本》：「《易》曰：『建其本而萬物理，失之毫釐，差以千里。』」《大戴禮記·保傅》：「《易》曰：『正其本，萬物理；失之毫釐，差之千里。』故君子慎始也。」◎失之毫釐，謬以千里

【失晨之雞，思補更鳴】🔽雞耽誤了報時，還想補叫一聲。◇喻指有錯誤的人，想將功補過。漢代曹操《選舉令》：「失晨之雞，思補更鳴。」

【失敗是成功之母】🔽失敗往往是成功的基礎。◇告訴人們，只要善於從失敗中吸取教訓，最後就會取得成功。

【失落黃金有處找，失落光陰無處尋】◇光陰非常珍貴，失去了不會再來，勸人珍惜。

【失道寡助】寡：少。◇違背正義，失去道義，就會得不到多數人的支持。《孟子·公孫丑下》：「得道者多助，失道者寡助。寡助之至，親戚叛之；多助之至，天下順之。以天下之所順，攻親戚之所叛；故君子有不戰，戰必勝矣。」

【矢在弦上，不得不發】🔽箭已搭在弓上，不得不射出去了。◇喻指事情到了不得不做的地步。《太平御覽》：「太祖平鄴，謂陳琳曰：『君昔為本初作檄書，但罪孤而已，何乃上及父祖乎！』琳謝曰：『矢在弦上，不得不發。』」

【乍入蘆墟，不知深淺】◇喻指剛到一個新地方，或者剛做一件不曾接觸過的事情，不熟悉情況，不了解底細。明代吳承恩《西遊記》：「我若把功曹的言語實實告誦師父，師父他不濟事，必就哭了；假若不與他實説，

蒙着頭，帶着他走，常言道：乍入蘆墟，不知深淺。"

【乍富不離原氣象，驟貧難改舊家風】乍：剛剛，起初。◇窮人剛富起來的時候，還保持着艱苦樸素的生活作風；富人突然變貧窮，仍改不掉過去那種大手大腳、講究排場的習慣。《增廣賢文》："乍富不離原氣象，驟貧難改舊家風。"◎乍富不知新受用，乍貧難改舊家風

【禾好米好，娘好女好】◇禾苗好，稻米就容易好；母親好，女兒就容易教育得好。

【禾怕夜來風，人怕老來窮】◇禾苗最害怕夜間風的襲擊，人最怕老年時窮困。

【禾怕枯心，草怕斷根】◐禾苗最害怕從中間枯萎，青草最害怕從根部斷掉。◇喻指任何事物在要害處出問題都是最可怕的。

【禾怕遭害蟲，人怕無鬥志】◇禾苗最怕遭受病蟲害，人最怕喪失鬥志。

【禾苗不管難高產，孩子不管難成才】◇告訴人們，要注意對孩子的管理教育，否則孩子就不容易成才。

【禾無土壤沒處長，人無知識沒作為】◇説明一個人獲取知識的重要性。

【仕中無人，不如歸田】◇當官時沒有人幫助你，不如回家種田。用以諷刺舊時官場的黑暗。

【仙人指一指，凡人做到死】◇喻指有權有勢的人隨便發號施令，執行人就會累個半死。

【仙人難斷葉價】◇春天氣溫變化無常，氣溫寒暖直接影響桑葉的生長，

所以再有能耐的人也很難事先斷定桑葉的價格。◎仙人難斷桑葉價

【仙家原是凡人做】◐仙人是凡人修煉成的。◇喻指只要努力，普通人也會成為不平凡的人。◎仙人亦是凡人做，獨怕凡人不肯做

【白了尾巴梢的老狼不好打】◇喻指老奸巨猾的敵人不容易對付。

【白天不做虧心事，半夜敲門心不驚】◇平時從不做損人利己的虧心事，心裏就很踏實，即使是深更半夜有人來敲門，也不會心驚害怕。◎白天不做虧心事，不怕半夜鬼敲門

【白天無談人，談人則害生；昏夜無説鬼，説鬼則怪至】害：禍患。鬼怪：指鬼、妖或怪異之事。◐白天不要談論別人的是非長短，隨便談論別人，容易招來禍害；黃昏、夜晚不要隨便説鬼怪，容易出現怪異之事。◇告誡人們，不要隨便談論別人，免生禍殃。◎白天不説人，晚上不説鬼／白日無談人，談人則害生；昏夜無説鬼，説鬼則怪至

【白日挨門子吃茶，夜晚點燈兒剝麻】◐白天挨家挨戶串門喝茶聊天，結果晚上只好點燈剝麻。◇把充裕的時間用在無聊的事情上，做正經事時就要加班加點，緊趕慢趕。勸人們要合理安排時間。

【白日莫閒過，青春不再來】◐每一天的光陰都要珍惜，一個人不會有第二個青春。◇提醒人們，要珍惜大好時光，不要虛度年華。

【白馬紅纓彩色新，不是親來卻更親】◐人富貴時，白馬紅纓彩色新，趨炎附勢者紛紛而來，不是親人卻比親人

更親。用以形容舊時人情冷暖，世態炎涼。

【白酒紅人面，黃金黑人心】◐ 喝酒會使人臉色紅潤，錢財可以打動人心，使人心地變壞。◇提醒人們，錢財可泯滅人的良心，不要為追逐錢財而失掉良心。◎清酒紅人面，黃金黑道心／清酒紅人面，黃金黑世心／清酒紅人面，財帛動人心

【白楊葉，有風掣，無風掣】掣：牽動，指隨風搖動。◐ 白楊樹的葉蒂嫩弱，有風的時候搖動，沒風的時候也搖動。◇喻指沒有主見的勢利小人，習慣於不時地窺測形勢，見風使舵。

【白髮故人稀】白髮：老年。◇人到了老年，當年一起奮鬥的老朋友就會相繼逝去，剩下的就沒有幾個了。《元刊雜劇三十種・輔成王周公攝政》第三折："（雪裏梅）為甚不交你皓首退朝歸，似你般白髮故人稀。能可你贊拜休名，逸居免跪，凡事便宜。"

【白頭如新，傾蓋如故】白頭：上了年紀的人，此處指彼此交往時間很長的人。傾蓋：車頂上的傘蓋靠攏在一起，指本不相識的人在路上相遇交談，兩輛車子緊靠在一起，叫傘蓋相切。◐ 交往很久，但並不了解的人，像剛剛結識一樣；素不相識的人在道上相遇的人，停下車來聊一聊，倒覺得像多年的老朋友。◇朋友之間貴在相知，貴在旨趣相投。《史記・鄒陽列傳》："語曰：'有白頭如新，傾蓋如故'，何則？"◎白頭而新，傾蓋而故／白頭如新，交蓋如故／白髮如新，傾蓋如故

【白頭花鈿滿面，不若徐妃半妝】白頭：老年。花鈿：婦女首飾。徐妃：梁元帝蕭繹的妃子徐氏，即"徐娘半老"的"徐娘"，後被用於泛稱年老但風韻猶存的女人。半妝：簡單地裝飾。◐ 上了年紀的女人即使滿頭戴上金銀首飾，也不如簡單扮妝的徐娘。◇喻指無論說話、做事、寫文章都要得體，否則會被取笑。《唐摭言卷十・載應不捷聲價益振》："乾符中，蔣凝應宏辭，為賦止及四韻，遂曳白而去。試官不之信，逼請所試，凝以實告。既而比之諸公，凝有得色，試官歎息久之。頃刻之間，播於人口。或稱之曰：'白頭花鈿滿面，不若徐妃半妝。'"

【白糖嘴巴砒霜心】砒霜：毒藥。◐ 嘴上說得甜蜜蜜的人，心腸有可能是狠毒的。◇嘴上說得很好聽，心裏卻千方百計想着害人家。

【他人弓莫挽，他人馬休騎】◇勸誡人們，不要佔用別人的東西。

【他人龍牀，不如自己狗竇】竇（dòu）：孔，洞。◐ 別人的牀再好，也不如自家的狗洞好。◇強調自己的家鄉再差，也比他鄉好。

【他山之石，可以攻玉】◐ 藉助別的山上石頭，來打磨玉器。◇ ❶ 喻指別國的賢能人士，可以作為本國的輔佐。❷ 喻指藉助外力，來改正自己的缺點錯誤。《詩經・小雅・鶴鳴》："他山之石，可以攻玉。"◎它山之石，可以為錯

【他有關門計，我有跳牆法】◇喻指各人都有高招。

【他走他的山東道，我走我的獨木橋】◇喻指各走自己的路，互不干擾。

【他妻莫愛，他馬莫騎】◇ 勸誡人們，不要愛慕他人的妻子，不要插足別人的家庭。

【他要我肝花，我要他肚腸】肝花：肝臟。◇喻指雙方針鋒相對，一方比另一方有更厲害的手段。

【他鄉遇故知】◐ 在異地他鄉遇見了舊友。清代李汝珍《鏡花緣》第十回："果然有志者事竟成，上月被他打死一個，今日又去打虎，誰知恰好遇見賢侄。邂逅相逢，真是萬里他鄉遇故知，可謂三生有幸！"

【他敬我一尺，我敬他一丈】◇ ❶別人很尊重我，我要更加尊重別人。❷表示雙方針鋒相對，用更厲害的手段反擊對方。

【瓜子不飽是人心】◐ 瓜子雖然不能讓客人吃飽，但卻代表着主人的一片心意。◇指儘管招待人的食品很輕微，但情意卻是很深厚的。◎瓜子不飽實人心／瓜子敬客一片心／瓜子不大是人心／瓜子不大敬人心

【瓜田不納履，李下不正冠】納履：提鞋。正冠：戴正帽子。◐ 在瓜田裏不要彎腰提鞋，在李樹底下不要抬手正帽子，以免引起偷瓜摘李子的嫌疑。◇喻指在容易引起是非的地方，要特別注意自己的言行，防止產生誤會。《樂府詩集・相和歌辭七・君子行》："君子防未然，不處嫌疑間，瓜田不納履，李下不整冠。"◎瓜田不納履，李下不整冠／瓜田不躡履，李園不正冠／瓜田不納履／瓜田李下，各避嫌疑

【瓜地挑瓜，挑得眼花】◇喻指可供選擇的東西多了，有時反而會讓人眼花繚亂，拿不定主意。

【瓜長在藤上，驕連在私上】◐ 驕傲自滿與私心雜念就像瓜與藤一樣是緊密連在一起的。◇說明驕傲自滿情緒出於私心雜念，因此要克服驕傲自滿情緒，首先需要克服私心雜念。

【瓜兒只揀軟處捏】◇諷喻社會上某些人總好欺負弱者的不良作風。

【瓜兒戀秧，孩兒戀娘】◇孩子依戀母親就像瓜兒離不開秧一樣。

【瓜無個個圓，人無樣樣全】◇喻指一個人很難十全十美。

【瓜無滾圓，人無十全】◐ 瓜沒有實足圓的，人也沒有十全十美的。◇說明對任何人的要求都不能太苛刻，應從客觀實際出發。

【瓜熟了要摘，果熟了要採】◇說明一旦條件成熟，就應該馬上採取行動。

【瓜熟自落】◐ 瓜熟了，不用人去摘就會落地。◇喻指任何事情一旦條件成熟，自然會取得成功。宋代張君房《雲笈七籤》卷五六："如二儀分三才，體地法天，負陰抱陽；喻瓜熟蒂落，啐啄同時。"◎瓜熟蒂落，水到渠成／瓜熟自落蒂，水到自成川

【令出山搖動，嚴法鬼神驚】◇嚴明的法令會令人震憾、驚懼。

【用人朝前，不用朝後】◇用着別人時就跟人家親近，用不着別人時就疏遠人家。◎用人靠前，不用人靠後／用着人朝前，用不着人朝後

【用之則行，捨之則藏】◇受重用時，就展露才華；不受重用時，就韜光養晦。《論語・述而》："子謂顏淵曰：'用之則行，捨之則藏，唯我與爾有是夫！'"

【用兵先囤糧，餵蠶先栽桑】囤(tún)：儲存。◘ 用兵打仗，先要儲存好糧食；要養好蠶，先要栽好桑樹。◇喻指無論做甚麼事情，都必須事先做好必要的物質準備。

【用得着菩薩求菩薩，用不着菩薩罵菩薩】◇喻指勢利小人行事，需要幫助時，就百般請求討好；用不着時，就一腳踢開，任意冷落和誹謗。◎用菩薩，掛菩薩，不用菩薩捲菩薩 / 用菩薩，求菩薩，不用菩薩罵菩薩

【用藥如用兵】◇醫生用藥近似將帥用兵打仗，不在於多而在於精，要對症下藥。

【犯法身無主】◇觸犯了法律，定會受到制裁，人身就會失去自由。《增廣賢文》："為人莫犯法，犯法身無主。"

【外行看熱鬧，內行看門道】◇外行人只能看到事物的表面現象，只能看看熱鬧，只有內行人才能看出門路和訣竅。

【外君子而中小人】◘ 外表像個君子，本質上卻是個小人。◇人表裏不一。《周易・否》："內陰而外陽，內柔而外剛，內小人而外君子。小人道長，君子道消也。象曰：天地不交，否。"元代喬孟符《兩世姻緣》第三折："似你這等人，外君子而中小人，貌人形而心禽獸，即當和你絕交矣。"

【外來的和尚會唸經】◇喻指迷信外單位、外地的人才，而輕視本單位、本地的人才。

【外明不知裏暗】◘ 外頭明亮不知道裏面黑暗。◇喻指局外人不了解內情。◎外明不知裏暗事

【外面充胖子，屋裏蓋帳子】◘ 在外面充當富有的闊人，但實際上很貧窮，拿蚊帳當被子蓋。◇ ❶ 指假充闊氣的人，其實很貧窮。❷ 喻指假裝有本事的人，實際上不一定有本事。

【外財不富人】外財：非本分、非正常的收入。◇靠不正當的收入不可能過上富裕的生活。◎外財不富人

【外婆抱外孫，累死不一哼】◇喻指做自己喜愛做的事，心甘情願，累死也不會叫苦。

【外甥不出舅家門】◇外甥受舅舅的影響比較大。

【外甥多似舅】◇多數的外甥長得都像舅舅。

【外賊易打，內奸難防】◇外部的敵人容易對付，暗藏在內部的奸細卻難以提防。◎外賊好捉，家賊難防 / 外患易治，家賊難防

【外貌容易認，內心最難猜】◇人的外貌很好辨認，但人的內心很難了解。

【外寧必有內憂】◇當一個國家外部安寧時，內部必然會產生憂患。《左傳・成公十六年》："自非聖人，外寧必有內憂。"

【外頭趕兔，屋裏失獐】獐：是一種小型的鹿，頭上無角。◘ 在外頭追趕兔子，家裏卻丟失了獐子。◇喻指為獲取小利，卻失去了大利。

【冬不可以廢葛，夏不可以廢裘】葛：用葛麻纖維織成的布，供作夏季衣物。裘：毛皮衣服。◘ 冬天不可丟棄夏天用的葛布衣，夏天不可丟棄冬天用的裘衣。◇喻指做事要全盤考慮，不可只顧眼前。

【冬不涼，夏不熱】◇正常情況是冬冷夏熱，如果冬天不冷，夏天就不會熱。說明季節推移，氣候反常。

【冬吃蘿蔔，夏吃薑，不找郎中開藥方】郎中：指醫生。◇冬天多吃蘿蔔，夏天多吃生薑，就可以開胃消食，保持健康，不會生病。◎冬吃蘿蔔夏吃薑，免請醫生免燒香

【冬練三九，夏練三伏】三九：冬至節後第三個九天，是一年中最冷的時候。三伏：夏至節後的頭伏、二伏、三伏，是一年之中最熱的時候。◇習武練功，要不避寒暑，越是艱苦越要鍛煉，天天堅持不能間斷。

【包子有肉不在褶上】褶：褶皺，褶子。●包子裏面是不是有肉，不能看有沒有褶子。◇提醒人們，判斷一個人有沒有本事或實力，不能看他的外表。◎包子好吃不在褶上

【主不請，客不飲】◇告訴人們，被邀做客吃飯時，主人不首先舉杯請客，客人就不能開始飲酒吃菜。◎主不吃，客不飲／主不動，客不吃

【主雅客來勤】◇主人高雅、好客，客人就會經常來。《紅樓夢》第三十二回："湘雲笑道：'主雅客來勤，自然你有些警他的好處，他才只要會你。'"

【立木頂千斤】●直立的木頭能支撐千斤的壓力。◇喻指正直堅強的人能經受得住重大的壓力。

【立地金剛，無人敢當】金剛：指寺廟中佛像旁的侍從力士塑像。◇喻指勇敢、堅強、剛毅的人，無人敢跟他對抗。

【立吃地陷，坐吃山空】◇不勞動、一味盡情吃喝的人，即使擁有的財富再多，也會花盡吃窮。《三遂平妖傳》第二十回："古人原説：坐吃山空，立吃地陷。"元代秦簡夫《東堂老》："自從俺父親亡過十年光景，只在家裏死丕丕的閒坐。那錢物則有出去，無進來的。便好道坐吃山空，立吃地陷。"

【立志若專，反難為易】◇一個人如果能專心為實現自己的遠大理想、宏偉志願而不懈地努力，就能將難做的事變成容易做的事。

【立法不可不敬，行法不可不慎】◇立法必須嚴肅，令人敬畏，執行法律必須慎重。

【立法不可不嚴，行法不可不恕】恕：寬恕，寬容。◇制定法律一定要嚴格，執行法律時要從實際出發，對坦白交代的要給以寬大處理。

【立得正，不怕影兒歪】◇喻指如果為人正派，大公無私，就不怕別人非議。◎立得正，就不怕影兒斜

【立賢無方】◇任用賢德有才的人沒有固定的方法和模式。

【半由天子半由臣】◇治理好國家一半靠領袖的聖明，另一半靠賢臣的輔佐。

【半苶小，吃過老】半苶小：指十幾歲的小孩。◇半小不大的孩子，吃起飯來比大人的飯量還要大。

【半部《論語》治平天下】《論語》：孔子的語錄集，儒家的經典著作，由孔子的弟子整理而成。◇舊時人們認為，只要弄熟弄懂半部《論語》，就可以治理好國家。據宋代羅大經《鶴林

玉露》卷七記載，宋代的開國宰相趙普喜讀《論語》，曾對宋太宗說："臣平生所知，誠不出此。昔以其半輔太祖定天下，今欲以其半輔陛下致太平。"後人遂以"半部《論語》治天下"作為對《論語》的稱讚之辭。有時也含有嘲諷意味。

【必死則生，幸生則死】◇身處險境時，自以為必死無疑而不怕死，反而活下來了；身處險境時，心存僥倖，以為可以活命，卻往往會導致死亡。《吳子·治兵》："凡兵戰之場，立屍之地，必死則生，幸生則死。"

【永不走路，永不踤跤】◎永遠不走路，自然永遠不會踤跤。◇喻指不做任何事情，就永遠不會犯錯誤。

【司馬昭之心，路人皆知】司馬昭：三國時魏國大臣，當權時蓄意要篡奪帝位。◇喻指人人皆知的陰謀和野心。《三國志·少帝紀第四》："司馬昭之心，路人所知也。"

【民不舉，官不究】◇遇到不合法的事要舉報，只要百姓不舉報，官員就不追究。

【民之多幸，國之不幸】幸：這裏指佞幸小人。◇如果老百姓中的佞幸人多，國家就要遭受不幸了。《潛夫論·述赦》："《傳》曰：'民之多幸，國之不幸也。'夫有罪而備幸，冤結而信理，此天之正也，而王之法也。"◎人之多幸，國之不幸

【民以食為天】◇百姓把食物當做最大的需要。

【民可以樂成，不可與慮始】◇舊時認為，可以同黎民百姓共享創業的成果，卻不可以在創業的開始階段同他們商量問題。《史記·滑稽列傳》："豹曰：'民可以樂成，不可與慮始。今父老子弟雖患苦我，然百歲後期令父老子孫思我言。'"

【民可百年無貨，不可一日有飢】◎人民認可長期沒有財物，也不能一天餓肚子。◇強調糧食對民生的重要。

【民生在勤，勤則不匱】◇人民的生計在於勤勞節儉，能勤儉就不會缺乏必要的物資。

【民為邦本，本固邦寧】◇人民是國家的根本，根本穩固了，國家才能安定。《尚書·夏書·五子之歌》："民可近，不可下，民惟邦本，本固邦寧。"

【民無信不立】◇從政者如果對人民群眾不講信用，失信於民，就不會得到擁護，站不住腳。《論語·顏淵》："子貢問政。子曰：'足食，足兵，民信之矣。'子貢曰：'必不得已而去，於斯三者何先？'曰：'去兵。'子貢曰：'必不得已而去，於斯二者何先？'曰：'去食。自古皆有死，民無信不立。'"

【出了喪，討材錢】◎死人都已經落葬了，才去要棺材錢。◇喻指做事情如果不把握好時機，就會增加麻煩，或一無所獲。

【出水方看兩腿泥】◎從水中走出來，方能見到兩條腿上的泥。◇喻指事情到了最後，才能看出結果。◎出水方看兩腿泥，上山方顯高和低

【出門不認貨】◇提醒人們，去市場上購買貨物，錢貨要當面點清；事後

如果出了差錯，商店就很難肯承擔責任。

【出門看天色，進門看臉色】◇出門時要觀察天氣好壞，以便及早做好準備；進門時要察顏觀色，看看人的臉色如何，以便隨機應變。

【出門做客，不要露白】露白：指暴露隨身帶的銀子。◇外出時，隨身帶的錢財不可輕意暴露，否則會有不測。

【出門嘴是路】◇出門如果不知道路該怎麼走，就要多動嘴，多向人詢問。

【出氣多，進氣少】◐病得十分厲害，只有出氣，沒有進氣，快要斷氣了。◇喻指花銷大，收入少，入不敷出的虧損局面。

【出處不如聚處】出處：物品的產地。聚處：聚集貿易的地方。◇❶意思是，物品在產地還不如在集貿地市場上充足。❷指去產地購買所需的物品，還不如在市場上購買，既方便又省錢。

【出頭容易縮頭難】◇一旦參與某件事情，就很難罷手不幹。

【出頭椽兒先朽爛】椽（chuán）：椽子。◐出頭的椽子由於日曬風化會先腐爛。◇喻指冒尖的人，容易最先遭到不幸；也指出頭露面的人物，會首先成為眾矢之的。◎出頭的椽子先爛

【皮不同，瓢一樣】◐瓜果的外表不同，但裏面的瓢子相同。◇事物的外表不同，但實質都是一樣的。

【皮之不存，毛將焉附】存：存在。焉：哪裏。附：附着，依附。◐皮都沒有了，毛還長在甚麼地方呢。◇失去了賴以存在的基礎，就根本無法存在。《左傳・僖公十四年》："虢射曰，皮之不存，毛將安傅？"

【皮皮隔一皮，孫子不如兒】◇同是一家人，老少隔了兩代，孫了就不如兒子對自己孝順。

【皮笊籬，滴水不漏】笊籬：用金屬絲或竹篾製成的能漏水的用具。◑用皮革製成的笊籬，沒有網眼，一滴水都漏不下來。◇❶自己獨佔好處，不給別人留下一點一滴。❷指說話做事非常周密，沒有甚麼漏洞。

【皮軟骨頭硬】◇外表和氣，也很容易接近，但實際上性格強硬，原則性很強。

【皮裏走了肉】◇不知不覺地損耗了實力，只剩下一個空架子。

【台上幾秒鐘，台下十年功】◇演員在台上表演時間雖然很短，但在台下需要長期地勤學苦練。喻指風光和榮譽來自刻苦努力。◎台上幾分鐘，台下百日功／台下千日功，台上五分鐘／台上一分鐘，台下三年功

【台官不如伶官】伶官：舊時稱戲曲演員。◑為政做官的不如台上演戲的。◇諷刺舊時當官的只會擺架子，沒有真本事。

【母嚴出賢女】◇說明嚴教出賢才。

【幼而學，壯而行】◇年幼時努力學習，長大後就可以施展才幹。《孟子・梁惠王下》："夫人幼而學之，壯而欲行之。王曰'姑舍女所學而從我'，則何如？今有璞玉於此，雖萬鎰，必使玉人彫琢之。"

六　畫

【刑不上大夫，禮不下庶民】刑：刑罰。大夫 (dà fū)：古代官職名。禮：與我國奴隸社會和封建社會的等級制度相適應的一整套禮節儀式。庶民：指一般人民。● 刑罰不會去責罰當官的，禮儀不會用在一般老百姓身上。◇ 說明舊時貴族們的行為是不受法律約束的，而統治階級的特權也不可能讓民間百姓享受。語出《禮記・曲禮上》："國君撫式，大夫下之。大夫撫式，士下之。禮不下庶人，刑不上大夫。刑人不在君側。"

【刑以不殺為威，兵以不用為武，財以不蓄為富】● 刑律以不殺人為威嚴，軍隊以不動用為勇武，財產以不積蓄為富有。◇ 喻指事物的最大價值恰恰體現在它的置而不用上。

【吉人天相，絕處逢生】吉人：好人。天相：天助。◇ 舊時指好人會有天助，在走投無路時，總會遇到生機。

【吉人自有天相】◇ 舊謂好人自會得到上天的保佑。元代王曄《桃花女》一折："你只管依着他去做。吉人天相，到後日我同女孩兒來賀你也。"《鏡花緣》第五十九回："雖吉人天相，亦是上天不絕忠良之後。"◎ 吉人自有天報

【吉者凶之門，福者禍之根】◇ 吉凶禍福是相互依存、相互轉化的，吉極將生凶，福極將生禍，物極必反是自然規律。《吳越春秋・勾踐入臣外傳》："夫吉者，凶之門；福者，禍之根。今大王雖在危困之際，孰知其非暢達之兆哉？"

【老人不講古，後生會失譜】古：古老，過去。譜：標準。● 如果老年人不經常講講過去的經驗和教訓，青年人就容易失去準則，會走彎路。◇ 說明年輕人應該多聽聽老人們的經驗之談，可以少發生失誤。◎ 老人不傳古，後生失了譜

【老人可比風前燭】◇ 老年人的生命就像風中的蠟燭一樣，搖曳不定，難以長久。

【老人休娶少年妻】◇ 告誡人們，老夫少妻，年齡差距過大，容易引起婚姻破裂，選擇妻子時應當慎重。

【老人言貴如寶】◇ 老年人經歷多，經驗豐富，說的話和提出的建議往往有參考價值，不容忽視。

【老人都講經過的，孩子都講吃過的】◇ 老年人都愛講自己經過的事情，而小孩子都愛講自己吃過的好吃的食物。

【老子英雄兒好漢，強將手下無弱兵】◇ 說明父母對子女的影響很大，領導對下屬的帶動作用很大。

【老子偷瓜盜果，兒子殺人放火】◇ 說明一個家庭對子女的影響很大。

【老不以筋骨為能】◇ 老年人體質衰退，不能不服老，在體力方面逞強。

【老不正經，教壞子孫】◇ 如果老一輩人行為不正，就會給晚輩帶來不良影響。

【老不哄，少不瞞】◇ 做生意的人要實在，對老人、小孩更不要瞞哄、欺騙。

【老牛肉有嚼頭，老人言有聽頭】
◇老年人經歷多，生活經驗豐富，説
的話值得思考。

【老禾不早殺，餘種穢良田】◇❶熟
過頭的田禾如果不砍去，就會影響良
田的正常耕作。❷指只有進行正常
的新老更替，事業才有可能很好地發
展。

【老成謹慎，天下去得】◇老成穩重
行為謹慎的人不容易上當受騙，無論
到甚麼地方都可以放心。

【老米飯捏不成團】老米：指缺乏黏
性的陳米。▼陳米飯再捏也捏不成
團。◇喻指感情不好、脾氣不合的人
是相處不到一起的。◎老米飯捏殺不
成團

【老吾老以及人之老，幼吾幼以及
人之幼】◇告訴人們，應該既尊敬
自己的老人，也尊敬別人的老人，
既愛護自己的小孩，也愛護別人的小
孩。《孟子·梁惠王上》：“老吾老，
以及人之老；幼吾幼，以及人之幼。”

【老虎也有打盹時】◇説明再精明強
幹的人，也難免有疏忽大意的時候。
◎老虎還有打盹的時候

【老虎有打盹時，駿馬也會失前
蹄】◇喻指能人智者有時也難免出現
失誤。

【老虎屁股摸不得】◇喻指凡是自以
為了不起的人，都容不得別人的批
評。

【老虎戴佛珠】◇告訴人們，惡人經
常假充善人，要加以提防。

【老怕喪子，少怕喪妻】◇老年時期
失去孩子，中青年時期失去妻子，是
生活中最悲傷的事。

【老怕傷寒，少怕痢疾】◇告訴人
們，老年人得傷寒病，年輕人得痢
疾，是最傷身體的，要注意預防。

【老怕傷寒少怕痨】◇告訴人們，老
年人得傷寒病，年輕人得痨病，是最
難醫治的，要注意預防。

【老要顛狂少要穩】◇老年人要活潑
開放些，年輕人要老成穩重些。◎老
要張狂，少要穩重 / 老要繁華，少要
老成

【老皇曆唸不得，老道道走不得】
❶老皇曆已經過時，不能再用了；老
的道路已經改變，走不通了。◇告訴
人們，辦事不能因循守舊，照搬老的
模式。

【老馬不死，舊性猶存】◇喻指有才
能的人即使年紀大了，也還想着要發
揮一定的作用。◎老馬不死本性在

【老馬識路數，人老通世故】◇人老
了往往就有社會經驗，對周圍事物就
認識得清楚、透徹，就像老馬認識路
一樣。《韓非子·説林上》：“管仲、
隰朋從於桓公而伐孤竹，春往冬反，
迷惑失道，管仲曰：‘老馬之智可用
也。’乃放老馬而隨之，遂得道。”

【老根不肥葉子乾】◇喻指在學習上
重要的是打好基礎，否則基礎知識貧
乏，運用起來也會受到限制。

【老蚌出明珠】◇❶喻指老年得到好
兒子。❷喻指老年人生活經驗豐富，
往往能出一些好主意，提一些好建
議。宋代蘇軾《虎兒》詩：“舊聞老
蚌生明珠，未省老兔生於菟。”

【老健春寒秋後熱】◇老年人的健康
像倒春寒和秋後熱一樣短暫。

【老將刀熟，老馬識途】◇喻指老年人閱歷多，經驗豐富。

【老將出馬，一個頂倆】◇喻指經驗豐富的人，一個人能頂上兩個人用。

【老將知而耄及之】知：同“智”，智慧，聰明。耄（mào）：糊塗。◇人老了，積累的經驗多了，必將會更有智慧，可是糊塗的情況也會跟着出現。《左傳·昭西元年》：“諺所為老將知而耄及之者，其趙孟之謂乎？”◎老將至而耄及之

【老鼠打牆，家賊難防】◇喻指內部的壞人最危險，破壞性最大，需要特別注意警惕和防範。◎老鼠攻牆，家賊難防

【老鼠再大也怕貓】◇喻指貪贓枉法的人，職位再高，也害怕執法人對他們進行法律制裁。

【老鼠看倉，看得精光】◇喻指重要部門必須選擇可靠人負責，否則就要出問題。

【老鼠專揀窟窿鑽】◇喻指壞人最愛鑽空子，慣於乘虛而入。

【老鼠愛打洞，壞人愛鑽空】◇告誡人們，要時刻警惕防範壞人鑽空子，不能有一絲一毫的麻痹大意，讓壞人有機可乘。

【老愛鬍鬚，少愛髮】髮：頭髮。◇喻指不同年齡的人愛好不同。

【老睡幼醒，與墓相近】◇如果老年人常常昏睡，幼兒常常驚醒，都是有病的表現，應及時醫治，否則一旦病情加重，就離死亡不遠了。

【老實人，辦實事】◇老實人都是說實話，辦實事，不弄虛作假，值得信任。

【老實常在，說空常敗】●說老實話的人能取信於人，信譽常在；說空話的人，往往因敗露而失信於人，信譽掃地。◇提醒人們，為人要誠實，不要弄虛作假。◎老實常在，脫空常敗 / 老實常在，狡猾常敗

【老實常常在，強盜死在牢獄裏】◇告訴人們，為人要忠厚老實，不可為非作歹。

【老鴉嫌豬黑】◇諷喻自身有缺點、毛病的人，不但沒有自知之明，還嘲笑跟自己有同樣缺點、毛病的人。◎老鴉罵豬黑 / 老鴉說豬黑，自己不覺得

【老貓不在，耗子竄】◇喻指如果戒備不嚴，壞人就會來搗亂。◎老貓不在家，耗子上屋爬

【老貓不死舊性在】◇喻指壞人只要還活着，作惡的本性就不會改變。

【老薑辣味大，老人經驗多】◇告訴人們，老年人經歷的事情多，經驗豐富，應該注意向他們請教。

【老鴉窩裏出鳳凰】老鴉：烏鴉。◇喻指平凡人家同樣能養育出優秀人才。

【老鷹不吃窩下食】◇喻指壞人一般不在自己的住處附近作案。◎老鷹不打窠下食，兔子不吃窠邊草

【地靠糞養，人靠飯長】◇地靠糞肥才能使土壤肥沃，才能長好莊稼；人靠吃飯才能維持生命，才能長大成人。

【耳不聽心不煩】◇耳朵沒聽到，心裏就不會煩。◎耳不聽，肚不悶 / 耳不聞心不煩 / 耳不聽為淨

【耳朵朝前照，不是騎馬便坐轎】
◇雙耳豎起來向前的人有福相，將來
一定會發達。

【耳聞不如目見】◇耳朵聽到的不如
親眼看到的真實可靠。◎耳聞不如眼
見／耳聞不如目睹／耳聞不如目睹，
目睹不如身受／耳聽不如眼見，眼見
不如手摸／耳聞不如目睹，目睹不如
親歷

【耳聽千遍，不如手過一遍】●聽別
人講授千遍，不如自己動手做一遍。
◇聽他人講的次數再多，還不如親自
實踐一次效果好。

【共君一夜話，勝讀十年書】◇同
知識淵博的人交談，能獲得很大的收
益，勝過死讀書。◎同君一夜話，勝
讀十年書／與君一席話，勝讀十年
書／聽君一席話，勝讀十年書

【朽木不可雕】朽木：爛木頭。●爛
木頭不能雕刻。◇喻指品德差或才
能低下的人不堪造就。《論語・公冶
長》：「子曰：『朽木不可雕也，糞土
之牆不可杇也，於予與何誅。』」

【再兇不過殺頭，再窮不過討口】
討口：討飯。◇沒有比殺頭更兇的，
沒有比討飯更窮的。

【再甜的甘蔗不如糖，再親的孃子
不如娘】◇孃子再親，也趕不上生
身的母親。

【臣不傲君，子不傲父】傲：傲慢，
輕慢。◇臣在君前不能傲慢，子在父
前不能放肆。

【臣為君死，妻為夫亡】◇舊時認
為，當臣子的理應為君王忠心效力，
當妻子應該對丈夫忠貞不渝，哪怕是
死也在所不辭。

【西方不亮東方亮】◇喻指這裏不行
那裏行，丟了這裏還有那裏。◎西邊
不亮東邊亮

【西瓜要吃瓤，看人看肚腸】◇喻指
要了解一個人不能看他的外表，而要
看他的內心。

【西瓜黃香梨，多吃壞肚皮】◇告訴
人們，西瓜和梨性寒，不宜多吃，否
則會傷害腸胃。

【西風難吹日影斜】◇喻指真理是歪
曲不了的。

【在人屋簷下，不敢不低頭】◇喻指
在別人的勢力範圍之內和別人的控制
之下，只能是順從人家，聽人家的指
揮。《上饒集中營・煉獄雜記》：「他
勸你留得青山在，不怕沒柴燒，在人
屋檐下，不得不低頭。」◎在人矮簷
下，怎敢不低頭／在他矮簷下，怎敢
不低頭／在他門前過，誰敢不低頭／
走人簷下過，不得不低頭

【在山靠山，在水靠水】◇需要依靠
本地的資源，結合實際情況來安排生
活。

【在世一棵草，死後一件寶】◇有些
人活着的時候不被重視，死後卻當做
寶貝，被人重視起來了。◎在生是一
根草，死了是一個寶

【在生一日，勝死千年】◇活着總比
死了好。

【在生不孝，死祭無益】●父母活着
的時候不孝敬，死後去祭奠就沒有甚
麼意義。◇提醒人們，應該在父母活
着的時候多行孝道。◎在生買點爺娘
吃，寒日清明祭啥墳

【在行恨行，出行想行】行：行業。
◇有些人幹哪一行怨哪一行，離開了

這行又懷念這行，對工作不能專心致志。

【在京的和尚出外的官】◇舊時認為，在京城裏做和尚舒服，在外地做官舒服。

【在家一棵草，出門一種寶】◇喻指有些人在家裏覺得很平庸，但到了外面卻很受人重用。

【在家千日好，出外半時難】◇在家做甚麼事都方便，到了外面就會感到處處不便。◎在家百日好，出門時時難／在家千日好，出門動步難／在家千日好，出外半朝難／在家千日好，出外一時難／在家事事好，出門處處難

【在家不是貧，路貧貧煞人】◇在家裏雖然很貧窮，總還是有辦法解決；出門在外如果手頭沒有錢，那真是毫無辦法對付了。

【在家不欺人，出門無人欺】◇平時不欺負任何人，能跟人家搞好關係，出門在外就不會被人家欺負。◎在家不打人，出門沒人打

【在家不會迎賓客，出外方知少主人】◇平時不懂得熱情接待賓客，到了外面後才知道受冷遇的滋味。◎在家不理人，出門沒人理

【在家似龍，出外似鼠】◇喻指有些人在家非常活躍，甚至蠻橫無理，到了外面卻膽小如鼠。◎在家像隻老虎，出門像隻老鼠／在外邊是羊，在家裏是狼

【在家見饃吃，出門見湯喝】◇在家容易出外難。

【在家沒新舊，出門火柴頭】◇告訴人們，在家裏穿得舊點沒有關係，出門就要穿得漂亮些。

【在家要好，出外無襖】〇在家總想穿好衣服、新衣服，一旦出門就沒有好衣服穿了。◇勸人過日子要會打算。◎在家愛好，出門沒襖

【在家待朋友，出外兄弟多】◇在家熱情地對待朋友，出門在外也會有許多朋友幫助你。

【在家敬父母，何用遠燒香】◇到外地去燒香敬神，還不如在家孝敬父母。◎在家不敬父母，遠走千里燒香／在家孝順父母，勝似出門遠燒香

【在家靠父母，出外靠朋友】◇一個人在家主要靠父母的照顧，出外就要靠朋友之間的相互幫助。◎在家靠父母，出門靠主人／在家靠爺娘，出外靠店主

【在家癩和尚，出門一院僧】◇喻指一個甚麼能力都沒有的人，換了一個新地方卻得到重用。◎在家癩和尚，出門一院僧／在家是個破和尚，出外就是一蓬僧

【有一得必有一失】◇說明事情具有兩面性，有得就會有失。◎有所得，必有所失

【有人向燈，有人向火】◇雖然每個人的傾向不同，但他們的實質都差不多。

【有了千田想萬田，做了皇帝想成仙】◇喻指人的慾望是沒有止境的。◎有了百田想千田，做了皇帝想成仙／有了千錢巴萬錢，當了皇帝想成仙／有了千錢巴萬錢，皇帝老兒想成仙

【有了天天節，沒了節不節】◇有了一點錢就好吃好穿，天天像過節；真

到了過節的時候，日子過得很凄苦，因為口袋裏的錢平時都花完了。

【有了老婆不愁孩，有了木匠不愁柴】◇ ❶ 喻指具備了必要條件，有了一定的基礎，就不愁辦不成事情。❷ 指做事不能性急，有了第一步，就不用愁第二步。

【有了好漢無好妻，但見懶漢穿花枝】◇丈夫聰明能幹，妻子往往甚麼都不會做；丈夫懶惰，妻子卻勤快能幹，讓丈夫穿得乾淨體面。

【有了知識而不用，等於耕耘不播種】◇學到的知識不運用到實踐工作中去，就像耕好的地不去播種一樣，沒有一點收穫。

【有了狠着，沒了忍着】❍有了錢就拚命花，沒有錢只好忍着。◇告誡人們，過日子要有計劃，不能有錢時亂花，沒有錢時餓肚子。

【有了張良，不顯韓信】張良：漢高祖劉邦的謀士。韓信：劉邦手下的大將。◇喻指能人在更有能耐的人面前就難以顯示出他的才幹來了。

【有了圓裏方，百事好商量】圓裏方：指錢。◇只要有了錢，甚麼事都好辦。

【有了滿腹才，不怕運不來】◇只要有了真才實學，就一定會有施展的機會。

【有土才能築牆，有水才能栽秧】◇喻指要想把事情辦好，必須具備基本的物質條件。

【有山必有水，有人必有鬼】◇有山的地方一定會有水，有人的地方一定會有壞人。

【有山就有路，有河就能渡】◇喻指不管甚麼困難，都能找到克服的辦法。

【有千年產，沒千年主】◇產業的存在是千古不變的，但佔有者會經常更換。

【有子萬事足】◇舊時認為，有了兒子，一切都會滿足。◎有子不為窮，有子萬事足

【有比較才能鑒別】◇經過比較才能辨別高低和優劣。

【有仇不報非君子，有冤不伸枉為人】❍有仇不報不是君子，有冤不伸白白地做人。◇強調有仇必報，有冤必伸，才是好漢。

【有文不鬥口】❍有書面憑據，就不發生爭執。◇告誡人們，做生意、談交易要注意簽訂合同，以免將來為利益而發生糾紛。◎有文契不可鬥口

【有心不怕路程遠，無心枉在屋門前】◇喻指只要有決心和毅力，再大的困難也能克服，沒有決心和毅力，再簡單的事情也做不成。◎有心不怕路程遠，無心哪怕屋門前 / 有心不怕千里遠，無心寸步也難移

【有心江上住，不怕浪淘沙】◇喻指既然敢於身臨險境，就不會有任何懼怕。

【有心燒香，無論早晚】◇喻指只要肯做，就不在於時間早晚。◎有心拜節，摟罷豆葉 / 有心拜年，重五不遲 / 有心拜年，等到寒食不遲 / 有心不怕遲，十月也是拜年時 / 有心燒香，不論早晚

【有尺水，行尺船】◇ ❶ 喻指根據自身的條件去做力所能及的事。❷ 指根據現有條件靈活辦事。

【有打魚的時候，也有曬網的時候】
◇喻指做任何事情，都有緊張和輕鬆、辛苦和安逸的時候。◎有得魚哩，有曬網哩 / 有撈魚的時候，就有曬網的時候

【有功雖仇必賞，有過雖親必誅】
❏ 如果有功勞，即使是仇人也一定要獎賞；如果有過錯，即使是親屬也一定要懲罰。◇告訴人們，應該獎懲分明，功過賞罰要不論親疏。

【有田不種倉廩虛，有書不教子孫愚】
◇有農田而不種糧食，倉庫就會沒有糧食儲藏；有書而不教子孫讀，子孫就會愚昧無知。◎有田不耕倉庫虛，有書不讀子孫愚

【有奶便是娘】◇喻指有些人毫無氣節，只貪圖私利，誰給好處就為誰效力。◎有奶就是娘

【有肉大家吃，砸鍋一人賠】◇喻指有好處大家得，出了問題卻由一個人來承擔責任。

【有肉嫌肥，無肉吃皮】◇喻指條件好的時候，挑肥揀瘦，有好東西還不滿意；條件差的時候，低劣的東西也只好將就湊合。

【有多大本錢，做多大生意】◇提醒人們，做事一定要根據實際情況，量力而行，不要勉強。◎有多大本錢，做多大買賣

【有志不在年高，無志空活百歲】
◇只要有志氣，不論他年齡大小都能有所作為；沒有志氣，活到百歲也是白活。◎有志不在年高，無志空長百歲 / 有志不在年少

【有志者，事竟成】◇有志向的人，最後一定會成功。《後漢書·耿弇列傳》："帝謂弇曰：'……將軍前在南陽建此大策常以為落落難合，有志者事竟成也。'"

【有車就有轍，有樹就有影】❏ 有車走過就會有車轍，有樹木就會有樹蔭。◇喻指不管事情做得如何機密，總會有痕跡可尋。

【有你是五八，沒你是四十】◇你存在與不存在無關緊要，有沒有你都一樣。

【有佛不怕無殿坐】◇喻指只要有本領、有才學，就不怕找不到適合自己的位置。

【有花自然香】◇ ❶ 喻指有才幹的人自然會有人賞識。❷ 指質量好的東西自然會有好名聲。◎有花自然紅

【有花當面貼】◇喻指有話應該當面講出來。

【有其父必有其子】❏ 有甚麼樣的父親就會有甚麼樣的兒子。◇父親的言行會直接影響兒子。◎有其父必有其女 / 有其母必有其女

【有事叫公公，無事臉朝東】◇用得着別人的時候就對人很熱情，用不着別人的時候就對人很冷漠。

【有事恨天短，無事覺天長】◇忙的時候恨時間過得太快，閑的時候又覺得時間過得太慢。

【有雨山戴帽，無雨山穿衣】◇山頭若被雲霧籠罩，天就要下雨；山腰若被雲霧圍繞，就會天晴。◎有雨山頂帽，無雨雲攔腰

【有知吃知，無知吃力】◇有知識的人靠知識吃飯，沒有知識的人靠力氣吃飯。

【有例不滅，無例不興】◇舊時認為，如果有先例存在，就按先例照辦；如果沒有先例，就不能標異立新。喻指一切都要按照慣例辦事。清代李寶嘉《官場現形記》第四十一回：“回師老爺的話：‘有例不興，無例不滅。’這兩句俗語料想師老爺是曉得的。”◎有例不滅，無例不增／有例不可滅，無例不可興／有例不可止，無例不可起

【有的不知無的苦】◇有能力或有財力的人不知道沒有能力或沒有財力的人的苦處。

【有斧砍倒樹，有理說服人】◇有理就能說服別人。◎有斧砍得樹倒，有理說得人倒

【有官就有利，有錢就有勢】◇舊時“官”與“利”、“財”與“勢”是相通的，做官就會有好處，有錢就會有勢力。◎有官就有利，有財就有勢

【有狀元徒弟，沒有狀元師傅】◇說明學生的學識和本領會超過老師。◎有狀元學生，無狀元先生／只有高徒弟，沒有高師傅／只有狀元學生，沒有狀元先生

【有苗不愁長】● 有了幼苗，就不愁它長不大。◇喻指有了一定的基礎，就不愁不發展。

【有則改之，無則加勉】勉：勉勵。◇對於別人所提出的批評意見，如果覺得批評得對，就改正，如果批評得不對，就用來勉勵自己。宋代朱熹《論語集註・學而第一》：“曾子以此三者日省其身，有則改之，無則加勉，其自治誠切如此，可謂得為學之本矣。”

【有風方起浪，無潮水自平】● 有風的時候才會掀起波浪，沒有潮水到來水面自然平靜。◇喻指事情的發生總會有其原因。明代吳承恩《西遊記》：“行者道：‘有風方起浪，無潮水自平。’你不惹我，我好尋你？只因你狐群狗黨，結為一夥，算計吃我師父，所以來此施為。”◎有風方有浪，無風水自平

【有勇無謀，一事無成】◇光有勇氣沒有謀略，甚麼事情都不會成功。◎有勇無智，一事無成

【有馬不愁沒人騎】◇喻指有了好東西就不用害怕沒人使用。

【有茶有酒兄弟多，疾難來了不見人】● 有茶有酒時，來稱兄道弟的人很多，有困難時，就見不到人了。◇提醒人們，酒肉朋友是靠不住的。◎有茶有酒多兄弟，急難何曾見一人／有酒有肉多弟兄，難急何曾見一人

【有荒節約度荒，無荒節約備荒】◇告訴人們，碰到災荒的年頭，要節約錢糧度過荒年；沒有災荒的年頭也要節約錢糧，防備發生災荒。◎有災節約度荒，無災節約備荒

【有柴無米，設法不起；有米無柴，設法得來】● 家中只有柴草而沒米下鍋，沒有辦法可想；如果有米下鍋，只缺柴火，那麼還可以設法搞到柴草。◇具備了必要的物質條件，就不愁辦不成事。

【有恩不報非君子】◇告訴人們，受人恩惠應該報答。◎有恩不報非君子，忘恩負義是小人／有恩不報非君子，有仇不報枉為人／有恩不報是仇人／有恩不報枉為人／知恩不報非君子，萬古千秋作罵名

【有峰必可攀】❶甚麼樣的山峰都是可以攀登上去的。◇喻指無論甚麼困難都是可以克服的。

【有借有還，再借不難】◇借東西要及時歸還，再借時，別人就會很樂意借給你。◎有借有還千百遍／有借有還千百次，有借無還一次完

【有病不瞞醫，瞞醫害自己】◇告誡人們，對醫生要把自己的病情講清楚，不要瞞着醫生，否則會害自己。◎有病莫瞞太醫／有病勿可瞞郎中

【有病方知健是仙】◇經受了病痛的折磨後，才知道身體健康是多麼快樂和幸福。

【有病早醫，無病早防】◇告誡人們，有病時要及時治療，沒有病時要提前預防。◎有病早治，無病早防／有病早治，有錢省事

【有病求醫，不如無病預防】◇告誡人們，有病時去求醫生治病，還不如沒病時加強預防好。

【有理三扁擔，無理扁擔三】❷有理打三扁擔，無理也打三扁擔。◇舊時衙門斷案，不問青紅皂白，一上堂就是責罰。

【有理不在先告狀】◇只要有理，不在於誰先告狀。

【有理不在聲高】◇只要有理就能說服人，不在於說話的聲調高低。◎有理不在高音／有理不在亮嗓門／有理不在嗓門高／有理不在言高／有理勿在聲高

【有理不怕勢來壓】◇只要真理在手，就不怕別人權勢相壓。

【有理不怕遲】◇只要有理就不用着急，就是說得慢、說得晚也能說通。

【有理不愁沒路走】◇只要有理即使走遍天下，總會找到講得通的地方。

【有理打太公】太公：曾祖父。◇只要真理在手，年歲大、威望高的人也能被駁倒。◎有理堂前打太公／有理打得太婆倒

【有理走遍天下，無理寸步難行】◇有理到哪裏都行得通，沒理到哪裏也行不通。◎有理能走天下，無理寸步難行／有理天下走，無理蹲在灶門口／有理走遍天下，沒理寸步難行

【有理言自壯，負屈聲必高】◇有理說話就會有力；受委屈說話的聲音就會高。明代馮夢龍《警世通言·金令史美婢酬秀童》："有理言自壯，負屈聲必高。"

【有理講得君王倒，不怕君王坐得高】◇喻指只要真理在手，權勢再大的人也能被駁倒。

【有理讓三分】三分：泛指幾分。◇告誡人們，與人發生爭執時，即使你完全有道理，也要謙讓一些。

【有梧桐樹，何愁招不來鳳凰】◇❶喻指只要家裏條件好，不怕娶不到好兒媳，或者招不到好女婿。❷指單位條件好的話，不愁招不到人才。

【有眼力不在老少，能當家不在大小】◇喻指只要有能力，不論年齡大小都可以做大事。

【有眼不識金和玉，錯把黃金當碎銅】◇喻指糊塗人眼力差，不識貨，把貴重的東西看成是不值錢的東西。◎有

眼不識寶，靈芝當蓬草 / 有眼不識金和玉，直把黃金當碎銅 / 有眼不識金鑲玉，錯把茶壺當尿壺

【有眼睛看別人，無鏡子照自己】
◇喻指只盯着別人的缺點，看不見自己的缺點。

【有魚腥味，就有貓來找】◇喻指自身有缺點，壞人會趁機鑽空子。

【有情人終成眷屬】◇相愛的男女最終會如願以償地結成夫妻。元代王實甫《西廂記》第五本第四折："永老無別離，萬古常完聚，願天下有情的都成了眷屬。"

【有情何怕隔年期】◇只要男女雙方有感情，就不怕長久的分離。

【有情飲水飽，無情吃飯飢】◇朋友之間若有真摯深厚的感情，即使以清水招待也會感到非常滿足；若沒有真情實意，即使以豐盛的酒菜招待，也覺得不夠。

【有菜五分糧，不怕餓斷腸】◇菜也能頂一半糧食，有了菜就不怕捱餓。◎有菜豐年糧，無菜豐年荒 / 有菜能頂糧，沒菜餓肚腸 / 有菜三分糧，沒菜餓斷腸

【有棗一竿子，沒棗一竿子】◇喻指不管事情會不會有結果，對自己是否有好處，都要去做一做。◎有影也打一竿子，沒影也捅一棍子 / 有棗兒也得一竿子，沒棗兒也得一竿子 / 有棗沒棗打三竿

【有備無患，無備有患】◇告誡人們，事先有所準備，就可以避免禍患；事先不作準備，就會災難臨頭。《尚書‧商書‧説命中》："惟事事，乃其有備，有備無患。"

【有飯送給親人，有話説給知人】
◇心裏話要説給知心人聽。

【有葫蘆不愁畫不出瓢來】◇喻指有了必要的物質條件，就不怕做不成事。

【有勢不可使盡，有福不可享盡】
◇告訴人們，做事要留有餘地，不可做絕。

【有路不撑船】▼有陸路可走就不走水路。◇❶乘船危險性大，應儘量避免乘船。❷指做事圖方便，走捷徑。◎有路莫登舟 / 有陸莫登船

【有腳不愁無路走】◇喻指具備了必要條件，就不怕做不成事。◎有腳就有路

【有話則長，無話則短】◇作報告、寫文章應該根據實際需要，該長就長，該短就短，不要囉唆。◎有話便長，無話便短 / 有話即長，無話則短

【有話説在當面，有事擺在眼前】
◇告訴人們，有意見要當面提出來，有不明白的事要當面搞清楚，不要在背後搞小動作。◎有話當面説，有彩當面揭 / 有話説出口來，有穀碾出米來 / 有話説到當場，何必一旁吵嚷 / 有話説在面上，有菜切在案上 / 有話説在明處，有藥敷在疼處

【有意栽花花不發，無意插柳柳成蔭】◇喻指有心去做的事情，不一定能做成功；無意做的事情，反而倒成功了。◎有心栽花花不長，無心栽柳柳成行 / 有意種花花不發，無心插柳柳成蔭 / 着意栽花花不發，等閒插柳柳成蔭

【有煤燒在十冬臘月，有米吃在五黃六月】◇喻指把東西留到最需要的時候使用，讓它發揮最大的價值。

【有福不用忙，無福跑斷腸】◇迷信認為，有福氣的人不用着忙，到時候自然會得到應該有的東西；沒有福氣的人想爭也爭不到。◎有福之人何用忙，無福之人跑斷腸

【有福之人，不落無福之地】◇舊時認為，有福氣的人會到有福氣的地方，不會無緣無故去那些沒有好處的地方。

【有說有笑，不分老少】◇不管年老年少，都可以開開玩笑。

【有蜜不想糖水喝】▼有蜂蜜吃就不想喝糖水。◇喻指有了更好的東西，就不會喜歡稍差一點的東西。◎有蜜吃不想糖水喝

【有廟就有和尚】◇喻指設一個機構，就會有辦事的人。

【有緣千里來相會，無緣對面不相逢】◇只要有緣分，人們相隔再遠也可以相會；如果沒有緣分，人們離得再近也不會相遇。宋代無名氏《張協狀元》第十四齣：“有緣千里能相會，無緣對面不相逢。”

【有緣何處不相逢】◇有緣分的人總有一天會見面。

【有嘴就有路】◇行路時多向人詢問，就能避免走彎路，順利到達目的地。

【有錢一條龍，無錢一條蟲】◇告訴人們，人有錢辦事方便，就顯得生龍活虎，沒有錢就會萎靡不振，難以有所作為。

【有錢人逛嘴，沒錢人逛腿】◇有錢人逛街總喜歡買吃的，沒錢人逛街只能看看而已。

【有錢千里通，無錢隔壁聾】◇有錢可以廣交天下的朋友，沒有錢就連隔壁的鄰居都不愛理睬你。

【有錢王八大三輩】◇舊時認為，不管甚麼人只要有錢就會得到別人的尊敬和奉承。◎有錢大十代，沒錢做曾孫 / 有錢大十歲，無錢晚十輩 / 有錢的王八長三輩 / 有錢三十為老祖，無錢八十做長工 / 有錢王八大三分，無錢秀才鬥角蹲 / 有錢王八坐上席

【有錢不買半年閒】◇告訴人們，購物要現用現購，不購閒置半年以後才使用的東西，不然就會積壓資金。◎有錢不置半年閒 / 有錢不置閒物

【有錢不買張口貨】張口貨：指張口吃飯的人。◇喻指不能僱用只會吃飯的人。

【有錢四十稱年老，無錢六十逞英雄】◇有錢人進入中年就在家養老，無錢人到了老年還要勞作。

【有錢有酒款遠親，火燒盜搶喊四鄰】▼平時總是用酒款待從遠方來的親戚，遇到偷盜或者火時都喊鄰居幫助。◇到了危難緊急的時刻，鄰居比遠方的親人更有用。

【有錢有勢非也是，無錢無勢是也非】◇有錢有勢的人即使錯了，人們也認為他是對的；無錢無勢的人即使對了，人們也認為他是錯的。反映出舊社會的世態炎涼。

【有錢吃藥，無錢泡腳】◇有錢人得病就買藥吃；窮人沒錢買藥，只能是經常用熱水泡腳，起到防病治病的作用。◎有錢常吃藥，無錢常洗腳

【有錢車子坐，沒錢騎大路】◇喻指不同境遇的人有不同的生活方式。

【有錢使得鬼推磨】◇喻指有錢就會神通廣大，甚麼事情都容易辦成。◎有錢能使鬼上樹／有錢能使鬼推磨／有錢使得鬼動，無錢喚不得來／有錢使得鬼推磨，無錢鬼也不上門／有錢使得鬼推磨，有錢買得官來做／有錢使得鬼拖驢

【有錢的藥擋，沒錢的命抗】◇有錢人一生病就找醫生治療，打針吃藥，千方百計恢復健康；沒錢人生病只能是聽天由命，硬挺着。

【有錢神也怕，無錢鬼亦欺】◇有錢時誰都敬畏，沒錢時誰都欺侮。

【有錢常記無錢日，莫待無錢思有時】◇告誡人們，有錢時候要節省着花，以備窮困的時候用。◎有錢常想無錢日，無病莫忘有病時／有錢須念無錢苦，得意還防失意時

【有錢開飯店，不怕大肚漢】◐有錢開飯店，就不怕飯量大的人來吃飯。◇喻指想做事就不怕遇到困難，即使碰到困難，也有能力解決。◎有心開飯店，不怕大肚皮

【有錢買的鹽也鹹】◇喻指運氣好的人總是走運。

【有錢無子非為貴，有子無錢不是貧】◇光有錢沒有兒子不是真正的富貴；有兒子沒有錢不算貧窮，因為兒子可以創造財富。

【有錢就有理，沒錢押監裏】◇諷喻舊社會衙門的腐敗，有錢就能打贏官司；沒錢即使有理也只能是坐監牢。

【有錢萬事足，無官一身輕】◇有了錢就甚麼都有了，沒有官職反而會感到輕鬆。◎有錢萬事足，無罪一身輕

【有錢萬事皆靈，無錢寸步難行】◇有錢甚麼事都能辦成，沒錢甚麼事都做不了。

【有錢難買子孫賢】◇子孫賢能是一件難能可貴的事。

【有錢難買五更眠】五更：天快亮的時候。◇五更時辰睡眠最舒服，質量也最高，因此在五更時睡個好覺很難得。◎有錢難買臨明覺／有錢難買五更覺

【有錢難買少年時】◇告誡人們，要珍惜少年時代，不可虛度光陰。

【有錢難買老來瘦】◇老年人不宜過胖，肥胖容易引起各種疾病，所以瘦一點是很難得的事。

【有錢難買回頭看】◇對做過的事情進行重新檢查是非常重要的。

【有錢難買靈前弔】弔：弔唁。◇死後能有人前來靈前弔唁，是一件非常難得的事。

【有貓不知貓功勞，無貓才知老鼠多】◇喻指擁有重要人物或貴重物品時，往往不知道怎麼珍惜他（它）們，一旦失去後，才想起曾經有過他（它）們的好處。

【有燈不愁火】◐有了（油）燈就不愁沒有火源。◇❶喻指只要有原料，就不愁沒有產品。❷指抓住了關鍵，其他的問題就容易解決。◎有燈便不愁火／有燈還愁沒火／有燈有油，還愁沒亮

【有燈掌在暗處，有鋼使在刃上】◇喻指要把力量或財物用在最需要的地方。

【有薑不愁風，有椒不怕寒】⊙吃了薑和辣椒可以抵禦風寒。◇喻指有了一定的準備，就不怕困難來臨。

【有膿總要出頭】◇喻指只要有矛盾存在，就不用想着掩蓋，總有一天會暴露出來。

【有雞天也亮，沒雞天也明】◇喻指缺不缺某個人無所謂，照樣能把事情辦成。◎有雞叫天亮，沒雞叫天也明 / 有雞叫天明，沒雞叫天也明 / 有雞天也亮，無雞天也明

【有雞不怕沒盤裝，有女不怕沒婿郎】◇喻指只要有好東西在手，就不用發愁沒有人要。

【有麝自然香，不必迎風揚】麝：指麝香。◇喻指有才能的人自然會被人們了解，不必在人面前顯露。◎有麝自來香，不用大風揚 / 有麝自然香，不用大風揚 / 有麝自然香，不用當面揚 / 有麝自然香，何必大風揚

【有鹽同鹹，無鹽同淡】◇喻指有福同享，有難同當。

【有蠻官，無蠻百姓】◇舊時只有不講理的官員，沒有不講理的百姓。◎只有蠻官，沒有蠻百姓

【百人之堡，千人不能攻】⊙一百個人防守的城堡，一千個人也難攻克。◇告訴人們，地理條件和防禦工事，在軍事上有非常重要的作用，誰佔有它就不易被攻克。

【百人百性】⊙一百個人有一百樣性情。◇不同的人有不同的稟性、脾氣、愛好。

【百人百條心】⊙一百個人有一百個心眼。◇人多容易心不齊。

【百不為多，一不為少】⊙珍貴的東西，有一百件也不嫌多，有一件也不算少。◇世上珍奇的東西很多，如果能多擁有自然是好事，但能有一件也是很幸運的。

【百日牀前無孝子】◇人如果長期臥病在牀，即使是孝順的子女，也難保證能持久地耐心照顧。◎百天牀前無孝子

【百日砍柴一日燒】⊙用一百天的工夫砍的柴，一天給燒光了。◇如果不節儉，長期攢下的積蓄，也會很快消費掉。

【百尺竿頭，更進一步】◇❶原為佛教用語，比喻道行、造詣雖深，仍需修煉提高。❷喻指不滿足已有的成就，還要繼續努力，爭取更大的成就。《五燈會元·長沙景岑禪師》："百尺竿頭須進步，十方世界是全身。"◎百尺竿頭，須進步

【百尺高樓平地起】⊙百尺高的樓房是從地基上建造而起的。◇喻指無論做甚麼事情，要想獲得成功，都必須從基礎做起，要一點一滴地積聚，由小到大地發展。◎百尺高樓從地起

【百巧不如一拙】巧：機智。拙：樸拙。◇過於巧詐，不如樸拙淳厚。

【百年三萬六千日，光陰止有瞬息之間】⊙人即使能活一百年，總共三萬六千天，但光陰也只不過在瞬息之間。◇無論多少天的漫長，但光陰是瞬息即逝。

【百年土地轉三家】⊙一百年當中，田地會換三家主人。◇世事興廢無常，百年之內，土地也會轉換好幾家。

【百羊之皮，不如一狐之腋】腋：指動物腿部與腹部連接處。◿一百張羊皮，也不如一張狐狸的腋皮。◇❶衡量事物是否貴重，不在於數量多少，而在於產品的品質。❷指平庸的人再多不如一個賢能的人。◎千羊之皮，不如一狐之腋

【百里不同風，千里不同俗】◇提醒人們，不同的地方有不同的風俗習慣，要注意尊重人家的生活習俗。《漢書・王吉傳》："是以百里不同風，千里不同俗，戶異政，人殊服，詐偽萌生，刑罰亡極，質樸日銷，恩愛寖薄。"

【百里不販樵，千里不販糴】販樵：賣柴。販糴：賣糧食。◇提醒人們，不要到百里之外的地方賣柴，也不要到千里之外的地方賣糧食，路途太遠不合算。西漢司馬遷《史記・貨殖列傳》："諺曰：'百里不販樵，千里不販糴。'"

【百里之海，不能飲一夫；三尺之泉，足止三軍渴】三軍：軍隊的統稱。◿方圓百里的大海，還不夠一個人飲用；三尺大的小泉，足夠解決三軍的乾渴。◇喻指如果貪得無厭，東西再多也難以滿足；如果所求有限，東西再少也不感到缺乏。《尉繚子・治本》："野物不為犧牲，雜學不為通儒。今說者曰：'百里之海，不能飲一夫；三尺之泉，足止三軍渴。'臣謂：'慾生於無度，邪生於無禁。'"

【百足之蟲，至死不僵】百足：即馬陸，多足，切斷後也不立刻僵直，還能蠕動。◇喻指財勢雄厚的權貴人家，即使已經衰敗，但還是不會徹底垮掉。《三國志・魏書・武文世王公傳第二十》："故語曰'百足之蟲，至死不僵'，以扶之者眾也。"◎百足之蟲，死而不僵／百足之蟲，雖死不僵／百足之蟲，三斷不蹶／百足之蟲，斷而不蹶

【百金買房，千金買鄰】◇選擇好鄰居比購置好房子更為重要。◎百金買屋，千金買鄰／百萬買宅，丷萬買鄰

【白金買駿馬，十金買美人，萬金買爵祿，何處買青春】◇駿馬、美女、地位都可以用錢買到；而青春是一去不復還，到哪兒也無法買到。

【百病可治，相思難治】◇無論生甚麼病，都有辦法治療，唯有相思病無法醫治。

【百病從腳起】◇人的疾病大多數都是因腳受寒而引起。人體各部位的疾病，都會從腳上反映出來。

【百問不煩，百挑不厭】◇百問不煩，百挑不厭，極其耐心周到，才能贏得顧客的信任，生意興隆。

【百動不如一靜】◿活動不如靜止。◇❶告訴人們，保養身體以心態平靜為好。❷告訴人們，面對出現的事情，要冷靜觀察，不必忙於行動。◎一動不如一靜

【百船出港，一船領頭】◇眾多之中，總要有一個領頭人。

【百密也有一疏】◇無論怎麼嚴密周到，也難避免會有一時的疏忽。◎百密未免一疏／百密總有一疏

【百將易得，一帥難求】將：將領，高級軍官。帥：軍隊中的最高指揮官。◇帥才極為寶貴，非常難得。

【百無一有，百巧百窮】百巧：各種技藝。◇能工巧匠全都是幹活的窮人，百人之中沒有一個是富有的。

【百萬豪家－焰窮】◐擁有百萬家財的富戶，一把火就會傾家蕩產。◇喻指火災是兇猛無情的。

【百歲光陰如捻指，人生七十古來稀】捻指：即彈指間，一會兒。◐百年的光陰如同彈指似的，很快就過去了，人能活到七十歲就很不容易，是古來少有的。

【百歲光陰如過客】◐一百年的光陰像一個過路的客人一樣，匆匆地從你身邊過去了。◇喻指人生很短暫。◎百歲流光如過客

【百煉方能成鋼】◇人要經過千錘百煉才能成材。

【百聞不如一見】◐聽上一百次，還不如親眼見一次真實可靠。◇親身觀察遠比道聽途說好。《漢書・趙充國傳》："充國曰：'百聞不如一見。兵難隃度，臣願馳至金城，圖上方略。然羌戎小夷，逆天背畔，滅亡不久，願陛下以屬老臣，勿以為憂。'"◎千聞不如一見

【百樣米養百樣人】◇人雖然都是吃五穀雜糧，但人與人卻不一樣，形形色色甚麼樣的都有。

【百戰百勝，不如不戰】◇百戰百勝固然受讚揚，但不如不戰而勝。《孫子兵法・謀攻》："是故百戰百勝，非善之善者也；不戰而屈人之兵，善之善者也。"

【百騎不避城，千騎不避路，萬騎不避鎮】城：城池。路：行政區劃單位，唐代稱道，宋代稱路，元代稱省。鎮：駐軍重地。◐騎兵若有百人，就不避城池；騎兵若有千人，就不避省府；騎兵若有萬人，就不避重鎮。◇兵力越強大，就越無所顧忌，無所畏懼。

【百藝百窮，九十九藝空】百藝：各種技藝。窮：窮盡，全部掌握。◐百種技藝都想學，結果九十九種都會落空。◇學習如果不專一，可能會一事無成。

【百靈鳥不忘樹，梅花鹿不忘山】◇告誡人們，不能忘本。

【灰沙搓不成繩子，懶惰學不到知識】◇告訴人們，要想學到知識，必須勤奮，不能懶惰。

【死人不知抬喪苦，做官哪知百姓窮】◇舊時做官的都很富有，只顧自己吃喝玩樂，從不體恤百姓的生活艱難。

【死人身邊有活鬼】◇喻指老實人受了欺侮，即使他本人不反抗，周圍的人也會出來打抱不平。

【死人頭上無對證】◐人死了，就無法對證了。◇喻指無法判定事情的真假。◎死無對證／死人口裏無招對

【死生有命，富貴在天】◇生死是命中注定的，富貴是由上天決定的。喻指萬事皆由天命注定。語出《論語・顏淵》："子夏曰：'商聞之矣，死生有命，富貴在天。'"

【死有重於泰山，有輕於鴻毛】◐有的人的死比泰山還重，有的人的死比鴻毛還輕。告誡人們活得有意義、有價值，死後才會被人記住。語出司馬遷《報任安書》："人固有一死，或重於泰山，或輕於鴻毛，用之所趨異也。"

【死者不可復生】◇告訴人們，死者不能復生，勸人要節哀保重，要善待活人。

【死狗扶不上牆】◇喻指無用的人，想扶也扶不起來。◎死貓扶不上樹 / 賴狗扶不上牆

【死店活人開】◇店是死的，人是活的，做事靈活就可以把生意做活。

【死要面子活受罪】◇人太愛虛榮了，為了顧全自己面子，往往自討苦吃。

【死馬當活馬醫】◇喻指事情在幾乎無望的情況下，仍在作最後的努力。宋代《宏智禪師廣錄》卷一：“若恁麼會去，許爾有安樂分，其或未然不免作死馬醫去也。”◎死馬當做活馬醫 / 死馬當做活馬騎

【死病難醫】❷ 不治之症難以醫治。◇喻指問題非常嚴重，已經到了無法解決的地步。

【死魚不張嘴兒】◇喻指人緘口不語。

【死棋肚裏有仙着】着（zhāo）：下棋時的一步。❷ 看似死棋，但走了一步高招，變成了活棋。◇喻指事情看來已經無望，但抓住一些關鍵性的工作，還可能挽回敗局。

【死寡易守，活寡難熬】◇夫妻兩地分居着實不容易。

【死豬不怕開水燙】❷ 豬已經死了，就不怕用開水燙了。◇喻指已經豁出去了，怎麼對待都不怕。◎死豬不怕開水淋 / 死豬不怕開水澆 / 死狗不怕狼叼 / 死老鼠任貓拖

【死諸葛嚇走生仲達】諸葛：指諸葛亮，三國時蜀國政治家、軍事家。仲達：即司馬懿，三國時魏國的大臣。❷ 死了的諸葛亮嚇走了活着的司馬懿。◇諸葛亮的英名在死後，仍具有很強的威懾力。該典故出於《三國志·諸葛亮傳》中：諸葛亮臨死前，讓手下做了個木頭的諸葛亮坐在車上。司馬懿得到諸葛亮死了的消息，發兵進攻。姜維推出坐在車上的木頭諸葛亮，司馬懿誤以為諸葛亮沒死，迅速退兵。

【成人不自在，自在不成人】成人：成才。自在：安逸舒適。◇貪圖安逸舒適，不刻苦努力，就不能成才。宋代羅大經《鶴林玉露》第九卷：“諺云：‘成人不自在，自在不成人。’此言雖淺，然實切至之論，千萬勉之。”◎自在不成人，成人不自在 / 成人不自在

【成大事者不恤小恥】恤：吝惜。◇告訴人們，要完成偉大的事業，就不能顧全自己的面子，有時還得承受一些小的恥辱。

【成大事者不惜費】◇告訴人們，要做成大事，就不要吝惜，要付出一定的代價。

【成也蕭何，敗也蕭何】蕭何：漢高祖劉邦的丞相，曾輔佐劉邦起義，並薦舉韓信為大將軍；劉邦統一天下後，蕭何又設計為劉邦除掉韓信。❷ 韓信的功成與失敗都由蕭何造成的。◇事情成功靠此人，事情失敗也由此人引起。宋代洪邁《容齋續筆》：“信之為大將軍，實蕭何所薦，今其死也，又出其謀。故俚語有‘成也蕭何，敗也蕭何’之語。”《五代史平話·晉史平話卷上》：“韓信得蕭何之薦，乃王齊，便是‘成也蕭何’也。……呂后與蕭何謀，蕭何教呂后詐言已得陳豨誅殺了，當給信入賀，使武士縛信斬之，夷其三族，便是‘敗也蕭何’也。”◎成敗蕭何 / 敗也是蕭何

【成功之下，不可久處】◇官場中獲得名利、聲望後，不可長久留戀下去，要激流勇退。

【成功無難事，只怕心不專】◇想成就功業並不難，就怕沒有恆心，不能一心一意地堅持到底。

【成由勤儉破由奢】◇勤勞儉樸會使事業成功，家業興旺；同樣奢靡荒廢也會使事業失敗，家業破敗。語出唐代李商隱《詠史》："歷覽前賢國與家，成由勤儉破由奢。"

【成立之難如登天，覆敗之易如燎毛】◇成家立業非常艱難，覆滅失敗非常容易。

【成事不足，敗事有餘】◇有些人要想辦成事情，能力完全不夠；但想把事情搞壞時，本領卻很強。◎成事不足，壞事有餘／敗事有餘，成事不足

【成事在天，謀事在人】◇事情的成敗雖然由天意決定，但主觀上努力創造條件，想盡力謀求事情的成功決定於自己。明代羅貫中《三國演義》第一〇三回："孔明歎曰：'謀事在人，成事在天。不可強也！'"◎謀事在人，成事在天

【成則為王，敗則為寇】●爭奪天下往往以成敗論英雄，勝利者稱王稱帝，失敗者則被稱為盜寇。◎成則為王，敗則為賊／成則為王，敗則為虜／成則王侯敗則賊／成者為王敗者賊／敗為寇，成為王／勝者王侯敗者賊

【成家猶如針挑土，敗家好似水推沙】◇告誡人們，成家業聚財非常不容易，像用針挑土一樣艱難，但敗壞家業卻似大水推沙般迅速。

【划船應順風使舵，辦事勿隨機迎合】◇告訴人們，辦事不應該像划船那樣見風使舵，隨機迎合，而應堅持原則。

【至愛莫如夫妻】◇意思是說，無論甚麼樣的感情，都不如夫妻的感情深厚。

【至親不如好友】◇關係很親近的親戚，還不如往來密切的朋友感情深。

【至親莫如父子】◇誰也沒有父子間的感情親密。

【此地無硃砂，黃土子為貴】硃砂：礦物名，又名辰砂、丹砂，色鮮紅，可入藥，亦可作顏料。●這裏沒有紅硃砂，黃土塊子便也貴重了。◇沒有高級的好東西，檔次低的一般東西也就值錢了。

【此處不留人，自有留人處】◇這裏不受歡迎，總有願意收留我的人家。《警世恆言‧三現身包龍圖斷冤》："先生道：'若要奉承人，卦就不準了；若說實話，又惹人怪。此處不留人，自有留人處！'"

【光棍眼裏揉不了沙子去】◇精幹正直的人是非分明，無法容忍不公平的事在自己眼前發生。

【光景百年，七十者稀】◇古時人的壽命普遍較短，能活到七十歲的人比較少。言人壽之短暫。

【光祿寺的茶湯，武庫司的刀槍，太醫院的藥方】◇此為明朝京城"三可笑"諺語，當時流行較廣。諷喻舊時官府衙門腐敗無能，空有其名而無其實。明沈德符《萬曆野獲編》卷二十四云："京師向有諺語云：'翰林院文章，武庫司刀槍，光祿寺茶

湯，太醫院藥方。' 蓋譏名實之不相稱也。"

【光勤不儉，只落不懶；光儉不勤，餓破嘴唇】 ⊙ 只勤勞而不節儉，最後只能落一個不懶的名聲；而只是注意節儉，不勤勞肯幹，最後只能捱餓。◇告訴人們，既要勤勞，又要節儉，才能生活得好。

【光節約，不增產，好像井水沒泉源】 ◇告訴人們，光靠節約是不行的，必須努力增產，生活才能富足。

【光讀不用，終久無用；想用沒讀，還是糊塗】 ◇說明不讀書不行，光讀書不實踐就沒有任何意義，讀書和實踐要相結合。

【早下米，早吃飯；晚下米，晚掀鍋】 ◇喻指做事情是早做早獲利，晚做晚獲利。

【早上不見晚上見】 ⊙ 早上見不到晚上也會見到。◇勸告人們，經常碰面的熟人不要鬧矛盾，矛盾深了見面不好辦。

【早上吃在嘴上，晚上吃在腿上】 ◇早上多吃一些，經一上午的緊張工作和學習，所有熱量會全部消耗掉；晚上吃了就睡覺，熱量消耗不掉，體內會積存多餘脂肪，身體發胖，腿變粗。◇勸人早上吃飽，晚上吃少。

【早上年下，晚上節下，日子沒有吃不窮】 ◇一日三餐吃得像過年過節，非常豐盛，不用多久就會把家吃窮。提醒人們，過日子要節儉，要精打細算。

【早上烏雲擋東，不下雨也颳風】 ◇早晨東方天空烏雲遮日，預示天氣將發生變化，不是下雨就是颳風。

【早不盤算晚吃虧】 ⊙ 做事不早作打算、早定計劃，到後來就會吃虧。◇告誡人們，做事情要事先計劃好，不能盲目行事。

【早生兒子早得力】 ◇舊觀念認為早生兒子就會提早得到兒子的幫助，提前享兒子的福。◎早生兒子早得福 / 早養兒，早得繼，晚養兒子惹子氣 / 早養兒，早得力，早種莊稼早結粒 / 早養兒子早得繼，早娶媳婦早成器 / 早有兒，早得繼

【早起一步，一日消停】 ◇早晨早起一會兒，就會把一天的工作做妥帖。◎早起一步，消停三天 / 早起一時，鬆活一天

【早起三光，晚起三慌】 ◇早晨起得早，時間充足，把事都辦妥了，就會輕身自在；早上起得晚，時間倉促，事做不完，就會手忙腳亂。

【早起三朝當一工】 ◇連續早起三天，三個早上的工作時間就能抵得上一整天的活。◎早起三日當一工 / 早起三日當一工，免得求人落下風 / 早起三朝，勝過一工；常餘一勺，久成千鍾

【早起不慌，早種不忙】 ◇早晨起得早，時間會寬裕，做事就很從容，不致於慌裏慌張；抓緊時間早種早播，就會提前完成任務，就不會手忙腳亂。

【早起早眠，益壽延年】 ◇早起早睡，生活有規律，就能使人健康長壽。

【早起看日頭，睡眠不蒙首，飯後百步走，壽有九十九】 ◇告訴人們，早晨要起得早，晚上睡覺不要蒙頭，飯後散散步，就能健康長壽。

【早起鳥兒捉蟲多】 ◇喻指勤勞的人起得早，收穫也會多。

【早起精神爽，思多血氣衰】◇每天早點起牀，一天都會覺得精神爽快；思慮過多，就會心情抑鬱，影響身體健康。

【早茶晚酒飯後煙】◇早晨起來喝茶，晚飯時喝點酒，飯後抽支煙，生活輕鬆愉快。

【早晨才栽樹，晚上難乘涼】◇喻指事情剛剛做完，不可能馬上就能受益。◎早晨栽下樹，晚來想乘涼

【早晨吃點薑，百病全消光】◇早晨吃點薑，可以袪病保健。◎早晨吃點薑，百病都消散／朝食三塊薑，如得人參湯／朝朝食塊薑，餓死街上開藥方

【早晨起來七件事，柴米油鹽醬醋茶】◇當家人每天忙忙碌碌，一早起來就要安排生活的必需品。◎開門七件事，柴米油鹽醬醋茶

【早報晚報，時候來到】◇作惡者早晚會得到報應。

【早睡早起，沒病惹你】◇告訴人們，早睡早起，生活有規律，就不容易生病。

【早睡早起，清爽歡喜；遲睡遲起，強拉眼皮】◇告訴人們，早睡早起，就會精神振奮，精力充沛；晚睡晚起，休息得不好，就會萎靡不振。

【早餐要飽，午餐要好，晚餐要少】◇告訴人們，早餐要吃得飽些，上午精力就會充沛，能很好地工作、學習；午餐要吃營養價值高的飯食，能提供一天所需的營養；晚餐要吃得少些，符合睡眠衛生。◎早飯吃得早，午飯吃得飽，晚飯吃得少，不用吃補藥／早飯要少，午飯要飽，晚飯不吃更好

【吐下鮮紅血，當做蘇木水】蘇木：木名，莖和皮可以熬成紅色染料。◇喻指自己真心地對待別人，可人家卻一點也不當回事。

【吐口唾沫能把人淹死】◐吐一口唾液就能淹死人。◇喻指權勢大，隨便說一句說，就可以置人於死地。

【吐口唾液是個釘】◇說話算數，不能更改。

【吐出去的口水收不回來】◇喻指話說出去了就要算數，不能改口。

【曲木惡直繩，重罰惡明證】曲木：彎曲的木頭。惡（wù）：憎惡，害怕。直繩：木匠用來打直線的墨繩。重罰：指受嚴厲懲處。明證：確鑿的證據。◐曲木害怕用墨線來衡量，罪犯害怕用確鑿的證據來考察。◇行為不規、為非作歹的人畏懼嚴明公正的法律。漢代王符《潛夫論·考績》："諺曰：'曲木惡直繩，重罰惡明證。'"

【曲不離口，拳不離手】◐練習唱歌要經常不斷，練習拳術要堅持不懈。◇熟能生巧，多練就能提高技藝，持久不斷功夫才能到家。◎拳不離手，曲不離口

【曲如鈎，封公侯；直如弦，死道邊】曲：彎曲。鈎：懸掛東西的用具，形狀彎曲。封：古代帝王賜給臣子爵位。公、侯：封建時代五等爵位的一、二等，泛指顯要地位。弦：弓弦。◇曲意奉承的人受封為公侯，直言敢道的人卻不受重用，老死在路邊上。反映出古代仕途不公的現象。南朝宋范曄《後漢書·五行志第一》："順帝之末，京都童謠曰：'直如弦，死道邊。曲如鈎，反封侯。'"

【曲突徙薪無恩澤，焦頭爛額為上客】曲（qū）：使彎曲。突：煙囱。徙：搬離。薪：柴。恩澤：恩惠。◆火災發生之前，有人提出要把直煙囱改為彎曲形狀，把柴從灶膛邊移開，提好建議的人沒有獲得獎賞，救火中被燒傷的人卻被奉為上賓。◇❶獎賞顛倒了主次，欠公平。❷指處理事情失當，顛倒了主次。◎曲突徙薪為鄙人，焦頭爛額為上客

【同人不同命，同傘不同柄】◇同樣都是人，但各人的命運不同。◎同人不同運，同傘不同柄

【同心山變玉，協力土成金】◇大家同心協力，就能辦大事。

【同心之言，其臭如蘭】臭（xiù）：氣味。◆投機的話，其氣味像蘭花一樣。◇喻指彼此志趣相同。《周易·繫辭上》：“二人同心，其利斷金。同心之言，其臭如蘭。”

【同行是冤家】◆同一個行業的人是仇人。◇幹同一行業，由於利害衝突，互相傾軋，彼此之間視同仇敵。

【同行無疏伴】疏伴：疏遠的伴侶。◇一同出行的人，要相互照顧，不相疏遠。

【同牀各做夢】◆睡在同一張牀上，做着不同的夢。◇喻指同做一件事，但各有各的打算。

【同病相憐，同憂相救】◇有同樣的經歷和遭遇的人，就會相互同情和憐憫；有同樣的困難和憂患的人，就會互相幫助。《吳越春秋·闔閭元年》：“同病相憐，同憂相救。”

【同船過渡，皆是有緣】◇有緣分的人才能相聚在一塊。

【同樣草，同樣料，餵法不對不長膘】膘：肥肉（多指牲畜）。◆同樣的草飼料，由於餵養的方法不同，效果也就不一樣。◇喻指做事要講究方法，才能達到預期的目的。

【同聲相應，同氣相求】◆相同的聲音互相應答，相同的氣味互相融合。◇意見相同的人，自然會結合在一起。《周易·乾》：“子曰：‘同聲相應，同氣相求。水流濕，火就燥，雲從龍，風從虎，聖人作而萬物覩。本乎天者親上，本乎地者親下，則各從其類也。’”

【吃一回虧，學一回乖】學乖：指吸取教訓。◇受過一次挫折，就能接受一次教訓。

【吃一看二拿三説四】◆吃了這個，看着那個，又要拿走，還要説三道四。◇提醒人們，有些人貪心不足，吃了還要拿，拿了還要説三道四，對這種人要嚴加防範。◎吃一看二眼觀三／吃一看兩／吃一看十

【吃一塹，長一智】塹（qiàn）：隔斷交通的溝濠，指挫折失敗。◇遭受一次挫折，吸取了教訓就能增加一些智慧。明代王陽明《與薛尚謙書》：“經一蹶者長一智，今日之失，未必不為後日之得。”《五代史平話·漢史平話卷上》：“人有常言：‘遭一蹶者得一便，經一事者長一智。’”◎吃虧長見識／吃一虧，長一智

【吃人的獅子不露齒】◇提醒人們，真正狠毒的人不會輕易暴露形跡。◎咬人的虎不露齒

【吃人酒飯，與人做事】◇吃了人家的酒飯，就要替人家做事。◎吃人一碗，服人使喚／吃他一碗，憑他使

喚 / 吃人家的飯，就得給人家幹 / 端人碗，歸人管 / 吃人家的飯，看人家的臉

【吃了人家的嘴軟，拿了人家的手短】◇吃了人家的東西，拿了人家的錢財，腰桿子就硬不起來了，遇事只得遷就人家。◎吃了人家的口軟，拿了人家的手軟 / 使人家的錢手短，吃人家的飯口軟 / 吃了人家的口軟，使了人家的手軟 / 拿人家的手軟，吃人家的嘴短

【吃了皇上家的糧，應該做皇上家的事】◇喻指受了誰的恩惠，就應該替誰效勞。◎吃哪廟的飯，撞哪廟的鐘

【吃了蘿蔔菜，百病都不害】◇蘿蔔有幫助消化、祛疾消咳的功能，多吃能免除多種疾病。

【吃力不賺錢，賺錢不吃力】◐費力氣的活掙不了大錢，掙大錢的活不費力。◎吃力弗賺錢，賺錢弗吃力

【吃三年薄粥，買一頭黃牛】◇意思是説，平時注意節儉，日積月累，就能省出一大筆錢來。

【吃不死的痢疾，餓不死的傷寒】痢疾：一種腹痛、腹瀉，糞便常帶黏液和膿血的傳染病。傷寒：中醫指多種熱性病，或由風寒侵入人體而引起的病。◇得痢疾的人要儘量多吃，得傷寒的人要慎食，不宜多吃。

【吃不窮，着不窮，思算不通一世窮】着（zhuó）：穿。◐吃不會吃窮，穿不會穿窮，不精打細算會一輩子窮。◇告誡人們，過日子要有計劃，合理安排使用財物。◎吃不窮，穿不窮，打算不到死受窮 / 吃不窮，穿不窮，盤算不清一世窮 / 吃不窮，喝不窮，算計不到一世窮 / 吃窮不窮，失算窮

【吃水不忘挖井人】◇享受者不要忘記創造者。◎吃水不忘掘井人 / 喝水不忘掘井人 / 喝水不能忘了挖井的人

【吃在臉上，穿在身上】◇吃的食物營養豐富，臉色就好；穿得闊氣，全身就會顯得精神有風度。

【吃多了蜜不知甜】◐蜜雖然很甜，但吃多了也不覺得甜。◇喻指再好的事物，持續地接觸，感覺就會淡化。

【吃多無滋味，話多不值錢】◇東西吃得過多就嚐不出滋味，話多次重複，沒有新意，就一文不值。

【吃米不忘種穀人】◇提醒人們，不要忘記對自己有過恩惠的人。◎吃飯不忘種穀人 / 飲水不忘掘井人 / 吃米不會忘記種穀的人

【吃別人嚼過的饅頭沒味道】◇做別人做過的事，不但沒有新鮮感，而且毫無情趣，會產生厭煩的情緒，不如自己另闢新徑。

【吃的鹽和米，講的情和理】◇吃鹽和米的人，就應當講情意，講道理。◎吃飯吃米，説話説理

【吃紂王的水土，説紂王無道】紂王：商代末帝，史稱暴君。◇有些人吃人家用人家的，反過來説人家的不好。

【吃哪行飯，説哪行話】◇幹甚麼行當，就會考慮那個行當的事。

【吃拳何似打拳時】吃拳：捱人打。◐捱拳打，不像出拳打人那樣痛快。◇提醒人們，不要隨意打人，免得自食其果。

【吃拳須記打拳時】❷ 捱拳打時，要想一想自己拳打別人的時候。◇提醒人們，惡有惡報，作惡會報應。

【吃酒不吃菜，必定醉得快】◇只喝酒不吃菜容易醉。

【吃酒不言公務事】◇聚飲時不要談論公務事，因酒後感情容易失控，談論政事的利弊易偏激，會弄出亂子來。

【吃酒圖醉，放債圖利】◇喻指人做每一件事都有自己的意圖。

【吃得三斗醋，方做得宰相】❷ 醋難吃，宰相也不易做。◇告訴人們，做事要寬宏大量，好壞都能容忍，才能成就一番事業。

【吃得苦中苦，方為人上人】◇只有經過艱苦磨煉，才能出人頭地。清代李寶嘉《官場現形記》第一回："這才合了俗語說的一句話，叫做'吃得苦中苦，方為人上人'。"◎受得苦中苦，方為人上人

【吃得筵席打得柴】❷ 既能在宴席上當上客，也能去深山老林打柴。◇人既要經得起富貴，又能耐得住貧窮。

【吃得虧的人是好人】◇告訴人們，為人要寬容大度，不可斤斤計較，吃得起虧，才是受大家歡迎的好人。

【吃菜不如看菜，看景不如聽景】◇看沒有吃過的菜，憑菜餚的色彩和香氣，會使你饞得垂涎；聽沒有看過的景，會使你覺得新鮮；一旦吃過、看過，反會覺得尋常一般。

【吃菜要吃心，聽話要聽音】◇吃菜要吃菜心，能嚐到最鮮嫩的一部分；聽話要聽音，才能領會對方的真正意圖。◎吃葱吃心兒，聽話聽音兒 / 吃飯品滋味，聽話聽下音 / 吃飯憑滋味，聽話聽後音。

【吃菜總嫌淡，喝茶嫌不釅】釅(yàn)：味道濃烈。◇告誡人們，吃菜不可總嫌味道淡薄，喝茶不可總嫌味道不濃。菜味過鹹，茶味過濃，不合飲食之道，有害於身體健康。

【吃飯先喝湯，不用請藥方】◇吃飯前先喝幾口湯，能滋潤腸胃，提高消化功能，有利於健康。◎吃飯先喝湯，好比問藥方 / 吃飯先喝湯，強似問藥方 / 吃飯不喝湯，細腿長脖項

【吃飯防噎，走路防跌】◇提醒人們，即使是最習以為常的事，也要小心謹慎，防止發生意外。

【吃飯穿衣量家當】❷ 吃甚麼飯穿甚麼衣，應根據自己的家境來決定。◇喻指辦事要量力而行。◎吃飯穿衣看家當 / 吃飯穿衣亮家當

【吃飯還不免掉一個米粒】◇喻指辦一件大事或搞一個大工程，難免會出一些小差錯，因此要嚴加防範，把差錯降低到最低限度。

【吃過一回虧，下次有防備】◇只有吃虧上當過一次，下次才會吸取教訓、有所防範。◎吃回虧，領回教

【吃過黃連的人不怕苦】❷ 黃連味最苦，能吃黃連，其他的苦就更不怕了。◇喻指受過大苦的人，不怕吃苦。

【吃過黃連苦，才知蜜糖甜】◇只有親自經受過苦日子的人，才能真正知道生活的幸福。

【吃盡味道鹽好，走遍天下娘好】◇在所有的味道中，鹽的味道是最不能缺少的；在所有的人中，母親的恩情最重。

【吃諸對門謝隔壁】◗ 吃了對門的東西，卻向隔壁人家道謝。◇有種人做事荒謬悖理。

【吃薑還是老的辣】◇喻指老年人閱歷深，經驗豐富。◎吃薑還是老的辣，香火總是老廟多

【吃藥不如自調理】◇有病吃藥，不如自己平時多注意調養。

【吃藥不瞞郎中】郎中：指醫生。◗ 求醫不能對醫生隱瞞病情。◇求人辦事，就不能隱瞞自己的實情。

【因風吹火，用力不多】因：趁着。◗ 順着風吹火，不需要用多大的力氣。◇喻指做事情要善於利用有利條件，因勢利導，那樣不需要花費很大的力氣就能把事辦好。

【因陋就簡，勤儉起家】◇告訴人們，要儘量利用原有的簡陋條件，艱苦創業，勤儉起家。《元史‧杜瑛列傳》：“若夫簿書期會，文法末節，漢、唐猶不屑也，執事者因陋就簡，此焉是務，良可惜哉！”

【因荷能得藕，有杏不須梅】◇喻指因擁有某一事物，結果連帶獲得其他的好處；已得到了一件東西，或已達到某個目的，就不再有更多的奢求。

【因寒向火，怕熱乘涼】◇喻指人們做任何事情，總是有其原因和道理。

【回風反火自燒身】◇喻指做了悖理的事自己常常也會遭殃。

【回爐的燒餅不香】◇喻指返工的東西往往質量不高。

【肉包子打狗】◇喻指東西一旦送出去就收不回來。◎拋肉包子打狗 / 肉骨頭打狗 / 肉包子打狗，一去不回頭

【肉多嫌肥，肉少嫌瘦】◇ ❶ 喻指人挑挑揀揀，光挑有利於自己的。❷ 指條件發生了變化，人的要求或慾望也隨着發生變化。

【肉肥湯也肥】◇喻指好處不讓外人得到，只要是自家人得到了好處，自己也可以跟着沾光。

【肉要熱吃，話要明説】◗ 吃肉要趁熱吃才好，説話要當面説才對。◇喻指説話做事要光明正大，不隱瞞自己的意見。

【肉揀疼處割】揀：挑選。◇喻指解決問題要抓住要害，從根本處入手。

【肉落千人口，有罪一人擔】◇有好處時，人人有份享受；有罪責時，卻讓一個人承擔。苦樂不均，不太公平。

【肉裏的刺，醬裏的蛆】◇喻指惹人討厭，讓人痛恨，非除去不可的人或物。

【肉賤鼻子聞】◗ 見到價錢便宜的肉要用鼻子多聞一聞，看看是不是已經變質。◇喻指不能因貪小便宜而上當受騙。

【肉爛在鍋裏】◗ 肉雖然煮過了火，但仍然在鍋裏。◇喻指利益沒有受到損害，好處沒讓外人得到。◎煮肉爛在鍋裏 / 飯熟在鍋裏

【肉爛嘴不爛】嘴：原指雞鴨的嘴，借指人的嘴。◗ 雞鴨的肉都煮爛了，但牠的嘴卻煮不爛，仍保持原樣。◇喻指雖然輸了理，但嘴硬不肯認輸。

【年少力強，急須努力；錯過少年，老來着急】◇提醒人們青春年少的時候，要努力進取，奮發圖強，切莫浪費光陰。

【年幼貪玩，老來提籃】提籃：指討飯。◇如果年幼時不努力學習，不求上進，只顧貪玩享樂，到年老時也不會有所建樹，有所貢獻，恐怕只能乞食於人了。勸告人們從小就要努力學習。

【年老不要娶少妻，要娶少妻生閒氣】◇提醒人們，年紀大了一定不要娶年輕的女子做妻子，否則沒有共同語言，難免出現無端的煩惱。

【年年有儲蓄，荒年不荒人】◇告誡人們，要有時想到無時，豐收想到歉收，平時注意積蓄儲存錢糧，遇到荒年就不會受饑荒了。

【年年防旱，時時防火】◇告誡人們，旱災和火災會給人民的生命財產造成極大的損失，所以要認真預防，一時也不能大意。

【年年防儉，夜夜防賊】儉：不豐足；這裏指歉收。◐要年年防備饑荒，夜夜防備盜賊。◇告誡人們，居安要思危。◎年年防歉，夜夜防賊／夜夜防賊，年年防饑

【年年歲歲花相似，歲歲年年人不同】◐年年花開如故，遊人卻不同。◇景物依舊，人事全非，用以抒發青春易老世事無常的感歎。語出唐代劉希夷《代悲白頭翁》：「古人無復洛城東，今人還對落花風。年年歲歲花相似，歲歲年年人不同。寄言全盛紅顏子，應憐半死白頭翁。」

【年夜狗弗叫，來年疾病少】年夜：除夕前一天。弗：不。◇舊時認為，農曆除夕大年夜，如果狗不吠叫，第二年人就少生疾病。

【年怕中秋月怕平】◇到了中秋，一年的時光已過去了三分之二；到了

十五，一月的時光已過去了一半。光陰似箭，轉眼即逝。勸告人們要珍惜時間，勤奮努力，莫辜負大好年華。◎月怕十五，年怕中秋／年過中秋月過半，人老不能轉少年／年怕中秋月怕半，男兒立志在少年

【年無三歲稔，人有一時貧】年：年成。稔（rěn）：豐收。三歲：連續三年。◐不會連年獲得豐收，人都會有暫時的貧困。◇告誡人們，豐收防歉收，有時防無時。

【年輕不努力，到老嗦眼淚】◇提醒人們，要在年輕時努力奮鬥，否則到年老時後悔就來不及了。

【年輕跳跳蹦蹦，到老沒病沒痛】◇年輕時要經常參加體育鍛煉，到老年時就會少得疾病。用以勸告人們要重視增強體質的鍛煉，經常參加體育活動。

【年輕飽經憂患，老來不怕風霜】◇年輕時經受過很多患難挫折的人，到年老時就不怕艱難困苦、雨雪風霜了。

【年簫月笛當日笙，三年胡琴不中聽】◇學吹簫需要一年的時間，學吹笛子需要一個月的時間，學吹笙只需要幾天的時間就夠了，但學習拉胡琴三年也不一定能學好。

【朱門生餓殍，白屋出公卿】朱門：紅漆大門，指官宦、富貴人家。餓殍（piǎo）：餓死的人。白屋：用茅草覆蓋的屋子，指貧窮人家。公卿：泛指高官。◇富貴人家的子弟飯來張口，衣來伸手，一旦家道敗落，往往不能自食其力，就會餓死；窮苦人家的孩子靠自己的勞動來生活，在艱苦的環境中得到了很好的鍛煉，一旦碰上

好機會，就能做高官。《增廣賢文》："無限朱門生餓莩，幾多白屋出公卿。"

【先人種竹後人園】◉ 前人種竹，後人有竹園。◇喻指前人創業，後人享受。

【先下手為強，後下手遭殃】◇雙方交手時，先動手者就能取得主動，能迫使對方措手不及，處於被動；晚動手的就會吃虧。明代吳承恩《西遊記》第八十一回："先下手為強，後下手遭殃。"◎先動手為強，後動手遭殃

【先下來，先吃飯】◇喻指先採取行動者先得好處。

【先小人，後君子】◇告誡人們，雙方交涉事情時，應該把有關規定和條件先講清楚，免得事後有麻煩。清代西周生《醒世姻緣傳》第四十九回："晁夫人道：'休這們説！凡事先小人後君子好，先君子後小人就不好了。'"

【先天下之憂而憂，後天下之樂而樂】◉ 在天下人憂慮之前，自己首先憂慮，在天下人享樂之後，自己再享樂。◇告訴人們，應該關心人民的疾苦，以天下為己任。宋代范仲淹《岳陽樓記》："其必曰'先天下之憂而憂，後天下之樂而樂'乎！噫！微斯人，吾誰與歸？"

【先生不作揖，學生戴斗笠】◇如果老師不講究禮節，學生也自然不會講究禮節。

【先生不過引路人，學問全在自用心】◇老師只不過是引路人，要有學問就得靠自己用心學習。◎師父領進門，修行在自身 / 先生不過引路人，巧妙全在自用心 / 先生引進門，修行在個人

【先生兒子不識字，木匠家裏沒有好板凳】◇當老師的只注重教別人的孩子好好讀書，照顧不到自己的孩子學習；做木匠的只替別人做傢具，自己家裏卻沒有像樣的傢具。

【先有五百窮人，後才有個財主】◇說明財主的錢財是靠剝削無數窮人得來的。

【先有交待，後有買賣】◇提醒人們，交易雙方應該先把有關事項講清楚，然後再做具體買賣，免得日後引起利益糾紛。

【先有親，後有鄰】◇告訴人們，親戚很重要，鄰居也不能疏忽。

【先吃的丟筷就走，後吃的刷鍋洗碗】◉ 先吃完的人放下筷子到一邊歇着去了，後吃完的人還得收拾洗刷。◇喻指做事搶先一步就能佔便宜，行動遲緩就要吃虧。◎先吃煞個不管，後吃煞個收碗。

【先來先坐席，後來門角立】◇喻指做事搶先一步，就能佔據有利條件。

【先來的吃肉，後來的喝湯】◇喻指動作快就能佔便宜，動作慢就會吃虧。

【先到為君，後到為臣】◇先到者比後來者的地位往往要高，後到者要聽從先來者的領導和指揮。

【先苦後甜不算苦，先甜後苦不算甜】◇告誡人們，要先吃苦，後享受；千萬不可貪圖眼前的安逸，會落得最後受苦，那是真正的苦。◎先苦後甜，富貴萬年 / 先苦後甜，好似過年 / 先甜不算甜，後苦才叫苦 / 先甜後苦誤終身，先苦後甜百事興

【先食黃連，後食甘草，愈食愈好】
黃連：多年生草本植物，根莖味苦，可入藥。甘草：多年生草本植物，根有甜味，可入藥。◇喻指先吃苦，後享受，日子會越過越好。

【先胖不為胖，後胖壓塌炕】◇年輕時發胖不能算胖，加強鍛煉，注意飲食，還會瘦下來；年紀大了發胖，是真正的胖，會控制不了，越來越胖。

【先師次長】長（zhǎng）：兄長。◇告訴人們，遇到事情，應先請教老師和年長者。

【先國之急，而後私情】◇告訴人們，應該先考慮國家利益；然後再講個人交情。◎先國難，後私仇

【先甜後苦，猶如割股；先苦後甜，好像過年】◇告訴人們，如果一開始就貪圖享受，不肯吃苦，不想奮鬥，到後來就會坐吃山空，沒有好日子過；開始艱苦奮鬥，努力創業，打下堅實的基礎，後來的日子就會非常甜美。

【先進山門三日大】山門：寺廟的大門。◐先進廟的僧尼，地位比後來的高。◇喻指同輩人當中，先來的就佔上風。◎先進門一日也是大 / 先進廟門三日大 / 先進山門為師，後進山門為徒

【先發制人，後發制於人】制：制服，使服。◇兩軍作戰時，先發動者就能制服對方，後發動者便被對方制服。也泛指先下手就主動，後下手就被動。《漢書·項籍傳》：「梁曰：『方今江西皆反秦，此亦天亡秦時也。先發制人，後發制於人。』」

【先過河，先濕腳】◇喻指誰先惹麻煩，誰就先受過。◎先盤水，先濕腳 / 先碰水，先濕腳

【先說斷，後不亂】◇先把事情談定，以後就不會出麻煩。《金瓶梅詞話》第七回：「官人雜上，不當老身意小，自占『先說斷，後不亂。』」◎先斷後不亂 / 先明後不爭

【先盡人事，後聽天命】◇先盡自己最大的努力，千方百計去爭取，至於能否成功就在於天命了。清代李汝珍《鏡花緣》第六回：「『盡人事以聽天命。』今仙姑既不能忍，又人事未盡，以致如此，何能言得天命。」

【先憂事者後樂事，先樂事者後憂事】◐先為事情憂慮，事後就會安樂；先享受安樂，後來就會有憂慮。◇勸人要有憂患意識，不要急於享受。《大戴禮記·曾子立事》：「居上位而不淫，臨事而栗者，鮮不濟矣。先憂事者，後樂事；先樂事者，後憂事。」

【牝雞之晨，惟家之索】見【牝雞無晨】。

【牝雞無晨】牝（pìn）：母，雌。無晨：不能啼叫打鳴。◐母雞不能報曉，喻指婦女不能主持或干預國政。《尚書·牧誓》：「古人有言曰：牝雞無晨。牝雞之晨，惟家之索。」◎牝雞之晨，惟家之索

【丢了柺杖就受狗的氣】◇喻指放棄自衛就要吃虧受欺。

【丢錢是買主，說話是閒人】◐丢下定金的是買主，議論貨物好壞、價錢高低的是與買賣無關的閒人。◇喻指辦事要有實際行動，不要空發議論。

【舌上有龍泉，殺人不見血】龍泉：古代劍名。◇喻指語言有時可以置人於死地。

【舌長事多】◇愛說長道短的人，容易惹事。

【舌是扁的，話是圓的】◇即使情況不妙，但會說話的人可以把事情描述得有聲有色。◎舌頭無骨，可以圓扁四方

【舌為利害本，口是禍福門】本：根源，根本。◇喻指說話關係着自身利益禍福，不謹慎會帶來災難。

【舌頭打個滾，知識記一本】◇喻指隨時虛心向人請教，能學到很多知識。

【舌頭底下壓死人】◇喻指說話不注意，傳播流言蜚語，能致人於死地。◎舌頭板子壓死人

【舌頭哪有不碰牙的】◇喻指自己人也有發生矛盾的時候。◎舌頭牙齒也有相磕碰的時候

【休爭三寸氣，白了少年頭】◇勸人不要為雞毛蒜皮小事生氣，跟人鬧矛盾只會浪費光陰。

【休官莫問子】休官：辭去官職。◇想辭官自己看着辦，不必為孩子擔憂。

【休信其無，寧信其有】◐不要相信沒有，寧可相信其有。◇告誡人們，遇事要多留點神，要把各種情況都考慮到，不能麻痹大意。

【休怨我不如人，不如我者不少；休言我能勝人，勝過我者不少】◐不要埋怨自己不如別人，不如自己的人也不少；不要說自己能勝過別人，勝過自己的人也不少。◇勸人不能自卑，也不能自滿。

【休將我語同他語，未必他心似我心】◐不要把自己的心裏話隨便向人說，因為不能斷定對方的心思是否和自己一樣。◇告誡人們，自己的心裏話千萬不要隨便向一個不了解的人說。

【休道黃金貴，安樂最值錢】◇安康快樂比黃金還要寶貴。

【休説金玉重重貴，則願兒孫個個強】◇兒孫有出息比黃金白玉都寶貴。

【休説前人長短，自家背後有眼】◇不要議論別人的短處和過錯，須知自己也會有短處，過錯都落在他人的眼裏。

【休戀故鄉生處好，受恩深處便為家】◇不必留戀家鄉，受人大恩的地方就是自己的家。

【伏虎容易捉虎難】伏：馴服。◐馴服老虎容易，捉住老虎困難。◇喻指懲治惡人容易，緝拿惡人難。

【伏虎容易縱虎難】◇喻指對強大的對手，宜捉不宜放。

【伏習象神，巧者不過習者之門】伏習：復習。巧者：聰明的人。◐反覆練習，刻苦鑽研，技藝自然會精通，連非常靈巧的人也不敢走近他的家門。◇要想技藝純熟，反覆實踐就是訣竅。漢代桓譚《新論》："諺曰：'伏習象神，巧者不過習者之門。'"

【任吃鮮桃一口，不吃爛杏一筐】◇東西少而精，勝過多而差。

【任牠狗兒怎樣叫，不誤馬兒走大道】◇喻指不管別人說甚麼壞話，也阻擋不了人們沿着正確的道路繼續往下走。

【任你官清似水，難逃吏滑如油】任：任憑。●任憑官員多麼清正廉明，最終也難以逃脫奸滑下屬的圈套。◇官員自己雖然很想清廉，但最終還是受屬吏的蒙蔽，被拉下水去，做了貪官。◎清官難逃滑吏／清官出不得吏人手／清官難出滑吏手

【任真省氣力，弄巧費功夫】●說話做事真誠坦率，心底無私，就不用耗費心力去隱瞞甚麼，施詭計耍手段反而要費盡心機去遮掩自己所作所為。◇勸誡人們，為人處事要坦誠，不可弄虛作假。

【任落一屯，不落一鄰】落（là）：遺漏。屯：村莊。●禮節性拜望，寧肯遺漏一個村莊的人，也不能遺漏自己的一個鄰居。◇說明處理好鄰舍關係的重要性。

【任賢則昌，失賢則亡】任：任用。●任用德才兼備的人，國家就會昌盛；排斥德才兼備的人，國家就會滅亡。◇強調人才對於國家興衰的重要性。

【任獨者暗，任眾者明】任：信任，聽信。●聽信一個人的意見，只會使自己是非不清；聽從大家的意見，才會使自己明辨真假。《東周列國誌》二二回："桓公曰：'任獨者暗，任眾者明。'雖是為管子蓋羞，然卻亦是至理。"

【任憑風浪起，穩坐釣魚船】任憑：無論，不管。●無論風浪多麼大，自己仍穩穩當當地坐在船上釣魚。◇❶喻指遇到風浪沉着冷靜。❷喻指處在險惡的環境中，鎮靜自若，胸有成竹，不受影響。◎任憑風浪險，穩坐釣魚台

【仰面求人，不如低頭求土】◇仰臉求人施捨，還不如辛勤耕耘，向土地要糧食。◎仰頭笑臉求人，不如低頭求土

【自己跌倒自己爬】◇告誡人們，遭受挫折不要灰心喪氣，要振作起來，重新開始。◎自己跌倒自己爬，別人只能拉一把／自己跌倒自己爬，望着人拉是瞎話／自己滑倒自己爬，不要靠着別人拉／自己有癢自己抓，自己跌倒自己爬

【自己筐裏沒爛杏】◇喻指有些人不能客觀地評價自己，認為自己一切都是完美正確的。

【自古英雄出少年】◇自古以來，英雄好漢大都是從青少年中產生。

【自古英雄多磨難】◇自古以來，英雄豪傑的磨難比常人多。

【自古紅顏多薄命】紅顏：指年輕美貌的女子。薄命：指命運不好。◇自古以來，貌美的女子大都遭逢悲慘的命運。《西遊記》："……誠然是：自古紅顏多薄命，慨慨無語對東風。"◎自古佳人多薄命

【自古嫦娥愛少年】嫦娥：從人間飛到月亮上去的美女。◇年輕美貌的女子愛慕青年男子。

【自古癡人多厚福】◇愚笨木訥的人往往有福氣。

【自肉割不深】●割自己的肉下不了手。◇喻指做深刻的自我批評很難，對自己所犯的錯誤往往會姑息。檢查自己、解剖自己是一件不容易的事。

【自重者然後人重，人輕者由於己輕】
● 自己尊重自己，別人才會尊重你；
別人輕視你是由於你不尊重自己。◇
提醒人們，要自尊自重，才會受到他
人的尊重。

【自家有病自家知】◇喻指自己最了
解自己的情況。

【自愛然後人愛，自敬然後人敬】
◇告訴人們，一個人只有自尊自愛，
才能博得他人的愛戴和尊敬。

【自稱好，爛稻草】● 自己誇耀自己
如同爛稻草一樣不值錢。◇勸人還是
謙虛一點好。

【自醜不覺，人醜笑煞】◇自己存在
的缺點錯誤看不見，相反對別人的缺
點錯誤譏笑不止。

【向上一路，千聖不傳】◇獲得成功
的至關重要的訣竅，一般都不會向別
人傳授。

【向情向不了理】向：偏袒。理：公
道，公理。◇遇事要徇私情，那就堅
持不了公理，也無法主持公道。◎向
理不向人／向親向不了理／向人莫
向理

【向陽石榴紅似火，背陰李子酸透
心】● 向陽的石榴果成熟得通紅似
火，是因為日照時間長；背陰的李子
酸透心，是因為日照不足，不能充分
成熟。◇形容走運的得勢者，日子過
得紅紅火火；倒霉的晦氣者，心情悲
哀，生活淒苦。

【向陽茶樹，背陰杉木】◇茶樹喜
歡溫暖，所以要種在向陽的山坡上；
杉樹喜歡陰涼，所以要種在背陰的地
方。◎向陽好種茶，背陰好插杉

【向陽院子先得暖】◇喻指佔據了有
利條件，因而優先受益。◎向陽的房
子先得暖，靠水的人家會撐船

【行一日好，抵千日齋】● 做一天善
事比吃一千日的齋強。◇告訴人們，
行善積德要體現在實際行動中，要多
做好事。

【行人貪道路】◇遠行的人總想快些
到達目的地，所以總想多趕些路。

【行不愧影，寢不愧衾】衾（qīn）：
被子。● 走路無愧於影子，睡覺無
愧於被子。◇喻指行為端正，問心無
愧。

【行不履險，立不臨危】履：踩。● 行
走時不要進入危險地帶，站立時不要
臨近危險地段。◇提醒人們，做事要
小心謹慎，要有風險意識。

【行百里者半九十】● 走一百里路
程，走了九十里只能算走了一半。
◇告訴人們，做事情越到後期，越難
堅持。《戰國策·秦策五》："《詩》
云：'行百里者半於九十。'此言末
路之難。"

【行成於思，毀於隨】行：行動，做
事。隨：隨意，不經心。● 做事成功
是由於勤思考，失敗是由於太隨意，
不用心。◇告誡人們，做事要多動腦
筋，考慮周全；不要盲目從事。唐代
韓愈《進學解》："業精於勤，荒於嬉；
行成於思，毀於隨。"

【行行出君子，行行出小人】◇哪個
行當裏都能出好人，哪個行當裏也都
能出壞人。

【行行出君子，處處有能人】◇哪個
行業都會出現好人，哪個行業都會出
現有才能的人。

【行行出狀元】◇指無論是哪一種行業都能鍛煉出人才。明代馮惟敏《玉抱肚·贈趙今燕》曲：“琵琶輕掃動人憐，須信行行出狀元。”

【行行有利，行行有弊】◇每個行業都有它好幹的地方，每個行業也都有它不好幹的地方。

【行如風，立如松，坐如鐘，臥如弓】❶走路要像風一樣輕快，站立要像松樹一樣挺拔，坐着要像鐘一樣穩固，躺下要像張開的弓一樣，身體要向右側臥。◇提醒人們，行、立、坐、臥都要注意姿勢，養成好的習慣有利於身體健康。

【行好必有好報，行惡必有惡報】❶做好事一定會有好的報應，做壞事一定會有壞的報應。◇勸人要做好事，不要做壞事。◎善有善報，惡有惡報 / 行善得善，行惡得惡 / 行善自有天加護，作惡自有天不容

【行好事不求人見，存良心只有天知】◇做好事不必讓別人知道，心地善良上天自會知道。

【行見行，沒處藏】◇同行之間能夠發現對方的毛病和不足。

【行事在人，成事在天】◇事情靠人去做，能否成功就取決於天命。意思是已經盡力，能否成功還要看時運。

【行的夜路多，總會遇到鬼】◇喻指經歷多了，難免會遇到危險或醜惡的事。

【行要好伴，住要好鄰】❶外出要有個好同伴，居住要選擇好鄰居。◇告訴人們，跟好人相處是有好處，能一起共同進步。

【行郎飽，坐郎飢】◇勤勞的人能吃飽飯，懶惰的人要受飢餓。

【行家一伸手，便知有沒有】◇懂行的人一接觸，就能知道實情。

【行家看門道，外行看熱鬧】◇懂行的人才能看出問題的關鍵，不懂行的人只能是看看表面現象。◎行家看門道，力把看熱鬧

【行動有三分財氣】◇只要付出勞動，總會有一定的收穫。

【行得心頭直，何用燒香拜北斗】◇只要行為端正，心裏沒鬼，就不用燒香拜佛求上天保佑。

【行得正，立得正，不怕同和尚共板凳】◇喻指只要行為端正就不怕別人説閒話。◎行得正，坐得穩，和尚道士一板凳 / 行得正，坐得穩，和尚身上打得滾 / 行得正，坐得正，大郎叔官共條凳

【行得春風，便有夏雨】❶春風過後，夏雨就會到來。◇喻指你給過別人好處，別人也同樣會有回報。◎行得春風有夏雨

【行船不怕頂頭浪，走路不怕路不平】◇喻指做事不怕任何艱難險阻。

【行船走馬三分險】◇告訴人們，乘船、騎馬總有幾分危險，要小心謹慎。◎騎馬行船三分險 / 行船走馬三分命

【行船防灘，作田防旱】灘：江河中水淺石多、水流湍急的地方。作田：種田。◇喻指不管做甚麼事情都要有預防風險的思想準備，以便應對突然出現的障礙或困難。

【行船看風，拉車看道】◇ ❶喻指做事之前應該先搞調查研究，弄清楚

各種情況，才能避免出差錯。❷ 指做事不能只埋頭苦幹，還應看清方向。

【行船莫撈鯉，走路莫多嘴】◇ 勸人做事要專心，不要管閒事，免得招惹是非。

【行船無六月】◇ 行船的人很辛苦，即使像農曆六月這樣的炎熱天氣也不能休息。

【行船辦落水之計】◇ 提醒人們，做有風險的工作時，要防範於未然，把一切可能發生的風險因素考慮進去，做好預防措施，以防不測。

【行情在路上，米糧在市上】行（háng）：行情，指市面上商品的一般價格。◐ 米糧雖然在市場上出售，但米糧的行情，卻從路上行人的言談中可以聽到。◇ 喻指事情的真相常常能從人們的閒談話語中得到。

【行善不望報，望報非行善】◇ 做好事不要希望得到回報，如果希望得到回報就不要做好事了。

【行善如登，行惡如崩】◇ 做好事像登山那樣困難，做壞事卻像山崩那樣容易。

【行善獲福，行惡得殃】◐ 做好事會獲得福運，做壞事會遭到災禍。◇ 勸人多做好事，不做壞事。

【行路要行到盡頭，救人要救到徹底】◇ 喻指做事要善始善終，不能半途而廢。

【行路能開口，天下隨便走】◐ 走路時能虛心向人問路，就可以到達任何地方。◇ 喻指虛心向人請教，往往容易獲得成功。

【行運醫生醫病尾】行運：走運，碰到好運氣。◐ 走運的醫生總是治療快要好了的疾病。◇ 喻指幸運的人接手做別人快要做完的事情，不費多大力氣就會得到了好處。◎ 幸運醫生醫病尾

【行遠必自邇，登高必自卑】自：從。邇（ěr）：近。卑：低。◐ 走遠路一定要從近處開始，登高處一定要從低處攀登。◇ 喻指做事要腳踏實地，從基礎一點一滴做起。《禮記・中庸》：「君子之道，辟如行遠必自邇，辟如登高必自卑。」

【行賞先論功，施刑先量罪】◐ 獎賞人首先要看他的功勞大小，施加刑罰首先根據罪惡的大小。◇ 告誡人們，要賞罰分明，實事求是衡量功與過。

【行醫不自醫】◇ 醫生能給別人治病，卻治不好自己的病。

【合則兩利，離則兩傷】◐ 如果團結，對雙方都有利；如果離散，雙方都會受到損傷。◇ 勸告人們，要團結，不要分裂。

【合則留，不合則去】◇ 與人聚會，思想感情相投就留下，不相投就離去。語出宋代蘇軾《范增論》：「增年已七十，合則留，不合則去。不以此時明去就之分，而欲依項羽以成功名，陋也。」《新刊大宋宣和遺事・亨集》：「孟子謂『合則留，不合則去。』」

【合群的羊不怕狼】◇ 喻指集體的團結能夠形成巨大的力量，能夠抵禦強大的惡勢力。

【合群的喜鵲能抓鹿，齊心的螞蟻能吃虎】◇ 喻指弱小的力量一旦凝聚在一起，也能發揮巨大的威力。

【兇在心上，笑在臉上】◇喻指有些人內心狠毒，表面和善。

【各人一條心，弄斷骨頭筋】◇喻指人心不齊，不團結，危害極大。

【各人心事各人知】◇每個人的心裏想些甚麼，只有他自己知道，別人很難猜測了解。

【各人皮肉各人疼】◇喻指自己生的孩子自己疼愛是人之常情。

【各人吃飯各人飽，各人生路各人了】◇喻指自己的事要自己去解決。

【各人吃飯各人飽，各人行善各人好】◇自己行善自己受益。

【各人自掃門前雪，莫管他人瓦上霜】莫：不要。◇ ❶ 告訴人們各人只要管好自己的事，不要去過問別人的事。❷ 指不要多管閒事。清代孔尚任《桃花扇・拜壇》第三十二齣：“旁人勸我道：‘各人自掃門前雪，莫管他家瓦上霜。’”◎各人自掃門前雪，休管他家瓦上霜／各人自掃門前雪，不管他家瓦上霜

【各人各教法，各事各做法】◇每個老師有各自不同的教授方法，每個人做事有各自不同的竅門。

【各人冷暖，各人自知】◔每個人自己的冷暖，自己都知道得很清楚。◇說明對於自己的情況，每個人自己最清楚。◎各人的冷暖各人知

【各人洗面各人光】◇喻指自己動手勞動，自己先受益。

【各人修各人得】◇哪個人修德行善，哪個人就會得到相應的回報。強調因果報應。

【各人船底下有水，各人自行】◔每個人的船底下都有水，都可以獨自向前行進。◇說明每個人都有適合自己施展才華的客觀條件，都可以憑各自的本領去幹。◎各人船底自有水

【各以所長，相輕所短】◇一般人往往容易用自己所具備的長處，而輕視對方的短處。

【各師傅各傳授，各把戲各變手】◔每個師傅傳授技藝都有自己的方法，每個變戲法的人也都有自己變戲法的手法。◇說明同一種技藝可以有不同的傳授法或施展法，同一件事情可以採用不同的方法把它做好。

【各家各法，各廟各菩薩】◇喻指無論做甚麼事情，每個人都有自己的方法和竅門。◎各人各吃法，各廟各菩薩

【各處各鄉俗，一處一規矩】◔各處有各處的風俗，各地有各地的規矩。◇提醒人們，應注意入鄉隨俗。

【各種弊病，都從懶生】◇說明懶惰的危害性極大。

【各養的各疼】◇意思量說，自己養育的孩子自己疼愛。◎各人養各人疼／各肉兒各疼

【名不正，言不順】◇名義上不正當，道理上也就講不通。語出《論語・子路》：“子曰：‘野哉由也！君子於其所不知，蓋闕如也。名不正，則言不順；言不順，則事不成；事不成，則禮樂不興；禮樂不興，則刑罰不中；刑罰不中，則民無所措手足。故君子名之必可言也，言之必可行也。君子於其言，無所苟而已矣。’”

【名師出高徒】◇水平高、有名氣的老師能夠培養出高明的徒弟。◎名師

手下出高徒 / 名師出好手，嚴師出高徒

【多一位菩薩多一爐香】◇喻指多一個管事的人就多一份麻煩，多一處設施就多一份開支。

【多一事不如省一事】◇事多操心，而還會有麻煩，不如事少省心，責任也小。

【多一個朋友多一條路，多一個冤家多一堵牆】◇朋友越多越好辦事，對立面越多辦事越難。◎多個朋友多條路，多個冤家多道牆 / 多一個朋友多一條路，多一個冤家多一條河 / 多個朋友多條路，少個對頭少堵牆 / 多個朋友多條路，一個仇人一堵牆 / 多個朋友多條路，多個冤家多把刀 / 多個朋友多條路，多個冤家多堵牆

【多大的碗兒吃多大的飯】◇要根據自己的條件安排生活。

【多存芝麻好打油】❷芝麻存得多，榨油就方便。◇喻指資料積存得多，創作就容易出成品。

【多年的媳婦熬成了婆】◇喻指長期受人管教，歷盡千辛萬苦，最後終於改變了自己地位，可以支使他人了。

【多行不義必自斃】不義：不合乎正義。斃：倒下。◇作惡多端的人，必然自取滅亡。《左傳・隱公元年》："公曰：'多行不義必自斃，子姑待之。'"

【多指亂視，多言亂聽】視：看，審察。聽：指判斷。❷指點的人多，會擾亂主事人的審察力；議論的人多，會擾亂主事人的判斷力。明代張居正《陳六事疏》："語曰：'多指亂視，多言亂聽！'"

【多個朋友多條路，多個冤家多堵牆】◇朋友越多越好，朋友多好辦事；仇人越少越好，仇人多對立面多，辦事就不順當。

【多能多幹多勞碌，不得浮生半日閒】浮生：人生。◇人越能幹就越辛苦，會忙忙碌碌不得閒。

【多梳髮亂】◇喻指考慮過多，思緒會更加混亂。

【多得不如少得，少得不如現得】◇寧可少得一點，也要當場能兌現；不求虛而多，要求實。

【多想出智慧】◇多開動腦筋，思考問題，能夠變得聰明。

【色不迷人，人自迷】❷女色並不能迷人，而是人自己着迷。◇提醒人們，在美色面前心蕩神迷是本身不能自持造成的，主觀起着主要作用。

【色是殺人刀】◇提醒人們，貪圖女色會招致喪身之禍。

【色膽大來，難得機關不洩】◇貪色的人膽子很大，所做的一切很難保守秘密，到一定的時候就會洩露出去。

【冰不搦不寒，木不鑽不着，馬不打不奔，人不激不發】搦（nuò）：捏，聚。❷冰不經過積聚是不會凝結的，木頭不鑽是不會產生火苗的，馬不鞭打是不會跑的，人不激勵是不會上進的。◇人要有人激勵才能上進。

【冰炭不同爐】❷冰和炭火不能在同一個爐子裏存在。◇對立的雙方是無法並存的。◎冰火不同爐

【冰凍三尺，非一日之寒】❷冰凍三尺之厚，不是一天寒冷的結果。◇事情達到非常嚴重的程度，是經過長時

間發展而成的。漢代王充《論衡》："河冰結合，非一之日寒；積土成山，非斯須之作。"◎冰厚三尺，不是一日之寒／冰厚三尺，非一日之寒／凍冰三尺，不是一日之寒

【冰雹單打無根草，白浪先沖逆水船】◇喻指災難來臨時，首先受到打擊的是弱者，或者是處於逆境中的人。

【交一個朋友，千言萬語；絕一個朋友，三言兩語】◇告訴人們，交一個朋友是不容易的，而斷絕一個朋友，往往就因為三言兩語，因此同朋友說話也要注意方式方法。

【交一個朋友開一條路，得罪一個人堵一道牆】◇提醒人們，要善於團結人，不要輕易與人結怨。

【交人先交心】◇意思是說交朋友重在思想，不在表面。

【交人交心，澆樹澆根】◇意思是說朋友之間要推心置腹。

【交必擇友，居必擇鄰】◐交往一定要選擇好的朋友，居住一定要選擇好的鄰居。◇強調要重視客觀環境的影響作用。《晏子春秋·雜上》："嬰聞之，君子居必擇鄰，遊必就士，擇居所以求士，求士所以辟患也。"

【交淺不可言深】◇對初交或交情不深的人，說話要謹慎，不可傾心而談。《戰國策·趙策四》："服子曰：'公之客獨有三罪：望我而笑，是狎也；談語而不稱師，是倍也；交淺而言深，是亂也。'"

【交情濃濃，翻臉無情】◇提醒人們，與人交往，要把握好尺度，不要過分親密，否則，就會適得其反。

【交絕不出惡聲】◇賢者與別人斷絕交往時，也能心平氣和，不說任何惡言惡語。

【交遍天下友，知心有幾人】◐結交的朋友雖然很多、很廣，但是真正能推心置腹的人卻很少。◇慨歎知心朋友難得。◎交友滿天下，知心有幾人

【衣不如新，人不如故】◇舊衣服不如新衣服好，新朋友不如老朋友交情深。《晏子春秋·內篇雜上》："景公與晏子立於曲潢之上，晏子稱曰：'衣莫若新，人莫若故。'"◎衣莫如新，人莫如故／衣莫若新置，人莫若故交／衣裳不怕新，朋友不怕舊／衣裳是新的好，人是熟的好

【衣不差寸，鞋不差分】◐衣服的長短不能相差一寸，鞋的大小不能相差一分。◇強調衣服的尺寸要合體，否則會影響美觀；鞋的尺寸更要精確，否則會影響走路。

【衣勿重裘，吃勿重肉】重（chóng）：重複。裘：皮襖。◐穿衣不穿兩件皮襖，吃飯不吃兩樣葷菜。◇提醒人們，生活要過得儉樸，不要過分奢侈。《史記·越王句踐世家》："身自耕作，夫人自織，食不加肉，衣不重采。"

【衣冷加根帶，飯少加碗菜】◇天冷衣服穿得少，如果在腰間繫根帶子，就能起到保暖禦寒的作用；如果飯不夠吃，加碗菜也能吃飽。◎衣少加根帶，飯少加把菜

【衣服穿破才算衣，媳婦到老才算妻】◇衣服到穿破了，才能算是自己的衣服；媳婦到了白頭，才能算是自己的妻子。喻指經過長時間的考驗、磨煉才能肯定其價值。

【衣是人的臉，錢是人的膽】◇穿着漂亮，儀容好，人的臉上會生輝；錢多好辦事，人的膽子也會大。◎衣是人之威，錢是人之膽

【衣食足而後禮義興】◇老百姓衣食豐足之後，才會去崇尚禮義。◎衣食足而後知榮辱

【衣食儉中求】◇告誡人們，生活要節儉，才能細水長流。◎衣食儉中生

【衣破早補補丁小，病小就醫痛苦少】❷ 衣服破了及時補，補丁就小；小病趕快治，吃的苦頭就少。◇喻指缺點、錯誤要及時糾正，不能讓它任意發展，而且解決得越早，損失越少。

【衣帶變長，壽命變短】❷ 腰腹粗衣帶就長，衣帶長説明身體過胖，胖到一定程度就會影響人的健康。◇提醒人們，要控制體重，不宜過胖，胖會短壽。

【衣貴潔，不貴華】華：華麗。◇衣服重要的是整潔，不是華麗。

【羊入虎口，有去無回】◇喻指弱小者如果不考慮自己的力量，冒險去冒犯強悍者，不可能有好的結果。

【羊毛出在羊身上】❷ 羊毛是從羊身上剪下來的。◇喻指不管採用何種方式花銷，無論通過何種渠道支出，錢總歸是從一個根基上付出來的。清代李寶嘉《官場現形記》第二十七回："凡事總要大化小，小化無。羊毛出在羊身上，等姓賈的再出兩個，把這件事平平安安過去，不就結了嗎。"

【羊毛搓成繩，力量大千斤】◇喻指弱小者團結起來，能形成巨大的力量。

【羊皮蓋不住狼心腸】◇喻指無論偽裝得多麼巧妙，終歸掩蓋不了壞人歹毒的心腸和本性。◎羊皮蓋不住黑心腸／羊皮蓋不住狼心窩

【羊肉包子順氣丸】◇羊肉餡的包子是好食物，心情鬱悶的生氣人吃了後，也會氣順怒消。

【羊尾巴蓋不住羊屁股】◇ ❶ 喻指辦法再巧妙也遮蓋不住事實的真相。❷ 指壞事是隱瞞不住的。◎羊尾巴再長也遮不住羊屁股

【羊羔跪乳，烏鴉反哺】❷ 羊羔跪着前腿吃奶，烏鴉長大後銜着食物餵母烏鴉。◇喻指子女有孝敬贍養父母的義務。語出《增廣賢文》："羊有跪乳之恩，鴉有反哺之義。"◎羊有跪乳之恩，鳥有反哺之義

【羊頂角，狼得食】❷ 羊頂角打架時，狼會乘機攻擊。◇喻指如果內部不團結，壞人就會乘機得利。

【羊無礙口之草】◇羊甚麼草都吃。

【羊群裏丟了羊群裏找】◇喻指在哪裏損失的，就到哪裏去找回來。

【羊群裏跑不出駱駝】◇喻指平凡的群體中，或者普通的家庭裏，根本出不了有才幹的人。

【羊群裏跑出駱駝來】◇喻指在普通的人群裏，出了個不平凡的人物。此諺多含貶義。◎羊群裏跳出駱駝來

【羊羹雖美，眾口難調】❷ 羊羹雖然味美，但也難合眾人的口味。◇喻指很難讓所有的人都滿意。

【米靠碾，麪靠磨，遇到難題靠琢磨】◇告訴人們，多思生智慧，遇到難題要開動腦筋想辦法解決。

【江山入畫，萬里非遙】◇江山美麗如畫，身在畫中行，即使路程再長，也不覺遙遠。

【江山易改，本性難移】◇強調人的性格很難改變。元代無名氏《小張屠焚兒救母雜劇》第三折：“貪財的本性難移，作惡的山河易改。”◎江山易改，稟性難移

【江河不曲水不流】◇喻指事物的發展前進總會有曲折。

【江南望見江北好，去到江北喊苦惱】◇諷喻某些容易見異思遷的人總是不會滿意自己的處境，不能安心本職工作。

【江海不拒細流，泰山不拒土石】◇喻指博大胸懷的人往往能虛心兼容，博採並蓄。◎江海之大，不擇細流 / 江海不拒細流

【池裏的魚蝦曉不得大海大，籠裏的雞鴨曉不得天空寬】◇不出去廣見世面，見識少，思想不開放。

【忙人惜日短】◇勤勞忙碌的人，往往會覺得流光易逝，時間太短，不夠用。

【忙中出錯】◇提醒人們，人在忙的時候容易出錯，因此做事時，越忙越要謹慎。◎忙亂出差錯 / 忙中有錯

【忙行無好步】◇喻指在慌忙之中辦不好事情。

【忙時用着閒時講】◐緊急時刻用上了平時講述並未引起重視的道理。◇閒時要有忙時的準備。

【忙家不會，會家不忙】◇幹事顯得手忙腳亂的人，大多數是因為不會，會的人一般都不會顯得忙亂。◎忙者不會，會者不忙

【忙碌幸福多，消閒是苦惱】◇告訴人們，人不可一日無事。

【守土之臣，死於封疆】封疆：帝王賜給臣子管轄的地方。◐為帝王保守國土的大臣，死於自己所管轄的地方。◇封疆大臣要以死效忠於朝廷。

【守口如瓶，防意如城】◇說話要非常謹慎，如同封瓶口一樣；對於心中慾念，要像守城池一樣，嚴加防範。唐代道世《諸經要集‧懲過》引《維摩經》：“防意如城，守口如瓶。”

【守好鄰，學好鄰，守着姑子會跳神】跳神：巫師亂說亂舞，裝出神附在身上了，迷信認為，可以驅鬼治病。◇喻指環境對人非常重要，接近甚麼人就受甚麼人的影響。

【守着大樹沒柴燒】◇喻指不會利用已有的條件。

【守着多大的碗，吃多大的飯】◇告訴人們，要安分守己，根據自己的條件安排生活，量入為出。

【守着乾糧捱餓】◇喻指不會利用已有的條件，解決眼前的問題。

【守着啥人學啥人，守着巫婆學跳神】◇人會受周圍環境的影響，同壞人在一起也會學壞。

【守着駱駝不說馬】◇喻指愛說大話、吹牛皮。

【安不可忘危，治不可忘亂】◇告誡人們，天下太平時，不可忘記還潛伏着的危機；天下安定時，不可忘記還存在着動亂的因素。《周易‧繫辭下》：“是故，君子安而不忘危，存而不忘亡，治而不忘亂；是以身安而國家可保也。”◎安不忘危，治不忘亂

【安危相易，福禍相生】易：變換，交換。生：發生，產生。◇平安和危難可以相互轉化，幸福和災禍相伴而生，說明事物在一定條件下可以相互轉化。《莊子・則陽》：“安危相易，禍福相生，緩急相摩，聚散以成。此名實之可紀，精微之可志也。”

【安臥揚帆，不見石灘；靠天多倖，白日入阱】石灘：礁石淺灘。倖：僥倖。阱：陷阱。● 船主在航行中無憂無慮地睡大覺，航道上就是有礁石、淺灘也無法察覺；聽天由命圖僥倖碰運氣的想法，即使在大白天也會落入陷阱裏。◇喻指做事如果不謹慎，不認真，希圖僥倖，即使環境條件再好，意外的災禍也會發生。◎安臥揚帆，不見石灘

【安定病人心，疾病去七分】● 寬慰病人，使病人在心理上保持安靜，就能使他的病情減輕七分。◇解除病人的思想負擔，是治好疾病的重要手段。

【安居不用架高堂，書中自有黃金屋】高堂：高大的廳堂。◇要想有安定的棲身之所，不用建築房子；只要讀好書，出人頭地，自然就會有豪華的房子住。古代許多讀書人讀書的目的就是出人頭地，所以也常用這句話鼓勵別人或子女讀書。

【安穀則昌，絕穀則亡】安穀：能吃得下飯。絕穀：不能吃飯。◇病人如果能吃得下飯，活下去就有希望，如果吃不下飯，那就活不長了。明李時珍的《本草綱目》卷一中寫道：“五臟更相平也，一臟不平，所勝平之。故云：安穀則昌，絕穀則亡。”

【安樂須防患難時】◇提醒人們，當處於安樂富裕的順境時，也要有應付災難和事變的心理和物質準備。

【如魚得水，如虎添翼】● 如同魚回到了水中，老虎增添了翅膀一樣。◇喻指找到了適合自己生存發展的環境，本來就是本領高強的人，得到新的幫助，本領就更大了。晉代陳壽《三國志・諸葛亮傳》：“先主解之曰：‘孤之有孔明，猶魚之有水也。願諸君勿復言。’”三國蜀諸葛亮《心書・兵機》：“將能執兵之權，操兵之勢，而臨群下，臂如猛虎加之羽翼，而翱翔四海。”

【如魚飲水，冷暖自知】● 魚生活在水中，對水的溫度高低，當然最清楚。◇生活中所遇到的各種事情，其中的滋味也只有自己最清楚。宋代岳珂《桯史・記龍眠海會圖》：“至於有法無法，有相無相，如魚飲水，冷暖自知。”

【好人三個幫，好樹三個椿】◇說明好人也需要集體的幫助。

【好人不用管，好樹不用砍】◇好人不用過多地督促管理，好樹不用過多地修剪。

【好人不怕貶，好貨不怕選】◇好人行為端正，不怕有人褒貶；貨物質量好，不怕顧客仔細挑選。

【好人不嫌多，壞人怕一個】◇好人越多越好，而壞人存在一個也會惹是生非，產生很大的破壞作用。◎好人不嫌多，惡人怕一個

【好人不經三番勸，惡人不經三番挑】● 使人與人之間和睦友好，不用經過多次的勸說，使人與人之間互相憎惡，也不用經過多次的挑撥。◇彼此間的團結或分裂，與周圍人的影響關係很大。

【好人不聽狗挑唆】◇喻指一個正派的人不會聽信壞人的讒言，更不會受壞人的挑撥去做壞事。

【好人去了留個思念】◇好人去世後，給人留下的是對他的思念。

【好人老睡成病人，病人老睡成死人】◐身體好的人如果總是睡覺，也會變成病人，而病人如果總是睡覺，也會像死人一樣。◇提醒人們，不可睡眠太多。

【好人爭理，壞人爭嘴】◇好人往往爭辯的是道理，而壞人卻愛胡攪蠻纏。

【好人朋友多，好馬主人多】◇大家都喜歡同好人交朋友，所以朋友多；好馬好騎，所以主人就多。

【好人怕個壞人勸，瓷器就怕金剛鑽】◇好人有時也難免會因壞人的反覆勸說而受到影響。

【好人怕誇，壞人怕扒】扒：指揭露。◇好人受誇獎後也容易產生驕傲情緒，壞人最怕被揭露現出原形。

【好人珍惜名聲，孔雀珍惜花翎】◇好人都珍視自己的名聲，這就像孔雀十分珍惜自己美麗的花翎一樣。

【好人相逢，惡人遠離】◇❶指好人相聚時壞人就會躲得遠遠的。❷指好人在一起幹不了壞事，壞人在一起幹不了好事。◎好人相逢，惡人相離

【好人要敬，歹人要鬥】◇告訴人們，對好人要尊敬，對壞人要鬥爭。

【好人架不住壞人言，開水架不住涼水點】◇好人難免受不住壞人的流言蜚語，這就像開水也架不住用涼水點一樣。

【好人説不壞，好酒攪不酸】好人：指思想行為正派的人。好酒：指美酒，名酒。◐好人自是好人，任流言蜚語，妄加誹謗也成不了壞人，正像美酒再亂攪也攪不成酸酒一樣。◇勸慰人們，對一些不負責任的憑空亂説，不必介意，可泰然處之。

【好人説不壞，壞人説不好】◇説明好人不怕別人誹謗，壞人即使天天有人讚美也還是壞人。

【好人潑水滅火，壞人火上澆油】◇好人往往是調解平息矛盾，壞人則往往愛助長矛盾擴大。

【好人還得好衣裳】◇長相好的人也需要有得體的衣裳相配，才能顯得好看。

【好人難做，白衣難穿】◇要做一個好人，就像穿白色衣服需要特別注意、怕弄髒一樣，必須對自己的一言一行特別注意，嚴格要求，十分不容易。

【好人變壞易，壞人變好難】◇一個人由好變壞容易，由壞變好卻很難。

【好了瘡疤忘了痛】◐治好了瘡疤以後，很容易忘了當時的疼痛。◇❶喻指境遇好了之後，容易忘記過去的困苦和艱辛；❷喻指當事業上有了成就的時候，容易忘記過去失敗的教訓。◎好了傷疤忘了疼／好了創口忘了疼／掉去瘡疤卻忘記疼

【好刀常在石上磨，好苗要迎風雨長】◐好刀經常在石頭上打磨，才能保持它的鋒利；好苗要不斷經受風雨的澆灌，才能苗壯生長。◇喻指只有經受過艱苦的磨難和考驗，才能鍛煉出堅強有才幹的人才。

【好土出好苗，好苗結好果】 ○ 好的土壤才能長出好的幼苗，好的幼苗才能結出好的果實。◇喻指良好的家庭環境才能夠把孩子培養教育好，使他成為對社會有用的人才。

【好子勿用多，一個抵十個】 ◇生養兒子不在於多，而在於好，培育出一個好兒子可勝過多個平庸無所作為的兒子。

【好女不在打扮，好馬不在加鞭】 ◇告訴人們，賢惠的女子不在於是否打扮得漂亮。

【好天小心連陰雨，好年防備災荒年】 ◇提醒人們，要未雨綢繆，豐年要進行糧食儲備。

【好手不如合手】 ◇喻指一個人的本領再大也不如集體的力量。

【好手不敵雙拳，雙拳不如四手】 敵：抵擋。○ 有力的大手抵擋不了兩個拳頭，而兩個拳頭卻不如四隻大手有力。◇喻指少不勝多。◎好手不敵雙拳，雙拳難敵四手 / 好漢不敵倆

【好手難擋四面風】 好手：此處指能人、本事大的人。擋：抵擋，應付。◇一個本事大的人也難以應付多方面出現的問題，必須團結群眾的力量，才能抵擋一切風浪。

【好手難繡沒線花】 ◇喻指如果不具備最基本的條件，本領再大也無濟於事。

【好心驚動天和地，壞人天下都受擠】 ◇好心的舉動會使大家都受到感動，而壞人壞事定會受到廣大群眾的斥責。

【好打架的，是愚蠢的人；好講理的，是聰明的人】 好：此處讀hào。◇只有愚蠢的人才喜歡打架，聰明的人總是喜歡講道理。

【好瓦匠難壘不透風的牆】 ◇說明沒有不透風的牆，凡是說出的話、做出的事，總會有人知道。

【好石磨刀也要水】 ◇喻指一個人本領再大，也需要有別人的協助。

【好兄弟高打牆，親戚朋友遠離香】 ◇兄弟之間分家過，才容易關係好；親戚、朋友之間不常來往，見面時才更親熱。

【好叫的貓逮不住老鼠】 好：此處讀hào。◇喻指喜歡誇誇其談、炫耀自己的人，往往沒有多大的本事。

【好出門不如歹在家】 ◇出門在外的條件再好也不如在自己家裏舒服自在。◎好出門不如窮家呆

【好有好報，惡有惡報；若還不報，時辰未到】 ◇做好事必然會有好的報應，做壞事必然會有壞的報應。

【好死不如賴活】 ○ 好好地死去，不如窩囊地活着。◇強調活着總比死了好。◎好死不如惡活

【好曲子唱三遍也要口臭】 ○ 再好的曲子唱多了也會使人厭煩。◇說明講話不要翻來覆去，重複囉唆，否則就會讓人厭煩。

【好吃的人嘴饞，貪婪的人手長】 好：此處讀hào。◇注重吃喝的人就容易嘴饞，貪得無厭的人就容易貪污盜竊。

【好吃的楝樹果，等不到正月半】 ◇指好的東西會很快地被人們看中、選走。

【好吃懶做，到老不成貨】 好：此處讀hào。成貨：指成器、成才。◇貪

圖享受、不肯付出勞動的人，一輩子都不會有出息。

【好名聲難得，壞名聲難洗】◇告訴人們，一言一行應該重視自己的名聲。

【好色之心，人皆有之】好：此處讀hào。◇每個人都會喜歡美色。

【好色壞事，貪酒惹事】好：此處讀hào。◇提醒人們，不要貪圖酒色，否則很容易惹事、誤事。

【好衣暖身，好話暖心】◇說明說話說得好能溫暖人心。

【好字秀才不論筆，壞字秀才枝枝禿】◇喻指對技藝高的人，工具的好壞不一定起太大作用，而對技藝差的人甚麼樣的工具也會感覺不好用。

【好好開花好好謝】◇喻指開頭要美好，結束時更要好。

【好把勢難唱獨角戲】🔽功夫再好，能力再強，也很難一個人把大家需要做的事情都做好。◇說明團結協作是十分必要的。

【好男不吃婚時飯，好女不穿嫁時衣】◇有志氣的男子和女子不依靠婚嫁時父母的贈與而生活，而是勤奮努力，自創基業。◎好男不吃分時飯，好女不穿嫁時衣／好男不吃分家飯，好女不穿嫁時衣

【好男不和女鬥】◇有出息的男人一般不跟女人爭鬥。

【好男兒志在四方】◇有志氣的男子應該樹立雄心壯志，以四海為家，幹一番事業。

【好花一朵香滿園】🔽一朵鮮花開放，滿園都可以聞到它的清香。◇喻指一個好人、一件好事，往往能對周圍產生較大的正面影響。

【好花也得要水澆】🔽美艷的花朵要靠水的噴灑。◇喻指智商高的孩子同樣要教育、培養才能成才。

【好花不向街頭賣】◇說明好的東西不必公開叫賣。

【好花不常開，好景不常在】🔽美麗好看的花不能長久地開放，美好的光景不會會長久地存在。◇任何美好的事物都不可能長久地存在下去。

【好花不澆不盛開，小樹不修不成材】◇說明要重視對孩子從小的教育培養。

【好花開不敗，好事說不壞】◇喻指真正好的東西能經得起時間的考驗，任何人也抹殺不了。

【好事不出門，惡事傳千里】◇好事往往不大容易很快傳出來，而壞事卻很容易一下子傳得很遠。◎好事不出名，壞事滿街飛

【好事不在忙】◇要辦成一件好事，不必要匆匆忙忙。◎好事不在忙裏

【好事不瞞人，瞞人沒好事】🔽做好事不瞞着人，瞞着人做的事沒有好事。◇做光明正大的事是不會向人隱瞞的，而向人隱瞞的事就是不敢光明正大地做，也就不可能是甚麼好事。

【好事多磨】磨：磨難，阻礙。◇要辦好一件稱心的事，常常會遇到許多周折和磨難。金代董解元《西廂》："真所謂佳期難得，好事多磨。"◎好事多磨障／好事多磨折／好事多魔／好事更多磨

【好事沒有人誇也香，壞事沒有人咒也臭】◇告訴人們，要多做好事，不做壞事。

【好事面前阻力多，喜事面前災禍多】◇告訴人們，做好事不容易，喜事能夠引起嫉妒而招致災禍，因此不能因高興而忘乎所以。

【好事須相讓，惡事莫相推】◇做了好事，論功行賞時應該互相謙讓；做了錯事，應該敢於承擔責任，不要互相推諉。

【好虎架不住群狼】●強壯的老虎也敵不住一群惡狼。◇喻指一個人再強壯，本事再大，也敵不過眾多人的圍攻。

【好物不賤，賤物不好】◇質量非常好的東西不會太便宜，而太便宜的東西不會太好。

【好物難全，紅羅尺短】◇說明好的事物也很難完美無缺。

【好兒不爭家產，好女不爭嫁衣】◇有志氣的男子不會去爭搶家產，有志氣的女子不會在意嫁衣的好壞與多少。

【好狗不跳，好貓不叫】◇喻指真正有才幹的人，往往不愛炫耀吹噓自己。

【好狗不攔路，癩狗當路坐】●好的狗不會阻攔人的去路，只有癩皮狗才會在路當中招人討厭。◇喻指好人不會去阻擋別人的前程。◎好狗不攔路

【好放手時須放手，得饒人處且饒人】◇待人處事不宜太苛刻，應寬大為懷，對非原則的問題，要能寬就寬，能不追究的就不要追究。◎得放手時須放手，得饒人處且饒人／合放手時須放手，得饒人處且饒人

【好官易做，好人難做】◇做一個好官容易，做一個好人卻很難。

【好苗也得勤澆水】◇喻指對好孩子也需要經常加以教育引導。

【好看不一定好吃】◇告訴人們，外表好看的東西不一定就好吃，判斷事物不能單憑外表，而是要看實質。

【好看的果子不一定好吃，嘴巴甜的人不一定好心】◇提醒人們，判斷一個人的好壞不能只看他說得好壞，因為嘴上說得好聽的人不一定就心腸好。

【好客的人朋友多，好說的人廢話多】好：此處讀 hào。◇喜歡待客的人往往朋友多，喜歡說話的人常常是廢話多。

【好姻緣棒打不散】◇說明一對真心相愛的青年男女，外界的任何力量都不可能把他們拆散。

【好馬才能帶頭走】◇喻指德才兼備的人才能當帶頭人。

【好馬不十全】◇喻指任何事物都不可能十全十美。

【好馬不用鞭策，好鼓不用重捶】◇喻指德才兼備的人不必別人督促。

【好馬不在鈴鐺響】◇喻指樂意為他人服務、喜歡做好事的人，從不計較個人的名譽。

【好馬不在鞍轡，人美不在衣衫】轡（pèi）：駕馭牲口用的嚼子和韁繩。●馬好不在於鞍轡的華麗，人美不在於衣衫的艷麗。◇告誡人們，觀察事物要看實質，不要被表面現象所迷惑。◎好馬不在鞍轡，人美不在衣裳

【好馬不在鞍轡，有志不在年高】
鞍轡：駕馭牲口用的鞍子和嚼子。● 馬
好不好，不在於牠的鞍子和嚼子；人
有沒有志氣，不在於他年齡的大小。
◇喻指只要有雄心壯志，任何人都能
做出大貢獻。

【好馬不吃回頭草】 ◇強者一般都
不走回頭路。清代李漁《憐香伴·
議遷》：「多承高誼，好馬不吃回頭
草，就複了衣巾，也沒不得這場羞
辱。」

【好馬不怕路不平】 ◇喻指真正的有
理想、有志氣的人在前進路途中不怕
任何困難。

【好馬不停蹄，好牛不停犁】 ◇說明
有志向的人就應該不斷前進。◎好馬
上路不停蹄

【好馬不鞴雙鞍，烈女不更二夫】
鞴（bèi）：馬車上的裝備。◇喻指好的
女子不改嫁。

【好馬在力氣，好漢在志氣】 ● 馬的
好壞在於有沒有力氣，人的優劣在於
有沒有志氣。

【好馬走路平穩，好人做事堅韌】
◇好馬在於走路平穩，有志氣的人做
任何事情都能夠堅忍不拔。

【好馬是騎出來的，才幹是練出來的】
◇一個人只有經過實踐的鍛煉，才可
能增長才幹。◎好馬是騎出來的

【好馬崖前不低頭】 ◇喻指有理想的
人不會懼怕任何艱難險阻。

【好茶不在顏色濃】 ● 好茶葉不是由
顏色的濃淡決定的。◇喻指觀察事物
的好壞，不能主觀地根據某一種現
象，而要全面了解，掌握其實質。

【好茶不怕細品，好事不怕細論】
品：品嚐，辨別好壞。● 優質茶不
怕人們細細地品嚐，好事不怕大家仔
細評論。◇說明好的事物不怕嚴格審
查。

【好鬥的雞兒不長毛】 好：此處讀
hào。◇喻指動不動就愛跟別人打架
的人，不會有好結果。

【好借好還，再借不難】 ◇告訴人
們，借別人的財物要及時歸還，只有
這樣，以後想再借才會容易。◎有借
有還，再借不難

【好借債，窮得快】 好：讀 hào。● 平
時好借債、或者靠借債過日子的人，
就容易窮得快。◇提醒人們，如果不
到萬不得已，切不可輕易向別人借錢。

【好個人千難萬難，惡個人三言兩
語】 ● 要同一個人搞好關係是很困
難的，而三言兩語就可能把一個人得
罪。◇告誡人們，在處理人際關係
上，言談舉止要特別謹慎。

【好記不如淡墨】 ● 好記性比不上用
筆輕輕記一下。◇說明讀書要善於做
筆記，以鞏固學過的知識。

【好記仇的人總覺得委屈】 好：此處
讀 hào。● 愛記仇的人就總覺得自己
委屈。◇告訴人們，如果心胸開闊，
不記前仇，就不會感到心裏彆扭。

【好記性弗如爛筆頭】 弗如：不如。
● 記憶力再好，也不如用筆記下來準
確。◇強調積累知識，充實頭腦，不
能只靠好記性，而要用筆勤記錄，把
好的有益的東西隨時記下來。◎好記
性不如爛筆頭 / 快記性勿如鈍筆頭

【好拳不在花樣巧】 ● 一個人拳打得
好並不在於他花樣上多有變化。◇喻

指本事大的人往往是實實在在，並不喜歡搭花架子，浮於表面。

【好拳不贏頭三手，自有高招在後頭】 ● 拳藝高的不一定贏頭三手，而常常是有高超的本領留在後頭。◇喻指本領高超的人有時在最後才顯露。

【好酒説不酸，酸酒説不甜】 ● 好酒説不成酸酒，酸酒也説不成甜酒。◇説明好的就是好的，即使有人故意誣陷，也不會改變它本身的優良性質；而壞的就是壞的，即使有人為它塗脂抹粉，也不可能改變其低劣的性質。

【好處安身，苦處用錢】 ● 出門在外的人，遇到合適的地方就能安身，遭受痛苦的時候就要用錢。◇喻指出門在外要能適應環境，該花錢的地方就得花。

【好處着手，壞處着想】 ◇辦事要向好的方向努力，而同時又要對可能遇到的困難有充分的估計和準備。

【好問不迷路，好做不受貧】 好：此處讀 hào。◇勤學好問就不會走彎路，勤快就不容易貧窮。

【好問近乎智，知恥近乎勇】 好：此處讀 hào。智：指聰明，有才智。恥：恥辱。● 勤於求教，距離聰明就不遠了；知道甚麼是恥辱，距離勇敢就不遠了。◇教育人們要不怕羞恥，多問，以增長自己的學問和見識。語出《禮記·中庸》："子曰：'好學近乎知，力行近乎仁，知恥近乎勇。知斯三者，則知所以修身；知所以修身，則知所以治人；知所以治人，則知所以治天下國家矣。力行近乎仁，知恥近乎勇，知斯三者，則知所以修身。'"

【好問則裕，自用則小】 好：此處讀 hào。自用：自以為是。◇勤學好問，學到的東西就多；驕傲自大，學到的東西就少。《尚書·商書·仲虺之誥》："予聞曰：'能自得師者王，謂人莫已若者亡。好問則裕，自用則小。'"

【好動扶人手，莫開殺人口】 好：喜好，樂於。殺人：此處指作惡。扶人：助人。◇要樂於濟困扶危，做有益他人的事，不要説坑人害人唆使人作惡的話。

【好貨不怕化驗，真金不怕火煉】 ◇真正好的東西不怕任何人檢查、挑剔，真理不怕爭辯。

【好鳥選樹落，好女選人嫁】 ◇就像好鳥要選擇好的樹做窩一樣，好女要選擇人品好的丈夫。

【好船也要好航路】 ◇喻指有才幹的人也需要有好領導指引正確的方向。

【好船者溺，好戰者亡】 好：此處讀 hào。● 善於駕船的人容易被淹死，善於打仗的人往往會戰死。◇喻指擅長某事，反而容易因疏忽大意而出事。

【好舵手能使八面風】 好舵手：此處指有經驗有才幹的領導者。使：用，控制。八面：指多方面。風：指風浪、風險。◇喻指有經驗有才幹的領導，能控制來自多方面的艱難、險阻，不論甚麼樣的風浪都能應付。

【好將不説當年勇】 ◇好的將領不愛誇耀自己以前立下的功績。

【好菜不貪吃，美酒不過量】 ◇提醒人們，即使是再可口的飯菜也不要吃得太多，即使是再好的酒也不要喝得過量。

【好景難長，名花易落】❏ 美好的時光很難長久，有名氣的花容易凋零。◇面臨稱心如意的光景、賞心悅目的事物，常常讓人感到時間過得太快，事物保留的時間太短。◎好景不長在，好花不常開

【好筍出好竹，好師出好徒】❏ 好的竹筍才能長出好的竹子，好的老師才能帶出好的徒弟。◇說明教師在人才的培養中起着關鍵作用。

【好飯不怕晚】◇喻指只要會有更大的收穫，就不會計較時間推遲。

【好飯吃個合適，好衣穿個服帖】◇飯菜好不好，主要在於是否吃着合口；衣服穿得好不好，主要在於是否穿得舒服得體。

【好鼓一打就響，好燈一撥就亮】◇喻指聰明的人稍一點撥就會明白。

【好鼓不用重捶】◇喻指聰明能幹的人做事，不用別人過多地督促提醒。

【好蜂不採落地花】◇喻指要善於做實地調查研究，掌握第一手材料。

【好詩讀下三千首，不會做來也會偷】◇好詩讀得多了，自然而然就會模仿。

【好話一句三冬暖，惡語傷人六月寒】好話：指安慰人的話或鼓舞人的話。惡語：指刺傷人的話或打擊人的話。三冬：指寒冷的冬天。六月：指陰曆六月時炎熱的暑天。❏ 安慰人、鼓舞人的一句話，會使人感到像在嚴冬中得到溫暖一樣，而刺傷人、打擊人的話則會讓人在暑熱天也感到寒冷難忍。◇告誡人們，不要用諷刺挖苦等惡毒語言刺傷人，不要說令人寒心的話。◎好話一句三冬暖，惡言出唇六月寒 / 甜言美語三冬暖，惡語傷人六月寒

【好話三句軟人心】◇幾句真誠的勸人話語，常常能夠說服一個人。

【好話三遍，連狗也嫌】◇喻指即使是再好的話，如果反反覆覆地說，也會使人厭煩。

【好話不在多說，有理不在聲高】❏ 正確的話不在於說得多，有道理的話不在於說得聲音大。◇告誡人們，說話、做事要正確、有理，不可絮叨，更不可以勢凌人。

【好話不好聽】◇提醒人們，真正有益的話，聽起來不一定順耳。

【好話不瞞人，瞞人非好話】◇好話不怕被別人知道，怕別人知道的話就不是好話。◎好話不背人，背人沒好話

【好話怕的冷水澆，好漢怕的病纏倒】◇善意的話語禁不住別人潑冷水，強壯的人禁不住慢性病纏身。

【好話重三遍，任誰不喜歡】◇提醒人們，說話要防止囉唆重複，否則誰也不會喜歡聽。◎好話重三遍，雞狗不喜見

【好話能穿鐵】◇說明尖銳的話語份量很重，能點中要害。

【好話能救人，壞話能殺人】◇循循善誘的談話能夠挽救一個人，而中傷人的話卻能像殺人的刀子。

【好話絮三遍，狗也不喜聽】◇提醒人們，說話不要絮叨，否則誰也不喜歡聽。

【好話說盡不充飢，牆上畫馬不能騎】◇說明光說好聽話沒有任何用處，而應該有實際行動。

【好話説盡，壞事做絕】◇提醒人們，要警惕某些人表面上説好話，實際上做盡了壞事。

【好夢難長，彩雲易散】● 美好的夢難以長久，總要醒來；彩色的雲容易飄散，不可能留住。◇喻指好的光景不可能長久地存在。明代湯顯祖《紫釵記‧劍合釵圓》：“彩雲輕散，好夢難圓。”

【好聚不如好散】◇當彼此實在無法和睦相處的時候，還不如客客氣氣地分手。

【好歌不唱忘記多，好地不鋤草成窩】◇説明如果不肯付出勞動，即使有再好的客觀條件也沒有用。

【好種出好苗，好樹結好桃】◇優良的種子才能長出好苗，粗壯的樹苗才能結出好的桃子。

【好種出好稻，壞種出稗草】● 原指農業上選種的重要。◇喻指人或其他事物，上一代的好壞會直接影響下一代。

【好説己長便是短，自知己短便是長】好：此處讀 hào。● 喜歡説自己的長處恰恰就是自己的短處，而能夠知道自己的短處便是自己的長處。◇提醒人們，不能只看到自己的長處，還要看到自己的不足。

【好説不好聽】◇提醒人們，有些事解釋起來不難，但別人聽起來卻很難相信，因此行為舉止要謹慎。

【好漢一言，快馬一鞭】● 好漢説出一句話，就像快馬被抽了一鞭，飛跑出去，不再回頭。◇好人説話算數，言而有信，決不反悔。

【好漢千里客，萬里去傳名】◇有志氣的男子，應該出外幹一番事業，揚名天下。

【好漢子不趕乏兔兒】好漢子：此處指強者、有本事的人。乏：疲乏、困乏。◇喻指強者不欺負弱者，有本事的人不跟已經困乏的人爭鬥。

【好漢也要眾人扶】◇再強幹的人也需要大家的幫助。

【好漢不打仗義人】◇真正的英雄好漢是不會打擊仗義執言的人的。

【好漢不吃眼前虧】好漢：此處指勇敢堅強的聰明人。◇聰明人要審時度勢，在形勢不利的時候，要學會暫時讓步，再圖對策。清代李寶嘉《官場現形記》第十七回：“好漢不吃眼前虧，且讓他一步，再作道理。”

【好漢不怕出身低】◇只要人品高尚，有才能，不必擔心出身低下，自會錐出囊中。

【好漢不挑肩頭軟，繡女不練針頭禿】挑：挑擔。● 好身體的男子漢不經常挑擔，肩膀就會軟弱無力；善刺繡的女子不經常練習，就會感到針不好用，手不靈巧。◇喻指身體要經常鍛煉，技藝要經常練習。

【好漢不食言，好馬不擇鞍】◇喻指品德高尚的人不會説話不算話，有才能的人不會計較外表和客觀條件的好壞。

【好漢不提當年勇】◇真正的英雄好漢不去炫耀過去的勇猛威武。

【好漢打不過人多】◇一個人再強也抵不過眾人。

【好漢只怕病來磨】◇再堅強的人也經不住長期病魔纏身。

【好漢全憑志強，好馬全憑體壯】◇能幹的男子全憑有堅強的意志，好馬全憑有強健的身軀。

【好漢怕大意】◖能力強的人辦事不細心，也會出問題。◇提醒人們，辦事一定要仔細認真。

【好漢怕賴漢，賴漢還怕歪死纏】◇要賴皮的人最難對付。

【好漢面前無困難，困難當中出英雄】◇強者不會害怕困難，而是努力去克服困難，英雄正是在困難中磨煉出來的。

【好漢鬥智不鬥力】◇真正的聰明人鬥智慧，而不是鬥力氣。

【好漢流血不流淚】◇堅強勇敢的人不怕在戰場上流血犧牲，但決不輕易流眼淚。

【好漢做事好漢當】◇正直的人或敢作敢為的人，做事能承擔責任，即使有過失，也不推脫。◎漢子做事漢子當

【好漢識好漢】◇有才能的人賞識有才能的人。◎好漢眼裏識好漢

【好漢護三鄰】◇英雄好漢往往能維護周圍人的利益。◎好漢護三村，好狗護三鄰

【好鞋不踏臭狗屎】◇喻指正派的人不跟不正派的人混在一起，避免玷污自己的名聲。◎好鞋不黏臭狗屎

【好模出好坯，好窰出好瓷】◇喻指好的學校或好的環境能夠培養出好人才，好的老師能夠教育出好學生。

【好麵耐水，好人耐心】麵：麵粉。◇好的麵粉吃水，善良的人往往對人耐心。

【好賬不如無】◇即使別人不向自己催賬，也不如不欠賬好。

【好樹也要勤打杈】◇喻指好孩子也要經常教育。

【好頭不如好尾】◖有好的開頭不如有好的結尾。◇說明辦任何事情都應該善始善終。

【好鋼打好刀，肥羊下肥羔】◇喻指有優秀前輩的教養，就會產生好後代。

【好鋼使在刀刃上】刀刃：刀的鋒利處。◇喻指要把堅強精銳的力量用在最關鍵的地方。◎好鋼要用在刀刃上

【好鋼要靠百煉千錘，好苗要靠精心栽培】◇喻指智商再高、素質再好的人，也需要經過精心培養和實踐的鍛煉，才能真正成才。

【好鋼淬火鋼才硬，好樹剪枝樹方正】淬火：為提高鋼的硬度而使用的一種蘸水方法。◇喻指人才的培養要靠艱苦的鍛煉以及經常性的教育引導。

【好鋼靠煉，好苗靠鋤】◇好鋼要千錘百煉，好苗要精心栽培；對有希望的年輕一代，需要耐心教導，精心培養。◎好鋼要靠百煉千錘，好苗要靠精心栽培

【好戲不唱三台，好曲不唱三遍】◇告訴人們，再好的話也不必重複說。

【好戲耐看，好曲中聽】◖好戲越看越有味，好曲子越聽越好聽。◇喻指好的事物能夠讓人細細品味，經得起時間的考驗。

【好牆難堵四面風】好牆：堅固的牆。堵：擋住。◖堅固的牆也難以抵

擋四面颳來的大風。◇喻指本領大的人做事也不可能面面俱到。

【好雞不跟狗鬥】◇喻指好人不跟壞人一般見識。

【好雞無兩對】◇喻指優秀傑出的人物總是佔少數。

【好藥難醫心頭病，黃金難買少年時】◇告訴人們，再好的藥也難治好心病，一個人的少年時光是黃金買不到的，應當珍惜大好年華。

【好鐵不生鏽，好友不忘情】◇好朋友之間不會忘記彼此的情誼。

【好鐵要經三回爐，好書要經百回讀】◇說明好的書需要反覆讀，才能真正學到其中的精華。

七　畫

【弄虛作假，不攻自垮】◐虛假的花招騙終會暴露，不攻自破，騙不了人。◇勸告人們要誠實做人，不可弄虛作假。

【戒酒戒頭一盅，戒煙戒頭一口】◇告訴人們，要想不染上飲酒、吸煙的習慣，最好是不喝第一盅，不吸第一口。

【扶不起的劉阿斗】扶：用雙手托，指扶助。劉阿斗：劉備的兒子，三國蜀後主劉禪，小名阿斗。◐劉禪不思進取，雖然諸葛亮等人盡全力扶助，仍然無所作為。◇喻指資質太差的人，儘管有很多人幫助都不行。

【扶起不扶倒】◇❶要扶助能興旺發達起來的，不要扶助衰敗沒落的。❷指要扶持有發展前途的人和事物。

【扶敗不扶勝】◐要扶持失敗的人，不扶持成功的。也就是說，要幫助真正有困難的人。

【技藝再高，離不開眾人】◇說明一個人的技藝再高也不能離開集體。

【批龍鱗易，捋虎鬚難】批：刮。捋(lǚ)：用手順着抹。◐刮龍的鱗片容易，抹老虎的鬍鬚難。◇這句話的意思是說皇帝是真龍天子，敢於直言規勸；權臣像隻老虎，不敢頂撞得罪。

【扯着耳朵腮頰動】◐動了這個就影響那個。◇喻指事情相互有關聯，變動一個事物就會影響其他的。

【走了橋，不走路】◇喻指經歷過艱難險阻的人，對冒風險已習慣了，不願意走平平坦坦的道路。

【走三家不用問行家】◐如果有不懂的事，多問幾個人就會明白，用不着專門問行家。◇告訴人們，遇到不懂的事，要多問。

【走三家不如坐一家】◇與其沒有把握地到處求人，不如向有把握的一家求助。

【走三家不如買一家】◇去多家商店購物，還不如選定一家信譽好的商店購買。

【走千走萬，不如淮河兩岸】◇和其他許多地方相比，淮河兩岸的土地更肥沃、物產更豐富。

【走不完的路，知不盡的理】◇喻指人們對客觀世界的認識是沒有窮盡的。◎走不盡的路，說不完的理

【走不盡的路，學不盡的乖】◇要注意總結經驗、吸取教訓。

【走不盡的路，讀不完的書】● 路是走不完的，書是讀不完的。◇喻指學習是沒有止境的。◎走不完天下路，讀不盡世間書

【走平地，防躊跤；順水船，防暗礁】◇喻指順利時不能麻痺大意，要防止發生意外。

【走吃強似坐吃】◇只要會幹活，就能掙口飯吃，比坐吃山空強得多。

【走如風，坐如鐘，睡如弓】◇告訴人們，走路時腳步要邁得快，輕盈快捷像風；坐着時要姿勢端正，像一隻座鐘；睡覺時要側臥，像弓一樣彎曲。這樣做，有利於身體健康。

【走好的瘡子，睡好的眼】◇告訴人們，長了瘡子要經常走一走，多活動，瘡子就會好得快；患了眼病要多睡覺，眼睛得到充分休息就會好得快。

【走東行，不説西行；趕牲口，不説放羊】行：行業。◇喻指幹哪一行就説哪一行的話，不談與本行無關的事。◎走東行，不説西行；買騾馬，不説豬羊；三句話，不離本行

【走到城裏隨城裏，走到四鄉隨四鄉】◇不管到甚麼地方，就要按照當地的風俗習慣生活。

【走得快了帶着跑，鋤得快了落了草】◇喻指做事情要認真仔細，做得太快了難免粗心大意，影響質量和效果。

【走路不施禮，多走十幾里】◇告誡人們，到一個不熟悉的地方去，如果不勤向當地人打聽，那麼就會走許多冤枉路。

【走路防跌，吃饃防噎】◇喻指無論做甚麼事情，都要小心謹慎。

【走路要帶盤纏，過好要打算盤】盤纏：路費。◇提醒人們，出門遠行時，一定要帶足路費；要想過好日子，必須精打細算計劃好。

【走路問老頭，破柴破小頭】● 走路時要向老年人打聽路，劈柴時要從小頭開始劈。◇喻指幹甚麼事情都要找對方法。◎走路問老頭，砍柴砍小頭

【走路朝前看，做事往後想】◇提醒人們，做事要思前想後，考慮周全，不可盲目蠻幹。

【走過這個村，就沒這個店】◇喻指機會錯過了就不會再有。

【走遍天下走遍山，不如在家把土翻】◇遠離家鄉四處奔波，不如在家裏種地好。◎走遍天下遊遍山，不如農人把土翻

【走遍天下娘好，吃遍天下鹽好】◇不管走到天涯海角，母親總是最親最好的人；不管吃甚麼美味佳餚，離開了鹽就沒有滋味。◎走盡天下爺娘好，吃盡滋味魚肉好

【走遍天下路，吃不盡店家虧】◇不管走到哪裏，賣東西的人總比買東西的人精明，商販總是要賺顧客的錢。

【走遍天下愛勤人，懶人到處受人恨】◇告訴人們，勤勞的人到哪兒都會受人歡迎，懶惰的人到哪兒都會遭人厭煩。

【走親走親，不走不親】◇親戚之間要互相多走動，才會越走越親，如果不來往，時間長了就不親了。

【攻心為上，攻城為下】⊘ 作戰的最好策略是使對方心服，其次才是攻城奪地。◇喻指取得民心最為重要。《三國志・馬良傳》："夫用兵之道，攻心為上，攻城為下，心戰為上，兵戰為下。"◎攻心為上

【攻堅不怕堡壘硬】◇要想攻克任何困難，都不能懼怕艱難，要有充分的思想準備。

【折了膀子往裏彎】◇喻指自己人總是護着自己人。

【孝子易求，慈孫難得】◇孝順的兒子容易尋求，體諒老人的孫子卻很難尋得到。

【孝重千斤，日減一斤】◇父母逝世之後，隨着時間的推移，子女對父母的懷念之情會逐漸淡漠。

【孝為百行先】◇中國傳統禮教中提倡"孝"是各種品行中最首要的問題。

【孝衰於妻子】◇娶媳婦忘了娘，兒子孝敬父母之心一般是在娶妻生子之後開始衰減。

【孝順心是人間海上方】◇孝順心腸是糾正世風人情的良方妙藥。

【孝順還生孝順子，忤逆還生忤逆兒】忤（wǔ）逆：不孝順。⊘ 如果自己孝順，那麼自己的孩子將來也會孝順；如果自己不孝順，那麼自己的孩子將來也不會孝順。◇孩子是否孝順，跟父母的影響有關。◎孝順還懷孝順胎，忤逆還生忤逆孩

【孝當竭力，忠則盡命】◇告訴人們，做人應當竭盡全力孝敬父母和效忠國家。

【投人須投大夫】◇要投靠敢作敢當的人，才能解決問題。

【投之以木瓜，報之以瓊瑤】木瓜：灌木或小喬木，花紅色或白色，果實黃色，有濃烈香氣。瓊瑤：美玉，指贈送的禮品。⊘ 他送我木瓜，我送他美玉。◇喻指禮尚往來。《詩經・衛風・木瓜》："投我以木瓜，報之以瓊瑤。匪報也，永以為好也！"◎投之以桃，報之以李

【投鼠者當忌器】⊘ 用東西打老鼠，應當考慮鼠周圍的器物。◇喻指清除壞人，也要有所顧忌。《漢書・賈誼傳》："里諺曰：'欲投鼠而忌器。'此善諭也。鼠近於器，尚憚不投，恐傷其器，況於貴臣之近主乎！"

【投親不如訪友，訪友不如住店】◇出門在外，住宿投靠親戚朋友，還不如往旅店方便自由。

【克己然後制怒，順理然後忘怒】⊘ 只有克制自己才能把怒氣壓下去，把道理講通了，也就無氣可生了。◇勸導人們，待人要和善、誠懇，遇事要講清道理，不可盛氣凌人。《元史・趙良弼傳》："人性易發而難制者，惟怒為甚。必克己，然後可以制怒；必順理，然後可以忘怒。"

【克制是上策，發火是蠢人】◇提醒人們，應該善於克制自己的情緒，少發火。

【克念者，自生百福；作念者，自生百殃】◇能克制壞念頭（想法）不去做壞事的人將會有幸福；總生壞念頭去坑害人的人，必會有禍殃。

【克勤克儉，有吃有穿】◇能夠勤儉持家，就會吃得飽，穿得暖。

【克勤克儉，成家立業】◇只有勤勞、節儉，才能夠成好家、治好家，在事業上有所成就。

【村人吃橄欖，不知回味】橄欖：橢圓形的青果，初吃時略澀，多嚼則回味無窮。鄉人無暇細嚼，故不知其味之佳。◇喻指讀書、做事，不去深刻體會理解，只是籠統去做，對其中一些精微奧妙的東西所知甚少。

【村無大樹，蓬蒿為林】蓬蒿 (hāo)：蓬草與蒿草。❺村裏無大樹，蓬蒿便被視為林木。◇喻指沒有出眾的人，稍有能力的人便很顯眼了。

【杉木尾子做不了正樑】◇喻指小材派不上大用場。

【杉木牌兒做不得主】◇喻指不具備某種能力就不能勝任某項工作。

【李下不整冠】❺走在李子樹下的時候，不要舉手整理帽子，以免旁人誤認為在摘李子。◇提醒人們，在容易招嫌疑的地方，行動上要特別小心謹慎。《樂府詩集・君子行》：“君子防未然，不處嫌疑間。瓜田不納履，李下不整冠。”

【求人不如求己】◇依賴別人，請人幫忙，還不如靠自己努力。《淮南子・繆稱訓》：“故怨人不如自怨，求諸人不如求諸己得也。”◎求人不如求自己

【求人須求大丈夫，濟人須濟急時無】濟：接濟，幫助。◇向人求助，要找心胸坦蕩、熱情慷慨的人；幫助救濟別人，要救濟最困難的人。

【求佛求一尊】❺拜佛要認準一尊拜，不能亂求瞎拜。◇喻指求人辦事要看準對象，誠懇地請求，才有可能辦成事。

【求灶頭不如求灶尾】灶頭：掌勺的人，指掌權的人。灶尾：燒火的人，指手下幹活的人。◇向當官的請求通融，還不如請求他手下的人更有效。

【求來雨，落不大】❺祈求而來的雨水，雨量不大。◇喻指求人辦事，不可辦得完美無缺，完全合乎自己的心願。

【求忠臣於孝子之門】❺尋找忠於國家的臣子，要從孝子家着手。◇喻指對父母孝順的人，才能對國家忠誠。

【求張良，拜韓信】張良：漢高祖劉邦的謀士。韓信：漢高祖劉邦的大將。拜：以某種禮節授予官職。◇喻指求人幫忙要找有能耐的人。◎求只求張良，拜只拜韓信

【求親猶如告債】求親：向對方家庭請求結親。猶如：好像。告債：借債。◇請求結親如同借債，必須親自出面，不能委託他人代替。

【車不橫推，理無曲斷】❺車子是不能橫推的，公理是不容歪曲的。

【車走車路，馬行馬道】◇喻指各人走各人的路，誰也管不了誰。

【車快了要翻，馬快了要顛】◇做事一味追求快，容易失誤；穩妥行事，才會有好的效果。

【車到山前必有路，船到橋頭自然直】◇事情到了緊急的關頭，總會有解決的辦法。◎車到山前必有路 / 車到山前自有路 / 車到山前必有路，船遇頂風也能開 / 車到沒惡路

【車將車抵，炮用炮攻】抵：抵抗。◇對方用甚麼手段，我方也用同樣的手段來對付。

【豆腐青菜，各有所愛】◇人們的興趣不同，因此愛好也各異。

【否極泰來，樂極生悲】否：卦名，表示不利。極：極點。泰：卦名，表示順利。● 事情壞到極點，就會向好方面轉換；歡樂到了極點，就會發生悲傷。◇事物的發展是對立統一的，好與壞可以互相轉換。《淮南子·道應訓》："夫物盛而衰，樂極則悲，日中而移，月盈而虧。"

【邪不干正】干：冒犯，侵犯。◇邪惡的東西終究戰勝不了剛正的事物。宋代王讜《唐語林·方正》："臣聞邪不干正，若使咒臣，必不能行。"

【邪不勝正】◇邪惡最終不能戰勝正義。明代羅貫中《三遂平妖傳》第三十四回："劉彥威大笑道：'劉某曾讀詩書，自古道：邪不勝正，吾仗天威討誅反賊，有何懼哉！'"

【邪不壓正，正不壓瘋】● 邪氣壓不倒正氣，正常的人卻也無法用理性去制伏瘋子。

【邪臣蔽賢，猶浮雲之蔽日】◇邪惡的臣子蒙蔽賢明的君主，就像浮雲遮蔽太陽一樣，是暫時的，不會長久。漢代陸賈《新語》："邪臣蔽賢，猶浮雲之障白日也。"

【步子邁得正，不怕影子歪】● 人的步子走得正，就不怕人的影子歪斜。◇喻指只要為人正派，辦事公正，就不怕別人說長道短。

【見一斑而知全豹】● 看到豹子身上的一塊斑紋就能了解豹子的全身。◇喻指通過某一點就能夠了解全局。典出南朝宋劉義慶《世說新語·方正》："門生輩輕其小兒，乃曰：'此郎亦管中窺豹，時見一斑。'"

【見人不施禮，枉跑四十里】◇如果找人辦事不講禮貌，往往不容易把事情辦成。

【見人之過易，見己之過難】● 能看到別人的缺點錯誤比較容易，而看到自己的缺點錯誤卻比較困難。◇提醒人們，不要盯着別人的缺點不放，應該反省自身是否也具有缺點和錯誤。

【見人挑擔弗吃力】● 看別人挑擔子不吃力。◇喻指不動手實踐的人，不知其中的艱辛。

【見人施一禮，少走十里路】◇如果找人辦事注意禮節，事情就會好辦一些。

【見大事者不忌小怨】◇能成就大事業的人，不會過分計較小的恩怨。

【見不善如探湯】● 見到壞人、壞事就如同把手往熱水裏伸一樣。◇喻指在惡劣的環境中要小心戒備，免生禍殃。《論語季氏》："孔子曰：'見善如不及，見不善如探湯。吾見其人矣，吾聞其語矣。隱居以求其志，行義以達其道。吾聞其語矣，未見其人也。'"

【見不盡者，天下事，讀不盡者，天下書】● 看不完的是天下的事，讀不完的是天下的書。◇喻指學習沒有止境。

【見火不滅火燒身，見蛇不打蛇咬人】◇喻指見害不除，必受其害。

【見允是人情，不允是本分】允：允許，答應。◇有求於人，如果獲得允許，是人家講人情顧全面子；如果不允許，也是人家原本應該的，無可非議。

【見君之乘下之，見杖起之】乘（shèng）：古代四馬一車為一乘。● 見到君王乘坐的車就下拜，見到尊長的扶杖就起敬。◇這句話用來教育百姓要尊敬領袖，尊敬長者。

【見者易，學者難】◇看見別人做的時候，往往會覺得容易，等自己學的時候，就不會覺得容易了。

【見事不説，問事不知】◇告訴人們，見到一些是是非非的事情，不要到處亂説，有人問起時也要只當不知。

【見虎一毛，不知其斑】● 只看見了老虎的一根毛，不知道老虎身上的斑紋是甚麼樣子。◇喻指見到了局部，不一定就能了解全局。

【見兔而顧犬，未為晚也；亡羊而補牢，未為遲也】顧：回頭看，亡：丟失，牢：牲口圈。● 看見兔子回頭喚狗去追捕，並不算晚；丟了羊就修補羊圈，也不算遲。◇喻指已經出了差錯，但能及時採取補救措施，也還來得及。《戰國策・楚策四》：“見兔而顧犬，未為晚也；亡羊而補牢，未為遲也。”◎亡羊而固牢，不為遲；見兔而呼狗，不為晚

【見兔放鷹，遇獐發箭】獐：一種動物，像小鹿，無角，有長牙外露，皮可製皮衣。● 看見兔子立即放出鷹去捕捉，遇到獐立即射箭去擒拿。◇喻指當遇到能夠獲利的機會，一定要緊緊抓住，及時採取果斷的行動。《五燈會元・雪峰思慧禪師》：“護聖不似老胡，拖泥帶水，只是見兔放鷹，遇獐發箭。”

【見怪不怪，其怪自壞】◇告誡人們，看到怪異現象要鎮定，不要大驚小怪，時間長了，這種怪異現象就會自壞自滅。《三遂平妖傳》第三回：“趙壹道：‘此必山魈野魅所為，常言道：見怪不怪，其怪自壞。莫睬便了。’”

【見官莫向前，做客莫在後】◇告訴人們，見富官人的時候，自己不要走在前面，做客人的時候，自己不要走在後面。

【見甚麼人説甚麼話，見甚麼菩薩燒甚麼香】◇諷喻那些處世圓滑的人遇事多變。

【見甚麼菩薩打甚麼卦】打卦：指根據卦象推算吉凶。◇喻指要根據對方的具體情況提出相應的問題。

【見風使帆，量水安橋】● 根據風向轉動風帆，測量了水的深淺再去架橋。◇喻指辦事要根據情況的不斷變化，採取相應的措施。

【見風使舵，就水彎船】◇喻指隨機應變，見機行事。

【見客如為客，輕人還自輕】● 見到前來的客人，要像自己做客人一樣，要注意禮節；如果輕視怠慢別人實際上就是輕視自己。◇告誡人們，對人要有禮貌，不能輕視怠慢。

【見蛇不打三分罪】◇喻指見到壞人不去懲治就有罪責。

【見蛇見蠍，不打作孽】◇如果見到害人的蛇蠍，不打不除，留其害人，就等於自己作孽。

【見貧休笑富休誇，誰是常貧久富家】● 見人貧窮不要恥笑，見人富有也不要誇讚，誰又是會永遠貧窮或富有呢？◇告誡人們貧富不是永恆不變的。

【見強不怕，見弱不欺】◇教育人們，為人要善良、公正，不懼怕強暴者，也不欺負弱小者。

【見着先生説書，見着屠夫説豬】先生：指教學生的老師。◇喻指處世圓滑的人往往是見甚麼人説甚麼話。

【見着禿子不講瘡，見着瞎子不講光】◇提醒人們，談話要提防傷害人，不要當着有生理缺陷的人談論與此相關的事。

【見過不如做過，做過不如錯過】◇説明親身實踐體會深刻，如果能從失敗中吸取教訓，體會更深刻。

【見義不為無勇也】◇見到正義的事如果不去做，就是沒有勇氣的表現。《論語·為政》："子曰：'非其鬼而祭之，諂也。見義不為，無勇也。'"

【見慣了駱駝，看不出牛大】◇喻指抓慣了大問題，對小問題就容易忽略。

【見彈求鴞炙】彈：彈丸。鴞：鴟鴞，鳥的一種，頭大，嘴短而彎曲。炙：烤肉。◉看見打鳥的彈丸就想到了烤鳥肉。◇喻指見到一點苗頭，就容易想像結果。《莊子·齊物論》："且汝亦大早計，見卵而求時夜，見彈而求鴞炙。"

【見機而作，不俟終日】俟（sì）：等待。◇看到合適的機會就應及時行動或作出決定，不必等到最後。《周易·繫辭下》："君子見幾而作。不俟終日。"

【見橐駝，謂馬腫背】橐（tuó）駝：即駱駝。◉見到駱駝不認識，卻主觀武斷地解釋為馬腫背。◇譏諷見識淺薄、自作聰明的人。

【見識見識，不見不識】◉沒有親眼看見的事物，就不容易真正認識。◇強調實踐出真知。

【見證見證，不見不證】◇告誡人們，給人作證，一定要親眼所見。

【助祭得食，助鬥得傷】◉幫助別人搞祭祀活動，能得到食物吃；幫助別人打架，只會落得一身傷。◇勸誡人們，要幫助別人做好事，不要跟着別人做壞事。

【呆者不來，來者不呆】◇既然有人找上門來，一定不會是呆子，休要小看。

【足寒傷心，民怨傷國】◉腳冷會損傷心臟，人民怨憤會影響社會安定。◇這句話重在説明老百姓是否富足安康，直接關係到國家的命運。

【男人沒性，寸鐵無鋼；女人沒性，懦如麻糖】性：氣性，血性。◇告誡人們，男女都要有血性、有志氣，不能像無鋼之鐵、懦軟之糖一樣，任人宰割。

【男人無剛，不如粗糠】◇男子漢沒有堅強的意志，就失去了他的價值。

【男人勤，吃得飽，女人勤，穿得好】◇夫妻雙方都勤勞，就能吃得飽，穿得好。

【男人愁了唱，女人愁了哭】◇男人愁悶心煩時常常通過唱歌來發洩，女人心煩發愁時多通過哭泣來發洩。

【男大當婚，女大當嫁】◇無論男孩女孩，只要長大了，到了結婚年齡，就應當結婚。明代朱鼎《玉鏡台記·議婚》："自古道：男大當婚，女長須嫁。潤玉年已及笄，要覓一婿。"《三遂平妖傳》第二十二回："員外躊躊一日，到晚來與媽媽夜飯，便商議道：'常言道男大當婚，女大須嫁。如今永兒年已長成，只管留他在家，不是長久之計。他的終身，也是不了。'◎男大當娶，女人當嫁／男大須親，女大須嫁

【男也勤，女也勤，門前泥上變成金】◇夫妻二人都能辛勤勞動，即便客觀條件很差，經過不斷的努力，也會舊貌換新顏的。

【男也勤，女也勤，穿衣吃飯不求人】◇一家人如果男女雙方都勤勞，就會有吃有穿。

【男也勤，女也勤，麥如黃金棉如銀】◇如果夫妻雙方都勤勞，麥子和棉花就都長得好。◎男也勤，女也勤，穀如黃金棉如銀

【男也懶，女也懶，三餐茶飯叫艱難】◇一家人如果男女雙方都懶惰，就會連每天吃三頓飯都困難。

【男也懶，女也懶，千萬家私要討飯】◇一家人如果男女雙方都懶惰，即使很有家底，時間長了也會吃盡花光，淪為乞丐。

【男也懶，女也懶，落雨落雪翻白眼】翻白眼：對懶惰者缺柴少糧時的窘態的形象描繪。◇如果男女雙方都懶惰，遇到雨雪天，就會無柴無米，既無可奈何，又無計可施，只能是乾着急。

【男女不同席】◇中國古代禮儀，男孩女孩長到七歲時就不能同坐一張席子，表示男女有別。語出《禮記‧內則》：“六年教之數與方名。七年男女不同席，不共食。八年出入門戶及即席飲食，必後長者，始教之讓。九年教之數日。”◎男女七歲不同席

【男女授受不親】授：給予。受：接受。親：親自，親近。◇舊時男女之間不可親自交換禮物，不可私下交往，或動作親密。《孟子‧離婁上》：“淳于髡曰：'男女授受不親，禮與？'孟子曰：'禮也。'”

【男不動，女不動，寒衣無着要受凍】◇懶人不早做禦寒的衣服，就只能受凍。

【男不與女鬥】◇男人不應該與女人爭鬥。明代吳承恩《西遊記》：“常言道：'男不與女鬥。'我這般一個漢子，打殺這幾個丫頭，着實不濟。不要打他，只送他一個絕後計，教他動不得身，多少是好？”◎男不和女鬥／男不和女敵／男不對女敵／男不同女鬥／男不同女鬥，雞不同狗鬥

【男不懶，女不懶，財神爺爺把你喊】◇如果男女雙方都勤快，就能夠發財致富。

【男抓女抓，白手能起家】抓：此處指找活幹，找工作做。◇肯努力找活幹、找工作做的人，就是白手起家也不怕。

【男兒有淚不輕彈】◇男子漢要堅強不屈，不能輕易落淚。◎丈夫有淚不輕彈／英雄有淚不輕彈

【男兒報仇，三年不遲】◇有大作為的人，報仇不會操之過急，會等到時機成熟時，見機而行。◎君子報仇，直待三年；小人報仇，只在眼前

【男兒膝下有黃金】◇男子漢不輕易向人下跪。

【男怕入錯行，女怕嫁錯郎】◇選擇職業和選擇配偶是一生中的大事，要審慎，不可輕率。

【男怕穿靴，女怕戴帽】◇男子生病怕腳腫，女子生病怕頭腫，如果病人出現這樣的症狀，說明病情已十分嚴重。◎男怕撞頭，女怕撞腳／男怕着靴，女怕戴冠

【男若勤，鋤頭角出黃金；女若勤，衣衫鞋襪件件新】◇說明勤勞能創造財富，使生活過得更美好。

【男要勤，女要勤，三時茶飯不求人】三時：指三餐。◇在一個家庭裏，如果夫妻都很勤勞，就不愁沒有吃的。

【男勤有飯吃，女勤有衣穿】◇說明過日子只要辛勤勞動，就不會缺衣少吃的。

【男勤耕，女勤織，豐衣又足食】◇在一個家庭裏，男人辛勤耕種，女人辛勤紡織，就能吃飽穿暖，生活富裕。

【困多易得病，哭多壞眼睛】◇一個人遇到的艱難困苦多，就容易得病，總是傷心、哭泣就容易損壞眼睛。

【困龍終有上天時】◇喻指有作為的人終會有擺脫困境、施展才能的時候。◎困龍亦有上天時

【困難九十九，難不倒兩隻手】◇困難再多、再大也難不倒有勤勞雙手的人。

【困難欺懶漢，你硬它就軟】◇告訴人們，困難只欺負懶人，因此當遇到困難時，一定不要畏縮不前，縮手縮腳，而要敢於迎着困難，去克服困難，這樣才能解決問題，戰勝困難。◎困難欺懶人

【困獸不可縱，窮寇仍須追】◇對於被圍困的野獸一定不要放縱，對於即將失敗的敵人要窮追不捨，徹底消滅，以防反撲。

【困獸猶鬥】▽被圍困的野獸，仍在搏鬥。◇喻指陷於絕境的失敗者，不會甘心滅亡，竭力掙扎。《左傳·宣公十二年》：「困獸猶鬥，況國相乎？」

【別人求我三春雨，我去求人六月霜】三春：春季。▽別人來求我的時候，像春天裏得到的雨水一樣，及時而又方便；我去求別人的時候，卻像六月裏下霜一樣，冷冰冰的。◇幫助別人容易，求人幫助辦事難。

【別人的肉貼不在腮頰上】◇喻指別人的東西就是別人的，永遠成不了自己的。

【別人的金屋銀屋，不如自己的窮屋】◇別人的家再富有都不是自己的，還不如在自己家裏自在。

【別人家得肉，哪裏煨得熱】◇喻指不是自己親生的骨肉，感情不容易培養。

【別君三日，當刮目相看】▽人分別三天以後，就要擦擦眼睛去看待。◇每個人每天都在不斷地變化，不可等閒視之。《三國志·呂蒙傳》：「魯肅拊蒙背曰：『吾謂大弟但有武略耳。至於今者，學識英博，非復吳下阿蒙。』蒙曰：『士別三日，即當刮目相待。』」◎士別三日，刮目相看／士三日不見，當刮目相待

【別時容易見時難】◇分別容易，但再要見面就難了。南唐李煜《浪淘沙·懷舊》：「獨自莫憑欄，無限江山，別時容易見時難，流水落花春去也，天上人間。」

【吹牛容易實幹難】◇唱高調、説大話容易；要真正實幹就不那麼容易，要幹得好就更難。

【吹起的泡泡再大，也沒一錢雞毛重】錢：重量單位，十分之一兩。◨肥皂水吹起來的泡泡再大，也沒有一錢的雞毛重。◇喻指説空話、大話沒有真實的意義和價值，不起任何作用，也不會讓人相信。

【吳王好劍客，百姓多創瘢；楚王好細腰，宮中多餓死】劍客：精通劍術的人；創瘢：傷口好了之後留下的痕跡。◇吳國的君王喜歡精通劍術的人，老百姓身體就會增加創瘢；楚國的君王喜歡腰細的女子，王宮中就有許多女子不吃飯而餓死。◇統治者有喜好，老百姓就會跟着遭殃。《後漢書・馬援列傳》："傳曰：'吳王好劍客，百姓多創瘢；楚王好細腰，宮中多餓死。'"

【囤底上省不如囤尖上省】◇節省糧食要從糧滿倉時開始，不要等糧食快吃盡了開始，浪費夠了才開始節儉就要捱餓了。

【囫圇吞棗不知味】◇告訴人們，讀書如果囫圇吞棗，就甚麼也體會不到。

【牡丹花下死，做鬼也風流】花：借指女人。風流：有風韻，有情致。◨為了意中女子，就是死，也別有一番情致。清代劉鶚《老殘遊記》第三回："我就送了命，我也願意。古人説得好：'牡丹花下死，做鬼也風流。'只是不知你心裏有我沒有？"《醒世姻緣》第十九回："這正叫是：牡丹花下死，做鬼也風流。"◎人在花下死，做鬼也風流 / 碧桃花下死，

做鬼也風流 / 寧叫花下死，做鬼也風流

【牡丹花雖好，還要綠葉扶持】◇喻指一個再能幹的人也需要群眾的支持和幫助。◎牡丹雖好，全仗綠葉扶持 / 牡丹雖好，全憑綠葉扶持 / 牡丹雖好，還須綠葉扶持

【告人死罪得死罪】◨誣告別人有死罪，誣告者就該被判死罪。◇告誡人們，告狀事關重大，一定要慎重。

【我不入地獄，誰入地獄】◇❶遇到了困難和風險，理所當然地應由當事人作犧牲。❷也用來形容捨己為人的無畏精神。

【我本無心求富貴，誰知富貴逼人來】◇我本來沒有想要求取富貴，但富貴自動送上門來了。明代張鳳翼《六十種曲・紅拂記》："我本無心求富貴。誰知富貴逼人來。"

【我為人人，人人為我】◇自己做的事是為他人服務，別人做的事也會為我服務。

【利人之言，暖如布帛；傷人之言，痛如刀戟】◨對人有益的話語會使人感到似披布帛一樣溫暖，傷害別人的話語會使人感到像被刀戟刺傷一樣疼痛。◇告訴人們，要多説利人之言，不講傷人之語。《荀子・榮辱》："故與人善言，暖於布帛；傷人之言，深於矛戟。"

【利刀傷體創猶合，惡語傷人恨不消】猶：還，尚且。◨利刀割傷身體，受傷處還能癒合；而用惡語傷害別人，結下的怨恨卻難以消除。◇提醒人們，切不可用惡語傷人，結下怨恨。◎利刀傷體膚猶合，惡語傷人恨不消

【利之所在，無所不趨】◇有利可圖的地方，一般人往往都快速前往。

【利之藪，怨之府】藪（sǒu）：指人或物聚集的地方。◇利益優厚的地方，常常也是聚怨最多的地方。

【利器入手，不可假人】利器：鋒利的武器。假：借，給予。◐鋒利的武器已在自己手裏，就不要借給別人。◇喻指掌握在自己手中的權力不要讓給別人。

【秃子不要笑和尚，脱了帽兒一個樣】◇人人都有缺點，不要只看見別人的缺點，看不到自己的缺點。◎秃子莫要笑和尚，摘下帽子都一樣

【秃頭愛戴帽】◐沒有頭髮的人喜歡戴帽子。◇喻指人喜歡掩蓋自己的缺點。

【秀才不出門，能知天下事】秀才：明清兩代生員的通稱，泛指讀書人。◇讀書人知識淵博，不用出門，也能了解天下事。帶有恢諧意味。◎秀才不出門，便知天下事／秀才不出門，而知天下事／秀才不出門，全知天下事

【秀才不到田裏來，見了麥子當韭菜】◇喻指只有理論知識而沒有實踐經驗，不能正確地認識事物。

【秀才不怕衣衫破，就怕肚裏沒有貨】◐讀書人不怕穿得破，就怕肚子裏沒有真學問。◇這裏強調知識和學問對讀書人的重要性。◎秀才不怕藍衫破，只怕肚裏沒得貨

【秀才不親教子】◐讀書人不親自教兒子讀書。◇告訴人們，有學問的家長不一定能教好自己的孩子，孩子讓別人來教，效果反而更好。

【秀才有錯筆】◐秀才也有寫錯別字的時候。◇說明不管甚麼人都會有出錯的時候。◎秀才秀才，錯字布袋

【秀才要讀書，種田要養豬】◇喻指做哪一行，就要鑽研哪一行。

【秀才造反，三年不成】◐這句話表面的意思是說，讀書人只會讀書，既無武力，又無實力，想造反也不會成功。◇喻指讀書人優柔寡斷，只會讀書，做事很難成功。

【秀才無假漆無真】◇油漆多半會摻假，但秀才必須有真才實學。

【秀才遇見兵，有理講不清】◐斯文的秀才遇見蠻橫的士兵，有理也無法講清。◇喻指碰到不講理的人，無法講理。◎秀才遇到兵，有理講不清

【秀才説書，屠戶談豬】◐秀才喜歡談論書本上的知識，屠夫喜歡談論豬的事情。◇喻指幹哪一行的人，喜歡談論哪一行的事。

【私心重，禍無窮】◇非常自私的人，對自身和社會都會造成很大的危害。

【私憑文書官憑印】◇私人交往要憑書信，官方往來要憑公文印章，喻指辦事要有憑據。

【佞言似忠，奸言似信】佞（nìng）：佞言：諂媚人的花言巧語。奸言：假話，詐偽的話。◐取悦於人的花言巧語，聽起來像是忠信之言。◇告誡人們，對那些令人愉快的“忠言”要警惕，以免上當受騙。《宋史・李沆傳》：“佞言似忠，奸言似信。”

【兵力宜聚不宜分】◇與敵人打仗時，兵力宜集中，不宜分散。《清史稿・李宗羲列傳》：“今誠踵其議而力

行之，各省分定數目，各專責成，貴精不貴多，宜聚不宜散。"

【兵久則變生，事苦則慮易】◇打仗拖延時間太久了，就會發生意外的變故；做事不順利，進展緩慢就容易產生其他想法。西漢司馬遷《史記・主父偃列傳》："且夫兵久則變生，事苦則慮易。"

【兵不在多而在精，將不在勇而在謀】◇軍隊強弱不在於兵的人數多，而在於是否精強善戰；將領優劣不在於他是否勇敢，而在於他是否有謀略。◎兵不在多在精，將不在勇在謀 / 兵不在多而在精，將不在勇而在智

【兵不離營，馬不離站，放羊不離破羊圈】◇提醒人們，無論幹甚麼工作，都有其固定的崗位，要忠於職守，不能擅自離崗。

【兵打一口氣】◇和敵人打仗要有必勝的信念和志氣。

【兵可千日而不用，不可一日而不備】◇告誡人們，軍隊可以長期不用，卻不能一天不備戰。《南史・陳慶之傳》："兵可千日而不用，不可一日而不備。酒可千日而不飲，不可一飲而不醉。"◎兵可百年不用，不可一日不備 / 兵可千日而不用，不可一日而不勇

【兵出無名，事故不成】◇出兵征討，如果沒有正當的理由，戰爭是不會成功的。《漢書・高帝紀上》："南渡平陰津，至洛陽，新城三老董公遮説漢王曰：'臣聞順德者昌，逆德者亡，兵出無名，事故不成。'"

【兵在精而不在多，將在謀而不在勇】◇軍隊要精明強幹，而不在於人數

眾多；將領要足智多謀，而不在於勇猛。◎兵在精不在多，將在謀不在勇 / 兵貴精而不貴多，將在謀而不在勇

【兵行千里，不戰自乏】◇長途行軍，即使不打仗，也會疲乏。◎兵行百里，不戰自乏

【兵多好打仗，人多好做活】◇兵多有利於作戰，人多有利於生產。

【兵沒糧草自散】❶ 軍隊沒有糧草供應，不用打就會自己潰散。◇一個團體如果沒有一定的物質條件，就等於不具備生存的條件，就不可能持久地堅持下去。◎三日無糧不聚兵

【兵來將擋，水來土掩】❶ 如果敵軍來進犯，自有將領率眾抵擊；如果洪水襲來，自有堤壩抵擋。◇不管面臨何種局面，都會有具體的對付辦法。元代無名氏《大戰邳彤》："主公，便好這兵來將擋，水來土掩。"◎兵來將迎，水來土堰 / 兵來將擋，火來水滅 / 軍來將抵，水來土堰 / 水來土掩，兵來將迎

【兵要練方可精，刀要磨刃才利】❶ 士兵要苦練，才能本領精強，刀要磨刃，才能鋒利無敵。◇喻指人要發奮圖強，要不斷地磨煉自己，才能掌握本領，成為有用的人。

【兵是將之威，將是兵之膽】◇士兵英勇善戰，將領才有威風；將領有韜略，善於指揮，士兵才會勇敢過人。◎兵是將的威，將是兵的膽

【兵馬未動，糧草先行】❶ 作戰部隊還沒有出發，後勤供給就要準備好。◇強調軍隊後勤保障非常重要，也喻指辦大事情，要事先做好充分的準備

工作。《三國演義》第二十六回："操乃先使人移徙居民於西河，然後自領兵迎之；傳下將令，以後軍為前軍，以前軍為後軍；糧草先行，軍兵在後。"◎軍馬未動，糧草先行／軍馬未發，糧草先行／三軍未動，糧草先行／大軍未到，糧草先行

【兵家勝負，自古無常】◇用兵打仗，勝敗之事，自古都是難以預料的。

【兵家勝敗全難料，捲土重來未可知】◇提醒人們，用兵打仗，勝敗之事往往難以預料，失敗者很有可能會突然反擊。

【兵敗如山倒】◇喻指軍隊一旦潰敗，局面就會無法控制。

【兵貴奇不貴眾】◇用兵打仗，貴在出其不意，不在於人數多少。

【兵貴神速，師出不意】◇用兵打仗，貴在行動迅速，給敵人以出其不意的打擊。《三國志・郭嘉傳》："嘉言曰：'兵貴神速。今千里襲人，輜重多，難以趨利……不如留輜重，輕兵兼道以出，掩其不意。'"

【兵貴勝不貴久】◇一般情況下，和敵人打仗宜速勝，不宜長久地相持。《孫子兵法・作戰》："故兵貴勝，不貴久；故知兵之將，民之司命，國家安危之主也。"

【兵貴精不貴多】◇兵以精於善戰為貴，而不在於人數多。◎兵貴精而不貴多／兵貴在精而不在多／兵在精強不貴多／兵在精而不在多

【兵無主自亂】◇兩軍對壘，如主帥倒下，軍隊就會自動潰亂。

【兵無常勝，水無常形】◇不可能有常勝的軍隊，就如同水的形狀，不可能固定不變一樣。《孫子兵法・虛實》："故兵無常勢，水無常形；能因敵變化而取勝，謂之神。"

【兵無強弱，將有巧拙】◇士兵沒有強弱之分，將官卻有智愚的區別。司馬光《資治通鑑・唐紀》："古語有之'人無常俗，政有理亂；兵無強弱，將有巧拙。'"

【兵無將而不動，蛇無頭而不行】◇士兵如果沒有將官的指揮，不可能步調一致地行軍作戰，就像蛇沒有頭難以行動。明代羅貫中《三國演義》第九十八回："兵無主將，必自亂矣。"《金史》："雀無翅兒不飛，蛇無頭兒不行"。

【兵無糧草自散】◇軍隊沒有糧草，必然會自動瓦解。說明後勤保障非常重要，有充足的糧草，軍隊才能穩定人心，才能克敵制勝。

【兵熊一個，將熊一窩】熊：軟弱無能。◇士兵軟弱無能只是一個人，是局部問題；如果將官軟弱無能，就會使整個部隊喪失戰鬥力。

【兵隨印轉，將逐符印】逐：追隨。符：兵符，古代調兵遣將的證物。◇士兵是隨着將官的命令行動；將官是隨着朝廷的指令行動。

【兵隨將令草隨風】◇士兵要服從命令聽指揮，聽從將官的指揮而動，就像草隨風而動一樣。

【兵鬆鬆一個，將鬆鬆一窩】鬆：鬆散，散漫。◇當兵的鬆懈，只是一個人的事，不會影響整個大局；如果將領鬆懈，就會使整個部隊渙散，沒有

戰鬥力。◎兵鬆一個，將鬆一窩／兵鬆鬆一個，將鬆鬆一夥

【兵離將敗】◇士兵如果人心渙散，將領就一定會吃敗仗。

【兵驕者敗，欺敵者亡】欺敵：輕敵。◇兵驕貌視敵人，或者輕視敵人，必然會導致失敗。◎兵驕者敗，志滿者亡

【何水無魚，何官無私】◐哪條河裏沒有魚，哪個官吏沒有私心。◇喻指舊社會無官不貪。

【何以服狠，莫若聽之】◇要想使不服從的人服從，不如先放任一下。

【何以罰，與以奪；何以怒，許不與】◇把已經送給人的東西又奪回來，是對一個人的嚴厲懲罰；而事先答應給人的東西，事後又收回，最會讓人氣憤。

【何知盜穴，山岩葦苴】何知：怎麼知道。盜穴：盜賊的巢穴。葦苴：葦叢。◐山岩葦叢隱蔽之處，常是盜賊聚集藏身的地方。◇提醒人們，途經險要隱蔽之處，不可大意，要注意防盜。

【何論根株，幹大則枝斜】◇喻指無論祖先怎樣正派，家族大了，後代人中就難免會出現不正派的人。

【佐饔者嘗，佐鬥者傷】佐：幫助。饔（yōng）：烹調。◐幫人做飯能嘗到美味，幫人打架會受傷。◇幫別人做好事能獲得益處，幫別人做壞事會受到傷害。《國語·周語下》："佐饔者嘗焉，佐鬥者傷焉。"

【佔小便宜吃大虧】◇提醒人們，過分貪圖一點小利，反而使自己遭受更大的損失。

【但存方寸地，留與子孫耕】方寸：指心。◇把正直的良心傳給下一代，比留給子孫萬頃家業都好。

【但知行好事，莫要問前程】◇要只想着如何去做對人類社會有益的事，不要考慮個人的功名利祿。◎但行好事，莫問前程

【但教方寸無諸惡，豺虎叢中也立身】方寸：指心。◇喻指只要保持身正，心無邪念，即使環境很惡劣，也能潔身自好。

【但得一片橘皮吃，莫便忘了洞庭湖】洞庭湖：在湖南省，盛產蜜橘出名。◇喻指受到人家的一點恩惠，不能輕易忘記。

【但添一斗，不添一口】◇寧可一次性多做一斗米的飯，也不能增添一個長期吃飯的人。

【伸手不打笑臉人】◇告訴人們，不應該去責備對自己友善的人。

【伸手只有一碗飯，動手能產千斤糧】◐向人伸手討要，只能得到一碗飯；自己動手勞動能生產出一千斤糧食。◇喻指自力更生，依靠自己勞動，能獲得更好的結果。

【作伐全憑斧，引線必須針】◐伐木全憑斧子，引線必須用針。◇喻指要想做成事情，必須有中間人幫忙。

【伯樂一顧，馬價十倍】伯樂：傳說中擅長相馬的人。◐只要伯樂看一眼，馬的身價可能提高十倍。◇喻指有權威的人出場，事態就會大有改觀。《戰國策·燕策二》："人有賣駿馬者，比三旦立市，人莫之知。往見伯樂曰：'臣有駿馬，欲賣之，比三旦立於市，人莫與言。願子還而視之，去而顧之，臣請

獻一朝之賈。'伯樂乃還而視之，去而顧之。一旦而馬價十倍。"

【低棋也有神仙着】低棋：棋藝不高。神仙着：非常高明的一着棋。◘ 低劣的棋手，有時也會走出極妙的一着。◇喻指能力差的人，在某一點上也會有過人之處。

【你不嫌我籮疏，我不嫌你米碎】籮：用竹子編的器具，大的籮多用來盛米，小的籮多用來淘米。疏：稀疏，不密。◇喻指彼此要互相諒解。

【你敬我一尺，我敬你一丈】◇對別人給予自己的好處，或別人對自己的敬重，自己要加倍的償還。◎你待我一尺，我待你一丈

【住山不嫌坡陡】◇喻指長期處在艱苦的環境中，就不會畏懼任何困難。◎住慣山坡不嫌陡

【住在一鄉，打在一幫】◇住在哪個地方，就要和哪個地方的人處好關係，打成一片。

【位卑未敢忘憂國】◇地位雖然低下，卻不敢忘記為國分憂。語出宋代陸游《病起書懷》："位卑未敢忘憂國，事定猶須待闔棺。"

【伴君如伴虎】◇在君王跟前做事，就像守在老虎邊上，隨時都有殺身之禍。清代無名氏《說呼全傳》第四回："古人云：'伴君如伴虎'，刻刻要當心。"

【身大力不虧】◇身材高大的人力氣也不會小。

【身正不怕影斜】◘ 身子正就不怕影子是斜的。◇喻指自己行得端，坐得正，就不怕別人說三道四。

【身在曹營心在漢】◘ 人雖在曹操的軍營裏，但心卻在思念蜀漢。◇喻指人在這裏，心卻想着別處。《三國演義》中的故事，一說是指徐庶，一說是指關羽。

【身在福中不知福】◘ 過着幸福的生活，但卻感到不幸福。◇也形容對優裕的生活不滿足。老舍《四世同堂》九十三："真是身在福中不知福，這麼好的孩子，還要罰！要是沒有他，你又不知道該怎麼樣了。"

【身在寶山不識言】◇喻指認識不到自己身邊事物的價值。

【身安抵萬金】◇身體健康最為寶貴。

【身安便是無量福】◇身體安康就是最大的福氣。

【身怕不動，腦怕不用】◇身體多運動才能健康，腦子多思考才會聰明。

【身修後家齊，家齊而後國治】◇自身的修養好才能管理好一個家庭，家庭和睦幸福才能把國家治理得興旺發達。◎身修而後家齊

【身教者從，言教者訟】訟：同"鬆"。◇身體力行，別人就會聽從，只說不做，別人就會爭辯。《後漢書·第五倫列傳》："以身教者從，以言教者訟。"

【身教重於言教】◇以實際行動教育別人比口頭上的教育更有意義。

【身處江湖，心存魏闕】魏闕：古代宮門外的闕門，是宣佈政令的地方，後用作朝廷的代稱。◇身在朝野，但心裏卻想着朝廷。《莊子·讓王》："中山公子牟謂瞻子曰：'身在江海之上，心居乎魏闕之下，奈何？'"

【身貧志不窮】◇人雖貧窮，但有志氣。

【身經百戰成勇士】◇一個人經過多次考驗，會變得勇猛無敵。

【佛在心頭坐，酒肉腑腸過】◇修行在於內心的修煉，只要心裏有佛，以慈悲為懷，即使拋開清規戒律，喝酒吃肉也未必不可。◎佛在心頭坐，酒肉穿腸過 / 佛在心中 / 佛在我心我即佛

【佛門無子，孝子遍天下】●佛門沒有兒子，而效忠佛門的人到處都有。◇喻指有沒有人孝順，不是看有沒有兒子，而是看你對別人是否有恩德。

【佛門雖大，難度無緣之人】◇❶沒有緣分的人，是無法修煉成佛。❷指沒有緣分的人，是不能結合在一起的。

【佛爭一爐香，人爭一口氣】◇人活着就是為了爭一口氣。◎佛爭一股香，人爭一口氣 / 佛圖一炷香，人爭一口氣

【佛面上刮金】◇喻指為了搜刮錢財，不分對象，不擇手段，無所不為。

【佛是金裝，人是衣裝】●佛像靠金粉來修飾，人要靠衣服裝扮。◇人的服飾打扮，對人的儀表美起着重要的作用。◎佛要金裝，人要衣裝 / 佛要多裝，人要衣裳

【佛度有緣人】度：超度，是佛家用語。●佛超度人還得是有緣人。◇佛教認為，沒有緣分的人，進不了佛門。

【佛爺領進門，修行靠個人】◇❶修道佛門，能不能成正果，關鍵是靠自己的主觀努力。❷指要想成就一番事業，關鍵在於自身的努力。

【坐上討租船，忘了還租苦】◇喻指處境順利了就忘了逆境中的艱苦。

【坐吃山空，立吃地陷】◇如果只消費，不生產，即使有再多的財產也會被吃光。《三遂平妖傳》第二十回：“古人原說：坐吃山空，立吃地陷。”◎坐吃如山崩 / 坐吃三大海也乾 / 坐吃山空海也乾 / 坐吃山也崩，手勤不受貧

【坐得正，立得正，不怕尼姑和尚合板凳】◇喻指只要行為端正，就不怕別人議論。

【坐得船頭穩，不怕浪打頭】◇喻指只要立場堅定，就不怕任何風浪。

【坐船坐船頭，坐車坐車尾】◇意思是說，坐在船頭、車尾比較安全。

【坐飲家鄉水也甜】●喝自己家鄉的水，感覺水也是甜的。◇說明人們對家鄉都有深厚的感情。

【坐賈行商，不如開荒】賈（gǔ）：做買賣。◇做買賣有一定的風險，不如開荒種地保險。

【坐經拜道，各有一好】坐經拜道：指學佛和學道。好：喜好。◇喻指各人有各人的愛好。

【坐轎不知抬轎苦】◇喻指享受者不知道勞動者的辛苦。

【含血噴人，先污其口】其口：指自己的嘴。◇用惡毒的語言污衊、攻擊別人的人，首先是污穢了自己的嘴，降低了自己的人格，也就是敗壞了自己。◎含血噴人，先污自口

【含冤且不辯，終久見人心】◇蒙受的冤屈即使暫時得不到申辯，最終也會真相大白於天下。

【肝膽相照，待人以誠】◇告訴人們，與人交往要真誠。

【肚子沒心病，不怕吃西瓜】◇喻指沒有做錯事，就不怕別人批評和議論。

【肚飢好吃飯】◐肚子餓了，吃甚麼飯都香。◇喻指人窮困時，有一點補給就容易得到滿足。

【肚裏沒病死不了人】◇喻指只要為人光明磊落，無論甚麼誹謗誣陷都玷污不了他。

【狂言千句如糞土，良言一句值千金】◇狂妄的言語說得再多，也如同糞土；善良的話語只說上一句，就會像金子一樣寶貴。

【狂風不竟日，暴雨不終期】◐狂風不會颳一整天，暴雨也不會下一整天。◇喻指困難的處境不會永久地持續下去，終有擺脫之時。

【狂風沒有頭，人心沒有底】◇就像狂風颳起來沒有頭一樣，每個人心裏的想法多種多樣、無法猜測的。

【狂風怕日落】◇告訴人們，黃昏時刻，狂風就會停止。

【狂飲傷身，暴食傷胃】◇告誡人們，不可狂飲暴食，以免損害健康。

【卵石不相爭】◐蛋不能同石頭相碰。◇喻指力量弱小的人不能同力量強大的人去爭鬥。

【刨一爪，吃一嘴】刨：挖。爪（zhuǎ）：雞爪子。◐用爪子刨食，刨出一點吃一點。◇完全依靠自己幹活挣飯吃，不幹就沒飯吃。

【刨了瓤子剩下皮】瓤（ráng）：瓜果皮裏包着種子的肉或瓣。◇喻指取捨不當，拋掉了精華，剩下了糟粕。

【刨了蘿蔔騰出坑】◐一個蘿蔔佔一個坑，把蘿蔔刨出來就可以空出一個坑。◇不要佔着位置，騰出地方來，給需要的人。

【刨樹要刨根】刨：挖掘。◐刨樹要從根上挖除。◇❶喻指遇事要追究原委。❷指做事要乾淨徹底，除掉禍根，不留後患。◎刨樹要搜根

【言不亂發，筆不妄動】◐說話要慎重，不能亂說；寫文章要謹慎，不輕率下筆。◇勸人言行一定要慎重，免得惹出麻煩來。

【言之太甘，其心必苦】◇嘴上說得過於好聽，其內心一定陰險狠毒。《國語・晉語一》：“言之大甘，其中必苦。”

【言之無文，行而不遠】◇說話沒有文采，就不會流傳得久遠。《左傳・襄公二十五年》：“仲尼曰，志有之，言以足志，文以足言，不言誰知其志。言之無文，行而不遠。晉為伯鄭入陳，非文辭不為功，慎辭也。”

【言必信，行必果】信：守信用。果：果斷。◇說話一定要守信用，做事一定要堅決果斷。《論語・子路》：“言必信，行必果，硜硜然小人哉！抑亦可以為次矣。”◎言必有信

【言出如山】◐說出來的話要像山一樣不能移動。◇喻指說話要守信用。

【言有招禍，行有招辱】◐說話或行動不謹慎，就會招致災禍或恥辱。◇勸人言行一定要謹慎。

【言多必失】◐話說多了就難免有失誤的地方。◇提醒人們，說話要謹慎，不該說的話不要亂說。清代朱用

純《治家格言》："處世戒多言，言多必失。"◎言多必失，久賭必輸／言多必有錯／言多語失，食多傷心

【言者無心，聽者有意】◐說話的人是無心說出來的，聽話的人卻留心記下了。◇勸人說話要注意場合。◎言者無意，聽者有心

【言者無罪，聞者足戒】足：足夠。戒：警惕。◇提意見的人即使說得不對，也是無罪的；聽取意見的人即使沒有缺點錯誤，也可以把批評人提出來的意見引以為戒。《毛詩・周南・關雎》："上以風化下。下以風刺上。主文而譎諫。言之者無罪。聞之者足以戒。故曰風。"

【言教不如身教】◇用講道理來教育人，還不如用實際行動作出示範來教育人更有說服力。

【言善非難，行善為難】◇說好話容易，做好事難。

【言過其實，不可大用】◇說話浮誇的人會脫離實際，往往是靠不住的，不可重用。《三國志・馬良傳》："先主臨薨，謂亮曰：'馬謖言過其實，不可大用，君其察之。'"◎言過其實，不堪大用／言過其實，終無大用

【言顧行，行顧言】顧：照管。◇說話時要考慮自己能不能做到，行動時要考慮是否按照自己說的在做。《禮記・中庸》："庸德之行，庸言之謹，有所不足，不敢不勉，有餘不敢盡；言顧行，行顧言，君子胡不慥慥爾！

【庀其葉而傷其枝】庀：庀蔭。◐享受了樹葉帶來的蔭涼，卻又去砍樹的枝幹。◇喻指受人的恩惠，結果恩將仇報，去傷害施恩者。

【冷天莫遮火，熱天莫遮風】◐寒冷的冬天不要自己把火盆遮住，影響他人烤火取暖，炎熱的夏天不要自己把風口遮住，影響他人乘風納涼。◇告誡人們，不要去做只利於自己不利於他人的事情。

【冷水要人挑，熱水要人燒】◇喻指任何事情都要有人去做，任何收穫都不可能坐等而來。

【冷在三九，熱在三伏】三九：指冬至後第三個九天，在小寒大寒之間。三伏：指夏至後二十天至三十天之間。◇三九是一年中最冷的時候，三伏是一年中最熱的時候。◎冷不過三九，熱不過三伏

【冷灰裏爆出火來】◇❶喻指有時已經擱置不理的事又會重新提出來討論。❷指有時已經平息的事又能生出枝節來。◎冷灰裏爆出豆來／冷灰爆出一個熱栗來

【冷灶上着一把，熱灶上着一把】◇喻指精於世故的人，對有權有勢的人親熱，對失勢或尚未得勢的人也不冷淡。

【冷怕起風，窮怕欠債】◐就像冷天颳風天氣會更冷一樣，窮人欠了債就會變得更窮。◇說明盡可能不要借債。

【冷笑帶尖刀】◇告訴人們，要特別警惕那些笑裏藏刀、包藏着禍心的人。

【冷湯冷飯好吃，冷言冷語難聽】◇喻指冷嘲熱諷最令人難堪。◎冷飯好吃，冷語難聽／冷粥好吃，冷言難受

【冷練三九，熱練三伏】三九：一年中最冷的時候。三伏：一年中最熱的

時候。◇要想真正使自己鍛煉成才，就必須經過最艱苦環境的磨煉，不論嚴寒酷暑，勤學苦練，堅持不懈。

【辛苦錢財快活用】◇告訴人們，靠辛苦勞動掙來的錢，用着才安心。◎辛苦討得快活吃／辛苦尋錢快活用

【判官要金，小鬼要銀】判官：傳說閻王手下專管生死簿的官。小鬼：迷信中鬼神的差役。●陰間的判官索要金錢，他手下的差役也索要金錢。◇要想做成事，需要給管事的上下人員送人情。

【判官問牙椎】判官：閻王手下管生死簿的官。牙椎：星相術士。●判官不知如何判罪，徵詢算卦的意見。◇做事顛倒，掌管此事的人卻詢問與此毫無關係的人。

【判官還講三分理】判官：傳說閻王手下專管生死簿的官。理：道理。◇再獨斷專行的人，也應該講一點道理。

【弟兄協力山成玉，手足同心土變金】手足：指兄弟。●兄弟同心協力，一致奮鬥，山成玉，土變金。◇兄弟同心協力，甚麼事情也能辦成。◎弟兄抱成一團，一條心，黃土也能變金

【沙粒雖小傷人眼】◇喻指事情雖小，卻能造成嚴重的後果，傷人要害。

【沙鍋不打不漏，朋友不交不透】◇喻指朋友之間要多溝通，相互了解更能夠促進兩人的友誼。

【沙鍋不打不漏，話不説不透】●沙鍋要是不打破就不會漏，話要是不説透徹就不能使人明白。◇喻指要把話講透徹。

【沙鍋無柴煨不熱冰，破窰無蓆蓋不了頂】煨（wēi）：用微火慢慢地煮。●沒有柴火沙鍋裏的冰不會化，沒有蓆子破的窰頂無法遮蔽。◇喻指具備一定的條件才能辦事。

【汩水淖泥，破家妒婦】汩（gǔ）水：清水。淖（nào）泥：污泥。◇清水能被污泥攪混，和睦的家庭常常是被悍妒的媳婦所破壞。

【沒土打不成牆，沒苗長不出糧】◇喻指如果缺少必要的條件，就辦不成事。◎沒土打不成牆

【沒牙齒，勿吃硬豆子】◇喻指要根據自身的實際情況辦事，不要魯莽。

【沒水不煞火】●沒有水就不能控制火。◇喻指如果沒有適當的措施，就解決不了實際問題。

【沒有十二分勁，扳不回十分歪】◇喻指要想改正根深蒂固的錯誤，就必須下最大的決心，花最大的力氣。

【沒有上過高山，就不知道平地】◇喻指沒有親身的實踐，就不可能正確地判斷事物的高低、優劣。◎沒吃過粟子，不曉得粗細，沒到過高山，不曉得高低

【沒有不透風的牆】◇喻指沒有永遠不洩露的機密。◎沒有不透風的牆，沒有不進光的筐／不透風的牆是沒有的／沒有不透風的籬笆

【沒有百年不散的筵席】◇再完滿的歡聚終有分開的時候，因此應該珍惜在一起的美好時光。

【沒有禿瘡，不怕別人説癩】◇喻指如果自身沒有毛病，就不怕別人非議或誹謗。

【沒有芭蕉扇，過不了火焰山】◇芭蕉扇與"火焰山"的典故出自明代吳承恩《西遊記》中孫悟空力戰鐵扇公主，取得芭蕉扇，闖過火焰山的故事。喻指沒有克敵制勝的武器或良好的工具，就攻不破難關。

【沒有拉不直的繩子，沒有改不了的錯誤】喻指只要肯下決心改，任何缺點和錯誤都是可以改正的。◎沒有拉不直的繩子

【沒有硃砂，紅土為貴】◇當沒有真品的時候，次品也會變得珍貴起來。

【沒有時時刻刻，就沒有年年月月】◇提醒人們，年年月月是由零碎時間積累而成的，一定要充分利用這些微不足道的零碎時間。

【沒有高山，不顯平地】◇說明沒有比較，就顯不出高低，鑒別不出優劣。◎不見高山，不見平地 / 不登高山，不現平地 / 沒有高山，顯不出平原 / 若無高山，怎顯平地

【沒有家腥，引不來野貓】◇喻指沒有內部人的勾引，招不進外賊的偷竊。

【沒有規矩，不成方圓】規：圓規，畫圓形的工具。矩：曲尺，畫方形的工具。🔊沒有圓規和曲尺就畫不好圓形和方形。◇喻指沒有一定的標準和法則，就辦不好事情。《孟子‧離婁上》："孟子曰：'離婁之明，公輸子之巧，不以規矩，不能成方員；師曠之聰，不以六律，不能正五音；堯舜之道，不以仁政，不能平治天下。'"◎不以規矩不能成方圓 / 不依規矩，不能成方圓

【沒有梧桐樹，引不到鳳凰來】◇喻指沒有好的條件，就招引不來出眾的

人才。◎沒有梧桐樹，引不得鳳凰來 / 沒有梧桐樹，引不來金鳳凰 / 沒有梧桐樹，難招鳳凰來

【沒有過不了的河，沒有爬不上的坡】◇有志者事竟成，只要努力進取，就沒有克服不了的困難。◎沒有過不去的火焰山 / 沒有爬不過的高山，沒有闖不過的河灘 / 沒有翻不過的山，沒有渡不過的河

【沒有敲不響的鐘】◇告訴人們，有志者事竟成，只要努力，沒有辦不成的事。

【沒吃過苦頭，嚐不到甜頭】◇說明如果沒吃過苦，就不知道今天的生活有多麼的幸福。

【沒見過太陽的地方霉氣大，沒受過教育的人脾氣大】◇說明陽光對環境的影響很大，教育對人的影響很大。

【沒那金剛鑽，也不攬那瓷器傢伙】金剛鑽：硬度最強的工具，在工業上用作切削材料，常用於在瓷器上鑽眼、刻字。◇提醒人們，對於自己沒有能力做的事情，就不要輕易答應。◎傢伙沒有金剛鑽，就別攬這份瓷器活

【沒事勿攬事，有事休躲事】◇沒有遇到的事，不必去招攬，遇到應該做的事，不要躲閃。

【沒事常思有事】◇告誡人們，在沒有發生意外情況的時候，也要時常想着可能會發生的意外，做好心理準備，一旦發生意外就有辦法應對，不致於慌亂。

【沒事常思有事時，讓人三分不算癡】◇告訴人們，身處太平境地，也應有

防範觀念；遇事時懂得謙讓，並不算傻。

【沒甚別沒了心，有甚別有了病】◇說明對一個人來說最重要的是身體健康，存有良知之心。

【沒風樹不響，沒潮不起浪】◐沒有風吹，樹葉不會發出聲響；沒來潮水，海上不會掀起風浪。◇喻指任何事情的發生都有一定的原因。

【沒骨頭的傘支撐不開】◇喻指沒有骨氣、沒有本事的人，遇事往往會適應不了，支撐不住。

【沒家親引不出外鬼來】◇沒有內部的人串通，就不會把外邊的壞人招惹進來。◎沒有家賊，引不來外鬼

【沒做賊，心不驚；沒吃魚，口不腥】◇說明沒有做虧心的事，就不會有任何的擔心害怕。◎沒吃鮮魚口不腥，沒有做賊心不驚

【沒做虧心事，不怕鬼叫門】◇喻指正直善良的人胸懷坦蕩，不怕小人的誣陷。◎沒做虧心事，不怕鬼敲門

【沒得算計一世窮】◐過日子如果沒有計劃安排，就會一生受窮。◇告誡人們，日常生活要有計劃，注意節約。◎算計不到一世窮

【沒飯充不了飢，沒衣擋不住寒】◇說明吃飯、穿衣是直接關係群眾生活最根本的問題，應該首先解決好。

【沒經過嚴寒的人，不知太陽可貴】◇喻指沒吃過苦的人就不知道甚麼是甜。

【沒錢難辦稱意事】◇告訴人們，沒有錢很難把事情辦得稱心如意，說明生活中錢具有重要的意義。

【沒縫雞蛋不生蛆】◇喻指事物本身如果完美無缺，就不容易出問題。

【沉舟側畔千帆過，病樹前頭萬木春】側畔：旁邊。◐沉船旁邊仍有千船揚帆而過，枯樹前面依然是萬樹青翠。◇腐朽沒落的東西只有死亡，新生的力量蓬勃發展勢不可擋。唐代劉禹錫《酬樂天揚州初逢席上見贈》：“懷舊空吟聞笛賦，到鄉翻似爛柯人。沉舟側畔千帆過，病樹前頭萬木春。”

【快刀不削自己的柄】◇喻指自己人不會傷害自己人。

【快刀不磨生鏽，胸膛不挺背駝】◇告訴人們，再聰明能幹也不能懈怠。◎快刀不磨生黃鏽，胸膛不挺背變駝

【快刀不磨是塊鐵】◐鋒利的刀如果長時間不在石頭上磨，就會生鏽，像塊鐵一樣毫無用處。◇喻指有才能的人如果遠離社會，不到實踐中去鍛煉，他的才能也會逐漸衰退，變得無所作為。

【快刀不磨鏽易起，坐立不正背成駝】◇再快的刀如果總是不磨，也會生鏽；一個人如果總是習慣於坐着、站着都彎着腰，久而久之就會變成駝背。

【快刀好砍，實話好聽】◇告訴人們，應該說實話。

【快刀靠磨，硬功靠練】◇過硬的本領要靠多練，這就如同快刀要靠經常磨一樣。

【快刀鍘的草細，勤人餵的馬肥】◇勤快的人按時添加草料，精心餵養的馬就肥，這就像快刀鍘的草細一樣。

【快行無好步】◇喻指性急匆忙辦不好事情。

【快走多跌，快嚥多噎】◇提醒人們，不該快的時候就不能快，以免造成失誤。

【快走滑路，慢走橋】◇在下雨天走路，如果遇到光滑泥濘少的地面，可以走快一些；如果走在橋上要小心慢走，以防發生意外。

【快快活活了命，氣氣惱惱成了病】◇勸告人們，要開朗，不要氣惱，防止生病。◎快快活活成命，氣氣惱惱成病

【快馬一鞭，快人一言】● 跑得快的馬只須打一鞭子，就能跑起來；爽快的人說一句話就能立見行動。◇喻指辦事爽快，不拖拉，說到做到。宋代釋道原《景德傳燈錄》卷六：“快馬一鞭，快人一言。有事何不出頭來，無事各自珍重。”◎快馬只一鞭

【快馬也要響鞭催，響鼓也要重槌擂】◇本事大的人同樣需要一定的督促。

【快馬不用鞭催，響鼓不用重槌】● 跑得快的馬，不必用鞭子催趕；易打響的鼓，不必用重槌擊打。◇喻指有才幹的聰明人做事，用不着別人督促。

【快樂和汗水是兄弟，幸福和勤儉是一家】◇告訴人們，辛勤的勞動能獲取豐收的快樂，勤儉節約能給人帶來幸福。

【快嘴會失言，快腿會失足】◇提醒人們，要注意謹言慎行。

【良工不示以樸】樸：此處指未經加工的木材。● 優秀的工人從不把尚未加工的好木材拿給人看。◇說明有才幹的人總是盡可能地把事情做得完美。

【良工未出，玉石不分】◇喻指沒有見識高的人，就分辨不出英才與庸才。

【良田不如良佃】佃（diàn）：耕作。● 好的田地不如好的耕作。◇喻指要想成功，後天的努力比先天的稟賦更重要。

【良田萬頃，不如薄技在身】◇學好一兩門技藝比擁有萬頃良田對自己更有好處。◎良田千頃，不如一技在身 / 良田萬頃，不如薄技隨身 / 良田萬頃，不如薄藝隨身 / 良田萬頃，不如薄藝在身

【良田萬頃，日食一升；大廈千間，夜眠七尺】● 一個人即使有再多的良田，每天也只能吃去一升的糧食；即使有再多的房間，自己睡覺時也只能佔用七尺左右的地方。◇勸告人們，人生所需有限，不必貪得無厭。

【良材不終朽於岩下，良劍不終秘於匣中】● 好的木材最終不會朽爛在山岩下，好的寶劍最終不會秘藏在匣子裏。◇喻指優秀的人才不會被埋沒的。

【良言一句三冬暖，惡語傷人六月寒】● 一句好話能使人在嚴冬中感到溫暖，一句傷人的惡語使人在酷暑也感到寒冷。◇告誡人們，言談話語要溫和暖人，而不能惡意傷人。

【良馬不窺鞭，側耳知人意】窺（kuī）：察看。● 好馬不等駕車人揮起鞭子，側耳窺察就能領會駕車人的心意。◇喻指才智高的人，善於體會別人的意圖，辦事不用督促。

【良馬見鞭影而行】◇喻指有才幹的聰明人做事不用督促，就能領會意圖，主動去做。

【良宵一夜值千金】◇喻指時光寶貴，應當珍惜。多用於表述情愛。

【良裘非一狐之腋】裘：裘皮衣。腋：指狐狸腋下的皮毛。◇喻指要成就一件大事，靠一個人的力量是不行的。

【良賈深藏如虛】賈(gǔ)：商人。◎善於經商的人往往深藏着財物不外露。◇喻指有才能的人往往不炫耀自己。《大戴禮記‧曾子制言上》："良賈深藏若虛，君子有盛教如無。"◎良賈深藏若虛／良賈深藏

【良禽相木而棲，賢臣擇主而佐】相：察看。木：樹。棲：棲息。佐：輔佐。◎好的飛禽要看好了合適的樹木才棲息，賢臣要選擇到明君才輔佐。◇喻指有才幹的人需要在賢德開明的領導手下工作。《醒世恆言‧徐老僕義憤成家》："古語云：'良臣擇主而事，良禽擇木而棲。'奴僕雖是下賤，也要擇個好使頭。"◎良禽相木而棲，賢臣擇主而事／良禽擇木而棲，賢臣擇主而事

【良劍期乎斷，不期乎莫邪；良馬期乎千里，不期乎驥驁】莫邪(mò yé)：寶劍名。驥驁(jì áo)：千里馬。◎好的劍在於能削金似鐵，不在於有無莫邪之名；好的馬在於日行千里，不在於有無驥驁之譽。◇喻指只要有真才實學，就不必考慮名氣的大小。《呂氏春秋‧察今》："故曰良劍期乎斷，不期乎鎮邪；良馬期乎千里，不期乎驥驁。"

【良駿敗於拙御】拙御：笨拙的駕車人。◇喻指有才幹的人會因為遇到不懂行的領導而難以充分施展才華。《抱朴子‧官理》："故良駿敗於拙御，智士躓於暗世。"

【良璧置前，則碔砆失色；大巫在側，則小巫索然】璧：玉器。置：放。碔砆(wǔ fū)：像玉的石塊。◇喻指在傑出人物面前就會顯出高低，因此不要班門弄斧。

【良藥苦口利於病，忠言逆耳利於行】◇好的藥雖然苦，卻有利於治病，真誠的勸告雖然不順耳，卻有利於改正錯誤。《孔子家語‧六本》："藥酒苦於口而利於病，忠言逆於耳而利於行。"◎良藥苦口而利於病，忠言逆耳而利於行

【初一扎針十五拔，強似挨門求人家】扎針：指婦女做針線活。初一扎針十五拔：指做針線活手慢。◇儘管幹活手腳慢，但是靠自己的勞動生存的，比求人強得多。

【初生之犢不懼虎】◎剛生的小牛不害怕老虎。◇喻指剛涉足世事的青年人，敢作敢為，無所畏懼。《三國演義》第七四回："俗云：'初生之犢不懼虎。'父親縱然斬了此人，只是西羌一小卒耳；倘有疏虞，非所以重伯父之托也。"◎初生兔兒不識虎

【初生之犢猛於虎】◎剛生下來的小牛比老虎還勇猛。◇喻指剛涉足世事的年輕人，做事情無所顧忌，膽大敢為，比一般人要勇猛。

【社鼠不可燻】社：指祭土神的地方。◎祭土神的地方都是竹木築成，如用煙燻老鼠，會引燃社廟。◇喻指要清除君王左右的小人很難，搞不好涉及到君王。《晏子春秋‧問上》："夫

社，束木而塗之，鼠因而托焉，燻之
則恐燒其木，灌之則恐敗其塗。此鼠
所以不可得殺者，以社故也。”

【社鼷不灌，屋鼠不薰】鼷（xī）：鼷
鼠，小家鼠。薰：同“熏”，熏殺。
◐ 生活在祭土神的社廟裏的鼷神不去
驅趕它，生活在自己房屋的老鼠不去
熏殺它。◇喻指對依附在自己身邊的
人，採用寬容的態度，即使有錯也不
予嚴厲懲罰。《晏子春秋·問上》：“夫
社，束木而塗之，鼠因而托焉，熏之
則恐燒其木，灌之則恐敗其塗。此鼠
所以不可得殺者，以社故也。”

【君乃臣之元首，臣乃君之股肱】
肱（gōng）：胳膊。◐國君是大臣的首
領，大臣是國君的得力助手。◇說明
一個國家領導者的統帥作用很重要，
眾將帥的助手作用也很重要。《封神
演義》十七回：膠鬲厲聲言曰：“‘君
乃臣之元首，臣是君之股肱。’ 又
曰：‘宣聰明作元後，元後作民父
母。’”

【君子一言，駟馬難追】駟：古代
用四匹馬拉的車。◐品德高尚的人講
信用，話一出口就像是快馬飛跑出去
難以追回一樣，決不隨便食言。◇告
誡人們，說話要講信用。《論語·顏
淵》：“棘子成曰：‘君子質而已矣，
何以文為？’子貢曰：‘惜乎！夫子
之說，君子也。駟不及舌。文猶質
也，質猶文也。虎豹之鞟，猶犬羊之
鞟。’”◎君子一言，快馬一鞭 / 君
子一言，快馬難追

【君子千言有一失，小人千言有一當】
◇智高識廣的人說話多了，難免有失
誤之處；低能的人說千句話中總會有
得當之處。

【君子不以人廢言】◇不要因為某個
人曾犯過錯誤就否定他說的話，而是
要看他所說的話是否正確，擇善而
從。《論語·衛靈公》：“子曰：‘君
子不以言舉人，不以人廢言。’”

【君子不以私害公】◇正派人不會為
了個人的私利而損害公眾利益。

【君子不同牛使氣】◇喻指有修養的
人不同無知的人計較。◎君子不跟牛
致氣 / 君子不跟牛執氣

【君子不吃凹面鍾】鍾：一種酒杯。
凹面：指酒不滿杯。◇說明一般人都
不能接受對自己不尊重的饋贈；給人
敬酒要斟滿，否則為不敬。

【君子不吃無名之食】◐ 正派的人不
吃沒有名義的食物。◇告誡人們，不
可無故吃別人饋贈的食品。

【君子不見小人過】◇胸懷開闊氣量
大的人不計較別人的過失。

【君子不幸，小人之幸】◇正人君子
遭遇不幸的時候，正是奸惡小人得意
的時候。

【君子不念舊時惡，小人偏記眼前
仇】◐品德高尚的人，不記舊時的嫌
惡；胸襟狹窄的人卻記眼前的不滿。
◇對別人過去的惡習、錯誤應採取原
諒的態度，要捐棄前嫌。◎君子不念
舊惡

【君子不重則不威】◐ 君子如果儀態
不莊重，就不會有威嚴。◇提醒人
們，要注意自己的儀態，只有莊重，
才能有威嚴。《論語·學而》：“子曰：
‘君子不重則不威，學則不固。主忠
信，無友不如己者，過則勿憚改。’”

【君子不記前仇】◇胸懷寬廣的人往
往不計較以前的私仇。

【君子不羞當面】◇襟懷坦蕩的人不羞於當面直説。

【君子不奪人所好】◇告誡人們，要自重自愛，作個品德高尚的人，不要奪取別人喜好的東西。◎君子不奪人之好

【君子不蔽人之美，不言人之惡】◇君子不會掩飾別人的優點，也不會去議論別人的缺點。《韓非子・內儲説上》："君子不蔽人之美，不言人之惡。"

【君子之交淡如水，小人之交濃若醴】醴(lǐ)：甜酒。◇正派人之間的交往，往往是清淡如水，卻高潔純淨，友誼深厚；唯利是圖的小人之間的交往，往往是有酒有肉，卻沒有真正的友誼，也不可能長久。《莊子・山木》："且君子之交淡若水，小人之交甘若醴；君子淡以親，小人甘以絕。"

【君子以文會友】◇品德高尚的人常常以學問來交朋友的。《論語・顏淵》："曾子曰：'君子以文會友，以友輔仁。'"

【君子可欺以其方】◐君子善良正直，有人往往會利用他們這一點去欺騙他們。◇告誡人們，要提高警惕，防止被別人利用。《孟子・萬章上》："故君子可欺以其方，難罔以非其道。"

【君子有殺身以成仁，無求生以害仁】◇品德高尚的君子，只有為了正義、理想而犧牲自己生命的，而沒有為了自己活命而坑害他人的。《論語・衛靈公》："子曰：'志士仁人，無求生以害仁，有殺身以成仁。'"

【君子有容人之量】◇胸懷開闊的人，有寬容別人的氣量。《左傳》："君子有容人之量，小人存忌妒之心。"

【君子成人之美，不成人之惡】◇告誡人們，應幫助別人成全好事，不可幫助別人成全壞事。《論語・顏淵》："君子成人之美，不成人之惡，小人反是。"◎君子成人之美

【君子自強不息】◇作為一個有報負有志氣的人，應該努力向上，奮鬥不止。《周易・乾》："天行健。君子以自強不息。"

【君子行不改名，坐不改姓】◇胸襟光明磊落的君子，無論在哪裏都不會隱瞞自己的身份。

【君子交絕，不出惡聲】◇胸襟開闊的君子，同別人斷絕交往時，決不説惡言惡語。西漢司馬遷《史記・樂毅列傳》："臣聞古之君子交絕不出惡聲。"

【君子言前不言後】◇正人君子總是在事前提醒別人，而不是在事後埋怨別人。

【君子防患未然】未然：沒有成為事實。◇告誡人們，防備災難、禍患要在事故尚未形成之前。《周易・既濟》："君子以思患而豫防之。"

【君子周人之急】周：周濟，接濟。◐有道德的人在別人急需的時候能給予周濟、幫助。◇意思是說：要周人之急，濟人之危，作一個樂於助人的人。

【君子周急不繼富】◇善良的君子能在別人急需的時候予以周濟，卻不為富人錦上添花。《論語・雍也》："子曰：'赤之適齊也，乘肥馬，衣輕裘。吾聞之也，君子周急不繼富。'"

【君子居必擇鄉，遊必就士】◇品德好的正人君子，居住的地方往往要加以選擇，活動中去接近有德才的讀書人，以促進自身的提高。《荀子·勸學篇》："故君子居必擇鄉，遊必就士，所以防邪辟而近中正也。"◎君子居必擇處，遊必擇士

【君子施恩不望報】◇君子如果曾經給過別人的恩德，事後決不會想要人報答。清代無垢道人《八仙全傳》第十回："惟其如此，愈見君夫婦盛德仁心、施恩不望報之君子也。"

【君子矜人之厄，小人利人之危】◐品格高尚的人在別人遇到災難時能給予同情和幫助；貪心的人卻利用別人的危難來撈取好處。◇關鍵時刻，能識別出好壞人。

【君子記恩不記仇】◇告誡人們，要牢記別人對自己的恩德，忘掉對自己的嫌惡。

【君子責人先責己】◇善良正直的君子在責備別人的時候，總是首先檢查自己。

【君子動口，小人動手】◇意思是說：有修養的人遇問題，動口講道理；無知的人遇問題，動手打人。

【君子務本】◇君子堅守做人的根本。《論語·學而》："有子曰：'其為人也孝弟，而好犯上者，鮮矣；不好犯上，而好作亂者，未之有也。君子務本，本立而道生。孝弟也者，其為仁之本與！'"

【君子報仇，十年不晚】◇告誡人們，報仇雪恨的大事不可性急，必須掌握有利時機，才能成功。

【君子報仇，直待三年；小人報仇，只在眼前】◐懷有謀劃的人，報仇等待有利時機；性急無遠見的人，報仇只要快，不考慮時機是否有利。◇告誡人們，辦重大的事不可性急，必須掌握有利時機才能成功。

【君子無以貌取人】◇君子不會根據人的外貌去判斷一個人的好壞。

【君子無戲言】◇正人君子都很重信義，決不說不負責任的話。

【君子結交不為財】◇品德好的正人君子，結交朋友不會去考慮對方有無錢財。

【君子遇困境，操守不變形】操守：廉潔正直的品行。◇讚譽品德高尚的人即便身處困境，也不會改變自己優良的品格。

【君子愛人以德】德：品德。◇告訴人們，應當從品德方面關心人，愛護人，而不是姑息遷就他人。《禮記·檀弓上》："曾子曰：'爾之愛我也不如彼。君子之愛人也以德，細人之愛人也以姑息。吾何求哉？吾得正而斃焉斯已矣。'"

【君子愛財，取之以道】◐正人君子也喜愛錢財，但必須是通過正當途徑獲得的。◇提醒人們，錢財要靠自己誠實的勞動獲取，不能收取不義之財。

【君子道消，小人道長】道：這裏指所行所為之道。◐君子的正道削弱，小人的邪道就會增長。◇說明社會風氣日下，急需匡扶正義，壓制邪道。《漢書·楚元王傳》："小人道長，君子道消，君子道消，則政日亂，故為否。"

【君子雖在他鄉，不忘父母之國】
◇志士仁人即使在異國他鄉，也不會
忘記自己的祖國。

【君不正，臣投外國；父不慈，子
必參商】參商：星宿名。傳說高辛
氏的兩個兒子不和睦，遷居兩地，分
為參、商二星。後來以此喻指兄弟間
不和睦。●國君執政不當，臣民就
會投奔到他國；父親理家不慈，兒子
就會不和睦。◇強調領導者的責任重
大。

【君臣主敬，男女主別】◇國君和臣
屬彼此要互相敬重，男女之間要有一
定界限。

【君有諍臣，不亡其國；父有諍
子，不亡其家】●國君能有敢於直
言勸諫的大臣，他的國家就不會滅
亡；父親有敢於直言勸諫的兒子，他
的家就不會破落。◇說明要提倡民
主，使群眾能夠直言不諱，敢於提出
合理化建議。

【君如腹心，臣如手足】●國君如同
人的腹部心臟，大臣如同人的手足。
◇說明領導者正派，大臣就正派。強
調領導者的作用。

【君者舟也，庶人者水也，水則載
舟，水則覆舟】庶人：指百姓。覆：
傾覆。●國君像船，百姓像水，水能
載運船，也能翻覆船。◇說明黎民百
姓可以擁護國君，也可以推翻國君，
因此作為國君必須重視黎民百姓的作
用。《荀子‧王制》："傳曰：'君者、
舟也，庶人者、水也；水則載舟，水
則覆舟。'此之謂也。"

【君明則臣直】●國君英明，大臣才
會正直。◇領導者如果能夠虛懷若
谷，屬下才有可能直言不諱。

【君使臣以禮，臣事君以忠】◇國君
要以禮儀使用大臣，大臣也應當以忠
誠輔佐國君。《論語‧八佾》："子曰：
'君使臣以禮，臣事君以忠。'"

【君命召，不俟駕】●國君召見，臣
民不能等車馬駕好，就立即起身前
往。◇說明領導者召見，一定要立即
前往。《論語‧鄉黨》："君賜食，必
正席先嘗之；君賜腥，必熟而薦之；
君賜生，必畜之。侍食於君，君祭，
先飯。疾，君視之，東首，加朝服，
拖紳。君命召，不俟駕行矣。"

【君命無二】●國君發佈的命令要前
後一致。◇說明政令切忌朝令夕改。
《左傳‧僖公二十四年》："君命無二，
古之制也。"

【君相斧鉞，威行百年；文人筆墨，
威行千年】斧、鉞（yuè）：古代兩種
兵器。●國君、宰相掌管軍事大權，
揮舞兵器，能影響上百年；文人用筆
墨寫詩文，能影響上千年。◇說明有
價值的詩文會永久地在世間流傳，產
生廣泛的影響。

【即以其人之道，還治其人之身】
即：就。以：用。其：那個。道：辦
法，方法。治：處治，對付。●就
用那個人對付別人的方法來去對付那
個人。◇喻指對心地奸詐不良的人，
就要用他整治別人的辦法去整治他。
宋代朱熹《中庸集註》："故君子之
治人也，即以其人之道，還治其人
之身。"

【尾大不掉，熱極生風】●尾巴太
大就不好搖動，天氣太熱就會起風。
◇喻指部下勢力強大，不聽從調動指
揮。《左傳‧昭公十一年》："末大必
折，尾大不掉，君所知也。"

【妍皮不裹癡骨】妍 (yán)：美麗。癡：癡呆，無知。◇意思是説，外表再美也難以掩蓋拙劣的本質。《晉書・慕容超載記》：“超自以諸父在東，恐為姚氏所錄，乃陽狂行乞。秦人賤之，惟姚紹見而異焉，勸興拘以爵位。召見與語，超深自晦匿，興大鄙之，謂紹曰：諺云：‘妍皮不裹癡骨’，妄語耳。”

【忍一時之氣，免百日之災】一時：短時間，暫時。◇克制自己，忍耐一時的憤怒，可以免去以後的災禍。勸告人們，遇事要冷靜、克制，不要因一時衝動，招惹來災禍。

【忍自忍，饒自饒，忍饒相加禍自消】饒：寬恕。◇遇到不順氣的事，要克制自己，寬恕別人，做到了這兩點，自然就可以消災免禍。

【忍字心上一把刀，不忍分明把禍招】◐“忍”這個字，是“心”和上面的“刃”合成的，它説明忍耐會讓人心裏難受，而不忍耐的話就會招來禍患。◇教育人們遇事要忍耐。

【忍事敵災星】敵：對抗，抵擋。◐遇上讓人生氣的事情，自己能夠忍受，就可以擋住災禍。◇凡事克己忍讓，能夠消災免禍。◎忍字敵災星

【忍為高，和為貴】◐遇事忍讓，對人和氣最為重要。◇勸人要克制、忍讓，免招災禍。

【忍辱至三公】三公：太師、太傅、太保，協助國君掌管國政的最高官員。◐人具備忍受屈辱的品質，才有可能登上三公的高位。◇勸誡人們，凡事多忍讓，才能有好的前途。《晉書・杜有道妻嚴氏列傳》：“植從兄預為秦州刺史，被誣，徵還，憲與預書戒之曰：‘諺云忍辱至三公。卿今可謂辱矣，能忍之，公是卿坐。’預後果為儀同三司。”

【忍氣吞聲是君子，見死不救是小人】◐受了氣強自壓制，不予回擊是有修養的君子，看見別人面臨危難，卻不援手相救是毫無品行的小人。◇個人受氣能委屈求全，並不顯得卑微，別人遇難自己不救才顯得卑鄙。

【忍氣饒人禍自消】◇遇事忍讓，寬容地對待別人，災禍自然就會消除。

【忍得一時忿，終身無惱悶】◐遇上令人氣憤的事情，要忍耐克制，就可以一輩子沒有煩惱和苦悶。◇提醒人們，遇到不順心的事情，要善於控制自己的情緒，不要圖一時的痛快而過分衝動，以致於事後追悔莫及。

【防人之心不可無】◇提醒人們，做到無害人之心還不夠，還需提防他人陷害自己。

【防君子不防小人】◇喻指無論制訂甚麼樣的規章制度或者採取防範措施，只是對誠實守信的人有用，讓那些投機取巧、無孔不入的小人自覺遵守是不可能的。

【防虎容易防鬼難】◇暗中陷害的人比猛虎還難防範。

【防病於未然】◇為了防止生病，要實施一些預防措施，如養成良好的生活習慣，講衛生，堅持鍛煉身體等。

【防患者杜於漸，創業者起於漸】◐預防禍患的人要把隱患杜絕在萌芽狀態；創建事業的人是從點滴積累做起。◇喻指幹甚麼事情都要從小處着手。

【防得明槍，躲不過暗箭】◇暗中下的毒手是很難防範的。

【災荒不為災，心灰災上災】◐ 自然災害不是最嚴重的災害，碰到災害就灰心喪氣，失去信心，才是大的災難。◇告誡人們，遇到困難不要灰心喪氣，要想辦法戰勝困難。

八　畫

【奉公差遣，蓋不由己】◐ 接受了公家的派遣，由不得自己做主。◇喻指接受了差遣就得遵循人家的規矩。◎奉上差遣，身不由己

【奉饒加一二，自有客人來】奉饒：贈送的額外東西。◇做買賣時只要多給顧客一些額外的好處，多提供一些方便，顧客自然會願意來。

【玩火者必自焚】玩：玩弄。焚：燒。◐ 縱火的人會把自己燒死。◇喻指做壞事的人往往自食惡果。語出《左傳‧隱公四年》：“弗戢，將自焚也，夫州吁弒其君，而虐用其民，於是乎不務令德，而欲以亂成，必不免矣。”

【武不善作】◇動起武來就不會留情面，不會有好的結果。《西遊記》：“駙馬道：‘你既如此，想是要行賭鬥。常言道：‘武不善作。’但只怕起手處，不得留情，一時間傷了你的性命，誤了你去取經。’”

【武功要練好，三百六十早】◇告訴人們，要練好武功，必須每天起早練習。

【武臣不惜死，文官不愛錢】◇武將不能貪生怕死，文官不能太愛錢。《宋史‧岳飛列傳》：“或問天下何時太平，飛曰：‘文臣不愛錢，武臣不惜死，天下太平矣。’”

【武官會殺，文官會刮】◇舊時武將靠屠殺百姓發財，文官靠搜刮百姓致富。

【武藝無假，把戲無真】◇告訴人們，武藝是真功夫，要把戲都是假的。

【青山不老，明月常圓】◐ 青山不會改變，明月虧了也會再圓。◇喻指來日方長，以後總會有機會。

【青山不老，綠水常存】◇來日方長，不計較一時的得失。《三國演義》第六十回：“玄德拱手謝曰：‘青山不老，綠水長存。他日事成，必當厚報。’”◎青山不改，綠水長流

【青山不礙白雲飛】礙：妨礙，阻擋。◐ 青山雖然高，卻擋不住白雲隨意飄浮。◇雖然外界勢力很強大，但阻礙不了真正有才能的人的發展。

【青山無樹木，茅草也當樑】樑：棟樑。茅草：白茅一類的草本植物。◐ 山中沒有樹木，權且拿茅草充當房樑。◇喻指缺乏出眾的人才，只好由平庸的人擔當重任。

【青竹蛇兒口，黃蜂尾上針】青竹：指毒蛇竹葉青。◐ 像毒蛇竹葉青咬人的嘴那麼狠，像黃蜂蜇人的毒刺那麼毒。◇喻指人的心腸特別狠毒。

【青草起，枯草止】◐ 草從發芽到枯死。◇喻指任何事物都有從興旺到衰敗的發展過程。

【青草發芽不離舊根】◇按照一貫的老辦法做事，不加改變。

【青菜蘿蔔一鍋煮】◇對性質不同的事物不加區別，採取同樣方式處理。

◎黃瓜瓠子一鍋炒／蘿蔔白菜一鍋熬／羊肉羊毛一鍋煮／豬肉狗肉一鍋燒

【青雲有路終須到，金榜無名誓不歸】青雲：指高地位。終：終歸。金榜：古代科舉考試公佈殿試錄取名單的文告。◇對求取功名充滿信心，無論多麼困難，發誓不達目的決不回鄉。《西廂記・哭宴》："低下頭，心如醉，眼淚汪汪不敢垂。青雲有路終須到，金榜無名誓不歸。

【青雲裏頭看相殺】青雲：雲層中。◇置身於事外，旁觀別人互相爭鬥。

【青蛙要命蛇要飽】● 蛇要吃青蛙，青蛙想逃命，蛇則想吃飽肚子。◇喻指只想滿足自己的要求，絲毫不考慮對方。◎田雞要性命，蛇要肚飽

【青蛙整天鼓噪，不如雄雞早晨一叫】鼓噪：擂鼓吶喊，指喧鬧。◇喻指漫無目的的喧嚷，不如切中問題的要害的幾句話。

【青龍神共白虎同行，吉凶事全然未保】青龍：二十八星宿中東方七宿的合稱，古代迷信認為是吉祥的象徵。白虎：二十八星宿中西方七宿的合稱，古代迷信認為是兇險的象徵。全然：完全。保：保證。● 青龍宿和白虎宿同時出現，事情是吉是凶完全沒有保證。◇喻指事情的吉凶難以預料。

【表壯不如裏壯，妻若賢夫免災殃】表：指丈夫。裏：指妻子。◇丈夫有能耐不如妻子善於管家，妻子如果賢惠，丈夫就可以避免遭禍。

【長子走到矮簷下，不低頭來也要低頭】長（cháng）：高。● 個子高的人到了低矮的屋簷下，不得不低下頭來。◇喻指受制於人，不得不俯首聽命。◎人在矮簷下，怎敢不低頭

【長兄如父，長嫂如母】◇父母去世後，大哥和大嫂代替父母親行使職權。◎長兄當爹，嫂子當娘／長兄如父，老嫂比母／長兄為父，長嫂為娘

【長存君子道，日久見人心】◇長期保持高尚的情操，時間久了，人們就會有正確的評價。

【長舌亂家，大斧破車】長舌：多嘴。◇婦人多嘴會破壞家庭和睦，就像板斧很容易破壞大車那樣。《詩經・大雅・瞻卬》："婦有長舌，維厲之階。"

【長江後浪催前浪，一代新人換舊人】◇時光在流逝，時代在前進，人物一代代地更迭，像江水那樣層層奔湧不絕，這是歷史發展的必然規律。◎長江後浪催前浪，一輩新人趕舊人／長江後浪催前浪

【長者為行，不使人疑】◇年高的人為別人做事，不容易被人懷疑。《史記・荊軻列傳》："田光曰：'吾聞之，長者為行，不使人疑之。今太子告光曰：所言者，國之大事也，願先生勿泄，是太子疑光也。夫為行而使人疑之，非節俠也。'"

【長衫有人穿，長話無人聽】◇講話要言簡意賅，拖泥帶水的話會令人討厭。

【長袖善舞，多錢善賈】賈（gǔ）：經商，做買賣。● 水袖長了舞姿美，本錢多了好經商。◇喻指做事情有憑藉，有依託就好辦事。《韓非子・五蠹》："鄙諺曰：'長袖善舞，多錢善賈。'此言多資之易為工也。"◎長袂善舞，多資善賈

【長路沒輕擔】◇長途挑擔，體力漸漸耗盡，輕擔也會覺得沉重。

【長蟲咬一嘴，十年怕井繩】長蟲：蛇的俗稱。◇在某一件事上受過打擊，再遇到同類事情時，還會感到心有餘悸，非常害怕。

【拔了刀就忘了痛】◐剛剛把刀子拔出來，就忘記了疼痛。◇喻指人的處境稍微好一點，就忘記了過去的教訓。

【拔了毛的鳳凰不如雞】◐鳳凰沒有華麗的羽毛，連雞都不如。◇喻指有權勢的人如果喪失了權勢，連普通人也不如。

【拔了蘿蔔栽上蔥，一茬比一茬辣】茬：同一塊地上作物栽培的次數。◐青蘿蔔是辣的，換上大蔥，就更辣了，所以說一茬比一茬辣。◇喻指上台接班的人一撥比一撥厲害。

【拔出眼中釘，除卻心頭病】◐眼中釘是最大的障礙，清除障礙後就沒有心病了。◇喻指消除隱患，掃清障礙，從而就可以安安心心地做事了。

【拔出膿來，才是好膏藥】◐判斷是不是一副膏藥的好壞，主要看能不能醫治膿瘡。◇喻指判斷一個人或事物的價值，主要看他（它）能不能解決實際問題。

【拔出蘿蔔地頭空】◐拔掉了蘿蔔，地頭乾淨利落了。◇喻指一旦解除了負擔，就會感到輕鬆舒坦。◎拔了蘿蔔地皮寬

【拔尖要拔頭尖】拔尖：指除掉植物生長的枝杈點，現指降伏尖子人物。◇要降伏一批優秀的人物，就要首先把其中最優秀的搞定。

【拋一個石頭打三個鳥】拋：扔。◇幹成一件事情，同時達到三個目的。

【拋瓦着地】拋：扔。着：接觸。◐把瓦片扔在地上，扔一片響一下。◇喻指說話做事要講信用，實事求是。◎拋磚落地

【拋到九霄雲外】拋：扔。九霄：古代傳說天有九重，指天的最高處。◐扔到九重天以外。◇❶喻指忘得一乾二淨。❷指對事情絲毫不關心，全都拋在腦後了。

【拋卻真金揀瓦礫】拋卻：拋掉，拋棄。瓦礫：破碎的瓦片磚塊。◐把真正的金子扔掉，揀破磚破瓦。◇喻指缺乏辨別真偽的能力，把好東西當垃圾扔，卻揀廢品當寶貝。

【花也有未開期】◇喻指女子也有誤了婚期的時候。

【花木瓜，空好看】◐木瓜雖然有好看的花紋，但只能看，不能吃。◇喻指世間有些外表好看的事物，不一定有實用價值。

【花有重開日，人無再少年】◐鮮花凋謝後，來年還有再開花的時候；而人年老以後，卻不可能再變得年輕。◇提醒人們，青春只有一次，要珍惜時間，不可荒廢了大好年華。◎花有重開時，人無再少年

【花花酒吃垮家當，綿綿雨打濕衣裳】◇喝酒不加以節制，會把一個富裕的家喝垮，這就像綿綿細雨慢慢也會浸透衣服一樣。

【花花轎子抬死人，花花言語哄死人，花花世界看死人】◇說明迎奉的話語對人沒有好處，腐化奢侈的生活方式看得多了，對人有害。

【花枝葉下猶藏刺，人心難保不懷毒】
◇提醒人們，難免會有人心懷叵測，
不能不加以防備。◎花枝葉下猶藏
刺，人心怎保不懷毒

【花到春天自然開】◇喻指任何事物
發展到一定程度自然會有結果。

【花香不在多，室雅不在大】◇說明
好的事物不在於數量多，而在於質量
好，恰到好處。

【花香不在多，做事不在說】◇做
事做得好不好，不在於說的話好不
好聽。

【花香要風吹，好事要人傳】◇告訴
人們，應該大力宣揚好人好事。

【花香蜜蜂多，水甜人愛喝】◇喻指
越是質量好的東西，喜歡它的人就越
多。

【花盆栽不出萬年松，豬圈跑不出
千里馬】◇喻指應該到艱苦的環境
中去鍛煉成才。

【花盆裏長不出蒼松，鳥籠裏飛不
出雄鷹】◇喻指長期在舒適的環境
裏生活，不經風雨、見世面，就不可
能成為強者。

【花美在外邊，人美在裏邊】◇喻
指看一個人最重要的是看他的內心世
界，而不是看他的外表。

【花開不用剪刀裁】◇喻指自然界事
物的發展，有其自身的規律，需要順
應客觀規律，不必盲目干預。

【花開蝶滿枝】❶花開了會招來蝴
蝶。◇喻指當一個人有了權勢，自會
有人前來奉承。

【花落花開自有時】❶各種花的開放
和凋謝都有本身的時間。◇舊時喻指

每個人時運的好壞自有定數。

【花對花，柳對柳，破畚箕對折笤帚】
◇喻指男女之間的婚姻，往往是好的
配好的，差的配差的。

【花錢容易掙時難】◇提醒人們，掙
錢是不容易的，一定不要亂花錢。

【芝麻油炒韭菜，各人心所愛】◇喻
指各人有各人的不同愛好。

【芝麻開花節節高】◇喻指生活水平
不斷提高，日子一天比一天過得好。

【芳槿無終日，貞松耐歲寒】❷芳
香的木槿花，雖然香而好看，但它朝
開暮落，不耐終日；堅貞的松樹，樸
實無華，四季常青，在寒冷的冬天也
不凋零。◇喻指做人要像松柏那樣堅
毅、堅強、永不屈服。

【拍拍屁股走路】◇不負責任，一走
了事。◎拍拍屁股走人

【拍馬屁拍到蹄子上】拍馬屁：指諂
媚奉承。◇本來想奉承人討一個好，
卻觸及了對方的忌諱，不合對方心
意，反而遭到責難。◎拍馬屁拍到馬
嘴上／馬屁精拍了馬腿

【拍桌子嚇貓】◇虛張聲勢，嚇唬嚇
唬人而已，沒有具體的實際行動。

【拍蒼蠅拍到老虎頭上】◇喻指無意
中冒犯了有權勢的人物。

【抱一顆豬頭，還找不到廟門】❷抱
着一個豬頭供奉神仙，還愁找不到寺
廟。◇喻指 ❶真心實意送禮，就肯
定能找到地方。❷有真本事，還愁沒
有地方施展才能？

【抱元寶跳井，捨命不捨財】◇有人
臨死還捨不得放棄錢財，把錢看得比
命還重要。

【抱的兒子當兵不肉疼】◐ 不是親生的兒子去當兵，心裏不痛惜。◇喻指與自己無利害關係，就不會痛惜和關心。

【拉口子要見血】◇喻指要辦事就要見成效。

【拉弓不可拉滿】◇喻指做事、說話不可過分，要留有餘地。

【拉完磨殺驢】◇告誡人們，要警惕那些利用完了人還迫害人的小人。

【拉到場上一半，收到囤裏才算】◐ 農作物成熟，開始收割了，僅是完成了農活的一半，要等到收進倉裏，才算是莊稼收穫結束。◇提醒人們，幹事情要有始有終，切不可半途而廢。

【招牌不響，生意清涼】招牌：掛在店門前的牌子，此喻信譽。◇告訴人們，做生意不講信用，信譽不好，生意就會清淡。

【披的人皮，做的鬼事】◐ 外貌是人的樣子，做起事來卻是鬼的行徑。◇喻指表面上偽裝善良，背地裏盡幹壞事。

【披麻救火，惹焰燒身】麻：麻類植物，纖維豐富，易燃。焰：火焰。◐ 披着麻布救火，結果引火燒身。◇喻指自找禍患。元代無名氏《折桂令》曲：“歎富貴如披麻救火，功名如暴虎馮河。白甚張羅，日月如梭，十載生涯，一枕南柯。”《三國演義》第一百二十回：“若強動兵甲，正猶披麻救火，必致自焚也。”◎披麻救火 / 披麻救火，必致自焚

【披着人皮的豺狼】豺狼：豺和狼，性兇猛殘暴。◇表面上偽裝得很巧妙，像個正人君子，但內心裏兇狠殘暴像豺狼。

【披着羊皮的狼】◇喻指善於偽裝，表面上善良柔弱，但實際上心地險惡，兇狠殘暴。

【披着蒲蓆說家門】蒲蓆：用蒲草編的蓆子。披着蒲蓆：指窮困潦倒。家門：指自己的家族。◐ 身披蒲蓆跟人誇耀自己家世顯赫。◇喻指不顧現實，誇口說大話。◎披着蒲蓆說大言

【抃死吃河豚】抃死：冒生命危險。河豚：一種魚，肉味鮮美，卵巢、肝臟和血液有劇毒。◐ 冒着危險品嚐鮮美的河豚。◇喻指做事要想成功，就得冒風險。

【抃得自己，贏得他人】◇ ❶ 賭博時要豁得出去，敢於冒險，才能贏錢。❷ 指做事要捨得下本錢，才能賺錢。

【抃着一身剮，敢把皇帝拉下馬】剮（guǎ）：割骨離肉，指古代的凌遲刑罰。◐ 豁出性命，寧肯遭受凌遲刑，也要把皇帝趕下去。◇喻指不顧一切，置生死於度外，甚麼都敢幹。◎捨得一身剮，敢把皇帝拉下馬 / 拚得一身剮，敢把皇帝拖下馬

【抬得高，跌得重】◇喻指沒有真本事、靠投機鑽營爬上去的人，將會失敗得很慘。◎抬得高，摔得重

【抬槍對老虎，美酒敬親人】◇告訴人們，要愛憎分明，分清敵友，用不同的方法對待。

【抬頭不見低頭見】◇人總是要見面的。勸人不要把事做絕，要留有餘地。

【取皮容易養貂難】貂：一種動物，毛皮珍貴。◐ 割取貂皮容易，飼養貂卻不易。◇喻指享受成果容易，要想

取得成功就要經歷很多艱辛，付出很大的努力。

【取得經來唐僧受，惹下禍來行者擔】
唐僧：《西遊記》人物，孫悟空的師傅。行者：出家而未剃度的佛教徒，這裏指《西遊記》人物孫悟空。◐唐僧去西天取經，功勞是唐僧的，途中降妖除怪、闖出的禍，都由孫悟空來負責。◇取得成績歸功於上司，犯下錯誤歸咎於下屬。

【杯水之恩，江河還報】◇要知恩圖報，受杯水之恩，要用江河那樣多的水，來回報人家。

【杯水救不了大火】◇喻指微薄的力量挽救不了大局。

【松樹乾死不下山，柳樹淹死不上山】
◐松樹寧願乾死也不到山下去，柳樹寧願被水淹死也不到山上去。◇喻指各人的稟性不容易改變。

【枕邊告狀，一說便准】◇丈夫容易聽信妻子的話。

【枕邊的話像蜜罐，不聽也要聽一半】
◇丈夫或妻子的甜言蜜語很容易使對方相信。◎枕邊底下的風，聽也聽，不聽也聽

【東一榔頭，西一棒子】◇喻指行動毫無目標，想到哪裏幹到哪裏，碰到甚麼做甚麼，毫無計劃。

【東方不亮西方亮】◇ ❶喻指這裏行不通，可以到別處去。❷喻指這裏損失了，可以在另外地方得到補救。

【東明西暗，等不到撐傘】◇東邊天空明亮，西邊昏暗，馬上就要下大雨。

【東倒吃豬頭，西倒吃羊頭】◇喻指這個後台倒了，就去投靠那個後台。

【東邊日出西邊雨，道是無晴還有晴】
晴：諧“情”。◐西邊在下雨，東邊還有日出，說明還是有晴天。◇說是無情，其實還有情在。唐代劉禹錫《竹枝詞二首》：“楊柳青青江水準，聞郎江上唱歌聲。東邊日出西邊雨，道是無晴卻有晴。”

【臥榻之側，豈容他人鼾睡】◐自己的牀鋪邊，怎能容許別人呼呼大睡。◇喻指不允許別人侵犯自己的利益。宋代李燾《續資治通鑒長編》卷十六：“趙匡胤：‘臥榻之側，豈容他人鼾睡乎！’”

【事大如山醉亦休】◇天大的事情，喝醉酒後，也用不着擔心了。陸游《秋思》：“利欲驅人萬火牛，江湖浪跡一沙鷗。日長似歲閒方覺，事大如山醉亦休。”

【事不三思終有悔，人能百忍自無憂】
◇辦事不經過反覆考慮，將來總要後悔；遇事能夠多忍耐，便能無憂。◎事不三思，終有後悔／事要前思，免勞後悔／事要三思，免勞後悔

【事不干己不留心】干：牽連，涉及。◇對於自私的人而言，事情和自己沒有牽連，便不會留心。

【事不欺心睡自安】◇做事不違背自己的良心，自然就睡得安穩。

【事不過三】◐同樣的事不能再三出錯。◇喻指不能屢犯同樣的錯誤。明代吳承恩《西遊記》第二十七回：“常言道：‘事不過三。’我若不去，真是個下流無恥之徒。”

【事不經不懂，路不走不平】◇只有經過親身實踐，才能真正了解事情的原委。

【事不關己，高高掛起】◇認為事情與己無關，把它擱在一邊不管，或把與自己無關的事情遠遠丟開不管。

【事不關心，關心者亂】◇為了自己安安靜靜，對周圍的事一律採取迴避態度。這是一種極為淡泊的人生觀。

【事未來時休去想，想來到底不如心】◙事情還沒發生的時候就不要過多地考慮，因為所想的與其真實情況總是不吻合的。◇勸告人們，不要過早地去考慮未發生的事，這樣做傷神又無意義。

【事兄伯如父，事嫂如母】◇告訴人們，對待哥嫂要像對待父母一樣。

【事出之前人抱膽，事出之後膽抱人】◇出事之前很害怕，但出事之後，卻反而不怕了。

【事出有因，查無實據】◇發生某種事情是有原因的，卻查不到切實的證據。《官場現形記》四回："郭道台就替他洗刷清楚，說了些'事出有因，查無實據'的話頭，稟覆了制台。"◎事出有因

【事有必至，理有固然】◙該發生的事情總會發生，道理本來就是如此。◇喻指事物的產生和滅亡是遵循自然規律的，不可改變的。

【事有鬥巧，物有故然】鬥巧：湊巧。故然：原來就是那樣。◇事情很湊巧，就像是故意安排的一樣。

【事有湊巧，物有偶然】◇事情往往很湊巧，具有某種偶然性。

【事快三分錯，慢工出細活】◙做事太快容易出差錯，慢一點，質量就高一些。◇告誡人們，做事的時候，要處理好效率和質量的關係。

【事君不忠非孝，戰陣無勇非孝】◇古代倫理觀念認為，對君王的不忠誠和戰場上的不勇猛，都是對父母的不孝。《呂氏春秋・孝行》："曾子曰：'身者，父母之遺體也。行父母之遺體，敢不敬乎？居處不莊，非孝也。事君不忠，非孝也。蒞官不敬，非孝也。朋友不篤，非孝也。戰陳無勇，非孝也。五行不遂，災及乎親，敢不敬乎？'"

【事君猶事父】◇侍奉君王要像侍奉父母親一樣。語出《春秋公羊傳・定公四年》："伍子胥復曰：'諸侯不為匹夫興師，且臣聞之：事君猶事父也。虧君之義，復父之讎，臣不為也。'"◎事君如事親

【事者難成易敗，名者難立易廢】◇告訴人們，事情要想成功很難，但失敗卻很容易；名譽要樹立起來很難，但毀壞卻很容易。

【事到頭來不自由】◇事情一旦發生了，該怎麼做不是由自己說了算。

【事非干己休多管，話不投機莫強言】◇跟自己沒有任何牽連的事，不要管它；同別人話說不到一塊，不要勉強說。這是一種自私利己的處事態度。

【事非經過不知難】◇沒有親身經歷過這件事情，就不知道它的難處。

【事要多知，酒要少吃】◇勸告人們，要多了解事情，多明白道理，少喝酒。

【事皆前定】◇一切事情都是命中注定的。勸告人們不必過分在意一些事情，心要放寬。

【事後才知事前錯，年老方覺少年非】◙事情已經過去了，才明白當初的做法是錯誤的；到年邁了，才知道年輕

時的過錯。◇喻指事後才看清楚是非對錯。

【事急不由人】◇事情緊急，由不得自己的意志。

【事急無君子】◇事情到了緊急關頭，顧不得講究禮節了。清代錢彩《說岳全傳》：“邦傑道：‘好一匹馬，不知何人的？如今事急無君子，只得借他來騎騎。’”

【事從緩來】◇告誡人們，遇事不要急躁，從長計議。

【事無三不成】三：表示多次。◇事情不經過多次努力，不會輕易成功。明代吳承恩《西遊記》第八十三回：“常言道，事無三不成，你進洞兩遭了，再進去一遭，趕緊救出師父來也。”

【事無不可對人言】◇人誠實坦白，辦事光明磊落，就沒有事情需要隱瞞。

【事實勝於雄辯】●事情的真實情況比強有力的辯詞更有說服力。

【事寬即完，急難成效】◇事情從容辦理，就會取得圓滿成功；過於着急，難見成效。◎事寬則圓

【事親如事天，事天如事親】●侍奉父母親要像侍奉上天一樣，侍奉上天要像侍奉父母親一樣。◇勸告人們，要孝敬父母親。◎事親如事天

【事難兩全】◇辦事情很難把方方面面都照顧到。

【事變知人心】◇在事情發展變化中，可以知道人的思想動態如何，從中能了解他的為人。

【刺繡文不如倚市門】倚市門：指女子倚門賣笑。◇幹正事的人要受窮；搞歪門邪道的反而闊綽富裕。

【兩刃相割，利鈍乃知】鈍：不鋒利。◇喻指一個人的品德、才幹如何，只有在實踐中，通過比較，才能判別出來。漢代王充《論衡‧案書》：“兩刃相割，利鈍乃知；二論相定，是非乃見。”

【兩虎相鬥，必有一傷】◇喻指兩強之間互相爭鬥，終有一方受損。《戰國策‧秦策四》：“(黃歇) 說昭王曰：‘天下莫強於秦、楚，今聞大王欲伐楚，此猶兩虎點鬥而駑犬受其弊，不如善楚。’”

【兩姑難為婦】姑：這裏指婆婆。◇喻指在兩個領導之間很難處世。

【兩軍相遇勇者勝】●對抗的兩支軍隊相遇，往往是勇敢的一方取勝。◇喻指在事業的競爭中，勇敢者才有可能取得成功。《史記‧廉頗列傳》：“又召問趙奢，奢對曰：‘其道遠險狹，譬之猶兩鼠於穴中，將勇者勝。’王乃令趙奢將，救之。”

【兩鳥在林，不如一鳥在手】●看見兩隻鳥在樹林裏，不如一隻鳥在自己手裏。◇喻指做事情應當講求實際，把能夠得到的牢牢地掌握在手中。

【兩強不相容】◇勢均力敵的雙方，不可在一處並存。◎兩雄不並立／兩雄不俱立／兩雄不並棲

【兩硬相逢，必有一個損傷】◇兩個強硬者相碰，必然會損傷一個。

【兩葉掩目，不見泰山；雙豆塞耳，不聞雷霆】◇喻指處於要害的小障礙物不排除，也能造成很大的阻礙，帶來麻煩。唐代李筌註《陰符經‧神仙抱一演道章》：“兩葉掩目，不見泰山；雙豆塞耳，不聞雷霆；一椒掠

舌，不能立言。"◎兩葉蔽目，不見泰山；兩豆塞耳，不聞雷霆

【雨後始知山色翠，事難方見丈夫心】◇喻指經過艱難困苦的磨煉，才能看出一個人的特殊才能。

【雨落不要爬高墩，窮人不要攀高親】🔽下雨時地面滑，爬高墩有危險，所以不要爬；人窮會被有錢有勢的人看不起，所以不要高攀。◇告誡人們，做人要活得有志氣。◎雨落勿爬丘陵，身窮勿攀高親

【雨裏孤村雪裏山，看時容易畫時難】◇喻指脫離塵世，出家隱居，看起來是一件很容易的事情，但真要怎麼去做就非常困難。◎雨裏深山雪裏煙，看花容易繡花難／雨裏深山雪裏煙，看時容易畫時難

【來者不懼，懼者不來】🔽敢來的人就不會害怕，害怕的人就不會來。◇提醒人們，不可輕視前來挑戰的人。◎來者勿怕，怕者勿來

【來病如山倒，去病如抽絲】🔽一個人得了病如同山突然倒下一樣，來勢兇猛；而要徹底治好病根卻像抽絲一樣慢。◇勸告人們，生了病，要耐心治療、修養，不能性急。◎來如箭，去如線／來似箭，去似線

【來得明，去得白】◇做人要光明磊落，清白無瑕。◎來得明，去得清／來清去明

【來得易，去得易】◇不經過辛勤勞動，很容易得來的東西，失去也容易。

【來說是非者，就是是非人】◇告訴人們，傳播是非的人，本身就是喜歡撥弄是非的人。◎來說是非者，必是是非人／來說是非者，便是是非人

【來龍鬥不過地頭蛇】◇喻指外來的人本事再大，也很難戰勝當地的惡勢力。◎強龍鬥不過地頭蛇

【妻大一，有飯吃；妻大二，多利市；妻大三，屋角攤】利市：買賣興旺，指吉祥。🔽妻子比丈夫大一歲，不愁吃穿；妻子比丈夫大兩歲，家裏財運亨通；妻子比丈夫大三歲，家裏發大財。◇妻子比丈夫大幾歲，能發家致富。

【妻大兩，黃金日日長；妻大三，黃金積如山】長（zhǎng）：增加。積：堆積。🔽妻子比丈夫大兩歲，家裏的財富一天比一天增加；妻子比丈夫大三歲，家裏的財富就會堆積如山。◇女方比男方大二三歲，日子會過得很紅火。◎妻大兩，黃金長；妻大三，黃金山

【妻大兩，黃金長；妻大三，黃金山】見【妻大兩，黃金日日長，妻大三，黃金積如山】

【妻子如衣服】◇舊時男尊女卑，女人被看成男人的依附品，好比男人的一件衣服，可以隨意更換，不想穿了也可隨意拋棄。

【妻子如衣服，衣破猶可補】猶：還。◇舊時認為，妻子就像丈夫的衣服，衣服破了可以縫補，男人結了婚，還可以再娶。

【妻不如妾，妾不如偷】妾：小老婆。偷：偷情。🔽妻子不如小妾，小妾不如跟人偷情好。◇用情不專的男子認為，明媒正娶的妻子不如婚外偷情有情調。◎娶不如偷

【妻有私情，恨夫徹骨】私情：指男女不正當的情愛關係。恨：仇恨。徹

骨：透到骨頭裏，指程度極深。◇妻子跟別人有了私情，就會極端仇恨自己的丈夫。

【妻是枕邊人，十事商量九事成】枕邊人：指共同生活的人。成：成功。◇妻子跟丈夫在一起生活，遇到事情找丈夫商量，總能得到丈夫的贊同。

【妻賢夫禍少，子孝父心寬】賢：賢惠。孝：孝順。◇妻子賢惠，丈夫災禍就少，兒子孝順，父親心情就會舒暢。◎妻賢夫省事，子孝父心寬

【到了山裏再砍柴，到了河邊再脫鞋】◇喻指時機不成熟，還沒有到時候，就不可貿然行事。

【到甚麼山上唱甚麼歌】◇喻指要根據具體情況行事。◎到哪座山裏唱哪個歌／在甚麼山唱甚麼歌

【肯規我者必肯助我】◇能規勸別人改掉壞毛病的人，必然也能夠幫助人解決困難。

【肯學之人如禾稻，不學之人如蒿草】●肯學習的人像禾稻一樣有用，不學習的人像蒿草一樣無用。◇勸告人們，要重視讀書學習，做有用的人。

【虎口大吃不着天，人嘴巧説不倒理】◇喻指真理是任何人也駁不倒的。

【虎不吃伏肉】伏肉：指被降伏的動物。◇喻指真正的英雄，不去欺負已經被降伏的人。

【虎不怕山高，魚不怕水深】◇喻指有才幹並經受過鍛煉的人，不會懼怕到艱苦的地方去工作。

【虎不離山，龍不離海】◇喻指不要離開對自己有利的地方或勢力範圍。

【虎父無犬子】◇喻指如果父親的本領高強，他的兒子在其影響教育下，本領也不會差。《三國演義》第八十三回："先主視之，歎曰：'虎父無犬子也！'用御鞭一指，蜀兵一齊掩殺過去，吳兵大敗。……"

【虎心隔毛翼，人心隔肚皮】◇喻指一個人心裏想的甚麼，很難從表面上看出來。

【虎生三子，必有一彪】●老虎生的幾隻小老虎中，一定會有一隻兇悍的小老虎。◇喻指精明強幹的父母生養的孩子，其中一定會有精明強幹的孩子。宋代周密《癸辛雜識》（續集下）："諺云：'虎生三子，必有一彪。'"

【虎生猶可近，人熟不堪親】●對老虎不熟悉，還可以在接近牠時想辦法對付，對已經熟悉的人，隨便親近是很危險的。◇告誡人們，人心不可測，不能隨便與人親近。

【虎死不落架】●老虎死時骨架不倒。◇喻指人雖然死了，但威風還在。

【虎死不變形，狼死不改性】●兇猛的老虎死了，不會改變牠身體的形狀；兇惡的狼死了，也決不會改變牠吃人本性。◇喻指壞人本性難改。

【虎死留皮，人死留名】◇人生在世應該多做些對社會有益的事，死後留下個好名聲。

【虎吃人易躲，人吃人難防】◇告訴人們，陰險惡毒的人是很難防備的，必須有高度警惕。

【虎多成群，人多成王】◇説明人多力量大。

【虎花在皮外，人花在心裏】◇告訴人們，油滑人的花招是藏在心裏的，不容易被摸透。

【虎門無犬蹤】◇喻指將軍的門庭裏沒有怯懦的後代。

【虎怕插翅，人怕有志】◐如果老虎能插上翅膀，就會變得更加兇猛；人有了志氣，就能在事業上突飛猛進。◇説明人應該立志，它能給人以勇氣和力量。

【虎怕離山，人怕孤單】◇説明任何人都不應脱離集體。

【虎毒不吃兒】◇喻指父母再狠毒，也不會傷害自己的子女。◎虎毒不食兒／虎毒不食子。

【虎為百獸之長，人為萬物之靈】◇老虎是野獸中最厲害的，人則是萬物中最有靈氣的。

【虎豹不外其爪】◐虎和豹都不把自己的爪子露在外面。◇❶喻指軍威不可輕易洩露。❷喻指自己的實力不可顯露於外。

【虎病被犬欺】◇喻指高貴的人一旦失勢，小人也會來欺負。◎虎病山前被犬欺

【虎項金鈴誰去解，解鈴還得繫鈴人】◐繫在老虎脖子上的金鈴，還得由繫鈴的人去解開。◇喻指誰惹出的事還得由誰去解決。明代瞿汝稷《指月錄》：“金陵清涼泰欽禪師，性豪逸，眾易之，法眼獨契重。一日眼問眾：‘虎項金鈴，是誰解得？’眾無對，師適至，眼舉前語問，對曰：‘繫者解得。’”

【虎落平陽被犬欺】平陽：指平地。◇喻指強者如失去了必要的憑藉條件，將受制於人。清錢彩《説岳全傳》第四十回：“龍游淺水遭蝦戲，虎落平川被犬欺。”清代西周生《醒世姻緣》第八十八回：“我家裏也有二三千金的產業，只是這一時龍游淺水遭蝦戲，虎落深坑被犬欺！”◎虎到平川受犬欺／虎落平川被犬欺

【虎瘦雄心在】◐老虎雖然瘦弱了，但雄心壯志依然存在。◇喻指有雄心壯志的人，雖然已經年老體弱，但雄心尚在，壯志不減當年。

【虎離山無威，魚離水難活】◐老虎只有在大山裏才能施展牠的威風，魚只有在水裏才能生存。◇喻指一個人如果離開了特定的環境，往往不能發揮應有的作用。

【昆崗失火，玉石俱焚】昆崗：古代傳説中產玉的山。◐產玉的昆崗山遭了火災，美玉和頑石都會被燒毀。◇喻指事物失去了生存發展的基礎條件，必然滅亡。

【門內有君子，門外君子至】君子：這裏指道德修養高的人。◐如果家裏有道德修養高的人，外面的道德修養高的人就會來訪。◇喻指物以類聚，鳥以群飛，有君子定能招來君子。◎門內有君子，門外有君子

【門門有道，道道有門】門門、道道：此處指各行各業。道、門：此處指行業的規律、訣竅。◇強調各行各業都有各自的規律和訣竅，要花工夫去研究才能掌握。

【門雖打開，也要問問再進】◇為人處事一定要打聽清楚，不可魯莽行事。

【明人不用細説】◇對聰明人講話，不用説得很詳細他就能明白。◎明人不必細説／明人不待細説／明白人不用多囑咐，響鼓不用重槌敲

【明人不做暗事】◇讚譽光明正大的人，不去做偷偷摸摸見不得人的事。

【明人不説暗話】◇讚譽光明磊落的人有話就明説，不説隱匿難懂的話。

【明人不説暗話，明人不做暗事】◇讚譽光明磊落的人，不説見不得人的話，不做見不得人的事。

【明月不常圓，好花容易落】◐明亮的月亮不會常圓，好看的鮮花容易凋謝。◇提醒人們，要珍惜大好年華，努力進取。

【明以照暗室，理以照人心】◇真理能夠開導人，能夠照亮人心。

【明打鼓，響撞鐘】◇喻指要明確地擺出自己的觀點、主張。

【明有所不見，聰有所不聞】◐眼睛雖然明亮，也有看不見的地方；耳朵雖然很靈敏，也有聽不到的聲音。◇喻指 ❶喻指賢良的人也難免有缺點。❷喻指任何人都不可能事事清楚。

【明者見於無形，智者慮於未萌】◇聰明人在事情尚未形成的時候就能看出端倪；有智慧的人在事情尚未出現萌芽的時候就已經有所考慮。《後漢書·馮衍列傳上》：“進及睢陽，復説丹曰：“蓋聞明者見於無形，智者慮於未萌，況其昭晢者乎？”

【明者睹未然】未然：指尚未出現的事情。◇讚譽頭腦敏鋭的人能夠預測將要發生的事情。

【明知不對，少説為佳】◇處世要圓滑些，見到不對的事不必去管。

【明知故犯，罪加一等】◇告誡人們，要遵紀守法，不可知法犯法，否則要罪加一等。

【明珠盡出老蚌】◐明亮的珍珠都是從老的蚌殼中得來的。◇喻指老年人經歷的事情多，往往能提供很多有益的經驗。

【明裏抱拳，暗中踢腳】◇告誡人們，對那些當面很講禮節，背後使壞的偽善者，要有所提防。

【明槍易躲，暗箭難防】◇喻指公開的攻擊容易對付，隱蔽的偷襲難於防備。《三遂平妖傳》第三回：“（趙壹）叫聲：‘着！’正是明槍易躲，暗箭難防，正中了狐的左腿。”◎明槍容易躲，暗箭最難防／明槍好擋，暗箭難防

【明虧好吃，暗虧難當；外賊好避，家賊難防】◇提醒人們，暗處的危險和內部的敵人更危險，要注意防範。

【明鏡不疲累照】◐明亮的鏡子雖然屢次照人，也不會感到疲勞。◇喻指人的智慧，多用也不會有損傷。

【明鏡所以照形，古事所以知今】◇明亮的鏡子可以用來照形體，借鑒古代的事情可以用來指導今天。《三國志·吳書·孫奮傳》：“里語曰：‘明鏡所以照形，古事所以知今。’”◎明鑒所以照形，古事所以知今／明鏡可以照形，往古可以知今

【易求者田地，難得者兄弟】◇田地容易得到，知心兄弟難求。

【易求無價寶，難得有情郎】◇無價之寶容易求得，情投意合的年輕男子卻很難找得到。唐代魚玄機《贈鄰女》："羞日遮羅袖，愁春懶起妝。易求無價寶，難得有心郎。"

【易開終始口，難保歲寒心】歲寒心：終久不變的心。◇喻指人心難保長久不變。

【易漲易退山溪水，易反易覆小人心】◇提醒人們，品格卑下者容易反覆無常，就像山澗的溪水容易漲落一樣，不能隨便相信。

【忠臣不侍二主，烈女不嫁二夫】◇舊時講求忠義，認為一個忠臣不侍奉兩個君主，一個忠貞的女人不能嫁兩個丈夫，應從一而終。◎忠臣不事二君，烈女不更二夫／忠臣不事二君，貞婦不適二夫／忠臣不事二主，貞女不更二夫

【忠言逆耳利於行，良藥苦口利於病】◐別人的刺耳忠告，聽了很不舒服，但會對自己的行為有所幫助；療效好的藥吃起來很苦，但對治病會有益處。◇勸告人們，應該樂於聽取別人的批評。《史記‧留侯世家》："且忠言逆耳利於行，毒藥苦口利於病，願沛公聽樊噲言。"◎忠言逆耳利於行，毒藥苦口利於病

【忠無不報，信不見疑】見：被。◐忠誠的人不會得不到報答，誠實的人不會遭到懷疑。◇告訴人們，為人要忠誠，要講信義。《史記‧鄒陽列傳》："臣聞忠無不報，信不見疑，臣常以為然，徒虛語耳。"

【呼蛇容易遣蛇難】◇喻指把人招來容易，把人打發走就難了。提醒人們，不要輕易招攬絲毫不了解的人。

【岸上修船易，到得江中徹底沉】◐船壞了，在岸上修好容易，如果到江心出了問題，就只能等着沉沒了。◇提醒人們，出了問題要及時解決，錯失時機便無法挽救。

【岸上學不好游泳，嘴上説不出莊稼】◐不到水裏是學不會游泳的，靠嘴皮子是得不到豐收的。◇喻指辦任何事，要想有收穫，必須努力實踐。

【非人磨墨墨磨人】◇磨墨要慢要輕，需要耐心，因此研習磨墨中也會磨煉一個人的心性和意志。宋代蘇軾《次韻答舒教授觀余所藏墨》詩中説："一生當着幾兩屐，定心肯為微物起。此墨足支三十年，但恐風霜侵髮齒，非人磨墨墨磨人，瓶應未罄罍先恥。"

【非宅是卜，唯鄰是卜】卜：占卜選擇。◐選擇宅地，不是看宅地如何，而是看鄰居如何。◇選擇住處，重在選鄰居。《左傳‧昭公三年》："且諺曰，非宅是卜，唯鄰是卜，二三子先卜鄰矣，違卜不祥，君子不犯非禮，小人不犯不祥，古之制也，吾敢違諸乎，卒復其舊宅，公弗許，因陳桓子以請，乃許之。"

【非所怨，勿怨】◇不該怨恨的，就不要怨恨。《左傳‧襄公二十六年》："吾子獨不在寡人，古人有言曰非所怨勿怨寡人怨矣。"

【非桃非李，可笑人也】◇喻指名不正言不順，沒有正當的名分，惹人恥笑。

【非針不引線，無水不渡船】◐沒有針就不能引線，沒有水就不能渡船。◇喻指要想在事業上有所成就，就必須有人的正確導引和基本力量的依靠。

【知人者智，自知者明】◇能正確認識別人的人是智慧者，能正確認識自己的人是聰明者。《道德經》第三十三章：“知人者智，自知者明。勝人者有力，自勝者強。知足者富。強行者有志。不失其所者久。死而不亡者壽。”

【知人知面不知心】❶人的外表容易認識，內心卻難了解。◇說明真正了解一個人很難。元代關漢卿《單鞭奪槊》第二折：“哥也，知人知面不知心，你道無二心呵，他怎生背了劉武周，投降了俺來。”◎畫虎畫皮難畫骨，知人知面不知心 / 知江知海不知深，知人知面不知心 / 知人知面不知心，隔山隔水不知深

【知己知彼，百戰百勝】◇既了解自己的情況，又了解對方的情況，就能每戰必勝。《孫子兵法·謀攻》：“知彼知己，百戰不殆；不知彼而知己，一勝一負；不知彼，不知己，每戰必敗。”

【知子莫若父，知女莫若母】◇最了解兒子的是父親，最了解女兒的是母親。《管子·大匡》：“知子莫若父，知臣莫若君。”◎知子莫如父，知弟子莫如師 / 知子莫若父，知臣莫若君

【知之為知之，不知為不知】◇告訴人們，懂就是懂，不懂就是不懂。《論語·為政》：“子曰：‘由！誨女知之乎？知之為知之，不知為不知，是知也。’”

【知足不辱，知止不殆】◇一個人如果知道滿足，就不會招來羞辱，如果知道節制，就不會遇到危險。《道德經》第四十四章：“知足不辱，知止不殆，可以長久。”《漢書·疏廣傳》：“廣謂受曰：‘吾聞知足不辱，知止不殆，功遂身退，天之道也。’”

【知足者常樂】◇知道滿足的人心情總是愉快的。《道德經》第四十六章：“禍莫大於不知足；咎莫大於欲得。故知足之足，常足矣。”◎知足常樂，能忍自安

【知冷知熱是夫妻】◇夫妻間感情深厚，能互相關心體貼。

【知法犯法，罪加一等】◇懂得法令的人明知故犯，就要加重罪行。◎知罪犯罪，罪加一等

【知理不怪人，怪人不知理】◇懂得道理的人不會隨便責怪別人，隨便責怪別人的人就不懂得道理。◎知禮不怪人，怪人不知禮

【知無不言，言無不盡】◇要把自己知道的東西，毫無保留地說出來。《宋史·張浚傳》：“未行，擢禮部侍郎，高宗召諭曰：‘卿知無不言，言無不盡，朕將有為，正如欲一飛衝天而無羽翼，卿勉留輔朕。’”清代西周生《醒世姻緣》第八十四回：“……是這周景楊做入幕之客，相處得一心一意，真是知無不言，言無不盡。……”

【知過非難，改過難；言善非難，行善難】◇知錯並不難，難的是改正錯誤；說善並不難，難的是多做善事。

【知道是寶，不知是草】◇一種貴重的東西，對了解它價值的人來說是一件寶，對不了解它的人來說就是草。

【物以稀為貴】◇物品越稀少就越顯得珍貴。晉代葛洪《抱朴子·明本》：“然物以少者為貴，多者為賤，至於人事，豈獨不然？”

【物以類聚，人以群分】◇事物因同類而聚集在一起；人因志趣愛好相同，聚合在一起。《周易・繫辭上》：“方以類聚，物以群分，吉凶生矣。在天成象，在地成形，變化見矣。”

【物必先腐而後蟲生之】◐東西是先腐爛敗壞後，蟲再寄生其中。◇喻指自身先有弱點，然後為外人所侵害。

【物有一變，人有千變，若要不變，除非三尺蓋面】三尺蓋面：指死。◇人和事物的發展變化是客觀存在、不可改變的。

【物要防腐，人要防懶】◐東西要防止腐爛，人要防止懶惰。◇告誡人們要勤奮，不要懶惰。

【物莫能兩大】◇互相鬥爭着的事物，不可能同時強大。

【物極則反，人急計生】◇事物發展到頂點，必定向相反方向轉化；人到危急時，也會急中生智，想出應付的好辦法。

【物無所主，人必爭之】◇物品沒有主人，大家必然要爭奪。

【物聚於所好】◇人們往往因為有共同的愛好、興趣而聚集在一起。

【物輕情義重】◇東西雖小，但情義非常重要。

【物隨主便】◇物品總是聽從主人的擺弄。

【物離鄉貴】◇物品運出產地，價格就會提高。元代王惲《番禺杖》詩：“物眇離鄉貴，材稀審實訛。”

【物類各自有性】◇人和物都有各自的特性。

【乖的也是疼，呆的也是疼】◇喻指父母對子女，無論智力高低都會一樣疼愛。

【乖僻自是，悔悟必多】◇一個人如果性格怪僻，自以為是，將來悔悟的事情就會較多。《朱子治家格言》：“乖僻自是，悔誤必多；頹惰自甘，家道難成。”

【和人路路通，惹人事事難】◇如果與人處好關係，辦事就容易；相反，如果愛與人衝突頂撞，辦任何事都難。

【和平享厚福】◇和周圍的人搞好人際關係，自己的心情也會很舒暢，辦起事情來也會容易地多。◎和平終是福

【和合二仙並肩成佛】和合：指民間傳說中的兩位和藹慈祥的神仙，他們是永遠在一起的。◐和合兩位仙人肩並肩，一起修煉成佛。◇喻指只要人們團結一致，就能形成強有力的群體。

【和事不表理】◇調和矛盾，不可能表明事理，也不可能搞清誰是誰非。

【和事不喪理，讓人不為低】和事：調解爭端。讓：謙讓。◇調解矛盾和爭端，不是喪失真理；謙讓他人，並不是低三下四。

【和尚不親，帽兒親】◇喻指同行業的人容易親近。

【和尚在，缽盂在】缽盂：和尚吃飯用的器皿。◇喻指只要人在，與之有關的事物或人情也就在。

【和尚有和尚經，強盜有強盜經】◇喻指不同類型、不同本質的人做事，有各自不同的方法。

【和尚吃八方】◇諷喻社會上某些人到處撈取好處。清代李寶嘉《官場現形記》第三十四回：“俗話説：和尚吃八方。他家太太老伯連着師姑庵裏的錢都會募了來做好事，也算神通廣大了。”

【和尚無兒孝子多】◇喻指只要有了一定條件，自然會有人找上門來。

【和尚廟裏借不到算梳】◇喻指如果找錯了地方，就不可能把事情辦成。

【和氣生財】◇做買賣時對顧客要和氣，取得顧客的好感，生意就會興旺發達。◎和氣能生財／和氣能招萬里財

【和氣生財，忤逆生災】忤逆：指不孝順父母。◇指待人和善能招來財富，對父母不孝順容易遭受災禍。

【和氣生財，氣惱得病】◇指待人和善能招來財富，愛生氣則容易得病。

【和氣致祥，乖氣致戾】致：招來。乖：乖張；不講情理。戾：這裏指災禍。◇指和氣能招來祥和、愉快，對人乖張、不講情理能招來災禍。《漢書•楚元王傳》：“由此觀之，和氣致祥，乖氣致異；祥多者其國安，異眾者其國危，天地之常經，古今之通義也。”

【和氣修條路，惹人築堵牆】◇對人和氣，講禮貌，就好像是給自己修築了一條寬敞的路；而如果不注意自己的言行，招惹了別人，就好像在自己面前築起了一堵牆。

【和氣買賣賺人錢】◇做買賣越和氣，顧客越多，賺的錢也就越多。

【和得鄰里好，猶如撿大寶】◇説明與鄰居處好關係十分重要。

【和絲成縷，積寸成尺】◇喻指積少可以成多，團結在一起力量大。

【和睦相處，收益無數】◇告訴人們，要與人和睦相處，這樣對自己也大有好處。

【委曲能求全】◇自己受一些委曲，卻能讓事情完滿。

【佳人不同體，美人不同面】佳人、美人：都指貌美的女子。體：體態。面：面容。◇即使都是美貌的女子，但是她們的體態、容貌也各不相同。《淮南子•説林訓》：“佳人不同體，美人不同面，而皆説於目；梨橘棗栗不同味，而皆調於口。”

【供起來是佛，玩起來是泥】◇諷喻趨炎附勢的小人，對人的態度隨着別人的錢勢的變化而變化。

【使心用心，反害自身】◇使用種種心機，想陷害別人，結果卻害了自己。◎使心用心，反害其身

【使功不如使過】●有功的人容易驕傲自滿，犯過錯誤的人更知謹慎，所以任用有功的人不如任用曾經犯過錯誤的人。

【使碎自己心，笑破他人口】◇費盡了心機，甚麼也沒得到，反而給別人增添了笑料。

【兒大不由娘】◇孩子長大了，有了自己的主張，當娘的已做不了主了。清代西周生《醒世姻緣傳》第八十九回：“別説我是他妗子，我就是他娘，他‘兒大不由娘’，我也管不的他。”◎兒大不由爺／兒大不由爺，女大不由娘

【兒大當娶，女大當嫁】◇男孩長大了理當娶妻，女孩長大了也理當嫁人。

【兒子惹禍找大人】◇兒子闖了禍，做父母的要承擔責任。◎兒女做壞事，父母終有錯

【兒女是金枷玉鎖】◇做父母的對自己的親生骨肉，既愛如珍寶，又覺得是累贅和煩惱。

【兒女情多，風雲氣少】●指男女相愛的感情多，胸懷大局的氣概少。◇比喻文藝作品中男歡女愛感情多，社會鬥爭題材少。南朝梁鍾嶸《詩品》卷中："〔張華〕雖名高曩代，而疏亮之士，猶恨其兒女情多，風雲氣少。"◎兒女情長

【兒女情長，英雄氣短】◇英雄常會因兒女之情，失去進取之心。◎英雄氣短，兒女情深

【兒女最多情】◇兒女對父母的感情最深厚。

【兒不忘娘，物不忘本】◇告訴人們，要牢記父母的養育之恩。

【兒不嫌母醜，犬不嫌主貧】●孩子對娘情最真，狗對主人最忠誠。◇喻指做人不能忘本。

【兒行千里母擔憂】◇兒子出門在外，做母親的總是提心吊膽，牽腸掛肚。清代褚人獲《隋唐演義》第二十四回："你這個冤家，在何處飲酒？這早晚方回，全不知兒行千里母擔憂。"◎兒女出門，牽掛娘心／兒行千里母擔憂，母行千里兒不愁

【兒多盡惜，財多盡要】●兒子再多，父母都是一樣愛惜；錢財再多，仍要百計謀求。

【兒忤逆是爺不是】忤逆：不孝順。◇兒子不孝順，是當父親的教育不嚴造成的。

【兒要自養，穀要自種】◇孩子是自己生育養大的好，糧食是自己種出來的吃起來香。喻指自己的事情最好還是自己親自幹。

【兒是冤孽女是愁】◇兒女是父母的負擔，自孩子一出世，做父母的就會天天掛在心上，圍着孩子忙。◎兒女眼前冤

【兒時練功易，老來學藝難】◇練功學藝是年輕人的事，歲數大了學起來就不是那麼容易了。勸告人們，要趁年輕，多學點東西。

【兒孫自有兒孫計，莫與兒孫作馬牛】◇子孫後代會有自己的打算，長輩不必為他們當牛作馬，勞神操心。◎兒孫自有兒孫福，莫為兒孫作遠憂／兒孫自有兒孫福，莫與兒孫作馬牛

【兒做的兒當，爺做的爺當】◇喻指誰做的事情，誰來承擔後果，不能連累別人。

【侏儒見一節而長短可知】◇喻指了解了局部的一點信息，就可以推知整個情況。

【依着大樹不缺柴】◇喻指依靠有勢力的人就會有源源不斷的好處。

【依靠闊人享福，莫如自主受罪】◇依靠有錢人雖然享福，但得聽從人家的使喚；靠自力更生，雖然要吃點苦，但能自己當家做主，不受別人擺佈。

【近人不說遠話】◇對知己的人不要說疏遠的話。

【近山使木，近水食魚】◇在某個地方，就可以利用那個地方的有利條件，開展工作，謀求生活來源。

【近山得雨，近海多風】◇喻指情況因地而異，各有不同，各有特點。

【近水不可亂用水，近山不可枉燒柴】◇告誡人們，要愛惜物資，不可因為物資豐裕就濫用。

【近水知魚性，近山識鳥音】○離江河近的人知道魚的習性，離山近的人能夠識別鳥的聲音。◇❶喻指經常接近甚麼就容易了解熟悉甚麼。❷喻指深入某個地方就能熟悉某個地方的情況。◎近海知魚情，近山識鳥音

【近水惜水】◇告誡人們，要愛惜水，節約用水，即使離水源近，也不可濫用。

【近水樓台先得月，向陽花木早為春】月：指月光。○靠近水邊的樓台，首先得到月光；向着太陽的花木茂盛得早。◇喻指由於條件近便而容易優先獲得好處。宋代俞文豹《清夜錄》：「范文正公鎮錢唐，兵官皆被薦，獨巡檢蘇麟不見錄，乃獻詩云：『近水樓台先得月，向陽花木易為春。』」◎近水樓台先得月

【近朱者赤，近墨者黑】朱：硃砂，紅色。○靠近硃砂可變紅，靠着黑墨可變黑。◇喻指接近好人學好，接近壞人學壞。強調環境對人的影響極大。晉代傅玄《太子少傅箴》：「故近朱者赤，近墨者黑；聲和則響清，形正則影直。」◎近朱赤，近墨黑

【近官得力，近廚得食】◇諷刺一種壞風習：和哪方面的人關係密切，就能在哪方面優先得到好處。◎近官得貴，近廚得食／近水得魚，近廚得食

【近廚得食，近民得力】○離廚房近，容易得到食物；離人民近，能夠得到力量。◇說明只要深入群眾，同群眾打成一片，就會得到他們的有力的支持。

【近鄰不可斷，朋友不可疏】◇告訴人們，不要斷絕與附近鄰居的往來，不要疏遠朋友。

【近鮑者臭，近蘭者香】鮑：鹹魚。○接近鹹魚能染上臭味，接近蘭花能染上香氣。◇喻指周圍環境對人的影響很大。

【征馬戀戰鬥】◇喻指有志者總想有所作為。

【往日無仇，近日無冤】◇相互之間從來沒有結過冤仇。元代紀君祥《趙氏孤兒》第三折：「你和公孫杵臼往日無仇，近日無冤，你因何告他藏着趙氏孤兒？」◎往日無冤，近日無仇

【往者不可諫，來者猶可追】諫：直言規勸。◇過去的事情已經無法規勸了，只有未來的事還來得及努力。《論語·微子》：「楚狂接輿歌而過孔子曰：『鳳兮！鳳兮！何德之衰！往者不可諫，來者猶可追。已而，已而！今之從政者殆而！』孔子下，欲與之言。趨而辟之，不得與之言」

【爬上高枝看不見人】◇地位高了，有了權勢，就目中無人。

【爬山怕峰高，下山怕坡長】◇做事不想付出代價，怕困難，想貪圖安逸。

【爬得高，摔得重】◇貪圖權勢地位的人越得勢，失勢時，付出的代價就越慘重。◎爬得越高，摔得越痛／攀得高，跌得重／爬得高，跌得慘

【爬樹捉魚，多此一舉】○爬到樹上去找魚，結果自然是徒勞無益。◇喻指方法不當，方向不對頭，做事就會白白耗費氣力，而達不到目的。

【彼一時，此一時】◎那是那個時候，現在又是一個時候。◇時機不同，就不能相提並論、相互比照。《孟子·公孫丑下》：“彼一時，此一時也。五百年必有王者興，其間必有名世者。”

【所出不如所聚】◇告訴人們，貨物聚集地的價值比產地的價值高。

【金不可作，世不可度】◎黃金不能人工去製作，塵世不可能超度成仙境。◇喻指物質的變化各自有其原因，不是能單純靠人力所能做到的。

【金不煉，不知其堅；檀不焚，不知其香】檀：檀香木，木材極香。◇喻指經過一番磨難，才能考驗出人的意志是否堅定，品德是否高尚。

【金丹舍利同仁義，三教原來是一家】金丹：此處指道教。舍利：此處指佛教。仁義：此處指儒教。◇道教、佛教和儒教的目的都是教人從善去惡，各教的說法不同，但淵源、含義、作用是一致的。

【金玉其外，敗絮其中】◇喻指某些事物雖然外表上好看，內裏卻很糟糕。明代劉基《賣柑者言》：“觀其坐高堂，騎大馬，醉醇醴而飫肥鮮者，孰不巍巍乎可畏，赫赫乎可象也？又何往而不金玉其外，敗絮其中也哉？”

【金玉滿堂，莫之能守；富貴而驕，自遺其咎】遺：留下。咎：過失。◇金錢珍寶再多，卻很難永遠保存；富貴了就驕傲，必然會給自己招來禍殃。《道德經》：“金玉滿堂，莫之能守；富貴而驕，自遺其咎。功遂身退天之道。”

【金石類聚，絲竹群分】金石：指金屬和石頭。絲竹：指弦樂和管樂。◇喻指品格、情趣相同的人容易聚在一起，彼此間容易有較多的交往。《後漢書·邊讓列傳》：“金石類聚，絲竹群分。被輕袿，曳華文，羅衣飄飄，組綺繽紛。”

【金盆雖破值錢寶，分量不曾短半分】◎金鑄的盆雖然破舊了，但分量絲毫不少，仍是值錢的寶物。◇喻指有才能的賢人志士，雖然潦倒未遇機會發揮才能，但濟世雄心未減，仍是待挖掘的寶貴人才。

【金風未動蟬先覺】金風：指秋風。◎秋風尚未吹動，蟬已預先覺察秋天的到來。◇喻指警覺的人在事情有變化之前就能夠覺察到。

【金剛相廝打，佛也理會不下】◇喻指遇到家庭內部的激烈爭鬥，權位再高的人物也很難排解。◎金剛廝打，佛也理不下

【金剛怒目，菩薩低眉】金剛：指佛寺門內的四大天王像。怒目：睜大眼睛，威武的樣子。低眉：慈祥的樣子。◇金剛怒目，以示威武，能降伏妖魔，菩薩低眉，以示慈祥，能廣佈慈悲，塑態不同，各有各的作用。宋代龐元英《談藪·薛道衡》：“金剛努目，所以降伏四魔；菩薩低眉，所以慈悲六道。”

【金剛鑽小，能鑽瓷器】◇喻指年紀小的人也能幹出驚人的事。說明不可輕視年輕人。

【金屑雖貴，落眼成翳】翳（yì）：眼球角膜病變後留下的傷痕。◎金子屑末雖然可貴，但如果落入眼中，就會損傷眼睛，造成眼翳。◇喻指再寶貴

的東西如果使用不當，也會造成不好的後果。

【金將火試方知色，人用財交始見心】◇金子用火測試，才能看出成色的好壞，人通過錢財交往才能看出其內心的善惡真偽。◎金憑火煉方見色，人與財交便見心

【金無足赤，人無完人】◇意思是說黃金沒有百分之百的純金，人沒有十全十美的完人。宋代戴復古《寄興》詩："黃金無足色，白璧有微瑕。求人不求備，妄願老君家。"

【金鄉鄰，銀親眷】◐鄉鄰之間的關係像金子一樣寶貴，親眷之間的關係像銀子一樣寶貴。◇說明鄉鄰之間的關係比親戚之間的關係更為可貴。

【金憑火煉，人憑心交】◇人與人之間的友好關係，要靠真心實意的交往。

【命若窮，掘得黃金化作銅；命若富，拾得白紙變成布】◇舊時認為，人的窮富是命中注定的，無法人為地加以改變。

【命裏只有八合米，跑遍天下不滿升】合：容量單位，10 合為 1 升。◇指命中該受窮，走到哪裏也要受窮。帶有宿命論色彩。◎命裏只有八合米，走遍天下不滿升 / 命定應該八合米，走遍天下不滿升

【命裏有終須有，命裏無枉生受】命裏注定該有的東西，最終也會得到；命裏注定沒有的東西，強求也得不到。勸人們要順其自然，不要過分在意得與失。◎命裏有時終須有，命裏無時莫強求 / 命裏有終須有，命裏無時到底無 / 命裏有送到手，命裏沒有莫強求

【斧快不怕木柴硬】◐只要斧頭鋒利就不怕木柴硬。◇喻指只要有真本事，就不怕有攻不破的難關。◎斧利不怕扭紋柴 / 斧頭不怕扭絲柴

【斧柯不到處，惡木易成林】◐用斧整修不到的樹，就容易枝杈橫生橫長。◇喻指不經常治理的地方，各種醜惡的東西就會滋生蔓延。

【斧頭好不好，砍砍樹木就知道】◇喻指只要通過實踐驗證，便可知道事物的真假好壞。

【受人一飯，聽人使喚】◐吃了別人家的飯，就得聽人家使喚。◇告訴人們，不要輕易接受他人的恩賜。◎吃人家碗飯，被人家使喚

【受人之託，忠人之事】◇接受了別人的委託，就得認真把事辦好。◎受人之託，終人之事

【受人與者常畏人】◐接受別人的東西，就會害怕別人的牽制。◇告誡人們，不要輕易接受他人的東西。《孔子家語·在厄》："曾子曰：'吾聞受人施者常畏人，與人者常驕人。縱君有賜，不我驕也。吾豈能勿畏乎？'"

【受人錢財，替人消災】◐接受了他人的錢物，就得為人家辦事。◇告誡人們，不要輕易接受他人的好處。◎使人錢財，與人受災 / 得人錢財，與人消災

【受了賣糖公公騙，至今不信口甜人】◇喻指受一次騙後，再也不相信花言巧語的人。

【受不得煙燻成不了佛】◇喻指任何事情，要取得成功，必須經受一番磨煉。

【受降如受敵】◐ 接受敵人投降時，要把繳械的敵人當作拿槍的敵人看待。◇告誡人們，對壞人要保持高度的警惕。

【受恩不報非君子】◐ 得到恩惠，不思回報，就不是君子。◇告訴人們，要知恩圖報。

【受恩深處宜先退，得意濃時便可休】告誡人們在最榮耀，最得意的時候，應及時急流勇退，不要迷戀官場和追逐名利。《增廣賢文》：「受恩深處宜先退，得意濃時便可休。莫待是非來入耳，從前恩愛反為仇。」

【受恩深處便為家】◐ 深受恩惠的地方就可以作為自己的家。◇喻指對自己有大恩大德的人，應視同自己的親人。

【受堯之誅，不能稱堯】堯：唐堯，古代聖明君主。誅：懲罰。◐ 被堯懲罰的人，不會稱頌堯的聖明。◇告訴人們，不要指望同自己對立的人稱讚自己。

【受盡苦中苦，方為人上人】◇只有經受艱苦的磨煉，才能出人頭地。

【爭名於朝，爭利於市】◐ 在朝廷上爭名，在街市上爭利。◇舊時認為，爭奪權力要在官場上；爭奪財利要在市場上。《戰國策·秦策一》：「臣聞：『爭名者於朝，爭利者於市。』今三川、周室，天下之市朝也。而翁不爭焉，顧爭於戎狄，去王業遠矣。」◎爭名於朝，爭利於民

【爭破被兒沒得蓋】◇喻指你爭我奪，互不相讓，到頭來兩敗俱傷，誰也沒有得利。

【爭氣不爭財】◇❶ 應該爭氣求上進，不要去爭錢財。❷ 喻指有些人為了爭一口氣，就是花費再多的錢財也在所不惜。

【爭着不夠吃，讓着吃不了】◐ 爭着搶着吃，再多的東西也不夠吃；互相推讓，即使東西很少也吃不完。◇告訴人們，要互相謙讓。◎爭爭吵吵不夠用，推推讓讓用不完 / 爭之不足，讓之有餘

【念完了經，打和尚】◇諷喻那些無情無義的人，請別人幫忙辦完事後就對別人翻臉。◎念了經，打和尚 / 念完書打先生

【肺腑如能語，醫師面如土】◐ 人的內臟如果能說話，醫師就會嚇得面如土色。◇喻指在事實面前，不容信口開河。

【朋友千個少，冤家一個多】冤家：仇人。◐ 朋友再多也覺得少，冤家再少也嫌多。◇告訴人們，要廣交朋友，少結仇怨。◎朋友不怕多，冤家怕一個

【朋友不打不成交】打：交涉，衝突。交：交情，友誼。◇經過衝突後，才會加深了解，建立友誼，成為朋友。

【朋友來了有美酒，野獸來了有獵刀】獵刀：打獵用的刀。◐ 朋友來了用美酒招待，野獸來了用獵刀迎頭痛擊。◇喻指對不同的人和事物，要用不同的方法。◎朋友來了有美酒，敵人來了有獵槍

【朋友妻，不可欺】欺：欺負，侮辱。◇對待朋友的妻子要尊重、愛護，不能欺辱。

【朋友落難，燒餅當飯】落難：陷入困境。◇朋友遇到災難，自己也要與朋友共患難。

【服理不服人】◇令人們信服的是公理，不是人的地位和權勢。

【肥水不流外人田】◇喻指好處或便宜不能讓給外人。◎肥水不落他人田／肥水不流外人家／肥水不往外流。

【昏官難斷冤假案，神醫難治忌妒病】◇糊塗的官吏不可能判明冤假案，再高明的醫生也不可能治好忌妒的毛病。

【兔子不吃窩邊草】◇喻指壞人不在當地幹壞事。◎兔子不吃窩邊草，老鷹不吃窩下食

【兔子回頭兇似虎】◇喻指弱者被逼到絕路時，也會拚命反抗。

【兔子多咱也駕不了轅】多咱：甚麼時候。轅（yuán）：駕車子用的直木或曲木。◨兔子任何時候也駕不了轅。◇喻指力不勝任，根本就做不了這件事。

【兔子急了也要咬人】◇喻指弱者到了緊急關頭，也會挺直腰桿進行反抗。

【兔子靠腿狼靠牙，各有各的謀生法】◇喻指不同的人有不同的生存方式。

【兔死因毛貴，龜亡為殼靈】殼：龜殼，占卜時常用龜殼推斷禍福。◨❶喻指人或物因有某種突出的優點或價值，而招致災禍。❷喻指女人因長得美麗而受到傷害。

【兔死狐悲，物傷其類】◨兔子死了，狐狸悲傷，動物也知道為牠的同類傷心。◇看到和自己處境一樣的人遭受了厄運，聯想到自己也會感到悲傷。《三國演義》第八十九回：“蠻姑橫截於帳上，誰敢近前，獲曰：‘兔死狐悲，物傷其類’。”

【兔死狗烹，鳥盡弓藏】◨兔子死了，獵狗沒有用了，就可以煮熟吃了；鳥沒有了，弓箭可以收藏起來了。◇喻指天下太平後，給帝王盡力效忠的人不但不被重用，反而被無故加害。《史記・越王句踐世家》：“蜚鳥盡，良弓藏；狡兔死，走狗烹。”

【兔是狗攆出來的，話是酒攆出來的】◇人酒喝多了，一興奮就會控制不了自己，甚麼話都會說。

【狐皮紅的好，話兒真的好】◨狐狸的皮紅的最值錢，說出的話真實可靠才有價值。◇告訴人們，應該說真話。

【狐死首丘，豹死首山】◨狐狸死的時候總是面對着出生時的土丘，豹死的時候總是總是面對着出生時的山崗。◇喻指最終都難忘家鄉故土。《禮記・檀弓上》：“大公封於營丘，比及五世，皆反葬於周。君子曰：‘樂樂其所自生，禮不忘其本。古之人有言曰：狐死正丘首。仁也。’”◎狐死正丘首／狐死必首丘／狐死首丘

【狐埋之而狐搰之，是以無成功】搰（hú）：挖掘。◨狐狸剛剛把要藏的東西埋好，繼而就擔心會被別人發現，馬上把東西刨出來，因此事情總是辦不成功。◇喻指疑心、顧慮過多，只能自己壞自己的事，辦甚麼事情也成功不了。《國語・吳語》：“夫諺曰：‘狐埋之而狐搰之，是以無成功。’”

【狐狸再狡猾也洗不掉一身臊】◇喻指敵人再狡猾也掩蓋不了自身的醜惡，逃脫不了自己的罪責。

【狐狸看雞，越看越稀】◨如果讓狐狸去看守雞群，只能是越看越少。

◇告誡人們，對壞人必須防範，要提高警惕，不可輕信。

【狐狸做夢也想雞】◇喻指人們對自己喜歡的東西會日夜惦記。

【狐狸説教，意在偷雞】◇喻指不管壞人説得如何好聽，根本的目的是要幹壞事。

【狐狸精，露尾巴】◇喻指幹壞事的人偽裝得再好也會露出馬腳。◎狐狸尾巴藏不住

【狐涉水，濡其尾】濡：沾濕。◐狐狸涉水，常常沾濕了尾巴。◇喻指事情往往是開始時容易，結尾時難。《善謀》："易曰：'狐涉水，濡其尾。'此言始之易終之難也。"

【狐欲渡河，無奈尾何】欲：想要。無奈：沒辦法。何：怎麼辦。◐狐狸要過河，可又擔心自己的尾巴大，過河時會被水弄濕。◇喻指做事多有顧慮，往往思前想後，猶豫不決。◎狐欲渡河，無如尾何

【忽視衛生得病，忽視敵人喪命】◇提醒人們，為了身體的健康，一定要講衛生；為了競爭的勝利，不能忽視敵人。

【狗不上前用食餵，馬不上套罵鞭打】◇説明要針對不同的對象或情況採取不同的對策和辦法。

【狗不嫌家貧，人不嫌地薄】◇人總是眷戀自己的家鄉。

【狗仗人勢，雪仗風勢】◇喻指壞人往往是依靠主子的權勢欺壓別人。

【狗肉上不得正席】◇喻指卑劣的東西在莊重正式的場合是沒有地位的。

◎狗肉不上台盤稱 / 狗肉上不得台盤，稀泥巴糊不上壁

【狗行千里吃屎，狼走千里吃肉】◇喻指壞人和惡人的本性是不能改變的。◎狗走千里吃屎，狼走千里吃人 / 狼行千里吃肉，狗到天邊吃屎

【狗吠非主】◐狗總是朝着陌生人狂叫。◇喻指自家人決不欺負自家人。《戰國策・齊策六》："貂勃曰：'跖之狗吠堯，非貴跖而賤堯也，狗固吠非其主也。'"

【狗肚裏沒人話】◇喻指壞人一肚子壞水，絕對説不出好話來。

【狗肚裏藏不住熱脂油】◇喻指知識淺薄、修養差的人肚子裏藏不住剛剛知道的事情。

【狗改不了吃屎】◇説明壞人改不了做壞事的本性。◎狗忘不掉吃屎 / 狗改不了吃屎，狼改不了吃人

【狗怕夾尾，人怕輸理】◇説明一個人如果理屈，腰桿子就硬不起來。

【狗怕摸，狼怕托】◐狗看到人彎腰摸東西的姿勢就害怕，狼看到人擺出托槍的姿勢就害怕。◇告訴人們，如果在外面遇到狗或狼，可以採取相應的措施，以避免受傷害。

【狗急跳牆，人急懸樑】懸樑：上吊自殺。◇人被逼到走投無路時，就會不顧一切地蠻幹。《敦煌變文集・燕子賦》："人急燒香，狗急驀牆。"◎狗急了也會跳牆 / 人急懸樑，狗急跳牆

【狗屎糊不上牆，秕穀磨不出糠】◇喻指一個人如果在本質上已經到了不堪造就或不可救藥的地步，也就無法教育幫助了。

【狗眼看人低】⊙狗的眼睛總是從低處看人。◇喻指勢利小人總是輕視無錢無勢的人。

【狗認主，貓認家】⊙狗能夠認記自己的主人，貓能夠記住自己的家。◇說明連家畜都會記得主人的豢養之恩，作為人就更不應該忘記別人對自己的恩德。

【狗瘦主人羞】⊙狗養瘦了，就是主人一種羞恥。◇喻指下屬的生活太差勁了，就是上司的一種恥辱。

【狗窩裏養不出金錢豹】◇喻指在壞的環境下，不可能培養出好人才。◎狼窩裏養不出金錢豹

【狗熊耍門棍，人熊傢伙笨】◇一個人如果沒有本領，再好的工具或武器在他手裏也會不好使。

【狗熊嘴大啃地瓜，麻雀嘴小啄芝麻】◇喻指每個人的力量和能力各不相同，但都可以各自憑各自的力量和能力辦事。

【狗養的狗疼，貓養的貓疼】◇說明一般做父母的總是偏愛自己的孩子。

【狗頭上插不得金花】◇喻指對壞人壞事不能予以表揚和獎勵。

【狗嘴裏吐不出象牙】◇喻指壞人或不正經的人嘴裏說不出好話來。◎狗嘴不長象牙／狗口無象牙／狗口裏吐不出象牙／狗口裏生不出象牙

【迎風的餃子，送行的麵】◇此諺流行於北方。迎接遠方來的客人，一般都是請吃餃子；送客人餞行時，一般都是請吃麵條。

【迎新不如送舊，新婚不若遠歸】◇歡迎新人抵不上歡送舊人感情深厚；新婚夫妻抵不上遠行歸來相聚的夫妻感情濃蜜。

【夜入民宅，非奸即盜】◇半夜三更闖入民宅，不會是來做好事的。◎夜入民宅，非偷即盜

【夜不號，捕鼠貓】號（hào）：叫。⊙真正能抓老鼠的貓，夜裏是不叫的。◇喻指有真本事的人往往不喜歡吹噓。

【夜半鶴唳，晨旦雞鳴】唳（lì）：指鶴叫。⊙鶴在半夜叫，公雞在早晨啼。◇喻指事物的發展有自己規律。

【夜行千里，難免失腳】◇喻指長時間從事風險較大的工作，難免會出現失誤。

【夜行莫踏白】◇告訴人們，走夜路不要往發白發亮的地方踩，因為亮處不是水就是石頭。

【夜長夢多，日長事多】◇喻指時間拖久了，事情可能發生變化。告誡人們，事情一旦談妥，就要馬上簽定協議實施，以免對方變卦。

【夜飯少一口，活到九十九】◇告訴人們，晚飯少吃點，有利於身體健康。◎夜飯少一口，壽緣活攏九十九／夜飯省一口，活到九十九

【夜盜恨月明】⊙夜晚偷東西最恨有明月。◇喻指做壞事的人害怕光明和正義。

【夜蝙蝠攔不住太陽曬】⊙蝙蝠是夜行動物，害怕太陽曬。◇喻指謬誤經不起真理的考驗。

【夜貓子不黑天不進宅，黃鼠狼不深夜不叼鳴】夜貓子：貓頭鷹。◇喻指壞人喜歡在暗中瞅準有利的時機行動。

【庖有肥肉，廄有肥馬，民有飢色，野有餓莩】庖：廚房。廄：馬棚。野：野外。餓莩：餓死的人。◇廚房裏有肥肉，馬棚裏養着肥壯的馬匹，但老百姓受飢捱餓，面黃肌瘦，野外還有餓死的人，窮人和富人貧富差別巨大。《孟子·滕文公下》："庖有肥肉，廄有肥馬，民有飢色，野有餓莩，是率獸而食人也。"

【疙瘩要往輕裏解】◐繩子結了疙瘩，要輕輕地解才能解開。◇喻指人與人之間有了隔閡，需要有人去緩解、疏導，才能化解矛盾。

【卒子過河大似車】卒、車：各為象棋中的一棋子。◐小卒子過界河後，橫豎都可以走，其作用同車相似。◇喻指弱小的事物如果具備了一定條件，也能發揮很大的作用。◎卒子過河頂大車

【放下屠刀，立地成佛】佛：佛教修行圓滿的人。◐放下手裏的屠刀，馬上就能成佛。原為佛家勸人改惡從善的話，後用來比喻作惡的人一旦認識了自己的罪行，決心改過，仍可以很快變成好人。清代紀曉嵐《閱微草堂筆·記灤陽消夏錄四》："一切惡業。應念皆消。放下屠刀。立地成佛。"◎放下屠刀，立證菩提

【放火不由手】◇喻指人在感情衝動時，由不得自己。◎放火不由手，説話不由口

【放生勝殺生】放生：把捉到的動物放歸大自然。◇告訴人們，放生比殺生好，讓動物回歸大自然，能促進生態平衡，對人類也有很大的益處。

【放虎容易擒虎難】◇喻指放掉惡人容易，再要捉拿就難了。◎放虎歸山擒虎難

【放虎歸山，必成大害】◇喻指放走了強敵，必然會給自己造成大後患。◎放虎歸山，必貽後患 / 放虎歸山，自留禍根 / 放虎歸山，終是後患 / 放虎歸山，久後傷人

【放着一星火，能燒萬頃山】◐投放一點火星，就能燒毀萬頃山林。◇❶喻指有生命力的事物，經正確引導，就會迅速發展壯大。❷喻指小事疏忽大意，就會釀成大禍害。◎放下一星火，能燒萬仞山

【放龍入海，縱虎歸山】◇喻指放走強敵，留下後患。明代羅貫中《三國演義》第二十一回："此放龍入海，縱虎歸山也，後欲治之，其可得乎？"

【放鬆一步，倒退千里】◐縴夫逆水拉縴，如果一放鬆，船就會順流而下，倒退千里。◇提醒人們任何時候不能鬆懈，如果稍微放鬆將會退步。

【放鷹就不怕鷹展翅】◐敢於放鷹，就不怕鷹展翅高飛。◇喻指既然敢這樣做，就會有幾分把握。

【盲人騎瞎馬，夜半臨深池】◐盲人騎着瞎馬，半夜裏走近深水池邊。◇喻指在不明情況時瞎闖，很有可能會陷入十分危險的境地。南朝宋劉義慶《世説新語·排調》："盲人騎瞎馬，夜半臨深池。"◎盲人瞎馬，夜半深池 / 盲人瞎馬，夜半池深

【刻苦自己，厚待別人】◇勸導人們，自己在生活上要節省、嚴格；但對別人要寬厚，大方，不吝嗇。

【刻薄不賺錢，忠厚不折本】◇作買賣如果忠厚、實在，就不會虧本，而苛刻刁鑽，並不能賺到錢。

【刻薄成家，理無久享】◐用刻薄手段謀取錢財而致富的，不會長久。◇告訴人們，要靠勤勞致富，不可取不義之財。

【刻鵠不成尚類鶩】鵠（hú）：天鵝。鶩（wù）：野鴨。◐刻畫的天鵝雖不像，但還像類似天鵝的野鴨。◇喻指效仿聖賢、崇尚聖賢的君子雖未成聖賢，但總還可以成為近似。《後漢書・馬援傳》：“（馬援曰）……杜季良豪俠好義，憂人之憂，樂人之樂，清濁無所失，父喪致客，數郡畢至，吾愛之重之，不願汝曹效也。效伯高不得，猶為謹敕之士，所謂刻鵠不成尚類鶩者也。”

【炒下豆子自己吃，打破砂鍋讓人賠】◇喻指一種絕對利己主義的思想，有了成績歸功於自己，出了差錯怪罪於別人。

【炒下豆子眾人吃，打爛炒鍋一人賠】◇好處應當大家分享，禍事應當有一人承擔。◎炒豆大夥吃，炸鍋一人擔

【法不傳六耳】◇機密的事情不能讓第三者知道。◎法不通六耳

【法正天心順，官清民自安】◐執法嚴正，連無情的老天爺也會順應；為官清廉，老百姓自然會安居樂業。◇喻指官員清正廉潔，法律公正嚴明，這樣老百姓才能安心地過日子。◎法正天心順／法正天須順，官清民自安

【法字沒多重，萬人抬不動】◇國家法律神聖威嚴，任何一個人都不能褻瀆法律的尊嚴。

【法是有緣終到手，病當不死定逢醫】◇如有緣分，佛法終會領悟；病不該死，一定會碰上好醫生。

【法律不能鬆，鬆了亂哄哄】◇健全法制非常重要，一旦鬆懈就會造成社會秩序混亂。◎不依規矩，不成方圓／野馬脫韁要亂跑，人無法律要亂套

【法律無靈，錢神作祟】作祟：作怪。◐法律不靈驗，是錢神在作怪。◇喻指官府收受賄賂，置國家的法律於不顧。

【法能為買賣，官可做人情】◇舊時國法可以當作生意買賣；官職也可以做人情交易。

【法無三日嚴，草是年年長】◇執法往往是開始嚴格，時間一久就會鬆懈；而違法亂紀的人每時每刻都在產生，就像草要年年長出來一樣。

【河水不洗船】◇喻指越是關係近越要注意避免涉嫌。

【河水有清有渾，朋友有真有假】◇告訴人們，像河水有清有渾一樣，朋友也有真有假。勸人們要謹慎交友。

【河水沿着渠道走，好人沿着法理走】◇好人做事決不會違背法律和公理的。

【河水愈深，喧鬧愈少】◇喻指越是有學問、有本領的人就越是謙虛。

【河有九曲八彎，人有三回六轉】◇人的思想就像河流有許多道彎一樣，會有許多起伏、變化。

【河有兩岸，事有兩面】◇任何事物都有兩面性，看問題要一分為二。

【河有河道，水有水路】◇喻指事物各有各的規律，人各有各的門路。

【河界三分闊，計謀萬丈深】◐棋盤上的楚河漢界雖然只有三分寬，但是下棋的方法卻滲透着很深的計謀。

◇喻指在較小的地域裏，一個人的智謀照樣能發揮巨大的作用。

【河狹水緊，人急計生】◇人被逼急了，就會像水流到狹窄處變湍急一樣，總會想出應急的辦法。

【河海不擇細流】◇喻指能成就大事的人往往能夠兼收並蓄。

【河窄水急，人急氣生】◇河窄的地方水就急，人在着急的時候往往容易生氣。

【河裏沒魚市上見】◎河裏有魚還是沒有魚，能從市場上反映出來。◇喻指可以從事物的側面推斷它的實際情況。◎河裏無魚市上看／河裏無魚市上取

【河裏淹死會水的】◇ ❶ 提醒會游泳的人，即使自己會游泳，在水中也要加倍小心。❷ 喻指自恃有本領的人，常常因疏忽而失敗。

【河邊的人都會水】◇說明在特殊環境下就能鍛煉出特殊人才。

【河邊栽柳，道邊栽楊】◇河邊適宜栽柳樹，因為柳樹喜歡潮濕而且耐澇；道邊適宜栽楊樹，因為楊樹喜歡乾沙而且耐旱。

【油多不香，蜜多不甜】◎油吃得多了就不覺得香，蜜吃得多了就不覺得甜。◇說明做事要適可而止，否則會適得其反。◎油多了不香，蜜多了不甜／蜜多不甜，油多不香

【泡出茶色來給人家嚐】泡（pào）：放在水裏浸泡。嚐：品嚐。◇告訴人們，要做出實際成績來，讓別人評說。

【泥人經不起雨打，謊言經不起調查】◇謊言經不起調查核對，正像泥做的人經不起雨的沖刷一樣。用以告誡人們要誠實，不要說假話。

【泥鰍掀不起大浪，跳蚤頂不起被窩】◇ ❶ 喻指小的力量辦不成大的事情。❷ 喻指小的騷動鬧不了大的亂子。

【泥鰍難捉，人心難摸】◇人心難以捉摸，就像泥鰍很難捉到一樣。

【治席容易請客難】治席：置辦酒席。◇置辦酒席容易，請客人來參加宴席很難，因為每個人都有自己的事情要幹，不是那麼容易就聚齊的。

【治病要早，除禍要了】◇提醒人們，有病要早治，不能耽擱；除禍害要徹底，不要留後患。◎治病要早，除蟲要了／治病宜早，除禍宜了

【治瘡莫怕挖肉】◇喻指要想徹底解除痛苦，就不能怕付出代價。

【性急嫌路遠，心閒路自平】◇急着性子趕路的人總嫌路很遠，恨不能一下子就能到達目的地；心情平和時，即使走得路坎坷不平也會覺得平坦。

【怕天亮，殺公雞】◇ ❶ 自己欺騙自己，徒勞無益。❷ 害怕真相暴露而殘害無辜。

【怕死也得做鬼】♥雖然害怕死去，到頭來總有一死。◇喻指遇到事情不要害怕，勇敢地去做。

【怕見的是怪，難躲的是債】♥怕見的是鬼怪，難躲避的是債。◇形容欠債人的膽怯心理。

【怕者不來，來者不怕】◇喻指敢於正視事物而無所畏懼。◎怕就不做，做就不怕

【怕狗卻遇上狼】◇害怕遇上麻煩和困難，卻偏偏碰上了意想不到的大麻煩和困難。

【怕剃癩子頭，偏來癩子腦殼】癩(lài)子：黃癬。◇不情願遇上的事，結果偏遇上了。

【怕鬼有鬼】◇❶擔心發生甚麼事情，偏偏發生甚麼事情。❷越害怕甚麼，越能說明內心有不可告人的秘密。◎怕甚麼有甚麼／怕事越有事／越怕越有鬼／越是怕鬼，越是有鬼

【怕狼有狼攆，怕虎有虎追】攆(niǎn)：追趕。◇❶越害怕惡勢力，就越容易遭受惡勢力的傷害。❷指人背運的時候，壞事就跟着來，事與願違。

【怕狼別養牛，怕狗別出門】◇過分小心謹慎，就會甚麼事情也做不成。

【怕狼怕虎，別在山上住】◇畏懼困難就不要去冒風險。◎怕狼怕虎，不在山頭住

【怕疼挑不了刺】◑刺扎在肉裏，要是害怕疼痛不敢挑，就要忍受更長時間的疼痛。◇喻指要想解決問題，就應該忍受暫時的痛苦。

【怕理不怕刀】理：真理。刀：指強迫手段，壓力。◇不怕壓力或暴力，只服從真理。

【怕問路，要迷路】◇不肯虛心向別人請教，就容易走彎路或迷失方向。

【怕得老虎，餵不得豬】◑怕老虎把豬偷吃掉，就不要餵豬。◇喻指顧慮太多，過分膽小謹慎，就甚麼事也做不成。

【怕麻雀不種糧，怕野狼不養羊】◑擔心成熟的糧食被麻雀啄光，就不再種植莊稼；擔心羊被野狼叼走，就不再養羊。◇喻指行事過分小心，顧慮重重，就甚麼事也做不成了。

【怕跌的學不會走路，怕噎的飽不了肚】◇畏懼困難，怕遭受挫折，就不可能獲得成功。

【怕跌倒先臥倒】◇擔心自己陷入窘境，就事先採取適當的應對措施。◎怕打倒先臥倒／怕蹀跤先躺倒

【怕噎着，不吃飯】噎（yē)：食物塞住食道。◇❶怕出問題，把應該做的事情，停下來不做。❷做任何事情都可能有挫折，除非甚麼也不做。

【怕燙手，吃不到餃餌】◇膽小怕事，就不可能達到目的。

【怕濕腳，抓不到魚】◇要想事情成功，就必須付出一定的代價。◎怕濕腳，過不了江

【怪人須在腹，相見又何妨】◇對人有不滿只是記在心裏，這樣即使見面也不會發生衝突。

【宜未雨而綢繆，毋臨渴而掘井】綢繆（chóu móu)：用繩索纏捆。◑應當在下雨前把門窗捆綁牢固，不要在口渴時才去挖井。◇喻指事情要提早做準備，不要事到臨頭才想辦法。清代朱用純《治家格言》："宜未雨而綢繆，毋臨渴而掘井。"

【宜假不宜真】◇舊時認為處世、交往不宜太過真誠。

【官大一級壓死人】◇官職較高的，能在各個方面壓住官職較低的。

【官大不壓鄉鄰】◇官再大也不會在自己的家鄉胡作非為。

【官大有險，樹大招風，權大生謗】◑官做大了，就會有危險，樹高大就會招風，權力太大了，往往會遭到誹謗和攻擊。◇喻指目標越大，越容易

招惹是非。◎官大有險，樹大招風／樹大招風，官大招禍

【官大衙役粗】◇職位高的官員，他手下的差役也會勢大氣粗。

【官久自富】● 舊時官吏以權謀私，當官當得時間長了，自然就會富起來。

【官不打送禮的，狗不咬拉屎的】◇喻指舊的官吏不會把送禮的人打出門外，拒絕禮物，如同狗要吃屎就不會咬拉屎的人一樣。◎官府不打送禮的

【官不威，爪牙威】◇當官的不要威風，他的手下反而仗勢欺人。明代凌蒙初《初刻拍案驚奇》第二十二卷："少不得官不威，爪牙威，做都管，做大叔，走頭貼，打驛吏，欺估客，詐鄉民，總是這一干人丁。"◎官不威風，牙威風

【官不差病人】◇當官的也不能差遣有病的人做事。

【官不容針，私通車馬】● 如果按照國法辦事，對最小的違法行為也不能寬容；如果徇私舞弊，那麼最嚴重的犯法罪行也能開脫。◇諷喻一些官員徇私舞弊，置國法於不顧。

【官不離印，貨不離身】● 官員不可讓官印離開自己，商人不可讓貨物離開自己。◇提醒人們要保管好貴重的東西。

【官打現在】◇揭露舊官府辦案，為了圖省事，常常是就近抓有關的人治罪。

【官刑好過，私刑難捱】◇私刑拷打往往比法定的處罰難以忍受。

【官向官，民向民，和尚向的是出家人】● 官吏之間會互相關照，平民百姓就向着平民百姓，出家人總是站在出家人的立場上。◇喻指同類人或處於同等地位的總是會互相關照的。◎官向官，民向民，窮人向的是窮人

【官字兩個口，上下都是頭】◇諷喻舊時的官吏說話不算話，出爾反爾。

【官府不打送禮的】● 在舊時的官吏不會懲治送禮的人。◇說明舊官府的腐敗。

【官法不容情】● 國家的法律不能帶有一點個人的私情。◇提醒人們，辦事必須嚴格遵守法律，不能循私情。

【官法如爐】● 國家的法律像滾燙的火爐一樣，觸犯法律的人都會依法受到制裁。◇告誡人們，做事要守法。元代關漢卿《蝴蝶夢》第二折："這個便是鐵呵，怎當那官法如爐。"◎官法不容情

【官怠於有成，病加於小癒，禍生於懈惰，孝衰於妻子】● 官吏常常因為有所成就而懈怠；病人常常因為病情好轉而疏忽，使病情加重；辦事人常常因為懶惰而招致災患；丈夫常常因為鍾愛妻子兒女而減弱對父母的孝心。◇提醒人們，在任何時候都不可懈怠，在任何情況下都不能疏忽大意。《韓詩外傳》："官怠於有成，病加於小愈，禍生於懈惰，孝衰於妻子，察此四者、慎終如始。"

【官高必險，勢大必傾】● 官位太高了就會有危險性，勢力太大了就有可能傾倒。◇告誡人們，官位越高，勢力越大，就更要謙虛謹慎。

【官高脾氣長】◇當官當大了就容易脾氣大。告誡人們當地位發生變化時要戒驕戒躁。

【官差不由己】◇提醒人們，公家委派的事情必須按要求做好。

【官差吏差，來人不差】差：指差錯、過錯。◇官員安排任務時出現的錯誤，不能歸罪於受差遣的人。

【官清司吏瘦】◇當官的廉潔，其下屬也就撈不到甚麼油水了。

【官清民自安，法正人心順】◇如果當官的清廉公正，黎民百姓自然能安居樂業；法律公正，黎民百姓就會順從。◎官清民自安／官清民自安，法正天心順／法正人心順，官清民自安／國正人心順，官清民自安

【官清法正】◇當官的如果清廉，執法就能公正。

【官清衙門瘦】◇做官的人如果不貪污受賄，在衙門裏辦事的人就撈不到好處。

【官情薄如紙】◇舊時官場中世態炎涼，人情薄得像紙一樣。明代陸人龍《型世言》一四回：“誰料官情紙薄，去見時，門上見他衣衫襤褸，侍從無人，不與報見。”◎官情如紙薄／官情紙薄

【官惟賢，賞惟功】◇任命官員要根據其才能，獎賞屬下要依據他的功績。

【官場如戲場】◇舊時的官場如同戲場一樣形形色色，真真假假，變化無常。清代文康《兒女英雄傳》三八回：“你道安公子才幾日的新進士，讓他怎的個品學兼優，也不應快到如此，這不真個是‘官場如戲’了麼？”

【官無三日緊】◇官場辦案總是前緊後鬆。

【官無大小，要錢一般】◇舊時官吏無論職位大小，都要搜刮百姓錢財。

【官無悔筆】◇做官人寫好了判詞，不能再隨意改動。

【官逼民反，不得不反】反：造反，反抗。◇指舊時的官府殘酷地壓迫剝削人民，逼得人民難以生存，走投無路，就不得不起來反抗。《清史稿·谷際岐列傳》：“此臣所聞官逼民反之最先最甚者也。”◎官逼民反，民不得不反／官逼民反

【官罵不羞，娘打不痛】◇封建時代的觀點認為，當官的罵平民百姓，爹娘打親生兒女，都是合情合理的事。

【官憑印信，私憑筆據】◇公事上的往來要以印章為憑據，個人之間的交易，要以親筆字據為證明。◎官憑文印，私憑票約／官憑印信，私憑票約／私憑文書官憑印

【官糧辦，便無飯】▼舊時的黎民百姓把公糧和稅款上繳後，就沒有飯吃了。◇說明舊官府不顧百姓死活，一味苛求。

【官斷十條路】官：指衙門官吏。斷：決斷，判定（案子）。十：眾多的意思。◇官員判定官司，需要迎合多方面有關上司的意圖。反映出舊時官場的黑暗。

【空口袋立不住】◇喻指沒有真才實學的人到哪裏也站不住腳。

【空口無憑，立字為證】◇口頭上說的沒有憑證，不能算數，立下字據才算數。

【空口説白話，眼飽肚中飢】◇只説空話不兑現，不能解決實際問題。◎空口説空話

【空勺難入口，空話難入耳】◇任何人都不喜歡聽空話。

【空中無風樹不搖，天不下雨地不濕】◇喻指事物的變化、波動，必然有其原因。

【空手打空拳】◇舊時喻指手中無錢無物，不易辦成事。

【空心大樹不成林】◇喻指外表堂堂的人，不一定有真才實學。

【空穴易來風】●空洞穴容易進風，朽木難免生蟲。◇喻指某些事情的傳播，必有自身的原因。戰國楚宋玉《風賦》："臣聞於師：'枳句來巢，空穴來風。'"《舊五代史‧熊跋》："今館臣定著之不傳，亦博士本經之亡失，空穴來風，如塗塗附，國師善偽，安必杜、劉、賈、馬之餘，更無有張霸、豐坊、蘇愉、枚賾相續起而偽之乎？"

【空身攆不上挑擔的】攆（niǎn）：追趕。●不拿東西空身走路的人，追趕不上挑擔的人。◇喻指沒有壓力的人常常比有壓力的人進步慢。◎空手攆不上挑擔的

【空言要少，實言要多】◇告訴人們，要少講空話，多做實事。

【空背籃子不好看，空背名聲不好聽】◇告訴人們，追求虛名並不體面。

【空話不結果，空喊不成事】◇告誡人們，不要只説空話，不辦實事。

【空話多説無人聽，肥肉多吃壞肚子】◇空話説多了，就會失信於人，這就像肥肉吃多了會壞肚子一樣。

【空裏得來空裏去】◇告誡人們，很容易得來或不勞而獲的東西，往往易於失去。

【空説不如樣子比】◇空講道理不如做出示範來。

【空罐子，回聲響】◇諷喻沒有真才實學的人，最善於誇誇其談。◎空桶子，敲得最響

【肩挑擔子走得快】●挑着擔子比空身走得快。◇喻指一個人如果擔負了一定的重要任務，有了一定的壓力，反而會比沒有壓力進步得快。

【房倒壓不死人，舌頭倒壓死人】●房倒不一定壓死人，中傷陷害倒可以屈殺一個人。◇喻指惡語誹謗會造成嚴重後果。

【房勞促短命】◇告誡人們，房事不可過於頻繁，否則有損精氣，短命而亡。

【房簷滴水不成河】●房簷上滴下的水，因水源不多，難以成河。◇喻指有一些閒言碎語不足為慮，只要自己行得正，就不怕別人咬耳根。

【居不幽，思不廣】◇如果居住的地方不幽靜，寫作的思路就不容易展開。

【居官為國則忘家】●當官的整天為國家大事操勞，而忘記個人的家事。◇讚譽那些因公忘私的官員。

【居要好鄰，行要好伴】◇告訴人們，居住時要選擇好的鄰居，出行時要選擇好的同伴。

【居家不能不儉，旅行不能不慎】◇告訴人們，居家過日子需要節儉，旅行在外需要謹慎小心

【居家不得不儉，待客不得不豐】
◇告訴人們，居家過日子應該節儉，
但招待客人則應該豐厚。

【居家不得不儉，創業不得不勤】
◇告訴人們，居家過日子需要勤儉，
建功立業需要勤懇奮鬥。

【居移氣，養移體】◉居住的外界環
境能改變一個人的氣質，滋養身體的
飲食能改變人的體質。◇提醒人們，
要注意選擇居住環境，調劑好平日的
飲食。《孟子‧盡心上》：「居移氣，
養移體，大哉居乎！」

【屈己者能處眾，好勝者必遇敵】
屈：委屈自己。處眾：跟大家和諧相
處。好勝：處處都想勝過別人。◇做事
能忍受委屈的人，可以跟眾人很好地
相處；爭強好勝的人一定會碰上對手。

【屈死好人笑死賊】屈：委屈，冤枉。
◉冤枉了好人，讓壞人暗自高興。◇喻
指社會不公平，顛倒是非曲直倒置。
◎冤殺旁人笑殺賊

【屼頭千貫，不如日進分文】貫：舊
時錢制，用繩子穿上，每一千個叫一
貫。◇儲蓄再多，總會花完，不如每
天都有一些收入好。

【屼頭有籮穀，勿怕無人哭】籮穀：
以竹籮盛穀米。◉屼頭有用籮盛的
穀，就不怕死後沒人來哭。◇喻指只
要身邊有財物，即使沒有子女也會有
人來盡孝。

【狀元本是人間子，宰相亦非天上兒】
◇不平凡的人同樣出自於平凡人家。
◎狀元原是人間子，朝廷亦非天上兒

【孤兒早當家】◇較早失去父母的孩
子容易較早地自立，較早地學會自己
當家。

【孤峰無宿客，灘峻不留船】◉山
野裏不能留客，險灘上不能停船。◇
喻指孤傲、冷漠的人，不容易接近。
《五燈會元》卷第十六：「師曰：『孤
峰無宿客。』曰：『不恁麼來底人，
師還接否？』師曰：『灘峻不留船。』」

【孤樹不成林】◉單獨一棵樹成不了
森林。◇說明一個人辦不成大事，團
結起來，才能成就大事。◎孤樹不成
林，獨鳥不成群

【孤犢觸乳，驕子罵母】◉獨生的
牛犢常常頂撞母牛的乳房，嬌慣的兒
子會罵他的母親。◇嬌慣的子女不孝
順，不成器。《後漢書‧仇覽傳》：「諺
曰：『孤犢觸乳，驕子罵母。』」◎孤
犢觸乳，驕子詈母

【姑口煩而婦耳頑】姑：此處指婆
婆。婦：此處指兒媳。◉如果婆婆的
嘴整天嘮叨個不停，當媳婦的耳朵也
就聽膩了。◇喻指如果領導說話太絮
煩了，屬下便會充耳不聞。

【始如處女，後如脫兔】脫：逃脫。
◉開始時像未婚的女子，最後要像
逃跑的兔子。◇戰鬥開始前要沉着冷
靜，戰鬥開始後要行動迅速。《孫子
兵法‧九地》：「是故始如處女，敵人
開戶，後如脫兔，敵不及拒。」◎守
如處女，出如脫兔

【始知一席話，勝讀十年書】◉自從
聽到這席話後，比自己讀十年書收穫
還大。◇形容聽到的話對自己啟發很
大。

【始禍者死】◇告誡人們，首先挑起
禍端的人必定自取滅亡。《左傳‧定
公十三年》：「晉國有命，始禍者死，
為後可也。」

【阿婆不嫁女，哪得孫兒抱】阿婆：方言，指老年婦女。◐婦女不把女兒嫁出去，怎麼能抱孫子呢。◇喻指捨不得付出，就不可能有收穫。

【阿諛人人喜，直言人人嫌】阿諛：說好聽的奉承話。◐阿諛奉承容易討人喜歡，剛直不阿卻往往惹人嫌棄。◇告誡人們，說話不要太直接。

【陀螺不抽不轉】陀螺：兒童玩具，形狀似海螺，通常用木頭製成，下面有鐵尖，玩時用繩子纏繞，用力抽繩，使其直立旋轉。◇喻指做事被動，不推不動。

九　畫

【春山易賞，秋山易玩】◇春天的山景引人觀賞；秋天的山景耐人玩味。

【春不到花不開】◐春天不來到，鮮花不會開放。◇喻指時機不成熟，辦事就很難成功。

【春不種，秋不收】◐春天不播種，秋天就不會有收穫。◇做事情沒有精力的付出和資金投入，就得不到回報。

【春雨貴如油】◇春雨對農作物非常有好處。明代解縉《春雨》詩：“春雨貴如油，下得滿街流。滑倒解學士，笑壞一群牛。”

【春來一把籽，秋來一把鐮】◐春天來了，撒籽播種，到了秋天才能拿鐮收割莊稼。◇喻指只要人們有勞動投入，自然有應得的回報。

【春風不入驢耳】◐春風再溫和，也吹不進驢的耳朵。◇喻指再好再善意的話，愚蠢的人是聽不進去的。

【春風不颺，楊柳不發】◇不經春風吹拂，楊柳就發不了芽。

【春捂秋凍】◇告訴人們，春天氣溫不穩定，不要過早脫冬衣，以防受涼感冒；秋季不要急於加穿棉衣，多凍一凍，能增加耐寒力。◎春捂秋凍，老了不落毛病／春捂秋凍，不生病

【春蟹夏鱟，秋翅冬參】鱟（hòu）：節肢動物，有甲殼，尾部呈劍狀，生活在海洋中。◇春季的螃蟹，夏季的鱟肉，秋季的魚翅，冬季的海參，味道鮮美，營養價值高。

【春鰱夏鯉，吃了不悔】◇春天的鰱魚，夏天的鯉魚，鮮美可口，正是應時的美味佳餚，錯過不吃會後悔。

【珍饈百味，一飽便休】饈（xiū）：滋味好的食物。珍饈：珍奇貴重的食物。◇不管多麼好的美味食物，吃飽了也就不想再多吃了。

【珍饈海味，離鹽沒味】◇無論多麼好的山珍海味，離開了鹽就沒有味道。

【毒蛇口中吐蓮花】◐毒蛇口中吐出好看的蓮花。◇喻指惡毒的壞人，常用甜言蜜語迷惑人，騙人上當。

【封山不育林，等於白費神】封山：禁止在山地放牧、採伐、砍柴等。◇只封山不植樹育林，封山也無作用。

【持齋勝唸千聲佛，作惡空燒萬炷香】持齋：持守戒律。◐吃齋守戒，勝過唸佛；為非作歹，燒萬炷香也沒有用。◇喻指真正做些好事要比唸佛燒香強得多。

【城門失火，殃及池魚】城門着火，人們用魚池的水去救火，魚也就跟着遭殃了。◇災禍來臨時，與之相關的人和物常常會受無辜牽連。北齊杜弼《檄梁文》：「但恐楚國亡猿，禍延林木，城門失火，殃及池魚。」◎城門失火池魚喪

【城樓上的雀兒】● 城樓上置鼓，擊以報時；雀住門樓上，對擊鼓已習以為常，不為驚懼。◇喻指經過世面的人，遇事從容，不會驚懼。

【苦口是良藥】◇吃起來苦的藥往往是好藥。《韓非子·外儲說左上》：「夫良藥苦於口，而智者勸而飲之，知其入而已己疾也。忠言拂於耳，而明主聽之，知其可以致功也。」

【苦日子氣多，好日子錢多】◇艱苦的生活中，生氣的事容易多；好過的日子往往是錢多的時候。

【苦日難熬，樂時易過】◇痛苦的日子會使人感到度日如年，快樂的日子會使人感到時間短暫。

【苦心人，天不負；有志者，事竟成】◇告訴人們，只要有志氣，肯下工夫，想辦的事情總能辦成。

【苦好受，氣難消】◇說明生氣對人在精神上的傷害很大。

【苦苦惱惱可得病，嘻嘻哈哈活了命】◇告訴人們，要精神開朗，笑口常開，不要氣惱，防止生病。

【苦海無邊，回頭是岸】● 原為佛教語，說苦難像大海一樣無邊，但只要徹底覺悟，皈依佛教，就能脫離苦海。◇喻指罪惡雖大，只要悔改，就有生路。清代李汝珍《鏡花緣》第四十四回：「小山忖道：據這禪語，明是苦海無邊，回頭是岸了。」◎苦海回頭 / 苦海汪洋，回頭是岸 / 回頭是岸

【苦菜苦果能做藥，逆子逆女可教人】◇逆子逆女就像苦菜、苦果一樣，能做反面材料教育人。

【苦幹的人汗水多，貪吃的人口水多】◇說明勤快的人和貪吃的人完全不一樣。

【苦盡甘來，否極還泰】否 (pǐ)：《易經》卦名，象徵失利。泰：《易經》卦名，象徵通暢。● 苦到頂，甘將來；不順到極點，將轉化為通暢。◇勸慰人們，在不利的情況下，不要灰心喪志，要振作起來，苦難的日子即將終結，甘甜美好的時刻即將到來。◎苦盡自有甘來到

【苦藥利病，苦口利行】◇味苦的藥有利於治病，刺耳善意的勸告有利於品德行為。◎苦藥難吃利於病

【苦讀書胸中有寶，勤作文筆下生花】筆下生花：指傑出的寫作能力。◇告訴人們，應該多讀書，勤寫作。

【苛政不親，煩苦傷恩】◇如果施行苛刻的政令，就會使黎民百姓不親近，煩瑣的勞役會有損對黎民百姓的恩德。《漢書·薛宣傳》：「鄙語曰：『苛政不親，煩苦傷恩。』」

【苛政猛於虎】◇苛刻的政令使黎民覺得比老虎還要兇猛可怕。《禮記·檀弓下》：「夫子曰：『小子識之，苛政猛於虎也。』」

【政如冰霜，奸宄消亡；威如雷霆，盜賊不生】奸宄 (guǐ)：壞人。◇政治清廉，法令嚴明，就不容易產生違法亂紀的壞人和壞事。

【若不下水，焉知有魚】◐ 如果不親自下到水裏，怎麼能知道水中有沒有魚？◇喻指只有親自實踐，才能了解實際情況。

【若不同牀臥，安知被裏破】◇喻指只有深入實際，親自體驗，才能了解真實的情況。

【若向鍋中添水，不如灶內無柴】◐ 水沸騰了，如果再鍋裏添加冷水，過一會兒水又會沸騰起來，不如把爐膛的柴禾抽走，才能從根本上止住沸騰。◇喻指解決問題要從根本上着手，不能從表面着手，方法不徹底，只能暫時解決問題。

【若知牢獄苦，便發菩提心】菩提：佛教用語，覺悟的境界。◇一個人如果知道牢獄中人所遭受的痛苦，就應該發點善心，不去做壞事了。明代周楫編纂《西湖二集》卷三十：“常言道：若知牢獄苦，便發菩提心。那牢頭獄卒就是牛頭馬面一般兇狠，誰管你生死？只是有錢者生，無錢者死。”

【若依佛法，冷水莫呷】依：遵從。佛法：佛教的教義。呷（xiā）：喝。◐ 如果嚴格按照佛教的教義，連冷水都不能喝一口。◇ ❶ 佛教的戒規嚴格，如果事事遵從，就要受飢受餓等死。❷ 喻指做事不能過分拘泥於條條框框，應該根據實際情況有所變通。

【若要人不知，除非己莫為】為：做。◐ 要想人家不知道，除非自己不去做。指幹了壞事終究要暴露。勸誡人不要幹壞事。漢代枚乘《上書諫吳王》：“欲人勿聞，莫若勿言；欲人勿知，莫若勿為。”《說苑·正諫》：“欲人勿聞，莫若勿言；欲人勿知，莫若勿為。”

【若要小兒安，常帶三分飢和寒】◐ 如果要想讓孩子身體健康，平平安安，平常就該讓孩子不宜吃得過飽，穿得過暖。◇小孩吃東西不知道控制食量，容易過飽，引起腸胃消化失調；小孩多動，如果穿得過暖，容易引起傷風感冒。

【若要不忙，淺水深防；若欲無傷，小怪大禳】禳（ráng）：向鬼神祈禱以消除災禍。◐ 如果要想水患發生時不至於手忙腳亂，就應在水勢小的時候當成水勢大來防備；如果要想人不受到傷害，就應在出現微小的怪異情況時向鬼神祈求。◇喻指凡事都要防患於未然。

【若要不喝酒，醒眼看醉人】◇如果想要戒酒，在自己清醒時，看看醉漢的醜態，自己就會下定戒酒的決心。

【若要有前程，莫做沒前程】前程：舊時指讀書人或官員追求的功名利祿。◐ 如果想要自己前途無量，就不要做出影響自己前途的事情。

【若要安樂，有脫不着】着（zhuó）：穿衣。◐ 如果要想身體健康，就不要急着增減衣服。◇北方冬春季節，氣溫變化大，不夠穩定，這時如果增減衣服，容易遭受風寒而得病。

【若要安樂，頻脫頻着】着（zhuó）：穿衣。◐ 如果要想身體健康，就要隨時增減衣服。◇南方冬春季節，氣溫多變，要想不生病，就要根據氣溫高低的變化，隨時加減衣服。

【若要好，大做小】大、小：指身份的高低。◇如果想順利地把事情辦好，就得自降身份，態度謙恭地對待別人。

【若要好，問三老】三好：泛指老人。◐ 如果要想把事情辦好，就要向有經驗的老人請教。◇ 老年人閱歷多，經驗豐富。如果遇到疑難問題，向他們請教，可以獲得有益的教誨，有利於解決問題。

【若要身體壯，吃飯嚼成漿】◇ 吃飯細嚼慢嚥，有助於消化吸收，人的身體才能健康。

【若要佛法興，除非僧讚僧】佛法：佛教的教義。◐ 如果要想讓佛法興盛，只有佛教徒相互讚頌才行。◇ 喻指要想辦成功情，就應該團結一致，互相幫忙。

【若要無煩惱，惟有知足好；若要度量長，先學受冤枉】知足：滿足於現狀。度量：指能寬容他人的心腦。◐ 如果想要沒有煩惱，就要滿足於已經得到的東西；如果想要心胸寬大，就要首先學會受委屈。◇ 勸人知足、忍讓，以求得生活快樂。

【若要寬，先完官】完官：向官府繳清賦稅。◐ 想要生活過得安閒，沒有憂慮，就應該先把官府的錢糧繳納完畢。◇ 喻指首先把公事辦完，心中沒有牽掛，日子就會過着舒暢。

【若將容易得，便作等閒看】等閒：平常。◇ 容易得到的東西，往往不受重視，歷盡艱辛得到的東西，才被人看重。

【若無破浪揚波手，怎取驪龍頷下珠】驪龍：黑色的龍。頷（hàn）：下巴。◐ 如果沒有在水中搏擊波浪的好身手，怎麼能取下黑龍下巴下的明珠呢？◇ 喻指只有在某方面具備過硬的本領，才能擔負責任，取得令人滿意的成績。

【若無漁父引，怎得見波濤】漁父：以打魚為業的人。引：引導。◐ 如果沒有漁夫的引導，怎麼可能見識到波濤的大小。◇ 喻指沒有內行人指點，就不可能了解到情況，辦不好事情。

【若說錢，便無緣】◐ 如果提到借錢，平日親密交往的親友，也會立刻推託拒絕。◇ 喻指人情勢利。◎ 說着錢，便無緣

【茂木之下無豐草，大塊之間無美苗】◐ 茂密的樹木下面長不出豐盛的草，大塊的硬土疙瘩之間長不出好苗。◇ 喻指在封建豪強的壓榨下黎民百姓難以生存。漢代桓寬《鹽鐵論》：“茂木之下無豐草，大塊之間無美苗。”◎ 茂木之下無豐草

【英雄不怕戰，只怕暗中箭】◐ 英雄不怕面對面的搏鬥，只怕被人暗地裏進行傷害。

【英雄不提當年勇】◇ 提醒人們，不要炫耀自己過去的功績，應該在新形勢下立新功，為重新開創新的局面而努力奮進。◎ 好漢不提當年勇

【英雄只怕病來磨】◇ 再有本領的人，也經不起疾病的折磨。◎ 英雄就怕病來磨

【英雄生於四野，好漢長在八方】◇ 無論甚麼地方都會出傑出的人物。

【英雄出於少年】◇ 多數的傑出人物都是從青年人中湧現出來的。◎ 英雄出少年／英雄出自少年

【英雄所見略同】◇ 傑出人物的見解大致相同。《三國志・龐統法正傳第七》：“……天下智謀之士，所見略同耳。時孔明諫孤莫行，其意獨篤，亦慮此也。……”

【英雄氣短，兒女情長】◐英雄因情愛的影響，不能保持英雄氣概；男女之間也常會情意纏綿悱惻。◇傑出的人物過分看重愛情，就不能保持英雄氣概。明代許自昌《水滸記》第一十八齣："人常說道兒女情長，英雄氣短。宋公明為人倒是反這兩句話，故此擔閣了嫂嫂。"◎兒女情長，英雄氣短

【英雄流血不流淚】◇英雄人物在生死關頭，寧可流血犧牲，也決不傷心落淚。◎英雄上戰場，流血不流淚

【英雄造時勢，時勢造英雄】◇英雄人物創造時代，時代造就英雄人物。

【英雄惜英雄，好漢惜好漢】◇有才能、有志向的人會互相珍惜和敬重。

【英雄難過美人關】◇有志向的英雄人物常被年輕美貌的女子所迷惑，因而喪失理智不能自拔。

【英雄識英雄】◇有本領的人賞識有本領的人。◎好漢識好漢

【茄子也讓三分老】◇對老人應該尊敬、謙讓。

【茄子不開虛花，男兒不説空話】虛花：謊花，不結果實的花。◐茄子開花都結果，男子漢要説到做到，沒有空話。◇這句話告訴人們，男子漢要説話算數。

【茄子敲石磬，冬瓜撞木鐘】石磬（pán）：用石頭製成的古代打擊樂器。◐用茄子敲擊石磬，用冬瓜撞擊木鐘，都無法發出聲音。◇喻指做事方法不對頭，自然徒勞無益。

【拴住人，拴不住心】◇對人不能採取強制措施，要多做人的思想工作，讓他心服口服，心甘情願。

【拴住驢嘴馬嘴，拴不住人嘴】◐驢嘴、馬嘴都可以拴住，但人的嘴是無法拴住。◇喻指不能不讓人説話。

【拾了根襪帶，配窮了人家】◇拾回一根襪帶，還得配襪子，有了襪子還得配衣裳、飾物，襪子又很容易破，結果反而使家裏變得更貧窮。◇喻指得不償失。

【拾芝麻湊斗】斗（dǒu）：容量單位。◇喻指積少成多。

【拾到籃中就是菜，捉在籃裏便是蟹】◇喻指不挑不揀，只要拿到就算數。◎挑到籃裏便是菜／拾到籃中就是菜

【挑土成山，滴水成河】◇喻指積少可以成多。

【挑柴賣，買柴燒】◇喻指辦事或過日子只考慮眼前。

【挑得籃裏便是菜】◇喻指只要有就行，不管好壞。

【指親不富，看嘴不飽】◐指望親戚幫助不可能富裕，看別人吃東西永遠飽不了自己肚子。◇告誡人們，不能指望靠別人幫助過日子，應該靠自己去奮鬥。

【挖掉了瘡疤就是好肉】◇喻指改正了錯誤仍然是好人。

【按人口做飯，量身體裁衣】◐根據吃飯人的多少下米做飯，根據身體的尺寸裁衣。◇喻指辦任何事情都要尊重實際。

【按牛頭吃不得草】◇喻指採用強迫命令的手段並不會有好的效果。

【甚美必有甚惡】◇喻指外表太美的人，內心和行為可能很壞。《左傳·昭公二十八年》："吾聞之，甚美必有甚惡，是鄭穆少妃，姚子之子，子貉之妹也，子貉早死無後，而天鍾美於是，將必以是，大有敗也，昔有仍氏生女，黰黑，而甚美，光可以鑒，名口玄妻，樂止后夔取之，生伯封，實有豕心，貪惏無饜，忿類無期，謂之封豕，有窮后羿滅之，夔是以不祀，且三代之亡，共子之廢，皆是物也。"

【甚麼根甚麼苗，甚麼葫蘆甚麼瓢】◐甚麼根長甚麼苗；甚麼樣的葫蘆做甚麼樣的水瓢。◇❶喻指後代好壞，與前輩有關。❷喻指莊稼好壞，與品種是否優良有關。◎甚麼樹開甚麼花，甚麼藤結甚麼瓜

【甚麼病吃甚麼藥】◇❶喻指具體問題，具體分析，制定有效解決辦法。❷喻指對症下藥。

【甚麼雲下甚麼雨，甚麼水生甚麼魚】◇喻指甚麼條件，產生甚麼結果。

【甚麼鑰匙開甚麼鎖】◇喻指要從實際出發，才能解決問題。

【甚精必愚】◇過於精明，必定會做蠢事。《國語·晉語一》："且吾聞之：甚精必愚。精為易辱，愚不知避難。雖欲無遷，其得之乎？"

【故土難離】◇一個人要離開自己從小生活過的故鄉，都會戀戀不捨。

【胡思亂想易得病，貪得無厭會丟醜】◇說明胡思亂想、貪得無厭的後果很不好。

【胡馬依北風，越鳥巢南枝】胡馬：指北方出生的馬。越鳥：指南方出生的鳥。◐北方的馬依望着北風，南方的鳥在南邊的樹枝上搭窩。◇喻指在哪兒生長的人就依戀哪兒。漢代無名氏《古詩十九·首行行重行行》："胡馬依北風，越鳥巢南枝。"

【胡荽不結瓜，菽根不產麻】荽：即香菜。菽：豆類的總稱。◐香菜不可能結出瓜來，豆根不可能長出麻來。◇❶說明種甚麼種子結甚麼果。❷喻指有甚麼樣的教育，就會出甚麼樣的人材。

【胡琴怕斷弦，英雄怕自滿】◇提醒人們，在任何時候也不要自滿。

【南枝向暖北枝寒】◐花的南枝向陽則暖，北枝不向陽。◇喻指有時當一方受到溫暖的時候，另一方卻遭到冷淡。宋代蘇東坡："一樹春風有兩般，南枝向暖北枝寒；現成一段西來意，一片西飛一片東。"◎南枝向暖，北枝長寒

【枯木逢春猶再發，人無兩度再少年】◇告訴人們，要珍惜光陰，不要虛度年華。◎枯無逢春猶再發，人無兩度少年時

【枯木難復活，慣賊難悔悟】◇做賊時間長了很悔悟、難改正過來，這就像枯木很難復活一樣。

【枯坐損身，運動健體】◇告訴人們，總是坐着不活動，就容易損傷身體，只有經常運動，才能健身。

【枯乾的木頭容易斷裂，虛偽的感情容易破裂】◇虛偽的感情往往容易破裂，這就像枯乾的木頭容易斷裂一樣。◎枯乾木頭容易裂，虛偽愛情容易破

【枯萎的樹不能成材，傲慢的人難於進步】◇提醒人們，不要傲慢，否則不容易進步。

【枯樹無果實，空話無價值】◇說空話毫無價值，這就像枯樹上沒有果實一樣。

【枯樹無葉，奸人無友】◇陰險奸詐的人往往不會有朋友，這就像枯樹上沒有葉子一樣。

【相互幫助事易辦，各懷私心事難成】◇告誡人們，做事要互相幫助，同心協力才容易成功，以把事情辦好。◎相互協助事好辦，各揣私心事難成

【相分吃有剩】◇互相謙讓，東西就吃不完。

【相見好，同住難】◇親朋好友偶爾見一次面，會感到非常親熱；如果長期住在一起，就會產生矛盾。◎相見易得好，久住難為人

【相門有相，將門有將】◑宰相家中會出宰相，將帥家中會出將帥。◇指宰相和大將門第的子弟能繼承父兄事業，成為將相之材。司馬遷《史記·孟嘗君列傳》："文聞將門必有將，相門必有相。"◎相門必有相，將門必有將

【相府門前車馬多，窮人門前債主多】◑相府人家地位高，攀附的人也多，因此相府門前車馬多；窮人欠債多，上門來討債的人也自然會多。

【相思無藥治】◇相思病是心病，沒有藥可以醫治。

【相馬以輿，相士以居】相：看，觀察。輿（yú）：車。居：住處。◑看馬優劣，要看牠拉車的車載量如何；看人得好壞，要看他住處的道德風尚如何。◇喻指從環境條件優劣和當地社會風氣好壞，就能判定人的愛好、志向和品德。《孔子家語·子路初見》："孔子曰：'里語云，相馬以輿，相士以居，弗可廢矣。'以容取人，則失之子羽；以辭取人，則失之宰予。"◎相馬以車，相士以居

【相馬失之瘦，相士失之貧】◑挑選良馬時，瘦弱的馬易被忽視；選拔人才時，家庭貧窮易被忽視。◇告誡人們，選拔人才時，不能光看外表，應該看他的實際才能。司馬遷《史記·滑稽列傳》："相馬失之瘦，相士失之貧。"

【相馬從頭始】◑辨別馬的優劣，要先看頭部。◇喻指要了解一個人或一件事，必須從根本處入手。

【相逐百步，尚有徘徊】逐：追逐，追隨。◇人是有感情的，相處時間雖然不長，但分別時也會戀戀不捨。

【相逢盡道休官去，林下何曾見一人】休官：辭去官職。林：山林，隱居的地方，指遊山玩水，過清閒舒適的生活。◇諷刺做官的人雖然都說不願做官，但在山林間棄官歸隱的有幾人。

【相罵望人勸，相打望人拖】◑雙方對罵的時候都希望有人來勸解，雙方打架的時候都希望有人來拉架。◇喻指鬧矛盾的雙方都希望有人來調解。

【相罵無好言，相打無好拳】◇雙方對罵時沒有好聽話，雙方對打時不會留情面。◎相罵無好言，相打無好事／相罵無好嘴，相打損了身

【相識圖相益，濟人須濟急】◑結交朋友是為了互相幫助，救濟別人要在人家急切需要的時候給予。

【相識滿天下，知音能幾人】◐結交
的朋友雖多，但知心人卻很少。◇說
明知音難覓。◎相識滿天下，知心能
幾人／相識滿天下，知心有幾人

【柿子專揀軟的捏】◇喻指欺侮老實
人。

【要人知重勤學，怕人知事莫做】
◇要想受人敬重，你就要勤奮學習；
害怕別人知道你有不光彩的事，就不
要做。

【要打咚咚鼓，離不了二三人】◇喻
指集體的事情要靠大家共同努力來完
成。◎要打咚咚鼓，離不開三二人／
要打三鞭鼓，離不了五七人；要要個
好把戲，離不了三五個好伙計／打三
翻鼓，離不得五路人

【要打當面鼓，莫敲背後鑼】◇告訴
人們，有意見要當面提出來，不要在
背後亂發議論。

【要吃龍肉，親自下海】◇喻指要想
取得巨大的成果，必須不畏艱險，努
力去做。◎要吃野豬肉，親自入山林／
要擒猛虎進深山，要吃龍肉下海灘

【要吃爛肉，別惱着火頭】火頭：燒
火做飯的人。◐要吃爛肉，就別惹惱
燒火的人。◇喻指要想辦成某事，就
不能得罪與此事相關的人。

【要收莊稼，先播種子】◇喻指要想
有收穫，必須先付出。

【要知山下路，須問過來人】◇喻指
要想了解真實的情況，解決工作中遇
到的難題，就得向有實際經驗的人請
教。◎要知三岔路，須問過來人／要
知山下事，請問過來人／要知山中
路，須問過來人／欲知前邊路，須問
過來人

【要知山中事，須問打柴人】◇喻
指要想了解當地的真實情況，就得向
熟悉這個地方的人打聽。◎要知山中
事，請問打柴人／欲知山中事，請問
打柴人

【要知天下事，須讀古人書】◇告訴
人們，要了解世界上的事情，必須多讀
前人的著作。明代馮夢龍《醒世恆言·
三孝廉讓產立高名》：“要知天下事，
須讀古人書。”◎要知天下事，需通古
今書／欲知天下事，須讀古人書

【要知父母恩，懷裏抱兒孫】◇自己
有了兒女後，才能真正體會到父母對
自己的恩情。

【要知心腹事，但聽口中言】但：
只，只要。◇要知道一個人在想甚
麼，只要聽聽他說甚麼，就完全可以
知道了。◎要知心腹事，但聽背後言
／要知心腹事，且聽口中言／要知心
中事，但聽耳後言／欲知心腹事，但
聽口中言／欲知心腹事，先聽口中言

【要知田中事，鄉間問老農】◐要想
了解農田方面的事，到鄉間問問老農
便知道。◇喻指要知道某行業的實際
情況，請教一下該行業有豐富經驗的
人便會知道。

【要知黃連苦，親口嚐一嚐】黃連：
多年生草本植物，根莖味苦，可入
藥。◇喻指要想了解真實的情況，就
得親自下基層去實踐、體驗艱苦的工
作和生活環境。◎要知黃連苦，自己
嚐一嚐

【要知朝中事，鄉間問老農】朝(cháo)：
朝廷。◇要想知道朝廷政治方面的得
失，問問鄉間的老農，了解一下民間
的疾苦便可知道。◎要知朝中事，山
裏問野人

【要知道，經一遭】◇❶要想了解它，親身經歷一次就有體會。❷喻指實踐出真知。

【要兒自養，要穀自種】◑想要兒子自己生養，想吃糧食自己種植。◇喻指想有所享受，必須親自動手付出勞動。◎要兒自養，要財自創／要兒自養，要書自講／要孩親生，要穀自種

【要砌牆，先打夯】夯（hāng）：砸實地基用的工具。◇喻指做任何事情，先要把基礎打好。

【要活九十九，每餐省一口】◇要想長壽就要節食，每頓要少吃一口，不宜吃得太飽。

【要穿趁樣子，要吃趁牙齒】◇告訴人們，應該趁年輕漂亮的時候多穿一些好衣服，趁牙齒好的時候多吃一些好東西。

【要破東吳兵，還得東吳人】◇喻指要做好一件事情，就得由熟悉這方面情況的人去辦理。

【要做好人，須尋好友】◐要想做好人，就得找好人做朋友。◇告誡人們，身邊的人對自己影響非常大，因此結交朋友一定要慎重。

【要得人不知，除非己莫為】◑要想別人不知道，除非自己不做。◇做了壞事總會有人知道，除非不做。◎要想人不知，除己不為／慾人不知，莫若不為／欲要人不知，除非己莫為

【要得小兒安，常帶三分飢和寒】◇要想小孩子身體健康，不鬧病，就不能讓小孩子吃得太飽，穿得太暖。◎要得小兒安，常帶三分飢與寒

【要想不吃虧，還得吃過虧】◇人多吃幾次虧，就會長教訓，以後就不會再吃虧了。◎要圖不吃虧，還得吃過虧

【要想日子紅，兩頭頂着星】◇告訴人們，要想日子過得紅火，必須起早貪黑地幹活。

【要想日子甜，家無一人閒】◇告訴人們，要想過上好日子，每一個家庭成員都要勤快。

【要想生活好，計劃訂牢靠】◇告訴人們，要想生活過得舒適就得計劃好，勤儉持家。

【要想有所得，必先有所失】◇告訴人們，事情總是有得有失，要想獲得厚利，就必須先有付出。

【要想吃甜桃自己摘，要想吃鮮魚自己釣】◇喻指要想過上美好的日子，就得親自參加勞動動，用自己的雙手創造財富。

【要想吃魚，眾人織網】◇喻指要想過上好日子，或者達到理想的目的，就得大家齊心協力，共同去創造。◎要吃魚，大家補網／要想富，大家做／要想富，老少一齊做／要想富，團結互助

【要想吃魚，就別怕腥】◇喻指想做事情就不要有顧慮，也不要怕困難。◎要吃魚，又嫌腥／要想吃糕，別嫌黏牙

【要想吃蜜，不怕蜂叮】◇喻指要想獲得成功，實現自己的理想，就要不怕冒風險，不怕艱難困苦，敢於努力爭取。

【要想找着活財神，省吃儉用免求人】◇告訴人們，過日子要注意節儉，精打細算才會富裕。

【要想身體好，天天起得早】◇提醒人們，不要懶惰貪睡，要天天起早鍛煉，有助於身體健康。

【要想俏，三分孝】俏(qiào)：漂亮，樣子好看。孝：指穿孝服，引申為穿素裝。◇喻指穿素雅的衣服會使人更顯漂亮。◎要想俏，一身皂／要得人俏三分孝

【要想家裏好，大家起個早】●要想家庭富足，就得全家人起早貪黑，辛勤勞動。◇告訴人們，勤勞才能致富。

【要想摘玫瑰，就得不怕刺】◇喻指要想取得好成績，或者達到自己所追求的目標，就得敢於冒風險，不怕艱難困苦。

【要想窮，睡到太陽紅；要想富，早起去織布】◇懶惰好睡只會導致貧窮，勤勞才能使家庭富裕。◎要想富，半夜摸棉褲；要想窮，睡到日頭紅／要想富，趕明織個布；要想窮，睡到太陽紅

【要想騰空跳躍，就得蹲下身軀】◇喻指為了加快進展的速度，有時必須去做一些打基礎的工作，表面看來似乎是後退了，其實是養精蓄銳的做法。

【要想爐裏旺，還得風來吹】◇喻指要想把事情做好，還得有好的客觀條件。

【要過河，先搭橋】◇喻指做事之前，先要創造好必要的條件。◎要捕魚，先織網；要建橋，先打樁

【要飽家常飯，要暖粗布衣】●家常便飯吃飽肚子，粗布衣服穿着暖和。◇告誡人們，生活儉樸一些，日子過得順心。◎要吃還是家常飯，要穿還是粗布衣

【要摸老虎屁股，先得懂老虎脾氣】◇喻指要了解困難複雜的問題，首先必須了解問題的性質，掌握其中的規律。

【要學大樹根深，不做水上浮萍】◇喻指做事要深入實際，扎扎實實。

【要學游泳，須在水中】◇喻指要想學會真本領，必須在實踐中鍛煉。

【要學驚人藝，須下苦功夫】●要學到使人驚歎的技藝，就得下苦工夫。◇告訴人們，要想學到高深的技藝，必須要刻苦努力，下大工夫才行。

【歪打官司斜告狀】◇舊社會官場黑暗腐敗，打官司得找靠山，託關係，否則就打不贏。

【歪嘴的和尚唸不出好經來】◇喻指自身不正，就說不出正確話，做不出正派事來。◎歪嘴和尚唸錯經

【厚者不毀人以自益，仁者不危人以要名】厚：忠厚、寬厚。毀：損害。益：利益。仁：仁愛。要：求取。名：名譽。◇寬厚的人不損害別人而做有利自己的事，仁愛的人不危害別人而求取個人名譽。《戰國策‧燕策三》：“諺曰：‘厚者不毀人以自益也，仁者不危人以要名。’”◎厚者不損人以自益，仁者不危軀以要名

【厚味必臘毒】◇味道鮮美濃厚的食物往往會含有毒素。《國語‧周語下》：“高位寔疾顛，厚味寔臘毒。”韋昭注：“厚味，喻重祿也。臘，亟也，讀若‘廣’。昔酒焉，味厚者，其毒亟也。”

【厚賞之下必有勇夫】◇在重賞之下一定會有勇敢的人出來幹。漢代黃石公《黃石公三略》上：“軍讖曰：香餌之下，必有死魚。重賞之下，必有勇夫。”

【砍一枝，損百林】◇喻指打擊一個人往往能影響一大片人。◎砍一枝，損百枝／砍一股，損百枝

【砍不倒大樹，弄不多柴禾】◇喻指如果下不了大工夫，不出大力氣，就得不到大的收穫。

【砍竹子過節巴】節巴：每節竹子之間的連接點。◇喻指幫助人改掉缺點、毛病，要指出要害才能生效。◎砍竹子總要過節

【砍竹要看竹節，做事要分先後】◇做任何事都有一定的方法，都有個先後順序。

【砍柴上山，捉鳥上樹】◇喻指辦事要根據實際情況，明確方向和途徑，採取適當的方法，才能取得應有的成果，達到預期目的。

【砍柴不照紋，累死劈柴人】紋：紋理。● 砍柴如果不按照樹木的木紋去砍，就會白化許多力氣。◇告訴人們，辦事要遵循事物的客觀規律，不可盲目行動。

【砍柴不斷不丟刀，打魚不着不丟網】◇無論幹甚麼，都應該有一種鍥而不捨、不達目的決不罷休的精神。

【砍劈材砍小頭，問路問老頭】◇砍劈材要從小頭砍，容易砍斷；問路要問老頭，容易得到正確的指點。

【砍樹不倒斧口小，生產不好辦法少】◇有時某些事情辦不成，是因為使用的工具不得力或採取的方法不得當。

【砍樹量力氣，辦事量才能】◇砍樹一類的勞動能夠衡量出一個人力氣的大小，通過辦事情可以衡量出一個人才能的高低。

【砍樹就要砍斷，辦事就要辦完】◇辦事要有始有終，不可半途而廢。

【面譽者不忠，飾貌者不情】◇當面總說讚譽話、奉承話的人，不是忠厚的人；喜歡粉飾外表的人，往往沒有真情實意。《莊子·盜跖》：“且吾聞之：‘好面譽人者，亦好背而毀之。’”

【耐得心頭氣，方為有志人】◇告訴人們，懷有宏大志願的人要善於忍耐暫時的氣惱。

【耐得苦，必得福】◇經受得勞累、辛苦的人，一定能得到幸福。

【背人偷酒吃，冷暖自家知】● 背着人偷酒喝，冷暖自己心裏是一清二楚的。◇喻指人們在暗地裏的所作所為，每個人自己心裏一定是清清楚楚的。

【背後之言豈能全信】◇告誡人們，背後的議論往往帶有偏見，不可全都相信。

【背後忍飢易，人前張口難】◇開口求人比忍飢捱餓還要難。

【背時人憐背時人】背時：倒霉。◇時運不佳，遭遇不幸的人總是互相同情的。

【背鄉出好酒】● 偏僻的地方釀出了好酒。◇喻指窮鄉僻壤、不起眼的地方往往能出人才。

【背暗投明，古之常理。】◇背棄黑暗，投奔光明，是自古以來的一條大道理。◎背音投百，古之大理

【省一芝麻，丟一西瓜】● 節省下來了一粒芝麻，卻丟掉了一個西瓜。◇喻指不肯放棄小利而造成了較大的損失。◎省一芝麻，丟一黃豆

【省一省，窟窿等】● 節省了又節省，但還是出現虧空。◇喻指常常有意料不到的開支。

【省了柴草，吃了生飯】● 節省了柴火，但飯卻沒有煮熟。◇喻指不肯放棄小的利益，因小失大，影響了大事。

【省了鹽，酸了醬；省了柴禾涼了炕】◇告訴人們，過於節省反而是一種浪費。◎省了鹽，酸了湯 / 省了油，費了軸

【省下煙酒錢，急難免求人】◇提醒人們，平時要節約花錢，省下來的儲蓄起來，一旦急需錢用，就不用去求人。◎省吃省用省求人

【省吃餐餐有，省穿日日新】◇告訴人們，注意節約就會富足。

【省事饒人，過後得便宜】省（xǐng）：檢查。● 明事理，能忍讓，能饒恕人，日後會得到好處。◇告訴人們，要心胸寬廣，能饒恕和容忍對自己有過冒犯的人。

【削草不除根，萌芽依舊發】◇喻指除惡一定要除盡，不能留下後患。

【削除煩惱，打滅塵勞】塵：塵世，佛教指人世。◇皈依佛門，信奉宗教，可以超脫人世間的煩惱和勞苦。明代屠隆《曇花記》："須要削除煩惱。打滅塵勞。深念無常。一朝了悟見靈光。幢幡導引在蓮花藏。"

【是一親，擔一心】◇有了事情，關係親密的人總會記掛在心。

【是可忍，孰不可忍】孰（shú）：疑問代詞，甚麼。● 如果這種事還可以忍受，那還有甚麼事不能忍受呢？◇表示達到可忍受的底線。《論語・八佾》："孔子謂季氏，八佾舞於庭，是可忍也，孰不可忍也。"

【是非只為多開口，煩惱皆因強出頭】● 惹是生非是因為說得太多，徒生煩惱是因為逞強過頭。◇勸誡人們，少說話，少出頭露面，以免招惹是非。◎是非只為多開口，煩惱皆因巧弄唇 / 是非只為多開口，禍亂都因硬出頭

【是非來入耳，不聽自然無】● 搬弄是非的話，不去聽它，便甚麼事也不會有。◇勸誡人們，不要聽信閒言碎語。◎是非終日有，不聽自然無 / 是非來入目，不聽自然無

【是非難逃公論】◇誰是誰非，公眾輿論會做出正確的評價。◎是非自有公論 / 是非難逃眾人口

【是兒女，眼前冤】◇舊時認為，子女是父母前生的債主，是來討前生的債。喻指父母撫養子女長大成人，非常不容易。

【是兒不死，是財不散】● 該是自己的兒子，不會死掉；該是自己的財產，不會丟散。◇喻指屬於自己的東西，別人是拿不走的。

【是狗改不了吃屎，是狼改不了吃肉】◇喻指壞人幹壞事是必然的，是他的本性所決定的。◎是狗改不了吃屎 / 是狗改不了吃屎，是蛇就要咬人 / 狗改不了吃屎

【是神要敬，是妖要斬】● 對神靈要敬拜，是妖怪要斬除。◇勸誡人們，

要愛憎分明，除惡揚善。◎是人要敬，是鬼要送／是佛要拜，是妖要斬

【是姻緣棒打不開】❶命中注定兩個人結為夫妻，就是用棒子打，也不會使兩人分開。◇喻指只要兩個人真正相愛，別人是拆不開的。

【是馬也有三分龍骨】◇喻指具有某種能力的人，總會幹出不平常的事。

【是馬充不了麒麟】麒麟（qí lín）：古代傳說中的一種像鹿的動物。◇喻指普通人冒充不了傑出的人。

【是真難假，是假難真】❶真的不會變成假的，假的也難以成真的。◇喻指真假是不會混淆。

【是真難滅，是假易除】◇是真的誰也無法否定，是假的一揭就穿。

【是話有因，是草有根】◇事情的出現總是有原因的。

【是福不是禍，是禍躲不過】◇舊時認為，福禍都是自己命中注定的，誰也無法改變。

【是親三分向】◇有親戚關係，辦事總要袒護着些。◎是親三分向，是火熱起炕／是親三分向，是火熱如炭

【是親必有一顧】◇關係密切，就能多得到一些照顧。

【是親的割不掉，是假的安不牢】◇血緣關係是割不斷的。

【是癤子準得出頭】癤子：皮膚病，皮膚上出現的紅腫硬塊。出頭：化膿後，膿水流出來。❶只要是癤子，不管是早是晚，一定得出頭。◇喻指矛盾遲早要暴露出來。

【是藝不虧人】❶凡是手藝，都不會使人吃虧。◇無論甚麼手藝都可以謀生。

【是藥三分毒】◇告訴人們，任何藥品都有一定的副作用，少吃為宜。

【是騾子是馬，得上場溜溜】❶到底是騾子還是馬，牽出來走一走，讓大家看看。◇喻指本領大小，比試比試就見分曉。◎是騾子是馬，拉出來溜溜

【盼神撞上惡鬼】神：神靈。鬼：鬼怪。❶盼望無所不能的神靈出現，卻偏碰上兇惡的鬼怪。◇喻指企望好運氣，卻遭遇倒霉的事情。

【星火能燒萬重山】❶一點小火星可以燒遍萬重山。◇喻指弱小的有生命力的新生事物，一旦發展壯大起來，就能夠戰勝龐然大物。◎星火可以燒山／星火燒了重山

【星多夜空亮，人多智慧廣】❶星多夜空就會明亮；人多辦法也會增多。◇強調個人的力量是有限的，只有集體的力量才是無窮的。

【星星之火，可以燎原】燎原：火燒原野。❶一點點火星，可燒遍原野。◇喻指微小的力量可以發展成巨大的力量。張鴻《續孽海花》第五十七回：「你不要輕視了。星星之火，可以燎原，不曉得怎麼結局呢！」◎星星之火，可以燎原；點點之水，可以匯川／星星之火，可以燎原；涓涓之流，匯成大海／星星之火，燒原莫撲／星星之火，遂成燎原

【畏己貧，憂人富】◇極端自私的人總是害怕自己受貧窮，最擔心別人比自己富裕。

【畏水者不乘轎】 ◐ 害怕水的人不敢坐轎子。◇ 害怕某件事的人，與該事，相關的事情都害怕。

【畏首畏尾，身其餘幾】 ◐ 前也怕，後也怕，不怕的還能剩下多少？◇ 喻指辦事情瞻前顧後，顧慮重重的疑懼狀態。《左傳・文公十七年》：“古人有言曰：畏首畏尾，身其餘幾？”◎ 畏首畏尾

【咽喉深似海】 ◐ 人的咽喉像海一樣深，能吞掉許多東西。◇ 喻指飲食方面花費開銷是很大的，勸人生活要儉樸，要注意節約，不要大吃大喝過分浪費。

【咬人的狗不露齒】 ◇ 喻指心狠手辣的人表面不露聲色。◎ 咬人狗兒不露齒

【咬舌子偏愛説話】 咬舌子：指口吃的人。◇ 口吃的人喜歡説話。◎ 咬舌子愛説話

【咬着石頭才知道牙疼】 ◇ 喻指人們經歷了挫折後，才知道是自己做錯了事。

【拜此人須學此人】 ◇ 告訴人們，拜人為師，就必須認認真真地向他學習。

【拜師如投胎】 投胎：投娘胎轉世。◇ 拜師學習非常重要，就像投娘胎從新做人一樣。

【拜德不拜壽】 ◇ 尊敬德高的人重，而不論其年齡大小。

【看人下菜碟兒】 ◇ 喻指對不同身份的人給予不同的對待，看人行事。表示待人不真誠。◎ 掂人分兩放小菜碟兒

【看人挑擔不吃力，事非經過不知難】 ◐ 看到別人挑擔子好像不吃力，事情不經過親自動手去做，就不知道其中的艱難。◇ 説明如果不親身參加實踐就不會得到真知。◎ 看人挑擔不吃力 / 看人挑擔不吃力，事不經歷不知難

【看人挑擔不費力，自己挑擔步步歇】 ◇ 看着別人做任何事都容易，但自己真正做起來，就不一定行了。◎ 看人挑擔不吃力，自己挑擔重千斤

【看人看心，聽話聽音】 ◐ 看人要看心腸的好壞，聽話要留心言外之意。◇ 説明觀察事物，要透過現象看本質。

【看了皮兒，瞧不了瓢】 ◇ 告訴人們，真正了解一個人並不容易，能看到外表，不一定能看到内心和人品。

【看山不遠走的遠】 ◇ 告訴人們，看見大山覺得不遠，但真正走到山腳下卻很遠。

【看山跑死馬】 ◇ 喻指看見山的時候，實際離山還有很遠的距離。

【看地下種，看樹摘果】 ◇ 做事要從客觀情況出發，採取妥善的行動。

【看自己一朵花，看別人一臉疤】 ◇ 諷喻那些驕傲自滿、目中無人的人，往往會把自己看得像鮮花一樣美麗，而把別人看得像滿臉長了瘡疤似的醜陋。

【看見城，走死人】 ◇ 喻指從遠處能看見城的輪廓的時候，實際距離這座城市還有很遠的路。

【看別人吃飯自己飽不了，吃別人嚼過的菜沒有味道】 ◇ 喻指親自實踐，掌握第一手材料最珍貴。

【看別人須有眼力，看自己得有勇氣】
◇要想正確地評價別人需要有一定的眼力，要想正確的看待自己，敢於自我批評，則需要有一定的勇氣。

【看你家中妻，但看身上衣】但看：只看。◇看妻子是否勤快，對丈夫是否照顧得周到，只要從丈夫穿的衣服上就可以看出來。

【看花容易繡花難】◇做事看看容易，動手就難了。◎看花容易栽花難

【看其面不如聽其言，聽其言不如察其行】◇要想正確認識一個人，看他的外表不如聽他說的話，聽他說的話不如觀察他的行為。

【看事態行事，看人品説話】◇做事要根據事態的發展，説話要根據對方的人品。

【看兒歹好，須從幼小】◇説明孩子能否健康成長，必須從幼兒時期抓起。

【看兒先看娘，看兵先看將】◇從上一代人或上一級領導的作風中可以看到下一代人或下屬的情況。

【看甚麼人説甚麼話】◇處事圓滑的人説話辦事往往因人而異。

【看面不知心】◇告誡人們，看人不能只看表面，而要看其內在品德。

【看風使舵，順水推舟】◇諷喻某些人總是觀望風向，看領導的臉色、順勢頭行事；辦事不堅持原則，不負責任。◎看風使帆

【看馬鞍不知馬好壞，看人面難知人心腸】◇看一個人的面孔很難知道他心腸的好壞，這就像看馬鞍不能知道馬的好壞一樣。

【看時容易做時難】◇做任何事，看別人做覺得很容易，自己做就會感到難了。

【看病不忌口，枉把大夫請】◇告訴人們，生病吃藥一定要遵照醫囑，不能吃的就不要吃。

【看書求理】◇告訴人們，要讀書學習，探求真理。

【看問題眼光要遠，拉烈馬韁繩要長】◇告訴人們，看待任何問題都要眼光遠一些，這就像拉烈馬要用較長的韁繩一樣。

【看得多，知識增加；寫得多，筆下生花】◇告訴人們，多讀書，知識會不斷增多，多寫作，就會越寫越熟練，越寫越好。

【看得清，把得穩】◇對任何事物，只有看得清楚，了解得透徹，才能把分寸掌握好、穩妥行事。

【看菜吃飯，量體裁衣】◇喻指要根據實際情況辦事。◎量身子裁衣，按肚子吃飯／看鍋吃飯，量體裁衣

【看着魚兒下罩】罩：捕魚的器具。◇喻指擒拿賊人要看準再下手。

【看碗知酒量，看伴知德行】◇看一個人的酒杯就能知道他的酒量，看一個人的朋友和夥伴就能知道他的品德如何。

【看路拉車，望標行船】● 拉車要看清前進的道路，行船要看準前進的航標。◇喻指幹工作要看清路線，認準方向。

【看樹不看樹皮，看人不看穿戴】◇告訴人們，觀察世間事物不能只看

外表，看人不能看人穿戴的好壞，而應看其實質。

【看樹看根，看人看心】◇喻指看問題要抓住根本和主流。◎看樹要看根，看人要看心

【看鷹看牠飛翔，看人看他行為】◇就像看鷹要看牠飛翔情況一樣，看一個人的好壞，要通過他的行為來判斷。

【看鷹看飛翔，看人看品德】◇喻指認識事物要抓住它最本質的地方。

【香油拌藻菜，各人各心愛】◇每個人的愛好各不相同。

【香餌之下，必有死魚；重賞之下，必有勇夫】餌 (ěr)：釣魚時引魚上鈎的食物。◇有優厚的物質誘惑之下，一定會有不怕死的勇夫出來做事。

【香蕉不結兩次實】◐一棵香蕉一年只結一次果實。◇喻指機會只有一次，不可錯過。

【秋寒如虎】◇告訴人們，秋天要注意天氣變化，秋寒不是一般的冷，很容易使人得病。

【秋陽為虎】◇立秋後，仍然會有炎熱的天氣，太陽暴曬熱起來，就像老虎一樣厲害。

【重賞之下，必有勇夫】◇只要有重賞，任何艱險的事都會有勇敢的人去幹。漢代黃石公《黃石公三略》上："軍讖曰：香餌之下，必有死魚。重賞之下，必有勇夫。"

【便宜不可佔盡】便宜：好處，利益。盡：全。◐佔便宜可以，但不可貪得無厭。◇喻指凡事適可而止，便宜不能佔得太多。

【便宜不落外人】便宜：好處，利益。落：歸屬。外人：指沒有親友關係的人。◇有好處應該讓自己的人受益，不能讓外人得到。

【便宜不過當家】便宜：好處，利益。過：經過。當家：本家，自家。◇有好處要讓自己家裏人受益，不能讓別人得去。◎便宜不失當家

【便宜買老牛】◐貪圖價錢低，買了一頭老牛，不但不能幹活，還得飼養。◇喻指貪了便宜，結果濟經利益反而受更大的損失。

【便宜無好貨】便宜：價錢低。◇告訴人們，不要貪便宜，價錢便宜的貨物，質量一定有問題。◎便宜沒好貨。好貨不便宜／好物不賤，賤物不好／價錢便宜無好貨

【便重不便輕】◐使慣了重的，就不習慣用輕的。◇喻指習慣不容易改變。

【保得一人，保不得一門】◇權勢和能力有限，能保得住一個人，卻難保得住一家人。

【促織鳴，懶婦驚】促織：蟋蟀。◐秋後蟋蟀鳴叫，預示着天氣要變涼，懶惰的婦女由於沒有準備好冬衣而產生驚慌。◇喻指如果事先不做好準備，臨時就會感到驚慌。

【俗眼不識神仙】◇一般的人識別不了真正的人才。

【俗話不俗】◇話雖然很通俗，但它所蘊含的哲理卻很深刻，

【信人挑，丟了瓢】挑 (tiǎo)：挑撥。◐聽信別人的調唆、挑撥，結果上當受騙，還造成了損失。◇告誡人們，遇事要多動腦筋分析，要有正確的是

非觀念，不能隨便聽任別人的挑撥離間。

【信了肚，賣了屋】信：聽憑，放任。
● 有點錢就放開肚皮大吃大喝，最終導致傾家蕩產。◇勸人花錢要有計劃，過日子要勤儉。◎信了賭，賣了屋

【信步隨將去，隨天吩咐來】◇按照自己的心願去做事情，成功與否聽天命安排。

【信言不美，美言不信】信：誠實。
● 誠實的語言不一定華美，華美的語言不一定誠實。◇勸人要接受別人誠懇的批評，不被讚美奉承之辭所迷惑。《道德經》第八十一章："信言不美，美言不信。善者不辯，辯者不善。知者不博，博者不知。聖人不積，既以為人己愈有，既以與人己愈多。"

【信速不及草書，家貧難辦素食】
● 寫信要快，沒有比草書寫得更快的，家境貧寒，即使是素食也請不起。◇說明要做成一件事必須具備最基本的條件。

【信情不如信理】● 聽任感情不如聽任理智。◇提醒人們，辦事要有理智，不能感情用事。

【皇天不負好心人，皇天不負苦心人】● 上天不會虧待好心腸的人，也不會虧待勤勞刻苦的人。◇善良的好心人一定會有好的結果，勤勞刻苦的人做事終會成功。◎／皇天不負好心人／蒼天不負苦心人／上天不負苦心人

【皇天無親，惟德是輔】● 上天不偏祖和親近任何人，而是誰講道德和仁義就護佑誰。◇提倡人要有道德，講仁義。《尚書·周書·蔡仲之命》："皇天無親，惟德是輔。民心無常，惟惠之懷。為善不同，同歸於治；為惡不同，同歸於亂。"

【皇帝也難白用人】◇喻指權利再大的人也不能讓人無償地付出勞動。

【皇帝女兒不愁嫁】● 皇帝的女兒不用發愁嫁不出去。◇喻指稀少緊俏的物品不用發愁沒人買。

【皇帝不差餓兵】◇喻指即使權力再大，也不能不對辦事人加以酬勞。

【皇帝愛長子，百姓愛么兒】么(yāo)：微小。么兒：排行最小的兒女。◇封建時代的皇帝一般寵愛長子，因為長子將繼承皇位；而普通老百姓一般寵愛最小的孩子。

【俟河之清，人壽幾何】俟（sì）：等待。河：黃河。● 等待黃河的水變清澈，人的壽命能活多長？◇喻指時間太長久，難以等待。《左傳·襄公八年》："周詩有之曰，俟河之清，人壽幾何。"

【律設大法，理順人情】◇在刑律上，要遵循國家大法，在道理上要順乎人情。

【律意雖遠，人情可推】◇法律蘊涵的意思雖然很深遠，但是按人情還是可以推導出來的。

【後下的雨不長穀，過時的話不得力】
◇提醒人們，過時的話毫無意義，盡可能不要說。

【後生發福，棺材當屋】後生：指青年人。發福：發胖。◇提醒人們，年輕時就發胖，對身體有很壞的影響，是很危險的事。

【後來者居上】◇後來的年輕人常常能勝過先前的老一輩人。《史記・汲黯列傳》："陛下用群臣如積薪耳，後來者居上。"◎後來居上

【後浪催前浪】◇喻指後起的力量往往能推進前面的事物。◎後浪推前浪

【卻之不恭，受之有愧】卻：推辭，拒絕。恭：恭敬。受：接受。愧：慚愧。◇對於別人的饋贈、邀請等，如果拒絕，就顯得不恭敬，如果接受了，心裏又覺得慚愧。語出《孟子・萬章下》："曰：'卻之卻之為不恭，何哉？'"

【卻願在家相對貧，不願天涯金繞身】●妻子擔心丈夫出門富貴後，就奔走名利，再不能常在家中跟自己一起共享家庭的樂趣。所以寧可守在家裏一起過貧困的日子，也不願丈夫出門到遠方去獲取功名利祿。

【食人之食，事人之事】◇吃了人家的東西，就應該為人家辦事。◎食人之食，憂人之憂

【食人食者死其事】●吃了人家的東西就得為人家效死力。◇喻指拿了國家的俸祿就應當以死報效國家。

【食不語，寢不言】◇吃飯、睡覺時不要說話，養成良好的生活習慣。《論語・鄉黨》："食不語，寢不言。雖疏食菜羹，瓜祭，必齊如也。"

【食之無肉，棄之有味】●吃吧沒有肉了，扔吧還有肉味。◇喻指某物得到了沒有甚麼用處，丟掉了又覺得可惜。

【食在口頭，錢在手頭】●食物在嘴裏很快就會被吃掉，錢在手裏很快就會被花掉。◇喻指錢財很容易花完，因此應該節儉。

【食多傷胃，憂多傷身】◇吃的太多會損傷胃；憂慮過多會影響身體健康。

【食色性也】◇吃飯和喜好女色是人的本性。《孟子・告子上》："告子曰：'食色，性也。仁，內也，非外也；義，外也，非內也。'"

【食君之祿，忠君之事】●拿了君王的奉祿，就要忠誠地為君王幹事。◇喻指受了別人的恩惠，就應報答他人。《三國演義》第六十八回："徐盛曰：'食君之祿，忠君之事，何懼哉！'遂引猛士數百人，用小船渡過江邊，殺入李典軍中去了。"

【食盡鳥投林】●糧食吃完了，鳥就飛進了樹林。◇喻指某人的權勢沒了，依附他的人就投奔別處了。清代曹雪芹《紅樓夢》："看破的，遁入空門；痴迷的，枉送了性命：好一似食盡鳥投林，落了片白茫茫大地真乾淨！"

【食穀者生】◇吃粗茶淡飯能使人長壽。

【盆說盆，罐說罐】◇ ❶喻指文章脫離了正題，敘述的內容互不相干。❷指各自只顧陳述自己的理由，不理會別人的講述。

【盆罐都有耳朵】● 盆和罐尚且都有耳朵，更何況人。◇ ❶人總會聽到別人的議論。❷ 指人長着耳朵，卻甚麼也聽不進去，還不如盆罐的耳朵有用。

【胖子不是一口吃的】◇告訴人們，做事不能急功近利，急於求成，要循序漸進，不可過於急躁。

【風一陣，雨一陣】◇喻指人的情緒不穩定，一會兒好，一會兒壞，變化很快。

【風大伴牆走】◎ 遇到大風，靠近牆根走。◇喻指遇到強敵時，可以暫且躲一躲，避其銳氣。

【風大要伴岸走，浪急要落篷行】◇行船遇到大風時，要靠岸邊航行，浪高水急時，要落下船帆，這樣會更安全。

【風不來，樹不動；船不搖，水不渾】◇事出有因，不會是平白無故的。《水滸傳》第二十回：「那張三見這婆惜有意以目送情，等宋江起身淨手，倒把言語來嘲惹張三。常言道：‘風不來，樹不動；船不搖，水不渾！……”◎風不吹不響，樹不搖不動／風不吹，樹不搖／風不來，樹不響／風不起，塵不飛／風不颳，樹不搖，蝨子不咬人不搔

【風水不便，客人背縴】背縴：在岸邊用繩拉船前進。◎ 行船時碰到逆水逆風，船隻無法前進，只好讓乘客下來拉船。◇喻指運氣不佳，碰到了麻煩，事出無奈，只好煩勞客人。

【風水風水，羅盤和嘴】羅盤：測定方位的儀器。◇風水先生只是靠羅盤和一張能說會道的嘴，沒有其他甚麼神秘的東西。

【風水輪流轉】風水：一般指住宅、墳地的方位和地勢好壞。此處指運氣好壞。◇運氣是在不斷地轉換的，任何個人或團體都會有興旺發達的時候，也會有背運的時候。

【風有風頭，雨有雨頭】◎ 風和雨都有開頭的一部分。◇喻指任何事情都有個帶頭的。

【風吹連簷瓦，雨打出頭椽】◇喻指特別突出、冒尖的人物，往往會首先受到攻擊。

【風吹鴨蛋殼，財去人安樂】◇喻指損失掉錢財後，往往就能換得人平安。◎風吹雞蛋殼，財去人安樂

【風災一條線，水災一大片】◇風災受害地區是成線狀，水災受害地區是一大片。

【風來得頂着走，雨到要快步行】◎ 大風來時，要頂着風前進，如果躲避就會被大風吹倒；暴雨降臨時，要快步急行，以免遭雨淋濕。◇喻指做事遇到困難時，要有勇往直前的精神。

【風兒無翅飛千里，消息無腳走萬里】◇喻指消息只要一公開出去，就會一人傳一人，口口相傳，很快就會滿城風雨，家喻戶曉。

【風是雨的頭】◎ 颳風就預示要下雨。◇喻指剛剛顯露了一些跡象，好戲還在後面。

【風後暖，雪後寒】◇寒風過後，氣溫必定會回升變暖；大雪過後，雪融吸熱，溫度一定驟然下降。

【風急雨至，人急智生】◇風颳得緊時，雨隨後就來；人到危急時，就會突然想出好辦法來解決問題。

【風急雨落，人急客作】客作：替他人做工掙錢。◇人到極度貧困時，就會不擇職業，就像風颳急了就有雨落一樣。

【風高放火，月黑殺人】◎ 趁風高放火，趁黑夜殺人。◇喻指壞人一有機會就要興風作浪。

【風流不在着衣多】◇風流在於有學問，有風度，不是憑衣着。

【風流自古多魔障】魔障：惡魔設的障礙。◇有才華的人，總是多受磨難。

【風流自古戀風流】風流：此處指愛情忠貞的人。◇自古以來愛情上情投意合、忠貞不渝的人，總是男鍾女愛、難離難捨。

【風流茶博士，瀟灑酒家人】茶博士：茶館的侍者。◇舊時認為，去茶館喝茶的人，多數是風流名士；上酒店喝酒的人，多數是瀟灑大方的人。

【風流茶說合，酒是色媒人】風流：此處指男女之間的放蕩行為。色：色情。◇喝茶飲酒容易誘發色情之事。

【風雲多變，人心難測】◇喻指人心不容易揣測，像天上的風雲那樣變化多端。

【風無常順，兵無常勝】◇事情不可能都一帆風順，或者永遠沒有挫折。

【風裏言，風裏語】◇喻指不敢公開明說，只是似有非有的隱隱約約傳聞。清代《紅樓夢》第三二回：“我近來看着雲姑娘的神情兒，風裏言風裏語的，聽起來，在家裏一點兒做不得主。”

【風裏楊花水上萍】◐楊花隨風飄蕩，萍浮游無定。◇喻指有許多事如同風中的楊花和水面上的浮萍，不會持續或固定在一處很久，瞬間就蕩盡無遺。

【風聲鶴唳，草木皆兵】◐聽到風聲鶴叫，看見草木晃動，都疑為敵兵。◇喻指驚恐萬狀，自相驚擾。《晉書·謝安傳》：“……肥水為之不流。餘眾棄甲宵遁，聞風聲鶴唳，皆以為王師已至，草行露宿，重以飢凍……”

【狡兔有三窟】◇喻指作多種藏身避禍的準備。《戰國策·齊策四》：“馮諼曰：‘狡兔有三窟，僅得免其死耳。今君有一窟，未得高枕而臥也。請為君復鑿二窟。’”

【狡兔死，走狗烹】◐狡猾的兔子死了，用以追捕兔子的狗就無用了，可以煮來吃了。◇諷刺那些無情的領導者，在事情成功之後，把曾經出過大力的人拋棄或陷害。《史記·越王句踐世家》：“蜚鳥盡，良弓藏；狡兔死，走狗烹。”◎狡兔得，獵狗烹

【怨廢親，怒廢禮】◇人們在怨恨時，常常會不顧親人的情面；憤怒時常常會不顧日常的禮節。

【急人有急計】◐當一個人在緊急情況下，有時也能想出某種應變的好計謀來。◇說明人往往能夠急中生智。

【急不如快】◐心裏着急不如趕快行動。◇提醒人們，遇事不要光着急，而是要積極想辦法，快速行動。

【急水也有回頭浪】◇喻指順利的事也難免會遇到挫折。

【急水好捕魚】◐水流急的地方，魚的活動不能自控，容易捕捉。◇喻指辦事要善於抓住有利時機，因勢利導，這樣才容易成功。

【急火煮不出好飯】◇喻指做事不可急躁，過於急躁，效果不會好。

【急行無善步】◇喻指急迫中做出的事或倉促間寫出的文章，都不會太好、太完善。◎急趨無善跡

【急走冰，慢走泥】◐在冰上走，步子要快才不容易滑倒；在泥濘的地上走，步子要慢才不容易踔跤。◇喻

指對不同性質的事物要採取不同的處理方法。

【急性子吃不得熱湯丸】◇喻指性情急躁的人，一旦遇到棘手的事，因為急於求成，卻常常適得其反。

【急則有失，怒中無智】◐急忙中會有差錯，憤怒中會無理智。◇提醒人們，遇事要沉穩，要冷靜。

【急急光陰似流水，等閒白了少年頭】◐急促的光陰像流水一樣迅速消逝，不經意地少年頭上就長出了白髮。◇告誡人們，光陰易逝，莫虛度大好年華。

【急紡沒好紗，急蒸沒好粽】◇提醒人們，辦任何事情都要防止急躁情緒。

【急脫急着，勝如服藥】着：穿。◐天熱時及時脫掉厚的衣服，涼時及時多穿些衣服，能這樣做，勝過生病去服藥。◇告誡人們，當天氣溫差變化顯著時，應及時增添或減少衣服，以免生病。

【急躁越多，智慧越少】◇提醒人們，遇事要注意頭腦冷靜，積極想辦法，一定要防止急躁情緒，否則該想到的好主意也會被忽略掉。

【急驚風撞着了慢郎中】急驚風：指小兒急性抽搐病。◐孩子得了急性抽搐病，偏偏遇上了慢性子的醫生。◇喻指當事情危急向人求助時，遇上了動作遲緩的人。

【計毒無過斷糧】◇最惡毒的計謀，無過於使人斷絕糧草。

【哀兵必勝，驕兵必敗】哀：悲憤。驕：驕傲。◐處境惡劣、充滿悲憤的軍隊一定會勝利；恃強狂妄的軍隊注定要失敗。◇告誡人們，一支軍隊，一個團體，乃至一個人，在最困難的時候，只要發憤圖強，最終必將走出困境；相反，如果驕傲自大，自以為是，終將遭受挫折。《道德經》六九章：“故抗兵相加，哀者勝矣。”

【哀莫大於心死】心死：極度消極，萬念俱灰。◐沒有比心死更大的悲哀了。◇最大的悲哀莫過於對前途失去希望，對眼前的事失去信心。《莊子・田子方》：“夫哀莫大於心死，而人死亦次之。”

【哀莫大於心死，痛莫大於國亡】◇要說悲哀，沒有比心死更嚴重的了；要說痛苦，沒有比國家滅亡更沉重的了。

【哀樂失時，殃咎必至】哀：哀傷。樂：歡樂。殃：災難。咎：禍害。◇如果過分哀傷和歡樂，災禍一定會來臨。《左傳・莊公二十年》：“哀樂失時，殃咎必至。”

【度過寒夜覺春暖，嚐過苦豆知饃甜】◇喻指經歷過艱難困苦的人，最懂得幸福生活的可貴。

【施人勿念，受施勿忘】◐提醒人們，施給別人的恩惠不要念念不忘，受了別人的恩惠不要忘記。◎施惠莫念，受恩莫忘

【施恩不望報，望報不施恩】◇正派的人施恩惠給人，不圖人家報答。◎施恩莫望報，望報莫施恩

【施薄報薄，施厚報厚；有施無報，何異禽獸】◇別人給了小的恩惠就應該小報答，別人給了大的恩惠就應該厚報答；如果別人給了自己的恩惠不予報答，這同禽獸沒有甚麼差別。

【施藥不如施方】�‿給人家藥物不如給人家藥方。◇喻指幫助別人要從根本上幫助解決問題。

【美女不觀燈】燈：指元宵節的燈會。◇舊時認為，美貌的女子不要去看燈會，不要到人多熱鬧的地方去，以免招來麻煩。

【美玉埋沙】◿美玉被沙子埋沒。◇喻指卓越的人才也有得不到賞識重用的時候。

【美成在久，惡成不及改】◿心靈美是在長時間的陶冶和薰染中形成的，心靈醜惡的形成卻很迅速，改之不及。◇提醒人們，要潔身自好，警惕醜惡思想的侵蝕。《莊子·人間世》："遷令、勸成殆事，美成在久，惡成不及改，可不慎與！"

【美色不同面】◇美麗的人，他們的面容並不相同。

【美色從來是禍胎】◇舊指美麗的女色向來是禍害的根源。反映對婦女的一種偏見。

【美服人指，美珠人估】◿美麗的服飾能引起人們的指指點點，美好的珠子能引起人們的評估。◇喻指美好的事物必然會引起人們的品評。

【美服不稱，必以惡終】◿如果穿着華麗的服飾，卻沒有做出可以與服飾相稱的貢獻，必然不會有好的結果。◇提醒人們，不可只追求享受，不努力工作。

【美食不中飽人餐】中（zhōng）：中意。◿最好吃的食品，吃飽了飯的人也會看不中意，沒興趣去享用。◇喻指某些好的謀略和設想，也要在適當的時候，才會被採納。◎美食不中飽人吃／美食不中飽人意

【美酒不過量，好菜不過時】再好的酒，如果喝過了量，也會對人體有害；再好的菜，如果放的時間過長，也不會好吃。

【美酒不過飲，好菜不過食】◇提醒人們，再好的酒也不要飲得過量，再好的菜餚也不要吃得過多，應適可而止。

【美酒飲教微醉後，好花看到半開時】◿喝美酒喝到微醉陶然的境界時最好，賞名花賞在花苞半開時最美。◇喻指任何事情要恰到好處，適可而止。

【美景不長，良辰難再】◿美麗景色不能長久存在，大好時光逝而不再返回。◇告訴人們，要珍惜光陰，不要虛度年華。清代文康《兒女英雄傳》第三十回："要知天道忌全，人情忌滿，美景不長，良辰難再。"

【前人田土後人收】◿前人創下產業，後人來繼承，收穫成果。◇喻指前人辛苦創業，後人坐享其成。◎前人田地後人收

【前人失腳，後人把滑】失腳：行走時不小心跌倒。把滑：走穩腳步，以免滑倒。◿前面的人跌了跤，後面的人就要小心注意，免得蹉倒。◇喻指前人犯了錯誤，後人要引以為戒。◎前人吃跌，後人把滑／前人躓，後人戒

【前人挖井，後人吃水】◇❶前人辛苦努力，是為後人謀利益。❷指後人坐享其成。

【前人栽樹，後人修剪】修剪：用剪子修整。◿前人種下樹苗，後人在樹木成長中，要修枝管理。◇喻指前人創業，後人要繼承發展。

【前人種樹，後人歇涼】歇涼：乘涼。
◕ 前人種下小樹苗，後人在樹下乘涼。◇❶ 前人艱苦勞作，是為後代造福。❷ 祖先創業，子孫坐享其成。◎前人栽樹，後人乘涼。／前人開路後人行／前人種德後人收／前人種樹後人收

【前人撒土迷了後人的眼】迷：塵埃等雜物進入眼中。◕ 走在前面的人揚土，迷了跟在後面的人的眼睛。◇❶ 喻指前人做了錯事，後人受到連累。❷ 喻指不明不白地了結事情。◎前人撒土，迷後人眼／前人灑土，迷了後人的眼睛

【前人躓，後人戒】躓（zhì）：絆倒，引申為犯了錯誤。戒：防備，警惕。◕ 前面的人被東西絆倒了，後面的人就要提高警惕。◇喻指前人失敗的教訓，後人應該引以為戒。

【前不着村，後不着店】着（zháo）：挨上。◕ 前面不靠近村落，後面不鄰近客店。◇喻指行走到荒郊野外，四處無人，處境尷尬。◎前不巴村，後不巴店／前不沾村，後不搭店／前不靠村，後不挨店

【前欠未清，免開尊口】◇以前欠下的賬沒有還清，就不要開口再借。

【前世燒了斷頭香】斷頭香：指在神前點燃的香沒有燒盡就熄滅了。迷信認為，前世如果燒了斷頭香，就會惹怒神佛，後世就要經受磨難，沒有後嗣。◇前世不小心得罪了菩薩，今生今世諸事不順遂。◎前世燒香不到頭

【前有車，後有轍】轍：車輪碾過留下的痕跡。◕ 前面有車走過，後頭就留下車轍印。◇❶ 喻指前人的經驗教訓，後人要引以為戒。❷ 喻指效仿別人的做法，跟着人家學。

【前車不開路，後車不沾泥】◕ 前面的車不開闢出道路，後面的車就無法開行。◇喻指前人為後人打下了基礎。

【前車之覆，後車之鑒】覆：傾覆，翻車。鑒：作為警戒的事情。◕ 前面的車翻了，後面的車要把它引為教訓。◇喻指前人的失敗教訓，後人可以作為警戒，避免犯同樣的錯誤。《説苑・善説》：“公乘不仁曰：‘《周書》曰：前車覆，後車戒。蓋言其危，為人臣者不易，為君亦不易。今君已設令，令不行，可乎？’”◎前車已覆，後車當戒／前車覆，後車戒／前車覆，後車鑒

【前事不忘，後事之師】師：學習的榜樣。◇不忘記過去發生的事情，把它作為以後行事的借鑒。《戰國策・趙策一》：“張孟談對曰：‘君之所言，成功之美也。臣之所謂，持國之道也。臣觀成事，聞往古，天下之美同，主臣之權均之能美，未之有也。前事不忘，後事之師。君若弗圖，則臣力不足。’”◎前車之鑒，後事之師

【前門拒虎，後門進狼】拒：抵擋。◕ 前門剛趕走老虎，後門又進來惡狼。◇❶ 喻指剛趕走了一夥壞人，又闖進來另一夥壞人。❷ 指剛消除一種災患，緊接着又發生了另一種災患。明代李贄《史綱評要・周紀・顯王》：“前門拒虎，後門進狼，未知是禍是福。”◎前門拒狼，後門進虎／前門逐狼，後門進虎／前門去虎，後門進狼／前門方拒虎，後戶又進狼

【前門防虎狼，後門防毒蛇】◇既要提防正面的敵人，也要提防背後的敵人。

【前怕狼，後怕虎】● 往前走怕遇上狼，朝後退又怕碰上虎。◇喻指做事不大膽，顧慮重重。明代馮惟敏《朝天了‧感述》："磊落英雄，清修人物，前怕狼後怕虎。設謀，使毒，只待把忠良妒。"《醒世姻緣》第三十二回："我只聽天由命，倒沒的這們些前怕狼後怕虎哩！"◎前怕龍，後怕虎／前怕老虎後怕蛇

【前晌栽了樹，後晌想歇涼】前晌：上午。後晌：下午。歇涼：乘涼。◇❶ 人過於急功近利。❷ 指想法不切合實際。

【前留三步好走，後留三步好行】● 走路時，和前後的人保持一點距離，才邁得開步子。◇喻指說話、做事要留有餘地，以防萬一。

【前船就是後船眼】● 航行在前面的船已探明了航道，為後邊船隻的航行標出了方向。◇喻指前人的實踐，為後人提供了可供參照和借鑒的經驗。

【前無古人，後無來者】● 前人沒有做過，後人也不曾做過。◇空前絕後。唐代陳子昂《登幽州台歌》："前不見古人，後不見來者。"

【前無糧草，大軍不行】糧草：軍用的糧食和草料。行：前進。● 前面沒有備好糧草，軍隊不能挺進。◇喻指準備工作做得不充分，事情就無法進展。

【前貌後貌好看，心肝五臟難瞧】● 人的外貌容易看清楚，內臟器官隔着肚皮很難看到。◇喻指人心難以測度。

【前頭有虎，背後有狼】● 往前走有猛虎擋道，往後看有惡狼緊隨。◇喻指腹背受敵，處境危險。

【前邊走車，後邊合轍】合轍：後車沿着前車輪在地上軋的痕跡走，指前後一致。● 前車走過後，後車沿着前車的車轍走。◇喻指做事要前後保持一致。

【前邊尋狼，後邊失兔】◇喻指顧此失彼，不能兼顧。

【為人不可忘本】◇做人不應該忘記自己的根本。

【為人不怕有錯，就怕死不改過】◇人不怕犯錯誤，就怕犯了錯誤不改正。

【為人不做虧心事，不怕三更鬼叫門】● 為人不做損人利己的事，就不怕半夜三更鬼來敲門。◇喻指為人心胸坦蕩，做事光明磊落，就不畏懼任何事情。◎為人不做虧心事，半夜敲門心不驚／為人不作虧心事，不怕半夜鬼吹燈

【為人刊刻遺集以廣流傳，與收人骸骨同功】◇為人印刷出版遺留著作，廣泛流傳於世，如同埋葬他人骸骨，有同樣的功德。

【為人坐得正，不怕影子斜】◇做人光明磊落，就不怕流言蜚語。

【為人重晚節，行文看結穴】晚節：晚年的節操。結穴：泛指事情所歸結的要點。● 做人要保持晚年的節操，寫文章要看所歸結的要點。◇勸告人們，要注重視保持晚節。

【為人為到底，送人送到鄉】● 幫助人就應該幫助到底，送人就應該送他的家。◇強調幫人要幫到底。◎為人為到底，送人送到家

【為人莫貪財，貪財不自在】◇做人不要貪圖不義之財，貪圖不義之財心裏就會不安寧。

【為人須要始終如一】◇提醒人們，要有始有終。

【為人須為徹，殺人須見血】◇幫助人一定要幫助到底。◎為人須為徹

【為了一片篾，劈了一枝竹】篾（miè）：竹子劈成的薄片。◇為了獲得其中的一小部分，難免會損傷一個整體，因小失大，得不償失。

【為山九仞，功虧一簣】仞（rèn）：古代長度單位，八尺或七尺為一仞。簣（kuì）：盛土的竹筐。●築九仞高的土山，因差一筐土而沒能築成。◇喻指辦一件事情，只差最後一點沒有做好，結果沒能完成。語出《尚書‧周書‧旅獒》："夙夜罔或不勤，不矜細行，終累大德。為山九仞，功虧一簣。"

【為老不正，帶壞子孫】●當長輩的不正派，會帶壞後代。◇年長的人要為後代樹立好的榜樣。◎為老不正，教壞子孫 / 為老不尊，教壞子孫

【為臣必臣，為君必君】●當臣子就得像個臣子，當君王就得像個君王。◇幹甚麼就應該像甚麼。

【為臣當忠，交友當義】◇舊時認為，做臣子應當忠於君主；交朋友應該講究義氣。

【為臣盡忠，為子盡孝】◇舊時認為，做臣子的應當竭盡全力效忠君王，做兒女的應當竭盡全力孝順父母。◎為子盡孝，為臣盡忠

【為君忘親，為國忘身】◇效忠君王的人，常常會忘掉自己的親人；為了國家利益的人，會忘掉自身利益。

【為者常成，行者常至】◇只要努力實踐，就能取得成功。《晏子春秋內篇‧雜下》："晏子曰：'嬰聞之，為者常成，行者常至。嬰非有異於人也，常為而不置，常行而不休者，故難及也。'"

【為朋友兩脅插刀】●為朋友願意兩肋插刀相助。◇為朋友行俠仗義，見義勇為，敢冒一切風險。

【為治之道，必先除弊】◇要治理好國家，首先是要革除各種弊端。

【為政猶沐也，雖有棄髮，必為之】沐（mù）：洗頭。●管理國家就像洗頭一樣，雖然要掉頭髮，但也要做。◇喻指要管理好國家，必須付出一定的代價。《韓非子‧六反》："古者有諺曰：'為政、猶沐也，雖有棄髮、必為之。'"

【為虺弗摧，為蛇若何】虺（huǐ）：小蛇。摧：毀滅。若何：怎麼辦。●小蛇不打死，成了大蛇怎麼辦？◇❶趁敵人弱小時，就把他消滅。❷指壞人要及早除掉。《國語‧吳語》："夫越王好信以愛民，四方歸之；年穀時熟，日長炎炎，及吾猶可以戰也。為虺弗摧，為蛇將若何？"

【為國忘家，人臣大節】◇為了國家忘記了家庭，是當臣子的最重要的品德。

【為國者不顧家】◇一心為了國家事業的人，會忘記照顧自己的家。

【為善最樂，為惡難逃】◇做好事是一件很快樂的事，大家要多做；做壞事會得到懲罰，大家千萬不要做。

【為淵驅魚，為叢驅雀】淵：迴旋的深水。驅：趕。● 把魚趕到深潭裏，把鳥雀趕到密林裏。◇指舊時統治者施行暴政，結果使本國的百姓投向別國。《孟子・離婁上》：“故為淵驅魚者，獺也；為叢驅爵者，鸇也；為湯武驅民者，桀與紂也。”爵：同“雀”。

【為富不仁，為仁不富】◇舊時認為，要想發財致富，就要剝削別人；如果心腸好，行仁義，就富不起來。《孟子・滕文公上》：“為富不仁矣，為仁不富矣。”

【洪水未到先築堤，豺狼未來先磨刀】◇告訴人們，凡事應該未雨綢繆，有必要的防範準備。

【洪水再大也淹不過鴨背】◇喻指力量再大也有達不到的地方。勸慰人們辦事情只要盡力而為，即使不成功也不要灰心。◎洪水再大也漫不過鴨背

【洞中方七日，世上已千年】◇神仙在洞中才居住七天，世上已過千年了，神仙生活一天，普通的凡人要生活好幾輩子。

【洗臉打濕手，吃飯打濕口】● 洗臉時總會把手弄濕，吃飯時必然會把嘴弄濕。◇喻指做事總要付出一定的代價。

【活人還能叫尿憋死】◇喻指困難難不倒人，總會有辦法去克服。◎活人不能叫尿憋死

【活到老，學到老】◇世間值得學習的知識廣博得很，學習上是無止境的，需要不斷地努力。

【染缸裏撈不出白布】染缸：染布的大缸，喻對人的思想產生負面影響的環境。◇喻指處在不良環境中，人的思想品德或生活習性自然而然地受到壞的影響。◎染缸裏拿不出白布來 / 缸裏拉不出白布，陰溝裏流不出清水

【洋闊有邊，海深有底】● 洋再闊也有邊際，海再深也有底。◇喻指凡事都有盡頭，不可能無止境。

【恨小非君子，無毒不丈夫】◇舊指對敵人恨得不深就不是君子，對敵人心腸不狠毒就不是男子漢大丈夫。元雜劇《冤報冤趙氏孤兒》第四折：“常言恨小非君子，無毒不丈夫。難遮護，我不怕前後侍從，左右軍卒。”

【室於怒，市於色】● 在家中生氣，到了街上對別人沒有好臉色。◇自己受了氣，還遷怒於他人。《左傳・昭公十九年》：“諺所謂室於怒，市於色者，楚之謂矣。”◎怒於室者色於市

【客不送客】◇客人走時，其他客人不必送，有主人送就行了。

【客不離貨，船不離舵】◇告訴人們，客居在外，所帶財物不可離開自己身邊，以防丟失，這就如同船不能離開舵以防迷航一樣。

【客由主便】◇客人聽從主人的安排。◎客隨主便

【客至罷琴書】● 正在彈琴或寫字的時候，如果來了客人，就要立刻停止。◇告誡人們，對待客人要熱情有禮貌。杜甫《過客相尋》：“地幽忘盥櫛，客至罷琴書。掛壁移筐果，呼兒問煮魚。”

【客走主人安】◇宴請的賓客散去了，請客的主人才能結束應酬而得到安寧。

【穿不窮，吃不窮，算計不到定受窮】
◇告誡人們，過日子要精打細算，如不精打細算，必然窮困。◎穿不窮，吃不窮，算盤不到一世窮

【穿衣吃飯量家當】◇穿衣吃飯要根據家庭的經濟狀況，不能盲目地攀比。

【穿衣戴帽，各有一好】好：讀(hào)。◇人各有所好，生活上的事不能強求千篇一律。◎穿衣戴帽，各人所好／穿衣戴帽，各好一套／穿衣戴帽，各有所好

【穿青衣，抱黑柱】青衣：黑衣服。◇喻指吃誰的飯，為誰辦事。

【穿鞋不知光腳的苦】◇喻指環境條件優越的人，根本無法體會處在困境中的人的苦處。◎穿鞋的不顧光腳的苦

【冠雖穿弊，必戴於頭；履雖五彩，必踐之於地】冠：帽子。弊：損壞。履：鞋。●帽子雖然破舊了，但一定是戴在頭上，鞋雖然華美漂亮，卻一定是踩在腳下。◇喻指人的尊卑等級、長幼次序不可顛倒。《韓非子·外儲說左下》："趙簡子謂左右曰：'車席泰美。夫冠雖賤，頭必戴之；履雖貴，足必履之。今車席如此，大美，吾將何屬以履之？夫天下而耗上，妨義之本也。'"◎冠雖故必加於首，履雖新必關於足／冠雖賤，頭必戴之；履雖貴，足必履之／冠雖穿決，必戴於上；履雖五彩，必踐於地

【郎中醫不好自己的病】郎中：即醫生。◇醫生自己得了病，需要請別的醫生診治。

【軍不斬不齊，將不嚴不整】●在軍隊裏，如果對違抗軍令的人不斬殺，士兵的行動就不會一致；對將領要求不嚴格，部隊的步調就不會統一。◇強調治軍要嚴，必須步調統一，行動一致。

【軍中無戲言】◇提醒人們，在軍隊裏，軍紀嚴明，說話一定要嚴肅認真，不能隨便說玩笑話。《三國演義》第四六回："孔明曰：'只消三日，便可拜納十萬枝箭。'瑜曰：'軍中無戲言。'孔明曰：'怎敢戲都督！'"

【軍令如山倒】◇執行軍事命令如同山突然倒下一般地迅速，不能有絲毫的含糊。

【軍無媒，中道回】媒：媒介，指嚮導或內應。◇意思是說軍隊去襲擊敵人，如果沒有嚮導或內應，即使已行軍到半路，也應返回。《新唐書·東夷列傳第一百四十五》："諺曰'軍無媒，中道回'。"

【軍賞不逾月】逾：超過。◇軍隊中獎賞有功者，不能拖延。◎兵賞不逾日

【扁擔是條龍，一生吃弗窮】弗：不。●扁擔是個好東西，靠它一生都有飯吃。◇只要愛勞動，肯吃苦，維持生計是比較容易的。

【神不歆非類，民不祀非族】歆(xīn)：指神靈享用的祭品。祀(sì)：祭祀。●神不享受不同類的祭品。百姓不祭祀不是自己宗族的祖先。◇喻指不該屬於自己的東西不要去拿，不該自己尊敬的人不要去尊敬。《左傳·僖公十年傳》："臣聞之，神不歆非類，民不祀非族，君祀無乃殄乎？"

【神仙不識丸散】散(sǎn)：指中藥的藥末。◇中藥的藥丸和藥末沒有標誌，形色又相似，區分很困難。◎神仙難識丸散

【神仙打鼓有錯點】◑神仙打鼓也有打錯點的時候。◇喻指沒有人能夠事事正確，不出差錯。◎神仙也有二三個錯

【神仙難過二三月】二三月：指春荒缺糧時期。◇喻指春荒缺糧是老百姓最難熬的日子。

【神多要設廟，廟多要燒香】◇喻指人多機構龐大，財政支出就會增加，辦事效也會降低。

【神鬼怕愣人】愣人：性格倔強的人。◑性格倔強的人不輕易屈服，因此誰都不敢同他較勁。◎神鬼怕惡人

【神靈若不報應，積善不如積惡】◑如果神靈不對行善作惡的人有所報應，那麼做好事不如幹壞事。

【神靈廟祝肥】廟祝：寺廟中管香火的人。◑廟中的神靈驗，人們上香的就多，管香火的人收入也就豐厚。◇喻指聚在名聲大的人周圍，能沾光。

【既在矮簷下，怎敢不低頭】◑既然站在低矮的房簷下面避雨，就只得低頭了。◇❶喻指有求於人只得委曲俯就。❷喻指身處困境只好暫時委曲忍耐。

【既有來龍，必有去脈】◇喻指事情的發生決非偶然，既有前因，必有後果。

【既當婊子，又立牌坊】婊子：妓女。牌坊：舊時用以表彰忠孝節義人物而建造的像牌樓一樣的建築物。◇譏諷某些人幹了壞事，還想得到好名聲。◎又想當婊子，又想樹貞節牌坊

【屋要人支，人要糧撐】◇房子要有人住，才能保持清潔和空氣流通；人要吃飽飯，才能維持生命。

【屋裏不燒火，屋外不冒煙】◇喻指內部不發生事故，外面就不會有任何跡象。

【屋裏無燈望月出，身上無衣望天熱】◇喻指身處困境時，會急切盼望處境變好。

【屋漏在上，知之在下】◇喻指上面的過錯，下面的人都知道。

【屋漏更遭連夜雨，船遲又碰打頭風】打頭風：頂頭風，逆風。◇喻指不幸的遭遇接踵而至。明代馮夢龍《醒世恆言》卷一："這等苦楚，分明是：屋漏更遭連夜雨，船遲又遇打頭風。"◎屋漏更遭連夜雨，船遲又遇打頭風

【屋漏遷居，路紆改途】紆（yū）：彎曲，繞彎。◑房屋漏雨了要搬家，路彎曲了要改道。◇喻指發現了缺點、錯誤要及時改正。

【屋寬不如心寬】◇房子住得再寬敞，如果心情不愉快也不行。

【屋簷滴水石板穿，點點滴滴匯成川】◇喻指力量雖小，但經過長期堅持不懈的努力，也能辦成大事。

【眉毫不如耳毫，耳毫不如老饕】老饕（tāo）：貪食的人，此處指不挑食的人。◇眉毛長得長不如耳朵上長有長毛的人壽命長，而耳朵上長有長毛的人又不如不挑食的人壽命長。

【眉頭一皺，計上心來】眉頭一皺：人思考問題時的樣子。計：計謀，辦法。◇喻指多思考出智慧。元代紀君祥《趙氏孤兒》第二折："韓厥為何自刎了，必然走了趙氏孤兒，怎生是好？眉頭一皺，計上心來！"《三遂平妖傳》第六回："媚兒終是性靈心巧，眉頭一皺計上心來。"◎眉頭一

縱，計上心來／眉頭一簇，計上心來／眉頭一蹙，計上心來

【孩子吵嘴孩子了】◇告誡人們，孩子之間發生矛盾、吵嘴的時候，大人不要參與。

【孩子笑不夠，懶漢睡不夠】◇孩子天真活潑，總是喜歡笑；懶人不愛勞動，總是喜歡睡覺。

【孩子靠父母教，刀劍靠清水磨】◇孩子要靠父母的教育，這就如同刀劍要靠清水磨一樣。

【孩子離開娘，瓜兒離了秧】● 孩子離開了母親就會像瓜兒離開了秧一樣，無依無靠。◇說明未成熟的孩子只有在母親的撫育下才能健康成長。

【孩兒口裏討實信】◇小孩子一般是單純的，從他們嘴裏聽到的往往是真實的話。

【孩兒看幼時，新娘看來時】◇孩子的好壞從幼兒時期就能看出來，新娘的好壞從剛來時的表現就能觀察出來。

【姻緣姻緣，事非偶然】◇舊時認為，男女結成夫妻不是偶然的，是由緣分決定的。

【怒於室者色於市】室：家裏，內室，內部。市：街市，外面。● 在家裏生了氣，到外面臉色必然含怒氣，不好看。◇ ❶ 告誡人們，自己內心的不愉快，不要遷怒於他人。❷ 告誡人們，內部的矛盾不可流露於外面。《戰國策‧韓策二》："語曰：'怒於室者色於市。'今公叔怨齊，無奈何也，必周君而深怨我矣。"

【怒是猛虎，慾是深淵】◇告誡人們，愛發怒對人害處很大，過多的慾望常常能使人犯罪，因此要抑制發怒，防止奢慾。

【怒氣傷肝】◇發怒損傷肝臟，危害人的健康，勸人盡可能不發怒為好。

【怒畫竹，喜畫蘭，不喜不怒畫牡丹】◇人在發怒的時候往往喜歡畫竹子，在高興的時候往往喜歡畫蘭花，正常情況下喜歡畫牡丹。

【飛鳥不知網眼兒細】● 飛鳥不知羅網的眼細，結果被捕捉了。◇喻指人毫無察覺就災禍臨頭。

【飛鳥各投林】◇喻指各人自找出路。

【飛鳥擇林而棲，良馬擇主而行】◇飛鳥會選擇適宜的林木去棲息；駿馬也會為好主人而奔走馳騁。

【飛得高，跌得重】◇喻指過於追求名利地位的人，因貪婪得到的越多，一旦失算出事，遭受的損失也越大。◎飛得高，摔得重／飛得高，跌得重，有一榮必有一辱

【柔能制剛，弱能制強】● 柔弱的能勝過剛強的，弱小的能勝過強大的。◇喻指用柔韌的手段，在一定條件下能戰勝剛強的一方。《後漢書‧臧宮傳》："柔能制剛，弱能制強。"◎柔能克剛／柔能勝剛，弱能勝強

【柔軟是立身之本，剛強是惹禍之胎】● 遇事忍耐退讓是平安處世的根本，剛直好強是招惹災禍的根源。◇喻指為人處世要善於忍讓，才能免世人嫉恨，平平安安。

【柔軟莫過溪澗水，不平地上也高聲】● 水最為柔軟，但即使是山澗的溪水，流經不平坦的地方也會發出響聲。◇喻指性情再軟弱溫順的人，受到不公平的對待或欺壓，也會起來反抗。《陳

州糶米》："柔軟莫過溪澗水，到了不
平地上也高聲。"

【紅薯壞心不壞皮】◇喻指壞人從表
面上不一定能看得出來。

【泰山不是壘的，西葫蘆不是勒的】
西葫蘆：葫蘆一種，中間細，兩頭大，
像兩個球連在一起。●泰山不是人壘成
的，西葫蘆也不是人勒成那個樣子的。
◇喻指不要吹牛、說大話，過分地誇大
事實。◎泰山不是堆的，牛皮不是吹
的／泰山不是壘的，學問不是吹的

【泰山好移，本性難改】◇喻指人的
本性難以改變。

【泰山廟裏賣紙錢】◇喻指在行家面
前賣弄本事。

【泰山雖高，遮不住太陽】◇喻指人
的權限再高，也高不過真理。

【泰極生否，樂盛成悲】泰：《周
易》裏的卦名，表示好。否 (pǐ)：《周
易》裏的卦名，表示壞。物極必反，
好到了極點，便會向壞的方向發展。
快樂到頂點，便會出現悲哀的事。明
代吳承恩《西遊記》："功曹道：'你
師父寬了禪性，在於金平府慈雲寺貪
歡，所以泰極生否，樂盛成悲，今被
妖邪捕獲。'"

【秦檜還有三個相好的】秦檜：南
宋的奸臣，借指壞人。相好：關係密
切。●就連秦檜這樣的壞人也有幾個
關係親近的人。◇喻指每個人都和
自己關係好的幾個朋友。

【珠玉非寶，五穀為實】五穀：一般
指稻、黍、稷、麥、豆，泛指糧食作
物。◇碰到災荒之年，珠玉也不能算
真正的寶貝，糧食才是實實在在的、
可以維持人的生命的寶貝。

【素富貴行乎富貴，素貧賤行乎貧
賤，素夷狄行乎夷狄，素患難行
乎患難】素：向來，素來。行：適
應。乎：於。夷：中國古代稱東方的
民族。狄：中國古代稱北方的民族。
夷狄：古代泛指邊遠地區的少數民
族。◇過慣了富貴生活的人就適應於
富貴的生活習慣；一向貧窮的人就適
應於簡樸的生活習慣；少數民族就適
應於少數民族的生活習慣；常常經受
憂患困難的人，就適應於憂患困難的
生活習慣。西漢戴聖《禮記・中庸》：
"君子素其位而行，不願乎其外。素
富貴行乎富貴，素貧賤行乎貧賤，素
夷狄行乎夷狄，素患難行乎患難，君
子無入而不自得焉。"

【栽個花果山，強如米糧川】◇山區
種植果木的經濟效益比平原地區種糧
食的效益高。

【栽樹望蔭涼，養兒防備老】◇栽樹
希望綠樹成蔭，到時候有一個乘涼的
地方，養兒是為了防老，將來有個依
靠。

【捕生不如捕熟】●抓生疏的門路不
如抓熟悉的門路。◇提醒人們，做生
意或耍手藝，要幹自己熟悉的行業，
這樣可以少費力氣就能取得效果。

【捕得老鼠，打破油瓶】◇譏諷辦事
不慎重，因小失大。

【埂做不好水會漏，事做不好人會咒】
◇告訴人們，做事要認真細緻，以免
失誤出差錯，惹人埋怨。

【馬上不知馬下苦，飽漢不知餓漢飢】◐ 騎在馬上的人不知道在馬下步行人的辛苦；吃飽飯的人不知道餓肚子人的飢餓。◇說明如果不深入實際，也就不能了解實際情況，體會當事人的痛苦。

【馬上摔死英雄漢，河中淹死會水人】◇告誡人們，切不可逞能，自恃本領大、技能高而疏忽大意，否則會有生命危險。

【馬不鞴二鞍】◇反映舊時人不事二主，女不嫁二夫的忠孝貞節觀念。

【馬老腿慢，人老嘴慢】◇告訴人們，馬老了跑不快，人老了話語遲緩。

【馬老識途，人老識理】◐ 馬老能認識路，人老善明事理。◇告訴人們，老年人生活經驗豐富，懂得的道理多，因此要注意尊重老年人的意見。

【馬有三肥三瘦，人有三起三落】◐ 馬在生長過程中，有時肥壯，有時瘦弱；一個人在生活的旅途中，也會出現時起時落、時興時衰的情況。◇說明人生道路不平坦是正常現象，要有恆心，有毅力，有不怕艱險的精神。

【馬有失蹄，人有失言】◇告誡人們，要注意謹言慎行，防止發生失誤。

【馬有垂韁之義，狗有濕草之恩】◇馬尚有垂韁救主人的仗義行為，狗也有濕草救主人的恩義舉動，人豈能知恩不報。◎馬有垂韁之報

【馬死黃金盡】◇喻指人一旦失勢，就會一無所有。

【馬至跌時收韁難】◇喻指如果等真正出了問題才想到要去補救，就很難了。

【馬至灘，不加鞭】◇告訴人們，馬到河灘時，切不可再揚鞭催馬。

【馬行千里，無人不能自往】◐ 馬能行千里路，但如果沒有人駕御也不可能自己前往。◇喻指傑出的人才如果沒有他人的舉薦，也發揮不了才能，無法建功立業。

【馬好不在鞍，人美不在衫】◐ 馬好不在於馬鞍的華麗，人美不是由於衣衫漂亮。◇喻指評價一個人不能只看外表，而要看他的實質。◎馬好不在鞍韂，人好不在衣衫

【馬好壞騎着看，友好壞交着瞧】◇馬的腳力如何，要騎過才能知道；朋友的品德如何，要通過交往才能察覺。◎馬要騎着看，人要交着看／馬的好壞騎着看，朋友的好壞走着瞧

【馬到懸崖收韁晚，船到江心補漏遲】◐ 等馬跑到懸崖才想起收韁繩，已經太晚了；等船行駛到江心才想到去補漏洞，已經太遲了。◇喻指等出了問題才想起去補救，就來不及了。◎馬臨險崖收韁晚，船到江心補漏遲

【馬兒抓鬃牛牽鼻】◐ 馴馬時要抓馬鬃，馴牛時要牽牛鼻。◇喻指解決問題要抓住要害。

【馬兒跑得兇，一把抓馬鬃】◇喻指在緊急時刻處理問題，只要抓住主要環節，問題便可順利解決。

【馬怕騎，人怕逼】◐ 馬有人騎就會跑得快，人在緊急任務的逼迫下就容易前進。◇說明有壓力才容易進步。

【馬怕鞭子，牛怕火，狗見拾磚就要躲】◇喻指世間任何事物都有弱點，只要能抓住弱點，就容易將其制伏。

【馬看牙板，樹看年輪，人看言行】❍ 從馬的牙齒和樹的年輪，可以推算出它們的年齡，看一個人的言行，才能了解他的品格。◇ ❶ 喻指認識事物要注意抓住能夠表現事物本質的特徵。❷ 喻指對人的考察要聽其言，觀其行。◎馬看牙板，人看言行

【馬後炮，趕不到】馬後炮：象棋術語，是將死對方主帥的一步棋。◇喻指能夠起到決定性作用的言行，如果不能及時，也就沒有任何意義。

【馬美在奔跑，人美在德高】◇馬的好壞在於牠能否善於奔跑，人美不美要看他的品德是否高尚。

【馬異視力，人異視識】❍ 馬之間的差異在於力氣的大小，人之間的差異在於見識的多寡。◇喻指有才能的人往往見多識廣。

【馬跑了，能抓住；話跑了，抓不住】◇告誡人們，話出如風，不能收回，因此說話要謹慎，不可信口亂說。

【馬無夜草不肥，人無橫財不富】夜草：夜間添加的草料。橫財：用不正當手段得來的錢財。◇指一個人不得不義之財，就像馬不吃夜間添加的草料不會肥一樣，不會一下子就富起來。◎馬無夜草不肥，人無外財不富

【馬無頭不成群，雁無頭不成隊】◇喻指幹任何一項大事業，都要有帶頭人。

【馬無糧草勿能行】◇喻指辦事要事先有所準備，否則就不易辦好。

【馬路如虎口，中間不可走】◇告誡人們，要遵守交通規則，行人要走人行橫道，不能在馬路中間走動，以免發生交通事故。

【馬群奔馳靠頭馬，雁群翱翔靠頭雁】◇喻指帶頭人的作用很大。

【馬瘦毛長，人窮志短】◇馬瘦弱時顯得毛長，人窮困時容易志短。宋代釋普濟《五燈會元・五祖法演禪師》：“問祖意教意，是同是別，師曰人貧智短，馬瘦毛長。”

【馬瘦毛長，人窮面黃】◇馬瘦弱時顯得毛長，人窮困時，往往因生活條件差，臉上顯出蠟黃色。

【馬踏軟地易失蹄，人聽甜言易入迷】◇告誡人們，要防止被甜言蜜語沖昏頭腦而迷失方向。

【馬騎上等馬，牛用中等牛，人使下等人】上等馬：指跑得快的好馬。中等牛：指溫順的牛。下等人：指不精明的人。◇舊時富貴人家認為，騎馬要騎上等良馬，可以跑得又快又遠；用牛要用中等性情好的牛，才穩妥；使喚人要使喚下等不精明的人，才便於控制。

【馬聽鑼聲轉】◇喻指有些人往往是看着別人的眼色行事。

【荊人不貴玉，蛟人不貴珠】荊：指春秋時期楚人卞和，此人善於治玉。蛟：傳說居於海底的人。❍ 善治玉的卞和不認為玉可貴，常在海底的人不認為珍珠可貴。◇喻指生長在富貴之家，不一定會感覺到享受富貴的歡樂。宋代無名氏《張協狀元》：“(白)自古道：荊人不貴玉，蛟人不貴珠。出乎富貴之家，皆不知此身之樂。”

【荊山失火，玉石俱焚】荊山：傳說中產玉的山。● 荊山一旦失火，美玉和頑石就會被焚毀。◇ 說明遇到災難時，不論好與壞，只要是關係密切或鄰近的，都將同歸於盡。

【起了風，少不得要下點雨】◇ 喻指別人已把要求提出來了，自己不能不敷衍應付一下。

【起風才識媽祖婆婆】媽祖婆婆：傳說中的海上女神，能平息風浪，救助遇險船民。◇ 平時不燒香禮敬，遇到危難時才想起向神求助，為時已晚。

【起個大早，趕個晚集】起：起牀。趕集：到集貿市場購物。● 起得很早，趕集卻去晚了。◇ 喻指雖然很早就開始行動了，但拖延太久，反而落在別人後面。

【起家之子，惜糞如金；敗家之子，棄金如糞】起家：創立家業。惜：吝惜。敗家：使家業敗落。棄：扔掉。◇ 創立家業的人注意節儉，連糞便也視如黃金，不肯捨棄；敗壞家業的人花費過度，連黃金都視同糞便，隨意捨棄。

【起晚了得罪公婆，起早了得罪丈夫】◇ 喻指面臨兩難境地，不知該怎麼做才好。

【起腳餃子落腳麵】起腳：開始走，起身。落腳：停留。麵：麵條。◇ 動身離家前要吃餃子，表示祈祝路途平安，能再次見面；遠出歸家後要吃麵條，表示希望相聚長久。◎ 送行的餃子接風的麵

【起新不如買舊】起：建，蓋。◇ 建新房子不如買舊房子合算。

【起誓不靈，罵人不疼】起誓：發誓。靈：靈驗。● 發了誓不靈驗，罵人家也感覺不到疼。◇ 喻指說甚麼都不管用。

【起頭容易結梢難】起頭：開頭，開始。梢：尾。結梢：結尾，結束。● 做事開始容易，要堅持到最後很難。

【起龍頭，結狗尾】◇ 喻指做事開始轟轟烈烈，收尾時卻非常草率，不能善始善終。

【草有莖，人有骨】◇ 為人要像草有韌莖一樣，要有骨氣，這樣才能頂天立地，生存得有意義。

【草有靈芝木有椿，禽有鸞鳳獸有麟】● 靈芝、椿木、鸞鳳、麒麟分別是草、木、禽、獸中的佼佼者。◇ 人生活在社會中，要激勵自己奮發向上，要超群出眾有作為。

【草字出了格，神仙認不得】◇ 草書是有規範的，不可隨意亂寫，如果不按規範書寫，神仙也無法辨認。

【草怕嚴霜，霜怕日，惡人自有惡人磨】磨：整治。◇ 惡人一定會受到更惡人的整治。◎ 草怕霜來霜怕日

【草要連根拔】◇ 提醒人們，清除禍患要徹底。

【草活一秋，人活一世】● 草的生命只有一秋，是短暫的，人的生命也僅一世，也是短暫的。◇ 告誡人們，光陰短暫，應該珍惜時光，勤奮努力，不可虛度年華。◎ 草木一秋，人生一世

【草莽存英雄，江湖多義士】草莽：指民間。● 民間隱存着英雄豪傑，江湖上多有維護正義之士。◇ 喻指人群之中，蘊藏着各種各樣的出色人才。

【草深不礙路】◐路旁的草長得再多再高，也不會妨礙道路的通行。◇喻指枝節問題再多再複雜，也不會影響大局。

【草繩細處斷】◇薄弱的環節最容易出問題，也最容易被突破。

【茶是花博士，酒是色媒人】博士：宋時對茶坊跑堂的敬稱。花：指色情。色：指女色。◇茶和酒是色情的媒介。◎春為花博士，酒是色媒人 / 風流茶說合，酒為色媒人

【茶越泡越濃，人情越交越厚】◇人情交往越頻繁，情義就越深厚，如同泡茶，會越泡越濃。

【茶喝二道酒喝三】◇茶喝第二道味正濃，酒飲第三杯興才起。

【茶喝多了養性，酒喝多了傷身】◇茶味清爽，喝多了可以靜心養性；酒性濃烈，飲多了會有害健康。

【茶喝後來釅，好戲壓軸子】釅(yàn)：濃，味厚。壓軸子：一台折子戲中，倒數第二個劇目；指最後一個節目。◇茶喝到後頭味道才濃厚；戲演到後頭節目更精彩。

【荒山出俊鳥】◇喻指在窮鄉僻壤也能出人才。

【荒地不耕，才耕便爭】◇對於艱難的事一般無人過問，但這艱難的事一旦有人經過努力創造出較大效益時，便會有不少人來爭搶。

【荒年餓不死手藝人】◇說明學會某種技術用處很大。

【荒年餓不死勤儉人】◇即使是在荒年，勤勞節儉的人也能夠生存。

【捉住菩薩，不怕金剛不服】◐捉住了菩薩，就不怕衛士們不順服。◇喻指如果捉住了為首領，就不用怕他手下的人不服。

【捉虎容易放虎難】◇喻指捉住危險人物不要輕易放掉，否則就會後患無窮。

【捉雞也要一把米】◇喻指不管做甚麼事，都要付出一定的代價。◎捉雞也要兩把米 / 捉雞也要撒把米

【捉鵪鶉還要個穀穗兒】◇喻指要辦好一件事，總要付出一些代價。

【捆綁不成夫妻】◇喻指用強制的辦法辦不成好事。

【挽弓當挽強，用箭當用長】◐拉弓應該拉最強的弓，用箭應該用最長的箭。◇喻指做事要做大事。杜甫《前出塞九首（其六）》：「挽弓當挽強，用箭當用長。射人先射馬，擒賊先擒王。殺人亦有限，列國自有疆。苟能制侵陵，豈在多殺傷。」

【挨金似金，挨玉似玉】挨：靠近。◐靠近金子就會像金子，靠近玉石就會像玉石。◇喻指有良好的環境可以讓人受好的薰陶而學好。告誡人們在與人交往中要有選擇，不能忽視親近的人的潛移默化的影響。

【耿直惹人嫌】◇告訴人們，說話如果不注意場合、分寸和方式，過分直率，常常會惹人不愉快。因此說話慎重，不可太直接。

【耽誤一夜眠，十夜補不全】◐一夜不睡眠，身體會困乏，精神不振，很長時間都補不回來。◇告誡人們，夜間睡眠非常重要，必須得到保證，不可輕易耽誤。

【耽遲不耽錯】耽：擔當。◇做事情時，寧可承擔拖延時間的責任，也不要出差錯。

【恭可釋怒，讓可息爭】釋：消解。息：平息。◇恭敬的態度可以消解對方的憤怒，謙讓可以平息相互間的爭執。◎恭可平人怒，讓可息人爭

【真人不露相，露相不真人】◇真正有本事的人是不輕易顯露自己。《西遊記》："將及三更，三藏悄悄的叫道：'悟空，這裏人家識得我們道成事完了。自古道：真人不露相，露相不真人。恐為久淹，失了大事。'"◎真人不露相 / 真人不露相，露相非真人

【真人面前不說假話】◇告誡人們，在明白人面前別說假話。◎真人面前，不說假話；好漢面前，不打油拳 / 真人面前說不得假話 / 真人面前，說不得假話；旱地上面，打不得浮白

【真的假不了，假的真不了】◇真的就是真的，假的就是假的，二者無法混淆。◎真的假不得，假的真不得 / 真的假不了，琉璃瓦不了

【真的割不掉，假的安不牢】◇真的抹殺不掉，假的站不住腳。◎真的割不掉，假的接不牢 / 真的割不斷，假的接不攏

【真金不怕火煉】◇ ❶喻指貨真價實的東西不怕檢驗。❷喻指有真才實學的人經得起考驗。◎真金不怕紅爐火，真獅不怕雨來淋 / 真金不怕火來燒，好人不怕石頭磨 / 真金不怕火來燒，明珠不怕魚目混 / 真金不怕火煉，好女子不怕人看 / 真金不怕火煉，石山不怕雨淋 / 真金不怕火燒，好人不怕背後話 / 真金不怕火，有理

不怕屈 / 真金不怕火，愈煉愈光明 / 真金不怕煉，真理不怕辯

【真金不能終陷】◇喻指真正的人才不可能永遠被埋沒。

【真金必放光，粹玉必耀彩】粹：精粹。◇喻指一個真正品德高尚、富有才幹的人用不着自我吹捧，他的品德和才幹在實際生活中一定會自然地顯露出來。

【真將軍不在乎戎裝】戎裝：軍裝。◇喻指真正有才幹的人不在於外表的穿着打扮。

【真菩薩面前，切莫假燒香】◇喻指在正人君子或有洞察力的人面前，不要假情假意地說奉承話，弄虛作假會被識破的。◎真佛面前不燒假香

【真銀子不響，真財主不揚】◇真正富有的人往往不張揚。

【真親惱不了百日】◇有親情關係的人之間鬧矛盾，過不了多久就會和好如初。

【桃李不言，下自成蹊】蹊（xī）：小路。❤桃樹和李樹雖無聲無語，但因花色美艷，果實甜美，招來許多人，在樹下踏出一條路來。◇喻指品德高尚的人，即便不事宣揚，也會受到人們喜愛尊重和歡迎。漢代司馬遷《史記·李將軍列傳》："諺曰'桃李不言，下自成蹊。'"

【桃李樹下避嫌疑】❤在桃樹、李樹下，就會有人懷疑你偷果實。◇喻指做事要避免沾惹是非。

【桃沒十年旺】❤桃樹結果的旺盛期不超過十年。◇喻指青春時光短暫，不要貽誤了大好時光。

【桃花三月開，菊花九月開，各自等時來】◇不同的花在不同的時間開放，時間不到則不開。喻指自然規律不可抗拒。

【桃飽人，杏傷人，李子樹下埋死人】◇桃子對身體有益，可以多吃；杏子吃得太多，對身體有害，宜少吃；李子吃得過多，就會嚴重損害人的身體，必須少吃。◎桃飽杏傷人，李子樹下抬死人 / 桃養人，杏傷人，李子樹下埋死人 / 桃養人，杏傷人，李子樹下抬死人

【根子不正秧必歪】◇❶指本質不好必然成不了正直的人。❷指上一代人作風不正，必然影響下一代人。◎根不正，苗必歪 / 根子不正苗子歪

【根柴莫燒，個崽莫嬌】個崽：指獨生子。◇告誡人們，孩子雖然很少也不能嬌慣。

【根深不怕風搖動，樹正何愁月影斜】◐樹根深就不怕大風吹，樹身正就不怕影子斜。◇說明如果一個人堅定、正直，就不怕任何歪曲和攻擊。◎樹正不怕月影斜，根深不怕風搖動 / 樹正何愁月影移，根深不怕風搖

【根深不剪，尾大難搖】剪：同“剪”，除掉的意思。◇如果屬下勢力過於強大，威望太高，就會難於剷除，指揮起來也會很困難。

【根深葉茂，樹壯果稠】稠：多而密。◐樹根扎得深，樹葉才能茂盛；樹幹長得壯，結的果實才多。◇說明基礎打得好，實力雄厚，才能取得大的成就。東漢徐幹《中論·貴驗》：“根深而枝葉茂，行久而名譽遠。”

【匪火自焚，匪斤自斲】匪：同“非”。斤：斧子。斲（zhuó）：用斧砍。◐直立而枯死的樹木，不用引火自己就會焚毀，不用斧斲自己就會枯死傾倒。◇喻指內部已經完全腐朽，沒有外力的破壞，自行消亡。

【匪斧不克，匪媒不得】匪：非。◇沒有斧頭就砍不倒樹木，沒有媒人婚事就辦不成。《詩經·豳風·伐柯》：“伐柯如何？匪斧不克。取妻如何？匪媒不得。”

【夏不借扇，冬不借棉】◐夏天不借人家的扇子，怕人家就會發熱；冬天不借穿別人的棉衣，怕人家會捱凍。◇提醒人們，凡事不要讓別人為難。◎夏不借扇；冬不借火

【夏吃蘿蔔冬吃薑，餓煞街頭賣藥方】◇夏天多吃蘿蔔，冬天多吃薑，可以祛病強身，不用請醫買藥。◎夏吃蘿蔔冬吃薑，郎中先生賣老娘。

【夏至難逢端午日，百年難遇歲朝春】◐夏至和端午節很難同日，春節和立春很難相逢。◇喻指有些機遇和緣分是很難碰到的。

【夏蟲不可語冰，蟪蛄不知春秋】蟪蛄（huì gū）：蟬的一種，又名寒蟬，只生長於夏天。◐不要同夏天生長的昆蟲談論冰是怎麼回事；蟪蛄不知道春、秋天是甚麼樣的。◇提醒人們，不可同見識淺薄的人談論深奧的問題。司馬光《資治通鑒·晉紀五·惠帝》：“時天下荒饉，百姓餓死，帝聞之曰：‘何不食肉糜？’曰：‘夏蟲不可言冰，蟪蛄不知春秋！’”◎夏蟲不可言冰，蟪蛄不知春秋 / 夏蟲不知冰 / 夏蟲不知冰，井蛙不知天 / 朝菌不知晦朔，蟪蛄不知春秋

【砧刀各有用】砧：砧板。◇喻指不同的人或物有不同的用處。

【破人親，九世貧】破：破壞。親：指姻緣。世：代。九世：九代，指一輩子。貧：窮。◇破壞別人的婚姻大事，自己會倒霉，會一輩子受窮。意在勸人要成人之美。

【破山中賊易，破心中賊難】破：打敗。◇憑藉武力消滅對手容易，要想征服人心則很困難。

【破布包珍珠】◇外表雖然很差，但內在的東西很值錢，非常珍貴。

【破車之馬，可致千里】致：到達。◉拉着破車的馬，雖然慢慢，但也能抵達千里之外。◇❶速度雖然慢一點，但持之以恆，仍然能成就大事。❷指浪子回頭，也照樣能成就大事。

【破車好攬載】好（hào）：喜歡。攬：兜攬。◉雖然是破車，卻喜歡攬貨載物。◇喻指沒有能力的人，還喜歡多招攬事情。◎破車多攬載

【破車走舊轍】轍：車轍，車輪在地上壓出來的溝。◇喻指沿襲舊思路，重複老辦法。

【破車得好道，破帆使好風】◇喻指能力差的人，碰到好運氣，獲得好機遇。

【破車礙好道】礙：阻礙。◉破舊的車子阻塞通暢的道路。◇❶喻指陳舊的事物或陳舊的規矩妨礙人們做事。❷指無能力的人佔據着重要職位，讓別人無法發揮作用。◎破車擋好道

【破衫重破襖，巧鎖配巧匙】重(zhòng)：重視，看重。◇❶生活境遇、社會地位相仿的人，容易交流。❷指家庭地位相當的婚姻，往往容易成功。

【破屋大門台】門台：房屋大門前的台階。◉破爛不堪的房屋，卻設有講究的高大台階。◇喻指虛有堂皇的外表，沒有相稱的內容和實力。

【破屋偏遭連陰雨，爛船偏遇頂浪風】連陰雨：連着下好多天的雨。◇本來就處境困難，非常不幸，卻又遭受新的打擊，境遇更加悲慘。

【破財免災】破財：破費錢財，多指遭受意外的損失。免：免除。◇迷信觀念認為，雖然遭受意外的錢財損失，但可使人免除了災難。◎破財消災／破財脫禍／蝕財免災／破財是擋災

【破家值萬貫】貫：舊時的制錢，用繩子穿起來，每一千個叫一貫。◉家當雖然破敗，置辦起來也不容易，不能輕易丟棄。

【破除萬事無過酒】破除：指解決。◉一喝酒，甚麼憂愁都能解決。因為酒可以麻痹人的神經，使人暫且忘掉煩惱憂愁。

【破敗星下凡】破敗星：掃帚星的俗稱，迷信認為出現掃帚星就會發生大難，常用來指帶來災難的人。下凡：指神仙來到人世間。◇喻指家中出了敗家業的人，禍害來了。

【破船多攬載，腳大愛小鞋】◉船破破爛爛卻喜歡多載人載物；腳大的人卻喜歡穿小鞋。◇不自量力，沒有自知之明，不能根據自己的實際情況做事。

【破船當做破船划】◇人或物雖然差點兒，但也會發揮它的作用。

【破船經不起頂頭浪】經：禁受。● 破舊的船隻禁受不住波浪的沖擊。◇喻指人的處境很艱難，再也受不了新的打擊。

【破帽招蝨子】● 破爛帽子不乾淨，容易滋生蝨子。◇喻指自身行為品德不檢點，容易招致麻煩。

【破鼓眾人敲】◇人失勢後，眾人趁機打擊。說明世間炎涼勢利。◎破鼓眾人捶，牆倒眾人推

【破蒸籠不盛氣】蒸籠：用竹篾、木片等製成的蒸食物的器具。盛氣：容納蒸汽。"盛氣"跟"成器"諧音，借指成為有用的人。● 破爛的蒸籠留不住蒸汽。◇喻指人沒有志氣，就不會有甚麼出息。

【破蒸籠，只會撒氣】蒸籠：用竹篾、木片等製成的蒸食物的器具。撒氣：漏氣。● 破爛的蒸籠，沒有別的用處，只會漏洩蒸汽。◇ ❶ 喻指一味只會説洩氣的話。❷ 喻指人沒本事，卻愛吹牛皮。

【破鞋提不起】◇ ❶ 人的素質差，能力低，無法扶持起來。❷ 做事一團糟，讓人連議論的興致都沒有。

【破廟不招好和尚】◇地方條件差，缺乏吸引力，無法招來素質高有能力的人才。

【破窰裏出好碗】窰：燒製磚瓦陶瓷等的建築物。● 破爛的窰裏燒製出精美的瓷碗。◇喻指地位卑微的家庭，雖然生活條件、環境很差，但卻培養出才華出眾的人才。◎破窰出好瓦

【破戲鑼鼓多】● 戲唱得不好，就頻敲鑼鼓來蒙混。◇沒有真本領的人，為了掩飾自己的缺陷，往往自我吹噓，虛張聲勢。

【破鍋熬壞鐵樑笐】笐：水桶。● 破舊的鐵鍋比鐵提手的水桶還耐用。◇年老體弱的人，有時比身體強壯的人還活得長久。

【破牆亂人推】◇人失勢後，眾人趁機報復打擊。

【破題第一遭】破題：八股文的第一股，用一兩句話來説明題目的要義，這是寫八股文的第一步。遭：量詞，回。◇喻指從來沒有過的，頭一回做這種事情。

【破繭出俊蛾】俊：相貌好看。蛾：從蠶蛹變出來的蠶蛾。◇喻指相貌醜陋的人生出漂亮的孩子或者環境比較差的家庭培養出了傑出的人才。

【破鏡不再照】◇喻指夫妻感情破裂，關係惡化，已經無法重歸舊好。

【破鏡難重圓】◇喻指夫妻關係破裂，家庭分離，難以再重歸舊好。宋代蘇軾《蝶戀花・佳人》："破鏡重圓人在否？章台折盡青青柳。"

【破襪子強如光着腳】◇東西雖然不好，但總比沒有強。

【破罐子破摔】◇人有了缺點和錯誤後，不加以改正，反而自暴自棄，有意朝更壞的方向發展。

【套着脖子的狗，不能打獵】◇喻指對人限制太多，就不能使其發揮作用。

【烈女不更二夫，忠臣不事二主】◇封建禮教認為，貞節的女子不嫁第二個丈夫，忠臣不輔佐第二個君主。清代褚人獲《隋唐演義》第四十九回："忠臣不事二君，烈女不更二

夫。我為隋臣，不能匡救君惡，致被逆賊所弒，不能報仇，而事別主，何面目立於世乎？"

【烈火見真金】◐ 在烈火的鍛煉中才能見到真正的黃金。◇喻指在嚴峻的考驗中才能發現意志堅強的人。◎烈火煉真金

【烈火煉真金，鬥爭出闖將】◇喻指只有在火熱的鬥爭中進行磨煉，才能造就出堅強勇敢的人才。

【柴多入灶塞死火，藥量過重吃壞人】◐ 柴可燃燒，如果往灶裏塞得過多，就會把火壓滅；藥可除病，如果用量過重，就會治壞病人。◇告誡人們，用人或用物要以適量為宜。

【柴多火焰高】◇喻指人多力量就大。

【柴米夫妻，酒肉朋友，盒兒親戚】柴米：指日常生活的必需之物。盒兒：盛物器皿，指相互饋贈的禮物。◇夫妻之間有柴米就能相安度日；朋友關係須靠酒肉才能維持；親戚之間須相互饋贈，才不至於被人小看。反映出不同關係之間的人情禮儀。明代顧起元《客座贅語·諺語》："南都閭巷中常諺，往往有龐俚而可味者，漫記數則，如曰……柴米夫妻、酒肉朋友、盒兒親戚。"

【柴經不起百斧，人經不起百語】◇柴雖硬，經不起百斧砍斲；人雖倔，經不起百語勸説，多勸告和解説終可打動的。

【時也運也命也】◇舊時宿命論認為人的一切都是命運主宰的。

【時有交變，氣有盛衰】◇時間在不斷地變化，人的運氣也在不斷地發生變化。

【時行則行，時止則止】◇要見機行事，時機好就行動，時機不好就不行動。《周易·艮》："艮，止也。時止則止，時行則行，動靜不失其時，其道光明。"

【時來風送滕王閣，運去雷轟薦福碑】滕王閣：唐高祖李淵的兒子李元嬰任洪州（今江西南昌）都督時建的一座閣樓。薦福碑：在饒州（今江西波陽）薦福寺內。◇機會來時，就像順風的船，送你到達滕王閣，事事稱心如意；運氣不好時，雷都會把薦福碑擊毀。

【時來遇好友，病去遇良方】◇運氣好時，就會交到好朋友；病該好了時，就會得到好藥方。

【時來福湊】湊：聚集。◇運氣好時，很多好事會一起發生。

【時來誰不來，時不來誰來】◇走運時，都會來巴結你；倒霉時，都會躲着你。

【時來鐵也爭光，運去黃金失色】◇人走運時，廢銅爛鐵也會值錢；背運時，幹甚麼都不如意，連黃金都會失去光澤。◎時來頑鐵生光，運去黃金成鐵／時來頑鐵也生光

【時到天亮方好睡，人到老來方學乖】◇人到了一定的年紀，才會有豐富的社會經驗，處事才能穩妥。

【時到花就開】◇喻指事物的發展有其客觀規律，只有各方面條件具備時，才會有結果。

【時時防火，夜夜防盜】◇告訴人們，防火防盜要有高度的警覺性。

【時衰鬼弄人】◇運氣不好時，誰都敢來欺侮，連鬼也會來捉弄人。喻指人倒霉時處處感到不順。

【時異則事異】◇時間不同，事情的含義也會不同。《韓非子‧五蠹》：「故文王行仁義而王天下，偃王行仁義而喪其國，是仁義用於古不用於今也。故曰：世異則事異。」

【時間容易過，歲月莫蹉跎】蹉跎（cuō tuó）：光陰白白地過去。◇告訴人們，要珍惜光陰，抓緊時間學習工作，不要虛度年華。

【時無英雄，使豎子成名】豎子：古代對人的蔑稱，相當於「小子」。◇當時沒有英雄人物，讓一個無名小輩成就了一番事業。《晉書‧阮籍傳》：「嘗登廣武，觀楚漢戰處，歎曰：『時無英雄，使豎子成名。』」

【時勢造英雄】◇英雄人物是時代的產物。

【時運未來君且守，困龍也有上天時】◐運氣沒來時，暫且等待，處在困境中的龍最終也會飛上天的。◇喻指人處在困境中，不要喪失信心，努力奮鬥，最終會成功的。明蘇復之：「時運未來君且守，困龍也有上天時。」

【時難得而易失】◇時機得到很難，但失去非常容易。

【財上分明大丈夫】◐正直的人在錢財交往上是清楚明白、正大光明的。

【財不露白】露白：銀錢顯露在外，露富。◇提醒人們，外出辦事時，不要顯露珍貴物品和錢財，以防被人偷竊，或招來禍害。明代海瑞《驛傳議‧無策》：「俗謂財不露白，今露白矣，孰能保群盜不仗戈奪之？」◎財不外露／財不露眼／財寶不露白／財帛勿露腳，露腳便出錯／金銀不露白

【財主輪流做，今年到我家】◇人不可能長時期地保持富貴不衰，也不會長時期貧窮不富，貧富在不斷變化的。

【財帛如蒿草，義氣重千斤】帛：絲織品的總稱。◇告訴人們，要輕財物重義氣。

【財是富之苗，錢是人之膽】◇財物能使人致富，金錢能給人膽量。◎錢是人之膽，財是富之苗／錢是英雄膽

【財盡不交，色盡不妻】◇不同錢財耗盡的人交往，不娶姿色已衰的女子為妻。

【財壓奴婢，藝壓當行】當行：同行。◐有錢可以降伏奴婢，技藝高超可以折服同行。◇喻指有出眾的手段和本領，就能立於不敗之地。

【閃電無雷聲，雷雨不來臨】◇只見閃電，聽不到雷聲，說明產生雷雨的積雨雲距離很遠，不會下雨的。

【蚍蜉撼大樹，可笑不自量】蚍蜉：大螞蟻。撼：搖動。自量：估計自己的能力。◐大螞蟻想搖動粗壯的大樹，不自量力，實在可笑。◇喻指狂妄自大的人，不能正確估計自己，想用弱小的力量動搖強大的事物。唐代韓愈《調張籍》：「李杜文章在，光焰萬丈長。不知群兒愚，那用故謗傷？蚍蜉撼大樹，可笑不自量！」◎螞蟻撼大樹，不自量力

【蚊子上鐵牛，無汝下嘴處】◐蚊子飛到鐵牛的身上，卻沒有下嘴的地方。◇喻才能找不到施展的地方。

【蚊子飛過識公母】◐蚊子飛過去能知道牠是公的還是母的。◇喻指人很有洞察能力，精明能幹。

【蚊蟲遭扇打，只為嘴傷人】⚫ 蚊蟲被人用扇子打，就因為牠用嘴咬了人。◇喻指説話得罪了人，一定會受到打擊。

【骨頭丟下，群狗打架】◇喻指集體內部常常會為了爭奪個人利益而勾心鬥角，爾虞我詐。

【骨鯁在喉，不吐不快】⚫ 魚骨頭卡在嗓子眼裏，不想辦法吐出來就會感到不舒服。◇喻指心裏有話，如果憋着不説出來，就會不痛快。清代袁枚《與金匱令書》：“僕明知成事不説，既往不咎，而無如聞不愜心事，如骨鯁在喉，必吐之而後快。”◎骨鯁於喉，不吐不快

【恩人相見，分外眼明】⚫ 遇到恩人，就會覺得格外親切，非常高興。◎恩人相見，分外眼青 ／ 恩人相見，分外眼清

【恩愛不過夫妻】◇人際關係中，夫妻之間的感情最深。

【恩義廣施，人生何處不相逢；冤仇莫結，路逢狹處難迴避】◇提醒人們，人與人之間難免有見面相逢的時候，因此多施恩義與人是沒有錯的，而且盡量不要結冤仇，萬一碰面就不好相處。明代馮夢龍《喻世明言》第三十八卷：“正是：恩義廣施，人生何處不相逢？冤仇莫結，路逢狹處難迴避。”

【哪有一鋤挖成井，哪有一筆畫成龍】◇告訴人們，做任何一件大事都不可能一蹴而就，而需要經過堅持不懈的努力。

【哪有盆碗不磕的】◇喻指朝夕相處的人難免有矛盾，發生摩擦。◎哪有勺子不碰鍋台的

【哪有胳膊向外彎的】◇喻指自家人不可能偏袒外人。

【哪把鑰匙，開哪扇門】◇喻指做思想工作、開導人要有針對性，有的放矢，才能解決問題。◎哪把鑰匙開哪把鎖

【哪個人也不全，哪個車輪也不圓】◇世上沒有完美無缺的人，就像沒有絕對圓的車輪一樣。

【哪個耗子不偷油】耗子：老鼠的俗稱。◇ ❶喻指本性難改。❷喻指貪婪的人總要竊取好處。❸喻指壞人總要幹壞事。❹舊時指男子難免偷情。

【哪個魚兒不識水】◇喻指幹哪一行業，就會了解那一行業的事情。◎哪個魚兒不會識水

【哪個廟裏沒有屈死的鬼】◇喻指在社會上蒙冤受屈的事情隨處都可能發生。告誡執法的人，處理案子，一定要再三考慮，審慎處理，切忌草率從事。

【哪個養子不望好】◇世間作父母的心都是一樣的，都希望自己的子女成才。

【哪家保得千年富，哪家保得萬年窮】◇告誡人們，貧富難免會發生轉化，因此不要誇富笑貧。

【哪樣桌，哪樣菜；哪樣客，哪樣待】◇對於不同的客人要用不同的規格和方式招待。

【剛中有柔，柔中有剛】剛：剛強、堅硬。柔：柔弱、柔軟。⚫ 剛強裏面蘊藏着柔弱，柔弱裏面也蘊藏着剛強。◇説明世間萬物都是剛柔相濟、相反相成的。

【剛者必折，強者必滅】◇過於剛直、好勝，會給自身帶來禍患。

【剛毅木訥，近仁】剛：剛強正直；毅：果決有毅力；木：誠實本分；訥本來是指不會説話。◇這四種性格歸納起來就是言語謹慎而行動力強，是儒家推崇的理想人格。語出《論語・子路》：“子曰：‘剛毅、木訥，近仁。’”

【耕田不離田頭，釣魚不離灘頭】◇説明每個人都要堅守自己的工作崗位，不能擅離職守。

【耕田而食，鑿井而飲】◯自己種田，收穫了糧食自己吃，自己鑿井，打出水來自己喝。◇喻指自食其力，逍遙自在。《淮南子・齊俗訓》：“鑿井而飲，耕田而食。無所施其美，亦不求得。”

【耕則問田奴，絹則問織婢】◯學耕田，要問種田人，學紡紗織布，要問紡織女。◇喻指學習不同的專業技能，要向具有不同專長的人請教。◎耕則問田奴

【耗子才知耗子路】◇喻指壞人才熟悉幹壞事的門路。

【耗子怕燈光】◇喻指壞人做壞事總是偷偷摸摸，害怕暴露在光天化日之下。

【耗子拱不翻石磨盤】◇喻指惡勢力終歸有限，無法阻擋事物的發展。

【耗子還存三季糧】◇喻指要注意儲備和積累。

【氣大招災】氣：生氣。招：招致。◇過分生氣會招來災禍。

【氣大傷身】氣：生氣。傷：損害。◇過分生氣會損害身體。

【氣可鼓，不可洩】鼓：鼓勵，激發。洩：失掉。◇要做事成功，就要鼓舞士氣，提高鬥志，不能洩氣。

【氣死人不償命】償命：用生命抵償。◯把人氣死了，卻不用抵償性命。◇喻指説話做事非常惹人生氣，卻不負任何責任。意在勸人遇事不要過於生氣。

【氣同則和，聲比則應】和（hé）：和諧地跟着唱。比：類似。應：呼應，感應。◯志趣相同就能走到一起，聲音相近就能彼此發生感應。◇喻指志同道合，彼此能夠產生共鳴。《呂氏春秋・應同》：“類固相召，氣同則合，聲比則應。”

【氣來忍為高】氣：生氣。忍：忍受。◇遇到令人生氣的事情，忍耐不發作，這才是高明的做法。

【氣是清風，肉是泥】氣：人的呼吸。肉：人的肉體。◯人去世後，呼吸化成空氣，肉身化成泥土。◇喻指人一死就甚麼都不存在了，因此名利地位都是虛無的東西，不要過分追求。

【特意種花栽不活，等閒攜酒卻成歡】◇喻指有意做事卻不成功，而無意中做事卻取得了成功。

【乘船走馬，去死一分】走馬：騎馬奔馳。◯行船渡水，騎馬奔馳，都有生命危險，搞不好會傷命。◎乘馬走馬三分命／行船走馬三分運

【乘涼大樹眾人栽】◇幸福生活要靠大家一起創造。

【秤不離砣，公不離婆】◇老夫老妻相依存命，誰也離不開誰，就像秤和砣不能分離一樣。◎秤桿離不開秤

砣，老漢離不開老婆／秤桿離不開秤砣／秤不離砣，鼓不離鑼

【秤錘雖小壓千斤】◇喻指外表並不起眼，卻具有非凡的能力。◎秤砣雖小能壓千斤／秤砣小壓千斤／秤砣小，墜千斤；胡椒小，辣人心／尿泡雖大無斤兩，秤鉈雖小壓千斤

【笑一笑，十年少；愁一愁，白了頭】◇笑能使人血脈流通，有好心情，延緩衰老；發愁會使人心情鬱悶，常會生病，也容易衰老。◎笑一笑，少一少；惱一惱，老一老／笑一笑，十年少

【笑長命，哭生病】◇告訴人們，心情開朗，笑口常開，就會長壽；心情鬱悶、終日悲傷，就會生病。

【笑面虎咬人不見血】◇表面謙和善良，內心十分狠毒的人，害人不會露出痕跡。

【笑破不笑補，笑過不笑改】◇衣服破了不補，惹人笑話，補好了就不會有人笑話；人有了過錯不改，會遭人恥笑，改進了就不會有人恥笑。

【笑破不笑補，笑懶不笑貧】◐衣服破了不補，人家要笑話，補好了就不會有人笑話；懶惰會讓人笑話，家境貧寒卻不會有人笑話。◇喻指艱苦樸素，勤勞致富是美德，大家一定要發揚光大。◎笑破不笑補，穿舊不算醜／笑破不笑補，笑淫不笑貧／笑髒笑破不笑補，笑懶笑饞不笑苦／只笑破，不笑補

【笑話人，不如人，跟着屁股撵上人】◐譏笑人家，結果自己還不如人家，還得跟在後頭向人家學習。◇勸誡人們，不要輕易譏笑別人，應該虛心向

別人學習，取長補短才能進步。

【笑罵由他笑罵，好官我自為之】◐無論別人怎樣譏笑辱罵，我還是做我的快活官兒。

【笑臉求人，不如黑臉求土】◐強顏歡笑去求人施捨，還不如自力更生，勤奮勞作，向土地要糧好。◇勸人要自立自強。

【借汁兒下麵】◇喻指借別人的東西送人情。

【倚人都是假，跌倒自己爬】◐靠別人是靠不住的，要靠自己，蹉倒了自己爬起來。◇勸人不要依賴別人，要自強自立。

【修書不如面達】修書：寫信。◇想把事情說得更清楚，寫信不如面談。

【個大心實，不實必奸】◇個子長得高的人一般比較實在，如果不實在，必定很奸詐。

【倦鳥知還】◐疲倦的鳥也知道返回自己的窩巢。◇喻指長久在異地生活，就特別想返回故鄉。晉陶潛《歸去來辭》："雲無心以出岫，鳥倦飛而知還。"

【射人先射馬，擒賊先擒王】◇喻指解決問題要抓住關鍵。杜甫《前出塞九首（其六）》："挽弓當挽強，用箭當用長。射人先射馬，擒賊先擒王。殺人亦有限，列國自有疆。苟能制侵陵，豈在多殺傷。"◎射人先射馬

【射幸數跌，不如審發】跌：沒射中。◐與其心懷僥倖卻多次沒射中，不如經過認真準備後再射。◇喻指做事要經過仔細考慮和周密的準備後再幹，不要有碰運氣的心理。《三國志‧蜀志‧譙周傳》："諺曰：'射幸

數跌，不如審發。’是故智者不為小
利移目，不為意似改步。”

【射虎不成重練箭，斬龍不斷重磨刀】
◇受到了挫折不要灰心喪氣，要繼續
創造條件，爭取下一次成功。

【射箭的膀子，唱戲的嗓子】◇喻指
從事不同的職業，就要具備該職業所
要求的特色。

【射箭要看靶子】◇喻指做事要有明
確的目標，認清對象。

【烏狗吃食，白狗當災】◇喻指一個
人犯法，另一個人受懲罰。

【烏飛兔走，寒來暑往】烏、兔：指
太陽和月亮。◇喻指時光過得很快。
唐代韓琮《春愁》詩：“金烏長飛玉
兔走，青鬢長青古無有。”

【烏雲遮不住太陽】◇喻指光明終究
要戰勝黑暗，真理終究要戰勝謬誤。
◎烏雲遮不住太陽，惡狗吠不倒山崗 /
烏雲遮不住太陽，狐狸騙不了獵漢

【烏鴉不入鳳凰群】◇喻指壞人不願
意進入好人的圈子。

【烏鴉佔着鳳凰巢】◇喻指小人佔據
了重要的位置。

【烏鴉的翅膀遮不住太陽】◇喻指任
何邪惡勢力都戰勝不了正義的力量。
◎烏鴉的翅膀擋不住太陽的光輝

【烏鴉豈偶彩鳳】◇條件不相當，根
本無法相配。

【烏鴉笑豬黑，自醜不覺得】◇只見
別人不足之處，看不見自己的缺點錯
誤，缺乏自知之明。

【烏鴉喜鵲同行，吉凶全然不保】
◇烏鴉兆凶，喜鵲兆喜，烏鴉喜鵲同
來，不知是禍是福，凶吉未卜。

【烏龜不笑鱉，都在泥裏歇】◇喻指
兩人情形差不多，不要互相取笑。◎烏
龜莫笑鱉，一個洞裏歇

【師不談師，醫不談醫】◐當老師的
不去評論老師的，當醫生的不去評論
醫生的。◇告訴人們，不要去議論同
行的短長。

【師高弟子強】◇師父水平高，培養
出來的徒弟也會很強。

【師傅不明弟子拙】拙（zhuō）：笨。
◇連師傅都不明白，再去教弟子，弟
子自然也糊塗。◎師傅不明弟子濁

【師傅領進門，學習在個人】◐師傅
只能引導入門，能不能學好，還要靠
自己。◎師傅領進門，修行在個人 /
師傅領進門，巧拙在個人

【師道立則善人多】◇有人作出了表
率，做好事的人就會增多。

【徒勞話歲寒】◐只談論冬天的寒冷
是沒有甚麼意義的。◇喻指談論沒有
用的話題。

【針大的窟窿，斗大的風】◐牆上針
眼大的洞能吹進很大的風。◇喻指思
想、生活或工作中的小錯誤不及時
正，不正之風就會乘虛而入，造成嚴
重後果。◎香頭大的窟窿斗大的風 /
針尖大的孔，橡頭粗的風 / 針尖大的
窟窿，進來牛大的風 / 針眼大的窟窿
斗大的風，斗大的窟窿滿密風

【針刺螃蟹不出血】◇喻指無論外界
怎麼刺激，總是麻木不仁，無動於
衷。

【針往哪裏鑽，線往哪裏穿】◇喻指
領導往哪裏引，群眾就往哪裏去。◎針
穿到哪裏，線引到哪裏

【針無兩頭尖，蔗無兩頭甜】◇ ❶ 喻指世界上任何事物都沒有十全十美的。❷ 喻指看事情要有辯證的觀點，要從兩方面去觀察。◎針無兩頭利 / 針無雙頭利 / 針無雙頭利，蔗無兩頭甜 / 一支針沒有雙頭利

【殺人一萬，自損三千】◐ 打仗時殺死對方一萬人，自己的士兵也要損傷三千。◇ ❶ 喻指要想取得成績，自己必須付出一定的代價。❷ 指兩方相鬥，都會受到損失的。《孫子・謀攻 (第三)》：“殺敵一萬自損三千，不戰而勝方為大勝。”

【殺人不過頭點地】◐ 殺死人也不過是人頭落在地上而已。◇喻指一些窮兇極惡的人，把殺人當作兒戲一般。

【殺人可恕，情理難容】◇ ❶ 寧可寬恕殺人的行為，但不能容忍傷天害理的人。❷ 指犯了法必須依法治罪，如果殺人可以寬恕，那麼在情理上就無論如何說不過去。

【殺人可恕，無禮難容】◐ 殺人行為可以寬恕，但不按禮數辦事不能寬容。◇舊時推崇禮教，認為最大的過錯莫過於非禮，粗鄙野蠻最令人厭惡，比殺人還難受。

【殺人刖足，亦皆有禮】刖 (yuè)：古代砍掉腳的酷刑。◐ 施行斬刑、刖刑，也應該遵循禮節。◇喻指不管判甚麼徒刑，都要按照法律施行。《舊唐書・崔仁師列傳》：“仁師曰：‘嘗聞理獄之體，必務仁恕，故稱殺人刖足，亦皆有禮。’”

【殺人見傷，拿賊見贓】◐ 殺人要以傷情為證，捉賊要以贓物為證。◇喻指判刑定罪，要有確鑿憑證。◎殺人要見傷，拿賊要見贓 / 捉姦捉雙，捉賊捉贓

【殺人者死，傷人者刑】◐ 殺人應當處以死刑，傷害別人應當處以刑罰。◇犯甚麼罪就應當判甚麼刑。《荀子・正論》：“殺人者死，傷人者刑，是百王之所同也，未有知其所由來者也。”

【殺人的償命，欠債的還錢】◐ 殺了人要抵命，欠了債要還錢。◇犯了甚麼罪，就應該受到甚麼懲罰。元代馬致遠《任風子》第二折：“可知道殺人償命，欠債還錢，你這般說才是。”元代關漢卿《包待制三勘蝴蝶夢》第二折：“便好道殺人的償命，欠債的還錢。把那大的小廝拿出去與人償命。”◎殺人償命，欠債還錢 / 殺人抵命，欠債還錢

【殺人須見血，救人須救徹】徹：徹底。◐ 殺人要見到血，救人要救到底。◇喻指做事要有結果，不能半途而廢。◎救人須救徹 / 殺人殺個死，救人救個活

【殺了頭，碗大的疤】◐ 頭砍了，脖子上只不過是個碗大的傷疤而已。◇喻指視死如歸，不在乎死。

【殺不了窮漢，當不了富漢】◇喻指富人如不盤剝、壓榨窮人，就成不了富人。反映為富不仁的觀念。◎殺不得貧家，做不得富家

【殺父之仇天不共】◐ 與殺自己父親的人有不共戴天之仇。◇喻指仇恨極深，誓不兩立。

【殺生不如放生】殺生：宰殺牲畜、家禽等生物。放生：把捉住的小動物放掉。◇ ❶ 告訴人們，要多做善事，莫做惡事，殺生不如積德。❷ 指難為別人不如給人一條出路。

【殺身成仁，捨生取義】🔽為了仁義道德可以放棄自己的生命。◇喻指為了維護正義事業而勇於犧牲自己。《論語・衛靈公》：“志士仁人，無求生以害仁，有殺身以成仁。”

【殺君馬者路旁兒】◇路旁的人讚美馬跑得快，騎馬的人聽了後就更加使勁鞭策，馬最後力竭而死。東漢應劭《風俗通義》：“殺君馬者路旁兒。”◎殺君馬者道旁兒

【殺豬容易理臟難】🔽殺豬容易，但清洗豬的五臟六腑是一件比較麻煩的事。◇❶喻指大而簡單的事情好做，雜亂無章的小事情難辦。❷喻指合夥作案容易，作案後分贓難，弄不好會內部起訌。

【殺雞給猴看】🔽在猴子面前殺雞，讓猴子看。◇喻指懲罰某人，是嚇唬其他不守規矩的人。◎殺雞駭猴／殺雞嚇猴

【拿衣提領，張網提綱】領：衣領。綱：網上的總繩。🔽拿上衣時要提住衣服的領子，打魚撒網時要抓住網的總繩。◇喻指做事要抓要領，抓關鍵才能把事情做好。”《荀子・勸學》：“若挈裘領，詘五指而頓之，順者不可勝數也。”《南齊書・高逸列傳》：“歡稱山谷臣顧歡上表曰：‘臣聞舉網提綱，振裘持領，綱領既理，毛目自張。’”◎拿衣提領，張網提綱／拿衣提領，張網抓綱

【拿斧的得柴火，張網的得魚蝦】🔽拿斧子去砍柴的樵夫，會有柴火燒；張網打魚的漁民會有魚蝦吃。◇喻指一個人幹甚麼活，就會得到甚麼收穫；在哪一方面作出努力，就會在哪一方面取得成就。

【拿得住的是手，掩不住的是口】🔽人的手可以被捉牢限制住，嘴裏說甚麼話卻很難加以限制。◇喻指想遮掩的秘密總會傳揚開去。◎拿得住手，掩不住口

【拿魚先拿頭，刨樹要刨根】◇喻指處理問題首先要抓住主要矛盾，抓住根本。

【拿賊要贓，拿姦要雙】🔽捉拿盜賊必須要截獲贓物，捉拿姦情必須要抓住雙方。◇告訴人們懲辦邪惡，必須要有證據。清代西周生《醒世姻緣》六二回：“張茂實的母親說道：‘拿賊拿贓，拿姦拿雙！你又不曾捉住他的孤老，你活活地打殺了媳婦，這是要償命的！’”

【逃脫的青蛙不追，捉住的毒蛇不放】◇喻指不能為難好人，對壞人不能手軟。

【豺狼改不了本性，狐狸除不盡臊氣】◇告誡人們，壞人改不了作惡的本性。

【豺狼來了有獵槍，朋友來了有美酒】🔽豺狼來了以獵槍對待，朋友來了用美酒招待。◇喻指嚴分敵友，愛憎分明。

【豺狼當道，安問狐狸】豺狼：兇殘的野獸。狐狸：小獸。🔽首惡者尚在當權，怎麼能責怪手下的協從者。◇告訴人們，除惡應當先除為首者；除掉大害，小害自然消除。漢代荀悅《前漢紀・孝平皇帝紀》：“寶問其次。文曰：‘豺狼當道，安問狐狸？’寶默然不應。”◎豺狼當道，不問狐狸／豺狼當路，不問狐狸／虎狼當路，不治狐狸

【飢了甜如蜜，飽了吃蜜也不甜】
◇人在飢餓的時候，吃甚麼也會覺得好吃，而在酒足飯飽的時候，吃甚麼也不會覺得好吃。

【飢不暴食，渴不狂飲】◇在非常餓的時候不要吃得太多太快，在非常渴的時候，不要喝得太急太多。

【飢不擇食，寒不擇衣】●飢餓時不挑選食物，能充飢就行；寒冷時不挑選衣服能禦寒就好。◇喻指需要迫切時，顧不上選擇。◎飢不擇食

【飢者不厭糟糠，寒者不厭短褐】
厭：嫌棄；短褐：粗布短衣。●飢餓的人不嫌棄糟糠，受凍的人不嫌棄粗布短衣。◇喻指處境艱難的人要求不高，容易得到滿足。

【飢者易食，寒者易衣】●飢寒交迫的人，在吃穿上容易得到滿足。◇喻指大亂之後人心思定，仁政容易推行。

【飢者易為食，渴者易為飲】●飢渴的人在飲食上要求不高，容易得到滿足。◇喻指大亂之後，人心思定，仁政容易推行。《孟子·公孫丑上》：「飢者易為食，渴者易為飲。」◎渴者易為飲，飢者易為食

【飢則附人，飽便高揚】◇譏諷某些人落魄時依附於人，一旦得志，便忘恩負義。◎飢者就範，飽則遠揚

【飢時得一口，強似飽時得一斗】
●餓時得到一點點糧食，勝過飽時得到許多糧食。◇喻指急需時得到的資助雖然很少，卻勝過平時得到的大量資助。◎飢時得一口，勝如飽時得一斗／飢時得一粒，勝似飽時得一斗

【飢時過飽必殞命】殞命：喪生。●飢餓過頭時如果吃得太飽會損傷身體，

甚至能危及生命。◇告誡人們，飢時不可一下子吃得太飽，要慢慢地來，以免影響身體健康。

【飢狸悲鼠】●飢餓中正要吃人的狐狸和悲慘中正要偷食的老鼠，往往都會顯得很可憐。◇告誡人們，不要被壞人一時的假象所迷惑，防止上當受騙。

【飢梳頭，飽洗澡】◇梳頭宜在吃飯之前，洗澡宜在吃飯之後。

【飢寒守自然】◇讚譽那些在飢寒中能潔身自好，不為惡勢力折腰，不被金錢所誘惑的賢者。

【飢寒起盜心】◇一個人在缺衣少食、飢寒交迫之時往往容易產生偷盜之心。

【胸無大志，枉活一世】枉：白白的。◇一個人沒有志向就等於白活一輩子。

【胳膊曲了往裏彎】◇喻指自己人都是護着自己人。◎胳膊彎了向裏折／胳膊肘沒有向外拐的

【胳膊折了，往袖子裏藏】◇自家人做出不光彩的事，不可向外張揚。即家醜不可外揚。◎胳膊肘折了總要袖子藏／胳膊只折在袖子裏／胳膊折了袖裏藏

【胳膊擰不過大腿】◇喻指地位低的或力量弱的人敵不過地位高的或力量強的人。◎胳膊扭不過大腿／手臂再粗也扭不過大腿

【狼子野心】●豺狼的兒子必然具有兇惡的本性。《左傳·宣公四年》：「諺曰，狼子野心，是乃狼也，其可畜乎？」

【狼毛會蛻換，狼性不會改】◇喻指壞人即使偽裝成善良人，但決不會改變其害人的本性。◎狼毛易改，狼性難變

【狼在夢裏也想羊】◇告訴人們，壞人時時刻刻都在想着幹壞事，坑害別人。

【狼行千里吃肉，豬行萬里裝糠】◇喻指事物或人的本性和特點，難以改變。

【狼披羊皮更陰險】◇告誡人們，偽裝起來的壞人難識別，更危險，要提高警惕，嚴加防範。

【狼披羊皮總是狼】◇喻指儘管壞人在表面上也會偽裝得很善良，但其兇惡、奸詐的本性是不會改變的。◎狼披羊皮還是狼

【狼虎雖惡，不食其子】◇喻指在一般情況下，再兇狠的人也不會去傷害自己的子女。

【狼怕擺手，狗怕彎腰】●狼怕人擺手，狗怕人彎腰。◇喻指只要掌握了壞人的弱點，進行鬥爭，就能取得勝利。

【狼咬下坡羊】◇喻指那些不求上進的人更容易遭受危險的毒害。

【狼乘風雨害牛羊，賊乘空隙盜櫃箱】◇告誡人們，壞人總是乘人不備伺機進行破壞，對此切不可麻痹大意。

【狼掛上山羊的鬍子，仍然是狼】◇喻指壞人無論怎樣裝扮也是壞人。

【狼眾食人，人眾食狼】◇說明如果壞人聚集起來，就會危害極大；而如果群眾團結起來，就會將壞人和惡勢力摧垮。◎狼眾吃人，人眾吃狼

【狼無狽不立，狽無狼不行】◇喻指壞人往往互相勾結在一起幹壞事。

【留下斗和秤，為的是公平】◇古人傳留下的斗和秤，是要人們辦事公平，不兩樣行事。

【留得青山在，不怕沒柴燒】◇❶喻指只要保存住有生力量，就不怕日後沒有發展。❷指只要保存住自身，還活着，以後就有希望。明代凌蒙初《初刻拍案驚奇》卷二十二：“留得青山在，不怕沒柴燒。雖是遭此大禍，兒子官職還在，只要得往任所，便好了。”◎留得青山在，不愁沒柴燒／留得青山在，還怕沒柴燒／留得青山在，何愁沒柴燒／留得青山在，依舊有柴燒

【留得葫蘆子，不怕無水瓢】葫蘆：一年生草本植物，可做水瓢。◇喻指只要保存了基本的力量，事物終究會發展壯大。◎留下葫蘆籽，哪怕沒水瓢

【討人嫌，活千年；逗人愛，死得快】●不討人喜歡的人，能活一千年；討人喜歡的人，卻死得很快。◇喻指不如意的事老在眼前，稱心如意的事卻容易失去。

【討飯怕狗咬，秀才怕歲考】歲考：舊時各省的學政（掌管文教的官員）巡察各州府，對生員、增生、廩生進行考試，然後給他們評定等第，叫做歲考，又叫歲試，每三年進行一次。◇喻指每個人都有自己的為難之處。

【討厭和尚恨及袈裟】袈裟：和尚披在外面的法衣。◇喻指討厭某一個人時，與他相關的東西都會討厭。

【託人如托山】◇託人辦事要十分鄭重，完全信賴對方，才能加以委託。

【記人之功，忘人之過】◇胸懷大度的人往往是只記他人的長處和功績，不記他人的缺點和過失。

【記住山河好走路，記住波濤好行船】◇喻指只有掌握了事物的客觀規律，才能做好工作。

【高人不用多言，好馬不需加鞭】高人：此處指高明的人。◇喻指對聰明的人講話，不用多說，他就能明白；對好的馬不用多抽鞭子，牠也能跑得快。

【高山出猛虎，梧桐落鳳凰】◗只有高山才能留住猛虎；有了梧桐樹，才能招來鳳凰棲息。◇喻指好的條件或環境能留住或招來優秀人才。

【高山出駿馬，深水有蛟龍】駿馬：跑得快的好馬。蛟龍：古代傳說中能掀起巨浪的龍。◇喻指好的環境容易出人才。◎高山出駿馬

【高山有猛虎，寨寨有能人】◇任何地方都會有才能出眾的人。

【高山沒有不長草的，大海沒有不生魚的】◇說明有甚麼樣的自然環境就會產生甚麼樣的物質。

【高山松柏核桃溝，沿河兩岸栽楊柳】◇高山上適合生長松柏樹，核桃樹能生長在溝壑裏，楊樹、柳樹最好種在河的兩岸，要因地制宜。

【高山茶葉，低山茶子】◗高山上茶葉長得好，低矮的山上茶子長得壯。◇喻指世間事物各有千秋，各具特色。

【高山擋不住太陽，大石壓不垮平地】高山、大石：在此處指欺壓人民的惡勢力。◇喻指壞人當道的日子長不了，欺壓人民的惡勢力最終也不可能得逞。◎高山擋不住春風，烏雲遮不住太陽／高山擋不住春風，困難嚇不倒硬漢

【高而不危，滿而不溢】◗身居高位不危險，水裝滿不外溢。◇喻指謙虛謹慎的人地位雖然很高，也不會出問題。

【高估價錢低估壽】◇告訴人們，當有人讓你估計他所買物品的價格時，最好往高處估，而當有人讓你估計他的年歲時，一定要估計得年輕一些，這樣對方聽起來心裏順暢。

【高者不說，說者不高】高：此處是高明的意思。◇喻指有學問、高明的人不說大話；愛說大話、愛吹牛皮的人並不高明。

【高飛之鳥死於美食，深泉之魚死於芳餌】芳：芳香。餌：釣魚用的食物。◗高飛的鳥往往因為貪求美食而死，深泉中的魚往往因為貪求鮮美的魚餌而死。◇說明貪求所好，必受其害。

【高師出名徒】◇說明老師水平高，弟子的水平也不會差的。

【高鳥相良木而棲，賢臣擇明主而佐】◇如同高飛的鳥要選擇好樹棲息一樣，賢良的臣子往往是選擇賢明的君主輔佐。元代尚仲賢《單鞭奪槊》楔子：“高鳥相良木而棲，賢臣擇明主而佐。背暗投明，古之常理。”

【高燈照遠亮】◗高處的燈塔才能把遠處照亮。◇喻指英明的政策、措施會產生深遠的影響。◎高燈遠照，高燈下亮／高燈下亮

【脊背的灰自己瞧不見】◇喻指自己往往看不到自身的缺點。

【病人心事多】◇患病的人心事多，思想負擔很重。

【病人腰疼，醫生頭疼】◇腰疼病沒有甚麼特別好的藥來醫治，醫生見了也頭疼。

【病不瞞醫】◇告誡人們，患者切不可向醫生隱瞞病情，只有如實告知，才能得到正確治療。

【病有四百四病，藥有八百八方】◐疾病雖然有很多種，但治病的良藥卻更多。◇喻指人生艱難，生活中會遇到很多問題，但解決問題的辦法也很多。

【病來如山倒，病去如抽絲】◇人一旦生重病，會來得突然又迅猛，像大山傾倒一樣；若要治好病就很不容易，需要慢慢調養，像剝繭抽絲一樣。

【病牀前的人，都掛三分病】◇服侍病人的人，由於焦慮和勞累，也都病容滿面。

【病從口入，禍從口出】◐疾病往往是從飲食中帶入的；禍患常常是因說話不慎謹而引起的。晉代傅玄《口銘》：「病從口入，禍從口出。」◎百病從口入

【病無良藥，自解自樂】◇治病沒有立竿見影的靈丹妙藥，要靠病人自己心情開朗樂觀，再與藥物調理結合起來，慢慢調養就能康復。

【病篤亂投醫】篤（dǔ）：（病勢）沉重。◇病情嚴重的時候，常常不加判斷，隨便甚麼醫生都相信。喻指事情緊急時，往往盲目地向人求助。清代曹雪芹《紅樓夢》：「寶玉笑道：『所謂病急亂投醫了。』」◎病急亂投醫／病急亂求醫／病急亂投藥／有病亂投醫

【疾風知勁草，困難顯英雄】◐在猛烈的大風中才能知道哪些草是堅韌不拔的草，在艱難困苦之中才能顯現出一個人的品格能力。◎疾風知勁草／疾風知勁草，烈火見真金

【疾風知勁草，國亂顯忠臣】◇如同在猛烈的大風中才能知道哪些是堅韌不拔的草一樣；當社會動亂的時候，往往能夠顯現出誰是真正的忠臣。◎疾風知勁草，國亂見忠臣／疾風知勁草，世亂識忠臣／疾風知勁草，世亂有誠臣

【疾風無善跡】◇喻指做事急促，難免有不當潦草之處。

【疾惡如探湯】疾：此處指憎恨，厭惡。惡：指壞人壞事。◇憎恨壞人壞事的心情如同把手伸入滾燙的熱水中一樣，無法忍耐。

【站着說話不腰疼】◇說風涼話容易，真要幹就不那麼簡單了。

【剖腹藏珍珠】剖（pōu）：破開。◐破開腹腔把珍珠藏進去。◇喻指人貪圖錢財勝過自己性命。《資治通鑑‧唐太宗貞觀元年》：「上謂侍臣曰：『吾聞西域賈胡得美珠，剖身以藏之，有諸？』侍臣曰：『有之。』」

【旁人好肉貼不到自己身上】◇❶喻指屬於別人的錢財，不可能給自己。❷喻指外人不是親骨肉，沒有親人那樣感情深厚。

【旁觀者清，當局者迷】◐下棋的人易迷惑，觀棋的人棋路看得更清楚。◇當事人思慮過多，反而不及局外人

看得明白、全面。清代文康《兒女英雄傳》二六回：「從來當局者迷，旁觀者清。」◎旁觀者清，當事者迷／旁觀者審，當局者迷／當局稱迷，傍觀見審

【差之毫厘，謬之千里】謬（miù）：差錯。◇做事情要慎始，起始時如不慎，極小的過失，會造成極大的謬誤。《大戴禮記·保傅》：「《易》曰：‘正其本，萬物理；失之毫厘，差之千里。’故君子慎始也。」◎差之一時，失之千里

【拳不打會家，賊不偷光棍】◐打架不跟練武術的行家交手，小偷不去偷竊光棍的家。◇喻指了解對方的根底，不自討沒趣。

【拳不打會家，樹不遮鷹眼】會家：精通武術的人。◐打架不跟練武術的行家交手，樹葉遮擋不住老鷹銳利的目光。◉小花招瞞不過行家

【拳頭上立得人，胳膊上走得馬】◇為人行為端正，作風清白，光明磊落。元代李文蔚《燕青博魚》第三折：「我是個拳頭上站得人，胳膊上走得馬，不帶頭巾男子漢，叮叮噹噹響的老婆。燕大，我與你要見一個明白！」《金瓶梅》：「我是個不帶頭巾的男子漢，叮叮噹噹響的婆娘！拳頭上也立得人，胳膊上走得馬，不是那餵膿血搦不出來鼈！」◎拳頭上走得馬，臂膊上立得人／拳頭上站得住人，胳膊上跑得了馬

【拳頭打不過，腳下用絆子】絆子：摔跤的一種招數，用腿把人弄倒。◇喻指通過陰謀詭計來取勝。

【拳頭朝外打，胳膊朝裏彎】◇自家人要向着自家人，團結一心，一致對外。◎拳頭打出，胳膊彎進

【送佛送到西天】西天：指佛教發源地印度，印度在我國西南方，古稱天竺。◇喻指幫助人一定要幫助到底。◎送佛到西天，擺舟到岸邊

【送君千里，終須一別】◐送人送得再遠，也終將分手。◇勸人留步，不要遠送。《朴通事諺解下》：「古人道，送君千里終有一別。」◎送人千里，也有一別／送君千里，終有一別／送君千里終須別

【送親的路短，還鄉的路長】◐送別親人時，留戀不捨，總覺得路很短，走一會兒就要告別了；回家鄉時心切，覺得路太長，總也走不到。◇喻指人的心情不同，對事物的感受也不一樣。

【粉刷的烏鴉白不久】◇喻指偽裝不會太長久，本來面目終會暴露。

【迷而知反，得道不遠】反：同“返”，指返回來。◐誤入歧途以後，知道返回，這就離正路不遠了。◇說明知錯就改是件好事。《魏書·高崇列傳》：「迷而知反，得道不遠。」

【迷者不問路，溺者不問遂】◐迷路的人是由於不向別人問路導致的，被水淹的人是由於事先不了解水情造成的。◇說明許多失誤往往是因為缺乏調查研究、自作主張所致。

【迷路望北斗，黑夜盼明燈】◇喻指一個人在困惑之時，最渴望得到光明的指引。

【迷霧勿開總有雨，話事勿開總有鬼】◇迷霧不散，說明即將有雨；一個人說話吞吞吐吐，說明內心有隱情。

【兼聽則明，偏聽則暗】明：指明白。暗：指糊塗。◇能夠聽取多方面意見的人，就能明辨是非，遇事就清楚；相反，偏聽偏信的人，遇事就容易糊塗，弄不清是非曲直。漢代王符《潛夫論·明闇》："君之所以明者兼聽也，所以闇者偏信也。是故人君通必兼聽，則聖日廣矣；庸說偏信，則過日甚矣。"◎兼聽則明，偏信則暗

【逆水行舟，不進則退】◑逆着水行船，如不奮力撐船前進，就必然後退。◇喻指要不斷地努力學習，否則就會落後。清代梁啟超《蒞山西票商歡迎會學說詞》："夫舊而能守，斯亦已矣！然鄙人以為人之處於世也，如逆水行舟，不進則退。"◎船到江心，不進則退

【逆水行舟用力撐，一篙鬆勁退千尋】尋：古代長度單位，八尺為一尋。◇喻指要達到目標，必須不懈地努力，遇到困難也不能鬆勁，這就像逆水行舟一樣，稍一鬆勁便會倒退很遠。

【逆水能浮，順水更能浮】◇喻指在困難的情況下能辦到的事，在順利時更容易辦到。

【逆風點火自燒身】◑逆着風點火，火必然要燒到自己身上。◇喻指一個人幹出愚蠢的事情，遭殃的是他自己；或一個人做出不正當的、害人的事情，最終必然受到應有的懲罰，害人終害己。◎逆風點火

【酒肉兄弟千個有，落難之中無一人】◑人在得志時，來稱兄道弟的酒肉朋友很多；一旦失意落難，會發現其中竟無一個真正的朋友。◇告誡人們，酒肉朋友不可交。清代天花才子《快心編初集》五回："沈氏道：'嘎！自古說：酒肉兄弟千個有，急難之中一個無。'"◎酒肉朋友千個有，落難之中半個無

【酒肉朋友，難得長久】◇告誡人們，靠吃喝玩樂結交的朋友是短暫的，難得長久。

【酒肉面前知己假，患難之中兄弟真】◇告訴人們，只能共享樂的朋友不是真正的朋友，在患難之中才能看到兄弟般的真情。

【酒肉紅人面，財色動人心】◇告誡人們，酒肉、錢財、美色都是可用以拉攏腐蝕人的，要提高警惕，防止腐化、墮落。

【酒多傷人，色多傷身】◇告訴人們，飲酒過量會損傷人的身體，色情多了也會損傷人的身體。

【酒多傷身，氣大傷人】◇提醒人們，要防止飲酒過量，少生氣，否則就會損傷身體。

【酒朋飯友，沒錢分手】◇說明酒肉朋友不是真正的朋友，只能是暫時的，不可能長久。

【酒要少吃，事要多知】◇告誡人們，酒要少飲，有益健康；事理要多知，能掃去貧乏愚昧。

【酒要少喝，話要少說】◇告訴人們，喝酒要少喝，說話要少說。

【酒是穿腸毒藥，色如刮骨鋼刀】◑酗酒像穿腸的毒藥一樣有損健康，好色像刮骨的鋼刀一樣有損人的品格。◇告誡人們，不可貪酒好色，毒害自身。◎酒中含毒，色上藏刀 / 酒能伐性，色是戕身 / 酒色毒如刀 / 酒色快如刀

【酒盅雖小淹死人】◇告誡人們酒盅雖然不大，如果沉湎於酒，終將毀人一生。

【酒醉吐真言】◇一個人喝醉酒時，說出的話往往是真心話。

【涉淺水得魚蝦，入深水得蛟龍】
● 在淺水中只能捕獲魚和蝦，到深水中才能捕得蛟龍。◇喻指付出多大的勞動，就有多大的收穫。

【消憂莫若酒，救貧莫若勤】◇消除憂愁的最好辦法是醉酒；消滅貧困的最好辦法是勤勞。

【涓涓之流，積成江河】涓涓：細水緩慢流動。● 細小的流水能匯成江河。◇喻指微小的力量積聚起來能夠變成巨大的力量。明代陸象山《象山語錄》卷一說：“涓涓之流，積成江河。泉源方動，只有涓涓之微，去江河尚遠，卻有成江河之理。”◎涓涓不止，流為江河

【海內存知己，天涯若比鄰】海內：四海之內，指天下；天涯：指非常遙遠的地方。● 四海之內都有自己的知心朋友，處在天涯海角的朋友也像近鄰一樣，心心相通。◇說明如果朋友之間感情真摯，不管是在哪裏，都會感覺像鄰居一樣親近。唐代王勃《送杜少府之任蜀州》：“海內存知己，天涯若比鄰。無為在歧路，兒女共沾巾。”

【海內撈月，越撈越深】◇喻指不切實際的空想，永遠不可能達到目的。

【海水不可斗量，人不可貌相】量（liáng）：衡量。相（xiàng）：察看。● 海水不可能用斗去稱量多少，人不可能從外貌上看出水平的高低。◇說明看人不能只看表面，以貌取人。明代馮夢龍《醒世恆言》第三卷：“別是一番面目，想到：‘人不可貌相，海水不可斗量！’”《朴通事諺解下》：“又打一會，崔舍又打上，眾人喝彩道，我不想這新來的莊家快打，這的喚做，人不可貌相，海水不可斗量，怎麼小看人。”◎海水可量，人不可量

【海水只怕一滴漏】● 儘管海水很多，如果是一滴一滴地漏，也會漏完。◇喻指財富再多，不停地浪費，也會耗費盡。

【海水無風浪不高，樹上無風枝不搖】
● 沒有風，大海不可能掀起高高的浪頭，樹枝也不可能搖動。◇喻指任何問題的產生都必然有一定的原因。

【海再深有底，山再高有頂】● 大海雖然很深，但總有底層；高山雖然很高，卻仍有頂端。◇喻指任何事物都有極點，沒有高不可攀、深不可測的東西。

【海底雖寬廣，船頭有時也相撞】
◇人與人之間發生矛盾和摩擦是很正常的現象。

【海枯終見底，人死不知心】● 海水枯竭時，最終能顯露出海底；但一個人即便是死了，也很難猜測生前他的心裏究竟在想甚麼。◇喻指人心難測。唐代杜荀鶴《感遇》：“大海波濤淺，小人方寸深。海枯終見底，人死不知心。”

【海深不怕魚大】● 海水深闊，不怕魚大難容。◇喻指天地廣闊無邊，不用擔心有才能的人沒有施展的地方。

【海闊憑魚躍，天高任鳥飛】憑、任：任憑。● 大海寬闊，可以任憑魚

兒在海中暢游跳躍；天空高遠，可以任憑鳥兒在空中自由飛翔。◇喻指良好的環境能夠使人的才幹得以充分施展發揮。《古今詩話》："（禪僧元覽）題詩於竹曰'大海從魚躍，長空任鳥飛'。"◎海闊從魚躍，天空任鳥飛／海闊任魚躍，天空任鳥飛／大海從魚躍，長空任鳥飛

【海邊岩石堅，何懼浪來顛】◐海邊的岩石是堅硬的，哪裏會懼怕風浪的沖擊。◇喻指意志堅強的人不怕任何艱難困苦。

【浮萍尚有相逢日，人豈全無見面時】浮萍：水中飄浮的植物。◇浮萍飄浮在水面上，還會有碰撞在一起的時候，何況是人呢？分離後，總會有再見面的機會。

【流丸止於甌臾，流言止於智者】流丸：滾行的彈丸。甌、臾（ōu、yú）：都是古時陶器，此處指像甌臾一樣坳坎不平的地形。流言：無根據的話。◐滾動着的彈丸滾到最低處就不再滾動了；流言傳到智者那裏便停止傳播了。◇喻指明智的人不傳播流言蜚語。《荀子・大略》："語曰：'流丸止於甌臾，流言止於知者。'此家言邪說之所以惡儒者也。"◎流言止於智者

【流水不腐，戶樞不蠹】戶樞：門的轉軸。蠹（dù）：蛀蟲蛀蝕、損壞。◐經常流動的水不會腐臭，經常轉動的門軸不會被蛀蝕。◇喻指經常運動着的物質能健存，不被侵蝕。《呂氏春秋・盡數》："流水不腐，戶樞不螻，動也。"◎流水不腐，戶樞不螻

【涕淚悲愁，不如捏緊拳頭】◐痛哭流涕是沒有用的，感化不了敵人，只有捏緊拳頭，和敵人鬥爭才行。◇喻指在困難面前哭其實沒有用的，只有發奮和他搏鬥，才能贏得最終的勝利。

【浪子回頭金不換】◇不幹正事、走邪路的年輕人，如果能回頭，改邪歸正，這是比金子還要寶貴的。清代李漁《十二樓》第四回："俗語説得好：'浪子回頭金不換。'但凡走過邪路的人，歸到正路上，更比自幼學好的不同。"◎敗子回頭金不換／浪子回頭，門前泥土變黃金／浪子回頭，千金不換

【浪子當家，餓死全家】◇如果讓不務正業的浪子掌管家業，家業必然敗落。

【浪從風來，草從根來】◇無風不起浪，無根草不生，事物的產生總有其緣由。

【悔前容易悔後難】◇提醒人們，做任何事情都要在事前做好充分的準備，考慮周全，否則事後再懊悔想改正就來不及了。

【悔過容易改過難】◇悔恨自己所犯的錯誤是容易的，而要真正徹底改掉錯誤是很難的。

【家大業大，浪費也垮】◐家業再大，如果胡亂揮霍，也會衰落垮台。◇提醒人們，花費要有計劃，要注意節儉，不可浪費。

【家不和，外人欺】◇要搞好內部團結，如果內部不團結，外人就會來欺侮。◎家不和時被人欺

【家不嚴招賊，人不嚴招險】◇自身的放任，就容易招致壞人，帶來危險。

【家中有無寶，但看門前草】◯家中有無勤勞的人，只要看看他的門前有無雜草就可知道。◇喻指從一個人的外表和言行就能知道他的為人。

【家內無貓，老鼠蹺腳】◇喻指如果不做好安全防範措施，盜賊就會氣焰囂張。

【家弗和，防鄰欺；鄰不和，防外欺】◯家庭中不和睦要提防鄰居欺侮；鄰里之間常鬧矛盾，要提防外邊壞人乘機來搗亂。◇告誡人們，要家庭和睦，鄰里團結，避免壞人欺侮。

【家有一千兩，日用銀二錢，若還無出息，不過十三年】無出息：指沒有謀生的手段。十三年：指不太長的時間。◇如果家裏具有不少的錢財，每天的開銷也很節儉，但卻沒有謀生的手段，有出無進，坐吃山空，維持的時間也不會太長。

【家有一心，有錢買金；家有二心，無錢買針】◯一家人團結，一心一意共同努力，家業就能興旺；如果一家人不是一條心，各自只顧自己，家道最終會淪落。◇強調心齊團結的重要。

【家有一老，黃金活寶】◇這句話說明家中有個老人非常寶貴，因為老人識多見廣，經驗豐富，多有可借鑒之處。

【家有三斗糧，不當小孩王】◇舊時認為，只要家中有糧吃，就不去當孩子的教師，說明當老師既不容易，又無社會地位。

【家有千金，不如日進分文】◇家中即便有千金財富，坐吃也會吃盡，倒不如靠勞動謀生，哪怕只有微薄的收入也是好的。

【家有竹雞啼，百蟻化作泥】竹雞：一種外形像鷓鴣的鳥，多在竹林裏，好吃螞蟻。◇如果家裏養有竹雞鳥，就可消滅白蟻。

【家有常業，雖飢不餓；國有常法，雖危不亡】◇家裏人都有固定的職業收入，雖遇饑荒年也不會捱餓；國家有固定的法律法規行使，雖遇危難也不會滅亡。《韓非子·飾邪》："語曰：'家有常業，雖飢不餓。國有常法，雖危不亡。'"

【家有患難，鄰里相助】◇一家有了災難，鄰里都會幫忙的。◎家有患難，鄰保相助

【家有黃金，外有斗秤】◇一戶人家中有多少財產，外面人特別是鄰居，心中都有數。◎家有黃金，外有戥秤

【家有萬千，小處不可不算】◇意思是說家裏有萬貫財富，也要精打細算，有計劃地使用，就是小的地方也不可浪費。◎家有千萬，小處不可不算

【家有萬頃田，日食三升粟】◯家中即便有萬頃良田，一個人每天也只能吃三升糧食。◇勸告人們，不可貪多無厭。

【家有萬擔，不脫補衣，不丟剩飯】◇告訴人們，即使生活富裕了，也要保持勤儉節約的優良傳統。

【家有賢妻，夫不遭橫禍飛災】◇家裏有賢惠、正直的妻子，丈夫就不會遭到意外的災禍。◎妻賢夫禍少

【家有餘糧雞犬飽，戶多書籍子孫賢】◯家中有餘糧，雞犬就能吃飽；家中書籍多，子孫有條件多讀書，就懂得

事理，不愚昧。◇強調環境對人成長的影響很大。

【家和日子旺】◇一家人和睦相處，互敬互愛，日子一定就會過得紅火。

【家和全靠人心和】◇一家人的真正和睦，主要靠大家的思想一致，同心同德。

【家和萬事興，家衰吵不停】●家裏人和睦團結，甚麼事情都會順順利利的；如果家裏人不和睦，經常爭吵不休，家庭就會衰敗。◇説明一個家庭的興衰成敗與家裏人能否和睦團結關係很大。◎家和萬事成／家和萬事興

【家鬼不怪，野鬼不來】●家裏沒有不好的人，外面的壞人就不會找上門來。◇喻指問題的根源首先在於內部。

【家庭怕三漏：鍋漏，屋漏，人漏】◇告誡人們，導致一個家庭的衰敗有三個原因：一是大吃大喝，鋪張浪費，即鍋漏；二是不謀生計，坐吃山空，即屋漏；三是人心不和，各持己見，即人漏。勸告人們應該警惕和杜絕這些不良因素的滋生。

【家家都有難唱的曲】◇每家都難免有一些難以解決的矛盾，都難免有一些麻煩事。

【家家鍋底一樣黑】◇喻指世界上的壞人本質都是一樣的。◎天下鍋底一般黑

【家雀住不了鳳凰窩】◇喻指一般人享受不了高貴人的豪華生活。

【家累千金，坐不垂堂】累：積累。垂：靠近。垂堂：指屋簷下。●家裏富有的人，不靠近堂簷邊處坐。◇喻指有錢的人惜命，處處防範，怕出危險。

【家貧不辦素食，匆冗不暇草書】◇即使家境貧寒也不要用素菜待客，免得客人誤解；即使工作繁忙也不要用草書寫字，免得別人看不明白。

【家貧顯孝子，國難識忠臣】●家庭貧困才能顯露出子女的孝順，國家危難才能識別出忠貞之臣。◇喻指在困境或危難中才能看出一個人的品質。◎家貧顯孝子，世亂識忠臣／家貧顯孝子，國難見忠臣

【家無生活計，吃盡斗量金】●如果一家人都沒有謀生的計劃，即使擁有用斗量的黃金，也會消耗盡。◇告誡人們，要勞動自謀生計，不可吃老本，坐吃山空。

【家無主，屋倒豎】◇一個家庭如果沒有主事的人，家裏就會雜亂無章，橫七豎八，顛三倒四。◎屋無主，掃帚顛倒豎

【家富小兒驕】◇家裏富裕的孩子容易養成驕奢放縱的習性。

【家裏事，家裏了】◇內部的事情應在內部解決，不要鬧到外面去。

【家裏無柴不起火】◇告訴人們，辦任何事情，如果客觀條件不具備，就不要急於去辦。

【家醜不可外揚】◇意思是説內部的醜事要內部自己解決，不可向外宣揚。◎家醜不可外談／家醜不可外傳

【家藏狐狸雞不剩】◇喻指窩藏壞人，首先自己受害。

【家嚴兒學好】●家教嚴格，孩子就容易學好。◇提醒做家長的父母，要重視家庭教育，決不可放鬆。

【害人之心不可有，防人之心不可無】
◇做人要正派，不可有害人的心腸，但也要提防別人來加害自己，免得上當吃虧。明代洪應明《菜根譚》："害人之心不可有，防人之心不可無。"◎偷人之心不可有，防人之心不可無

【害人之事不為，非義之財不取】
◇害人的事情不能做，不是自己勞動所得的錢財不能拿。

【害人終害己】◇無緣無故地陷害別人，最終會因真相大白而受到應有的懲罰，也就是害了自己。◎害人先害己／害人者終必害己

【害死人還看出殯的】◇有些陰險壞人在背後陷害人，置人於死地，表面上卻裝得與己無關，若無其事。

【害眼害鼻子，害人害自己】◇告誡人們，不要坑害別人，害別人最終就是害自己。

【剅卻心頭肉，醫了眼前瘡】◇比喻為了眼前的急難，不惜用有害的辦法來補救。唐代聶夷中《詠田家》詩："二月賣新絲，五月糶新穀。醫得眼前瘡，剅卻心頭肉。"

【宰相肚裏撐下船，小人肚裏容不下拳】◇氣量大的人能容忍各種人和事，而氣量小的人一點小事也不能容忍。◎宰相肚裏好撐船／宰相肚裏行舟船

【扇子雖破骨子在】▷扇子破了，但它的骨架還存在。◇❶喻指主要的東西還存在，要補救也不難。❷指主要的東西還在，仍然有價值。

【扇扇子不如自來風】◇用扇子扇的風不如自然風吹得爽快。

【袖大好擋風，樹大好遮蔭】◇喻指依附在有名望、有權勢的人旁邊，可以得到好處。

【袍子長了纏腿】袍子：中式的長衣服。纏：纏繞。▷袍子過長反而纏繞腿腳，影響行動。◇❶事情想得太複雜，或話說得太多，就會產生負作用，不利於解決問題。❷指機構過於龐大，人員眾多，運轉不靈活。

【被盜經官重被盜】重（chóng）：再次。▷被偷了東西後去報官，等於再次被盜一樣。◇因為舊時衙門辦事效率很低，手續繁多，有時甚至跟盜匪串通一氣，受害被盜後雖然報了官，但報案者在經濟上和精力上還得付出很多。

【被頭裏做事終曉得】被頭裏：被窩裏。◇私下裏偷偷做的事，雖然非常隱秘，但最後總會暴露出來。

【冤有頭，債有主】▷報仇要找為首的人，要債要找欠債的人。◇喻指是誰的責任就應該由誰來承擔。明代僧人居頂《續傳燈錄》："卓拄一下，曰：'冤有頭，債有主。'"◎冤各有頭，債各有主

【冤家宜解不宜結】◇雙方如有冤仇，應當想方設法解除仇恨，千萬不能激化矛盾，加深仇恨。◎冤仇不能結，結了無休歇／冤仇可解不可結

【書三寫，魚成魯，虛成虎】三：此指多次，不是實數。▷書籍經過多次傳抄，魚字就可能寫成魯字，虛字寫成虎字。◇喻指以訛傳訛，背離本意。葛洪《抱朴子·遐覽》："故諺曰：書三寫，魚成魯，虛成虎，此之謂也。"

【書山有路勤為徑，學海無涯苦作舟】
◯勤奮是讀書的路徑，刻苦是學術的航船。◇喻指要攀登知識高峰，只有下苦工夫，勤奮學習。韓愈："書山有路勤為徑，學海無涯苦作舟。"

【書不盡言，言不盡意】◯寫書信不可能把想說的話全部說完，說話也可能把內心的意思完全表達出來。◇文字、語言不可能完全表達人的思想。《周易‧繫辭上》："子曰：'書不盡言，言不盡意。然則聖人之意，其不可見乎。'"

【書中有女顏如玉】◇舊時勸人多讀書，讀書能考取功名，娶得漂亮的妻子。

【書中自有黃金屋】◇舊時認為，努力讀書就可以考取功名，獲得榮華富貴。語出自宋皇帝趙恆："富家不用買良田，書中自有千鍾粟；安居不用架高堂，書中自有黃金屋；出門莫恨無人隨，書中車馬多如簇；娶妻莫恨無良媒，書中自有顏如玉；男兒若遂平生志，六經勤向窗前讀。"◎書中自有千鍾粟

【書中車馬多如簇】簇 (cù)：聚集。◯詩書中的車馬非常多。◇舊時認為，讀書可以做官，做了官就會有許多車馬簇擁着自己。

【書本不常翻，猶如一塊磚】◇有書不讀，書的價值就體現不出來。

【書到用時方恨少】◯到了實際應用的時候，才悔恨讀書不多，知識有限。◇勸人多讀書，多積累知識。宋代陸游："書到用時方恨少，事非經過不知難。"

【書無百日工】◇告訴人們，學習書法，必須長期堅持不懈，方能取得成績。

【書疏尺牘，千里面目】書疏：書信。尺牘 (dú)：書信，古代書簡約長一尺。◇書信作用很大，人們在很遠的地方收到書信如同見面一樣。《顏氏家訓‧雜藝》："真草書跡，微須留意。江南諺云：'尺牘書疏，千里面目也。'"

【書囊無底】◇喻指書讀不完，學無止境。宋代黃庭堅《送王郎》："連牀夜語雞戒曉，書囊無底談未了。"

【書讀百遍不嫌多，遍遍都有新收穫】◇多讀幾遍書有好處，對其中意義會有更深的領會。

【書讀百遍，其義自見】◇多讀幾遍書，其中的意義自然就能領會。陳壽《三國志‧王朗傳》："人有從學者，遇不肯教，而云：'必當先讀百遍。'言'讀書百遍而義自見。'"◎讀書千遍，其義自見／熟讀百遍，其義自見

【退一步行安穩處，耐心坐地喜歡緣】◇遇事能夠忍耐、謙讓，不斤斤計較，就會得到安穩和快樂。

【退一步想，過十年看】◇喻指辦事要考慮後果，要留有餘地。

【退後一步自然寬】◇要寬宏大量，不要把事做絕。

【弱不可以敵強，寡不可以敵眾】◯弱小的力量不能抵擋強大的力量，少數人的力量抵擋不了多數人的力量。◇勸告人們，要量力而行，不可冒險。

【孫猴子的筋斗雲，總跳不出如來佛的手掌】孫猴子：《西遊記》裏的孫悟空。如來佛：佛的名稱。◯孫悟空一個跟頭十萬八千里，翻來翻去翻

不出如來佛的手心。◇喻指能力再強還是會遇到比自己能力更強的人的。
◎孫猴兒跳不出如來佛的手心

【娘生身，自長心，老師不過是個引路人】◇一個人能否健康成長，能否成才，關鍵在於他本人，父母和老師不可能起決定性作用。

【娘好囝好，秧好稻好】囝（nān）：小孩兒。●母親良善，她的小孩兒就會良善；稻秧長得茂盛，稻粒就會飽滿。◇強調父母的為人如何會直接影響下一代人。◎娘好女好，苗好米好

【娘勤女不懶，爹懶子好閒】◇強調父母的言行對子女的影響極大，身教重於言教。

【能人不怕多，壞人怕一個】◇能幹的人越多事情越好辦，而一個壞人就能起破壞作用。

【能人自有能人伏】●有能力的人會被能力更高的人壓倒。◇告誡人們，不可逞能，要謙虛，要向高於自己的人學習。

【能人裏面有能人，駿馬之中有駿馬】◇告訴人們，有才能的人很多，而且能人中還會有能人，因此不可自以為是，逞能恃強，而應該向強於自己的人學習，使自己不斷提高。◎能人背後有能人

【能大能小是條龍，光大不小是根蟲】◇一個人要能伸能屈，能上能下，既能做大事也能做小事，才能算是真正的英雄。◎能大能小是條龍，光能大不能小是長蟲／能大能小是英雄

【能在囤裏省，不怕肚裏空】囤：盛糧食的器具。◇在有糧食的時候注意節省，就不會餓肚子。

【能行之者未必能言，能言之者未必能行】行：從事，做。◇善於工作的人不一定能說會道；能說會道的人不一定善於工作。《史記·孫子傳》：“語曰：‘能行之者未必能言，能言之者未必能行。’孫子籌策龐涓明矣，然不能蚤救患於被刑。”◎能言者未必能行，能行者未必能言

【能見百步之外，不能自見其睫】●人的眼睛能看見百步以外的事物，卻看不見自己的睫毛。◇喻指人不容易看到自身的缺點。《韓非子·喻老》：“智如目也，能見百步之外而不能自見其睫。”

【能言不是真君子，善處方為大丈夫】處：相處。真君子：品格高尚的人。大丈夫：有作為的人。◇能說會道不一定是品格高尚的人，善於同群眾相處的人，才是有作為的人。《增廣賢文》：“能言不是真君子，善處方為大丈夫。”

【能忍自安，知足常樂】◇如果能在小事小非上善於忍耐，不去計較，本身就會得到安寧；如果在生活上不奢求，就會感到滿足而能夠高高興興地生活。這是一副諺語聯，選自清代石成金《傳家寶·聯瑾》：“知足常樂，能忍自安。”

【能防君子難防小人】◇告訴人們，防備好人是容易的，防備壞人卻很難，必須倍加小心。

【能者不驕，驕者不能】●真正有才幹的人不驕傲；驕傲的人大多數沒有真實本領。◇告誡人們，驕傲自滿是無能的表現，虛心求知才能使人進步。

【能者有餘，拙者不足】◐有才幹的人辦事輕而易舉，力量有餘；無才幹的人辦事如負千斤，力量不足。◇強調學習知識、增長才幹的重要。

【能受天磨真硬漢，不遭人忌是庸才】◇能經受住種種磨難的人是真正的硬漢；庸才是不會遭人嫉妒的。左宗棠：“能受天磨真鐵漢，不遭人嫉是庸才。監牢且作玄都觀，我是劉郎今又來。”

【能耐苦，方為志士；肯吃虧，不是癡人】◇能經受得勞苦的人正是有宏偉壯志的人；肯吃虧讓人的人並不是癡呆愚傻。

【能省囤口，莫省囤底】◇告訴人們，在糧食囤滿的時候就要節省，切不可等到糧食快吃完的時候再節省。

【能狼難敵眾犬】◇喻指一個人的本領再大也難以抵擋眾人。◎能狼安敵眾犬／能狼難敵眾犬，好手難打雙拳／能狼難敵眾犬，好手不敵人多

【能流血汗，能吃飽飯】◇幹活肯出力的人就能吃上飽飯。

【能書者不擇筆】◐會寫字的人不計較筆的優劣。◇喻指有才幹的人不計較客觀條件好壞，在任何情況下經過努力都能把事情辦好。

【能媚我者，必能害我】◇告訴人們，能故意向你討好的人，也一定能加害於你，務必要有所戒備。

【能勤不能儉，到頭沒積攢；能儉不能勤，到頭等於零】◇辛勤勞動但不注意節儉，把勞動所得全部花掉，結果會毫無積攢；如果只注意節儉，卻不肯辛勤勞動，結果也會坐吃山空。

【能與人規矩，不能使人巧】◐師傅可以教授做事的方法，卻不能使人心靈手巧。◇說明要想技術熟練、精巧，只有靠自己多動腦筋，多練習。

【能解亂絲，乃可讀詩】◐能夠整理紊亂蠶絲的人，才可以讀詩。◇喻指具有分析和歸納能力的人，才能理解詩的意義。◎能理亂絲，乃可讀詩

【能管不如能推】◇與己無關的事情，能管不如能推，多一事不如少一事，不管他人閒事，既不擔責任，又少了麻煩。

【能察秋毫之末，不能自顧其睫】◇觀察別人能夠細緻入微，對自己卻不一定了解。

【能諂者必能驕】◇對上級善於阿諛奉承的人，對下級必定要端架子，驕橫。

【能貓不叫，叫貓不能】◐能捉老鼠的貓不叫喚，愛叫喚的貓不善於捉老鼠。◇喻指有本領的人不自誇；喜歡自我吹噓的人往往沒有真本領。

【桑田變滄海，滄海變桑田】桑田：農田。滄海：大海。◐農田變大海，大海變成農田。◇喻指世事有翻天覆地的變化。

【桑條從小育】◐桑樹條從幼樹苗時就應開始培育。◇喻指一個人要成為有用之才，應從幼時就開始培養。◎桑條從小直，長大就不歪

【除了死法，又有活法】◇做事情既要遵循規矩，又要靈活處理。◎除了死法有活法

【除了靈山別有佛】靈山：佛教稱靈鷲山為靈山。◐除了靈山之外，別處

也有佛。◇提醒人們，不要死守一條路，其他地方也會有出路。

【除死無大災】● 沒有比死更大的災難了。◇告訴人們，遇到麻煩事時，要放寬心想得開，最壞的結果也就是一死。

【除夜犬不吠，新年無疫瘟】除夜：除夕的夜晚。疫瘟(lì)：流行傳染病。◇舊時認為，除夕夜裏狗不叫，過了年後就沒有疫病。

【除卻巫山不是雲】● 領略了巫山的雲彩，別處的雲便平淡無奇了。◇經歷過大場面，見過世面，看平常的事便不在眼下了。元稹《離思五首》："曾經滄海難為水，除卻巫山不是雲。"

【院中無樹難留鳥，壺中有酒好留客】◇喻指優越條件，才能留住人才。

【紗帽底下好題詩】紗帽：古代文官戴的一種帽子，後用作做官的代稱。也叫烏紗帽。● 做官的人做詩容易。◇喻指舊時當官的人有權有勢，說甚麼是甚麼，無論好壞都會有人吹捧。《鏡花緣》第十八回："世人只知紗帽底下好題詩；那裏曉得草野中每每埋沒許多鴻儒！"

【紗帽底下無窮人】● 做官的沒有窮人。◇喻指當官的搜括民脂民膏，很容易發財致富。◎紗帽底下無窮漢

【紙包不住火】◇喻指事情的真相是隱瞞不住的。◎紙包不了火，做壞事瞞不了人／紙不能包火，歹心人自知／紙裏包不住火，口袋裏裝不住錐子／紙頭包不住火，襪子包不住水

【紙紮的老虎看得穿】◇喻指表面上看起來很威風的人，實際上也不堪一擊。◎紙頭老虎，嚇不住人

【紙鳥經不起風吹，泥人架不住雨打】◇喻指虛假的東西經不起考驗。◎紙人紙馬過不了江／紙鶯經不住風吹，泥人架不住雨打

【紙筆殺人不用刀】◇用筆寫的文章也能置人於死地，而且殺人不露痕跡。

【紡織車輪是圓的，兩口子打架是玩哩】◇喻指年輕的夫妻打架是平常小事，就跟鬧着玩一樣，一轉眼就會和好如初。

十一畫

【責人之心責己，恕己之心恕人】◇告訴人們，應該用要求別人的標準來要求自己，用寬恕自己的心情去寬恕別人。

【責人則明，恕己則昏】◇有的人責備別人時特別明白，別人的大小缺點都能發現；對自己就非常糊塗，甚麼缺點也看不見。《宋史•范純仁列傳》："每戒子弟曰：'人雖至愚，責人則明；雖有聰明，恕己則昏。苟能以責人之心責己，恕己之心恕人，不患不至聖賢地位也。'"

【責己要嚴，待人要寬】責：要求。◇告訴人們，對自己要嚴格要求，對別人要寬宏大量。◎責人要寬，責己要嚴

【現在人養樹，將來樹養人】● 現在人們栽樹護林，到將來樹長大成材後，就會給人們帶來很多的利益。◇告訴人們，多植樹造林對自己也是有益的。

【現錢買得手指肉】◇有現錢就可以買到任何東西。

【理不短，嘴不軟】◇一個人如果理由正確、充足，就敢於講話。

【理直千人必往，心虧寸步難行】◇一個人如果正直公正、光明磊落，人再多的地方也敢去；相反，一個人如果心術不正，心虛理虧，就寸步也不敢行。

【理直不怕官，心直不怕天】◇一個人如果理由充足正確，就不怕去見審判官；一個人如果心地坦蕩光明，就甚麼都不怕。

【理直氣壯，理屈詞窮】◇一個人如果理由正確、充足，說話的氣勢就壯；而如果理虧，理由站不住腳，就無話可說。◎理直氣壯，詞窮理虧

【理治好人，法治壞人】◇對於好人可以用道理去說服，但對於壞人只能用法律去制裁。

【理虧心虛】◇一個人如果理虧，就會感到不踏實，心慌。

【理虧說短嘴】◇一個人如果理虧，就無話可說。

【捧上不成龍】◐捧上天去，也成不了龍。◇喻指人的資質太差，再怎麼扶持也難成大器。

【捧手裏怕掉，噙嘴裏怕化】噙（qín）：用嘴含。◐把孩子捧在手裏，擔心掉到地上，含在嘴裏，又擔心溶化了。◇喻指過分溺愛子女。

【捧飯稱飢，臨河叫渴】◐看見別人端着飯碗，就喊自己肚子餓；來到河邊看見水，就說自己口渴。◇喻指貪得無厭，見到別人有的東西就忍不住想要。

【捧着豆子找鍋炒】捧：用雙手托。◐雙手托着生豆子找鍋，想把豆炒熟。◇形容想把事辦成的心情很迫切，到處尋找機會，促使事情成功。

【捧着金碗要飯吃】要飯：乞討。◐手裏捧着金飯碗，向別人討飯。◇喻指擁有豐富的資源，不會或不肯開發利用，卻靠別人幫助過生活。

【捧着腦袋過日子】◐用手托着腦袋，怕掉下來砸壞，非常謹慎地過生活。◇形容過日子擔心受怕，非常小心謹慎。

【捱得過初一，捱不過十五】捱：等待，拖延。◐拖過了初一，拖不過十五。◇提醒人們，該了結的事遲早總要了結，靠拖延時間是不行的。

【捱過蛇咬見鱔跑】捱：遭遇過。鱔：鱔魚，通常指黃鱔，形似蛇。◐遭到過蛇咬，見到鱔魚也要躲開。◇喻指吃過一次虧，再碰到類似的事情也會心有餘悸。

【莫三人而迷】莫：不要。三人：指眾人。迷：迷惑。◇遇事雖然要聽取他人的意見，但又不能被眾多的說法所迷惑而拿不定主意。《韓非子·內儲說上》：“晏子聘魯，哀公問曰：‘語曰：莫三人而迷。今寡人與一國慮之，魯不免於亂，何也？’”◎莫眾而迷

【莫吃空心茶，少餐中夜飯】◇告誡人們，空腹時不宜喝茶，半夜時不宜加餐，這樣對身體不利。

【莫作牆頭草，風來兩邊倒】◇告誡人們，切不可像牆頭的草一樣沒有堅定的立場，哪邊來風哪邊倒，而應堅持真理，堅持原則。

【莫信直中直，須防人不仁】◇告誡人們，看人不能只看其表面直率，要防備其不良的動機。明代施耐庵《水滸傳》第四十五回："石秀自肚裏暗忖道：'莫信直中直，須防人不仁。'我幾番見那婆娘常常的只顧對我說些風話，我只以親嫂嫂一般相待。"《醒世姻緣》第九十六回："素姐道：'莫信直中直，須防人不仁。拿天平來，我把這銀子兌兌……'"◎莫使直中直，提防人不仁／莫信直中直，須防仁不仁

【莫將閒語當閒話，往往事從閒話來】◇提醒人們，不要隨隨便便地說閒話，以免招惹是非。◎莫言閒語是閒話，往往事從閒話來

【莫等閒，白了少年頭】◇提醒人們，要愛惜光陰，努力進步，不要辜負了青春大好年華。宋代岳飛《滿江紅·怒髮衝冠》："莫等閒，白了少年頭，空悲切！"

【莫飲卯時酒，莫食申時飯】卯時：早晨五時至七時。申時：下午三時至五時。◇卯時不要飲酒，申時不要吃飯，這樣有利於身體健康。

【莫道人短，休談己長】◇告誡人們，切不可隨便議論別人的缺點、弱點，更不要誇耀自己的優點和長處。◎莫說人家短，勿道自己長

【莫道君行早，更有早行人】◇告訴人們，不要總是覺得自己了不起，而要清醒地知道，能人之上還有能人，前進的道路上總還有比自己更強的人。

【莫道桑榆晚，微霞尚滿天】桑榆：指傍晚時刻，喻指晚年。霞：指太陽剛出來或快要落山時的光輝。◇勸慰老年人，不要以為自己已經年老，難以有作為，實際上晚年的時光像晚霞一樣，仍會光彩奪目，只要竭盡餘力，還是可以有所成就的。唐代劉禹錫《酬樂天詠老見示》："人誰不願老，老去有誰憐。身瘦帶頻減，髮稀冠自偏。廢書緣惜眼，多炙為隨年。經事還諳事，閱人如閱川。細思皆幸矣，下此便翛然。莫道桑榆晚，微霞尚滿天。"

【莫嫌知事少，只欠讀書多】◐不要嫌自己知道的事情太少，這是因為自己讀的書不多。◇告訴人們，要多讀書，才能增長知識，才能博古通今。◎莫言知識少，還欠讀書多

【莫圖顏色好，醜婦家中寶】顏色：指容顏。◇娶妻不要光圖容貌美麗，貌醜的妻子常常賢惠，善於持家。

【莫說過頭話，莫喝過量酒】◇告誡人們，喝酒不要過量，說話不要過頭。

【莫學知了爬樹梢，東搖西擺唱高調】◇告訴人們，要做實事，不要唱高調，說空話。

【莫學浮萍漂水面，要學蓮藕扎根深】◇喻指做工作不能浮在表面，要立足現實，深入研究。

【莫學流星一霎亮，要學太陽永發光】◇告訴人們，學習工作不可憑一時的熱情，短暫的衝動，而是要堅持不懈，才能不斷進步。◎莫學桐樹半年綠，要學松柏四季青

【莫學蜘蛛各牽網，要學蜜蜂共採蜜】◇勸導人們，要學會團結，為集體的利益一起奮鬥。

【莫學燈籠千隻眼，要學蠟燭一條心】◇喻指做事要專心致志，思想集中，不可三心二意。

【莫學隨風牆頭草，要學岩石堅定心】
◇告訴人們，切不可學牆頭草隨風傾
斜，無自己的主張，而要像岩石般堅
定自己的信念，堅持真理。◎莫學楊
柳隨風擺，要學勁松立山頂

【莫躓於山而躓於垤】躓（zhì）：絆
倒。垤（dié）：小土堆。▲沒有跌倒在
高山上，卻跌倒在小土堆上。◇提醒
人們，不可輕視小的障礙，要時刻保
持警惕的心理。

【荷花包不住菱角，缺點瞞不過眾人】
◇說明有缺點是掩蓋不住的。

【荷花雖好，也要綠葉扶持】◇喻指
本領再大的人也需要群眾的支持。◎紅
花還要綠葉扶

【荷葉團團團似鏡，菱角尖尖尖似錐】
◇喻指溫和對人有利，尖刻對人有
害。

【堆生於岸，水必湍之】湍：沖擊。
▲岸邊的土堆，總會受到河水沖擊。
◇喻指出眾的人物，常會遭人嫉妒。

【推開窗戶說亮話】◇喻指有話要明
說。《官場現形記》第二十七回："今
兒個推開窗戶說亮話，就不過看上我
長得俊點兒，打算弄到手，做個會說
話的玩意兒罷了。"◎打開天窗說亮
話

【推順水船兒】◇告訴人們，說話辦
事要看情勢。《紅樓夢》："賈赦聽了，
便也有些膽怯，問道：'你們都看見
麼？'有幾個'推順水船兒'的回
說：'怎沒瞧見？因老爺在頭裏，不
敢驚動罷了。奴才們還撐得住。'"

【捨不得金彈子，打不住銀鳳凰】
◇喻指不付出一定的代價，就辦不成
事情。◎捨不得芝麻打不得油 / 捨不
得下鹽曬不了醬 / 捨不得魚餌釣不得
魚

【捨不得孩子套不住狼】◇喻指不作
出一定的犧牲，就不能戰勝敵人。◎捨
不得娃子逮不住狼 / 捨不得孩子打不
了狼

【捨命不捨財】▲寧願不要自己的性
命，也不肯丟掉錢財。◇喻指人非常
愛財。

【捨命吃河豚】河豚（tún）：魚名，肉
味鮮美，但肝臟、卵巢等有劇毒，如
果處理不好，會中毒致死。▲冒着生
命危險吃河豚。◇喻指冒着生命危險
也要去嘗試一下新事物。

【捨命陪君子】犧牲自己的性命來陪
伴別人。◇喻指為朋友效力，不惜一
切代價。

【捨得一身剮，敢把皇帝拉下馬】
剮（guǎ）：割肉離骨，指封建時代的
凌遲。◇喻指只要不怕死，甚麼事都
能幹出來。《紅樓夢》："俗語說：'拚
着一身剮，敢把皇帝拉下馬。'"

【授人以魚，不如授人以漁】▲送給
人家魚，不如教授人家捕魚的技巧。
◇意思是說，幫助人要從根本上解決
問題。

【掙錢不掙錢，混個肚子圓】◇幹活
不管錢掙多少，能混口飽飯吃就行。

【掙錢猶如針挑土，用錢猶如水推沙】
◇掙錢就像針挑土那樣困難，花錢卻
像水推沙一樣容易。勸人要珍惜自己
的勞動所得，千萬不要隨意揮霍。

【教子光說好，後患少不了】◇教育
子女如果只是誇獎，不去嚴格要求，
也不指出其缺點，這樣對孩子的成長
危害很大。

【教化甚於王法】◇教育的感化作用勝過法律制裁。

【教書三年教自身】◇說明教學時間長了，在教別人的過程中，自己也能夠得到提高。

【教奢易，教儉難】◇教人奢侈容易，教人勤儉困難。

【教婦初來，教兒嬰孩】◐教育媳婦要從娶進門開始，教育兒童要從嬰兒開始。◇意思是說教育要從早、從小抓起。

【掃地恐傷螻蟻命，為惜飛蛾紗罩燈】螻蟻：螻蛄和螞蟻。◐掃地時害怕傷了螻蛄和螞蟻的性命，為了愛惜飛蛾用紗把燈罩住。◇❶喻指愛惜生靈，即使是螻蟻，飛蛾之類的小生命也不忍心傷害。❷指出家人以慈悲為懷，對微小的動物也非常愛惜。◎掃地恐傷螻蟻命

【掃帚顛倒豎】◐掃帚倒立放着。◇喻指事情很不正常。

【娶個媳婦過繼出個兒】過繼：把兒子送給無後嗣的人家做兒子。◐家裏娶來兒媳婦，兒子就像過繼給別人一樣。◇喻指兒子娶妻後，跟父母的關係就開始疏遠。

【娶婦娶賢不娶貴】◇娶妻子要注重是否賢惠，而不能看她門第高低。

【娶婦得公主，平地生公府】公主：皇帝的女兒。公府：官府。◐娶了皇帝的女兒做妻子，就像突然從地上建起一座官府。◇❶指娶了高貴的妻子，得到了榮華富貴。❷指娶了地位高的妻子，自己得小心謹慎侍候。◎娶婦得公主，無事取官府／娶婦得公主，平地買官府

【娶媳婦是小登科】登科：科舉應考被錄取。◇結婚娶媳婦是人生大事，僅次於考中科舉。

【帶箭野豬猛於虎，老鼠急時會咬人】◇喻指人受到創傷後，為了生存，會變得十分兇悍，甚至於失去理智。

【乾土打不成高牆，沒錢蓋不起瓦房】◇喻指沒錢辦不成事。

【乾打雷，不下雨】◇說明嘴上喊得響的人，不見得會有實際行動。

【乾屎抹不到人身上】◇如果自身行為正派，他人的栽贓、誣陷就很難有人相信。

【乾柴近不得火，火上加不得油】◐乾柴是易燃物，不能靠近有火的地方；油脂物助燃，放在火裏，火就會燃燒得更厲害，所以火上不能加油。◇說明在氣氛緊張、一觸即發的情況下，不能夠再創造條件使事態更加嚴重。◎乾柴見不得烈火，火上不能加油／乾柴近不得烈火／乾柴見不得烈火

【乾柴近烈火，無怪其燃】◇喻指情慾要求強烈的男女相遇後容易墜入情網。

【乾柴烈火，一拍就合】◇喻指情思強烈的男女，碰到一起就會結合。

【乾薑有棗，越老越好】有：在這裏是語助詞。◐薑越老味越辣，棗熟皮紅。◇喻指歲數大的人經驗比較豐富。

【乾薑扭不出汁，老糠榨不出油】◇喻指對錢財或精力已經耗盡的人，是不能從他身上撈取到甚麼好處來的。◎乾薑扭不出汁

【梧桐一葉落，天下盡知秋】◐梧桐葉子從樹上落下來，人們便知道秋天到了。◇喻指觀察事物局部所呈現的跡象，便可測知事物發展的趨勢。

【桿不穿，皮不蠹】蠹（dù）：蛀蝕。◐桿部沒被穿破，就說明皮還沒被蛀蝕。◇喻指要從本質上看一個人的品行。

【梅花優於香，桃花優於色】◐梅花的優點在於它的香氣濃，桃花的優點在於它的顏色鮮艷。◇喻指人各有所長，彼此應該互相學習，取長補短。

【救人一命，恩重如山】◇解救一個人的生命的恩德如同山一樣重。

【救人一命，勝吃七年長齋】◇解救一個人的生命勝過多年吃齋的修行。

【救人一命，勝造七級浮屠】浮屠：佛塔，梵語音譯，也解釋作浮圖。◇佛教認為，救活一個人的性命，比修造一座七層寶塔的功德還大。

【救人是英雄，認錯是好漢】◐能救助他人的人是令人敬佩的英雄，肯承認自己錯誤的人也是可敬的好漢。◇說明敢於公開承認自己的錯誤，勇於承擔責任，並努力去改正，同樣是一件令人稱讚的事。

【救人救到底，送人送到家】◇救助人應該完全徹底，護送人應該一直送到家。

【救人救到底，擺船擺到岸】◇救人要救到底，就像渡船過河要渡到岸邊一樣，要善始善終，不能半途而廢。

【救人須救急】◇救助別人應當在他特別危急的時候。

【救了落水狗，回頭咬一口】◇告誡人們，不可救助壞人，免遭其害。

【救火須救滅，救人須救徹】◐救火必須把火撲滅，救人必須救到底。◇喻指做好事要完全、徹底，不可半途而廢。

【救生不救死】◇當遇到大的災難時，要盡可能援救活着的人。

【救兵如救火】◇救援的部隊一定要迅速，要像救火一樣刻不容緩。

【救命如救火】◇救人性命的事像救火一樣緊急，刻不容緩，不可延誤。◎救人如救火／救兵如救火

【救寒莫如重裘，止謗莫如自修】◇解脫寒冷，莫過於加厚衣裘；止住誹謗，莫過於加強自我修養。《三國志•王昶傳》："諺曰：'救寒莫如重裘，止謗莫如自修。'斯言信矣。"

【救煩無若靜，補拙莫如勤】無若、莫如：不如。◇消除煩惱最好的辦法是使情緒穩定，平靜下來；彌補拙笨的辦法只有勤奮。唐代白居易《自到郡齋僅經旬日方專公務未及宴遊偷閒……仍呈吳中諸客》："救煩無若靜，補拙莫如勤。"

【斬草不除根，萌芽依舊發】◇喻指除惡不徹底，就會留下後患。◎斬草不除根，逢春芽又生／斬草不除根，留個禍根根／斬草不除根，明年又再生／斬草不除根，嫩芽依舊生

【斬草除根，萌芽不發】◇喻指除惡要徹底，才能不留後患。《五代史平話•梁史平話卷上》："莫若傍今殺了，斬草除根，萌芽不發；斬草若不除根，春至萌芽再發"◎斬草除根，杜絕後患／斬草要除根，不要留禍根

【軟刀子割頭不覺死】軟刀子：指使人不知不覺地受到折磨或腐蝕的手段。◇喻指手段隱蔽，陰險而毒辣，受害者受到傷害卻沒有覺察。◎軟刀子殺人不見血

【軟不吃，硬不吃】◐不管是溫和的手段還是強硬的，都一律不理會。◇喻指用甚麼辦法都難以對付。

【軟皮條，勒死人】◐皮條雖然柔軟，卻能把人勒死。◇喻指溫和的腐蝕手段，更容易讓人放鬆警惕，結果在不知不覺中遭受毀滅。

【軟棍打死人】◇喻指表面柔和，實際上有害的做法，會不知不覺地致人於死地。

【軟蟲子蛀爛硬木頭】蛀（zhù）：蟲子咬。◐蟲子身體雖然柔軟，卻能咬爛堅硬的木頭。◇❶喻指弱者能戰勝強者。❷喻指小事不注意，容易釀成大災禍。

【軟藤縛得住硬柴】縛：捆綁。◐藤條雖然柔軟，卻能把結實堅硬的木柴捆住。◇❶喻指柔弱的能制服強硬的。❷喻指事物都有長處和弱點，發揮自己的長處，利用對方的弱點，就可以降服對方。◎軟柴縛得住硬柴／軟藤纏死硬樹

【曹操諸葛亮，脾氣不一樣】◇各人有各人的脾氣。

【爽口食多偏作痛，快心事多恐生殃】◐好吃的東西吃得太多，身體就會生病；只顧痛快做事，做過了頭就會遭殃。◇告誡人們，做事要慎重，不能只圖一時痛快，給自己帶來麻煩。◎爽口食多終作疾，快心事過必為殃

【盛名之下，其實難副】◐名聲很大，與實際情況完全不相符合。◇提醒人們，要有自知之明，經常想到自己的弱點，不要被讚譽聲迷惑。《後漢書・黃瓊列傳》：“陽春之曲，和者必寡；盛名之下，其實難副。”

【盛衰各有時】◇告訴人們，興盛或衰敗都是有定數的。《古詩十九首・回車駕言邁》：“回車駕言邁，悠悠涉長道。四顧何茫茫，東風搖百草。所遇無故物，焉得不速老。盛衰各有時，立身苦不早。人生非金石，豈能長壽考。奄忽隨物化，榮名以為寶。”

【盛喜中不許人物，盛怒中不答人簡】◐在非常高興時不要輕易許諾給別人東西；在非常憤怒時不要給別人答覆信件。◇因為在大喜大怒時，頭腦會不冷靜，此時不要處理問題，可以避免失誤。

【雪後始知松柏操】操：節操。◐雪後才知道松柏不畏嚴寒的節操。◇喻指經過嚴酷的鍛煉更顯出堅貞不屈的性格和節操。

【雪裏藏不住人，紙裏包不住火】◇喻指想把事實是掩蓋不住的，最終總會真相大白。◎雪堆埋孩，沒有化不出來／雪裏埋人，久後自明／雪裏埋小豬，總會露出了蹄腳來／雪埋死屍，能埋幾日

【處家人情，非錢不行】處家：治家，指居家生活。人情：指人情來往。◇居家過日子和人情往來，樣樣都要用錢，沒有錢就無法生活。

【處處留心皆學問】學問：泛指知識。◇不論在甚麼地方，只要留心都可學到知識。

【處顛者危，勢豐者虧】◇地位越高則越容易跌落，權勢越大越容易喪失。漢代王充《論衡》："處顛者危，勢豐者虧，顛墜之類，常在懸垂。"

【雀兒揀着旺處飛】●麻雀挑人煙興旺的地方棲息。◇❶喻指人趨炎附勢。❷喻指人往高處走。◎鵓鴿旺處飛／老鴰野雀旺處飛／老鴰野雀都揀旺處飛／雀奔亮處飛

【雀飛有影兒，雁過有聲兒】●鳥在空中飛，會在地上留下影子，雁子在高處飛，也會留下聲音。◇喻指做事情瞞不過人，總會露出一些蹤跡。

【雀捕螳螂雀捕雀，暗送無常死不知】無常：指無常鬼，迷信的人認為，人要死的時候，無常鬼就來勾魂。●黃雀只顧捕食螳螂，沒想到後面有人正在捕捉牠，死到臨頭都毫不知曉。◇喻指只顧貪圖眼前的利益，對即將遭受的災禍毫無覺察。

【雀窩裏掏不出鳳凰】◇條件差的地方培養不出非常出色的人才。

【雀翼不能伏鵠卵】翼：翅膀。伏：指鳥伏在卵上，用體溫來孵化。鵠（hú）：天鵝。●麻雀的翅膀蓋不住鵝蛋，孵不出天鵝來。◇喻指能力有限，不可能做超出自己能力的事情。

【堂上一呼，階下百諾】諾（nuò）：答應的聲音。●坐在大堂上方的人一招呼，下面的人就會答應。◇權勢之盛，一呼百應。《呂氏春秋·過理》："宋王大說，飲酒。室中有呼萬歲者，堂上盡應；堂上已應，堂下盡應；門外庭中聞之，莫敢不應，不適也。"◎廳上一呼，階下百諾

【常在山中走，哪怕虎狼兇】●經常在山中行走的人，不怕兇猛的虎狼，因為在險惡的環境中過慣了的人，即使遇到意外也會應對的措施。

【常在河邊走，難免踏濕鞋】◇經常處在不良的環境中，難免沾染上壞習氣。◎久在河邊站，沒有不濕的鞋

【常將有日思無日，莫待無時思有時】●富有時要常想着，貧窮了怎麼辦，不要等到貧窮了才後悔。◇勸說人們，要勤儉節約，不要奢侈浪費。要多積儲一些，以防不測。◎常將有日思無日，莫待無時想有時

【常將冷眼觀螃蟹，看你橫行到幾時】冷眼：冷峻的眼神。螃蟹：橫行霸道的惡人。◇橫行霸道的惡人，總有一天會受到懲罰。

【常讀口裏順，常寫手不笨】●常讀書口裏順，常寫字手不笨。◇學習要堅持勤學苦練，才能運用自如，學有所成。

【敗子回頭便作家】敗子：敗家子。作家：治家，當家。◇敗家子能改邪歸正，也是可以當好家的。

【敗子若收心，猶如鬼變人】敗子：敗家子。●敗家子如果能夠改邪歸正，那簡直等於死鬼變成了活人。◇喻指敗家子改過自新是非常不容易的。

【敗軍之將，不可以言勇】◇打了敗仗的將領，沒有甚麼可炫耀的。《史記·淮陰侯列傳》："臣聞敗軍之將，不可以言勇；亡國之大夫，不可以圖存。"◎敗軍之將，不敢語勇／敗軍之將，不可以語勇／敗軍之將，不敢言勇

【敗軍之將，不足與圖存】◇打了敗仗的將領，不配和別人共謀存亡

大計。《吳越春秋‧勾踐入臣外傳》："范蠡對曰:'臣聞亡國之臣,不敢語政,敗軍之將,不敢語勇。'"

【敗家容易興家難】◇把家產揮霍掉很容易,要振興家業就難。

【敗翎鸚鵡不如雞,虎落平陽被犬欺】翎:鳥的翅膀或尾巴上長而硬的羽毛。◙掉了毛的鸚鵡連雞都不如,老虎離開山林來到平陽,竟要受到狗的欺負。◇喻指有本事的人一旦落難,就會被小人欺侮。

【敗棋有勝着】着(zháo):走的一步棋。◙棋局即使最後失敗,但也有過很高明的一着。◇喻指事即使沒有做成功,但中間也會有好的、值得肯定的地方。

【眼下胡花亂鋪張,往後日月空蕩蕩】◇告誡人們,有錢時不注意節約,鋪張浪費,花完了就只能過窮日子。

【眼不自見,刀不自割】◇喻指人們往往看不到自身的缺點,因此想改掉自己的缺點、錯誤很難。

【眼不見,心不煩】◇煩心事只要看不見,心裏也就不煩了。◎眼不見,心不怒

【眼不見為淨】◇喻指只要看不見,就當沒有那麼回事。或者沒有看到髒的東西,權且把它看成乾淨的。◎眼勿見為淨

【眼不見,嘴不饞;耳不聽,心不煩】◇眼睛沒有看見食物,就不會想吃;耳朵沒有聽到各種事情,心裏就不煩。

【眼不點不瞎,耳不挖不聾】◇❶提醒人們,要注意個人衛生,保護眼睛和耳朵。❷喻指事情的發生總是有原因的。

【眼巧何須樣子比】◙眼光敏銳的人一看就知道,不必拿樣子比來比去。◇喻指明白的人能夠一眼看清楚問題的關鍵所在。

【眼見是實,耳聞是虛】◙親眼看到的才是真實可靠的,光憑耳朵聽是靠不住的。◇強調要注重實際調查,不能偏聽偏信。◎眼見方為實,傳言未必真 / 眼見是實,耳聞為虛 / 眼見為實,耳聞是虛

【眼怕手不怕】◇有些工作看起來難度很大,挺可怕的,但只要有決心動手去做,就一定能完成任務。◎眼愁手不愁

【眼看千遍,不如手做一遍】◙看得再多,還不如親自動手做一做好。◇喻指通過時間才能真正掌握知識和技藝。

【眼望高山,腳踏實地】◇告訴人們,既要有遠大的眼光,又要有腳踏實地的實幹精神。

【眼睛不亮,到處上當】◙眼光不敏銳,看不清好人壞人,就容易上當受騙。◇告誡人們,要提高識別真假的能力,謹防上當。

【眼睛不識寶,靈芝當蒿草】◇喻指眼力很差,辨別不出好壞,把好東西當成壞東西。◎眼睛不識寶,靈芝當蓬蒿

【眼睛跳,晦氣到】◇迷信說法,眼皮跳動會遇到不吉利的事,並無科學依據。

【眼裏揉不下沙子】◇喻指無法容忍不合情理的人和事。◎眼睛裏灰星子也不下去 / 眼睛裏着不得粒屑

【眸子不能掩其惡】眸：眼珠。◇從一個人的目光就可以看出一個人的善惡。《孟子‧離婁上》：“孟子曰：‘存乎人者莫良於眸子。眸子不能掩其惡，胸中正，則眸子瞭焉；胸中不正，則眸子眊焉。聽其言也，觀其眸子，人焉廋哉！’”

【野外是草，治病是寶】◇許多野地裏的草，是治病的良藥。喻指看起來是不起眼的東西，卻會有非同尋常的作用。

【野花不種年年有，煩惱無根日日生】◇喻指煩惱的事時常會有。

【野花偏艷目，村酒醉人多】◇ ❶ 喻指雖然是鄉村的女子，但姿色非常動人。❷ 喻指越是純樸的東西越有魅力。

【野草難肥胎瘦馬，橫財不富命窮人】❶ 舊時認為，命中注定要受窮的人，即使發了橫財也不會富起來，這就像天生就是瘦馬，就是有野草吃也肥不起來一樣。◇勸告人們，要靠正常的手段謀取錢財，通過正當的途徑致富。

【野鴨叫不出鳳凰音】◇喻指壞的人說不出好話來。◎野雞叫不出鳳凰音

【野獸盡而獵狗烹，敵國破而謀臣亡】◇敵國已被滅亡，曾經給帝王出謀劃策的功臣良將就遭殘殺，就像野獸打盡後，獵狗就被煮吃一樣。

【啞巴蚊子咬死人】❶ 不叫的蚊子咬人更厲害。◇喻指惡毒的人害人不露聲色。

【閉口深藏舌，安身處處牢】◇逢事少說話，就不會惹是生非，自然平安無事。

【閉門家裏坐，禍從天上來】❶ 關門閉戶待在家裏，災禍卻突然降臨。◇喻指人生艱難，不知道甚麼時候會遭遇麻煩。◎閉門屋裏坐，禍從天上來 / 閉門靜靜坐，禍從天上來

【問百人，通百事】◇多向人請教，懂的事情就更多。

【問即不會，用則不錯】◇對問題所涉及的理論講不清楚，但實際操作時卻非常不錯。

【問病處方，對症下藥】處方：醫生開給病人的藥方。◇喻指做事要搞調查研究，要根據實際情況，制定出解決問題的有效辦法。

【問理不問人】◇是非曲直只根據事理確定，不根據人確定。

【問途於已經】◇問路要問那些已經走過這段路的人。

【問路不施禮，多走二十里】◇問路時沒有禮貌，人們往往會隨便指點，結果多走了許多冤枉路。

【問遍百家成行家】◇廣泛地向各方面的人士請教，就會掌握許多知識，使自己成為行家裏手。

【問誰毀之，小人譽之】❶ 要問是誰毀了你的名譽，是那些小人們對你的恭維。◇告訴人們，要警惕那些對自己阿諛奉承的人。

【晚飯少吃口，活到九十九】◇晚飯要少吃一些，會有益於健康長壽。

【異姓有情非異姓】◇雖然姓氏不同，但只要情誼深厚，也會像親兄弟一樣。

【略知孔子三分禮，不犯蕭何六尺條】蕭何六尺條：西漢初蕭何制定了法律

刻寫在六尺竹簡上。◇如果懂得一點禮教就不會犯法。明代湯顯祖《牡丹亭》第五十三齣："略知孔子三分禮，不犯蕭何六尺條。"

【蚯蚓難成龍，樹葉難搓繩】蚯蚓：生活在土壤裏的軟體環節動物，中藥裏稱為地龍。◇人的資質差，不可以造就成傑出的人才。

【蛇大窟窿大】◐蛇大洞穴也大。◇喻指家大業大，開銷一定也很大。

【蛇不打死害眾人，虎不打死留禍根】◇喻指對害人的東西一定要徹底剷除，不能留下禍根。

【蛇在蛙遭殃】◇喻指不打擊壞人，好人就要遭殃。◎蛇沒吃飽，青蛙喪命

【蛇有蛇路，鼠有鼠路】◇喻指各人有各人的生活門路。

【蛇走無聲，奸計無影】◐蛇爬行時沒有聲音，奸計也看不見蹤影。◇喻指陰謀詭計常在暗中進行，不易被發現。

【蛇見雄黃骨頭酥】雄黃：礦物，成分是硫化砷，橘黃色，有光澤，可用作中藥，也可製農藥、染料等。◇喻指一物降一物，壞人也有剋星。

【蛇珠千枚，不及玫瑰】蛇珠：傳說蛇所吐的珠子。◇喻指蛇珠是不值錢的東西。

【蛇無大小，毒性一般】◐蛇不分大小，毒性都是一樣的。◇喻指凡是壞人都會對社會產生危害。

【蛇無頭不行，鳥無翅不飛】◐蛇沒有頭不能爬行，鳥沒有翅膀不能飛翔。◇喻指沒有帶頭人，做不成事情。◎蛇無頭不行，鳥無頭不飛 / 蛇無頭不行 / 蛇無頭而不行，鳥無翅而不飛

【蛇過有條路】◐蛇遊過的地方會形成一條路。◇喻指任何事物都有蹤跡可尋，壞人幹壞事總會留下痕跡。

【蛇鑽竹筒，曲性還在】◐蛇雖然鑽進了竹筒，但蛇彎曲的本性還是存在的。◇喻指壞人的本性任何時候都不會改變。

【蛇鑽窟窿蛇知道】◐蛇自己鑽的洞自己知道。◇喻指自己幹的壞事，自己心裏有數。◎蛇掏窟窿蛇知道 / 蛇鑽的窟窿蛇知道

【唱戲的三天不唱嘴生，打鐵的三天不打手生】◇不堅持練習，技藝便會生疏。

【唱戲的不瞞打鑼的】◇相互關係密切，又要相互合作，即使有秘密也不必相瞞。

【唱戲的還要有個過場】◇告訴人們，辦事總有一個必要的過程，因此不能操之過急。

【患生於多慾，害生於不備】慾：私慾。◇憂患的產生往往是因為私慾太多，禍害的產生往往是因為沒能加以防備。《淮南子・繆稱訓》："福生於無為，患生於多慾，害生於弗備，穢生於弗耨。"

【患生於所忽，禍發於細微】◐憂患往往因疏忽而產生，災禍往往發生在細小的事情上。◇提醒人們，在任何事情上都不能疏忽大意，對細微之處也不可掉以輕心。

【患生於忽，禍起於怠】◐憂患往往產生於疏忽，災禍往往產生於懈怠。

◇提醒人們，要防止疏忽大意，任何時候都不要懈怠。

【患難見朋友】◇經過患難可以看出友情的真假。◎患難見至交，烈火現真金／患難識知己

【唯大英雄能本色，是真名士自風流】◇只有英雄才能具有真正的英雄氣概，是真名士自然會揮灑自如。明代洪應明《菜根譚》："唯大英雄能本色，是真名士自風流。"

【唯有感恩並積恨，萬年千載不生塵】◇世上只有感恩和怨仇，這兩件事刻骨銘心，一輩子也不會忘記。《金瓶梅》："正是：自古感恩並積恨，萬年千載不生塵。"

【唯恐天下不亂】◇希望天下大亂，以便混水摸魚。

【眾人拾柴火焰高】◇喻指人多力量大。◎眾捧柴，火焰高／眾人扛山山會動／眾人抬鼓打得響

【眾口鑠金，積毀銷骨】鑠（shuò）金：熔化金屬。毀：毀謗。◇喻指眾多謠言會置人於死地。《史記・張儀列傳》："臣聞之：積羽沈舟，群輕折軸，眾口鑠金，積毀銷骨。"

【眾心成城，眾口鑠金】◐眾人一條心，力量就堅如城堡；眾口一致毀謗，就能夠熔化金屬。◇喻指團結起來力量大。《國語・周語下》："故諺曰：'眾心成城，眾口鑠金。'"◎眾口鑠金，眾志成城

【眾生好度人難度】眾生：指各種動物。度：佛教指超脫苦難。◐動物容易超度，而人難於超度。◇喻指人性比較複雜。

【眾怒難犯，專慾難成】◇眾人的憤怒不可觸犯，個人專橫的慾望難以實現。《左傳・襄公十年》："子產曰：眾怒難犯，專慾難成，合二難以安國，危之道也，不如焚書以安眾，子得所慾，眾亦得安，不亦可乎，專慾無成，犯眾興禍，子必從之，乃焚書於倉門之外，眾而後定。"

【眾擎易舉，獨力難成】◇大家齊心協力，團結一致，就容易把事情辦成；一個人單槍匹馬去幹，很難成功。明代張岱《募修岳鄂王祠墓疏》："蓋眾擎易舉，獨力難支。"

【造車者多步行】◇喻指創造物質財富的人，往往享受不到自己所創造的東西。

【造燭求明，讀書求理】◇製造蠟燭是為了得到光明，讀書是為了懂得道理。◎造燭求明，讀書求理；明以照暗，理照人心

【甜言美語三冬暖，惡語傷人六月寒】三冬：冬季或者冬季的第三個月，即農曆臘月。六月：指暑天。◑甜美的語言，即使在寒冷的冬天也會讓人感到溫暖；傷人的惡語，即使在夏天也會讓人感到心寒。◇告誡人們，說話要溫柔、得體。◎甜言媚語三春暖，惡語傷人六月寒

【甜從苦中來，福從禍中生】◇矛盾的雙方可以互相轉化。

【移樹無時，莫教樹知】◇告訴人們，移栽樹苗時，根部要多帶土，這樣不會傷着樹根，可以提高樹苗的成活率。◎移樹無他巧，不叫樹知道

【動為綱，素為常，酒少量，莫愁腸】◇人要健康長壽，就要經常活動身

體，要多吃青菜素食，要少飲酒，樂觀大度。◎動為綱，素經常，少煩惱，酒少量

【笨鳥先飛晚入林】◇喻指能力差的人做事情，比別人先行一步，結果還要比別人落後。

【笨鴨子上不了架】◇喻指沒有本事的人，幹不了大事。

【做一輩子狐狸，讓雞啄了眼】◇喻指一個又有計謀、又狡猾的人也有失利和吃虧的時候。◎做一輩子狐狸，給火雞啄了眼睛

【做了寒衣楊柳青，做了夏衣水結冰】◇喻指做事要抓緊時間，不能速度太慢，錯過了機會就會失去應有的價值。

【做大不尊，帶壞兒孫】◇做長輩的如果不自尊自重，會給子孫帶來不好的影響。

【做大難為小】◇本領大或地位高的人很難去服從別人。

【做不如省快】◇掙的錢再多，也要節省着花，只有平時注意節約才能攢下錢來。◎做沒有省快

【做年碰着閏月，討飯碰着荒年】◇喻指越是不幸越不走運。

【做事要做到頭，殺雞要殺斷喉】◇喻指做事不但要善始善終，而且要做得徹底，不能半途而廢。◎做事做到頭，殺豬殺到喉

【做事須謀始】◇做事情必須從一開始就要謀劃好。

【做到老，學到老，還有三分沒學好】◇提醒人們，學習是沒有止境的，知識是學不完的，人一輩子都要學習。◎做到老，學到老，八十三上才學

巧／做到老，學到老，到頭還覺得沒學好／做到老，學到老，還有三椿沒學到／做到老，學到老，一樣不學拙到老

【做官不貪，賴債不富】◇做官的人不會貧窮，欠債不還的人不會富裕。

【做官莫做小，做樹莫做梢】◇喻指做官就要做大官，不但俸祿厚，而且舒服；做小官既辛苦，又沒有豐厚的待遇，還常常受大官的欺負。反映舊時官場黑暗。

【做活要了，吃飯要飽】◇勸誡人們，做事要有始有終，不能半途而廢。◎做事做了，吃飯吃飽

【做鬼千年，不如在生一日】◇活着總比死去好。

【做做力出，縮縮病出】◇越幹活就越有勁，身體就越好；越偷懶就越得不到鍛煉，身體就會越虛弱。

【做得初一，就做得十五】◇喻指能做一次，就能做兩次甚至更多次。

【做得樑的做樑，做得柱的做柱】◇喻指各盡其用。

【做飯瞞不了鍋台，挑土瞞不了井台】◇喻指做事瞞不了與此相關的人。

【做賊人心驚，偷食人嘴腥】◇做了壞事總怕被別人覺察，因此心驚膽顫，吞吞吐吐，結果留下了蛛絲馬跡。◎做賊心驚，賣魚籃腥／做賊心驚，偷食嘴腥

【做賊人膽虛】◇做了壞事的人總是怕事情敗露，因此心虛膽怯。《五燈會元・明州雪竇重顯禪師》："顧謂侍者曰：'適來有人看方丈麼？'

侍者曰：'有。'師曰：'作賊人心虛。'"◎做賊心虛，放屁臉紅／做賊心虛

【做賊三年，不打自招】◇喻指長期暗中做壞事的人，因為時間一久產生麻痺大意，結果自我暴露出來了。◎賊不打三年自招

【做賊不犯，腸肚必爛】◇做壞事早晚會被人發覺的。◎做賊不犯，人人要幹

【做賊瞞不了鄉里，偷食瞞不過牙齒】◇喻指做壞事瞞不過知情的人。◎做賊瞞不得鄉里，偷食瞞不得牙齒

【做慣乞丐，懶做大官】◇喻指如果過慣了寄生生活，就會任何事情都懶得做。

【做壞生意是一次，討壞老婆六十年】●生意做壞了只是暫時的，妻子娶得不如意會影響一輩子。◇提醒人們，要慎重擇妻。

【偷去的拳頭打不死本人】◇喻指沒有經過苦練，輕易得來的技巧，不算是真本領。

【偷生鬼子常畏人】◇偷偷摸摸生活的人，常常提心吊膽，怕被人家發現。

【偷吃不肥，做賊不富】●偷吃的東西，由於心情緊張，吃了長不胖；偷竊來的錢財，來得容易，花得快，也變不了富。◇喻指不是自己勞動所獲得的東西，不會珍惜，也就很難見到實際的用途。

【偷的鑼兒敲不得】●偷來的鑼不能敲，一敲別人就會知道。◇喻指不是勞動所獲，不光明磊落，是暗地裏幹的事，不敢聲張。◎偷來的鑼鼓打不得／偷來的鑼鼓敲不得

【偷食的貓兒不捉鼠】◇喻指好吃懶做，不幹正事。

【偷風不偷月，偷雨不偷雪】◇盜賊作案在風雨天，能遮聲響，掩行蹤；月高風清或大雪天，容易暴露目標，不宜行竊。

【偷馬的走掉了，拴着個騎驢的】◇喻指無緣無故受到牽連。

【偷書不為賊】◇不能把偷書的人叫賊。喻指求知是一件好事。

【偷得容易去得快】◇不勞而獲的東西往往輕易就會用掉。

【偷得爺錢沒處使】◇喻指從熟人那裏，用非法手段竊取的錢財，不敢拿出來使用。

【偷嘴貓兒怕露相】◇喻指幹了壞事，怕露痕跡。

【偷點摸點，一輩子缺點】◇人有小偷小摸的毛病，是一輩子的缺點。

【偷雞不成蝕把米】●雞沒有偷到，反而浪費了一把米。◇喻指想佔便宜，結果反而吃虧。◎偷雞不着反折了一把米／偷雞不着蝕把米

【偷雞貓兒性不改，狼子至死猶想羊】◇喻指壞習性一旦養成很難改掉。◎偷食的貓兒性不改

【貨比貨得扔，人比人得死】◇提醒人們，對有些事不要攀比，否則會使自己的積極性嚴重受損。

【貨有好歹，價有高低】◇任何貨物都會有好有壞，價錢都會有高有低。

【貨有高低三等價，客無遠近一般看】◇貨物雖然有好幾等的價格，售貨者對顧客卻不能分遠近，而要同等看待。

【貨見本主會說話】◇指物主見到自己的東西肯定能認出來。

【貨到地頭死】地頭：這裏指目的地。◇貨物運到目的地，即使價格下降，也得及時出售，否則如轉運他處，就會造成嚴重損失。

【貨怕比，人怕看】◇說明有比較才能有鑒別。

【貨要賣當時】◇貨物要在大家正需要時出售。

【貨跑三家不吃虧】◇買東西要多跑幾處做比較，才不會上當。◎貨買三家不吃虧

【貨無大小，缺者便貴】◇貨物無所謂大小，缺少時就會顯得貴重。

【偏方治大病】偏方：古典醫學著作中沒有，是民間流傳的藥方。◇流傳在人民群眾當中的偏方，往往能治好疑難病症。

【偏方治百病】偏方：古典醫學著作中沒有，是民間流傳的藥方。◇偏方雖然在經典中沒有記錄，但可以治癒各種疾病。

【偏吃不壯】偏吃：挑食，偏食。◗挑食吃，不能獲得各種營養，身體長不健壯。◇喻指學習只專不博，知識面太窄，就不可能取得優秀的成績。

【偏疼兒女不得濟】偏疼：偏愛。得濟：得到幫助，得到好處。◗父母偏愛孩子，孩子長大後，往往不孝敬父母，父母得不到回報。

【偏憐之子不保業，難得之婦不主家】偏憐：偏愛。保：維持。業：指家業。主：主持。◗得到偏愛的孩子維持不了家業，好不容易娶回家的媳婦

管不好家務。◇過分受寵的孩子，長大後難以成器；太嬌慣的媳婦管不好家。《遼史·皇子表》：“太后曰：‘我與太祖愛汝異於諸子。諺曰：偏憐之子不保業，難得之婦不主家。我非不欲立汝，汝自不能矣。’”

【偏聽成奸，獨任成亂】偏聽：片面地聽從某一方面的意見。奸：奸詐邪惡的人。獨：獨自。任：隨意。亂：禍亂。◇片面地聽信一方面的意見，就會產生奸佞；獨斷專行，別人的意見聽不進去，就會造成禍亂。漢代鄒陽《獄中上書自明》：“故偏聽成奸，獨任成亂。”

【鳥之將死，其鳴也哀；人之將死，其言也善】◇鳥快死的時候，叫聲是悲哀的；人快死的時候，說的話是真實的、善良的。《論語·泰伯》：“曾子有疾，孟敬子問之。曾子言曰：‘鳥之將死，其鳴也哀；人之將死，其言也善。’”◎人之將死，其言也善

【鳥多不怕鷹，人多把山平】◔鳥多不怕老鷹，人多能把大山剷平。◇喻指團結起來的群眾力量大。

【鳥往明處飛，人往高處走】◇說明一個人應該嚮往光明，追求進步。

【鳥為穀秕落網，魚為誘餌吞鈎】◇提醒人們，要謹防為貪圖私利而墮落。

【鳥笨先飛早入林，人勤學習早入門】◇任何人只要肯勤奮學習，就會比別人早有收穫，這就像笨拙的鳥，卻肯先飛，便能早入林歸巢一樣。

【鳥惜羽毛虎惜皮，為人處世惜臉皮】◇一個人在為人處事上應該注重自己

的名聲，這就像鳥愛惜自己的羽毛、老虎愛惜自己的皮毛一樣。

【鳥棲林麓易，人出是非難】棲：棲息。麓：山腳。◇鳥在樹林中或山腳下棲息是很容易的，而人要擺脫是非之爭卻是很困難的。

【鳥貴有翼，人貴有志】翼：翅膀。◇鳥值得珍貴的是翅膀，人值得珍貴的是宏偉志向；鳥有翅膀才能飛行，人有宏偉志向才能有作為。

【鳥貴有翼，人貴有智】◇鳥有翅膀才能飛翔，人有智慧才能把事情辦好。

【鳥盡弓藏，兔死狗烹】◇諷喻有些人在事情辦成之後，反而把曾經對他幫助很大的人除掉。《史記‧越王勾踐世家》："范蠡遂去，自齊遺大夫種書曰：'蜚鳥盡，良弓藏，狡兔死，走狗烹。越王為人長頸鳥喙，可與共患難，不可與共安樂，子何不去？'"

【鳥靠翅膀獸靠腿，人靠智慧魚靠尾】◇說明人需要有智慧，有本領。

【鳥隨鸞鳳飛能遠，人伴賢良品自高】⊙鳥跟隨鸞鳳飛行就能飛得又高又遠，一個人如果長期同賢良志士接近，就會品格高尚。

【鳥隨鸞鳳飛騰遠，人伴賢良志氣高】◇鳥跟隨鸞鳳飛騰就能飛得高遠，人經常同賢良志士接近就會襟懷坦蕩，志高氣昂。

【鳥籠裏長不出雄鷹，花盆裏長不出蒼松】◇喻指一個人不經風雨見世面，就不能鍛煉成才。

【健兒須快馬，快馬須健兒】⊙強健而動作敏捷的人需要騎快馬，快馬也需要強健而動作敏捷的人來騎。◇說明能幹的人在較好的客觀條件下能夠充分施展才幹，而較好的客觀條件也只有能幹的人才有可能很好地利用。

【得一望十，得十望百】◇非常貪婪，有了還希望更多，沒有止境。也形容積攢財物時的迫切心情。《醒世恆言‧張孝基陳留認舅》："身子恰像生鐵鑄就，熟銅打成，長生不死一般，日夜思算，得一望十，得十望百，堆積上去，分文不捨得妄費。"

【得人好處千年記，得人花戴萬年香】◇受到別人的恩惠，得到別人的賞識，應當永誌不忘。

【得人者昌，失人者亡】◇用賢能的人，國家會昌盛；不用賢人或用平庸之人，國家將遭受淪亡。

【得人錢財，與人消災】◇受了人家的好處，就應該為人家排憂解難，消除禍患。明代伏雌教主《醋葫蘆》第十四回："惟小子弄慣了這管筆頭，才知裏邊緣故，叫做得人錢財，與人消災，只顧騙準，值些甚麼？"

【得人點滴之恩，當以湧泉相報】湧泉：湧出的泉水，喻指極度豐盛。◇喻指得到別人的恩惠，要給人十倍的報答。◎得人滴水之恩，須當湧泉之報

【得了三分顏色就要開染坊】◇喻指別人給點好臉色看，就得意忘形。

【得寸進寸，得尺進尺】◇得多少進多少，步步進逼。《戰國策‧秦策三》："（范雎曰）王不如遠交而近攻，得寸則王之寸，得尺亦王之尺也。"

【得志貓兒雄似虎，敗翎鸚鵡不如雞】翎：美麗的羽毛。⊙得意的貓比老虎還氣壯，翎毛敗落的鸚鵡比不上

雞。◇喻指小人得志，神氣十足；英雄背時，受人冷遇。

【得忍且忍，得耐且耐，不忍不耐，小事成大】◇為人應以忍讓為上，許多事情，本來是一樁小事，由於失去耐心，一時衝動，結果釀成大患。

【得命思財，瘡好忘痛】⊙保全了性命又想發財，瘡疤好了就忘了當時的痛苦。◇喻指有些人貪財忘本。

【得放手時須放手，得饒人處且饒人】放手：鬆手。饒：寬恕。◇人應該寬容大量，待人處事不宜苛刻，能不追究的就不予追究。

【得病如山倒，去病如抽絲】◇大病來臨時，如山倒一般猛烈；病退去時，卻似抽絲般地緩慢。◎得病如牆倒，去病如抽絲

【得理讓三分】◇待人應當寬厚，即使自己佔了理，也要讓人三分。

【得智慧勝過得金子】⊙獲得知識智慧，勝過獲得金子。◇喻指智慧具有更高的價值。

【得勝狸貓強似虎】◇喻指小人物一旦得志，就會意高氣揚，不可一世。

【得意夫妻欣永守，負心朋友怕重逢】欣：喜歡，欣幸。◇美滿的夫妻以永遠相伴為樂，背棄友情的人怕與朋友重新會面。

【得意客來情不厭，知心人到話相投】◇情投意合的客人聚在一起，不會感到厭倦；知己朋友到來，談起話來很投合。

【得趣便抽身】⊙得了好處就走人。◇做事要知足，要適可而止，感到滿意了就適時停手。

【得寬心處且寬心】◇告訴人們，心胸要寬廣豁達，不要為一點小事斤斤計較。

【得縮頭時且縮頭】縮頭：烏龜常把頭縮入體內。◇需要躲避退讓時，就該躲避退讓；不要一味地逞能好勝，以免招惹是非。

【得寵思辱，居安思危】⊙享受榮寵時，不要忘記窮困受辱的時候。◇喻指處在安定的環境中，也應該時時防範有可能發生危難。

【從小看大，從幼觀老】◇從幼小時的表現，就能推測長大後會怎麼樣。◎從小看大，三歲知老／從小看大，三歲至老／從小看大，三歲看老／從小一看，到老一半

【從小離娘，到大話長】⊙從小失去母親，長大了就有訴不完的苦水。◇喻指事情多而複雜，一時說不清楚。

【從來不作虧心事，神鬼敲門也不驚】◇從來沒有做過對不起人的事，心裏坦然，即便有神鬼來敲門，也不會害怕。

【從來好事天生險，自古瓜兒苦後甜】◇要想得到好事，必須經歷許多風險，多吃點苦才行，就像瓜都是先苦後甜。◎從來好事多風險，自古瓜兒苦後甜

【從善如登，從惡如崩】從善：做好事。從惡：作惡，依順邪惡。⊙做好事如登山一樣艱難；作惡事像山崩一樣容易。◇做賢德的人不容易，要不斷地加強自我修養；而放鬆自己，走邪道卻很容易。《國語·周語下》："諺曰：'從善如登，從惡如崩。'"

【從頭看到腳，風流往下跑；從腳看到頭，風流往上流】◇如果人生得俊俏，姿態柔美，就會怎麼看怎麼順眼。《金瓶梅》："吳月娘從頭看到腳，風流往下跑；從腳看到頭，風流往上流。"

【船上有君子，船下君子至】君子：人格高尚的人。◆船上有君子，自然會有君子前來拜訪。◇喻指此處有人才，才會吸引更多的人才來到此地。

【船有好舵手，不怕浪頭高】◇喻指經驗豐富的人當領導，就不怕前進中的艱難險阻。

【船多不礙港，車多不礙路】◆車船多不一定妨礙通行。◇喻指如果大家各執其事，按規定有序地工作，人手再多也不會相互妨礙。

【船到橋頭自會直】◆船進了橋洞自然會放直船身過去。◇喻指事到臨頭，自有解決問題的辦法。

【船怕沒舵，人怕沒志】◇船無舵就控制不了方向，人無志氣將一事無成。

【船看風頭，車看路】◆行船要看風向，行車要看路標。◇告訴人們，遇事要審時度勢，掂量輕重，順勢而為。

【船通水，人通理】◇船在通水流的地方才能行進；人只有通道理才能立身。

【船載萬斤，掌舵一人】◆船載重物在水上航行，全靠掌舵的人。◇喻指領頭人極其重要。

【船裏不走針，甕裏不走鱉】◇喻指此人該在甚麼地方就在甚麼地方，跑不到別的地方去。

【船漏水入，壺漏內虛】◆船漏了，水就會進來，壺漏了，水就會流完。◇喻指過程相同，結果卻相反。

【船頭不遇，轉舵相逢】◆這裏碰不見，那裏能相逢。◇喻指人與人交往總會在無意間碰到。◎船頭不遇，船角相逢

【船頭坐得穩，不怕浪來顛】◇喻指只要自身穩住陣腳，就不怕任何閒言碎語。◎坐得船頭穩，不怕浪來顛

【船幫水，水幫船】◇喻指相互依靠，相互幫助，雙方都獲利。

【船爛還有三千釘】◇❶喻指有錢人家即使家產敗落，也還有些家底。❷喻指有威信的領導人即使離開了崗位，也還會受到人們敬重。◎爛船有三斤釘／大船爛了還有三千個釘／爛船拾起有三斤釘

【欲人勿惡，必先自美；欲人勿疑，必先自信】惡（wù）：厭惡。信：誠實。◇要想別人不厭惡自己，必須先完善自己；要想別人不懷疑自己，必須先誠實守信。明代馮夢龍《東周列國誌》："欲人勿惡，必先自美；欲人勿疑，必先自信。"

【欲人愛己，必先愛人；欲人從己，必先從人】◆要想得到別人的愛護，必須先去愛護別人；要想別人順從自己，必須先去順從別人。◇勸人要互相愛護，互相尊重。◎欲人敬己，必先敬人

【欲加之罪，何患無辭】◆要想給人加上罪名，還怕找不到藉口？◇要想誣陷人，是很容易的一件事。《左傳・僖公十年》："不有廢也，君何以興？欲加之罪，其無辭乎？臣聞命

矣，伏劍而死。於是平鄭聘于秦，且謝緩賂，故不及。"

【欲成大事，必有小忍】◇告訴人們，要想成就大事，就必須在小事上有所忍耐。

【欲求生富貴，須下死功夫】◇要想活得富貴，就必須努力奮鬥。◎欲求生快活，須下死功夫／欲求偉業成，須下死功夫／欲求真幸福，先下苦功夫

【欲知其人，觀其所使】◇要想了解一個人，觀察他所用的人就清楚了。《三國志‧張溫傳》："古人有言，欲知其君，觀其所使，見其下之明明，知其上之赫赫。"◎欲識其父，先視其子／欲知其君，先視其臣

【欲高門第須為善，要好兒孫必讀書】門第：指整個家族在社會上的地位。◇要想提高家庭的社會地位，就必須積德行善，多做好事；要想兒孫有出息，就應該讓他們多讀書。

【欲除煩惱先忘我】◇要想沒有煩惱，首先就得消除掉自己的私心雜念。◎欲除煩惱先無我，歷盡艱難好做人

【欲速則不達】速：快。達：到。◇告訴人們，做事情不能一味求快，這樣反而會達不到目的。《論語‧子路》："子夏為莒父宰，問政。子曰：'無欲速，無見小利。欲速，則不達；見小利，則大事不成。'"

【欲窮千里目，更上一層樓】窮：盡。◇喻指要想達到更完美的境界或更大的目標，必須努力學習，進一步提高自己。勸人不要滿足現狀，要不斷進取。唐代王之渙《登鸛雀樓》："白日依山盡，黃河入海流。欲窮千里目，更上一層樓。"

【欲觀其人，先觀其友】◐想了解此人，先觀察他交的朋友，就會知道了。因為物以類聚，人以群分，好人交好人，壞人交壞人。

【彩雲易散，皓月難圓】◇美好的事物往往不能持久，完滿。《紅樓夢》："霽月難逢，彩雲易散。心比天高，身為下賤。"

【貪小失大，惜指失掌】◐為愛惜手指而失去了手掌，為了一點小利益而丟掉大利益。

【貪小便宜吃大虧】◇為了貪圖一點點小便宜，卻遭受到重大損失。《呂氏春秋‧權勳》："（達子）軍於秦周，無以賞，使人請金於齊王，齊王怒曰：'若殘豎子之類，惡能給若金。'與燕人戰，大敗，達子死，齊王走莒。燕人逐北入國，相與爭金於美唐甚多。此貪於小利以失大利者也。"◎貪小便宜吃大虧，不圖便宜不上當

【貪天之功，以為己力】◇把別人的功勞，全部歸為己有。《左傳‧僖公二十四年》："竊人之財，猶謂之盜，況貪天之功以為己力乎。"

【貪夫徇財，烈士徇名】徇（xùn）：同"殉"，為達到某種目的，犧牲自己的性命。烈士：有志於建功立業的人。◐貪財的人為財而犧牲自己的性命；有志於建功立業的人為功名而犧牲自己的性命。◇不同的人有不同的世界觀和人生觀。漢代賈誼《鵩鳥賦》："貪夫殉財兮，烈士殉名。"《史記‧伯夷列傳》："貪夫徇財，烈士徇名。"

【貪心不足蛇吞象】❶人的貪婪就像蛇要吞掉大象一樣。◇喻指人心很難滿足。《山海經・海內南經》：「巴蛇食象，三歲而出其骨，君子服之，無心腹之疾。」屈原《天問》：「一蛇吞象，厥大何如？」

【貪心煩惱多，知足自常樂】◇勸誡人們不要太貪婪，要知足。

【貪他一粒粟，失卻半年糧】粟：穀子，指小米。❶貪圖別人一粒小米，卻丟失了半年糧食。◇喻指因貪圖小利，而遭受了重大損失。

【貪吃貪睡，添病減歲】❶貪吃貪喝，愛睡懶覺，就容易生病，不會長壽。◇告訴人們，要注意飲食規律，早睡早起，加強身體鍛煉才會長壽。

【貪多嚼不爛】◇喻指只追求數量，就不能保證質量。

【貪多嚼不爛，胃病容易犯】◇吃東西要細嚼慢嚥，不要吃得太撐，否則會增加腸胃系統的負擔，使消化功能紊亂，產生胃病。

【貪杯惜醉人】❶喜歡喝酒的人憐惜喝醉了酒的人。◇喻指有共同遭遇的人，互相理解和同情。

【貪食的魚兒易上鈎】貪食：貪吃。上鈎：魚吃魚餌被鈎住。❶貪吃的魚容易被鈎住。◇喻指喜歡貪圖小利的人容易上當。◎貪吃魚兒易上鈎

【貪得一時嘴，受了一身累】❶只顧嘴吃的時候痛快，結果卻惹了一身的病。◇勸告人們，飲食要有節制，要講衛生，身體就會健康。

【貪產窮，惜產窮】◇過分貪婪或吝嗇的人，都會因貪心太大，達不到目的而更加貧窮。

【貪棋不知輸】❶下棋時只顧吃子而不管輸贏。◇喻指分不清主次。

【貧不和富鬥】◇窮人沒有錢，沒有地位，就是有理也鬥不過富人，因此不要和富人爭鬥。

【貧不憂愁，富不驕】❶貧窮時不憂愁，富貴時不驕傲。◇勸告人們，無論貧窮，還是富貴，都要泰然處之。

【貧不擇妻】貧：窮。擇：挑選。❶貧窮人家結婚，選擇妻子時不挑別。◇喻指受條件限制，不能隨意選擇。

【貧不學儉，卑不學恭】貧窮。儉：儉樸。卑：卑賤，地位低。恭：謙恭。❶貧窮人家不用學習，日子就會過得很簡樸；地位低的人不學習，態度就會謙恭。◇生活環境和經濟狀況，會直接影響人的生活態度和習性。西晉陳壽《三國志・蕭懷王熊傳》：「魚豢曰：『諺言貧不學儉，卑不學恭，非人性分也，勢使然耳。』」

【貧不學儉，富不學奢】貧：貧窮。儉：儉樸。奢：奢侈。❶貧窮人家用不着學過儉樸的日子，自己就會儉樸；有錢人家用不着學過奢侈的日子，自己就會奢侈。◇家庭的經濟狀況直接影響人的生活習慣。◎富不學奢而奢，貧不學儉而儉／貧不學儉，而儉自來；富不學奢，而奢自至

【貧而無諂富無驕】諂：諂諛，奉承。◇貧窮時不要阿諛奉迎，低三下四；富貴時不要驕橫跋扈，目空一切。

【貧佔富光，富佔天光】佔光：沾光，憑藉他人或事物得到好處。◇窮人靠富人得到好處，富人靠老天得到好處。

【貧者因書富，富者因書貴】 ⊙ 窮人讀書可以致富，富人讀書可以顯貴。◇喻指知識能給大家帶來好處。

【貧來親也疏】 疏：疏遠。◇人貧窮時，親戚也會疏遠。意在說明人情勢利。

【貧居鬧市無人問，富在深山有遠親】 居：住。鬧市：繁華熱鬧的街市。⊙ 人貧窮時候，就是住在鬧市也沒人理睬；人有了錢，就是住在偏僻的山村裏，也有人來攀親戚關係。◇喻指世態炎涼，人情淡薄，只認金錢不認人。◎窮在大街沒人問，富在深山有遠親

【貧時垂首喪氣，貴來捧屁呵臀】 垂首喪氣：形容情緒低落，沒有精神。臀：屁股。◇貧窮的時候在眾人面前，頭都抬不起來，一旦有錢有勢，情況就大不相同了，大家都來奉承拍馬。

【貧家百事百難做，富家差得鬼推磨】 差（chāi）：差遣，分派。⊙ 窮人家辦甚麼事都很困難；有錢人連鬼都能差遣去做推磨這種苦差事。◇喻指有錢好辦事。

【貧家富路】 ◇家裏再窮，出遠門也要帶足盤纏，以防急用。◎窮家富路

【貧能傷人，富亦累人】 ⊙ 貧窮能折磨人，富貴也會拖累人。◇喻指貧窮給人的生活帶來磨難，日子淒苦不好過；富裕也會使人貪圖享受，失去追求，不思上進。

【貧極無君子】 極：指程度到了極點。◇窮困到了極點，人就顧不上體面了。

【貧無斗穀，富有千倉】 斗（dǒu）：量糧食的容器。⊙ 窮人家裏沒有一斗稻穀，有錢人家卻擁有千倉糧食。◇喻指貧富不均，差距懸殊。◎貧無斗米，富有千倉

【貧無本，富無根】 ◇人貧窮或富貴不是與生俱來的，只要刻苦學習，努力工作，不斷地創造財富，是完全可以改變自己的命運。

【貧富皆由命】 由：聽從。命：命運。◇迷信認為，人的貧富都是由命運決定的，人力無法改變。◎貧富該命定，半點不由人

【貧嫌富不愛】 嫌：嫌棄。愛：喜歡。◇沒有人喜歡，窮人嫌棄，富人也討厭。

【貧賤夫妻百事哀】 貧賤：貧窮而社會地位低下。哀：哀傷，悲愁。◇窮苦人家的夫妻，幹甚麼事情都不順利。唐代元稹《遣悲懷三首》其一：“誠知此恨人人有，貧賤夫妻百事哀。”

【貧賤之交不可忘，糟糠之妻不下堂】 貧賤：貧窮又沒有社會地位。交：知交，交情深厚的朋友。糟糠：酒糟、米糠等粗劣食物，舊時窮人用來充飢。糟糠之妻：指貧窮時共患難的妻子。下堂：趕出屋子。⊙ 一旦富貴了，不要忘記貧困潦倒時相交的老朋友，也不要遺棄患難與共的妻子。◇告誡人們，不要忘舊，也不要忘本。《後漢書·宋弘列傳》：“（帝）因謂弘曰：‘諺言貴易交，富易妻，人情乎？’弘曰：‘臣聞貧賤之知不可忘，糟糠之妻不下堂。’”

【貧賤相為命，富貴勿相忘】 ◇貧困低微時，一起相依為命，有朝一日富貴了，相互千萬不要忘記。

【貧賤親戚離，富貴他人合】貧賤：貧窮而社會地位低下。離：疏遠。富貴：有錢又有地位。合：靠攏。◇又貧窮又沒有地位的人，連自己的親戚都會疏遠，要是有錢又有地位，連非親非故的人都會靠攏過來。反映人情冷漠，世態炎涼。

【貧窮是親不往來，富貴非親問三門】問三門：指上門拜訪。▽當人貧窮時，即使是親戚也不走動；當人有錢有勢時，沒有親戚關係的人也上門聯絡感情。◇感歎人情勢利，世態炎涼。

【脫了天羅，又逢地網】◇剛剛脫離危險，又遇到了危險。

【魚入大海虎歸山】◇喻指各自都會有自己的歸宿。

【魚不怕水深，虎不怕林深】◇喻指有遠大志向和有本領的人不怕到艱苦的地方去工作。

【魚不能離水，雁不能離群】◇❶喻指事物離不開賴以生存的物質條件。❷喻指個人離不開集體。◎魚靠河水，人靠集體

【魚不動，水不響】◇喻指事情的發生總是有原因的。

【魚生火，肉生痰，青菜蘿蔔保平安】◇告訴人們，魚吃多了會上火，肉吃多了會生痰，青菜蘿蔔吃多了對身體有益。◎魚生火，肉生痰，青菜豆腐保平安

【魚在伏裏命，人在伏裏病】◇魚在伏天裏長得快，人在伏天裏容易生病。◎魚在伏內大，人在伏內壞

【魚有魚路，蝦有蝦路】◇喻指不同的人，會有不同的生存辦法。

【魚吃跳，豬吃叫】◇吃魚要吃活蹦亂跳的鮮活魚，吃豬肉要吃剛宰殺的新鮮肉。◎豬吃叫，魚吃跳

【魚行水濁，鳥飛毛落】◇喻指事情發生之前，總會有某種徵兆。

【魚交魚，蝦結蝦】◇喻指好人與好人交朋友，壞人與壞人交朋友。◎魚交魚，蝦結蝦，蛤蟆找的蛙親家 / 魚戀魚，蝦戀蝦，王八找個鱉親家 / 魚找魚，蝦找蝦，蛐子找那癩蛤蟆 / 魚找魚，蝦找蝦，烏龜王八結親家 / 魚找魚，蝦找蝦，魷魚老鱉會王八

【魚怕離水，草怕見霜】◇喻指任何一種事物都會受到另一種事物的制約。

【魚為誘餌而吞鈎，鳥為秕穀而落網】◇喻指人們為了追求物質利益，結果上當受騙，甚至導致身亡。告誡人們，對物質利益的追求要適可而止，不要貪得無厭。

【魚游釜底，雖生不久】釜（fǔ）：古代的一種鍋。▽魚在飯鍋裏游動，雖然活着，但不會活得太久。◇喻指處境險惡，生命危在旦夕。《後漢書・張晧列傳》：“嬰聞，泣下，曰：‘荒裔愚人，不能自通朝廷，不堪侵枉，遂復相聚偷生，若魚游釜中，喘息須臾閒耳。今聞明府之言，乃嬰等更生之晨也。既陷不義，實恐投兵之日，不免孥戮。’”◎魚游釜中，喘息須臾 / 魚游鍋中，雖生不久

【魚跳水，有雨來】◇春夏季節，池塘裏的魚跳出水面，或者浮出水面，說明氣壓低，濕度大，不久就會下雨。◎魚躍花，有雨下

【魚過千次網，網網都有魚】◇喻指每經過一次勞動實踐，就會有一次新

的學習體會和收穫。◎魚過千層網，網網都捉魚／魚過千層網，網網還有魚

【魚過千滾，吃肚自穩】滾：水開。◇告訴人們，吃魚一定要煮熟，吃進肚子裏就不會鬧病，而且能充分地吸收營養，對身體有益。◎魚煮十個滾，吃到肚內得安穩

【魚過千層網，網網有漏魚】◇喻指雖然經過多次檢查核對，但每一次都有可能疏忽和遺漏。提醒人們，做事要特別細心，才能避免出差錯，減少損失。

【魚還沒捉到，不要忙燒鍋】◇喻指還沒有到手的東西不能算是自己的，不要急於下結論。

【斛滿人概之，人滿神概之】斛：容器。概：處置。●斛滿了要受人的處置，人有了自滿情緒必然會受到上天的處置。◇提醒人們，要防止驕傲自滿，否則就會產生不好的結果。宋代宋祁《宋景文公筆記・雜說》：“古語曰：斛滿人概之，人滿神概之。聖人其善概歟！大奢概以中，溢欲概以道，寢慢概以威，由是治身，由是化人。”

【猛犬不吠，吠犬不猛】●兇猛的狗不喜歡叫，喜歡叫的狗不兇猛。◇喻指有心計、城府深的人一般不外露。

【猛火烤不出好燒餅】◇喻指魯莽、急躁辦不好事情。

【逢人不說人間事，便是人間無事人】◇不要談論人家的是非長短，就不會給自己帶來麻煩。

【逢人且說三分話】◇對人要存戒心，說話要有所保留。◎逢人且說三分話，未可全拋一片心／逢人只說三分話，不可全剖一片心／逢人開口笑，只說三分話／逢人面帶三分笑，話到嘴邊繞三繞

【逢人便呼不蝕本，舌頭上面打個滾】◇待人熱情禮貌，自己不會損失甚麼東西，只不過舌頭動一下罷了。

【逢人減歲，遇貨加錢】◇要把別人的年齡說得年輕一點，物品的價格要說得高一點。◎逢人減壽，見衣加錢

【逢山有盜，遇林藏賊】●山林中一定藏匿着盜賊。◇告誡人們，遇到山林一定要提高警惕，嚴防盜賊搶劫。◎逢山有寇，遇樹藏賊／逢山有寇，遇林有賊／逢山有寇，遇嶺藏賊

【逢山開道，遇水疊橋】●有山擋道，要鑿山開道；遇水阻攔，要搭橋過河。◇喻指前進的道路上，遇到艱難險阻，要想方設法克服困難，勇往直前。《三國演義》第五十回：“操大怒，叱曰：‘軍旅逢山開路，遇水疊橋，豈有泥濘不堪行之理！’”

【逢林而入，不可強追】強：勉強。●逃入密林的敵人，不要勉強追趕。◇提醒人們，密林深處地形複雜，隱蔽物體又多，非常不利於追趕敵人，一定要謹防意外。

【逢到好處更安身】◇意思是說，人流落在外，一旦遇到合適的處所，就會安定下來。

【逢真人，吐真言】真人：道教中修行得道的人，後泛指有修養的人。◇碰到有修養的好人，就要坦白地說出自己心裏的真實想法。

【逢強智取，遇弱活擒】●碰到強手，要用智謀制伏他；遇到一般的對

手，要活捉他。◇喻指要根據不同的對象，採取不同的方法應對。◎逢強者智取，遇弱者力敵／逢強智取

【逢賊得命，更望復子】◉遇到強盜，僥倖逃命，結果還想保住兒子。◇喻指人做事往往得寸進尺，不知適可而止。《新五代史‧杜重威雜傳》：“諸將欲追之，重威為俚語曰：‘逢賊得命，更望復子乎？’乃收馬馳歸。”

【逢橋須下馬，過渡莫爭先】◉過橋時必須下馬步行，渡水時不可爭先上船。◇告誡人們，出門上路要時刻注意安全，碰到危險地段要採取防範措施。◎逢橋須下馬，有路莫登舟／逢崖先下馬，過渡莫爭先／逢橋須下馬，有路莫行船

【許人一物，千金不移】◉已經答應給人一樣東西，即使另一個人以千金相換，也不改變諾言。◇勸誡人們，要講信用，說話算數。

【這山望見那山高】◇喻指對已得到的永遠不會滿足，總是羨慕着未得到的好東西。◎這山看着那山高，走到那山一般高／這山望見那山高，到了那山沒柴燒／這山望見那山高，江南望見江北好／這山望着那山高，那山更有苦櫻桃

【毫厘之差，千里之謬】◇喻指很小的偏差，往往會造成很大的失誤。《大戴禮記‧保傅》：“《易》曰：‘正其本，萬物理；失之毫厘，差之千里。’故君子慎始也。”

【烹牛而不鹽】烹：煮。鹽：放鹽。◉煮牛肉而捨不得放鹽，淡而無味，沒法吃。◇喻指人貪圖儉省，佔小便宜，結果前功盡棄，白白辛苦。◎烹牛不鹽敗所為

【庶民王子法同彰】彰：顯著。◉法律對老百姓與王子是同樣的。◇喻指法律面前應該人人平等。

【麻面姑娘愛擦粉，痲痢姑娘好戴花】◇喻指有某種缺陷的人，總是極力掩飾。

【麻雀也有三日寒雪糧】◉麻雀尚且存儲一定數量的食糧準備過冬。◇告訴人們，平日要有一定的儲備，以備急需。

【麻雀飛過也有影】◇喻指凡是做過的事都會留有痕跡，是隱瞞不了的。勸告人們，要誠實，不要說謊。

【麻雀雖小，五臟俱全】◇喻指規模小的事物，其中包含的內容也樣樣齊全。◎麻雀雖小，肝膽俱全

【麻雀雖小，肝膽俱全，稱砣雖小，能壓千斤】◇喻指內涵充實、德才兼備的小人物能承擔重任。

【麻雀雖多，怎抵得大鵬展翅】◇喻指低能的人再多也抵不過一個才能高強的人。

【麻繩偏從細處斷】◇喻指薄弱環節最容易出現問題。

【產處不如聚處】◇貨物在其出產的地方不如在它聚集的地方價值高，易出售。

【庸醫殺人不用刀】◇醫術低劣的醫生給病人治病，結果把不該死的病人治死了。

【望山跑死馬】◇雖然看見山就在前面了，但要到達那裏，還有很長一段路程。◎望山走倒馬

【望梅止渴，畫餅充飢】◇喻指用空想來安慰自己。《警世通言‧王嬌鸞

百年長恨》："鶯拆書看了，雖然不曾定個來期，也當畫餅充飢，望梅止渴。"《三遂平妖傳》第十二回："多管又是個畫餅充飢，望梅止渴了！"

【望聞問切，少不得先問病源】望聞問切：是中醫診斷疾病的方法。◇中醫診斷疾病，必須先問病產生的根源。

【牽一髮動全身】髮：頭髮。◐牽動一根頭髮，整個身體都動。◇觸動一個極小的問題，就會影響到全局。清代龔自珍《自春徂秋偶有所感觸》詩："一髮不可牽，牽之動全身。"

【牽牛下水，六腳齊濕】◇拉着別人一起做事，結果雙方都沒得到好處，反而受到拖累。◎牽牛落水，六足皆濕

【牽牛要牽牛鼻子】◇喻指解決問題要抓住要害。

【牽牛徑人田，田主奪之牛】徑：徑自，直接。◐把牛直接牽到別人的莊稼地裏，主人因此奪走了他的牛。◇喻指別人做錯了事，如果處罰過重，也是一種錯誤。《史記‧陳杞世家》："莊王問其故，對曰：'鄙語有之，牽牛徑人田，田主奪之牛。徑則有罪矣，奪之牛，不亦甚乎？'"◎牽牛蹊人田，田主奪人牛／牽牛徑人田，田主取其牛

【牽羊入屠家】◐把羊牽到屠夫家裏。◇喻指自己主動去送死。

【牽着不走打着走】◇喻指好言相勸不聽從，施加壓力才服從。

【牽着不走，打着倒退】◇❶喻指人不識好歹，軟硬不吃。❷喻指人不中用，別人怎麼幫忙也沒有用。◎拉着不走，打着後退

【牽着鼻子走】◇喻指受制於人，完全按別人的意思做事。◎穿着鼻子走

【牽瘸驢上窟窿橋】瘸：腿跛。◇❶喻指面對困難，心中膽怯，畏縮不前。❷喻指舉步維艱，處境困難。

【羞惡之心，人皆有之】惡（wù）：討厭、憎恨的意思。◇每個人都會有羞恥之心，每個人都懂得憎恨邪惡。《孟子‧告子上》："惻隱之心，人皆有之；羞惡之心，人皆有之；恭敬之心，人皆有之；是非之心，人皆有之。"

【瓶內釃茶，濃者在後】釃（shī）：斟。◐往瓶子裏倒茶水，濃釅的往往在後面。◇喻指有真才實學的人往往謙讓不爭功，所以常常落在後面。

【剪草不除根，萌芽依舊生；剪草若除根，萌芽再不生】◇喻指如果不徹底除掉禍根，以後就會產生災禍；只有徹底除掉禍根，才能免除後患。

【清水一邊流，渾水一邊淌】淌：(tǎng)：往下流。◇好壞有界限，是非分明。

【清水下雜麵，你吃我看見】雜麵：用綠豆、小豆麵粉做成的麵條，味道發澀。◐用清水煮雜麵，味道發澀不好吃。◇❶對事情看得很透徹，了解得清楚。❷眼看着別人找麻煩，卻只能袖手旁觀。❸對於彼此的情況，雙方心中都十分清楚。◎清水下雜麵，你吃我也見

【清水濁水混着流】◇好的壞的混淆在一起，難以區別開。

【清平世界，朗朗乾坤】清平：太平。朗朗：形容明亮。乾坤：指天地間。◇光天化日之下。元代關漢卿《包待制智斬魯齋郎》第一折："（李四做哭科云）清平世界，朗朗乾坤。拐了我渾家去了，更待干罷。不問那個大衙門裏告他走一遭去。"

【清如水，明如鏡】◖像水一樣清澈，像鏡子一樣明亮。◇喻指執法者廉潔公正，洞察秋毫。◎清水見底，明鏡照心

【清者自清，濁者自濁】清：清白。濁：污濁。◖清白的人自然清白，污濁的人自然污濁。◇喻指人的品格純潔，還是污濁，大家心中自然分明，無須説明解釋。◎清者清，渾者渾

【清官不到頭】清官：廉潔奉公的官員。◇清正廉潔的官員，雖然奉公守法，但往往官做不長久。

【清官難斷家務事】清官：指廉潔公正的官吏。◖清正廉明的官吏也難公正地斷決家庭的糾紛。明代馮夢龍《喻世明言》第十卷："常言道清官難斷家事。我如今管你母子一生衣食充足，你也休做十分大望。"◧清官難審家庭案

【添一個香爐，多一個鬼】◇喻指增加一個機構，就要增加一些辦事人員和開支。

【添個蛤蟆還多四兩勁兒】◇喻指增加一個人就會增加一份力量。◎添個蛤蟆四兩力

【添得言，添不得錢】◇只能幫着説幾句話，從物質上沒有辦法幫助。

【淺淺水，長長流】◖水流很細小，卻一直不停地流。◇❶喻指生活上要注意節儉，就會不缺錢花。❷喻指一點一滴地做事，日積月累，就能成大事。

【混龍鬧海，魚蝦遭殃】◇喻指強者胡鬧，往往會使周圍的弱者受害。

【涼傘雖破，骨格尚在】◖遮涼的傘雖然破舊，支撐傘的骨架卻依然存在。◇喻指人雖然窮困，但仍然要有骨氣。

【淡酒醉人，淡話傷人】淡酒：低度酒。淡話：風涼話。◖飲低度酒也能醉人，説風涼話會傷人心。◇告誡人們，淡酒也要少喝，風涼話不要隨便説。

【淡淡長流水，釅釅不到頭】釅釅（yàn）：濃烈，味厚。◇喻指人與人交往相處，應該像流水一樣清淡，關係便可以保持久長；如果親密過度，就很難善始善終。

【深山打獵人，最識豺狼心】◖經常在深山中打獵的人，熟知豺狼的害人之心。◇喻指經過深入實踐，最能了解事物的本質和規律。

【深山出俊鳥】◇喻指貧窮或偏僻的地方往往出人才。◎深山出俊鵑

【深山裏出鷂鷹，眾人裏出高人】鷂（yào）鷹：一種兇猛的鳥，樣子像鷹。◇喻指在民眾中往往有出類拔萃的人。

【深山藏虎豹，大海藏蛟龍】◇❶喻指山林僻野間往往有傑出的人才。❷喻指在某些地方藏着人才，沒有被發現。

【深山藏虎豹，亂世出英雄】◇喻指動亂年代往往產生英雄豪傑。

【深山藏毒虎，淺草露群蛇】◇喻指壞人總是隱藏很深，一不小心就會暴露。

【婆子唸灶經】婆子：老年婦女。灶經：祭灶神用的經文。◇形容説話囉唆冗長。

【婆婆口頑，媳婦耳頑】口頑：話多而囉唆。耳頑：聽不進去。●婆婆嘮叨個沒完，媳婦聽慣了也不當回事。◇喻指政令煩瑣就失去應有的作用。

【婆婆多了怨婆婆，沒有婆婆想婆婆】婆婆：丈夫的母親，指上級領導。◇多頭領導，大家都發號施令，下級不知道聽誰的好，覺得無所適從；沒有了領導，又覺得失去了依靠，心裏不踏實。

【婆婆多媳婦難當】婆婆：丈夫的母親，指上級主管。●婆婆多了，媳婦不知道該聽誰的，事情反而難以做好。◇喻指上級主管部門太多，下級單位無所適從，事情反而不能辦得稱心如意。

【情人眼裏出西施】西施：春秋時越國的美女，泛指美女。◇男子對鍾愛的女子，即使相貌平常，也覺得她處處美麗。◎西施出在情人眼

【情知不是伴，事急且相隨】●心裏清楚不是自己的好伙伴，事情緊急，只好結伴而行。◎明知不是伴，事急且相隨

【情屈命不屈】屈：冤屈。◇就事情本身而言，是受了冤屈，但就命運而言，本該如此，也就覺得不冤枉了。多用於受屈蒙冤人的自寬自慰。

【情酒紅人面，財色動人心】◇金錢和女色能打動人心，會使人良心泯滅。

【情理不順，氣死旁人】◇做事情不合情理，別人看着生氣，卻又無可奈何。

【情越疏，禮越多】●感情越是疏遠，人們之間的禮節越是繁瑣。因為關係密切的，自然會相互包涵，無須過多禮節；關係疏遠的，就需要多注意，免得禮數不周而滋生是非。

【情願喝一碗笑麵湯，不願吃一碗慪氣飯】情願：寧願，寧可。慪：(òu)：慪氣，生悶氣。◇寧願高高興興地受飢捱餓，也不願彆彆扭扭地吃飽飯。

【惜衣有衣，惜食有食】●只有愛惜衣服，才有衣服穿；只有珍惜食物，才有食物吃。◇告誡人們，要愛惜財物，不要鋪張浪費。◎惜衣常穿好，惜食常吃飽 / 惜衣得衣新，節食吃得勻 / 惜衣得衣新，惜糧得過春 / 清湯好吃，斷頓難捱

【惜花春起早，愛月夜眠遲】●愛惜花卉的人春天為看花而早起，喜歡月亮的人夜裏為賞月而晚睡。◇喻指人們往往由於愛好，而願意付出代價。

【惜福積福】◇珍惜福運就是積累福運。

【寇不可玩】玩：玩忽。◇告誡人們，對盜賊、壞人切不可忽視。《左傳·僖公五年》：“晉不可啟，寇不可玩，一之謂甚，其可再乎？”

【寇發心腹，害起肘腋】寇：強盜。肘腋：胳肢窩。●強盜常常產生於心腹之人，禍害常常常源於內部。◇提醒人們，要注意防範內部的壞人。《晉書·江統傳》：“雖由禦者之無方，將非其才，亦豈不以寇發心腹，害起肘腋，疢篤難療，瘡大遲瘉之故哉！”

【寅年吃了卯年糧，惹得旁人説短長】
寅：地支的第三位。卯：地支的第四位。⊙寅年就吃了卯年的口糧，因而引起了人們的議論。◇喻指沒有計劃，入不敷出。◎寅吃卯糧，先缺後空／寅吃過卯年糧

【寄在不寄失】寄：寄託，寄放。在：存在。失：丟失，遺失。◇對別人寄放在自己這裏的東西，只能讓它完好無缺，決不能丟失。

【視而不見，聽而不聞】⊙睜着眼睛卻看不見，豎着耳朵卻聽不到。◇喻指對待事物不聞不問，漠不關心，明哲保身。《莊子・知北遊》：“光曜不得問，而熟視其狀貌，窅然空然，終日視之而不見，聽之而不聞，搏之而不得也。”

【屠者食藿羹，造車者多步行】藿（huò）：豆類植物的葉子。藿羹：粗劣的糊狀的食品。⊙殺豬宰羊的人吃粗劣的素食羹；製造車輛的人步行。◇這句話的意思是説勞動人民享受不到自己創造的勞動成果。

【張公吃酒李公醉】⊙姓張的喝酒，姓李的醉了。◇喻指一方得到了實際利益，另一方卻白擔着罪名，代人受過。

【強人自有強人降】降（xiáng）：制伏。◇本領高強的人也會遇到更強的對手，也會被更高明的人降伏。

【強不欺弱，富不壓窮】⊙有勢力的強者不欺負弱小者，有錢的富人不欺壓窮人。◇喻指不能仗勢欺人。

【強中更有強中手】⊙強者之中還有更強的人。◇❶本領高強的人當中，還會有更高強的人。❷指學識、本領無止境，誡人要虛心謹慎，切莫驕傲自大。◎強中更有強中手，高人頭上有高人／強中更有強中手，能人之外有能人／強中自有強中手，山外青山樓外樓／強中自有強中手，天外還有九重天

【強中更有強中手，惡人終被惡人磨】磨：折磨，制伏。◇強者之中還有更強的人，為非作歹的惡人遲早會被更惡的人折磨。

【強扭的瓜不甜】⊙瓜沒有熟就硬從瓜秧上摘下來，結果瓜的味道不甜。◇強迫別人做不情願做的事，效果就不會很好。◎強摘的瓜不甜／強擰的瓜不甜

【強弩之末，勢不能穿魯縞】弩：古代射箭的機械。魯縞：魯國產的一種薄絹。⊙雖然是強弩發射出的箭，但射程距離遠了，到了最後連薄絹都穿不透。◇很強的力量到了衰竭時，也就微弱得不能起甚麼作用。《史記・韓長孺列傳》：“且彊弩之極，矢不能穿魯縞；衝風之末，力不能漂鴻毛。非初不勁，末力衰也。擊之不便，不如和親。”

【強迫不成買賣，強求不成夫妻】強迫：施加壓力使服從。⊙做買賣要雙方自願，靠強迫是辦不成的；婚姻要男女雙方同意，硬性要求成不了夫妻。◇喻指要雙方自願，工作才能協調好。

【強拳不打笑臉】◇有權勢的人再厲害，也不會責罰獻媚的人。

【強將手下無弱兵】⊙本領高強的將領手下沒有無能的士兵。宋代蘇軾《題連公壁》：“俗語云：‘強將手下無弱兵’；真可信。”◉強將無弱兵／強將之下無弱兵／良將手裏無弱兵

【強盜收心做好人】收心：指把做壞事的念頭收起來。◇壞人棄惡從善，改過自新。

【強盜沿街走，無臟不定罪】臟：臟物。◇明知是壞人，但沒有截獲臟物，就沒有證據，沒辦法治罪。◎大盜沿街走，無臟不定罪

【強盜修行賊唸佛】修行：教徒虔誠地信奉教義，並照着教義行動。◇指壞人假裝正經，做出信佛行善的樣子，給人一個假象。

【強盜發善心】善心：好心腸。◇壞人一貫做惡事，偶然做點好事，讓人覺得很奇怪。

【強盜遇劫賊】劫：搶劫。◓搶東西的強盜碰上打劫的賊。◇❶黑吃黑，搶來的錢財又被竊走了。❷指錢財來路不正，去路也不正。◎強盜遇見賊打劫

【強漢難擋背後風】◓再強悍的人也難以抵擋來自身後的暗算。◇暗箭傷人很難提防。

【強賓不壓主】◇客人地位再高，身份再尊貴，也不能凌駕於主人之上。《三國演義》第十三回：“布乃佯笑曰：‘量呂布一勇夫，何能作州牧乎？’玄德又讓。陳宮曰：‘強賓不壓主，請使君勿疑。’玄德乃止。”

【強龍不壓地頭蛇】地頭蛇：指當地橫行霸道的惡人。◇外來勢力再強大，也鬥不過當地的惡勢力。因此舊時政府的命官也不敢輕易招惹當地的惡勢力。明代吳承恩《西遊記》第四十五回：“你也忒自重了，更不讓我遠鄉之僧侶也罷，這正是‘強龍不壓地頭蛇’。”◎強龍不鬥地頭蛇 / 強龍難壓地頭蛇 / 惡龍不鬥地頭蛇

【將只可激，不可說】◇使用將領只可用激勵的方法，不可用勸說的方法。

【將在軍，君命有所不受】◇將帥統軍在外作戰，要根據具體情況處理軍務，君主的命令不妥當的，可以不接受。《史記·孫子傳》：“孫子曰：‘臣既已受命為將，將在軍，君命有所不受。’遂斬隊長二人以徇。”◎將在外，君命有所不受 / 將在外君命不受

【將在謀而不在勇】◇將帥之才在於善於謀略，不在於僅有勇敢。《元刊雜劇三十種·諸葛亮博望燒屯》：“（鮑老兒）喒這將在謀而不在勇，被我打住丹山鳳。”◎將在謀而不在勇，兵在精而不在多 / 將在謀而不在勇，兵貴精而不貴多

【將有餘補不足】◇應該用富餘的去補不足的，而不能削損不足的去增擴富餘的。

【將相不和，國有大禍】◓大將和宰相如果不和睦，國家必然會有大的災禍降臨。◇強調國家領導層之間的團結合作十分重要。

【將相本無種，男兒當自強】◇將軍、宰相都不是天生的，男子漢應當努力進取，奮發向上。汪洙《神童詩》：“朝為田舍郎，暮登天子堂；將相本無種，男兒當自強。”

【將相出寒門】◇古代當上將相一類大官的人往往出身於貧苦家庭。元代王實甫《西廂記》第五本第三折：“你道窮民到老是窮民，卻不道將相出寒門。”元雜劇《蕭何月夜追韓信》第三折：“我從來將相出寒門，咱正是

一朝天子一朝臣。”◎白屋寒門出將相才

【將帥無能，累死三軍】◇喻指領導人無能，被領導的人受累。

【將計就計，其計方易】◖利用對方的計謀來設計謀略對付對方，這樣的計謀最容易奏效。◇喻指戰勝對手要因勢而進，遇機而行。

【將軍膊頭堪走馬，公侯肚裏好撐船】堪：能。◇喻指有氣量的人能夠寬宏大量，能夠容人。◎將軍額上跑下馬，宰相肚裏好撐船

【將飛者羽伏，將奮者足踢，將嗜者爪縮，將文者且樸】踢：讀jú，腰背彎曲。文：華美。樸：質樸。◖將要飛翔時要先把翅膀收伏，將要奮力向前跳躍時要先把腿腳蜷曲，將要抓食時要先把爪子縮起來，將要文飾華美時要先表現質樸。◇說明要有所奮進時，需要先有所退讓。沈德潛《古詩源》：“將飛者翼伏，將奮者足踢，將噬者爪縮，將文者且樸。”

【將尊則士畏，士畏則戰力】◇將帥有威嚴，士兵才敬畏；士兵對將帥敬畏，作戰時才會勇敢，才能有戰鬥力。

【將損一個，兵損一窩】◇喻指如果失去了一個好的領導，全局將會受到極大的影響。

【娼不笑人娼，盜不笑人盜】◇從事不正當行業的人，皆諱言其非。

【婚姻大事，鄰幫相助】◇男女青年的婚姻大事，街坊鄰居都要關心幫助。

【婚禮鋪張，兩敗俱傷】◇告誡人們，舉辦婚禮不要鋪張浪費，避免男女雙方欠債。

【婦人以泣市愛，小人以泣售奸】◇婦人哭泣是為了博得寵愛；小人哭泣是為了施展陰謀。明代沈德符《野獲編‧佞倖‧佞人涕泣》：“古人云：‘婦人以泣市愛，小人以泣售奸。’誠然哉！”

【婦人頭髮長，見識短】◇舊時認為，婦女缺乏遠見。◎婦道人家，頭髮長見識短 / 婦道人家見識短

【婦大三歲，灶屋坍廢】灶屋坍廢：指家中貧窮不堪。◇妻子比丈夫大三歲，家道一定會敗落。迷信說法，並無科學依據。

【婦女水性無常】◇舊時認為，女人的性格不穩定，易受外界的境況變化，改變自己的主意。

【婦女能頂半邊天】◇婦女在社會生產中作用很大，同男人一樣不可缺少。◎婦女能頂半個天 / 婦女半邊天

【習善而為善，習惡而為惡】◇向好人學習就會變好，向壞人學習就會變壞。王充《論衡‧本性》：“習善而為善，習惡而為惡也。”◎習於善則善，習於惡則惡

【習慣成自然】◖養成了習慣，就成為很自然的事情了。◇說明某種言行或現象出現的次數多了，慢慢就會被人們認同。《漢書‧賈誼傳》：“少成若天性，習慣如自然。”

【習禮之家，名為聚訟】◇過於有禮地徵求意見，會產生眾說紛紜、莫衷一是的後果。

【參謀一群，當家一人】◇出謀劃策的人雖然很多，但拍板定案的人只能是一個。

【陳力就列，不能者止】陳力：施展才幹能力。就列：就職。◇如果能夠施展自己的才能，便可以就位任職，如果不能，便應該罷職。《論語・季氏》：孔子曰："求！周任有言曰：'陳力就列，不能者止。'危而不持，顛而不扶，則將焉用彼相矣？"

【細工出巧匠】◇告訴人們，工作要耐心細緻，才能練出高超的手藝。

【細水長流，遇災不愁】◇提醒人們，過日子要有計劃，平時精打細算，注意節約，這樣，遇上災荒之年都不用發愁。◎細吃細算，油鹽不斷／細水長流，吃穿不愁／細水長流，到老不愁／細水長流儉省過，安安穩穩度春荒／細水長流年年有，好吃懶做福不久／細水架不住長流，零花架不住總算

【細雨落成河，粒米積成籮】◐綿綿細雨下得時間長了，也能匯成河；一粒一粒的米堆積起來，也會裝滿籮筐。◇喻指積少成多。◎細水流成河，粒米蓄成缸

【細泥燒好瓦】◐土質好，燒製出來的瓦質量也好。◇喻指只有原料好，才能製造出好的產品。

【細草三分料】◇把草切細了餵牲口，效果會更好。

【細麻搓成繩，力可吊千斤】◇喻指個人的力量雖然微弱有限，但把大家的力量團結起來，就非常強大。

【細磨出快刀】◇喻指只要認真、細緻工作，就能生產出好產品。

【細嚼爛嚥，百吃不傷】◇告訴人們，吃飯時細嚼慢嚥，對身體有好處。

【終身讓路，不枉百步；終身讓車，不枉一舍】枉：白白地。一舍：古時長度單位，合三十里。◇既然一輩子都在謙讓別人，那麼不妨再作出一次稍大的讓步。《新唐書・朱敬則列傳》："敬則兄仁軌，字德容，隱居養親。常誨子弟曰：'終身讓路，不枉百步；終身讓畔，不失一段。'"◎終身讓路，不枉百步；終身讓畔，不失一段

十二畫

【堪作樑底作樑，堪作柱底作柱】堪：能。底：同"的"。◇喻指應該各盡所能，量才使用。

【描金箱子白銅鎖，外面好看裏邊空】◇喻指表面華麗，內裏空洞的人或物。

【揀日不如撞日，撞日不如今日】揀日：選擇好日子。撞日：遇到哪天就哪天。◐選擇好日子，不如遇到哪天就哪天辦，但等遇到再辦不如今天就辦。◇強調辦事要抓緊時間立即去辦，不要拖延等待。

【揀高枝兒飛】◇喻指攀附有錢或有權勢的人。

【華可重開，鬢不再綠】華：花兒。綠：這裏指黑色。◐花兒凋謝後，次年還能再開；人的鬢髮白了，卻不能再變黑。◇喻指青春不可能復返，應珍惜大好年華。

【菱角雞頭】◐有棱有角的菱角，能磨成又滑又圓的雞頭。◇喻指一個人經歷過挫折和磨難之後，會變得隨

和、圓滑，不再鋒芒畢露。◎菱角磨作雞頭

【越有越算，越算越有】 ▽越有錢越要算計着花，越算計着花，就會越有錢。◇說明勤儉持家，精打細算，日子會越過越富足。◎越有的越算，越沒的越判

【越怕越見鬼】 ▽人越害怕心裏就越發慌，越容易出現幻覺。◇告訴人們，越害怕問題就會越多。◎越害怕，越跌跤 / 越是怕狗越捱咬 / 越是怕，狼來嚇 / 越是怕蛇咬，長蟲越纏腳

【超出三界外，不在五行中】 三界：佛教將眾生世界分為慾界、色界、無色界。五行：指金、木、水、火、土。◇喻指超脫人世，不入世俗，不用遵守任何清規戒律，自由自在，無拘無束地生活。◎既超三界外，不在五行中

【敢在高山住，不怕狼和虎】 ◇如果一個人辦大事的決心已定，就無所畏懼了。

【敢吃肉就不怕油嘴】 ◇說明既然是自己敢於做的事情，自己就應該敢於承當，就不要怕由此惹來的麻煩。

【敢過大江，不怕小河】 ◇大的風浪已經過，小困難就無所畏懼了。◎怕小河，過不了大江

【萌芽不伐，將折斧柯；燼燼不撲，燎燎奈何】 斧柯：斧柄。燼燼(jué)：指小火。▽壞的萌芽如果不及時除掉，等長大了再伐，就會折斷斧柄；小火如果不及時撲滅，等成了燎原大火，就無可奈何了。◇喻指對壞的苗頭或小的禍患如果不及時處置，就會釀成大的禍患。漢代賈誼《新書・審微》："語曰：'焰焰弗滅，炎炎奈何，萌芽不伐，且折斧柯。'"◎萌芽弗拔，尋及斧柯 / 萌芽不伐，將折斧柯；燼燼不撲，燎原奈何

【菩薩面前唸假經，真人面前賣假藥】 菩薩：佛教的神。真人：道教指修行得道的人。▽在菩薩面前誦讀假佛教經文，在精通藥理的真人面前出售假冒的藥材。◇喻指在行家裏手面前弄虛作假。

【菩薩難保背時人】 菩薩。佛教的神。背時：時運不濟，倒霉。▽就連神通廣大的菩薩都難以保佑時運不佳的人。◇喻指人要倒霉了，誰也幫不上忙。

【菩薩難管鮮魚價】 菩薩：佛教的神。價：價格。▽就連神通廣大的菩薩都難以控制鮮魚的價格。◇喻指鮮魚價格經常變化，相差大，無法統一定價。

【提刀割肉，起眼看人】 ◇根據對方的地位，給予不同的待遇。

【揚湯止沸，不如去薪】 湯：開水。揚湯：把開水從鍋裏舀起來再倒回去。薪：柴火。▽用舀子把開水從鍋裏舀起來，再從高處慢慢地往下倒回鍋裏，用此方法降溫使水不沸騰，不如抽掉鍋底的柴火好。◇喻指用被動的辦法應付，還不如從根本上解決好。《三國志・董卓傳》："臣聞揚湯止沸，不如滅火去薪；潰癰雖痛，勝於養肉；及溺呼船，悔之無及。"◎揚湯止沸，不如釜底抽薪 / 揚湯止沸，莫如去薪

【博士買驢，書券三紙，未有驢字】 博士：古代專門講授經學的官員。▽博士買驢，契據寫了三張紙，還看

不到一個驢字。◇常用來指那些飽覽群書，但不諳世事的書呆子。北齊顏之推《顏氏家訓·勉學》："問一言輒酬數百，責其指歸，或無要會。鄴下諺云：'博士買驢，書券三紙，未有驢字。'"

【揭債要忍，還債要狠】◇借債要儘量忍住不借，還債要下狠心歸還。清代李海觀《歧路燈》第三十回："揭債要忍，還債要狠。"

【揭債還債，窟窿常在】⊙借新債還舊債，欠債永遠存在。◇告誡人們，要量入為出，輕易不要借錢。

【喜時多失言，怒時多失理】◇人們高興時情緒會比較激動，此時容易講錯話；生氣時會感情用事，說話容易失去理智。◎喜時之言多失言，怒時之言多失理

【喜愛兒者，不偏於愛；偏愛兒者，兒受其害】⊙真正喜愛孩子的人，不會溺愛孩子；溺愛孩子的人，孩子會深受其害。◇勸人要正確地對待自己的孩子，不能溺愛。

【喜聞人過，不如聞己過】過：過錯，過失。◇告訴人們，喜歡聽別人有了過錯，還不如虛心聽取別人對自己過錯的議論。這樣有利於自身品德修養的提高。清代金纓《格言聯璧接物》："喜聞人過，不如聞己過；樂道己善，何如樂道人善。"

【喜鵲不死於病，死於為吃拚命】⊙喜鵲往往不是因病而死，而是為了吃食送命。◇喻指為了獲取個人利益，不惜豁出性命。

【喜鵲叫，好事到】◇民間百姓認為，喜鵲不停地叫，預示着將有喜事或貴客來臨。◎喜鵲喳喳叫，美事必來到

【喜鵲叫，客人到；燈花開，喜事來】◇我國民間認為，喜鵲是報喜訊的吉祥鳥，燈花是喜事來到的徵兆。因此有"喜鵲一叫，貴客臨門，燈花一開，好事就來"的說法。

【喜鵲銜得生血出，八哥得個現成巢】八哥：鳥名，能模仿人的簡單話語。⊙喜鵲辛辛苦苦築成的窩巢，常被八哥強佔。◇喻指辛勤勞動所創造的成果，被未付出勞動的人竊取了。

【喜鵲窩裏掏不出鳳凰來】◇小地方或平凡的人家很難培養出傑出的人物。

【喜鵲嘴，老鴉心】◇喻指有些人嘴上說得好聽，內心卻十分陰險狠毒。

【彭祖活了八百八，見過黃河一澄清】彭祖：傳說是上古堯的臣子，活了八百多歲，歷經虞夏到殷商。澄清：水清澈明淨。⊙彭祖雖然長壽，但也只見過一回黃河清澈的時候。◇喻指黃河的水很渾濁，難得見到它清澈的時候。

【插起招軍旗，就有吃糧人】招軍旗：招兵買馬時用的旗。吃糧人：指士兵。⊙只要把招軍旗插起來，自然會有人來當兵。◇喻指只要發起號召，就會有人響應。

【壺裏沒酒難留客，池裏沒水難養魚】◇喻指如果缺乏必要的條件，事情就難以辦成。

【惡人有造禍之才】◇提醒人們，壞人總是想方設法地幹壞事，要時時刻刻注意防範。

【惡人先告狀】◇惡人為了逃避自己的罪責，往往會搶先告發受害者，企圖把罪責轉嫁給別人。◎惡人先做大

【惡人自有惡人磨】磨：折磨。惡人磨：用惡人來整治惡人。◇惡人會有更惡的人來整治，做壞事的人自然會有報應。◎惡人自有惡人磨，蜈蚣碰見蟛蜞累／嫩草怕霜霜怕日，惡人自有惡人磨／嫩草怕霜霜怕日，惡人還被惡人磨

【惡人自有惡相】◇惡人的長相也是兇惡的。迷信説法，實際上長相與品性並無必然聯繫。

【惡人多詭計】◇提醒人們，兇惡的人往往詭計多端，大家一定要加以防範。

【惡子忤逆不如犬】忤逆：不孝順。◇不孝順的兒子，連狗都不如。

【惡不可積，過不可長】◇為政者對壞人壞事要隨時清除，不可讓它積累起來；對失誤過錯要及時改正，不可讓它增長起來。

【惡犬護三村】◇兇惡的狗也能看護鄰近的幾個村落。

【惡言不出於口，忿言不返於身】忿：同憤，發怒。◇如果你不用惡言攻擊別人，別人就不會用憤恨的語言來還擊你。◎惡言不出於口，邪行不及於己

【惡言傷人，六月寒】❶ 聽了傷人的惡語，即使在炎熱的六月，也會感到心寒。◇喻指惡語最能刺痛人心。◎惡語侵人六月寒／惡言傷心，惡行傷身

【惡事行千里】◇壞事情很容易被人們廣泛傳播。◎惡事傳千里

【惡虎不食子】◇喻指再兇惡的人也不會傷害自己的子女。

【惡虎架不住一群狼】◇喻指個人的本領再大也是寡不敵眾，不可能打敗一群人。

【惡虎難鬥肚裏蛇】❶ 再兇猛的老虎也鬥不過鑽進肚子裏的蛇。◇喻指打入內部的敵人是最不容易對付的。

【惡狗怕揍，惡人怕鬥】◇告誡人們，壞人都欺軟怕硬，要敢於同壞人作鬥爭。

【惡風吹折嫩枝條】◇提醒人們，年輕、嫩弱容易受到打擊和摧殘。

【惡馬惡人騎】◇喻指惡人會有更兇惡的人來降服他。

【惡蛇不咬善人】❶ 毒蛇也不會傷害做善事的人。◇勸説人們要多行善積德。

【惡蛇長不了翅膀】◇喻指壞人的本領有限，遲早會被制伏。

【惡欲其死，愛欲其生】◇憎恨一個人就希望他死去，愛一個人就希望他能健康長壽。

【惡貫不可滿，強壯不可恃】❶ 壞事不可做盡，一時的強壯也靠不住。◇ ❶ 喻指壞事不能做太多，作惡多了會報應。❷ 指身體強壯也頂不住女色的長期折磨，不可肆意妄為。

【惡瘡都打內裏破】◇喻指事物的發展變化，內部的矛盾是主要因素。

【惡龍不鬥地頭蛇】◇外來勢力再強大，也鬥不過當地的惡勢力。◎強龍不壓地頭蛇

【期年樹穀，百年樹德】期年：一年。樹：種植，樹立。◇要種植好糧食穀

物，一年的時間就可以獲得收成；要樹立德望，卻需要長期的努力。

【欺人是禍，饒人是福】欺：欺負。饒：寬恕。◇欺負別人會招來災禍，寬恕別人會增加福分。

【欺山莫欺水】欺：欺負。◇ ❶ 山容易被征服，水不好對付，寧可爬山，也不要涉水。❷ 游泳的風險比爬山更大。

【欺官如同欺父母】◇欺騙長官就像欺騙自己的父母一樣有罪。

【欺眾不欺一】◇做買賣賺錢，價格對每個人都應該一樣，贏利要在眾人身上動腦筋，不要在一個人身上打主意。

【黃牛過河各顧各，斑鳩上樹各叫各】◇諷喻人與人之間那種像黃牛過河和斑鳩上樹一樣彼此互不關心的不良現象。

【黃芩無假，阿魏無真】黃芩：中藥名。阿魏：中藥名。傳說其脂有毒，人不敢靠近，採藥時，先把羊拴在樹下，從遠處射箭，當阿魏的脂毒沾在羊身上，羊被毒死時，才能證明是真的阿魏藥材。◇黃芩遍地都是，所以不會買到假貨，阿魏非常稀有，所以過去藥店裏的阿魏多是假的。

【黃金不打難成器】◇喻指對本質好的孩子，如果不加以管教，也難以成才。

【黃金不改英雄志】◉ 金錢不能改變英雄的志向。◇喻指真正的英雄人物能夠經得起金錢的誘惑，不會見利忘義。

【黃金不會從天落，誰不做工誰捱餓】◇不勞動生活就不可能過得好。

【黃金未為貴，安樂值錢多】◇對一個人而言，具有安樂的生活比具有黃金更重要。

【黃金有疵，白玉有瑕】疵：毛病。瑕：斑點。◇喻指任何事物都不可能十全十美。

【黃金有價人無價】◉ 黃金有價格，可以買賣；而人則是不能用價格來計算的。◇說明人是最寶貴的，不是用金錢能夠收買的。

【黃金有價心無價】◉ 黃金有價格，可以買賣；但人的高尚品質卻無價可尋。◇說明人的高尚品質比黃金還珍貴。

【黃金有價書無價】◉ 黃金是有價格的，而充滿知識的書籍，價值是不能用金錢計算的。◇強調知識無比寶貴。

【黃金丟失易找回，名譽喪失難挽回】◇告誡人們，一言一舉中，都應該注重自己的名聲，不要做越軌的事。◎黃金失去能再得，名譽失去難挽回

【黃金旁邊的紅銅會發光，好人旁邊的壞人可變好】◇說明接觸甚麼人就會受甚麼人的影響。

【黃金浮世在，白髮故人稀】◇黃金會永久地存在於變化不定的人世間；而人到老年後，以往的親朋好友便會日益稀少。《名賢集五言集》：“黃金浮世在，白髮故人稀。黃金非為寶，安樂值錢多。”

【黃金累千，不如一賢】◇有很多的黃金，也不如得到一個賢人。

【黃金難作假，戲法總非真】◉ 黃金難以假冒，戲法卻沒有真的。◇喻指真的不會假，假的真不了。

【黃河有底，人心沒底】◇人心裏的想法很多，很深，不易探究。

【黃河知深淺，人心沒捉拿】◇喻指人心不好捉摸。

【黃河深萬丈，人心難測量】◇人的內心想法非常複雜，是很難捉摸的。

【黃泉路上無老少】黃泉：指陰間。◇死亡隨時都會發生，不會根據年老、年少而排列先後。

【黃梅不落青梅落】◇喻指青年人反而會比老年人死得早。

【黃連樹根盤根，窮苦人心連心】◇窮苦人之間心心相印，能夠互相關心、互相幫助。

【黃雀不知鴻鵠之志】◇喻指普通人不了解傑出人物的雄心壯志。

【黃魚找黃魚，鯊魚找鯊魚】◇喻指同樣類型的人喜歡聚集在一起。

【黃麻搓繩拉不斷，毛竹成捆壓不彎】◇喻指團結起來才有力量。

【黃鼠狼單咬病鴨子】◇ ❶ 喻指壞人專找最薄弱的地方下手。❷ 喻指災難和不幸有時偏偏會落到弱者身上。◎黃鼠狼專挑病鴨兒咬

【黃銅箱子白銅鎖，外面好看裏面空】◇喻指某些自我炫耀，表面上裝得很有學問的人，實際上卻沒有一點真才實學。

【黃鐘毀棄，瓦釜雷鳴】黃鐘：古代的貴重樂器。瓦釜：陶製的鍋。◐貴重的樂器黃鐘被毀棄，瓦釜卻發出雷鳴般的響聲。◇喻指當有才德的人被棄置不用之時，無才德的人便會肆意橫行。《楚辭·卜居》："世溷濁而不清，蟬翼為重，千鈞為輕；黃鐘毀棄，瓦釜雷鳴；讒人高張，賢士無名。吁嗟默默兮，誰知吾之廉貞！"◎黃鐘毀棄，瓦缶雷鳴

【黃鶯不打窩下食】◇喻指有點頭腦的人都不會去侵害自己周圍人的利益。

【散將容易聚將難】◐將領遣散容易，聚集起來就很困難。◇ ❶ 喻指散夥容易，要組織起來卻是一件很困難的事。❷ 指破壞容易，要建立起來很難。

【朝士爭榮，宮人妒寵】朝（cháo）士：在朝的官吏。宮人：妃嬪、宮娥。◇朝廷的官吏們相互爭名奪利，宮裏的人又妒忌受皇帝寵愛的人。

【朝山的不是全為了敬神】◇同做一件事的人，他們的目的不一定完全一樣。

【朝中天子三宣，閫外將軍一令】閫（kǔn）外：郭門外，指京城外。◇在朝廷內一切要聽從天子的，在外一切要服從將軍的。明代雜劇《蕉帕記·鬧婚》："朝中天子三宣，閫外將軍一令。"

【朝中有人好做官】◇舊時在朝廷裏有後台，才容易當官。

【朝吃粥，夜獨宿，勤沐浴，自安樂】◇告訴人們，早晨要喝稀粥，晚上獨自睡覺，經常洗澡沐浴，就會有利於身心健康。

【朝氣勃勃，吃黃連如蜜；暮氣沉沉，吃大肉如泥】◇一個人如果富有朝氣，精神面貌特別好，吃甚麼東西都香；如果死氣沉沉，萎靡不振，吃再好的東西也會覺得沒有味道。

【朝庭也有三門窮親戚】◇告訴人們，貧窮是尋常現象，不要嫌棄窮人。◎皇帝也有草鞋親

【朝飯朝到午，畫飯打更鼓】更鼓：報更所用的鼓。● 早飯到中午才吃，那麼晚飯就要到打更時才能吃得上。◇告訴人們，一步跟不上，就會步步跟不上。勸人做事要抓緊時間，不要拖沓。

【朝裏無人莫做官】◇ ❶ 如果朝廷沒有後台，切莫做官。❷ 朝裏奸邪當道，賢人遠去時，不要去做官。《醒世姻緣》第九十四回："常說朝裏無人莫做官，又說朝裏有人好做官。"◎朝內無人莫做官

【朝圖一飽，夜圖一覺】◇告訴人們，早晨吃飽飯，晚上睡好覺，才能身體健康、精神飽滿。

【棒頭出孝子，筷頭出忤逆】● 如果從小就嚴加管教，會成為孝子；如果從小就溺愛，會成為六親不認的人。◇提醒人們，對子女需要嚴加管教，不可過分溺愛。

【棋不看三步不捏子】子：指棋子。● 下棋要先想好以後幾步棋該怎麼走，再拿起棋子走棋。◇喻指做事情要進行周密的思考，事先預防可能會發生的問題。

【棋中無啞人】啞人：啞巴。● 觀棋的人總是忍不住出主意。◇喻指人為了顯示自己的才能，總喜歡評論別人的是非長短。

【棋高一着，縛手縛腳】着（zhāo）：步子。縛：捆綁。● 跟棋藝高的人下棋，總覺得手腳像被捆住一樣，水平發揮不出來。◇喻指跟實力高於自己的對手對陣，總會感覺受約束限制，才能無法施展。◎棋高一着，縶手縶腳 / 棋高一着，束手縛腳

【棋逢對手，將遇良材】逢：遇上。敵：實力相當的。良材：指好的將士。● 下棋碰上實力相當的對手，打仗碰上力量差不多的將士。◇喻指雙方力量相當。《西遊記》三十四回："他兩個在半空中，這場好殺。棋逢對手，將遇良才。"◎棋逢敵手，將遇良材

【棋逢敵手難藏行】敵手：實力相當的對手。藏行：隱藏行蹤，指掩蓋動機。● 跟實力相當的棋手下棋，難以施展計謀。因為雙方都足智多謀，計策容易被對方識破。

【棋無一着錯】着（zhāo）：下棋時走的一步棋。● 下棋時如果不慎走錯一步棋，就會輸掉整個棋局。◇喻指做事要考慮周密，不能有一點失誤，否則就會輸掉全局。

【焚林而畋，明年無獸；竭澤而漁，明年無魚】焚：燒毀。畋（tián）：打獵。澤：聚水的地方。● 燒毀山林去打獵，捕獸雖多，但明年山上就不會再有野獸了。抽乾池塘的水去捕魚，捉魚雖多，但明年池塘中就不會再有魚了。◇喻指過度徵斂，稅源就會枯竭。《呂氏春秋・孝行覽・義賞》："文公以咎犯言告雍季，雍季曰：'竭澤而漁，豈不獲得？而明年無魚。焚藪而田，豈不獲得？而明年無獸。詐偽之道，雖今偷可，後將無復，非長術也。'"

【焚香掛畫，未宜俗家】● 焚香料，掛字畫，這類鋪張浪費的事情，不是一般人家幹的事。

【雁門關外野人家，朝穿皮襖午穿紗】
雁門關：在山西省代縣北雁門山上。
野人：住在郊野的人。◇説明雁門關
外氣候條件很惡劣，早晚寒冷，中午
酷熱，溫差很大。

【雁怕離群，人怕掉隊】❷大雁群飛
時害怕離群，人行軍時害怕掉隊。◇喻
指個人的力量是有限的，離開了集體
就會一事無成，甚至會無法生存，給
生命帶來危險。

【雁飛千里靠頭雁，羊群走路靠頭羊】
◇喻指一個集體需要有好的領頭人，
才能沿着正確的方向前進。

【雁飛不到處，人被名利牽】❷大雁
都飛不到的地方，人卻因名利的驅駛
而到達。◇喻指人在名利的誘惑下，
甚麼事情都能做得出來。

【雁無頭，飛不齊】◇喻指群眾如果
沒有帶頭人，就會人心不齊，行動不
一致。

【雁過留聲，人過留名】◇人每到一
處，每做一事，都要注意留下好名聲，
為社會造福。《清史稿・吉山妻瓜爾
佳氏傳》：“（吉山妻瓜爾佳氏）且言
曰：‘雁過留聲，人過留名，我非樂
死，不得已耳！’”

【雁歸湖濱，雞落草棚】◇喻指人各
有志向，各有歸宿。

【雲從龍，風從虎】❷龍起生雲，虎
嘯生風。◇喻指同類事物會相互附
從，相互感應。《周易・乾》：“同聲
相應，同氣相求。水流濕，火就燥。
雲從龍，風從虎。聖人作而萬物睹。”

【雲裏千條路，雲外千條路】◇喻指
解決問題的方式方法會很多。

【虛心七竅通，驕傲盲又聾】七竅：
指兩眼、兩耳、兩鼻孔和口。◇虛心
的人能夠謙虛地向周圍的人求教，學
的也就多；驕傲的人對別人的優點視
而不見，就像瞎了和聾了一樣。◇喻
指虛心使人進步，驕傲使人落後。

【虛心人萬事可成，自滿人十事九空】
❷虛心的人能聽取別人的意見，所
以做甚麼事都能成功；驕傲的人自以
為了不起，所以做甚麼事都不容易成
功。◇説明謙虛謹慎很重要，驕傲自
滿非常有害。◎虛心人萬事做成，自
滿人十事九空

【虛心長智，驕傲生愚】◇虛心能增
長智慧，驕傲會使人變得愚蠢。

【虛心使人進步，驕傲使人落後】
◇告誡人們，要謙虛謹慎，戒驕戒
躁。

【虛者實之，實者虛之】◇打仗要虛
實兼施，隨機應變，講究策略，才能
成功。

【虛事難入公門，實事難以抵對】
❷虛假的案件不會到衙門裏來，證據
確鑿的罪行難以抵賴、對證。◇喻指
案件的真偽一定會有公斷。

【晴天不見陰天見】◇❶早晚有一天
讓對方知道自己的手段厲害。❷總有
見面的時候。

【晴天有路且須走，莫待大雨直淋
頭】◇做事情要抓緊時機，以防發生
不測。

【晴天防着下雨】❷天不下雨，人也
應該作好下雨的準備。◇事情進展順
利時，要提防不測，時刻準備應對不
利局面的發生。

【晴天要備陰天傘，飽時要備飢時糧】
◇防備災荒要作長遠的準備，情況順利時，要考慮到不利情況的發生，有備才能無患。

【晴天砍好雨天柴】◇事先應該作好充分準備，有備無患，以便應對不測情況。

【晴天留人情，雨天好借傘】◇平時要與人為善，說話做事要留有分寸，遇到困難時，好向人求助。

【晴天裏一聲霹雷】霹雷：強烈的雷電。◐晴天裏突然打響雷。◇喻指在大家毫無準備的情況下，突然間發生了大事。

【晴天蓋涼棚，落雨好遮身】涼棚：遮陽擋雨的棚子。◐晴天時候搭好涼棚，下雨時候就可以避雨了。◇告誡人們，在事情發生之前，要作好必要的準備，免得到時候被動。

【晴乾不肯走，直待雨淋頭】◐天氣晴好的時候不抓緊時間趕路，偏要等到雨水澆頭時才走。◇喻指不識時務，給了面子還不趁勢作罷，結果自討沒趣。◎晴天不肯走，直待雨淋頭／晴天不快走，單等雨淋頭

【量大福也大，機深禍也深】量：指氣量。◐氣量大的人，福氣也大；機謀深的人災禍也深。◇告訴人們，寬宏大量能受益，謀算別人，自己反而易招災禍。

【量粟而舂，數米而炊】◐量穀子舂米，數米粒做飯。◇諷喻辦事過於拘泥，氣度過小。

【貼人不富自家窮】◐用財物貼補別人，富不了人家，卻把自家弄窮了。◇喻指自己沒有能力，還去幫助別人，結果連自己也受連累了。

【開了飯店，不怕大肚皮】◇開飯店的人，總是希望顧客越多越好，越能吃越好。

【開口不笑白頭翁，好花能有幾時紅】◇年輕人不要笑話老年人，因為自己也不可能永遠年輕。

【開口求人難】◇開口向人求助是最難的事。◎開口告人難

【開口見喉嚨】◐開口說話就看見了喉嚨。◇喻指只要開口說話就能露出底細。

【開弓沒有回頭箭，江河沒有倒流水】◐已拉開弓往前射箭，無法再將箭收回；江河的水不可能再往回倒流。◇喻指事情已經開始，不可返回不做，只有勇往直前，繼續堅持下去。

【開水不響，響水不開】◐水煮開時無響聲，有響聲時水不開。◇喻指有真才實學的人不自吹自擂，經常自我吹噓的人常常沒有真本事。

【開多少井，得多少水；讀多少書，知多少事】◇付出多少勞動，就會有多少收穫；書讀得多，知道的事情就多。

【開好花，結好果】◇辛勤的勞動能開繁花，結碩果。

【開玩笑也要三思而後出唇】◇告誡人們，開玩笑也要注意方式和對象，不能信口亂說。

【開花吹冷風，十顆桐子九顆空】◐桐樹開花的時節，如果受到冷風的襲擊，桐子就會大大減產。◇喻指當一個人正處於積極向上的時候，如果

遭到冷言冷語的打擊，其積極性就會受到嚴重挫傷。

【開店不能離櫃頭，種田不可離田頭】◇幹甚麼工作都不能擅自離開自己的崗位。◎開店不離櫃頭，種田不離田頭

【開店為賺錢，住店拿現錢】◇開店的人為了賺錢，住店的人必須付錢，這是人之常情。

【開條門，多陣風】◇喻指多交幾個朋友，辦事就會多條道路。

【開順風船練不出好舵手】◇喻指一個人如果總是處於順利的狀況，往往練不出過硬本領。

【開頭走得慢，後來就得跑】◇如果在開始階段不努力，落後於大家，以後追趕起來就會很困難。

【開頭馬虎，半路費工】◇告誡人們，做任何一項工作，一開始就要認真仔細，不能粗心馬虎，否則等發現疏漏再半路返工，就會更加費時費工。

【開頭釘子咬得斷，過後豆腐打不爛】◇諷喻有些人做事缺乏持之以恆、堅持到底的精神，剛開始時幹勁十足，像鐵釘子都能咬斷一樣；過一段時間就洩勁了，像軟豆腐一樣疲塌的東西都打不爛了。

【開鑼的戲難唱】◇喻指做事開頭難。

【閒人有忙事】◇閒散的人也會有忙碌的事。

【閒牛無閒力】●牛長期閒着不耕地是不會增加力氣的。◇喻指一個人越不勞動就越沒有力氣。

【閒事莫說，問事不知，閒事莫管，無事早歸】●跟自己無關的事不要說，別人問時要說不知道，與自己無關的事不要管，沒有事的時候要早回家。◇勸人不要過問他人的事，以免招惹是非。◎閒事不管，白飯三碗 / 閒事不管，問事不知 / 閒事莫說，無事早歸

【閒茶悶酒糊塗煙】◇清閒時喝茶聊天，煩悶時借酒消愁，心亂糊塗時吸煙提神。

【閒時做下忙時用】◇提醒人們，平常有空要置辦一些生活必需品，以供急需時用。◎閒時辦下忙時用 / 閒時儲備急時用 / 閒時湊來急時用，莫等急時沒得用 / 閒時預備忙時用 / 閒時做下忙時用，飽帶乾糧晴帶傘

【閒談莫論人非，靜坐常思己過】◇告誡人們，平時不要談論別人的是非，要經常反省自己的過錯和不足。

【喊破嗓子，不如做出樣子】◇強調空說不如實幹。◎喊破嗓子，不如甩開膀子

【跑了一條大魚，撈了一網小蝦】撈：捕撈。◇喻指做事有失有得，雖然沒有達到預期的目的，但也有小收穫。

【跑了初一，跑不了十五】初一：農曆每月的第一天。◇雖然暫時可以躲避，但最終還是無法逃脫。◎逃了初一，逃不了十五 / 躲過初一，躲不過十五 / 走得了初一，走不了十五 / 跑得脫黃昏，跑不脫五更

【跑了和尚跑不了廟】和尚：出家修行的男性佛教徒。廟：寺廟。●和尚逃跑了，寺廟不可能也跑。◇❶喻指暫時應急的辦法只能躲避一時，但最終還是逃脫不了。❷指只顧眼前利

益，不做長遠打算。◎跑了和尚，跑
不了寺院／躲得了和尚，躲不了寺／
逃得了和尚，逃不了寺

【跑了的是大魚】◇自己已經得到的
東西，往往不被重視，自己沒有得的
東西，就認為是最好的。反映出一種
患得患失的心態。

【跑了跑了，一跑百了】了（liǎo）：
了結。◇為了逃避責任或受懲罰，一
走了事。

【跑了賊，跑不了贓】賊：偷竊者。
贓：盜竊得來的財物。◇起獲了罪
證，罪犯就無法抵賴。

【跑了燒窰的，捉了擔炭的】窰（yáo）：
指煉焦燒炭的窰。◇首犯沒有抓到，
只抓了個從犯。

【跑掉的不望，捉到的不放】● 已
經錯過機會，失掉了的，就不再去追
求；現在得到的，要緊抓不放。◇勸
告人們，不要後悔失去的機會，要珍
惜當前所擁有的一切。

【跑慣了的腿，吃慣了的嘴】慣：習
以為常。● 經常走路的人腿勤，經常
吃喝的人嘴饞。◇喻指經常白吃白喝
的人，就會養成佔便宜的惡習。

【跛子走路，一腳高一腳低】跛子：
瘸子。◇喻指思想不成熟，行為沒有
原則。

【跛者不忘履，眇者不忘視】履：
鞋，借指走路。眇（miǎo）：瞎子。
● 跛子不會忘記走路；瞎子不會忘記
看東西。◇喻指對所渴望和追求的東
西總是難以忘懷。蒲松齡《聊齋·巧
娘》：「巧娘戲問：『寺人亦動心佳麗
否？』生曰：『跛者不忘履，盲者不
忘視。』」《漢書·韓王信傳》：「僕

之思歸，如痿人不忘起，盲者不忘
視。」◎跛者不忘履，盲者不忘視／
躄者不忘履，盲者不忘視

【蛤蟆再能，跳不出三尺遠】◇喻指
基礎差、水平低的人即使再能幹，也
有很大的局限性。

【蛤蟆再跳，跳不出水塘；壞人再躲，
躲不過法網】◇說明壞人無論怎樣
施展伎倆，也無法逃脫法律的制裁。

【蛤蟆跳三跳，還要歇一歇】◇喻指
任何人在緊張工作之後，都需要休息
一下，才能長期工作下去。◎蛤蟆跳
三跳，還有一歇

【蛟龍失水遭蝦戲，虎豹離山被犬
欺】◇喻指強者如果失去了有利的環
境，在形單力孤的情況下，反會遭到
弱者或小人的欺侮。

【蛟龍豈是池中物，未遇風雲升不
得】◇喻指有才能有宏偉志向的人，
如果未遇良機和伯樂，就難以充分發
揮他的才能。

【蛟龍得雲雨，終非池中物】蛟龍：
傳說中的無角龍。● 蛟龍得到雲雨
就可以飛騰，不會永遠在水池中。◇
喻指有才能的人一旦得到好的機遇，
就能充分發揮他的才能，有所建樹。
《管子·形勢》：「蛟龍得水，而神可
立也；虎豹得幽，而威可載也。」

【喝了人家酒，跟着人家走】◇告誡人
們，要警惕被腐蝕拉攏，防止上當受騙。

【喝西北風】◇形容窮困得沒有飯
吃。《儒林外史》四一回：「都像你這
一毛不拔，我們喝西北風。」

【喝甚麼地方的水，隨甚麼地方的俗】
◇到了甚麼地方就應該尊重甚麼地方
的風俗習慣。

【喝原湯化原食】◇告訴人們，吃元宵等一些不容易消化的食物時，最好同時喝一些原湯，這樣有助於消化。

【喝酒越喝越厚，耍錢越耍越奸】◇喝酒會越喝酒量越大，賭錢的人會越賭越奸詐。

【喝涼酒，拿髒錢，早晚是病】◇一旦做了虧心事，早晚都會是塊心病。◎喝涼酒，使賊錢，早晚是病

【喝開水，吃熟菜，不拉肚子不受害】◇喝開水，吃熟菜，能防止病菌侵入腸胃，避免得胃腸道傳染病。◎喝開水，吃熟菜，身體健康無災害

【喝湯防骨頭，説話防出格】出格：超出常理。◇提醒人們，説話要掌握分寸，注意方式方法。

【喝過黃連水，才知井水甜】◙喝過黃連苦水的人，才會知道井水的甘甜。◇喻指只有經歷過艱難困苦的人，才能體會到今天生活的幸福。

【喝慣了的水，説慣了的嘴】◙就像水喝慣了，就不能不喝一樣，嘴説慣了，就難以不説。◇提醒人們，不要養成亂説亂道的毛病，否則就會難以自控，招惹不必要的麻煩。

【單方一味，氣煞名醫】單方：民間流傳的藥方。◇民間流傳的藥方療效好，往往能治好一些疑難雜症，使名醫慨歎莫及。◎單方氣死名醫

【單絲不線，獨木不林】◙一根絲搓不成線，一棵樹成不了林。◇喻指一個人的力量太單薄，單槍匹馬很難辦成大事。元代無名氏《連環計》二折："説甚麼單絲不線，我着你缺月再圓。" 清代紀曉嵐《閲微草堂筆記》卷二十三："我猶冀缺月再圓也。"

【單蜂釀不成蜜，獨龍治不了水】◇喻個人力量有限，不可能單獨辦成大事。

【買瓜看皮，買針看孔】◙買瓜要看瓜皮是否新鮮，買針要看針孔是否通暢。◇喻指對事物進行研究時，要抓住關鍵之處。◎買瓜看皮，買針看眼

【買主買主，衣食父母】◇顧客如同做生意人的衣食父母，必須熱情接待，才會生意興隆。

【買金須問識金家】◇買貨要問識貨的行家。

【買屋要看樑，娶妻要看娘】◇喻指看問題要從影響最大、起主導作用的方面着眼。◎買屋子看樑，娶妻子看娘

【買馬要看齒，交友要摸底】◙買馬時要看牠的牙齒，才能知牠的年齡；交朋友要了解清楚根底，才能知道他的基本情況。◇提醒人們，交友要慎重，要了解根底，防止被人欺騙。◎買馬看口齒，交朋友要摸心底

【買貨三家不吃虧】◇買東西要問三家，要對比考察，才能不吃虧上當。

【買賣口，無實言】◇做生意的人，口中很少説真話。

【買賣買賣，和氣生財】◇做生意要和氣，才能招徠顧客，獲得好的經濟效益。

【買鴨看嘴，買雞看爪】◇喻指對事物的觀察要抓住關鍵的地方，才能作出正確的判斷。

【買鑼要打，買傘要撑】◇喻指對事物的認識了解，要通過實踐，才能抓住關鍵。

【黑老鴰洗不成白鵝】◇喻指本質壞的人不可能徹底改變。

【黑帶子洗不成白的】◇喻指本質上壞的人是很難改造過來的。

【黑髮不知勤學早，白首方悔讀書遲】黑髮：指少年時期。白首：指老年時期。⬇如果在青少年時期不注意抓緊時間學習，到了老年就會後悔讀書讀晚了。◇提醒人們，要珍惜時間，儘早努力。顏真卿《勸學》：“三更燈火五更雞，正是男兒讀書時。黑髮不知勤學早，白首方悔讀書遲。”

【黑頭蟲兒不可救，救之就要吃人肉】◇喻指不要去救不該救的壞人，否則他們被救後，反而會恩將仇報去害人。

【黑雞下白蛋】◇喻指對人和事物的實質，都不能僅僅從表面上推斷。

【圍着灶頭轉，是想鍋巴吃】◇喻指熱心某事的人，是想從中獲得某些好處。

【悲莫大於無聲】◇最讓人悲哀傷心的事，是有話憋悶在心裏無處可說。

【無不可對人言】◇光明磊落，沒有甚麼保密的，都可以對人說。

【無牛捉了馬耕田】◇喻指找不到合適的人選，就隨便拉一個來湊數。

【無火不熱炕，是親三分向】◇舊時官吏們很不公道，處理公務時，往往偏袒自己的親戚朋友。

【無心人對着有心人】◇一方無心而另一方有意，雙方的想法有差距，會產生各種誤會。

【無心人說話，只怕有心人來聽】◇有人無意中說的話，被有心人格外當真聽了。

【無心之失，說開罷手；一差半錯，哪個沒有】◇對於別人無意中犯的過失，說清楚了就算了，不要刻意去深究，犯點小錯誤誰都難避免。

【無巧不成書】⬆沒有湊巧就寫不出書來。◇事情不湊巧，就構不成說唱逗笑的故事情節。◎無巧不成話

【無功不受祿】祿：古稱官吏的薪俸。◇沒有功勞就不能享受俸祿。

【無功受祿，寢食不安】◇沒有作出貢獻，就得到優厚報酬，於心不安。《舊唐書·李元愷傳》：“致仕於家，在鄉請半祿。元愷誚之曰：‘無功受祿，災也。’”

【無可奈何花落去】◇當時的美景盛況，因客觀條件的變化，無法再保持下去了。宋代晏殊《浣溪沙·春恨》：“無可奈何花落去，似曾相識燕歸來。”

【無平不陂，無往不復】陂（bēi）：山坡。⬇沒有平地就沒有山坡，沒有去也就沒有回。◇喻指事物是相輔相成，對立統一的。《周易·泰》卦：“九三：無平不陂，無往不復，艱貞無咎。勿恤其孚，于食有福。”

【無立錐之地】◇家貧窮如洗，沒有片瓦寸土，已經到了無法生存的地步。《莊子·盜跖》：“堯、舜有天下，子孫無置錐之地，湯、武立為天子而後世絕滅，非以其利大故邪？”《呂氏春秋·為慾》：“輿隸至賤也，無立錐之地至貧也，殤子至夭也，誠無慾則是三者不足以禁。”

【無奸不顯忠】◇沒有奸詐就顯示不出忠誠。

【無志之人常立志，有志之人立長志】◇沒有志氣的人常常立志，但沒有持之以恆的決心，做事很難達到目標；有志氣的人不達目的不罷休，立下志向後，為之奮鬥終身。

【無志愁壓頭，有志能搬山】◇沒有志氣的人會庸庸碌碌，無所事事，遇到困難會憂愁不解，志氣消沉；有志氣的人目光遠大，知難而進，能成大事。

【無求到處人情好，不飲任它酒價高】◇無求於人，無論到哪裏都能搞好關係；不想喝酒，就不管它酒價有多高。反映舊時的一種處世哲學。

【無利不起早】◗得不到好處，不會起大早。◇喻指有利可圖，才會起早摸黑去幹。◎無利不起早，有利盼雞鳴

【無兵無糧，因甚不降】◇軍隊沒有兵馬和糧草，怎麼能夠不投降。清代吳敬梓《儒林外史》第十回：“魯編修道：‘古語道得好：無兵無糧，因甚不降，只是各偽官也逃脱了許多，只有他領着南贛數郡一齊歸降，所以朝廷尤把他罪狀的狠，懸賞捕拿。’”

【無事不登三寶殿】三寶殿：泛指佛殿。◗沒有事情是不會求神拜佛的。◇喻指沒有麻煩的事情請人幫忙，是不會主動登門拜訪的。明代馮夢龍《警世通言・白娘子永鎮雷鋒塔》：“白娘子道：‘無事不登三寶殿，去做甚麼？’”

【無事家中坐，禍從天上來】◇倒霉的人即使在家裏坐着，災禍也會突然從天而降。

【無所逃於天地之間】◇如果違背了天理，就沒有逃避的地方了。《莊子・人間世》：“天下有大戒二：其一命也，其一義也。子之愛親，命也，不可解於心；臣之君，義也，無適而非君也，無所逃於天地之間。”《明史・黃道周傳》：“況古為列國之君臣，可去此適彼；今則一統之君臣，無所逃於天地之間。”

【無官一身輕】◇舊時認為，卸去了官職，思想上沒有了負擔，倒覺得輕鬆愉快。

【無官不貪，無商不奸】◇當官的沒有不無受賄的，商人沒有不坑害顧客的。

【無珍一世貧】◗沒有珍寶，一輩子都會貧窮。◇喻指缺乏見識和膽識，一輩子不會有大出息。

【無毒不丈夫】◇舊時認為，心不狠、手不辣，遇事優柔寡斷不果斷，就不是大丈夫所為。

【無面目見江東父老】江東：指蕪湖以東的江南地區。江東父老：指家鄉的父老。◇事情不但沒有成功，還有虧於家鄉人，故沒有顏面回去了。《史記・項羽本紀》：“項王笑曰：‘天之亡我，我何渡為！且藉與江東子弟八千人，渡江而西，今無一人還，縱江東父兄憐而王我，我何面目見之？’”

【無風不起浪】◗沒有風吹，就不會掀起波浪。◇喻指事情沸沸揚揚喧鬧不休，總有發生的原因。◎無風不起浪，沒柴不冒煙

【無風是暖天，無飯是荒年】◇天不颳大風就暖和；百姓沒有飯吃，就是災荒年。

【無度不丈夫】◇人沒有度量，就不能算是男子漢。

【無馬狗牽犁】◇喻指沒有好的合適的人選，只好拿差的來湊數。

【無財非貧，無業為貧】◇沒有財產算不上貧窮，如果沒有職業，才算是真正的貧窮。

【無針不引線】◇喻指沒有中間人介紹，是成不了事的。

【無病一身輕】◇身體沒有病，就會輕鬆愉快。

【無病休嫌瘦，身安莫怨貧】◇身體沒有病就行了，不要嫌自己長得瘦；生活安定就應該滿足了，不要抱怨自己貧窮。

【無酒無漿，做甚道場】漿：指酒。道場：和尚、道士做法事的場所，也指法事。● 沒有酒，怎麼做法事。◇喻指缺乏基本的條件，辦不了事情。

【無梭難織布，無針難繡花】● 沒有梭子就織不成布，沒有針就繡不成花。◇喻指缺少必要的條件，就無法辦成事。

【無假不成真】◇沒有假的就不能鑒別真的。

【無婦不成家】◇主婦在家庭裏是一個重要的角色，沒有主婦，家就不像家了。

【無零不成賬】零：錢數的零頭。◇只要是賬目，總會有零頭。

【無債一身輕】◇不欠別人的債，就會覺得渾身輕鬆，精神愉快。

【無福的難消受】◇宿命論認為人沒有福分，就無法享有富貴。

【無福跑斷腸，有福不用忙】◇人沒有福分，整天要為衣食奔走；人如有福分，就可以坐享其成。反映舊時貧富天定的觀念。

【無遠慮必有近憂】◇人考慮問題眼光不長遠，規劃不超前，很快就會有憂患。《論語・衛靈公》："子曰：'人無遠慮，必有近憂。'"

【無需虛胖，但求實肚】● 身體不要虛胖，要求壯實。◇告訴人們，不要只圖虛名，要講究實際。

【無樑不成屋】● 沒有棟樑，就不可能蓋成房屋。◇喻指缺少關鍵的條件或人物，就不可能成大事。

【無憂而戚，憂必及之；無慶而歡，樂必從之】戚（qī）：悲哀。◇沒有憂愁而悲哀，憂愁就會來到；沒有值得慶祝的事而歡樂，歡樂就會相隨。

【無慾志則剛】◇沒有自私的慾望，不貪圖名利，人的意志就能堅定。

【無窮歲月增中減】◇隨着時間的流逝，人的年齡在增長，活在世上的日子在減少，勸人們一定要珍惜時光。

【無緣對面不相會，有緣千里定相逢】● 如果無緣，即便近在咫尺，也不會相逢、相識，如彼此有緣，即使相隔千里也能相會。◇喻指緣分天定。《張協狀元》："有緣千里能相會。無緣對面不相逢。"

【無橋過不了河，沒梯上不了樓】◇喻指缺乏基本的條件，就做不成事。

【無錢之人腳桿硬，有錢之人骨頭酥】◇窮人想改變現狀，因此人窮志不短；富人有錢，只想貪圖享受，因此人富志不長。

【無錢方斷酒】◗ 沒有錢才不喝酒。◇喻指出於無奈，才被迫改變自己的嗜好。

【無錢吃酒，妒人面赤】◗ 自己沒有錢喝酒，妒忌人家臉紅。◇喻指無能的人，往往多疑善妒。

【無錢休入眾，遭難莫尋親】◇沒有錢不要到人多的地方去，免得被人譏笑；遇到困難不要去投奔親戚，免得遭冷遇。

【無錢君子受煎熬，有錢村漢顯英豪】◗ 沒有錢，品行高尚的君子也會窘迫；有了錢，農夫也會成英雄。◇喻指有錢才辦事，才能獲得該有的尊嚴。

【無錢買茄子，只把老來推】◗ 沒有錢買茄子，只好説茄子太老。◇喻指沒有錢辦不了事，又怕失面子，只好找藉口敷衍推脱。

【無聲狗，咬死人】◇喻指不哼不哈的人，話雖然不多，但心計特別深。

【無醜不顯俊】◇沒有醜的襯托，就顯示不出美的來。

【無謊不成狀】◇舊時官場非常腐敗，告狀打官司沒有不誇大事實的，不説謊就打不贏官司。

【無謊不成媒】◇媒婆如果不説謊，就做不成媒。

【無縫的鴨蛋不生蛆】蛆（qū）：蒼蠅的幼蟲，體柔軟，多生在糞便等骯髒的地方。◇喻指沒有漏洞，就不會出問題。

【無雞不成宴】◇筵席中沒有雞，就不像個宴會。

【無糧不聚兵】◇沒有糧食就無法聚集起士兵。

【無藥可延卿相壽，有錢難買子孫賢】◇沒有藥能延長王公大臣的壽命；有錢也不能買來子孫後代賢能。

【無鹽不解淡】◇喻指想解決問題，要抓住問題的關鍵。

【智者千慮，必有一失；愚者千慮，必有一得】◇聰明人處理問題多了，也會有考慮不周而失誤的時候；愚笨人如果經多次反覆考慮，也會有好對策而獲得成功的時候。《史記・淮陰侯列傳》：“廣武君曰：‘臣聞智者千慮，必有一失；愚者千慮，必有一得。’”

【智養千口，力養一人】◗ 憑智慧可以養活很多人，只憑力氣只能養活一人。◇説明知識和智慧很有用，人們如果能正確掌握好技術知識，會讓一部分人跟着受益。

【等人易得久，瞋人易得醜】瞋（chēn）：怒目而視。◇等候人的時候，總覺得時間太長久；對討厭的人怒目而視的時候，總覺得其人面目可憎。◎等人易久，瞋人易醜／等人易久

【備席容易請客難】◇準備置辦酒席容易，能請來尊貴的客人卻很難。◎備酒容易請客難

【牌無大小，只要湊巧】牌：娛樂用品，有紙牌、骨牌等。◗ 牌沒有大小之分，輸贏全看牌的組合如何。◇喻指成功決定於機遇和巧合。

【順之者昌，逆之者亡】◇順從者不但能夠存在，而且還能昌盛發展，違背者就要滅亡。《史記・太史公自序》：“夫陰陽四時、八位、十二度、二十四節各有教令，順之者昌，逆之者不死則亡，未必然也，故曰‘使人

拘而多畏’。"　◎順之者存,逆之者
亡／順或者昌,逆或者亡／順或者
生,逆或者死

【順者為孝】◐順從就是孝順。◇勸
告人們,對父母要順從,這是孝道所
要求的。

【順風吹火,下水行船】◇喻指做事
要順應客觀條件,因勢利導,才容易
取得成功。

【順得姑來失嫂意】◇依順了這個
人,得罪了另一個人,做事很難讓眾
人滿意。

【順情說好話,幹直惹人嫌】◐順着
別人的心意說好聽的話,太耿直就會
遭到別人討厭。

【順着毛兒摸】◇喻指要迎合對方的
口味辦事。

【矬子別說矮人】◐身材矮小的人不
要說別人個子低。◇告誡人們,自己
也有同樣的問題,就不要去責難別
人。

【進山不怕虎傷人,下海不怕龍捲身】
◇要想幹成一件大事,就要有無畏的
精神,不怕千難萬險。

【進退兩難心問口,三思忍耐口問心】
◇喻指遇到麻煩的事需要反覆思量。
明代吳承恩《西遊記》:"這才是進退
兩難心問口,三思忍耐口問心。"清
代文康《兒女英雄傳》第九回:"這
張姑娘只管如此心問口、口問心的一
番盤算,臉上那種為難的樣子,比方
才憋着那泡尿還露着為難。"

【傍生不如傍熟】傍:依靠,依賴。
◇告誡人們,依靠不熟悉的人,不如
依靠熟悉的人。

【復量不滿斗】◐把量好的一斗糧食
倒出來,重新用斗再量,就裝不滿
了。◇喻指事物一經變動,就會有誤
差。

【傘把背行囊,處處是家鄉】行囊:
出門時所帶的包袱。◐肩上抬着傘和
包,到處都是家。◇喻指無固定的住
處,四處流浪,四海為家。

【創業百年,敗家一天】◇告誡人
們,創業極其艱難,需要長時間的勤
奮勞作;敗家卻很容易,隨意揮霍就
能將其毀於一旦。◎創業百年,敗家
一日

【飯可以亂吃,話可不能亂講】◇提
醒人們,說話要負責任,不可隨便亂
說。

【飯好吃,氣難嚥】◇做人最難以忍
受的就是心中憋着一股怨氣。

【飯來張口,茶來伸手】◇自己不勞
動,坐着讓別人侍候。

【飯要一口一口吃】◇喻指做事要一
件一件地做,不要急於求成,否則欲
速而不達。◎飯要一碗一碗地吃／井
是一鋤頭一鋤頭挖的／飯要一口一口
吃,事情得一件一件做／飯得一口一
口地吃,路得一步一步地走

【飯後百步,不問藥舖】◇飯後散步
能幫助消化,強健腿足,有利於身體
健康。◎飯後百步走,活到九十九／
飯後百步走,能活九十九／飯後百步
走,長壽九十九

【飯越捎越少,話越捎越多】◇告誡
人們,話經幾人傳之後,就會走樣,
甚至失掉原意,因此切不可輕信傳
言。

【飯飽肉不香】◐ 飯吃飽了，吃肉也不覺得香。◇喻指東西多了，就不覺得珍貴。

【飯熰了，捂在鍋裏；胳膊折了，藏在袖裏】◇喻指內部出了問題，要相互諒解，不要向外張揚，讓外人看笑話。◎飯糊了就得悶在鍋裏

【飯養身，歌養心】◇養身體要靠飲食，養心神要靠歌唱。

【飲水不忘掘井人，吃米不忘種穀人】◇告訴人們，應該受恩不忘。◎飲水思源，緣木思本／飲水要思源，食果要思樹

【勝人是禍，饒人是福】◑ 戰勝別人可能會招致災禍，饒恕了別人會獲得福氣。◇勸人不要爭強好勝，寬容謙讓，就不會有太多的對立面。

【勝不驕，敗不餒】餒：氣餒。◑ 勝利了不驕傲自滿，失敗了不灰心喪氣。◇告誡人們，要正確對待成功和失敗。《商君書·戰法》：“王者之兵，勝而不驕，敗而不怨。勝而不驕者，術明也；敗而不怨者，知所失也。”

【勝而不驕，敗而不怨】◐ 告訴人們，勝利了不要沾沾自喜，失敗了也不要怨天尤人。《商君書·戰法》：“王者之兵，勝而不驕，敗而不怨。”

【勝者王侯敗者寇】◇舊時一個社會集團鬥爭勝利了，便可稱王稱霸，失敗了便被指為賊寇。元代無名氏《犯長安》第二折：“李傕道：‘雄兵十萬吾為首，晝夜兼程朝西走，這次是勝者為王，敗者為寇。奪了長安為董公報仇。’”◎勝者王侯，敗者寇盜

【勝敗乃兵家常事】◑ 勝利或失敗是指揮戰鬥的人經常遇到的事。◇辦事情總會有時成功，有時失敗。《舊唐書·裴度傳》：“夫一勝一負，兵家常勢。”◎勝敗兵家常事

【象以齒焚身，蚌以珠剖體】◑ 大象因為珍貴的牙齒而遭捕殺，蚌因有貴重的珍珠而被剖體取珠。◇喻指自身有某種長處，結果反而帶來殺身之禍。《左傳·襄公二十四年》：“象有齒以焚其身，賄也。”

【猩猩能言，不離走獸；鸚鵡能言，不離飛鳥】◑ 猩猩、鸚鵡雖然能說話，但最終還是屬於禽獸。◇喻指本性是無法改變的。

【猴子不鑽圈，多篩幾遍鑼】篩：這裏指敲鑼。◇ ❶ 喻指如果對方不上圈套，就要多採取一些方法誘使對方上圈套。❷ 指一個方法達不到目的的話，就要多想想其他的辦法，不怕曲折，最終會實現自己的目標的。

【痛不着身言忍之，錢不出家言與之】着（zhuó）：接觸，挨上。◑ 痛苦不挨在自己身上，就勸人忍受；錢不是自己出的，就隨便答應給別人。◇喻指不損害自己的利益，就表現得很大方。

【着衣吃飯量家道】◇告誡人們，穿衣吃飯必須估量自己家中的經濟情況。

【善人在患，弗救不祥；惡人在位，不去亦不祥】弗：不。◇好人如果處在患難之中，不去援救，是不祥之兆；如果壞人當道，不剷除他，也是不祥之兆。《國語·晉語八》：“善人在患，弗救不祥；惡人在位，不去不祥。”

【善人者，人亦善之】◇對別人好的人，別人也會對他好。《管子·霸

形》："於是桓公召管仲曰：'寡人聞之，善人者，人亦善之，今楚王之善寡人一甚矣，寡人不善，將拂於道。仲父何不遂交楚哉？'"

【善人相逢，惡人遠去】◇告誡人們，應該接近好人，遠離壞人。

【善人流芳百世，惡人遺臭萬年】◇做好事的人，美名永遠會流傳於後世；做壞事的人，永遠遭人唾罵。

【善不可失，惡不可長】◇告訴人們，善良之心不可喪失，害人之心不可滋長，勸人要行善積德。《左傳·隱公六年》："君子曰，善不可失，惡不可長，其陳桓公之謂乎，長惡不悛，從自及也，雖欲救之，其將能乎。"

【善犬有展草之恩，良馬有垂韁之報】◐好狗為主人鋪草，來答謝恩惠；良馬會低下頭來，便於主人牽韁繩，來報答恩惠。◇告訴人們，應該知恩圖報。

【善必壽長，惡必早亡】◇舊時人們認為，做好事的人，與人為善，能夠長壽；做壞事的人，奸詐刻薄，必定早死。雖然是迷信思想，但反映出一種向善的願望。

【善有善報，惡有惡報】◇佛道認為，做了好事會有好的報應，做了壞事會有壞的報應，就是說因果報應，規勸人要做好事。◎善有善報，惡有惡果

【善作者不必善成，善始者不必善終】◐會做的不一定能夠成功，開始幹得好的人不一定能夠堅持到結束。◇提醒人們，做事情要持之以恆，堅持到底，不要虎頭蛇尾，半途而廢。《史記·樂毅列傳》："臣聞之，善作者不必善成，善始者不必善終。"

【善言一句，可回千金之怒】◇說一句好話，可以消除別人極大的憤怒。

【善者不來，來者不善】◇懷好意的人不會來，來的肯定是不懷好意。清代趙翼《陔餘叢考·成語》："'來者不善，善者不來'，亦本《道德經》'善者不辯，辯者不善'句。"◎來者不善

【善者福，惡者禍】◇心地善良的人必定會有好的運氣，作惡多端的人必定會招來災禍。

【善門難開，善門難閉】◇做好事會給自己帶來麻煩，一旦有了麻煩，想推開不管都不行。◎善門難開，好人難做

【善盈而後福，惡盈而後禍】盈：充滿。◇好事做多了會有福氣，壞事做多了就會有災禍。

【善弈者謀勢，不善者謀子】弈：下棋。◐會下棋的人會從整盤棋的形勢來考慮，不會下棋的人只會考慮一子的得失。◇告訴人們，做事要從大局考慮。

【善財難捨】善財：原指觀音菩薩身邊的一個童子，後轉借為錢財。◐觀音菩薩不願把身邊的善財童子借給別人使用。◇喻指自己的錢財捨不得隨便施捨。

【善書不擇紙筆】書：書寫。◐擅長書法的人用不着選擇好紙和好筆也能寫出好字來。◇說明主觀條件具備了，客觀條件的影響不會太大。◎善書不擇筆

【善欲人知，非為善；惡恐人知，是大惡】◇做的好事希望別人知道，並不是真正做好事；做壞事害怕別人知道，做的一定是件大壞事。

【善惡由人做】◯好事或壞事都由自己去做。◇喻指做事要分清是非對錯，該做甚麼事要想清楚。

【善惡到頭終有報，只爭來早與來遲】報：報應。◇無論做了好事還是壞事，都會得到報應，只是時間的早晚而已。◎善有善報，惡有惡報；不是不報，時辰未到／善有善報，惡有惡報；若還不報，時辰未到

【善惡若無報，乾坤必有私】乾坤：指天地。◇做好事或做壞事必定有相應的報應，如果不報應一定是上天有私心。

【善惡報應，如影隨形】◇善有善報，惡有惡報，這種因果報應非常靈驗，就像影子跟隨着身體走一樣，密切關聯着。

【善游者溺，善騎者墜】◯善於游泳的人往往會淹死，善於騎馬的人往往會從馬上摔下來。◇喻指擅長某種技能的人往往因疏忽大意而遭禍害。《淮南子·原道訓》：“夫善游者溺，善騎者墮，各以其所好，反自為禍。”◎善水者溺，善騎者墮／善泅者溺，善騎者墮／善騎者墮

【善説不如善做，善始不如善終】◇告訴人們，嘴上説得好，不如做得好；開始做得好，不如堅持到底好。

【善豬惡拿】◯即使是比較馴服的豬，也要用狠勁去抓。◇喻指對付敵人不能手軟，不能輕敵。

【善戰者不敗，善敗者不亂】◯善於打仗的人不會失敗，善於面對失敗的人不會慌亂。《棋經十三篇·合戰篇第四》：“善勝者不爭，善陣者不戰。善戰者不敗，善敗者不亂。”

【曾着賣糖君子哄，到今不信口甜人】◇曾經被別人哄騙過，從今往後，再也不會相信滿口甜言蜜語的人。

【曾經滄海難為水】◯曾經接觸過大海，從此就覺得，其他的“水（如：江河湖之水）”若是跟“海水”相比，就不算是“水”。◇喻指見過大世面的人，見多識廣，對常見的事不放在眼裏。唐代元稹《離思五首》詩：“曾經滄海難為水，除卻巫山不是雲。”

【勞大者祿高，才高者爵尊】◇領導者對於功勞大的人應該給予優厚的酬金，對於德才高的人應該給予尊貴的地位。

【勞動可以興家，逸淫可以亡身】◇告訴人們，辛勤的勞動可以使家庭興旺起來，貪圖安逸、荒淫無度能使一個人喪命。

【湖廣熟，天下足】湖：指湖南、湖北兩省。廣：指廣東、廣西兩省。◇中國自古湖廣地區土地廣闊、肥沃，運輸方便，如果這些地區獲得了豐收，全國的糧食就充足了。

【湯勺哪有不碰鍋沿的】◇喻指關係再好的人，有時也會發生矛盾。

【湯淡易餿，人急易瘦】鹽放少了，湯容易變餿；遇事着急，人容易消瘦。◇勸人遇事不要太着急，否則對身體不好。

【溫故而知新】◇告訴人們，學過的東西要經常溫習，在溫習中又可學到

新的知識。《論語・為政》："子曰：'溫故而知新，可以為師矣。'"

【溫室的花草經不起風霜】◇喻指沒有磨煉過的人，是經受不起嚴峻的考驗。

【溫柔天下去得，剛強寸步難行】◇性格溫柔的人容易相處，也討人喜歡，去哪裏都能與人打成一片；性格剛烈的人比較急躁，免不了處處碰壁。

【溫柔鄉裏迷魂洞】◇沉迷於女色會迷亂思想和喪失意志。

【渴不急飲，餓不急餵】◇告訴人們，非常渴的時候，千萬不要暴飲、急飲，非常餓的時候，千萬不要暴食、急食。

【渴時一滴如甘露，醉後添杯不如無】◇口渴時能得到一點點水，就會感到甜如甘露，十分可貴；如果飲酒已經醉了，還要再添一杯，那就有害了。◎渴時一滴如甘露，醉後一杯如毒

【渴時一滴如甘露，藥到真方病即除】◇口渴時能喝到一滴水也會覺得似甘露般的甜美，配藥得到了對症的好藥方，病就可以痊愈了。

【盜雖小人，智過君子】◇盜賊雖然是小人，但往往比一般人更詭詐，更有智謀。

【渾水好摸魚】◇提醒人們，壞人喜歡在混亂的時候鑽空子幹壞事，撈好處。◎混水好摸魚 / 渾水裏好拿魚

【渾水越澄越清，是非越辯越明】◐渾濁的水越澄越清澈；誰是誰非越辯論越清楚。◇說明真理經過論爭，會更加顯示其正確性。

【渾身是鐵，打得多少釘】◇喻指一個人的能力再大再強，也是有限的。提醒人們不要恃強自滿。◎渾身是鐵，能打幾個釘 / 渾身是鐵，能碾多少釘 / 渾身是鐵也打不了幾根釘

【渾濁不分鱅共鯉，水清方見兩般魚】◐水渾濁時分不清鱅魚和鯉魚，水清澈時才能看出是兩種魚。◇喻指世道混亂時，是非曲直不分；世道清明時，善惡可見。◎混濁不分鱅共鯉 / 水清方見兩般魚

【惻隱之心，人皆有之】惻隱：對受苦受難的人表示同情。◇對別人的不幸表示同情和憐憫，是人人都會有的。《孟子・告子上》："惻隱之心，人皆有之；羞惡之心，人皆有之；恭敬之心，人皆有之；是非之心，人皆有之。"

【惺惺惜惺惺，好漢惜好漢】惺惺（xīng xīng）：指聰明人或有才幹的人。◇聰明人喜愛聰明人，好漢願結交好漢，同類人會相憐相惜，互相仰慕、敬重。明代施耐庵《水滸傳》第十九回："古人有言：'惺惺惜惺惺，好漢惜好漢。'量這一個潑男女，腌臢畜生，終作何用！"◎惺惺惜惺惺，好漢識好漢

【惱一惱，老一老；笑一笑，少一少】少：年少，年輕。◐一個人如果經常煩惱，有損身體健康，會促使人衰老；如果總是愉快樂觀，笑口常開，對身體有益，會使人年輕。◇告誡人們，遇事要樂觀，開朗，不可心胸狹小，自尋煩惱。◎惱一惱，少年老；笑一笑，老年少

【寒天不凍勤織女，饑荒不餓勤耕人】◐寒冷的天氣不會凍壞辛勤織布的女

子；饑荒年月不會餓死勤勞精耕的農夫。◇喻指只有辛勤勞動，才能度過生活上遇到的各種困境。

【寒天飲冷水，點點記心頭】● 對於在嚴寒的天氣裏喝冷水的苦處，牢記在心裏，一點一滴都沒有忘記。◇說明只有不忘過去受過的苦難，才能感受到今天生活的幸福。◎寒天吃雪水，點點記心頭

【寒在五更頭】五更：夜裏最後的一個更次。● 最冷的時候是夜裏初打五更的時候。◇喻指即將天亮的時刻最黑暗。

【寒者不貪尺玉而思短褐，飢者不願千金而美一餐】褐：指粗布或粗布衣服。◇喻指生活困窘的人，常常只願先滿足眼前的急需，而顧不上考慮獲取更加長遠的利益。

【寒門生貴子，白屋出公卿】寒門：指貧低微的家庭。白屋：指平民百姓的家庭。◇一些達官貴人常常出身於平民百姓之家。

【寒門出才子，高山出駿馬】● 貧寒人家能出才子，就像高山能出駿馬一樣。◇說明出身於貧寒家庭的人，由於受過艱難困苦的磨煉，往往更容易鍛煉成有才能的人。◎寒門出才子 / 寒門出將相

【寒從足起，病從口入】● 人的身體感到寒冷是從腳底開始的，人所以得病，大多是口中傳入病菌的緣故。◇告訴人們，當氣溫降低時要及時增加衣褲和鞋襪，以防受寒；平時要注意養成良好的飲食衛生習慣，防止得病。

【寒霜打死孤根草，洪水沖垮獨木橋】● 寒霜能凍死單獨的一根草，洪水能沖垮單獨一根木頭的橋。◇喻指單獨一個人的力量總是薄弱的，經不起衝擊，只有大家團結起來，才能形成強大的力量。◎寒霜偏打獨根草

【寒霜打死單根草，狂風吹不倒大樹林】● 寒霜能凍死單根的草，狂風卻吹不倒大片的樹林。◇喻指個人的力量弱小，易被摧垮；而團結起來的群眾力量十分強大，堅不可摧。

【富人日子好過，窮人孩子好養】◇富人有錢，日子很好過；窮人沒錢，孩子不會嬌生慣養。

【富人怕借，窮人怕債】◇富人怕別人向他借錢，借了錢到時不能歸還；窮人怕負債，有人來逼債，無錢歸還。

【富人思來年，貧人顧眼前】◇富人日子過得寬裕，總是想着長遠的計劃；窮人日子過得艱難，只能是顧及眼前的事情。

【富人報人以財，窮人報人以命】● 富人用錢財報恩，窮人用性命報恩。

【富人過年，窮人過關】◇舊時富人在年節時，要加緊催租逼債，因此窮人每逢過年如同過關，提心吊膽非常艱難。

【富人踏窮，寸步難行】踏窮：走向貧窮。◇富人一旦家境敗落，從富裕走向貧窮，就會覺得難以生存。

【富了貧，還穿三年綾】◇富人雖然窮了，但總歸有點老底子，還可以享用一段時間。

【富不捨財】◇人越有錢，越吝嗇。

【富不教學，窮不讀書】◇舊時認為，教書太清苦，發不了財，因此有

錢人不教書；讀書很費錢，因此窮人不讀書。

【富不與官鬥】◖ 富人不與官場的人爭鬥。◇喻指錢財鬥不過有權勢的人。

【富不學奢而奢，貧不學儉而儉】◖ 人富有了，不學奢華也會奢華；人貧窮了，不學節儉也會節儉。◇人的經濟條件好壞，會制約和改變人的生活習慣和行為。

【富不露財】◇提醒人們，發了財後不要讓人知道，暴露錢財會給人帶來麻煩。

【富日子好過，窮家難當】◇家庭富裕，口袋裏有錢，日子就容易過；家庭貧窮，入不敷出，當家過日子就難。◎富家好當，窮日子難撐

【富向富，貧向貧，當官的向那有錢人】◖ 富人偏向富人，窮人偏向窮人，權勢總是祖護有錢人。◇喻指處理問題時，同類人總是有意無意地向着同類人。

【富兒更替做】◇富人不會永遠是富人，只要勤勞、多動腦筋，窮人也會變富的。

【富兒離不開窮漢，肥田離不開瘦水】◇富人如果沒有窮人，就無法生存下去，好像農田離不開水一樣。

【富則盛，貧則病】◖ 人富有時，會興旺發達，精神振奮；人貧窮時，會窘困交加，萎靡不振。◇喻指金錢有時候可以左右人的命運。

【富家一席酒，貧漢一年糧】◇形容貧富相差懸殊，有錢人家生活奢侈揮霍，貧苦人家生活飢寒交迫。◎富家一席酒，窮漢半年糧 / 富人一席筵，窮漢半年糧 / 富家一席酒，窮人半年糧

【富家一盞燈，太倉一粒粟；貧家一盞燈，父子相聚哭】◇舊時捐獻花燈，對腰纏萬貫的富人，只是一件小事，但對家無隔宿之糧的窮人，卻是一件非常艱難的事。

【富家必有舊物】◇富裕的家庭裏，一定會有祖宗留下來的寶物。

【富從升合起，貧從不算來】升、合：容量單位。◖ 富是從一升一合的積攢而來，貧窮是由於不精打細算而造成的。◇告誡人們，過日子要精打細算，不能忽略細微的開支，要善於積攢才能富裕起來。

【富極是招災本，財多是惹禍因】◇過度地佔有財富，注定要招災惹禍。

【富貴不與驕奢期而驕奢至，驕奢不與死亡期而死亡至】驕奢：驕橫奢侈。◇人富貴以後，自然而然就會驕橫奢侈，而驕橫奢侈又必然會導致死亡。

【富貴不歸故鄉，如衣繡夜行】◇富貴以後不回鄉榮耀一番，就像穿着錦繡衣服走在夜色之中一樣。《史記・項羽本紀》：“項王見秦宮室皆以燒殘破，又心懷思欲東歸，曰：‘富貴不歸故鄉，如衣繡夜行，誰知之者！’”◎富貴若不歸田畝，如着錦衣黑夜遊 / 富貴不歸故鄉，如着錦衣夜行 / 富貴不還鄉，就如衣錦夜行 / 富貴不歸故鄉，猶如衣錦夜行

【富貴本無根，盡從勤裏得】◇富貴不是命中注定就會有的，是從辛勤勞動裏獲得的。

【富貴他人合，貧賤親戚離】◇富貴的時候，一些不認識的人也會主動過來投奔，而貧窮的時候就是親戚也會離你遠去。晉曹攄《晉書・殷浩列傳》："經歲還都，浩送至渚側，詠曹顏遠詩云：'富貴他人合，貧賤親戚離。'因而泣下。"◎富貴他人聚，貧寒親子離 / 富貴人求合，貧窮親不睦 / 富貴有親朋，貧窮無兄弟

【富貴在天，生死由命】◇富貴與生死是天命注定的，人力是無法改變的。《論語・顏淵》："子夏曰：'商聞之矣：死生有命，富貴在天。君子敬而無失，與人恭而有禮，四海之內，皆兄弟也。君子何患乎無兄弟也？'"◎富貴有命，生死在天 / 富貴有命，人力難爭

【富貴有親朋，窮困無兄弟】◇富貴有錢，來攀親認友的朋友也會多；貧窮時，親兄弟也會斷絕來往。

【富貴思淫慾，飢餓起盜心】◇富貴以後，物質條件非常優越了，就會荒唐無恥地產生淫慾；飢寒交迫時，生活無着落，就會萌生偷盜之心。◎富貴起淫心

【富貴香餌拋將去，哪有魚兒不上鈎】香餌：引誘魚兒上鈎的美食。◇拿着富貴作為誘餌來引誘人，沒有不去賣命的。

【富貴草頭霜】草頭霜：指草葉上的白水珠。◇喻指事物往往在不停地轉化，富貴也不會長久的。

【富貴浮雲】◐財富和地位就像天上飄浮的雲，變幻無常，轉瞬即逝。◇後多以"富貴浮雲"形容不看重金錢地位，不以功名利祿為念。《論語・述而》："子曰：'飯疏食飲水，曲肱而枕之，樂亦在其中矣。不義而富且貴，於我如浮雲。'"

【富貴無三輩】◐富貴人家不會長久富貴，因為富貴人家的孩子沒有經過磨煉，容易出敗家子。◎富不過三代 / 富無三代享

【富貴隨口定，美醜趁心生】◇媒人說親，為了迎合男女雙方的心意，隨意歪曲對方的貧富美醜，很難判斷哪句話是真的。

【富無根，貴無種】◐富貴不是固定不變的，它可以通過自我的奮鬥，用勤奮和汗水換取的。

【富嫌千口少，貧恨一身多】◇富人家有千口人還嫌少，窮人家只有自身一人還嫌多。◎富嫌千口少

【富漢子不知窮漢子飢】◇生活處境優越的人體會不到處在困境中人的痛苦。◎富人不知窮人苦，飽漢不知餓漢飢

【富攀富，窮幫窮】◇喻指富人結交的都是富人，窮人結交的都是窮人。

【割不斷的親，打不斷的鄰】◇親戚之間、鄰里之間難免發生矛盾和爭吵，但彼此的往來不容易斷絕。

【割雞焉用牛刀】焉：怎能。◐殺雞沒有必要用牛刀。◇喻指不必小題大作或大材不應小用。《論語・陽貨》："子之武城，聞弦歌之聲。夫子莞爾而笑，曰：'割雞焉用牛刀。'子游對曰：'昔者偃也聞諸夫子曰：君子學道則愛人，小人學道則易使也。'子曰：'二三子！偃之言是也。前言戲之耳。'"◎割雞不用牛刀 / 割雞何必用牛刀 / 殺雞焉用牛刀 / 殺雞不用牛刀

【窗下休言命，場中莫論文】窗下：指讀書的場所。◎平時讀書一定要專心，不要寄希望於命運；在科舉應考時，不在乎文章寫得如何，要看文章中不中主考官的意。

【窗戶紙不捅不漏，話是不說不透】◇窗戶紙捅破後更加明亮；有話說出來，講清楚、透徹，才能使人領悟。

【窗裏說話窗外聽】◇告誡人們，說機密話時，要嚴防有人竊聽。◎窗裏說話窗外聽／窗裏說話，窗外有人聽

【畫匠不給神磕頭】◇喻指自己做過的事，了解底細，不會受騙。

【畫虎不成反類狗】類：像，類似。◐畫虎沒畫成功，反倒畫得像條狗。◇❶喻指不從自身情況出發，盲目效仿別人，反而會弄得不倫不類。❷指做事如果好高騖遠不切實際，反會弄巧成拙。《後漢書·馬援列傳》："(馬援曰) 效季良不得，陷為天下輕薄子，所謂畫虎不成反類狗者也。"◎畫虎不成反類犬

【畫鬼魅易，畫狗馬難】鬼魅：鬼怪。◐沒有見過的鬼怪容易畫，大家都經常能見到的狗馬難畫。◇喻指不受實際檢驗的事情，最省力、最容易做；而要畫好大家都能看得見摸得着的實際工作很不容易。◎畫鬼容易畫人難

【畫餅不可充飢】◇❶喻指虛假的東西不能實用。❷喻指憑空想不可能解決實際問題。《三國志·盧毓傳》："選舉莫取有名，名如畫地作餅，不可啖也。"

【畫龍看頭，畫蛇看尾】◐畫龍時，頭是最關鍵的；畫蛇時，尾是最關鍵的。◇喻指對任何事情都要注意抓住最關鍵的地方。

【畫龍畫虎難畫骨，知人知面不知心】◐畫龍和虎的外形並不難，要畫出龍和虎的內在氣質卻很難；看一個人能看到他的表面，卻很難看到他的內心。◇喻指人心難測。《清平山堂話本·曹伯明錯勘贓記》："正是：畫龍畫虎難畫骨，知人知面不知心。"《朴通事諺解下》："常言道，畫虎畫皮難畫骨，知人知面不知心。"◎畫虎畫龍難畫骨，知人知面不知心／畫虎畫皮難畫骨，知人知面不知心

【疏不間親，新不加舊】間：參與。加：進入。◇舊時認為，關係比較疏遠的人，不要參與關係親近的人之間的事，新來的人不要進入原來形成的一些圈子裏。《韓詩外傳》："李克避席而辭曰：'臣聞之：卑不謀尊，疏不間親。臣外居者也，不敢當命。'"

【賀者在門，弔者在途；弔者在門，賀者在途】◇喻指幸運的事和不幸的事之間可以相互轉化。

【登泰山而小天下】◇喻指經歷過大世面的人，對平常之事不放在眼裏。出自《孟子·盡心上》："孟子曰：'孔子登東山而小魯，登太山而小天下。'"

【登高必自卑，行遠必自邇】卑：低下。邇：近。◐攀上高峰必然是由底下開始；走遠路必定從腳下起步。◇喻指要達到遠大的目標，必須從基礎開始，循序漸進。《禮記·中庸》："君子之道，辟如行遠必自邇，辟如登高必自卑。"

【發昏當不了死】發昏：神志不清。◐發昏與死雖然相近，但畢竟不是死。◇喻指使性子抵賴解決不了問題。

【發甚麼聲，得甚麼音】◇自己說甚麼樣的話，別人就會對自己有甚麼樣的看法。

【發家靠陽宅，升官靠陰宅】陽宅：院落。陰宅：墓地。◇舊時認為，要想發家致富，把宅基地選好；要想升官，祖宗墳地要選好。

【發達不還鄉，猶如衣錦夜行】◇人出外發跡之後，不回家誇耀一番自己，就好像穿着錦繡衣服，行走在夜色中無人知曉一樣。

【陽春三月不做工，十冬臘月喝北風】陽春：春天。●春天不辛勤耕耘，秋後就會沒有收穫，就要捱餓。◇告誡人們，要珍惜春季的大好時光，切不可懶惰。

【鄉下沒有泥腿，城裏餓死油嘴】◇沒有鄉下農民種田打糧食，城裏人就得餓死。◎鄉下無泥漢，餓死城裏人

【鄉下獅子鄉下舞】◇喻指鄉下的風俗禮節只能在鄉下才行得通。

【鄉風處處異】◇不同的地方有不同的風俗習慣。

【鄉親遇鄉親，說話真好聽】◇在外地遇到故鄉人，彼此說話會感到很親切。◎鄉親遇鄉親，說話也好聽

【結交要勝己，似己不如無】◇要與比自己強的人結交，這樣才有利於自己的提高。

【結交惟結心】◇結交朋友要結交心靈相通，能推心置腹的人。

【結交結君子，栽樹栽松柏】◇提醒人們，結交朋友要有所選擇，應該與好人、正直的人交朋友。

【給了金碗不如半畝田園】◇依靠別人的豐厚資助不如在自己的田園裏靠自己的雙手創造財富。

【給個棒槌當針認】棒槌：指在河裏洗衣用的木棒。針：與"真"諧音。◇喻指心腸直率、心眼兒實在的人，往往容易受騙上當。◎給個棒槌認個針

【絡緯鳴，懶婦驚】絡緯：即蟋蟀。●蟋蟀一鳴叫，就說明秋天到來了，尚未縫製禦寒衣服的懶婦就要吃驚着慌了。◇提醒人們，做事要預先做好準備，以免臨時着慌。

【絕交不出惡聲】◇勸告人們，同別人斷絕交往後，也不要說別人的壞話。

十三畫

【瑞雪兆豐年】瑞雪：應時的好雪。兆：預兆。●下得及時的大雪，預兆着明年是個豐收年。因為應時的大雪能凍死害蟲，改善土地旱情，有利於農作物生長。

【瑕不掩瑜，瑜不掩瑕】瑕（xiá）：玉上的斑點。瑜：玉的光彩。●玉的斑點無法掩蓋玉的光彩，玉的光彩也無法掩蓋玉的斑點。◇喻指缺點不可能掩蓋優點，優點也不會掩蓋缺點。《禮記·聘義》："瑕不掩瑜，瑜不掩瑕，忠也。"

【搏牛之虻，不可以破蟣蝨】搏：依附。虻：牛虻，吸食牛血。蟣蝨：吸血的昆蟲。●附在牛身上的牛虻，意在吸牛身上的血，不會想到去消滅

牛身上的蟣蝨。◇喻指有志做大事業的人，心不在做小事情上。《史記‧項羽本紀》："夫搏牛之蝱不可以破蟣蝨。"

【惹不起甜瓜惹苦瓜】◇喻指不敢招惹厲害的，就去招惹怯弱老實的，欺軟怕硬。◎惹不起鍋惹笊籬

【惹不起，躲得起】◐不敢招惹對方，但是可以躲開他。◇對方不講道理或仗勢欺人，自己可以躲避他，以免當面衝突。

【惹孩一醜，惹狗一口】◐招惹小孩，會被認為欺負弱小的，而自取羞辱；招惹狗，則會被兇惡的狗咬一口，而自討苦吃。◇喻指惹是生非，自找麻煩。

【惹蝨子頭上撓】◇❶喻指自找麻煩。❷指責備人自己招攬是非。◎招惹蝨子頭上撓／找蝨子頭上爬

【惹貓踏破瓦】◐招惹貓，貓急了就竄上房去，人追逐貓，又把屋瓦踩破。◇喻指做沒有意義的事情，招致不必要的損失或麻煩。

【萬人萬雙手，拖着泰山走】◇喻指人多力量大。

【萬丈山峰，土籃擔平】◐一萬丈高的山峰，可以用土籃一擔一擔地把山峰的土壤挑走，使山峰變成平地。◇喻指只要堅持不懈地努力，再艱難的事也能辦成。

【萬丈水深須見底，只有人心難忖量】◇喻指人心是難以測量的。

【萬丈高樓平地起】◐萬丈高的樓房，也是從平地豎立起來的。◇喻指一切事物都是由小到大，由低到高，一步步發展起來的。告訴人們，要想辦大事必須扎扎實實從基礎做起。

【萬中有一，一中有萬】◐一萬是從一發展起來的，一可以發展為一萬。◇喻指大的事物是由小的事物發展來的，小的事物可以發展成大的事物。

【萬石穀，粒粒積累；千丈布，根線織成】石：容量單位，一石是十斗。◐一萬石穀子，是一粒粒積累起來的；一千丈布，是一根線一根線織成的。◇告訴人們，糧食和布疋都來之不易，一定要珍惜。

【萬朵荷花一般根】◇雖然千差萬別，但事物出於同一根源。

【萬里長城是一磚一磚砌成的，汪洋大海是一滴一滴匯成的】◇❶喻指大是由小積累而成。❷喻指豐功偉績是由點滴小事積累而成。

【萬言萬中，不如一默】◇所有的話都說得在理，也不如沉默不語。《增廣賢文》："百戰百勝不如無爭，萬言萬中不如一默。"

【萬事不由人計較，一生都是命安排】◇人生萬事都是命中注定的，勸人不要與命運抗爭，聽從命運安排。

【萬事不如杯在手，一年幾見月當頭】◐甚麼事都不如手裏端着杯酒，一年能有幾次看見月亮在當空。◇對月飲酒，及時行樂，比甚麼都好。明人朱存理（字野航）《中秋》："萬事不如杯在手，一年幾見月當頭。"清代李汝珍《鏡花緣》第九十七回："文看那正面也有一副對聯，寫的是：萬事不如杯在手，一生幾見月當頭？"

【萬事不求人】◐甚麼事都不求別人幫助，靠自己的努力。

【萬事分已定，浮生空自忙】分(fēn)：緣分。浮生：古人認為人生虛浮不定，所以稱人生為浮生。◇一切事情都是命中注定的，人生忙忙碌碌，只是空忙一場。帶有宿命論色彩。

【萬事到頭終有報，只爭來早與來遲】◇一切事情都會有報應，只是早晚的事。

【萬事皆從急中錯】◇辦事情發生差錯，都是過分急躁引起的。◎萬事盡從忙中錯

【萬事起頭難】◇不管做甚麼事情，都是開始階段最難。清代黃小配《大馬扁》第七回：“俗語說萬事起頭難。”◎萬事開頭難

【萬事俱備，只欠東風】● 所有的條件都齊備了，就缺少東風了。◇所有事情都準備好了，最後只差一個關鍵性的因素了。明代羅貫中《三國演義》第四十九回：“孔明索紙筆，屏退左右，密書十六字曰：‘欲破曹公，宜用火攻；萬事俱備，只欠東風。’”

【萬事留人情，後來好相見】◇做事情不能太絕，要給人留點情面，以便日後見面不尷尬。

【萬事莫如親下手】◇做事情要親自動手實踐。

【萬事從寬】◇凡事都要寬宏大量。

【萬事無過一醉魔，萬醉無過一睡魔】◇喝醉了能忘記許多煩惱之事，睡覺能夠解除酒醉。

【萬事農為本】◇農業是國民經濟的基礎。

【萬事錢當先】◇不管辦甚麼事情，都得先有一定的本錢才行。

【萬兩黃金未為貴，一家安樂值錢多】◇安居樂業最可貴，比萬兩黃金還值錢。

【萬兩黃金易得，知心一個也難求】◇喻指知心人難找。清代曹雪芹《紅樓夢》：“姑娘是個明白人，沒聽見俗語說的‘萬兩黃金容易得，知心一個也難求？’”

【萬物生於土，萬物歸於土】◇一切事物都是從土中生長出來的，最後又回到土中去。

【萬物紛錯，皆從意生】◇一切事物發生的紛繁變化，都是由於人胡思亂想造成的。

【萬物興歇皆自然】◇一切事物的興盛和衰落都是自然規律。唐代李白《相和歌辭·日出行》：“草不謝榮於春風，木不怨落於秋天，誰揮鞭策驅四運，萬物興歇皆自然。”

【萬金難買好朋友】◇要想得到一個知心朋友很難，用萬兩黃金不見得能換來。

【萬般皆下品，惟有讀書高】下品：下等。◇舊時認為，只有讀書是最高尚的，其他行業都是下賤的。宋代汪洙《神童詩》：“天子重英豪，文章教爾曹；萬般皆下品，惟有讀書高。”

【萬惡淫為首，百行孝為先】◇各種罪惡中，淫亂是頭等罪惡；所有品行中，對父母孝順是最高尚的品行。清代王永彬《圍爐夜話》：“百善孝為先，萬惡淫為源。常存仁孝心，則天下凡不可為者，皆不忍為，所以孝居百行之先；一起邪淫念，則生平極不欲為者，皆不難為，所以淫是萬惡之首。”◎萬惡淫為首

【萬寶全書缺隻角】萬寶全書：指無所不知的人。◇諷刺自以為甚麼都懂的人，也有不懂的事情。

【萬變不離其宗】宗：宗旨，目的。◇儘管形式上變化多端，但其目的和意圖始終不會變。《荀子・儒效》："千舉萬變，其道一也。"《莊子・天下》："不離于宗，謂之天人。"

【葱多不剝皮，蘿蔔多了不洗泥】◇喻指東西多了，不會精心管理，不受重視。

【落在鬼手裏，不怕見閻王】◇已經身處危險境地，就不能膽怯畏懼，而要冷靜、沉穩，敢於鬥爭，勇於衝破牢籠。

【落便宜得便宜】◇失去便宜實際上也是得到便宜。

【落淚莫如攥拳頭】◇遇到挫折、失敗而傷心落淚，不如攥起拳頭，立志去改變不利的狀況和處境。

【落葉歸根】● 落下來的樹葉又回到樹根下。◇喻指人到老年或客居他鄉的人最終仍要回到自己的故鄉。也說明不應忘根本。宋代釋道原《景德傳燈錄》卷五："葉落歸根，來時無口。"《醒世姻緣》第九十六回："可是說樹高千丈，葉落歸根，你明日做完了官，家裏做鄉宦，可俺止合一個徒弟相處好呀，再添上一個好呢？"

【落髮除煩惱，留髭表丈夫】髭：嘴邊的鬍子。◇剃掉頭髮能消除人世間的煩惱，嘴邊留鬍子能表明是男子。宋代李昉《太平廣記》："答曰：'落髮除煩惱，留髭表丈夫。'宋大恙曰：'吾無髭，是老婆耶？'"

【落潮總有漲潮時】● 潮水的漲落是正常現象，在落潮之後總會有漲潮的時候。◇勸慰人們，在處境不順利的時候，不必灰心喪氣，總會有雨過天晴的時候。

【塌了天，還有四個大漢扶着】◇喻指出了事情不用驚恐，自然有人出來應對。

【損有餘，補不足】◇減少多餘的，增補不足的。《道德經》第七十七章："天之道，損有餘而補不足。人之道，則不然，損不足以奉有餘。"

【鼓不打不響，話不說不明】◇心裏有話不說出來，別人就不一定明白。◎鼓不打不響，理不講不明 / 鐘不打不響，話不說不明

【鼓不打不響，鐘不撞不鳴】◇喻指事情的發生、發展，有時需要外力的推動。◎鼓不打不響，鐘不敲不鳴

【鼓空聲高，人狂話大】◇狂妄自大、沒有真才實學的人往往喜歡說大話、吹牛皮。◎鼓空聲大，人狂語大

【鼓要打到點子上，笛要吹到眼子上】◇喻指辦任何事情都要抓住關鍵。

【鼓破亂人捶，牆倒眾人推】◇喻一旦失勢倒霉或遭遇不測，一些勢利小人就會趁機打擊。

【搬山山倒，挖海海乾】● 要搬山，山可以被搬倒；要挖海，海可以被挖乾。◇喻指只要下定決心去做的事，無論多難都可以辦成功。

【搶風揚穀，秕者先行】搶（qiāng）：頂，撞。搶風：頂風，逆風。揚穀：往上揚穀子，借風力吹去塵土和空殼。秕（bǐ）：不飽滿的穀粒。● 迎着

風揚穀子，不飽滿的穀粒先被風吹走。◇喻指能力差的人總是先出頭露面。

【勢不可使盡，福不可享盡，便宜不可佔盡，聰明不可用盡】◇告誡人們，做事不能太過分，要適可而止，否則就會走向反面。

【勢敗奴欺主，時乖鬼弄人】乖(guāi)：反常，違背情理。❶失去了權勢後，連奴才都會欺侮主人，背運時連鬼都來耍弄人。◇喻指人在逆境中，處處受到排擠。◎勢敗奴欺主，時衰鬼弄人／勢敗奴欺主

【搖船怕風暴，討飯怕狗咬，秀才怕歲考，廚師怕甑灶，裁縫最怕掛皮襖】歲考：清代各省學政巡迴所屬舉行的考試。甑(zèng)：古代炊具。◇各行各業都會碰到令人頭痛的棘手問題。◎搖船怕風暴，討飯怕狗咬，秀才怕歲考，廚子怕抬灶，裁縫怕皮襖

【塘裏有魚水不清】◇喻指混亂局面的出現，是有一定原因的。

【達人知命，君子務本】◇通達事理的人知天命；君子致力於立身行事的根本。

【達者千人緣，懵懂者結萬人怨】緣：緣分。懵懂：糊塗、不明事理。◇通達事理的人廣交朋友，不懂理的人樹敵多。

【聖人千慮，必有一失；愚人千慮，必有一得】◇喻指再完美的人，因疏忽也會出差錯；再愚蠢的人，經過反復思考，也會幹好一件事。《晏子春秋・內篇雜下》：“嬰聞之，聖人千慮，必有一失；愚人千慮，必有一得。”

【聖人也有錯】◇喻指世上沒有十全十美的人。

【聖人不易民而教，知者不變俗而動】◇❶聖人進行教育和有智慧的人採取行動，都不會改變民眾的風俗習慣。❷喻指聰明人做事，不會強人所難。《戰國策・趙策二》：“趙造曰：‘臣聞之，聖人不易民而教，知者不變俗而動。因民而教者，不勞而成功；據俗而動者，慮徑而易見也。’”

【聖人門前賣字，魯班門前弄斧】魯班：姓公輸，名般，春秋時魯國人，是我國古代著名的建築巧匠。◇喻指在行家裏手面前賣弄自己。◎聖人門前賣字畫

【聖人怒發不上臉】◇有修養的人即使生氣，也不表現出來。

【聖人無夢，愚人無夢】◇不論聖人還是愚人如果沒有被世事所煩擾，就不會做夢。

【聖王之民不餒，治平之世無盜】餒(něi)：飢餓。◇賢明君王當政，百姓不會捱餓；太平盛世，社會上不會出現盜賊。

【聖臣能使其君尊，賢臣能使其君安】◇品德高尚的大臣能使君王被人愛戴，智慧卓著的大臣能使君王永享太平。明代馮夢龍《東周列國誌》第三十六回：“狐偃對曰：‘臣聞：聖臣能使其君尊，賢臣能使其君安。今臣不肖，使公子困於五鹿，一罪也；……’”

【勤有功，戲無益】功：功效，功勞。益：好處。◇人只要勤奮用功，就能做成事情；而嬉戲玩耍，則沒有甚麼益處。《三字經》：“勤有功，戲無益。戒之哉，宜勉力。”

【勤耕無瘠土】瘠：貧瘠。◎精心耕作土地，可以使土壤變得疏鬆多孔，提高蓄水保肥能力，土地自然也就肥沃起來。◇喻指經過努力，可以改變原本不利的客觀條件。

【靴筒裏無襪自得知】◇喻指自己的情況只有自己知道。

【敬人自敬，薄人自薄】◎敬重別人也就是敬重自己，輕視別人也就是輕視自己。◇告誡人們，對人要敬重，不可輕慢，無禮貌。

【敬人者得人恆敬】◎尊敬別人的人，常會得到別人的尊敬。◇意思是要得到他人的尊敬，首先要尊敬他人。《孟子・離婁下》：「愛人者人恆愛之，敬人者人恆敬之。」

【幹大則枝斜】◎樹幹大了就會生出斜枝。◇喻指家族大了會生出不肖子孫。

【幹東行不說西行，販騾馬不說豬羊】◇喻指幹甚麼就要鑽研甚麼，不要三心二意。

【幹事不由東，累死也無功】◎做事如果不依照東家的要求，即使是累死了也不會有甚麼功勞。◇指做事要遵照上級的要求，不可盲動，否則就會徒勞無功。

【幹的早，不如幹的巧】◇幹活不僅要勤奮，而且要善於找竅門，以提高效率。

【幹活不在多，全在幹得好】◇幹活不僅要數量多，更重要的是要質量好。

【楚雖三戶，亡秦必楚】◎楚國雖然只剩下幾戶人家，但滅秦的必是楚人。◇喻指雖然力量小，但意志堅定，最終必將報仇雪恨。《史記・項羽本紀》：「自懷王入秦不反，楚人憐之至今，故楚南公曰：『楚雖三戶，亡秦必楚也。』」

【想打咚咚鼓，總得二三人】◇喻指要想辦成一件大事，就得靠集體的力量才行。

【想吃甜水自己挑，想吃蜜桃自己栽】◇要想有所享受，就必須自己動手，親自參加勞動。

【想向別人傳道，先要自己懂經】傳道：傳授宗教教義，此指傳授方法、知識。◇喻指教育者必須先有足夠的知識，才能去教育別人。

【想治瘡不能怕挖肉】◇ ❶喻指要解決問題，就不要怕有所犧牲。❷喻指要改正自己的錯誤，就要接受嚴厲批評。

【想拾橫財一世窮】◇只想發橫財，而不想腳踏實地勞動的人，永遠也不會富裕。

【想要發，先縫襪；想要富，先縫褲】◇喻指要想發家致富，就必須從勤儉節約開始。

【碎麻打成繩，力勝千斤鼎】◇喻指把分散的力量聯合起來，就會產生強大的力量。◎碎麻搓成繩，能擔千斤重

【碰了一鼻子灰】◇比喻遭到拒絕或斥責，落得灰溜溜的，討了個沒趣。◎抹了一鼻子灰／觸了一鼻子灰

【碰了釘子撞了牆】碰了釘子：指遭到拒絕或受到斥責。撞了牆：指事情行不通。◇喻指事情遭受挫折，難以進行下去了。

【碰上鬼總得燒把紙錢】紙錢：燒給死人或鬼神的冥鈔。◇遇上糾纏不清的壞人，為了自己能夠擺脱掉，要給他一點好處。

【碰上暗礁要轉舵，遇上暴風要收篷】暗礁：未露出水面的礁石，指潛伏的障礙。轉舵：轉舵改變方向。篷：船帆。◎行船時，前方有暗礁要改變方向繞過去；遇上暴風要收攏船帆減少阻力。◇❶遭到挫折和失敗，要及時調整方向，改變做事方法。❷指觀望情勢，隨着情勢發展，及時修正方向。

【碰不着鼻子不拐彎】拐彎：轉換方向。◇受到嚴重阻礙或遭挫折，事情完全行不通了，才肯放棄原來的做法。喻指比較固執己見，不受重挫決不悔改。

【碰見墳堆就磕頭】◇缺乏辨別是非的能力，做事不加區分，一味盲目亂幹。

【碰到南牆不回頭】◇遇到嚴重阻礙或遭受挫折，事情完全行不通了，卻仍然固執己見，堅持原來的做法，不肯改變。

【碰倒果簍翻了梨】果簍：用竹條、荊條等編成的盛水果的筐。梨：“理”的諧音。◎果筐翻倒在地，梨滾落出來。◇喻指顛倒是非，混淆黑白，有理的反成了無理的。

【碰得好不如碰得巧】碰：碰見，遇見。◇事情成功會有一定的偶然性，因此做事抓住時機很重要。

【匯流成河，聚沙成塔】◎涓涓細流可以匯集成江河，一粒粒的細沙可以聚集成高塔。◇喻指積少可以成多。

【雷打得大，雨下得細】◎告訴人們，雷打得很響的時候，雨下得並不大。◇喻指口號喊得很響亮，但卻沒有甚麼實際行動。

【雷音之下，有鼓難鳴】◇喻指在強大力量的壓迫下，弱小之力難以發揮作用。

【雷聲大，雨點小，人驕傲，成績小】◇告誡人們，驕傲自大，不能取得傑出的成績，應當切忌驕傲。

【零賬怕整算】◎零碎花的錢雖然每次都不多，但日積月累，整算起來，數目就大了。◇提醒人們，花錢要有計劃，不可隨便亂花。

【零錢湊整錢，到時不作難】◇零錢一點一滴地積攢，也能積少成多，解決大問題。

【歲月不饒人】◇隨着時間流逝，人逐漸衰老了，這是不可抗拒的規律。◎髮數不饒人

【歲寒知松柏，國亂顯忠臣】◎天氣寒冷時才知道松柏耐寒，國家動亂時才顯現出誰是忠臣。◇只有經過考驗才能看出一個人的品質。《論語·子罕》：“子曰：‘歲寒，然後知松柏之後彫也。’”◎歲寒知松柏／歲寒知松柏之後凋／歲寒知松柏，國亂識忠臣

【虜自賣裘而不售，士自譽辯而不信】虜：指奴隸。裘：皮衣。士：指未做官的讀書人。◎奴隸自己去賣皮衣賣不出去；沒有做官的讀書人稱譽自己，說自己的口才好不會有人相信。◇有才能有特長的普通人要靠伯樂的舉薦。《韓非子·説林下》：“以管仲之聖而待鮑叔之助，此鄙諺所謂‘虜

自賣裘而不售，士自譽辯而不信’者也。”

【業精於勤，荒於嬉；行成於思，毀於隨】 業：學業。嬉：嬉戲，懶散。行：行動，做事。隨：隨意，不專心。◇學業往往會因勤奮而精深，也會因懶散和玩樂而荒廢；做事會因多思考而成功，也會因不專心而失敗。唐代韓愈《進學解》：“業精於勤，荒於嬉；行成於思，毀於隨。”

【當局者迷，旁觀者清】 當局者：指下棋的人，比喻當事者。◇比喻當事人容易被情緒、情感等諸多因素所左右，以致看不清事情的真相，被假象所迷惑，反而旁觀者容易看清真相。《新唐書·元澹傳》：“當局稱迷，旁觀必審。”明代岳正《類博稿·跋親賢遺墨卷後》：“世俗好云，當局者迷，傍觀者清；又云，目睹不如身歷：皆非空談。”

【當局稱迷，旁觀必審】 當局：當事的人。審：觀察仔細。◇當事人往往認識模糊，反而不及旁觀者清醒。《新唐書·元澹傳》：“當局稱迷，旁觀必審。”◎當局者迷，旁觀者清

【當官的動動嘴，當兵的跑折腿】 折：斷。◇官老爺隨便下達一個命令，下面的人就得忙死。

【當面鼓，對面鑼】 ◇喻指面對面地把問題說清楚。

【當面數清不惱人】 ◇交接錢財要當面點清，以免事後發生誤會，給雙方帶來煩惱。◎當面銀子對面錢

【當差不自在，自在不當差】 當差：指做小官史或當僕人。◇一旦職務在身，便由不得自己。

【當差的，官面上看氣；行船的，看風勢使篷】 當差的：指做小官吏或當僕人。篷：船帆。◇當差的看長官臉色行事，行船的根據風勢揚帆。

【當家人疾老，近火的燒焦】 ◇當家非常操心，人就容易衰老，就像靠火近的東西會先烤焦一樣。

【當家才知柴米價，養子方曉父母恩】 當家：管家。◗當家後，才知道柴米的價錢；自己生兒育女了，才懂得父母對己的恩情。◇喻指經過親身實踐，才知道事情的艱難。

【當堂不讓父，舉手不留情】 ◇既然對簿公堂了，就是父親也不必相讓；既然已經動手了，就對誰都不必留情。

【當斷不斷，反受其亂】 ◇應當果斷地採取措施，卻優柔寡斷，最後反受其害。《史記·齊悼惠王世家》：“召平曰：‘嗟乎！道家之言：當斷不斷，反受其亂，乃是也。’遂自殺。”

【賊人安的賊心腸，老鼠找的米糧倉】 ◇告誡人們，壞人總是打壞主意，要有所警惕。

【賊口出聖旨】 ◇喻指一旦被盜賊咬定，就擺脫不了罪責。

【賊不空回】 ◇賊去任何地方都要順手拿些東西，不會空手而歸。◎賊無空過／賊無空手，犁把掃帚／賊走不空手

【賊叫狗咬暗苦悶】 ◇喻指壞人在幹壞事時吃了苦頭，只好悶在心裏不能說出來。

【賊沒種，只怕哄】 ◇壞人並非天生就是壞人，而是由於受人哄騙才變壞的。

【賊來須打，客來須看】◇告訴人們，對不同的人應該採取不同的對策和態度。

【賊偷一半，火燒全完】▽ 被賊偷還能剩下一些東西，被火燒就甚麼都不會剩了。◇提醒人們，既要防盜，更要防火。

【賊偷一更，防賊一夜】◇賊偷東西的時間不長，但防賊的人卻要整夜不能睡。

【賊偷方便，火燒邋遢】◇告訴人們，賊專門在防盜設施差的地方作案；火災容易在雜亂無章的地方發生。

【賊無腳，偷不着】◇盜賊如果沒有內線的配合就偷不成東西。◎賊無底線，寸步難行 / 賊無熟腳，寸步難行 / 賊無嚮導，寸步難行

【嗔拳不打笑面】嗔（chēn）：怒，生氣。◇告訴人們，即使非常生氣，也不要去打笑臉相迎的人。◎伸手不打笑臉人

【愚不諫賢，下不言上】◇舊時認為，愚昧的人不要去勸諫賢明的人，卑下的人不要去勸說尊貴的人。

【愚者暗於成事，智者見於未萌】◇愚笨的人對已成熟的條件視而不見；聰明的人在事情還沒有發生之前，已看出了苗頭。《戰國策・趙策二》："愚者暗於成事，智者見於未萌，王其遂行之。"

【遇文王施禮樂，遇桀紂動干戈】文王：周文王，被奉為聖明君主。桀紂：夏桀和商紂王，是夏、商兩朝末代暴君。◇喻指對好人要以禮相待，對壞人要以武力相向。

【遇方即方，遇圓即圓】◇喻指要頭腦靈活，見機行事。

【遇方便時行方便，得饒人處且饒人】◇勸告人們，待人要寬厚，善待他人。

【遇旱知甘泉，患難見真友】◇遇到乾旱才知道泉水的甘甜，遇到困難才能看出誰是真正的朋友。

【遇事不怕迷，就怕沒人提】▽ 遇事不怕不明白，就怕沒人提醒。因為一個人的智慧和力量是有限的，關鍵的時候需要朋友的指點和幫助。

【遇事慢開口，煩惱皆因強出頭】◇提醒人們，說話做事要小心謹慎。

【遇急思親戚，臨危託故人】◇遇到危急困難，最值得信賴、最可靠的人就是親戚朋友。

【遇婚姻說合，遇官司說散】◇告訴人們，遇到婚姻方面的事，要盡可能成全別人；遇到官司方面的事，要儘量幫助人家調解，化干戈為玉帛。

【遇飲酒時需飲酒，得高歌處且高歌】◇ ❶ 人生在世該歡樂時，就應該盡情歡樂。❷ 喻指該發揮自己的特長時，就應該施展自己的才華，以實現自己的抱負。

【暗中設羅網，雛鳥怎生識】雛：幼小的動物；怎生：如何。▽ 在暗地裏佈置羅網，幼鳥怎麼會知道呢。◇喻指年輕人缺乏處世經驗，很難人識別社會上的陷阱。

【暗室屋漏，毫不可欺】暗室：幽暗的內室。屋漏：古代住戶室內屋角安藏神主的地方。暗室屋漏喻指別人看不到的地方。▽ 即使在別人看不見的地方，自有神明監察，絲毫不能隱

藏。◇勸誡人們，做事要光明磊落，不要做虧心事。

【暗室虧心，神目如電；人間私語，天聞若雷】● 天神的眼睛像閃電一樣的亮，暗地裏做虧心事也看得清清楚楚；老天的耳朵可是靈敏的，人們説悄悄話，聽到的聲音像打雷一樣的響。◇勸誡人們，不要做虧心事、説昧心話，否則總會有報應的。

【跣足的趲獐，穿履的吃肉】跣(xiǎn)：光着(腳)。履：鞋。◇喻指窮人拚命幹活，創造財富；富人不幹活，坐享其成。

【跳不出如來佛的手心】如來：釋迦牟尼的法號之一。● 怎麼也翻不出如來佛的手掌。◇喻指無論怎麼樣努力，都逃脱不了一定的約束。

【跳出是非門】◇要離開是非之地。

【跳在黃河洗不清】● 就是跳進黃河裏洗，也洗不乾淨。◇冤屈無處辯白。◎跳進天河也洗不清 / 跳進黃浦江也洗不清

【跳蚤再多也頂不起被子來】◇喻指小人再多也成不了大氣候。

【路上行人口似碑】● 路上行人議論的話像碑文一樣地記載着事情的真相。◇喻指是非曲直無需爭辯，好壞自有公眾評論。◎路上行人口是碑 / 路上行人口勝碑

【路子走得正，不怕影兒斜】◇喻指如果一個人思想作風正派，就不怕別人造謠、誹謗。

【路子靠人闖，辦法靠人想】◇告訴人們，任何事情都是人做出來的，任何辦法都是人想出來的，只要充分調動人的主觀能動性，就能闖出新路，想出好辦法。

【路不走長草，刀不磨生鏽】◇喻指具備某一方面的能力要經常使用，長時間不用就會喪失。

【路不修不平，話不講不明】◇喻指錯誤思想不經過批評教育，就不能得到糾正，有道理的話不講清楚，就不會使人明白。

【路在嘴邊】◇行路不熟悉時，要隨時向人問路，就不會迷路。◎路在嘴上 / 路在口邊

【路有千條，理只有一條】◇道路能有千條，真理只有一個。

【路好走，是人踩的；樹遮蔭，是人栽的】◇説明事在人為，幸福是靠人創造的。

【路走三遍熟】◇喻指生疏的事多做幾次就熟悉了。

【路見不平，拔刀相助】◇讚譽見義勇為的人，當遇到不平的事，敢於主持正義，幫助受欺負的人。宋代釋道元《景德傳燈錄》卷二十二：“師曰：‘路見不平，所以按劍。’”

【路要一步一步地走，飯要一口一口吃】◇喻指學習、做事等都要循序漸進，不可急於求成。

【路當平處，更當行穩】● 車行到平坦的大道上，更要注意安全。◇喻指人在順利的情況下，更要小心謹慎、不驕不躁，才能長期保持順利平安。

【路遙知馬力，日久見人心】◇路途遙遠可以考驗馬力的強弱，日子長久可以看出人心的好壞。元代無名氏《爭報恩》第一折：“則願得姐姐長命富貴，若有些兒好歹，我少不得報

答姐姐之恩，可不道路遙知馬力，日久見人心。"《朴通事諺解中》："今年好生賤了，我不會漢兒言語，又不會做飯，我這吳舍生受服事我來，這的是，遠行知馬力，日久見人心。"◎路遠知馬力，日久見人心／路途知馬力，事久見人心

【路雖近，不行不至；事雖小，不為不成】 ◙ 路程雖然近，不走不能到達；事情雖然小，不做不會辦成。◇喻指無論做任何事情都要努力，才有可能獲得成功。

【路濕早脫鞋，遇事早安排】 ◇做任何事情都要事先有所估計，有所準備，以免遇事臨時慌亂。

【路邊長荊棘，絆倒大意人】 ◇在生活中要小心謹慎，才能避免意外的事故發生。

【跟到好人成君子，跟到歹人惹禍殃】 ◇告訴人們，經常與甚麼人接觸就會受甚麼人的影響，因此要多與正派人來往，不要與小人接近。◎跟着好人學好事，跟着壞人學不良／跟着好人學好人，跟着師婆學假神／跟着勤的沒懶漢

【跟官如伴虎】 ◇跟在當官的身邊做事就像跟着老虎一樣，提心吊膽，生怕不合上司的心意，遭到貶斥或殺身之禍。

【跟着大樹得乘涼，跟着太陽得沾光】 ◇喻指依靠有勢力的人物就能得到好處。

【跟着勤的沒懶漢】 ◇跟着勤勞的人一起工作，也會勤快起來。

【跟着勤的無懶的，跟着饞的無攢的】 ◇經常接觸勤快人，無形中也能受其影響勤快起來，而經常接觸嘴饞的人，無形中也會受其影響饞起來，不容易攢下錢。

【園裏選瓜，越選越差】 ◙ 在瓜園裏選瓜，越選越差。◇喻指東西太多，挑花了眼，辨別不出哪一個是好的。◎園裏揀瓜，越揀越差

【蛾眉不肯讓人】 ◇美麗的女子相互嫉妒，互不相讓。唐代駱賓王《為徐敬業討武曌檄》："入門見嫉，蛾眉不肯讓人；掩袖工讒，狐媚偏能惑主。"

【蛾眉本是嬋娟刀，殺盡風流世上人】 蛾眉：彎曲而細長的眉毛，常指美女。嬋娟：姿態美好，多用來形容好的、漂亮的。風流人：行為放蕩的人。◇提醒人們，貪戀女色會危及性命。

【蛾眉皓齒，伐性之斧】 ◇提醒人們，千萬不要沉湎於女色，否則危害身心健康。漢代枚乘《七發》："皓齒蛾眉，命曰伐性之斧。"

【蜂蠆入懷，隨即解衣】 蠆（chài）：有毒螫的蠍類毒蟲。◇喻指事情危急，刻不容緩，應該立即着手解決。《水滸傳》第十七回："古人有言：'火燒到身，各自去掃；蜂蠆入懷，隨即解衣。'"◎蜂刺入懷，解衣去趕／蜂蜇入懷，解衣去趕／蜂蠍入懷，各自解衣

【蜂蠆垂芒，其毒在尾】 蠆（chài）：有毒螫的蠍類毒蟲。◙ 蜂、蠍類的芒刺垂下時，毒就在尾部。◇提醒人們，蜂、蠍尾部的毒最大。◎蜂蠆有毒

【蜂蟻也有君臣，虎狼也有父子】 ◙ 昆蟲也知道君臣之禮儀，動物也有

父子之情。◇告訴人們，應該有情有義。

【農花一年，看花一日】◇養育培植花木很費工夫，但賞花的時間卻十分短暫。

【過目之事猶有假，背後之言未必真】◇提醒人們，對背後的議論要進行分析，不要輕易相信。

【過莫大於多言】◇提醒人們，不該說的話不要多說，防止犯錯誤或引起不必要的麻煩。

【過無大小都是過】◇過錯無論大小都是過錯，都應該認真檢查，及時糾正。

【置之死地而後生】◇軍隊一旦處於瀕臨死亡的危險境地，士兵就會為了求生存而拚命殺敵，最後反而會取得勝利。《孫子兵法·九地》："投之亡地然後存，陷之死地然後生。"

【置物不窮，賣物不富】◇購置物件不會窮，變賣家產不會富裕。

【蜀中無大將，廖化作先鋒】廖化：三國襄陽（今湖北襄樊）人，開始在關羽手下當主簿，關羽失敗後投靠吳國，後來又逃回蜀國。三國後期，蜀國名將相繼死亡，廖化就成為突出人物。◇喻指沒有合適的人才，只好將就使用差一點的人。明代羅貫中《三國演義》第一百十三回："時蜀漢景耀元年冬，大將軍姜維以廖化、張翼為先鋒，王含、蔣斌為左軍，蔣舒、傅僉為右軍，胡濟為合後，維與夏侯霸總中軍，共起蜀兵二十萬，拜辭後主，徑到漢中。"

【圓木頭不穩，方木頭不滾】◇喻指圓滑的人做事不牢靠，耿直老實的人

做事才可以讓人信賴。

【圓耳朵聽不進方話】◇喻指聽慣了甜言蜜語的人，聽不進去或接受不了嚴厲的規勸。

【矮人肚裏疙瘩多】疙瘩：糾結，盤繞。▼人雖然矮小，但腸子並不比常人短，因此盤繞就多。◇喻指身材矮小的人，心計比一般人多。◎矮子心多

【矮人饒舌，破車饒楔】饒舌：嘮叨，多嘴。楔：插入木器榫縫中的木片。◇多事的人愛插嘴，就像破車多加楔子一樣。◎矬人饒舌，破車饒楔

【矮腳母雞勤生蛋，初出狸貓兇似虎】狸貓：山貓。▼腿短的母雞下蛋勤，剛出世的狸貓像老虎一般地兇狠。◇喻指涉世不深、初露頭角的年輕人，無所畏懼，敢想敢幹。

【矮簷之下出頭難】◇喻指受人家控制，很難有出頭的機會。

【愁人莫向愁人說，說與愁人輾轉愁】◇告訴人們，憂愁的事不要向愁悶的人訴說，不然愁上加愁，使憂愁更加難以忍受。《永樂大典戲文·張協狀元》："（旦）愁人莫向愁人說。（合）說與愁人輾轉愁。"◎愁人莫向愁人說，說起愁來愁殺人

【愁最傷人，憂易致疾】▼發愁最會損傷身心，憂患容易引發疾病。◇告誡人們，要儘量避免愁憂。

【筷子頭打人不覺疼】◇喻指用吃喝手段腐蝕拉攏人，不容易被察覺。

【筷子頭打人最狠】◇喻指用吃飯拉攏的方法去腐蝕人，這種手段最厲害。

【筷頭上出忤逆，棒頭上出孝子】
◇太嬌慣孩子沒有好處，嚴格的教育反而能出孝子。

【節令不到，不知冷暖；人不相處，不知厚薄】節令：指二十四節氣。◇正像節令不到不可能知道冷暖一樣，對一個人如果不接觸，就不可能了解他是好是壞。

【節氣不饒苗，歲月不饒人】◇種莊稼要根據節氣，學習工作要趁着年輕時多努力。

【與人方便，自己方便】● 熱心幫助別人，自己也能得到別人的幫助。

【與其失敗於後，不如審慎於先】● 與其在事後總結失敗教訓，不如事先多做慎重的考慮。◇強調事前要考慮周全。

【與其找臨時馬，不如乘現成驢】◇喻指不要捨近求遠。

【與其修飾面容，不如修正心胸】◇與其注重外表的梳妝打扮，不如修身養性，強調品德修養比外表更重要。

【與其病後求藥，莫如病前早防】◇與其得病之後找藥治療，不如在未得病之前提早預防。◎與其病後來求藥，不如病前早自防／與其病危求藥，莫如病前早防

【與其臨渴掘井，莫如未雨綢繆】未雨綢繆（chóu móu）：趁着天沒下雨，先捆綁好門窗。◇提醒人做事應該事先有所準備。《詩經‧豳風‧鴟鴞》：“迨天之未陰雨、徹彼桑土、綢繆牖戶。”

【債多不愁，蝨多不癢】● 債多了，反正一時還不了，反倒不發愁了；蝨子多，天天咬，癢過頭也就習慣了，反而不覺得癢。◇喻指壓力太大了，反而麻木了。

【傲不可長，志不可滿，樂不可極】長（zhǎng）：增長。◇提醒人們，傲氣不可增長，志氣不可自滿，享樂不可無限度。《禮記‧曲禮上》：“敖不可長，慾不可從，志不可滿，樂不可極。”

【傳兒千金，不如薄技在身】● 留給孩子千金家產，不如讓孩子掌握一種技藝，因為技藝可以謀生，比留下萬貫家產更為可靠。

【傳聞不如親見】◇聽到的不如親眼看到的真實可靠。◎傳聞不如所見

【毀巢之下，勢無完卵】● 已被毀壞的鳥窩底下，必然不會有完好的鳥蛋。◇ ❶ 喻指整體已被毀滅，局部、個體勢必不能生存。❷ 指大禍來臨之時，難有倖存者。《戰國策‧趙策四》：“臣聞之：‘有覆巢毀卵，而鳳皇不翔；刳胎焚夭，而麒麟不至。’”南朝宋劉義慶《世說新語‧言語》：“兒徐進曰：‘大人豈見覆巢之下，復有完卵乎？’”◎覆巢之下無完卵

【毀樹容易栽樹難，學壞容易學好難】● 一個人學壞是很容易的，而要想再轉變好則是相當困難的。◇喻指幹事情往好的方向發展很難，後退起來卻很容易。

【鼠小殺象，蜈蚣殺龍，蟻穴破堤，螻孔崩城】● 老鼠雖小可以殺死大象，蜈蚣雖小可以殺死龍，螞蟻的洞雖小可以毀壞河堤，螻蛄的孔雖小可以使城牆倒塌。◇ ❶ 喻指以弱勝強，以小制大。❷ 喻指小事不防，可以釀成大禍。

【傷人之言，深於矛戟】◐用言語傷害別人，比用矛刺傷別人還要厲害。◇提醒人們，說話要注意，不要傷害他人。《荀子·榮辱》：“故與人善言，煖於布帛；傷人之言，深於矛戟。”◎傷人一語，利如刀割

【傷其十指，不如斷其一指】◐損傷十個指頭，不如砍掉一個指頭。◇❶這是一種對敵鬥爭的策略：打擊面太大，每個損傷一點，不如集中力量消滅其中一部分好。❷喻指工作面鋪得太大，雜亂無章，不如集中力量，重點解決一個問題好。

【傷筋動骨一百天】◇告訴人們，筋骨受了損傷很難恢復，需要治療一百天才能好。

【傷槍的野豬比老虎兇】◐被槍打傷的野豬比老虎還要兇猛。◇喻指在生命受到威脅時，會產生極強的爆發力。

【傻人有個傻人緣】◇老實人心眼實，不會去算計別人，容易與別人的搞好關係。

【傻子過年看隔壁】◇喻指自己不會做的就去摹仿別人。◎傻子過年看比鄰

【躲一棒槌，捱一榔頭】◇喻指避過一個打擊，又遭到另一個危難。◎躲了雷公，遇了霹靂

【躲得和尚躲不得寺】◇暫時逃脫了，但這件事情依然存在，不管你怎麼躲藏，總歸是逃不掉的。◎跑得了和尚，跑不了廟

【躲脫不是禍，是禍躲不脫】◇舊時迷信認為，災禍是命中注定的，該有的災禍想逃也逃不過。

【躲過了風暴又遇了雨】◇多災多難，剛躲過一場禍害，另外的禍害又臨頭了。

【衙門八字開，有理無錢莫進來】衙門：舊時官吏辦公的地方，大門開時像個“八”字。◇舊時的衙門要靠金錢賄賂，有理沒有錢打不贏官司。揭露舊時官府的腐敗。◎衙門口朝南開，有理無錢莫進來

【衙門的錢，下水的船】◇衙門裏的錢來得容易，就像順水行船一樣非常順當。用以諷刺舊時官府搜刮錢財。

【艄公多了打爛船】艄公：掌舵的人。◇❶喻指領導多了，下面無所適從，反而把事情搞糟。❷喻指人浮於事，誰都不想出力，誰都不想負責，結果反而把事情辦壞。

【會水水下死，會拳拳下亡】◐會游泳的將淹死在水裏，會打拳的將死在別人的拳下。◇喻指自恃有本事的人往往會死於疏忽或驕傲。

【會吃千頓香，亂吃一頓傷】傷：指飲食過度傷身。◇提醒人們，不要因貪吃，一頓飯菜就傷了胃口。

【會走走不過影子，會說說不過道理】◇說明有道理才能站得住腳。

【會者不難，難者不會】◇做任何事，會的人就不覺得難，覺得難的人常常是因為不會。清代王濬卿《冷眼觀》第十二回：“這個就叫做難者不會，會者不難了。我如明明的來夥你去騙人，你又怎能知道我夥人來騙你呢？”

【會使車，不離轍】轍：指行車的路線。◐會使車的人從不背離行車規定的路線方向。◇喻指要辦好事情，不能背離事物發展的客觀規律。

【會怪怪自己，不會怪怪別人】◇提醒人們，遇事應該多做自我批評，不要埋怨別人。

【會挑水的不怕水蕩，會走路的不怕路窄】◇說明只要功夫深，任何複雜情況都能對付。

【會省會算，柴糧不斷】◇在生活上會節省、會計算，日子就過得好。

【會保存的千日有用，不會保存的時時受窮】◇注意勤儉節約、積累財富的人，就會永久富裕；不注意勤儉節約、積累財富的人，就會時時貧窮。

【會為人的兩頭瞞，不會為人的兩頭傳】◇會處理人際關係的人一般不傳閒話。

【會捉鼠的貓兒不叫】◇喻指會辦事的人不露聲色，能幹的人不一定吵吵嚷嚷。

【會家不忙，忙家不會】◇喻指會幹事的人能幹得有條不紊，不顯得忙亂，而不會幹事的人往往就顯得手忙腳亂。

【會推磨就會推碾】◇說明有些事理相通的事物，只要學會了一種，也就會懂得相關的另一種。

【會喝酒，能治病；不會喝，能要命】◇會喝酒的恰到好處，能夠起到治病的效果；不會喝酒的，就有造成疾病。

【會過日子算着吃，不會過日子斷着吃】◇過日子應該有計劃，才不至於入不敷出。

【會說的一句道破，不會說的越說越糊塗】◇說明表達能力好的一句話就可以把問題說清楚，表達能力差的則會越說越糊塗。◎會說的說一句，不會說的說十句

【會說的不如會聽的】◇即使說話時掩飾得再好，說得再婉轉，也能讓人聽出用意。

【會說的說圓了，不會說的說翻了】◇說明在說話上很有藝術，說話方式的好與壞，能產生完全不同的兩種效果。

【會說笑話的人自己不笑，聰明的人不說自己聰明】●善於說笑話的人一般自己不笑，真正聰明的人一般都不說自己聰明。

【會說惹人笑，不會說惹人跳】◇告訴人們，說話很有藝術性，說話時應注意講究方式。

【會說話兩頭瞞，不會說話兩頭傳】◇提醒人們，應該注意說話方式，不要兩頭傳閒話。

【會彈拉的不一定會唱，會使刀的不一定會用槍】◇喻指人各有所長，幹這一行的不一定會那一行。

【爺娘惜子女，好比長江水】爺：方言稱父親（後同）。◇父母對子女的愛是長久的，就像長江的水永遠不會枯竭。

【愛人者人恆愛之，敬人者人恆敬之】恆：永遠，永久。◇愛戴、體恤別人的人，別人也會永遠愛戴他；尊重、關心別人的人，別人也會永遠尊重他。《孟子》："孟子曰：'君子所以異於人者，以其存心也。君子以仁存心，以禮存心。仁者愛人，有禮者敬人。愛人者人恆愛之，敬人者人恆敬之。有人於此，其待我以橫逆，則

君子必自反也：我必不仁也，必無禮
也，此物奚宜至哉？'"

【愛月遲眠，惜花早起】◐ 喜歡賞
月的人總要睡得晚，喜歡賞花的人總
要起得早。◇喻指凡有某種特長和嗜
好的人，生活習慣和規律總會有些特
別的地方。隋代樹森編撰的《全元散
曲・行樂》："常言道惜花早起，愛月
夜眠，花底相逢少年。"◎愛月夜遲
眠，惜花須早起

【愛之欲其生，惡之欲其死】惡：
恨。◇對自己所喜愛的人，希望他長
壽；對自己所厭惡的人，希望他死
掉。指極度地憑個人愛憎對待人。
◎惡欲其死，愛欲其生

【愛之欲其富，親之欲其貴】◐對自
己所喜愛的人，希望他有錢；對自己
所親近的人，希望他有權勢。◇指憑
個人愛憎對待人。

【愛之深，責之嚴】◐ 因為愛得很
深，所以要求特別高，責備也特別
多。

【愛火不愛柴，火從哪裏來】◇提醒
人們，當你對一件事物非常喜歡、非
常愛惜的時候，要想一想，它是從哪
裏得來的。

【愛叫的母雞不下蛋】◇喻指那些喜
歡誇誇其談的人，並不是幹實事的
人。

【愛叫的麻雀不長肉】◐ 麻雀成天唧
唧喳喳，身體卻輕得很。◇喻指那些
咋咋呼呼、好表現自己的人往往並沒
有真本事。◎愛叫的麻雀無四兩肉

【愛在心裏，狠在面皮】◐ 父母對子
女的愛藏在心中，在外表上卻對子女
很嚴厲。◇告訴人們，即使很愛自己

的孩子，平時也要嚴肅認真，嚴格要
求，這樣孩子才能有所作為。

【愛而不教，犢之愛】犢：小牛。
◐ 對晚輩只疼愛而不教育，那是動物
的慈愛。◇喻指父母有教育子女的責
任。

【愛走夜路，總會遇到鬼】◐ 喜歡走
夜路的人，總有一天會碰上鬼。◇喻
指喜歡幹違法亂紀的事情，總有一天
要栽跟頭。◎愛走夜路要撞鬼

【愛花花結果，愛柳柳成蔭】◐ 對花
兒愛護關照，花兒一定會結出果實；
對柳樹愛護關照，柳樹一定會枝葉繁
茂。◇喻指對一項工作或生活只要肯
投入精力，總會有所收穫的。

【愛花連枝惜，怨雞連窩怨】◐ 喜歡
花，連它的枝葉也愛惜；討厭雞，連
雞窩也看不順眼。◇喻指對一個人或
一件物品的感情，常常波及到與它相
關的事物上。◎愛花連盆愛，怨雞連
窩怨

【愛苗兒，抱瓢兒】瓢：舀水的器具，
是用成熟的葫蘆剖成兩半曬乾而製成
的。◐ 多多愛惜關照葫蘆苗兒，最後
就會收穫葫蘆的。◇告訴人們，要成
就一件事情，一定要從基礎踏踏實實
地做起。

【愛便宜，錯便宜】◐ 愛貪便宜，事
情恰恰壞在貪圖便宜上了。◇告誡人
們，愛佔小便宜而吃大虧的事情是屢
見不鮮的。

【愛美之心人皆有之】◇愛美的心人
人都有，喜歡美、欣賞美、追求美，
是任何一個正常人的天性。

【愛飯有飯，惜衣有衣】◐ 愛惜糧
食，就有飯吃；愛惜衣服，就有衣裳

穿。◇喻指珍惜勞動果實、勤儉節約的人，就不會發愁吃穿。

【愛説是非者，定是是非人】◇告訴人們，喜歡撥弄是非的人，一定是心地齷齪的人。

【愛盤不擊鼠】⊙老鼠在盤子上，因為愛惜盤了，就不去打盤上的老鼠。◇喻指想消滅壞人或消除壞事，往往因有所顧忌而難以下手。

【亂王年年改號，窮士日日更名】亂王：亂世的君王。改號：更改年號。窮士：窮困潦倒的讀書人。更名：更改名字。◇亂世的國君常常更改年號，窮困潦倒的士子常常更改名字。

【亂臣賊子，人人得而誅之】◇對於那些不安分守己、心懷不軌的壞人，大家都有責任除掉他。

【亂麻必有頭，事出必有因】◇喻指客觀現象儘管錯綜複雜，但如果認真仔細地查尋，總會找出線索，找到原因。

【飽食三餐非足貴，飢時一口果然難】◇平時飽食三餐不知有甚麼好，到了捱餓時才會明白，弄上一口吃的真不容易。

【飽食傷心，忠言逆耳】◇暴飲暴食有害於身體，好心的勸告會很不順耳。

【飽時酒肉難入口，餓時吃糠甜如蜜】◇人吃飽喝足時，覺得酒肉都無味，很難嚥得下去；人在飢餓時，吃糠喝粥也會感到甜香似蜜。

【飽時莫忘饑荒年，暖時別忘冷和寒】⊙吃飽飯時不要忘記災荒年時的飢餓，穿暖衣時不要忘記寒冷受凍時的

難受。◇告誡人們，生活富足時，要牢記過去的飢寒交迫，要居安思危，注意節儉。

【飽病難醫】⊙因吃得太飽而造成消化不良的病很難醫治。◇喻指因生活過分優裕而產生的煩惱和麻煩最難解決。

【飽飫烹宰，飢饜糟糠】飫（yù）：飽食。烹宰：指豐盛的宴席。饜（yàn）：滿足。◇吃飽的時候大魚大肉都覺得膩，吃不下去；餓的時候粗茶淡飯也覺得香，有吃的就非常滿足了。

【飽給一斗，不如飢給一口】⊙衣足飯飽時給一斗糧食，不如飢餓時給一口飯吃。◇告訴人們，要在別人最困難、最需要的時候給予幫助。

【飽暖生淫慾】◇生活條件優裕了，如果不加強自我修養，往往會產生好色縱慾的想法。明代賈仲名《對玉梳》第三折：“〔正旦唱〕這廝只因飽暖生淫慾……〔正旦唱〕便休想似水如魚。”◎飢寒思盜，飽暖思淫／飽暖生淫慾，飢寒發盜心

【飽暖生閒事，飢寒發盜心】◇人一旦吃飽穿暖了，往往會遊手好閒，惹出許多是非來；人在飢寒交迫的時候，因生活所逼迫，又會萌發偷盜的念頭。

【飽漢不知餓漢飢】⊙吃飽飯的人體會不了忍飢捱餓人的痛苦。◇喻指處境優越的人無法體會處於逆境中的苦衷。清代李寶嘉《官場現形記》第四十五回：“誤了差使，釘子是我碰！你飽人不知餓人飢。”◎飽人不知餓人飢／馬上不知馬下苦，飽漢不知餓漢飢

【飽諳世事慵開眼，會盡人情只點頭】諳（ān）：熟知。慵：懶得。◇熟知人間世事的人往往裝糊塗，懶得認真地面對現實；通曉人情世故的人遇事往往只是點頭。

【腰間有貨不愁窮】◇❶喻指只要有貨物就不愁變賣不成錢。❷只要有真才實學就不怕沒有人賞識。◎腰間有貨不愁貧

【腰裏紮根繩，就跟穿一行】行（xíng）：層。腰間紮根繩子就能起到禦寒的作用，就像多穿了一件衣服差不多。◎腰裏繫根線，強似穿一件

【腰纏十萬貫，騎鶴上揚州】貫：古時一千文錢為一貫。◇讚美揚州繁華富饒，景色優美，是人們十分嚮往的地方。多指富人的想法和願望過分美好。南朝梁殷芸《小說》卷六：“有客相從，各言所志，或願為揚州刺史，或願多貲財，或願騎鶴上升。其一人曰：‘腰纏十萬貫，騎鶴上揚州。’欲兼三者。”

【腰纏萬貫，不如一藝在身】◇錢再多總有花完的時候，不如掌握一門技藝，就可以不愁生存。

【腸裏出來腸裏熱】◇母親總是疼愛自己的骨肉。

【腥鍋裏熬不出素豆腐】◇喻指在污濁的環境中，很難出心地純潔的人。

【腹有詩書氣自華】詩書：儒家經典著作《詩經》《書經》的合稱，泛指文化知識。◇人的知識淵博之後，氣質也自然而然地與眾不同了。宋代蘇軾《和董傳留別》：“粗繒大布裹生涯，腹有詩書氣自華。”

【腳上的泡自己走的，身上的瘡自己惹的】◇喻指自己造成的問題自己負責，怨不得別人。

【腳正不怕鞋歪，人正不怕路滑】◇喻指自身正直的人，就不怕壞人拉攏腐蝕。

【腳正不怕鞋歪，心正不怕雷打】◇喻指品德高尚、行為正直的人，不怕壞人的譏諷、誣衊或打擊。

【腳步勤，不受貧】◇靈活一些，勤快一些，就不會貧窮。

【腳長沾露水，嘴長惹是非】◇喜歡串門和說長道短的人往往容易惹是非。

【腳歪走不正】◉腳歪，走路的步態就不會端正。◇喻指心術不正的人，幹不出好事來。

【腳跑不過雨，嘴強不過理】◉人的兩腳跑得再快，也不如雨下得快；人的嘴再善說，也說不過真理。◇說明強詞奪理是行不通的。

【腳踩兩隻船】◇❶諷喻某些處世圓滑的人，往往是投機取巧，兩面討好，沒有原則立場。❷指一個人同時和兩個異性談情說愛。

【腦子不用不聰明，身體不練不結實】◇告訴人們，要經常動腦筋，鍛煉身體。

【腦子越用越靈，針兒越用越明】◇告訴人們，腦子要常用，才能越來越靈敏，這就像針用越亮一樣。

【獅子搏象兔，皆用全力】◉獅子和大象、兔子搏鬥，都使出了全力。◇喻指事情無論大小都要認真對待，不能因事小就懈怠。

【觥飯不及壺飧】觥（gōng）：古代的一種酒器。觥飯：在這裏指豐盛的酒宴。飧：指簡單的飯食。● 豐盛的酒宴雖然好，但如果遲遲不來，那就還不如一頓簡單的便飯能及時解飢。◇說明緩不救急。

【解鈴還得繫鈴人】● 要解下老虎項下的金鈴，還得讓繫鈴的人去。◇原為佛教禪語，後喻指誰惹出的問題，要誰去解決。宋代惠洪《林間集》卷下："一日，法眼問大眾曰：'虎項下金鈴，何人解得？'對者皆不契。欽適自外至，法眼理前語問之。欽曰：'大眾何不道：繫者解得。'於是人人改觀。"◎解鈴還是繫鈴人 / 解鈴還問繫鈴人 / 解鈴還須繫鈴人

【試玉要燒三日滿，辨才須待七年期】● 辨識是不是玉，要在火裏整整燒三天；識別人才必須觀察七年。◇喻指識別人才的艱難。白居易《放言五首》："試玉要燒三日滿，辨才須待七年期。"

【詩言志，歌永言】永：通"詠"。◇詩歌用來表達人的理想和抱負。《尚書·虞書·舜典》："詩言志，歌永言，聲依永，律和聲。八音克諧，無相奪倫，神人以和。"

【詩為酒友，酒是色媒】◇吟詩能為飲酒助興，酒喝多了會亂性。

【詩書不誤人】◇告訴人們，多讀書沒有壞處。

【詩書是覺世之師，忠孝是立身之本】覺世：明察世事。◇告訴人們，讀書能明察世事，忠孝是立身處世的根本。

【誇口害己，謙恭得利】◇喜歡在別人面前誇口只能害自己，而處處謙恭卻對自己有好處。

【誠招天下客】◇做生意只要真誠地為顧客着想，顧客就會雲集而來，生意才會興隆。◎誠招天下客，譽從信中來

【誠無垢，思無辱】垢：指污點，不光彩的事情。◇為人誠實，自身就清白無垢；做事考慮周到，就不會遭受恥辱。西漢劉向《説苑·敬慎篇》："諺曰：'誠無垢，思無辱。'夫不誠不思而以存身全國者，亦難矣。"

【誅不擇骨肉，賞不避仇讎】讎：通"仇"。● 雖然是親屬，犯了死罪也要殺；雖然是仇人，有了功勞也要賞。◇喻指賞罰要分明，執法要公正。《漢書·東方朔傳》："朔前上壽，曰：'臣聞聖王為政，賞不避仇讎，誅不擇骨肉。'"

【話不投機半句多】◇雙方如果見解不同，談話就很難進行下去。宋代歐陽修的《春日西湖寄謝法曹韻》："酒逢知己千杯少，話不投機半句多。遙知湖上一樽酒，能憶天涯萬里人。"

【話不要説死，路不要走絕】● 説話不要説得太肯定，太絕對；走路不要走絕路。◇提醒人們，説話做事都要留有餘地，不要絕對化。

【話不説不明，木不鑽不透】● 該説的話如果不説出來，別人就不會明白；木頭如果不鑽，就不會穿透。◇說明該説的話就一定要説，該講的道理就一定要講清楚，不要含糊其辭。◎話不説不知，木不鑽不透 / 話不説不透，砂鍋不打不漏

【話中有才，書中有智】聽精彩的談話，能夠增加學問；通過看書，更能夠獲取知識。

【話未說前先考慮，鳥未飛前先展翅】
◇提醒人們，說話前一定要經過仔細考慮，這就像鳥在要飛前先要展一展翅膀一樣。

【話出如箭】◗說出的話如同射出的箭，一旦說出去就無法收回。◇提醒人們，說話要謹慎。◎話出如風

【話考慮後再說，食嚼細後再嚥】
◇提醒人們，說話要經過考慮以後再說出去，這就像吃飯要仔細咀嚼後再咽下去一樣。

【話有三說，巧說為妙】◇提醒人們，說話也應該注意方式方法。

【話多了傷人，食多了傷身】◇告訴人們，說話說得太多了容易傷人的底氣，而如果吃飯吃得過多，也容易損傷人的身體。

【話多不甜，膠多不黏】◇說明說話、做事必須適度，否則就會適得其反。

【話多易錯，線長易斷】◗話說得太多了容易出錯，就像線長了容易斷一樣。◇提醒人們，說話要注意簡明扼要。◎話多易亂，線長易斷

【話多意虛，湯多味淡】◇說話說得多了，虛的內容就容易多，這就像湯多了，味道就淡一樣。

【話如箭越直越好，計如弓越曲越好】計：計策，計謀。◇告訴人們，說話應該直爽，計謀需要委婉曲折。

【話好充不了飢，牆上畫馬不能騎】
◇說明如果只講空話，不辦實事，就毫無意義。

【話沒腳，走千里】◇告訴人們，說出的話可以不脛而走，傳播得很廣，因此說話要謹慎。

【話到舌尖留半句，事從禮上讓三分】
◗提醒人們，說話要謹慎；遇事應從禮貌上考慮，儘量忍讓一些。◎話到舌尖留半句／話到嘴邊留三分／話到舌尖留半句，事從理上讓三分

【話到投機千句少，話不投機半句多】
◇如果雙方觀點相同，談話談得投機，談很長時間也會覺得談得太少；但如果雙方見解不同，彼此談得不投合，即使談了幾句也覺得多。

【話怕三頭對面，事怕挖根掘蔓】
◗謊話怕多方當面對證，壞事怕尋根探底。◇說明說假話、做壞事都經不起追查。

【話要少說，事要多做】◇告訴人們，應該少說話，多辦事。

【話要俗說，才能傳遠】◇說話說得通俗易懂，才能便於傳播。

【話要想着說，活要搶着幹】◇告訴人們，說話應該好好考慮一下，幹活時則應該搶着多幹點。

【話要說在明處，事要做在實處】
◇告訴人們，說話要光明正大，做事要實實在在。

【話要精才好，牛要壯才好】◇講話要講得精煉，餵牛要餵得健壯。

【話要講得明，衣要洗得勤】◇告訴人們，講話要講得清楚明白，衣服要經常洗。

【話是一股風，眨眼到東京】◇說明一句無心的話可以迅速被有心的人傳播出去。

【話是開心的鑰匙】◇一番語重心長的談話能啟迪人，解開人心中的疙瘩，使人開朗起來。◎話是開心斧

【話越傳越多，錢越使越少】◇話能
夠越傳越多，而錢只能越用越少。

【話傳三人，能變本意】◇話傳的人
多了就很容易走樣。

【話語越傳越多，食物越傳越少】
◇話語在傳播中往往被添枝加葉，越
傳越多；而食物經過眾多的人，只能
越傳數量越少。

【話說三道穩，錢捆三道緊】◇告訴
人們，說話一定要穩妥，這就像捆紮
錢要捆緊一樣。

【話說三遍淡如水】◎說話重複囉嗦，
就沒有味道，沒人愛聽。◇提醒人
們，說話要防止重複囉嗦。

【該吃九升不能吃一斗】◇命裏注定
該吃多少就吃多少，不能多吃。帶有
宿命論色彩。

【該着河裏死，井裏淹不煞】◇一個
人該在哪兒死是命中注定的。帶有宿
命論色彩。◎該在河裏死，井裏死不
了

【裏言不出，外言不入】◎内部的
言談不傳出去，外面的閒話就傳不進
來。◇告誡人們，不要傳閒話，以免
生是非。

【廉士重名，賢士尚志】◇品行高潔
的人重視名聲，才能出眾的人崇尚志
氣。《莊子·刻意》：“野語有之曰：
‘眾人重利，廉士重名，賢士尚志，
聖人貴精。’”

【廉吏久，久更富】◇廉潔不貪的官
吏才能幹得時間長久，而幹得時間
長了，也會很富有。《史記·貨殖列
傳》：“是以廉吏久，久更富，廉賈歸
富。”。

【廉吏可為而不可為】◇官吏廉潔是
可以做到的，但又是不容易做到的。

【廉潔之士，一介不取】介：草芥。
◇真正廉潔的人不會去拿別人的一根
草。《孟子·萬章上》：“非其義也，
非其道也，一介不以與人，一介不以
取諸人。”

【遊手好閒，頓頓無鹽】◎整天溜溜
達達，甚麼也不幹，會窮得連鹽都買
不起。◇告誡人們，要勤勞才能過上
好日子。

【新池無大魚，新林無長木】長(cháng)
木：指高大的樹木。◇喻指新生事物
剛開始的時候都比較弱小，需要有一
個發展過程才可能成熟壯大。

【新來和尚好撞鐘】好：此處讀(hào)
◇喻指剛開始做某事有新鮮感、有熱
情和幹勁。

【新來晚到，不知茅坑井灶】◇喻指
剛到一個地方，不知道具體情況。◎新
來慢到，不知水缸鍋灶 / 新來人，摸
不着門 / 新來乍到不摸門兒

【新來媳婦三日勤】◎剛過門的媳婦
總是比較勤快。◇喻指一個人到了新
的工作崗位上，開始時總是比較勤
快。

【新官上任三把火】◎新官上任時，
總要擺出架勢做幾件事情，顯示一下
自己的能力。◇喻指有些人剛上任時
很積極，幹勁很大，時間一久就沒有
熱情了。

【新阿大，舊阿二，補阿三，破阿
四】◇過去家庭子女多，生活比較
困難，做一件新衣服先給老大穿，老
大長高了再給老二穿，因此老二只能
穿舊衣裳，老二不合身了再打上補丁

給老三穿，輪到老四只好穿破爛衣服了。

【新病好醫，舊病難治】 ◐ 有病要及時治療，拖延時間長了會增加治療難度。◇喻指有問題要及時處理，時間拖長了解決就會更困難。

【新娘進了房，媒人扔過牆】 ◐ 結完婚就把媒人忘了。◇喻指事情成功後，就忘記了曾經對事情有過幫助的人。◎媳婦上了炕，媒人摔過牆 / 新娘子進了房，媒人丟過牆

【新婚不如遠歸】 ◇夫妻離開一段時間後，再相聚在一起，比新婚還要恩愛。◎久別勝新婚 / 新婚不如遠別 / 新娶不如遠歸

【新箍馬桶三日香】馬桶：裝大小便的桶，有蓋。◇喻指新來乍到的人，不管是誰都會受到優待，會暫時風光一陣子。◎新蓋的茅房三日香 / 新箍馬桶三日香，到了四日臭膨膨 / 新娶的媳婦三日香，過了三日用棍棒

【新薑沒有老薑辣】 ◇喻指年輕人沒有經驗豐富的老人厲害。

【意合則吳越相親，不合則骨肉相仇】吳越：周代的兩個諸侯國，曾經是敵對國。◐ 意氣相投者，敵人也可以變成親家；不合時，親人也會變成仇人。◇喻指意氣相合，有共同語言的人才可以成為朋友。

【意忙船去慢，心急馬行遲】 ◇想急於辦成事，就會覺得進展緩慢。

【義不主財，慈不主兵】 ◇講仁義的人不能掌管錢財，講慈愛的人不能領兵打仗。

【義動君子，利動小人】 ◇正義的事會吸引君子，利慾的事會吸引小人。《列女傳・息君夫人》：“君子謂夫人說於行善，故序之於詩。夫義動君子，利動小人。息君夫人不為利動矣。”

【道不同不相為謀】 ◇思想觀點完全不同的人無法一起共事。《論語・衛靈公》：“子曰：‘道不同，不相為謀。’”

【道高一尺，魔高一丈】道：道行，指佛家修行的工夫。魔：魔羅的略稱，佛教指破壞修行的惡魔，如煩惱、疑惑、迷戀等。◇ ❶ 告誡修行者，要警惕外界的誘惑。❷ 指取得一定成功之後，前進的道路上可能會有更大的障礙。❸ 還指總有壓倒或勝過對方的一着。明代吳承恩《西遊記》：“道高一尺魔高丈，性亂情昏錯認家。可恨法身無坐位，當時行動念頭差。”

【道高日尊，技精日勞】 ◇道行愈高愈受到人的尊敬；技藝愈精愈增加自身的勞累。

【道高龍虎伏，德重鬼神欽】 ◇道行高能使龍虎降伏；德高望重就連鬼神都欽佩。

【道路不平旁人踩】 ◇喻指遇到不公平的事，自會有人干預。◎道路不平旁人剷 / 道路不平人人踩 / 道不平有人剷，事不平有人管

【慈不掌兵，義不主財】主：主持。◇心地太善良的人不適合指揮軍隊，講義氣的人很難積攢錢財。

【慈父教育孝子，嚴師出高徒】 ◇父親仁慈，教育出來的兒子會孝敬雙親；師傅嚴厲，培養出來的徒弟必定身手不凡。

【慈心生禍患】◇告誡人們，心腸過軟會給自己帶來禍患。

【慈母有敗子，嚴家無格虜】格虜：強悍不訓的奴僕。◇慈母容易寵孩子，往往家中會出敗家子；家風嚴厲就不會有強暴的奴僕。《史記‧李斯列傳》：“(李斯書曰) 韓子稱‘慈母有敗子而嚴家無格虜’者，何也？則罰之加焉必也。故商君之法，刑棄灰於道者。夫棄灰，薄罪也，而被刑，重罰也。……”◎慈母多敗子，嚴家無格虜 / 慈母多敗兒

【煩惱不尋人，人自尋煩惱】◇煩惱不會來找人，是人不會排憂解難，不會解脫自己，所以才引起煩惱。◎煩惱不尋人，自去尋煩惱

【煩惱皆因強出頭】◇煩惱大多來源於愛出風頭、好管閒事。◎煩惱只為強出頭 / 煩惱皆由口中出，是非皆因強出頭

【源頭不清下流濁】◇喻指領導者的作風有問題，下面的人作風也好不到哪去。

【滄海不能實卮】實：充實，裝滿。卮 (zhī)：酒器。●用滄海一樣多的水，也裝不滿破漏的酒器。◇喻指收入再多，如果開支有漏洞，就很難平衡了。

【溜之細穿石，綆之細斷幹】溜：屋簷滴下的細水流。綆 (gěng)：汲水用的繩子。●屋簷下的水滴很細小，但能夠穿透堅石；汲水用的繩子很細軟，但能夠鋸斷樹幹。◇❶喻指微小的力量如果堅持下去，也能辦成大事。❷喻指小的危害，時間長了，就能造成大的災禍。《漢書‧枚乘傳》：“泰山之霤穿石，單極之綆斷幹。水

非石之鑽，索非木之鋸，漸靡使之然也。”

【溺愛者不明，貪得者無厭】●過分寵愛自己孩子的人看不清自己孩子的缺點；貪心多得的人總不會感到滿足。◇告誡人們，不可溺愛孩子，不可貪心。

【溺愛狗，爬上灶；溺愛人，心不孝】◇被溺愛的孩子往往不懂得孝敬父母。

【慌不擇路，飢不擇食】◇驚恐萬狀的情況下，顧不上選擇道路；極度飢餓的情況下，顧不上挑選食物的好壞。元代施惠《幽閨記》一二折：“陀滿興福來到此間，所謂‘慌不擇路，飢不擇食’只得結集亡命，哨聚山林，靠高岡為寨柵，依野澗作城濠。”

【塞翁失馬，安知非福】塞：邊界上的險要地方，邊界的城關。翁：老頭兒。安：(疑問代詞) 怎麼，哪裏。●住在邊塞上的一個老頭兒丟失了一匹馬，哪裏知道不算是好事呢？◇喻指雖然暫時吃虧，但也許因此得到好處，壞事變成好事。《淮南子‧人間訓》：“近塞上之人有善術者，馬無故亡而入胡。人皆吊之。其父曰：‘此何遽不為福乎？’居數月，其馬將胡駿馬而歸。”◎失馬未為憂，得馬未為喜

【運到時來，鐵樹花開】鐵樹：常綠灌木，不常開花。●好運到來時，鐵樹也會開花。◇喻指好運氣到來時，幾乎不可能的事情也能順利實現。

【運動運動，疾病難碰】◇告訴人們，多活動身子能增強體質，就不會輕易生病。◎運動運動，疾病難逢

【運強鬼避之，運敗鬼侵之】◇舊觀念認為，運氣好的時候，鬼也會躲避你；運氣不好的時候，鬼也會侵犯你。

【遍地是黃金，缺少有心人】◇喻指致富的機會很多，卻往往缺少有主意的人。

【福人自有天相】相：照應。◇舊時認為，有福氣的人遇到有麻煩的事情，自然會得到老天爺的照應。◎福人自有吉相

【福人自有福命】福命：享福的命運。◇有福氣的人一輩子不用着忙，自有百事亨通的命運。

【福不多時，禍由人生】◇事物在不停地轉化，幸福不可能長期存在，禍患是由人自身原因造成的。

【福地留予福人來】福地：風水好的地方。◇風水寶地是留給有福之人的。◎福地福人來

【福至心靈，禍來神昧】❍福運來時，人會心情舒暢，思路敏捷；災禍降臨，人會心昏意亂，神志不清。◇福、禍對人的智力影響很大。◎福至心靈，災令志昏／福至心靈，禍至心晦／福至心靈／福至性靈

【福來不容易，禍來一句話】❍要得到幸福很不容易；但一句話說錯就有可能招來災禍。◇告誡人們，說話要謹慎，不可信口開河，以免釀成大禍。

【福是自己求的，禍是自己作的】◇禍、福都是自己造成的。

【福從此起，禍也從此起】◇福、禍從來就是相依相輔，相互依存的。

【福從讚歎生】讚歎：發自內心的稱讚。❍福氣來源於人們對自己發自內心的讚歎。◇喻指能夠得到人們由衷的讚歎，才是真正的福氣。

【福無雙至日，禍有並來時】◇幸運的事不可能連續到來，倒霉的事卻總是接二連三地發生。◎福無重受日，禍有並來時／福無雙降，禍不單行／福無雙逢，禍偏疊至／福不雙至，禍不單行／福不雙降，禍不單行

【福過災生，樂極悲至】◇幸福享盡時，災禍就會來臨；歡樂到了極點，悲傷就會到來。◎福為禍倚，樂極生悲

【福與禍為鄰】❍福運和災禍是鄰居。◇喻指福中藏匿着禍，禍中孕育着福，兩者相互轉化。

【禍不入慎家之門】❍災禍不會降臨到言行謹慎人的家中。◇提醒人們，說明謹言慎行可以免災禍。

【禍不好，不能為禍】◇如果不去愛好容易招致災禍的東西，災禍也就不容易產生。

【禍兮福所倚，福兮禍所伏】❍指福與禍相互依存，可以互相轉化。◇比喻壞事可以引出好的結果，好事也可以引出壞的結果。《道德經》第五十八章："禍兮福之所倚，福兮禍之所伏。"

【禍之所生，必由積怨】◇災禍的發生，往往是由於平時積怨太深。北朝齊劉晝《劉子・慎隙》："禍之所生，必由積怨；過之所始，多因忽小。"

【禍由惡作，福自德生】❍災難往往是由作惡引起的，福氣往往是因為德行好產生的。◇勸人要多做好事、善事，不要做壞事。

【禍生於多福】◇災禍的降臨，常常是由於平時享受過多而造成的。

【禍因惡積，福緣善慶】◐災禍往往是由於幹的壞事多造成的，福運往往是由於善於做好事帶來的。◐勸人要行善，不要積惡。南朝梁周興嗣《千字文》：「禍因惡積，福緣善慶。」

【禍來神昧，福至心靈】◇當災禍到來時，人會精神恍惚，振作不起來，而當福運到來時，就會精神振奮，心思靈敏。宋代司馬光《資治通鑒・高祖天福十二年》：「鄙語有之：福至心靈，禍來神昧。」

【禍到臨頭後悔遲】◐到災禍臨頭時後悔就來不及了。◇提醒人要防患於未然，事先提高警惕。◎禍到臨期後悔遲

【禍患積於忽微，智勇困於所溺】忽、微：指細小的事。溺：溺愛、寵愛。◇災禍常常是由細微的事故積累而引發的；本來有智有勇的人常常會因受寵而被迷惑，以致陷於困境。宋代歐陽修《伶官傳序》：「夫禍患常積於忽微，而智勇多困於所溺，豈獨伶人也哉！」

【禍從口出】◐有些災禍往往是因為說話不謹慎引起的。◇提醒人說話要謹慎，切不可輕率、莽撞。《重刊宋本十三經註疏附校勘記・周易兼義上經隨傳卷第三》：「先儒云：禍從口出，患從口入。故於頤養而慎節也。」

【禍從浮浪起，辱因賭博招】浮浪：指輕浮、放蕩。◐災禍常常是由輕浮和放蕩引起的，羞辱常常是因賭博招來的。◇勸人要正派穩重，不可沉溺於賭博。

【禍與福同門，利與害為鄰】◇指禍福、利與害之間沒有天然的鴻溝，在某種情況下可以相互轉化。◎禍與福為鄰

【禍福無門，唯人所召】◇禍與福沒有門路，完全是由人的主觀因素引起的。《左傳・襄公二十三年》：「閔子馬見之曰，子無然，禍福無門，唯人所召。」

【群豺可以窘虎】窘：使處境困難。◐一群豺狼可以使老虎處於困難境地。◇喻指本領再高強的人也鬥不過一群人。

【群雁依頭雁，頭羊領群羊】◐大雁成群飛，都跟領頭雁；領頭羊帶領群羊走路。◇喻指組織者或者榜樣的作用很重要。◎羊群看頭羊，群雁跟頭雁

【媳婦也有做婆時】◐地位低下的媳婦，最終也會當上婆婆。◇喻指總有出頭之日。

【媳婦多了，婆子做飯】◇人手多了，遇事反而互相推諉，更不容易做不成事。

【媳婦要當婆，慢慢往上磨】◐舊時女子初嫁到夫家，地位低下，一切都要聽婆婆的，只有等到自己也當上婆婆，才算熬出了頭。◇喻指新人或年輕人想得到提升，就要有一個磨煉的過程。

【媳婦能忍千般氣，為的明朝當公婆】◇喻指有些人能忍氣吞聲，目的是為了自己將來也可以對人施威。

【嫌人易醜，等人易久】◇如果討厭一個人，即使她長得很漂亮，也會覺得她很醜；如果等候一個人，即使時間不長，也會覺得等了很久。

【嫌貨正是買貨人】◇對貨物非常挑剔的正是準備買這種貨物的人。

【嫁出去的女兒，潑出去的水】◇舊謂嫁出去的女兒，似潑出去的水一樣，娘家人很難在插手她的家務事了。

【嫁雞隨雞，嫁狗隨狗】◇舊謂女子出嫁之後，不論丈夫好壞都要永遠跟從。宋代陸佃《埤雅‧葛》："君子語曰：'嫁雞與之飛，嫁狗與之走。'"◎嫁得雞逐雞飛，嫁得狗逐狗走

【隔山不為遠，隔河不為近】◐隔山有路可通，雖遠卻近；隔河無橋可過，雖近卻遠。◇說明有些事情看起來很難，實際上有捷徑，做起來並不難；而有些事情看起來很容易，而實際上卻因為客觀條件不好，做起來很困難。◎隔山不算遠，隔水不為近

【隔山隔水不隔音】◇在地理位置上雖然相隔很遠，但在思想感情上卻能彼此溝通。

【隔山隔海不知深，知人知面不知心】◇了解一個人很不容易，能看到他的外表，卻不一定知道他的內心。說明人心難測，交友宜慎重。

【隔手不支物，隔枝不打鳥】◇喻指給人物品最好直接交給他本人，不要轉交。

【隔皮猜瓜，難知好壞】◇喻指如果不深入實際調查研究，只根據表面現象去主觀臆測，就不可能了解事物的真相和本質。◎隔皮猜瓜，誰知好壞

【隔年的衣裳，隔夜的飯】◐隔年的衣裳已經陳舊不新，隔夜的剩飯已經沒有米香，已經不再受人喜愛了。

◇❶諷喻那種趨炎附勢、喜新厭舊的人情關係。❷喻指事物已經失去了它的魅力。

【隔年的皇曆不管用】◇說明已經過時的東西或者規矩，不再有用或者具有約束作用了。◎過時的皇曆沒用場／老皇曆看不得／隔年的皇曆看不得

【隔年茶惡過蛇】◇告訴人們，隔年的茶葉容易霉變，不要飲用。

【隔行不隔理】行（háng）：行業。◇行業雖然不同，但基本事理和規律是相通的。

【隔行如隔山】行（háng）：行業。◐行業不同，相互間就如同隔着大山一樣。◇喻指不是同一行業的人就不懂得這一行業的知識。《晚清文學叢鈔‧冷眼觀》第十二回："隔行如隔山，我們局外人就是有甚麼事看在眼裏，也是豬八戒吃人參，食而不知其味。"◎隔行不知藝

【隔里不同風】◇即使僅有一里之隔，有時也會由於氣候多變而風向不同。喻指即使相隔不遠，也有可能有着不同的風俗。◎百里不同風

【隔夜的金子抵不上當夜的銅】◇喻指過時的東西即使再貴重，也不會像正當時的東西受人重視了。

【隔夜的菜湯不香，後悔的話兒不說】◇告訴人們，過夜的菜最好不吃，後悔的話最好不說。

【隔夜茶，毒如蛇】◇告誡人們，不要喝隔夜的剩茶，否則對健康有害。

【隔河千里遠】◐看起來僅隔着一條河的距離，卻因沒有直接可通行的

橋，必須繞道而行才能達彼岸，因此實際路程也很遠。◇說明有些事乍看起來似乎很容易，但由於缺少必要的客觀條件，做起來往往很難。

【隔重門戶隔重山】 門戶：指派別。◇不同派別的人，思想認識不同，隔閡也就比較大。

【隔條坳，不同道；隔條江，不同腔】 ◇隔着一條山坳，就要在不同的道路上行走；隔着一江，兩岸人說話的口音腔調就可能互不相同。

【隔宿不聞道】 宿：一夜，指很短的時間。聞：指聽到、知道的。道：指道義。◇道義在不斷地變化，隔幾天就大不一樣，不能總是用老眼光去看待。

【隔着皮兒看不透瓤兒】 ◎隔着瓜皮，看不到瓜的內瓤。◇喻指從表面看問題不可能看到它本質。◎隔着皮兒辨不清瓤兒／隔着皮估不清瓤兒

【隔層樓板隔重天】 ◇雖然同住一幢樓裏，是樓上樓下的鄰居，但彼此從不往來，相互間就像隔了一重天一樣。

【隔橋過不了河，沒梯上不了樓】 ◇喻指做任何事情都需要有一定的必要條件。

【隔牆有耳】 ◇指秘密謀議可能洩露出去。《管子·君臣下》：“古者有二言，牆有耳，伏寇在側。牆有耳者，微謀外洩之謂也。伏寇在側者，沈疑得民之道也微謀之洩也，犵婦襲主之請而資遊慝也，沈疑之得民也者，前貴而後賤者為之驅也。”元代鄭廷玉《後庭花》一折：“豈不聞隔牆還有耳，窗外豈無人。”

【隔牆須有耳，窗外豈無人】 豈：哪能。◎牆內的人說話，牆外可能有人聽到；屋內的人說話，窗外也會有人聽到。◇提醒人們，在內部講話也要有所提防。元代鄭廷玉《後庭花》一折：“豈不聞隔牆還有耳，窗外豈無人。”◎隔牆俱有耳，窗外豈無人／隔牆有耳，窗外有人／牆有縫，窗有耳／壁間還有伴，窗外豈無人

【綁雞的繩子，捆不住大象】 ◇用制伏弱小者的手段，對付不了有勢力的強敵。

【經一事，長一智】 ◎經歷過一件事，就能增長一點這方面的才智。◇說明經歷的事情越多，見識就越廣。《新編五代史平話·漢史》：“人有常言：‘遭一蹶者得一便，經一事者長一智。’”◎經一失，長一智／經事長智／不經一事，不長一智

【經一番挫折，長一番見識】 ◎辦事遇到挫折，雖不順利，卻可以從中增長一些見識。◇告訴人們，辦事遇到挫折時，不要灰心喪氣，而應該從中總結經驗教訓，為今後做好準備。

【經目之事，猶恐未真；背後之言，豈可準信】 親眼看到的事情，還恐怕不是真的；背後議論人的語言，怎麼可以信以為真？◇告誡人們，不可輕信背人的議論。

【經的多，見的廣】 ◇經歷的事情多，所見所聞就廣泛。

【經的廣，知的多】 ◇經歷的事情廣，了解知道的內容就多，就豐富。

【經得冰霜苦，才能放清香】 ◇喻指經得起艱苦考驗的人，才能顯露出品德的高尚。

十四畫

【摸着石頭過河，踩穩一步再前進一步】◇在沒有經驗的情況下幹事業，只能像摸着石頭過河一樣，走穩一步，總結一下經驗，再前進一步。

【蓋子不能捂，短處不能護】◇告誡人掩蓋缺點影響進步，要知錯能改。

【蓋屋離不了樑，安窗離不了牆】◇喻指辦任何事都需要有一定的基本條件。

【蓋得住火，藏不住煙】◇喻指做了壞事或出了紕漏，無論怎樣掩蓋也會露出馬腳。

【蓋棺始論定】蓋棺：蓋上棺材蓋兒，指人死之後。◇一個人的是非功過，只有到他死以後，才能作出全面公正的定論。《明史・劉大夏傳》："人生蓋棺論定，一日未死，即一日憂責未已。"◎蓋棺論定，入土方休 / 蓋棺事定，入土方休

【趕十五不如趕初一】◇喻指辦事要趕早不趕晚，盡可能提前抓緊，爭取主動。

【趕人不要趕上，欺人不要過火】告誡人任何事都要適可而止，不可逼人太甚，否則會生惡果。◎趕人不過百步 / 拉弓不可拉滿，趕人不可趕上

【趕早不趕遲】◇辦事情要盡可能早點去辦，往後拖延沒有好處。◎趕早不趕晚

【趕馬三年知馬性】◇喻指幹某一項工作時間長了，就會對其了如指掌。

【趕集沒有錢，不如閒着玩】◇趕集市買東西要帶錢，否則就別去。

【趕路的對頭是腳懶，學習的對頭是自滿】對頭：此處是障礙、阻力的意思。◇喻指在學習上如果驕傲自滿，就不能進步，就會像趕路時腳懶不能前進一樣。

【趕鴨子上架】◇喻指強迫別人做不會做的事情，或不願意做的事情。

【蒼蠅不鑽沒縫的蛋】◐蛋本身如無裂縫，蒼蠅便不會鑽它。◇喻指自己立身不正，壞人才得以利用。◎蒼蠅不叮無縫蛋

【蒼蠅專找臭狗屎】◇喻指壞人專與壞人勾結，幹一些見不得人的陰謀勾當。

【蒲鞋服侍草鞋】蒲鞋：用香蒲的莖葉編成的鞋子。服侍：照料，伺候。◇ ❶喻指遭遇相仿的人互相同情，互相照顧。❷喻指志趣相同的人互相體恤、愛護。

【蒙人點水之恩，尚有仰泉之報】蒙：蒙受。仰泉：指噴泉。◐即使受到別人微小的恩惠，也要給以深厚的報答。◇強調知恩圖報。元代無名氏《爭報恩》："便好道：蒙人點水之恩，尚有仰泉之報。知恩不報，非為人也。"◎滴水之恩當湧泉相報

【遠水不救近火】◐遠處的水救不了近處的火。◇迫在眉睫的問題需要馬上解決，慢的辦法救不了急。《韓非子・説林上》："失火而取水於海，海水雖多，火必不滅矣，遠水不救近火也。"◎遠水不解近渴 / 遠水解不了近渴 / 遠水難救近火

【遠在兒孫，近在自身】◇舊時認為，作惡損德者會受到報應，遠及兒

孫，近殃自身。◎遠報兒孫，近報自身

【遠行無急步】❶走遠路不能走得太快。◇喻指要完成重大任務，需要堅持不懈地努力，不能急躁。

【遠走不如近爬坡】❶繞平道走，雖然比較輕鬆，但花的時間長；爬坡雖然費力，但可節省時間。◇喻指做事貪圖輕鬆，就會拖延時間，不如辛苦一點速戰速決痛快。

【遠來的和尚會唸經】◇喻指外來的人得到信任和重用。◎遠來的和尚好看經

【遠處賺金，不如近處賺銀】◇離開家鄉到外地去掙大錢，不如在家掙小錢穩妥。◎遠處捉魚，不如近處摸蝦

【遠賊必有近腳】◇賊從遠方來偷東西，一定有附近的知情人通風報信。

【遠路從近處走，大事從小事看】◇說明要想成就大事，必須踏踏實實地從小事做起。

【遠路無輕擔】◇路途遙遠，輕擔子隨着體力的消耗，也會覺得越來越沉重。《西遊記》第八十回："八戒道：遠路沒輕擔。教我馱人，有甚造化？"◎遠道無輕擔／遠路無輕載

【遠親不如近鄰】◇急難之時，住在遠處的親戚，還不如鄰居能幫得上忙。《水滸傳》第二十四回："常言道：遠親不如近鄰，休要失了人情。"《醒世姻緣》第八十回："遠親不如近鄰，你到凡百事肯遮庇，倒出頭的說話。"◎遠親不如近鄰，近鄰不如對門／遠親勿如近鄰

【摧眉折腰】低眉彎腰，形容卑躬屈膝的樣子。唐代李白《夢遊天姥吟留別》："安能摧眉折腰事權貴，使我不得開心顏。"◇古人唾棄摧眉折腰，今人卻多巴結逢迎，攀龍附鳳之徒。

【蒸出的才是酒，做出的才是手】◇形容光說大話沒有用，要拿出真正的成果來才能說明有真本領。

【蒸酒磨豆腐，到老不敢稱師傅】◇蒸酒磨豆腐這兩種活兒，技術水平要求很高，即使幹了一輩子也不能保證比別人做得好，所以到老都不敢稱師傅。

【摔了一跤，拾個大銅錢】◇喻指壞事可以變成好事。

【摔破玉籠飛彩鳳，頓開金鎖走蛟龍】❶把玉籠子打破，彩鳳就能飛走；把金鎖砸開，蛟龍就能逃走。◇喻指有能力的人擺脫束縛，就會有大的作為。

【聚少成多，滴水成河】❶多由少聚集而成，一滴滴的水聚集起來可以成為江河。◇喻指大的成就來自點滴積累。◎積少成多

【聚者易散，散者難聚】❶把積攢起來的錢花掉很容易；可是把花掉的錢再積攢起來卻很難。◇喻指花錢容易，掙錢難。

【槌要敲在響鼓上】◇喻指說話、做思想工作要有針對性，要抓住要點。

【槍打出頭鳥】出頭：領頭，在最前面。◇冒尖的人物容易被打擊，先遭災惹禍。

【槍打出頭鳥，刀砍地頭蛇】出頭鳥：喻指領頭的人。地頭蛇：指當地橫行的無賴。◇喻指先打擊領頭的、橫行霸道的壞人。

【槍打呆鳥】呆鳥：指愚蠢的人。◇喻指頭腦不靈活、做事不機靈的人處處受欺負。

【榜有姓名，還是學生；榜無名氏，京闈貢士】名氏：姓名。京闈：在京城裏舉辦的科舉考試。貢士：通過了鄉貢考試的人。◉經過考試名字上了榜的人還要被稱作學生；榜上沒有名字的人反而成為參加京城會試的貢生。◇諷刺科舉考試制度的腐敗。

【輔車相依，脣亡齒寒】輔：頰骨。車：牙牀。◉頰骨與牙牀相互依賴，如果失去嘴脣那麼牙齒就會受冷。◇喻指相互之間關係密切，利害與共，如果失去一方另一方也會受損。《左傳·僖公五年》："晉侯復假道於虞以伐虢，宮之奇諫曰：'虢，虞之表也，虢亡，虞必從之，晉不可啟，寇不可翫。一之謂甚，其可再乎。諺所謂輔車相依，脣亡齒寒者，其虞虢之謂也。'"

【輔強主弱，終無着落】◇當主子的軟弱無能，輔佐主子的人精明強幹，其結果一定會發生悲劇。清代俞萬春《蕩寇志》第七十四回："自古道：輔強主弱，終無着落。還不如用這個法門破他。"

【輕人還自輕】輕：輕視，看不起。◇輕視別人，實際上是小看自己。

【輕掌惹重拳，打倒不要怨】◇弱者向強者挑釁，招致沉重打擊，怨不得別人。形容人自不量力。

【輕載讓重載】◉在窄道上相遇，負擔輕的人要給負擔重的人讓路。◇喻指事有輕重緩急。

【輕輕擔，擔倒山；重重擔，擔倒人】◉擔子雖輕，但堅持不懈地挑，就可以把整座山搬走；如果擔子過重，挑不了幾次，就會把人累垮。◇喻指做事情不要操之過急，循序漸進才會有顯著的成效。

【緊行無好步】◉急忙走路，不會有好的步態。◇喻指辦事急於求成，就不容易辦好。

【緊緊手，年年有】◇只有花錢時手緊，不隨便亂用，才能年年有盈餘。

【碟大碗小，磕着碰着】◉碟碗放在一起，難免磕碰。◇喻指人與人相處，難免會發生摩擦。

【對不識字的人，莫作才語】◇說話要看對象，要掌握分寸，對不識字的人不要談論文雅的話題。

【對待失意人，別說得意話】◇在事不遂心的失意人面前，不要談論自己得意稱心的事情，以免引起他人傷心，遭人嫌惡。

【睡不着覺，怪牀腳】◇喻指有了問題，不查找真正的原因，而找不相干的事作理由。◎睡不着覺，怪牀歪

【睡多了夢長】◇喻指時間拖長了，事情容易發生變化。

【睡覺不蒙頭，清早郊外走】◇告訴人們，睡覺不要蒙頭，蒙頭睡會影響正常呼吸，不利於健康；清早起來，要到郊外走動走動，呼吸新鮮空氣，有利於身體健康。

【賒三不敵見二】敵：趕上。見：同"現"。◉做生意與其多得欠款，不如少收現款。◇強調經商做買賣現款交易，不要欠錢賒賬。《西遊記》第三回："悟空道：'我老孫不去，不去！俗語謂賒三不敵見二，只望你隨高就低的送一副便了。'"◎賒得不如

現得／多得不如現得／千錢賒不如八百現

【**賒酒時風花雪月，飲之時流星趕月，付錢時水底摸月**】◇酒鬼賒酒時說話非常動聽，喝酒時速度非常快，付錢時兜裏甚麼也沒有。諷喻世之無賴者。

【**聞名不如見面，見面勝似聞名**】◇只聽到其人的名聲不如見到本人，看見本人比聽傳聞了解更真切。

【**聞其聲不忍食其肉**】◇聽到動物被屠宰時的叫聲，就不忍心再吃肉了。《孟子・梁惠王上》："君子之於禽獸也，見其生，不忍見其死；聞其聲，不忍食其肉。是以君子遠庖廚也。"

【**聞事莫說，問事不知，閒事莫管，無事早歸**】◇聽到的事情不要傳說，如果別人問及此事，要裝作不知道，不該自己管的事不要去管，沒有事就早早回家，不要多管閒事。指一種為人處事的態度。

【**聞所聞而來，見所見而去**】◉聽到了傳聞而來看看，見到了所要見的就離去。◇喻指有目的而來，達到了目的就離開。南朝宋劉義慶《世說新語・簡傲》："鍾士季精有才理，先不識嵇康。鍾要於時賢俊之士，俱往尋康。康方大樹下鍛，向子期為佐鼓排。康揚槌不輟，傍若無人，移時不交一言。鍾起去，康曰：'何所聞而來？何所見而去？'鍾曰：'聞所聞而來，見所見而去。'"

【**聞鼓而思將士**】◉聽到鼓聲而想念將士。◇喻指因某事聯想起曾經幫助過自己的故友。《禮記・禮樂》："君子聽鼓鼙之聲，則思將帥之臣。"

【**聞鐘始覺山藏寺，到岸方知水隔村**】◉聽到了鐘聲，才知道山裏隱藏着一個寺廟；到了岸邊，才知道河邊有個村莊。◇喻指事物到了最後才見分曉。元代無名氏《張協狀元》："聞鐘始覺山藏寺，到岸方知水隔村。"

【**鄙儒不如都士**】鄙儒：缺乏真知、不識時務的儒生。都士：古代傳送訟案的小官。◉目光短淺的儒生，還不如傳遞訟案的小官吏。◇如果有了事情，上報給能解決問題的小官，要比甚麼問題都解決不了的庸官強。漢代桓寬《鹽鐵論・國疾》："世人有言：'鄙儒不如都士。'文學皆出山東，希涉大論。"

【**蜘蛛勤織網，總有飛來蟲**】◇喻指只要辛勤勞動，總會有收穫。

【**罰了不打，打了不罰**】◇舊時刑律上規定，對犯事者不能打、罰並舉。

【**罰不擇骨肉，賞不避仇讎**】◉懲罰時不能因為是骨肉而不罰；獎賞時不能因為是仇人而不賞。◇告誡人賞罰要秉正無私。

【**圖他一粒米，失卻半年糧**】◉貪圖他一粒米，卻失掉了自己的半年糧食。◇喻指因小失大。◎圖他一斗米，失卻半年糧

【**圖官在亂世，覓官在荒年**】◇利用社會動亂和饑荒災年，投機鑽營，為自己謀官加爵，大肆撈取好處。

【**圖俏不穿棉，凍死也枉然**】枉然：得不到任何收穫，徒然。◉為了漂亮而不穿棉衣，凍死了是沒有意義的。◇諷喻那些愛慕虛榮，不講實際的人。

【**圖鬼魅者易奇，寫狗馬者難巧**】◇畫鬼容易，因為大家都沒有見過，

無論怎麼畫都行；而狗和馬是大家都熟悉的，畫起來就難了。

【圖窮匕首見】☑《戰國策‧燕策三》記載，燕太子丹派荊軻刺殺秦王，荊軻假作獻燕國督亢地圖，在秦王面前展開地圖，露出捲在裏面的匕首，荊軻以匕首刺秦王，不中，被殺。◇後用“圖窮匕見”比喻事情發展到最後，真面目或本意徹底暴露。

【種田不熟不如荒，養兒不肖不如無】◇種莊稼不能成熟，還不如把田荒掉；養兒子品德不好，還不如沒有兒子。

【種瓜得瓜，種豆得豆】◇喻指採取甚麼樣的行動，就會有甚麼樣的結果。《醒世姻緣》第二十二回：“正是：種瓜得瓜，種粟得粟，一點不差，捨漿種玉。”◎種牡丹的得花，種蒺藜的得刺。

【種地看氣候，打魚看水流】◇喻指做哪一行工作，就得關注哪一行的事。

【種花一年，看花十日】◇種花的時間很長，賞花的時間很短。

【種花須知百花異，育人要懂百人心】◇喻指無論做哪一行工作，都要搞好調查研究，深入了解其性質和特點，才能把工作做好。

【種菜老婆吃菜腳，做鞋老婆打赤腳】◇喻指舊時勞動者千辛萬苦地幹活，卻常常享受不到自己創造的勞動成果。

【稱一稱知輕重，量一量知短長】◇喻指只有通過實踐檢驗，才能對事物作出正確的判斷。

【算命不說好，命金哪裏討】☑算命的人不說好話，別人就不會給他錢財。形容算命之人十有九騙。

【算算用用，一世不窮，不算光用，海乾山空】◇告誡人過日子要有計劃，精打細算，一輩子就不會受窮。否則，無論有多少財富，都會被揮霍掉。

【算盡千般計，到頭一場空】☑千方百計算計別人，最後甚麼也沒得到。◇告誡人要寬厚做人，不要算計別人。

【算盤珠子不饒人】◇喻指舊時放高利貸者，對窮人盤剝得非常厲害。

【管三軍不吃淡飯】◇舊指領兵將帥的伙食肯定會是美味佳餚。

【管山吃山，管水吃水】◇指舊時掌管任何事務都會從中撈取好處。

【管勺的管不了燒火】管勺的：指廚師。◇喻指幹一行的管不了另一行的事，每個人要各司其職。

【管中窺豹，時見一斑】斑：指豹身上的斑點花紋。☑從竹管裏看豹子，只能看到豹子身上的一塊斑點花紋。◇喻指見到局部，可以推測全局。也喻指不能以偏概全。南朝宋劉義慶《世說新語‧方正》：“子敬數歲時，嘗看諸門生樗蒲，見有勝負，因曰：‘南風不競。’門生輩輕其小兒，迺曰：‘此郎亦管中窺豹，時見一斑。’”◎管中窺豹，但取一斑／管中窺豹，可見一斑／管中窺豹，只見一斑

【管是親，教是愛；不管不教要變壞】◇對孩子嚴加管教才是對孩子的愛護，否則孩子就難免要變壞。

【管閒事，落不是】◐ 如果去管與自己無關的事，常常會給自己帶來麻煩，招來非議。◇提醒人有時不分緣由善意的幫忙，也會招致埋怨。◎管閒事，落閒非 / 管閒事，生閒氣

【僧不僧，俗不俗，女不女，男不男】◐ 既不像和尚，又不像俗人，既不像女人，又不像男人。◇喻指不倫不類，不成體統，沒有樣子。

【僧多粥薄】◐ 和尚多了，粥就稀薄了。◇喻指東西有限，不夠分配。◎僧多粥少

【僧來看佛面】◇喻指看在別人的面子上給予照顧。◎不看僧面看佛面

【僧道吃十方】◐ 僧：和尚。十方：各處。和尚道士走到哪裏可以吃到哪裏。◇喻指到處撈取利益。

【僧讚僧，佛法興；道中道，玄中妙】佛法：佛教徒和迷信的人認為佛所具有的法力。道：道士。玄：玄虛。◐ 和尚稱讚和尚，佛法就能興盛；道士讚揚道士，道理就更加玄妙不可捉摸。◇喻指要成就某事，需互相支持和幫助。

【銅盆撞了鐵掃帚，惡人自有惡人磨】◇喻指厲害的人遇到了更厲害的人，硬碰硬。明代馮夢龍《醒世恆言》卷三十四："銅盆撞了鐵掃帚，惡人自有惡人磨。"◎銅盆撞了鐵刷帚

【銅盆爛了斤兩在】◇喻指失去了某種主要價值，仍有其他可利用的價值。◎銅盆碎了斤兩在，大船破了釘子多

【銅錢眼裏打鞦韆】◇喻指善於精打細算。◎銅錢眼裏翻斤斗

【銅錢眼裏翻觔斗，豆腐裏面尋骨頭】◇喻指故意折騰、找碴。

【銅錢銀子是人身上的垢，鴨背上的水，去了又來】◇形容錢是身外之物，花掉了還可以再賺回來。

【銅錢銀子連心肺】◇喻指把錢財看得很重，捨不得花，視同自己的生命。

【銀河縱橫斷，自有鵲橋通】◇ ❶ 喻指相隔千山萬水，也擋不住戀人們的一往深情，有情人終成眷屬。❷ 喻指分居兩地的夫妻一定能團聚。

【銀錢不露白，露白定分財】◇告誡人們，錢財不能顯在明處，否則可能會造成損失。

【貌言華也，至言實也，苦言藥也，甘言疾也】貌：外貌，表面。至：指至誠。◇表面動聽的話常常華而不實，至誠的話往往是非常實在，苦口相勸的話像好藥一樣能治病，甜言蜜語能促使人犯錯誤。《史記·商君列傳》："語有之矣，貌言華也，至言實也，苦言藥也，甘言疾也。"

【貌善防心毒】◇判斷人善良與否，不能只看表面，而要看實質。◎貌善防心不善

【領不讓分，衣不讓寸】◇做衣服時，領子的尺寸必須精確，不能差一分一毫，否則就穿不了，其他部分的尺寸也需要準確，否則如果誤差一寸就會差得很多。

【膀子寬腰細必定有力】◇肩膀寬大，腰部細，這種體型的人力氣一定很大。

【腿快不怕路遠】◇形容只要努力去做，任務再多也能完成。

【腿長沾露水，嘴長惹是非】◇說話過多了容易招惹是非。

【疑人莫用，用人莫疑】◇告訴人們，懷疑別人就不要用他，既然用了就不要懷疑他。◎疑人勿用，用人勿疑／疑則勿任，任則勿疑

【疑心生暗鬼】◇疑心重的人容易無中生有，胡亂猜疑，產生不必要的驚怕。宋代呂本中《師友雜誌》：“嘗聞人說鬼怪者，以為必無此理，以為疑心生暗鬼，最是切要議論。”◎疑心多見鬼

【疑行無成，疑事無功】行（xíng）。◇行動遲疑，辦事不果斷，就不可能取得成功。《商君書•更法》：“臣聞之，疑行無成，疑事無功。”◎疑行無名，疑事無成。

【鳳不離窠，龍不離窩】◇喻指尊貴的人不會輕易離開自己養尊處優的生活環境。

【鳳有鳳巢，雞有雞窩】◇喻指不同層次的人，總是分別相聚在一起。

【鳳凰不入烏鴉巢】◇喻指好人不宜去不三不四的地方。

【鳳凰飛在梧桐樹，自有旁人話短長】◇喻指發生了一件不尋常的事情，引起大家的關注，也有人出來說三道四。◎鳳凰飛上梧桐樹，自有旁人道短長／大鵬飛上梧桐樹，自有旁人說短長

【鳳凰無寶處不落】◎鳳凰落下來的地方一定有寶物。◇喻指沒有強大的吸引力，就不會引來重要的人物。

【鳳凰落架不如雞】◇喻指失去權勢地位或各種優越條件的人，其境遇不如一般黎民百姓。◎鳳凰落地變成雞

【鳳凰鴉鵲不同群】◎鳳凰和鴉鵲不會同群飛翔和棲息。◇喻指好人與壞人不可能長久相處在一起。◎鳳凰山雞不同林，麋鹿狼狽不同群／鳳凰老鴰不同窩，老虎瞎熊不同路

【颱風來前，水下流急】◎颱風來臨之前，水下流速加快。◇喻指社會變革來臨時，社會各方的力量，開始蠢蠢欲動。

【誠無垢，思無辱】垢：指污點，不光彩的事情。◇為人誠實，自身就清白無垢；做事考慮周到，就不會遭受恥辱。西漢劉向《說苑•敬慎篇》：“諺曰：‘誠無垢，思無辱。’夫不誠不思而以存身全國者亦難矣。”

【說一尺，不如行一寸】◇喻指說得再多，不如實際行動。

【說一是一，說二是二】◇喻指說話實在。《三遂平妖傳》第二回：“袁公跳將起來說道：‘我老袁不但身上乾淨，心裏也乾淨，說一是一，說二是二，不比他人言三語四。’”

【說人好歹，當體平時】◎品評一個人的好壞，不能單看他做某一件事，而要看其一貫表現。

【說死蓮花還有藕】◇喻指說話滔滔不絕，有說不完的話題。

【說你胖，你就喘】◇喻指受到誇獎或吹捧，就得意忘形。◎說你呼味，你還喘起來了

【說者無意，聽者有心】◎說話的人是言談隨意，無任何用心，聽話的人卻記在心上了。◇告誡人說話要慎重，不要被人誤解。

【說到曹操，曹操就到】曹操：三國時期政治家、軍事家、詩人，先為東

漢丞相。後來曹丕稱帝，建立魏國，追尊曹操為魏武帝。◇喻指正提到某人，恰巧某人就來了。◎說曹操，曹操到

【説到錢，便無錢】❍一說到錢，便表示沒有錢。◇喻指向人借貸非常困難。◎說着錢，便無緣

【説的比唱的好聽】◇喻指人說話不真心，只說好聽話，不做實事。

【説金子晃眼，説銀子傻白，説銅錢腥氣】◇不屑於談論錢財。《西遊記》第六十七回："行者道：'何必說要甚麼謝禮！俗語云，說金子晃眼，說銀子傻白，說銅錢腥氣！我等乃積德的和尚，決不要錢。'"

【説真方，賣假藥】◇喻指人言行不一。

【説話不明，猶如昏鏡】❍說話不清楚，就像一面模糊不清的鏡子。◇告誡人說話要明白清晰。

【説話説給知人，送飯要送飢人】❍知己話要說給知心人聽，送飯要送給捱餓的人。◇喻指說話辦事找準對象，有的放矢。

【説話贈與知音，良馬贈與將軍，寶劍贈與烈士，紅粉贈與佳人】烈士：古時指有志於建功立業的人。佳人：美女。❍知己話說給知心人聽，好馬送給將軍騎，寶劍送給有志於建功立業的人，紅粉送給美人。◇喻指贈送禮物要送給最合適的人。

【説嘴郎中無好藥】郎中：中醫醫生。❍自我誇耀的醫生沒有好藥。◇喻指自吹自擂的人沒有真本領。◎說嘴的大夫沒好藥

【説謊不瞞當鄉人】◇謊話騙不過了解情況的人。

【説謊只怕三抵面】❍說謊話的就怕三方面的人當面對證。◇形容謊話經不起驗證。

【認理不認人，不怕不了事】❍做事情若不講私情，只講原則道理，就不怕解決不了問題。

【認理不認親】◇喻指按原則辦事，不講私人情面。

【認錯定盤星】定盤星：戥（děng）子或桿秤標誌起算點的星。◇喻指錯誤地估計了形勢。

【敲了牛角震牛耳】❍牛耳緊挨着牛角，敲擊牛角必然會震動牛耳。◇告訴人們，事物之間是相互聯繫的，處理問題時要考慮周全，以免傷及無辜。◎敲冰水動，打水魚疼

【敲鼓要敲鼓當中】❍擊鼓要敲在鼓面中央，聲音最響。◇說話、做事要抓住問題的關鍵。◎敲鑼要敲在鑼心上

【敲壁板，震柱頭】壁板：分隔房間的木板牆。柱頭：柱子。◇不直接進行批評，而是間接地提出問題，從側面提醒你要注意的東西。

【敲簸箕，駭麻雀】駭：嚇唬。◇只是虛張聲勢，沒有任何實際作用。

【敲鑼賣糖，各幹一行】❍敲打銅鑼的與出售糖果的，互不相關，各幹各的行當。◇喻指行業不同的人之間不會發生關係，也沒有利害衝突。◎敲鑼賣糖，各執一行 / 敲鑼賣藥，各幹一套

【膏粱之性難正】膏粱：肥肉和細糧，泛指精美的食物。此處指享受富貴生活的人。◇享受富貴生活的人，如果

養成了驕奢放縱的習性，就很難改正。《國語‧晉語》："夫膏粱之性難正也，故使惇惠者教之，使文敏者導之，使果敢者諗之，使鎮靜者修之。"

【腐木不可以為柱，卑人不可以為主】腐木：腐朽的木材。卑人：身份地位卑下的女子，指婢妾一類的人。◎腐朽的木材不能做柱子，用了房屋會倒塌；平庸的人不能委以重任，否則會招致禍患。《漢書‧劉輔傳》："里語曰：'腐木不可以為柱，卑人不可以為主。'天人之所不予，必有禍而無福，市道皆共知之，朝廷莫肯壹言，臣竊傷心。"◎腐木不可以為柱，人婢不可以為主

【瘦了綿羊，肥了羔羊】◇喻指一方得到了好處，另一方卻受到了損失。

【瘦土出韌竹】◇喻指在艱難困苦的環境中，可以鍛煉出意志堅強的人。

【瘦毛驢的嗓門高】◇喻指沒有本事的人往往喜歡自吹自擂。

【瘦死的駱駝比馬大】◎即使駱駝瘦死了，也比馬大。◇喻指有錢有勢的人，即使破產或失勢了，也比一般的人家有錢。也喻指有能耐的人，即使受到挫折，也比普通的人強。◎瘦駱駝強似象

【瘦狗莫踢，病馬莫騎】◇喻指不應該欺侮落難之人。

【瘦驢拉硬屎】◇喻指做力所不及的事。多用來諷刺經濟力量不足，卻硬充有錢人的樣子。

【旗開得勝，馬到成功】開：展開。◎令旗剛一展開就取得勝利，戰馬剛一上陣就獲得成功。◇❶喻指取勝非常迅速。❷指做事一開始就十分順利。明代周楫《西湖二集‧劉伯溫薦賢平浙中》："所以旗開得勝，馬到成功，攻城略地如風捲殘雲。"

【竭澤取魚，非不得魚，明年無魚；焚林而畋，非不獲獸，明年無獸】畋：打獵，捕獸。◎把湖澤的水掏乾了去捉魚，不是捉不到魚，而是第二年就沒有魚了；焚燒樹林去捕捉野獸，不是捕捉不到野獸，而是第二年就沒有野獸了。◇喻指不要只圖眼前利益去索取淨盡，而應留有餘地，有長遠打算。《呂氏春秋‧義賞》："竭澤而漁，豈不獲得？而明年無魚。"

【齊不齊，一把泥】◎泥瓦匠幹活，不管磚牆砌得是否齊整，抹上一層泥灰就都遮掩住了。◇喻指做表面文章，欺騙別人。

【精打細算，有吃有穿】◇生活有計劃，精打細算，衣食就有保障。

【精誠所至，金石為開】◇說明只要誠心誠意地去努力，再困難的問題也能解決。《後漢書‧光武十王列傳》："精誠所加，金石為開。"

【榮辱死生，各有定數】◇人一生中榮耀和恥辱，出生和死亡，都是命運中注定的。

【榮華花上露，富貴草頭霜】榮華：草木開花，指興盛或顯達。富貴：指有錢又有地位。◎人的名聲和地位就像花朵上的露水，人的錢財和權勢就像草木上的霜。◇喻指人所擁有的榮華富貴都是暫時的，都可能轉瞬即逝，要樂天知命。

【滿必損，驕必敗】◇驕傲自滿必然會退步失敗。◎滿必溢，驕必敗／滿必溢，驕必敗

【滿招損，謙受益】◎驕傲自滿會招來損害，謙虛謹慎能得到益處。◇提醒人們，要謙虛謹慎，防止驕傲自滿。《尚書·虞書·大禹謨》：“三旬，苗民逆命。益贊於禹曰：‘惟德動天，無遠弗屆。滿招損，謙受益，時乃天道。帝初於歷山，往於田，日號泣於旻天，於父母，負罪引慝。祇載見瞽叟，夔夔齋慄，瞽亦允若。至誠感神，矧茲有苗。’”◎滿必損，驕必敗／滿必溢，驕必敗

【滿堂僧不厭，一個俗人多】◎滿廟堂的出家僧人也不覺得討厭，而來了一個凡夫俗子就覺得多餘。◇喻指自家人再多也不厭棄，而外人即使很少也會覺得多餘。

【滿眼榮華不足貴，一家安樂值錢多】◇闔家安康歡樂對一個人來說是最幸福美滿的事。

【滿瓶不響，半瓶晃蕩】◎滿瓶的水搖着發不出響聲，半瓶的水搖着就會晃蕩，發出聲響。◇喻指知識豐富、有真才實學的人，往往比較謙虛；而知識淺薄、一知半解的人卻喜歡自我炫耀。◎滿壺全不響，半壺響叮噹／滿瓶不響，半瓶叮噹／滿瓢水不蕩，半瓢水亂蕩

【滿腹文章不療飢】◎雖有滿肚子的學問卻不能治療腹內的飢餓。◇喻指有才華的人，只有合適的地方才能施展。◎滿肚子文章充不了飢

【滿話說不得】◇提醒人們，自滿的話決不能說。

【滿樹紅果，不是一朝露水】◇喻指能獲得優異的成果不是一朝一夕的工夫，而是長期堅持的結果。

【滿嘴仁義道德，一肚子男盜女娼】◇諷喻那些表面上道貌岸然，內心卻醜惡奸詐的人。

【滯貨也有不滯時】滯貨：銷路不暢的貨。◇銷路不好的貨物，有時也會有賣得很好的時候。

【漸不可長】漸：微小，指事物不好的苗頭。◇微小的不良苗頭或微小的危險傾向都不能任其滋長。《漢書·朱雲傳》：“今御史大夫禹絜白廉正，經術通明，有伯夷、史魚之風，海內莫不聞知，而嘉〔猥〕稱雲，欲令為御史大夫，妄相稱舉，疑有姦心，漸不可長，宜下有司案驗以明好惡。”

【漚麻坑扶立擎天柱】漚麻坑：浸泡麻皮的坑，臭氣熏人。擎天柱：喻指國家棟樑之人。◇喻指鄙陋的環境也能培養出棟樑之才。

【漂母一飯，千金難買】漂（piǎo）：漂洗。漂母：在水邊洗衣服的老婦人。千金：指錢數很大。◎漢代韓信年輕時家貧如洗，沒有飯吃。有一位洗衣服的老婦人，見他飢餓，就給他飯吃。後來韓信得勢，被封為楚王，就賜給漂母千金，以表示報答。◇喻指危難之際給予的幫助，異常寶貴，用金錢無法衡量。《史記·淮陰侯列傳》：“信釣於城下，諸母漂，有一母見信飢，飯信，竟漂數十日。”又：“信至國，召所從食漂母，賜千金。”◎漂母一餐飯，韓信酬千金

【漂亮的馬仔，歪腳母馬生】馬仔：小馬。◇喻指人才出生於窮苦人家。

【漂亮話好說，漂亮事難做】漂亮：精彩，出色。◎動聽的話好說，出色的成績不容易做。◇喻指說起來容易，做起來難。

【滷水點豆腐，一物降一物】◇把鹽滷點到豆汁裏就能凝結成豆腐。喻指一種事物能制服另一種事物。◎一物降一物，滷水做豆腐

【漁人觀水勢，獵人望鳥飛】◑漁人根據水勢來判斷是否有魚，獵人觀察鳥的飛行來判斷獵取對象。◇喻指幹哪一行的工作，就會去研究哪一行的問題。

【滴水之恩，不忘湧泉相報】滴水：一滴水，形容數量少。湧泉：湧出的泉水，形容數量多。◇受別人的點滴之恩，要牢記不忘，要用十倍的好處去回報。◎滴水之恩，當湧泉相報 / 滴水之恩，湧泉相報 / 滴水之恩，當以泉報

【滴水成河，積少成多】◇事物之多是由少積聚而多，江河之水是由滴水匯成。

【滴水成河，積米成籮】籮：籮筐。◇告訴人們，節約積攢可以積少成多。

【滴水能把石穿透，萬事功到自然成】◇屋簷上滴下的水，天長日久能把下面的石板穿透；做事情也似滴水穿石，只要持久不懈地努力，時間長了會功到事成。

【漲潮吃鮮，落潮吃鹽】◑漲潮時大量的海鮮品湧上岸，人們可以靠捕撈海鮮為生；落潮時可以靠曬鹽為生。◇喻指依靠當地的資源來生活。

【慢人者，人亦慢之】慢：輕慢，怠慢。◇怠慢、不尊重別人的人，別人也會怠慢、不尊重他。

【慢工出巧匠】◇精工細作可以鍛煉出能工巧匠。

【慢工出細活】◇較慢的認真細緻的工作，能製作出精品。◎慢工出細貨

【慢走強如站】◑走路慢一點，也比站着不走強。◇喻指工作或學習，只要堅持不懈，即使進步慢，也比停滯不前好得多。◎慢走強如歇

【慢走跌不倒，小心錯不了】◇告訴人們，做工作要認真仔細，盡量避免出現失誤和差錯。◎慢步跌不倒，小心錯不了

【慢藏誨盜，冶容誨淫】慢藏：指不及時收藏財物。冶容：指妖艷的打扮。誨：指招致，引誘。◑珍貴的財物如果收藏不及時，不穩妥，就會招來偷盜；女子過分妖艷的打扮，會誘惑人思想淫亂。◇提醒人們，對財物要精心地收藏保管，梳妝打扮要莊重大方，以免引來災禍。《周易・繫辭上》："慢藏誨盜，冶容誨淫。"◎慢藏誨盜

【慷慨殺身易，從容就死難】◇為正義事業而慷慨就義並不難，而從容鎮定地死亡卻很難。◎慷慨捐軀易，從容就義難 / 慷慨成仁易，從容就義難 / 慷慨捐生易，從容就死難

【慣曾為旅偏憐客】◑由於自己常常出門，所以對旅客的處境就特別同情。◇喻指境遇相同的人很容易互相同情，互相關照。關漢卿《趙盼兒風月救風塵》第三折："第一來我則是可憐見無主娘親。第二來是我慣曾為旅偏憐客。第三來也是我自己貪杯惜醉人。也索費些精神。"

【慣騎馬的慣跌跤】◇喻指經常作某種工作的人，容易因疏忽大意而出錯。

【寡不敵眾，弱不敵強】寡：少。敵：抵擋。◇人少的抵擋不過人多的，力量弱小的抵擋不了力量強大的。

【寡言省謗，寡慾保身】◇平時少說話能夠減少別人的誹謗，慾望少對身體有好處。

【寡門不入宿，臨甑不取塵】甑（zèng）：炊具。◇提醒人們，不要到寡婦家去借宿，以避免別人說閒話；不要在做飯的陶器飯鍋旁撢塵土，以防止被人誤以為偷食的嫌疑。

【寡婦門前是非多】◇寡婦沒有丈夫，有男人出出進進往往容易引起是非。提醒男人在同寡婦來往時要更加注意禮儀，以免引起旁人的議論。

【察見淵魚者不祥，智料隱匿者有殃】察見：看清楚。淵魚：深潭中的游魚。隱匿：隱秘不讓知道。◑能看清深潭中游魚的人，沒有甚麼好處；能料知別人隱秘的人會招來禍殃。◇告誡人們，做人不要過於精明，精明過度反而有害。《列子·說符》：“文子曰：‘周諺有言：察見淵魚者不祥，智料隱匿者有殃。且君欲無盜，莫若舉賢而任之；使教明於上，化行於下，民有恥心，則何盜不為？’”

【寧人負我，毋我負人】◑寧可別人辜負我，決不可我辜負別人。◇品德高尚的人決不做對不起別人的事，寧可人負我，不可我負人。《三國志·武帝紀》：“孫盛雜記曰：太祖聞其食器聲，以為圖己，遂夜殺之。既而悽愴曰：‘寧我負人，毋人負我！’遂行。”

【寧可一日沒錢使，不可一日壞行止】◇即使在一時沒有錢用，也不能去做有損人格的壞事。

【寧可上前一尺，不可後退一寸】◇與敵人打仗時，只能前進，不能後退。

【寧可千日無災，不可一日不防】◇提醒人們，即使年年無災難，也要時時防災患。

【寧可正而不足，不可邪而有餘】◑寧可走正直之道而生活貧困，也不走歪門邪道而富足。◇告誡人們，不可因為追逐金錢走邪路，喪失品格。

【寧可扶人起，不可推人倒】◇告訴人們，應該在別人困難的時候扶一把，而不能落井下石。

【寧可折本，休要飢損】◇提醒人們，寧肯破費一點錢財，也不能損傷身體。

【寧可囤尖留，不可囤底愁】◇告訴人們，在糧食囤很滿的時候就要注意節省，免得等到糧食快吃完的時候發愁。

【寧可枝頭抱香死，何曾吹落北風中】◑寧可在枝頭擁抱冷香而死，也不願被狂飆吹落，飄零在北風中。◇歌頌民族英雄寧可保存氣節而死，決不屈服於敵人而偷生。宋代詩人鄭思肖的《寒菊》：“花開不並百花叢，獨立疏籬趣未窮。寧可枝頭抱香死，何曾吹落北風中。”

【寧可信其有，不可信其無】◑寧可相信有這種事，不可相信沒有這種事。◇喻指有備無患。元代無名氏《盆兒鬼》楔子：“那先生都叫他做賈半仙，寧可信其有，不可信其無，孩子去意已決。”明代馮夢龍《三遂平妖傳》第三回：“又有個年長的道：‘寧可信其有，不可信其無。’”

【寧可悔了做，不可做了悔】悔：悔悟，後悔。● 寧可悔悟後去做，不可做了以後再後悔。◇告訴人們，做任何事都要三思而行，不可盲目行事，以免鑄成錯誤後悔不及。

【寧可雪裏送炭，不可火上加油】◇喻指應該在別人困難的時候提供幫助，而不應在別人發火的時候，再進一步激怒他。

【寧可做辛勤的蜜蜂，不可做悠閒的知了】知了：即蟬。◇勸告人們，要像蜜蜂那樣辛勤地勞動，切不可像悠閒的知了那樣自鳴得意，無所作為。

【寧可貧後富，不可富後貧】● 由貧困轉變為富裕日子好過；過慣了富裕生活以後又受貧困，日子就難過了。◇勸告人們，在生活富裕的時候要注意節儉，以防衰敗、貧困。

【寧可清貧，不可濁富】◇告誡人們，寧可過清貧自樂的生活，也不可與壞人同流合污，過污濁富貴的生活。

【寧可無了有，不可有了無】◇寧可從無到有，也不願意得到後又失去。

【寧可無錢，不可無恥】◇告訴人們，寧可沒錢過窮日子，也不能做見不得人的無恥勾當。

【寧可葷口唸佛，莫將素口罵人】● 寧可吃葷卻信佛從善，也不可吃着素齋卻張口罵人。◇強調張口罵人比吃葷破戒的罪孽更大。

【寧可與人比種田，不可與人比過年】◇告誡人們，可以在勞動上、工作上競爭，不可在吃喝上攀比。◎要和人比種田，莫和人比過年

【寧可算了吃，不可吃了算】◇生活上要有計劃，要先計算，後花錢，不可先花錢，後計算。

【寧可認錯，不可說謊】◇告訴人們，要誠實，不要說謊，有了錯誤要勇於承認。

【寧可學了不用，莫到用時不能】◇告訴人們，學會了暫時沒有用上不要緊，但不要等需要用的時候再去學習，那就來不及了。

【寧可鍋裏存放，且莫肚子傻脹】◇告誡人們，吃飯不能吃得太飽，以免影響身體健康。◎寧可鍋裏放壞，不可肚裏硬塞 / 寧願放餿飯，不願脹黃人

【寧可濕衣，不可亂步】亂步：舊時官場的官員，行動時要以腳指行走，腳跟不着地，一步三搖，以示斯文，否則稱為亂步。● 寧可淋濕衣服，也不能不按章法走路。◇諷刺死守教條不知變通的人。

【寧叫做過，莫要錯過】◇提醒人們，遇事寧可做做試試，也不可坐失良機。◎寧可做過，不可錯過

【寧失駿馬，勿失己言】● 寧願丟失心愛的駿馬，也不肯丟掉自己的承諾。◇強調一個人決不能食言。◎寧失駿馬，勿食己言

【寧在人前全不會，莫在人前會不全】◇對某些事不會或不懂，寧可實話實說，別人並不會恥笑；如果一知半解，似懂非懂，還要顯示自己，反會遭到恥笑。告誡人們凡事都需要實事求是，懂得的就說懂，不會的就說不會，不可裝懂裝會顯示自己。

【寧在時前，不在時後】時：指農時。◇做農活要根據節氣，不可誤農時，影響收穫。

【寧死不背理，寧死不墮志】◇讚譽那些寧死也不肯違背真理，不改變自己崇高志向的人。

【寧吃飛禽四兩，不吃走獸半斤】◇喻指飛禽的肉比走獸的肉好吃。

【寧吃開眉粥，不吃皺眉飯】◇勸導人們，寧可安貧受窮，過心情舒暢的清貧日子，也不要仰人鼻息過心情鬱悶的富日子。◎寧可吃開眉粥，不吃愁眉飯

【寧吃過頭飯，莫説過頭話】過頭飯：超過飯量的飯，過多的飯；過頭話：言過其實的話，誇大的話。◇告誡人們，偶爾多吃了一些過量的飯還不太要緊，切不可説過分的、絕對的話。◎寧穿過頭衣，不説過頭話

【寧吃鮮桃一口，不吃爛杏一筐】◇喻指寧可要少而精，不可多而濫。◎寧吃鮮魚一口，不吃爛魚一筐／能吃鮮桃一口，不吃爛杏一筐

【寧向直中取，不向曲中求】直：正直，正當。曲：彎曲，不正。◐寧可走正當的途徑去爭取，不願走不正當的路子去求得。◇讚譽正直的人辦事應當走光明大道，不走歪門邪道。《增廣賢文》：“寧向直中取，不向曲中求。”◎寧在直中取，不向曲中求／寧可直中取，莫向曲中求

【寧走十步遠，不涉一步險】◐寧可繞道走安全的遠路，也不抄近去走危險的近路。◇喻指要辦成一件事就要下工夫花力氣，不可圖省事、找捷徑。◎寧繞十里遠，不走一里險／寧走十步遠，別走一步險／能走十步遠，不走一步險

【寧走封凍冰薄一寸，不走開江冰厚一尺】◇告訴人們，在嚴冬天氣寒冷，河水結冰封凍時，結冰雖薄卻堅硬，人可以安全地在上面走；但開春時節，冰河逐漸解凍，這時即使冰尚厚，也不要在冰上行走，以免墜入冰層下，危及生命。

【寧求死以成仁，毋求生以害義】◇告誡人們，為了維護真理保全正義事業，寧可獻身求死也不苟且偷生。《論語・衛靈公》：“子曰：‘志士仁人，無求生以害仁，有殺身以成仁。’”

【寧伸扶人手，勿開陷人口】◇應該做幫助別人的事，也不做陷害人的事。◎寧伸扶人手，莫開陷人口

【寧和君子打個架，不和小人説句話】◐寧可同明白事理的人打架、講道理，也不同惡人或壞人説話。◇告訴人們，盡可能不要同惡人打交道。

【寧和聰明人打一架，不和糊塗人説句話】◐寧願同明白事理的人打架、講道理，不願和糊塗不明事理的人説話。◇告訴人們，不要同不明事理的人爭論。◎寧和明白人打一架，不和糊塗人説句話

【寧挑千斤擔，不抱肉疙瘩】肉疙瘩：指嬰兒。◇喻指抱嬰兒比挑千斤擔子還吃力，強調撫育幼兒的艱辛。◎寧抱千斤擔，不抱肉疙瘩

【寧要先難後易，毋使先易後難】◇做事應先從難做的開始，之後再做容易做的；不要先易後難地去做。因為難做的做成了，易做的自然順利而成。

【寧為玉碎，不為瓦全】玉：珍貴之物。瓦：一般的東西。◐寧願作為珍貴的美玉被人打碎，也不願當作一般

的瓦塊而保全無損。◇喻指寧願保持民族氣節而犧牲，不願喪失堅貞氣節而活命。用以讚譽忠貞不屈的英雄。《北齊書・元景安傳》："景皓云：'豈得棄本宗，逐他姓，大丈夫寧可玉碎，不能瓦全。'"◎寧可玉碎，不能瓦全／寧為玉碎，毋為瓦全／寧為玉碎，不作瓦全／寧為玉碎，不求瓦全／寧可玉碎，不求瓦全

【寧為吃飽鬼，莫做忍飢人】◇強調忍飢捱餓的難受。

【寧為英雄死，不為奴隸生】◇告誡人們，寧可做為正義事業英勇犧牲的人，也不可做為了活命而受人奴役的人。

【寧為雞口，無為牛後】雞口：雞進食的器官；牛後：牛的肛門，排糞的器具。◇喻指寧願在小地方當家作主，不願在大地方受人支配。西漢劉向《戰國策・韓策一》："臣聞鄙語曰：'寧為雞口，無為牛後。'今大王西面交臂而臣事秦，何以異於牛後乎？夫大王之賢，挾強韓之兵，而有牛後之名，臣竊為大王羞之。"◎寧為雞口，毋為牛後／寧做雞頭，不做鳳尾

【寧借停喪，不借人成雙】◇寧可把自己的家借給別人停喪，也不可借給別人結婚；因為停喪是暫時使用，易歸還，結婚是長期佔用，不易歸還，如索還，將生不快。

【寧值十狼九虎，莫逢癡兒一怒】值：遇上。●寧可同兇猛而有血性的人打交道，也不願意受愚昧無知的人的呵斥。

【寧捨千金獻真佛，不拔一毛插豬身】◇喻指該花的錢再多也要花，不該花的錢再少也不可花。

【寧教備而不遇，不教遇而不備】◇告訴人們，做任何事情，都要預先有所準備，準備了沒有遇到不要緊，但如果遇到了卻沒有準備就麻煩了。

【寧救百隻羊，不救一隻狼】◇喻指願盡力去救很多的好人，卻不願輕易去救一個壞人。

【寧做泥裏藕，不做水上萍】◇規勸人們，做人要像泥裏白藕一樣清白、踏實，不要像水上浮萍那樣輕浮，隨風飄蕩。

【寧做孤凰，不為雙鳳】◇喻指如果沒有稱心如意的對象，寧願孤身獨守，也不願勉強結為夫妻。

【寧做螞蟻腿，不做麻雀嘴】螞蟻腿：指辛勤勞動。麻雀嘴：指只喳喳叫不做事。◇告誡人們，要踏實辛勤地苦幹，不要只說不做。

【寧停三分，不爭一秒】◇告誡人們，開機動車時要相互禮讓，不可爭搶，寧可多等幾分鐘，也不爭搶一秒鐘，以免發生交通事故。

【寧貧不背理，寧賤不墮志】◇人再窮也要講道理，要有堅定的志向。

【寧添一斗，莫添一口】◇寧願多送給人一斗糧，不願家裏多添一口人；因為多給人一斗糧是一時的，添人進口耗費增大是長期的。◎寧增數斗，莫添一口／寧分數斗，莫增一口

【寧喝朋友水，不吃敵人蜜】●寧可喝朋友的清水，也不吃敵人的蜜糖。◇告誡人們要分清敵友，要警惕敵人的糖衣炮彈。◎寧喝朋友的白水，不喝敵人的蜂蜜

【寧進一寸死，毋退一尺生】毋：不要。◇讚譽那些寧願前進而壯烈犧牲，也不後退苟全性命的民族英雄。

【寧棄千軍，不棄寸地】▼寧可犧牲千軍，也要保住方寸之地。◇強調不惜一切代價來保衛祖國領土。《金史》：「昔人有言，‘寧棄千軍，不棄寸地’，故退兵不如濟師。」

【寧惱遠親，不惱近鄰】▼寧可惹惱遠親，也不可惹惱近鄰。◇告誡人們，近鄰朝夕出門相見，不可有嫌隙，宜和睦相處。

【寧給飢人一斗，不送富人一口】斗：容量單位，十升為一斗。◇喻指濟窮不濟富。◎寧給窮人一斗，不給富人一口

【寧當有日籌無日，莫待無時思有時】籌：籌備，謀劃。◇告誡人們，在生活富有的時候要想到貧困時而注意節儉，不要等到貧困時去回想富有而後悔。

【寧跟紅臉打一架，不跟白臉説句話】◇寧可同直爽外露的人在打交道的過程中打架，也不能同內心陰險狡詐、不外露的人打交道。

【寧管千軍，莫管一夫】◇寧願管理千軍萬馬，也不願管教一個散漫無紀律的人。

【寧撞金鐘一下，不打鐃鈸三千】金鐘、鐃鈸（náo bó）：打擊樂器。◇喻指寧向有本領有威望的人請教，也不願向沒多大作為的人求告。◎寧撞金鐘一下，不打破鼓三千 / 寧敲金鐘一下，不敲破鑼千聲

【寧養一條龍，不養十個熊】◇喻指寧願培養一個有出息的人才，不願培養許多沒出息的庸才。

【寧虧自己，勿虧他人】◇寧願讓自己吃虧也不能讓別人吃虧。

【寧願站着死，決不跪着生】◇告誡人們，寧可為正義事業凜然捐軀，決不可跪向敵人乞憐求生。◎寧願站着死，不願跪着生 / 寧可站着死，不願屈着生

【寧戀本鄉一捻土，莫愛他鄉萬兩金】◇喻指要熱愛自己的祖國、家鄉。

【蜜多不甜，油多不香】◇説明再好的事物太多、太頻繁了，也不會再吸引人，讓人感興趣了。

【寢不安席，食不甘味】寢：睡。▼睡覺都睡不安穩，吃東西也不知道滋味。◇喻指心裏有事，感覺不踏實，吃睡都不安穩。《戰國策・齊策五》：「秦王恐之，寢不安席，食不甘味，令於境內，盡堞中為戰具，竟為守備，為死士置將，以待魏氏。」◎寢不安席，食不遑味

【實話好説，瞎話難編】◇實話實説容易；謊話很難編得天衣無縫。

【實話驗不倒，謊言怕追考】◇説實話經得起查驗，説謊話就害怕別人刨根追底。

【實踐出真知】◇經過親身實踐，才能認識客觀真理。

【盡人事以待天命】人事：指靠人的能力可以做到的事。天命：指上天的意志。◇告訴人們，應當竭盡全力去做自己應當做的事，不必考慮是否能夠得到回報，上天自會有公正的安排。

【盡信書不如無書】◇讀書要注意有
所鑒別，不能完全拘泥於書本，否則
就起不到讀書的真正作用，不如不
讀。《孟子・盡心下》："孟子曰：'盡
信《書》，則不如無《書》。吾於《武
成》，取二三策而已矣。仁人無敵於
天下。以至仁伐至不仁，而何其血之
流杵也？'"

【媟母有所美，西施有所醜】媟母：
古代醜婦。西施：春秋時越國美女。
◇❶喻指壞中有好，好中有壞。❷指
失敗中蘊涵着成功的因素，成功中也
有不足之處。《淮南子・説山訓》："桀
有得事，堯有遺道，媟母有所美，西
施有所醜。"

【嫩竹長成材，能挑千斤擔】◇喻指
年輕人一旦成長起來，完全可以擔當
重任。

【嫩肩膀挑不起重擔來】◇喻指沒有
經過鍛煉、沒有辦事經驗的年輕人，
一時不可能擔當得了重任。

【嫩草怕霜霜怕日，惡人自有惡人磨】
磨：折磨，整治。◐嫩草怕霜打，霜
怕日曬；厲害的人自會有更厲害的人
來整治。◇喻指一物降一物。◎嫩草
怕霜霜怕日，惡人還被惡人磨

【嫩筍長過千年竹】長（zhǎng）：生
長，成長。◇喻指一代勝過一代。

【嫩樹容易彎】◇喻指青少年容易受
到壞影響，作家長的要時刻注意提
防，既要注重自身的言行，更要關心
他所接觸的各方面。

【熊羆眼直，惡人目橫】羆（pí）：
熊的一種。◐壞人和熊羆都長着令
人害怕的眼睛。◇喻指壞人都一樣，
長得窮兇極惡。陸佃《埤雅・釋獸》

卷四："俗云：'熊羆眼直，惡人橫
目'"。

【綿裏藏針軟中硬】◇❶喻指世間的
一些事物往往軟中有硬，柔中有剛。
❷喻指世間有些陰險人物常常是笑裏
藏刀，外善內兇。

【綠葉底下有害蟲】◇喻指在大好形
勢下也會有暗藏的壞人。

十五畫

【慧眼識英雄】慧眼：佛教所説的"五
眼"之一。◇讚譽有敏鋭觀察力的人
能夠識別和發現真正的人才。

【髮生尋刀削，衣單破衲縫】衲：和
尚穿的衣服。◐頭髮長了，找刀子削
短它；衣服單薄了，用破僧袍把它縫
補好。◇喻指碰到困難，因陋就簡，
自己設法解決。《西遊記》第八十一
回："我這荒山，雖有百十眾和尚，
卻都只是自小兒出家的，髮長尋刀
削，衣單破衲縫。"

【撒手劈開生死路，翻身跳出是非門】
◐指不顧一切地拚出一條生路，逃離
是非之地。◇勸人遠離是非。◎劈開
生死路，跳出是非門

【撒網要撒迎頭網，開船要開頂風船】
◐打魚時，網要朝着魚群游來的方向
撒去；行船時，船應朝着風頭駛去。
◇勸勉人要無懼困難，知難而進。

【蓮不染於污泥】◇喻指品德高尚的
人不會被周圍的污穢所玷污。宋代周
敦頤《愛蓮説》："予獨愛蓮之出淤泥
而不染，濯清漣而不妖，中通外直，

不蔓不枝，香遠益清，亭亭淨植，可遠觀而不可褻玩焉。"

【撲蒼蠅放生】放生：把捉住的小動物放掉。◇順手捕捉到的蒼蠅，又順手放掉，看起來是做善事，實際上並不費工夫。

【蓬生麻中，不扶而直】蓬：草本植物。麻：麻類植物，莖桿直。扶：使倒下的東西豎直起來。◨蓬草生長在直挺的麻桿中，不用人去扶，就會直立生長。◇喻指良好的環境會對人產生積極的影響。《荀子·勸學》："蓬生麻中，不扶而直；白沙在涅，與之俱黑。"

【撐船撐到岸，幫忙幫到底】◇幫助別人就要使他徹底擺脫困境，好比撐船擺渡，一定要把人送到到岸上，不能半途而廢。

【撐煞大膽，餓煞小膽】◇膽大敢冒險的就能撈到錢發財；膽小不敢冒險的就會受窮。◎餓死膽小的，撐死膽大的

【賣卜賣卦，轉回說話】◇以占卜、算卦給人預測吉凶為生的人，往往靠說話圓滑來迷惑人。

【賣瓜的不說瓜苦，賣酒的不說酒薄】◇賣任何東西的人都不會說他賣的東西差。

【賣瓜說瓜甜，賣醋說醋酸】◇做生意的，都會吹噓自己的貨物好。◎賣瓜的說瓜甜，賣醋的講醋酸

【賣金須是買金人】◨出賣貴重的東西必須賣給正需要買的人。◇指賣貨要賣給識貨或要急用的人。

【賣國臭萬年，治國萬萬年】◇治國安邦能流芳千古，賣國害民會遺臭萬年。

【賣貨須向識金家】◨賣金子要找認識金子的人。◇強調好的東西要賣給識貨的人。

【賣飯的不怕大肚漢】◇形容賣貨的人歡迎顧客多買。

【揿牛頭吃不得草】揿(qìn)：按。◨牛不吃草，硬按着牛頭牠也不肯吃。◇喻指用強硬的手段逼迫，結果會適得其反。

【熱心人招攬是非多】熱心人：指熱情幫助別人的人。◨熱情地為他人做事，往往會招來許多議論。◇勸人不要過問閒事，管好自己即可。

【熱心閒管是非多，冷眼覷人煩惱少】冷眼：指冷淡的神情。覷(qù)：看，瞧。◨熱心常常招惹麻煩，袖手旁觀就會省招煩惱。◇勸人莫多管閒事，以免招惹是非。◎熱心管閒招非，冷眼無些煩惱／熱心招是非，冷眼無煩惱

【熱在三伏，冷在三九】三伏：初伏、中伏、末伏的合稱。三九：冬至後第十九天至第二十九天。◇一年之中，三伏天是最熱的時候，三九天是最冷的時候。◎熱不過三伏，冷不過三九

【熱灶一把，冷灶一把】◨熱的灶膛裏燒一把火，冷的灶膛裏也燒一把火。◇喻指無論對方是否得勢、與自己關係遠近，都一視同仁，不厚此薄彼、趨炎附勢。

【熱灶哪怕濕柴燒】◨燒得很熱的灶膛裏，溫度很高，濕柴雖然不易燃燒，但放進熱灶裏也會烘乾燒着。◇喻指本領大、能力強的人，即使碰上困難或遇上對手，也有解決或對付的辦法。

【熱灶添柴，冷灶扒灰】扒灰：把爐腔裏的灰爐扒出，灶就會涼下來。●往熱的灶腔裏添柴加火，從冷的灶腔裏扒灰降溫。◇喻指人得勢時，趨炎附勢者很多；人失勢時，落井下石者不少。譏諷世態炎涼。

【熱油苦菜，各隨心愛】●燒熱的油拌苦菜，味道苦澀，並不好吃，但有人卻愛吃。◇喻指人的興趣愛好不同，不能強求一致。◎熟油拌苦菜，有人心頭愛／清油炒菜，各有各愛

【熱氣呵在冷壁上】呵：呼氣。●呼出一口熱氣，卻碰到冰冷的牆壁上。◇喻指自己的滿腔熱情得不到對方應有的反應。

【熱氣呵冷臉】◇喻指低聲下氣地向人求助。

【熱飯不能熱食】●等熱飯涼一點，吃起來才不燙嘴。◇喻指凡事不能急於求成。

【熱臉貼個冷屁股】◇喻指自己滿腔熱情卻遭受別人冷遇。◎熱面孔碰個冷屁股

【穀千駑，不如養一驥】駑（nú）：能力低下的馬。驥：千里馬。●用稻穀餵養千匹低劣的馬，還不如只餵養一匹千里馬。◇喻指培養很多庸才，不如培養一個精英。

【樣樣都通，樣樣稀鬆】◇形容甚麼都懂一點，但甚麼都不精通。

【毆君馬者路旁兒】毆：毆殺。●真正殺死馬的，是路旁那些喝彩馬跑得快的人。◇喻指恭維叫好，往往能讓人忘乎所以，結果招致禍害。

【賢婦令夫貴，惡婦令夫敗】令：使。◇賢德的婦人懂得怎樣積極幫助丈夫，能使丈夫地位尊貴；不賢惠的婦人會使丈夫身敗名裂。強調妻子對丈夫有很重要的作用。◎賢妻令夫貴，惡妻令夫賤

【賢愚不並居】◇賢明者不同愚笨者在一起相處。

【豎起招兵旗，不怕沒有吃糧人】吃糧人：指當兵的人。●舉起招兵的旗幟，不愁沒有人來報名當兵。◇舊時百姓生活在水深火熱之中，只要有人帶頭舉義旗，百姓就會踴躍投軍。◎插起招軍旗，就有吃糧人

【醉是醒時言】◇喝醉酒以後說的話是清醒時想說的話，即酒後吐真言。

【憂令人老，愁能傷身】●過分憂慮會使人迅速衰老，過分愁悶會影響身體健康。◇勸人要心胸開朗，樂觀豁達。◎憂愁煩惱，使人易老

【碾穀要碾出米來，說話要說出理來】◇強調既然要說話就要說出道理來，這就像碾穀要碾出米來一樣。

【豬爪煮千滾，總是朝裏彎】◇喻指無論在甚麼情況下，人總是要替自己的親朋好友考慮。

【豬多肉賤】◇喻指東西多了供大於求，貨物就會不值錢。

【豬到千斤總有一刀，人到百歲總有一遭】◇豬養得再肥再大，也總是要被宰殺；人活得歲數再大，也難免一死。

【豬娃不吃昧心食】◇豬吃了食料就會長肉，不會白吃的。◎豬不吃悶食／豬不吃迷心食

【豬睏長肉，人睏賣屋】◇豬多睡就能長肉；人懶惰貪睡，家就會貧窮，

到時候只好變賣房屋。◎豬睡長肉，人睡賣屋

【鬧人的藥莫吃，犯法的事莫做】
◇告誡人不要不經醫生的診查就胡亂吃藥，不要做觸犯刑律的事。

【鬧處莫出頭，冷地着眼看】◇告誡人喧鬧的地方，不要去湊熱鬧，在一旁冷靜地觀察就好，以免遭來災禍是非。宋代釋慧遠《偈八首》："鬧處莫出頭，冷地着眼看。明暗不相干，彼此分一半。一種作貴人，教誰賣柴炭。你道，不可毀，不可讚，體若虛空沒崖岸。相喚相呼歸去來，記取明年正月半。"

【慮少夢自少，言稀過亦稀】◐少考慮事情，就少做夢；少說話，就少出過錯。◇提醒人不要過多地為瑣事操心，不要狂言妄語，以防言多有失。

【賞不間親疏，罰須分善惡】◇獎賞不能分親近與疏遠，懲罰必須區分好人與壞人。

【賞不避仇讎，誅不擇骨肉】讎(chóu)：同"仇"。◇雖是自己的仇人，有了功勞也該獎賞，雖是自己的親人，犯了死罪也該殺頭。◎賞不論冤仇，罰不論骨肉

【賞必行，罰必信】◐該賞一定要賞，該罰的一定要罰，賞罰分明。《三國演義》第七十二回："操問：'為將何如？'彰曰：'披堅執銳，臨難不顧，身先士卒；賞必行，罰必信。'"

【賞花容易種花難】◐欣賞花是一件賞心悅目的易事，但種花卻是艱苦的工作。◇喻指創業的艱難。

【賞罰不明，百事不成；賞罰若明，四方可行】◇賞罰不分明，甚麼事都幹不成；賞罰分明，遇事暢通。

【暴食無好味，暴走無久力】◐吃得太猛太急，品不出好味道；走得太快太急，便不能耐久。◇喻指遇事不要急於求成，欲速則不達。

【暴風不終日】◇颶風由於風太，因此不會從早颳到晚，總會有間歇的時候。

【賬目清，好兄弟】◇強調兄弟之間要把錢財方面的賬算清楚，關係才能和睦。

【賭近盜，淫近殺】◇好賭的人一旦輸急了，就會萌發偷盜之念；好淫亂的人會互相殘殺。

【賭錢場上無父子】◇在賭場上只有錢的輸贏，哪怕是父子也不講情面。

【賤不能臨貴，貧不能役富，疏不能制親】◇地位卑賤的人不能臨近權貴者，窮人不能指使富人，關係疏遠的人不能制約關係親近的人。《東周列國誌》第十六回："鮑叔牙曰：'臣聞賤不能臨貴，貧不能役富，疏不能制親。'"

【賤尺璧而重寸陰】尺璧：大塊的玉。◇喻指光陰無價，要珍惜時間。三國魏曹丕《典論·論文》："古人賤尺璧而重寸陰，懼乎時之過已！"

【瞎子不謝贈鏡人】◇喻指一般都不會感謝對自己毫無用處的幫助或饋贈。

【瞎子只說燈不明，瘸子只說路不平】◇喻指做事情失敗時，不從自身找原因，而是一味強調客觀條件不利。

【瞎子成年不點燈，沒見油省幾坑】◇喻指平時過日子該節約的地方就要節約，不該省的地方就不能省。

【瞎子見錢眼也開】◐瞎子也喜歡錢。◇喻指金錢對人的誘惑力極大。

【瞎子的口，無量的斗】◇喻指瞎子說話常常信口開河，不可信。

【瞎子善聽，聾子善觀】◇盲人看不到，但聽覺特別靈；聾子聽不到，但視覺特別好。

【瞎貓抓不住活老鼠】◇喻指盲目行動不會成功。

【嘻嘻哈哈活了命，氣氣惱惱得了病】◇人心情愉快，笑口常開，有助於健康；而心胸狹窄，好生悶氣，容易得病。勸人要樂觀大度。

【數之所在，理不得而奪之；命之所在，人不得而強之】◇舊時宿命論認為，命中注定的事，誰也不能強行改變。

【數冬瓜，道茄子】◇喻指說東道西。也喻指到處搬弄是非。

【數米而炊，稱柴而爨】爨（cuàn）：燒火做飯。◐數着米做飯，稱着柴去燒火。◇❶喻指生活貧困。日子過得非常節儉。❷喻指過分計較瑣碎的事情。《淮南子・泰族訓》：“稱薪而爨，數米而炊，可以治小，而未可以治大也。”

【數面成親舊】◇見過多次面後，就會成為親朋故友。

【數戰則民勞，久師則兵疲】◇仗打得太多，就會勞累百姓；長期作戰，士兵就會疲憊。《戰國策・燕策一》：“且臣聞之數戰則民勞，久師則兵弊。”

【影隨形，響應聲】◐影子跟隨着形體，回聲伴隨着聲音。◇喻指彼此關係密切，時刻相隨。

【踏人一腳，須防一掌】◇攻擊別人後，須要提防別人反擊。

【踏破鐵鞋無覓處，得來全不費功夫】覓：尋找。◐踏破了鐵鞋，也沒有找到的東西，但竟然沒用一點功夫就得了。◇喻指非常急需的東西，花了很大的力氣都沒找到，卻在無意中獲得。《宋詩紀事》卷九十引宋代夏元鼎《絕句》：“崆峒訪道至湘湖，萬卷詩書看轉愚。踏破鐵鞋無覓處，得來全不費功夫。”

【踩一頭，撬一頭】◇喻指處理問題頭緒多，複雜難辦。

【蝮蛇口中草，蠍子尾後針；兩般猶未毒，最毒負心人】◐蝮蛇口中的舌信，蠍子尾部的刺都有劇毒，但比起負心人來，還不算最毒。◇喻指背信棄義的人，心腸狠毒。《警世通言・桂員外途窮懺悔》：“蝮蛇口中草，蠍子尾後針；兩般猶未毒，最毒負心人。”

【蝮蛇螫手，壯士解腕】◐手腕被蝮蛇咬傷，便立即截斷，以免毒液延及全身，危及生命。◇❶比喻事到緊要關頭，必須下決心當機立斷。❷比喻犧牲局部，照顧全局部。《三國志・魏書・陳泰傳》：“古人有言，蝮蛇螫手，壯士解其腕。”

【蝦子也有三道浪】◇喻指弱小者也有一定的力量。

【蝦跳不出斗】◇喻指弱者難以擺脫強者的控制。

【靠人不如靠己】◇勸人不要有依賴思想，要自力更生。◎靠人不如靠自己

【靠人扶，走不了長路】◇喻指要成就任何一項事業，都要靠自己的努力，只依靠別人的幫助終不能持久。

【靠人家如瓦上的霜，靠自己是山頭的樟】樟：樟樹，木質很硬。◇依靠別人終不長久，只有靠自己最穩妥。

【靠人總是假，跌倒自己爬】◇遭遇失敗，要自己找原因，總結失敗教訓，不要指望別人。

【靠力氣能舉千斤，靠智慧能舉萬斤】◇形容腦力智慧比單純運用體力威力更大。

【靠山不可枉燒柴，近河不可枉費水】◇喻指要愛惜物質資源，不可輕易浪費。

【靠山吃山要養山，荒山變成金不換】◇強調住在山區靠山生活的人，一定要保護山裏的自然資源。

【靠山吃山，靠水吃水】◇❶喻指要根據客觀條件，因地制宜。❷指幹甚麼行當就靠甚麼行當生活。明代馮夢龍《醒世恆言》第三卷：“自古道，靠山吃山，靠水吃水。”◎在山靠山，在水靠水

【靠山的不怕沒柴燒，靠水的不怕沒魚吃】◇喻指外部的環境資源，對人有一定的影響。

【靠山靠倒了，靠人靠跑了】◇完全依靠別人終究會落空。◎靠人靠跑了，靠牆靠倒了

【靠天不能吃飯，靠手萬事能幹】◇說明勞動的重要。

【靠兄靠妹，不如靠手掌手背】◇依賴再親密無間的兄弟姐妹，也不如自己親自去做。◎靠兄靠妹，不如靠自己手掌手背

【靠自己的人肚子飽，靠天地的人餓得跳】◇靠自己勞動生活的人能夠吃飽飯，靠天靠地的人只能餓肚子。

【靠近江河，長於游泳；臨近山峰，善於攀登】◇生長在水邊的人往往善於游泳，生長在山區的人往往善於爬山。喻指地理環境對人的影響很大。

【靠金山不如靠雙手】◇告誡人財富要靠自己的雙手掙得，依靠外界條件終不長久。

【靠着大河有水吃，靠着大樹有柴燒】◇喻指依靠有權勢的人，能夠謀得利益。

【靠着大樹好遮蔭】◇喻指有可依靠的勢力，就甚麼事都好辦。◎靠着大樹好乘涼

【靠着勤的，沒有懶的；靠着饞的，沒有攢的】◇與勤快的人在一起，就不容易懶惰；與嘴饞的人在一起，就不容易攢下錢。

【靠貓被鼠偷，靠狗被賊盜】◇告誡人防止災禍不能單純依靠外力，而要自己本身首先有所警覺，消除隱患。

【靠親不牢，外食不飽】◇喻指要自食其力，靠其他任何人都不可能牢靠。

【靠親戚吃飯餓死，靠朋友穿衣凍死】◇告誡人要自力更生，依靠別人的資助謀生終不長久。

【稻多打出米來，人多講出理來】◇人多主意多，辦法也多，就像稻穀多打出的米也多一樣。

【黎明即起，灑掃庭除】庭：庭院。除：台階。◯天快亮的時候就起牀，打掃庭院。◇告誡人要勤勞早起。明代朱柏廬《朱子家訓》：「黎明即起，灑掃庭除，要內外整潔。」

【箭在弦上，不得不發】◇喻指形勢所迫，不得不做。《三國演義》：「操方欲起行，只見刀斧手擁一人至，操視之，乃陳琳也。操謂之曰：『汝前為本初作檄，但罪狀孤，可也；何乃辱及祖、父耶？』琳答曰：『箭在弦上，不得不發耳。』」

【箭安弦上慢張弓】◐箭雖然已經安在了弦上，也應該慢慢地張弓放箭。◇喻指在關鍵時刻，仍應慎重行事。◎箭在弦上慢張弓

【箭簇雖利，不射不發；人雖聰明，不學不知】◐箭簇雖然銳利，但不靠弓箭發射，就射不出去；再聰明的人，如果不學習，也無法獲得知識。◇強調學習的重要。

【儉吃有剩，儉穿有新】◐儉省着吃就會總有剩餘的糧食，儉省着穿就會總有新衣服穿。◇說明勤儉節約的重要。

【儉則家富，奢則家貧】◇勤儉能使一個家庭富裕起來，奢侈能使一個家庭衰敗下去。

【樂不可極，極樂必亡】極：極端，頂點。◇告誡人行樂不可過頭，要有所節制，否則就會適得其反。◎樂不可極／樂極必生悲

【樂極生悲，否極泰來】泰：卦名，亨泰的意思，是最吉利的卦。否(pǐ)：卦名，閉塞不通的意思，是最不吉利的卦。◐快樂到了極點，就會生出悲哀來，閉塞不通到了極點，就會轉化為亨泰。◇說明物極必反的道理。《淮南子・道應訓》：「夫物盛而衰，樂極則悲，日中而移，月盈而虧。」

【僻鄉出好酒】僻：偏僻。◇偏僻的地方往往有好的泉水，因此窮鄉僻壤會出產香醇的美酒。

【德勝才為君子，才勝德為小人】◇人要德才兼備，品德是第一位的，只有品德高尚的人才受人尊敬，否則只是一個有才能的薄行之人。

【盤中取果，手到成功】◇喻指做事容易，不費周折，就像從盤子裏拿水果一樣。

【盤水可捧志難持，六馬可馭心難繫】馭：駕馭。繫(xì)：束縛。◇一盤子水可以用手捧住，人的志向卻難以持久；六匹馬可以駕馭，人的心意卻難以保持不變。

【盤圓水圓，盂方水方】盤：盤子，呈圓形。盂(yú)：盛液體的敞口器皿。◐水的形狀取決於盛器的形狀，盛在盤子裏，水就是圓的，而盛在盂裏，水就是方的。◇喻指不同的環境或形勢，可以造成不同的結果。

【盤裏明珠，不撥自轉】撥：用力撥動。◇心思靈敏的人無須點撥，就能領會別人的意圖，就像放在盤子裏的珍珠，不用人撥動，自己就能轉動。

【鋤一惡，長十善】◇除掉一個壞人或消滅一椿壞事，會有更多的好人好事湧現出來。《宋史・畢士安傳》：「諺云：『鋤一惡，長十善』君子之偉業。」

【劍老無芒，人老無剛】◐劍舊了就無鋒芒，人老了就無剛烈之性。◇強調自然規律的必然性。

【劍誅無義漢，金贈有恩人】◇寶劍應誅殺忘恩負義的人，黃金應贈給有恩於人的人。形容人恩怨分明。

【慾多傷神，財多累心】◐慾望太多，就會傷精神；錢財太多，就會加重思想負擔。◇勸人要清心寡慾，凡事都要知足，就會輕身自在。◎慾多傷神，財多累身

【餓死不做賊，屈死不告狀】◇偷盜是不光彩的事情，所以寧可餓死也不能喪失品格去偷盜；舊時衙門不為平民百姓做主，所以冤屈再深也不能去告狀。◎餓死別做賊，屈死不告狀

【餓死事小，失節事大】失節：失去節操，封建禮教稱女子再嫁為失節。◐舊時宣揚女子寧願無所依靠餓死，也不能再嫁。◇後也指寧可困苦，也不能失去節操。《二程全書·遺書二十二》："又問：'或有孤孀貧窮無託者，可再嫁否？'曰：'只是後世怕寒餓死，故有是說。然餓死事極小，失節事極大！'"

【餓死膽小的，撐死膽大的】◇膽大的敢冒風險，就能發大財；膽小的甚麼都不敢做，只好捱餓受凍。

【餓肚酒，醉死牛】◇告誡人空着肚子喝酒，很容易喝醉。

【餓虎口裏奪脆骨】◇喻指不顧性命地去冒險。

【餓則思飽，冷則思暖，病則思健，窮則思變】◇肚子餓了想吃飽飯；身子冷了想穿暖和的衣服；有了疾病想得到健康；生活貧困，生存環境差，想千方百計謀求改變。

【餓急了吃五毒，渴急了喝鹽鹵】五毒：蠍子、蛇、壁虎、蜈蚣和蜘蛛。◇喻指碰到緊急情況時，做出不計後果的選擇。

【餓時給一口，強過飽時給一斗】◇當人急需時，給予幫助和救濟最為可貴，幫助的效果也越大。

【餓鬼監廚，焉能禁口】◐餓鬼看守廚房，哪能不偷吃。◇喻指心術不正的人執權，一旦有機會就會貪佔。

【餓得死懶漢，餓不死窮漢】◇人只要不懶，勤勞肯幹，就會有生活出路，不會餓死。

【餓慌的兔兒，都要咬人】◇喻指被逼得走投無路時，老實人、弱者也會起來反抗。◎兔子急了也要咬人

【餓漢子才知餓漢飢】◇喻指窮苦人才真正知道窮人的苦難。

【餓嚥糟糠甜似蜜，飽飫烹宰也無香】飫：飽時吃喝。烹宰：魚、肉等美味食品。◇飢餓時吃粗糧雜食也像吃蜜一樣甜美，飽食後佳餚美味也不覺得香。

【膠多不黏，糖多不甜】◇❶說明做事、說話都要適當，不可過了頭。❷說明過猶不及。

【魯班無木難做屋】魯班：古代建築巧匠。◐如果沒有木料，魯班也難以建造房屋。◇喻指如果缺少必要的物質條件，即使再有本事的人也難以施展所長。

【魯班雖巧，量力而行】◇一個人本領再大，技藝再高，也是有限度的，凡事都要從實際出發，根據自己的能力去做。明代《三寶太監西洋記》："番王道：'我兒，魯班雖巧，量力而行。你既殺不過他，不如早早的投降罷了！'"

【請人啼哭無眼淚】啼哭：出聲地哭。◐ 辦喪事時，花錢請人哭喪，哭聲響但不會掉眼淚。◇ ❶ 喻指沒有真情實感，只是虛假做作。❷ 喻指事不關己，敷衍應付，不下真工夫。

【請客不到惱死人，敬酒不乾臭主人】◇ 請人吃飯，客人卻不來，主人非常生氣；請人喝酒，客人卻不喝，主人感到難堪。

【請神容易送神難】◐ 請神下到凡間容易，把神送走就很難。◇ 請別人處理問題容易，但想打發他走，就要付出代價。◎ 請鬼容易送鬼難

【請將不如激將】激將：用刺激性的話或反面的話刺激別人做事。◐ 正面請求將領出戰，不如用話激將有效。◎ 遣將不如激將 / 派將不如激將勇

【諸惡莫做，眾善奉行】◇ 勸人不要做壞事，要多做好事。

【誰人背後無人說，哪個人前不說人】◇ 喻指人總免不了被人議論，或在背後議論別人。◎ 誰個背後不說人

【誰人保得常無事】◇ 沒有人能保證自己永遠不會發生意外之事。

【誰打羅，誰吃飯】羅：通“鑼”。◇ 喻指誰勞動，誰就能獲得報酬。

【誰有胭脂不往臉上擦】◐ 誰有胭脂都會往臉上塗抹。◇ 喻指人人都要面子。

【誰有閒錢補笊籬】◇ 在貧窮時不能把錢用到不急需或無用的地方。

【誰是長貧久富家】◐ 哪一家會是長久貧窮或長久富貴呢？◇ 說明貧窮和富貴不是永遠不變的。

【誰為為之，孰令聽之】誰為：為誰，替誰。孰令：令孰，哪個，讓誰。為哪一個去做，讓哪一個去聽呢？◇ 強調如果沒有理解自己的人，既沒有必要去做，也沒有必要說。司馬遷《報任安書》：“諺曰：‘誰為為之？孰令聽之？’蓋鍾子期死，伯牙終身不復鼓琴。何則？士為知己者用，女為悅己者容。”

【誰家都有一本難唸的經】◇ 每一個人都會有為難的事。◎ 誰家都有一本難唱的曲兒

【誰家鍋底沒有黑】◇ 誰家沒有一點不光彩的事？經常被用來為自己的劣行辯護。◎ 誰家鍋底上沒黑灰

【誰無父母，誰無兄弟】◐ 哪一個人沒有父母親，哪一個人沒有兄弟呢？◇ 人人都應該有孝敬父母之心和珍惜兄弟之情。

【論大功者不錄小過，舉大美者不疵細瑕】◇ 評論一個人的功績時，不要糾纏於他以往的小過錯，推舉品行完美的人，就不要再挑剔他以前的小毛病。《漢書•陳湯傳》：“論大功者不錄小過，舉大美者不疵細瑕。”

【調和怒時氣，謹慎喜中言，斟酌醉後酒，愛惜有時錢】◐ 憤怒時要調和自己的怒氣；高興時要謹慎自己的說話；喝醉了就不要再喝；有錢時要愛惜，不要亂花。◇ 告誡人做事要謹慎，掌握分寸。

【熟水路要算老艄公】◐ 艄公：指撐船的人。◇ 喻指長期從事某項工作，就能積累豐富的經驗，也最有發言權。

【熟讀王叔和，不如臨症多】王叔和：名熙，魏晉間醫學家，著有《脈

經》、《傷寒雜病論》等書，這裏借指醫書。◐把醫書讀熟了，還不如多看病症。◇強調行醫臨牀經驗的重要性。《儒林外史》第三十一回：「熟讀王叔和，不如臨症多。」

【熟讀唐詩三百首，不會吟詩也會吟】吟：有節奏地誦讀詩文。◐把唐詩三百首讀熟，原來不會吟詩的也會吟了。◇説明書讀多了，水平自然就會提高。◎熟讀唐詩三百首，不會作詩也會吟

【褒貶是買主，喝彩是閒人】喝彩：大聲叫好。◇評論貨物好壞的人是真想買貨的買主；嘴上連聲誇讚貨物好的人不一定是想買貨的人。

【瘡怕有名，病怕無名】瘡：皮膚腫發炎或潰爛。◇有瘡名的瘡和説不出名的病最難診治。

【瘡癤子不捅破，膿水擠不出來】◇喻指不把問題揭露出來，事情就得不到解決。

【慶父不死，魯難未已】慶父：春秋時魯國的公子，曾先後殺死兩位國君，一再製造內亂，後人把製造內亂的人比作「慶父」。魯：魯國。難：災難。已：停止。◐慶父不死掉，魯國的內亂就不會停息。◇喻指製造內亂的罪魁禍首不除掉，國家就得不到安定。《左傳・閔公元年》：「冬，齊仲孫湫來省難，書曰，仲孫，亦嘉之也，仲孫歸曰，不去慶父，魯難未已。」

【養子不教父之過，訓導不嚴師之惰】◐生養兒女而不教育是父親的過錯，訓導學生不嚴格是老師的失職。◇強調能否培養好下一代，教育者的重要性。宋司馬光《勸學文》：「養子不教

父之過，訓導不嚴師之惰。」

【養子方知父母恩】◇等到自己有了孩子時，才真正懂得父母對子女的恩情。◎養兒方知父慈

【養子望聰明】◇做父母的都希望自己的孩子聰明。

【養心莫善於寡慾】寡：減少。慾：慾望。◇克制慾望是修養身心的最好辦法。《孟子・盡心下》：「孟子曰：‘養心莫善於寡欲。其為人也寡欲，雖有不存焉者，寡矣；其為人也多欲，雖有存焉者，寡矣。’」

【養正邪自除】◇扶植正氣，邪氣自然消除。

【養兵千日，用兵一時】◐平時養兵是為了戰時需要。◇喻指平時投入大量的人力、物力來訓練士兵，最終是為戰時做準備的。《南史・陳慶之傳》：「兵可千日而不用，不可一日而不備。酒可千日而不飲，不可一飲而不醉。」《三國演義》第一百回：「懿叱之曰：‘朝廷養軍千日，用在一時，汝安敢口出怨言，以慢軍心！’」◎養兵千日，用兵一朝／養兵千日，用在一時

【養身百計，不如隨身一藝】◇告誡人與其想各種辦法求生計，不如學會一門技藝。

【養虎自遺患】遺：留下。◇喻指如果寬容敵人或壞人，是給自己留下了後患。《史記・項羽本紀》：「楚兵罷食盡，此天亡楚之時也，不如因其機而遂取之。今釋弗擊，此所謂‘養虎自遺患’也。」◎養虎為患

【養兒防老，積穀防饑】◇養兒子是為了父母年邁時能有所依靠；積蓄糧

食是為了糧食欠收時能有飯吃。《明成化說唱詞叢刊・包龍圖斷曹國舅公案傳》："養兒防老從來有，積穀防饑自古聞。"◎養兒防備老，栽樹要乘涼

【養病如養虎】◇喻指有病不治，任其發展，會導致非常嚴重的後果。

【養癡奴，乘羸馬】羸（léi）：瘦弱。◇告訴人任用老實馴服的人為好。

【鄰有喪，舂不相；里有殯，不巷歌】相：這裏指擊樂器。里：里弄，胡同。◇告誡人要注意禮貌，如果有鄰居在辦喪事，舂米的時候就不要唱歌；如果里弄裏有人出殯，也不要在附近唱歌。《禮記・檀弓上》："鄰有喪，舂不相；里有殯，不巷歌。喪冠不緌。"

【鄰居好，賽金寶】◇鄰居之間相處得好，比金銀財寶還寶貴。◎鄰居好，一片寶／鄰居好，無價寶

【鄰居眼睛兩面鏡，街坊心頭一桿秤】◇一個人的品行、家境等情況怎樣，街坊鄰居觀察得最清楚。◎鄰居一桿秤，街坊千面鏡

【糊塗事，糊塗了】◇對那些無法弄清的非原則性問題，不必仔細追究。

【糊塗須到底，聰明莫過頭】◇告誡人對小事不必非弄清楚不可。

【澆樹要澆根】◇❶喻指解決問題要從根本上着手。❷喻指教育人要從思想教育入手。◎澆樹要澆根，教人要教心／澆樹要澆根，幫人要幫心

【潭深養大魚，畦高長大薯】畦（qí）：田園中分成的小區。❖潭水深才能養大魚，畦高才能長出大薯。◇喻指環境越好，越有利於人才的成長。

【潑出的水，收不回】❖已經潑出去的水，無法收回來。◇喻指事情已經成定局，無法挽回。金代董解元《西廂記諸宮調》卷六："事到而今，已裝不卸，潑水難收怎奈何？"◎潑水在地，怎生收拾

【憤兵難敵，死將難當】❖憤怒的士兵難以對付，不怕死的將領難以抵擋。◇喻指置生死於度外，往往能置於死地而後生。

【寬打窄用，日子不窮】◇只有制定規劃時寬鬆一些，使用時注意節約，日子才不會過窮。

【寬打窄用，有備無患】打：打算，計劃。◇告誡人訂計劃時要留有餘地，執行時要從嚴控制，事先考慮周全，就可以避免災患。

【寬猛相濟能成事】寬：寬大，寬厚。猛：嚴厲。濟：補，輔。◇寬厚和嚴厲的政策要相輔而行，這樣才能成就大事。《左傳・昭公二十年》："仲尼曰，善哉，政寬則民慢，慢則糾之以猛，猛則民殘，殘則施之以寬，寬以濟猛，猛以濟寬，政是以和。"◎寬以濟猛，猛以濟寬

【寬裕時節省，拮据時不窮】◇只有在生活寬裕的時候厲行節約，在生活困難的時候才能不發愁。

【窮人生子命如蟻，富人生子貴如金】◇舊時窮人家生下的孩子不值錢，有錢人家生下的孩子寶貴，形容命運相差懸殊。

【窮人生來低三輩】◇舊時窮人社會地位低，受人輕視，好像比別人小三輩一樣。

【窮人乍富，伸腰腆肚】乍：突然。腆：挺起。◨ 窮人暴富之後，挺起肚皮，伸直腰杆。◇形容暴發戶不可一世的樣子。

【窮人有個窮菩薩】◨ 窮人有窮人的菩薩保護。◇喻指窮人自有窮人的對付方法。

【窮人的氣多】◇舊時貧窮人家，生活困難，做事不順心，容易發火生氣。

【窮人穿線，富人穿緞】◨ 舊時窮人穿用棉線綴起來的布衣服，富人穿着綢緞做的衣服。後也指不同衣着能看出貧富。

【窮人無災即是福】即：就。◇舊時窮人經不起折騰，沒有災禍就算是有福氣了。

【窮人飯，拿命換】◇舊時窮人要糊口活命，得拚命出賣自己的勞動才能生存。

【窮人嘴短，富人手長】◇舊時喻指窮人有理無處說，富人手能遮天，為所欲為。

【窮不同富鬥，男不同女鬥】◇窮人不要招惹有錢人，否則容易吃虧；舊時認為女人沒有見識，男人同女人爭執會丟自己的面子。

【窮不與富鬥，富不與官鬥】◇窮人不要招惹有錢人，否則容易吃虧；有錢人不要招惹權貴，否則會招致麻煩。◎窮不鬥財，財不鬥勢／窮不與富敵

【窮不讀書，富不教學】舊時窮人生活困頓，不能讀書識禮；富人不會教別人識字，怕教會別人書中的道理，反而不利於自己。

【窮有窮愁，富有富愁】◨ 窮人有憂愁的地方，富人也有憂愁的地方。◇喻指任何人都有自己的難處。

【窮坑填不滿】◇ ❶ 又窮又懶的人無論別人怎麼周濟，都無法讓他富起來。❷ 指人的慾望和嗜好難以滿足。◎窮坑難填

【窮秀才人情紙半張】人情：禮物。◇窮苦的讀書人，沒有錢買禮物，只能在紙上寫字作畫，作為禮品送人。喻指禮物菲薄。元代王實甫《西廂記》第一本第二折：“奈路途賓士，無以相饋，量着窮秀才人情只是紙半張，以沒甚七青八黃，盡着你說短論長，一任待掂斤播兩。”

【窮命薄如紙】◨ 舊時喻指窮人的命不值錢。

【窮官好如富百姓】好如：超過。◇舊時喻指當官的再沒有錢，也比有錢的百姓富有。

【窮根生窮芽，苦藤結苦瓜】◇舊時宿命論認為，窮苦人家會世代受苦受窮。

【窮家難捨，熱土難離】捨：捨棄。熱土：指長期居住而有深厚熱情的地方。◇自己的家雖然貧窮，卻難以割捨；自己長久住過的地方，感情深厚，不願離開，留戀不捨。◎窮家難離，熱土難捨

【窮鳥入懷，仁人所憫】窮：走投無路。憫：憐憫。◨ 走投無路的鳥闖進人的懷抱，有仁愛之心的人會憐憫牠。◇極度窘迫，走投無路的人去投靠他人，會得到好心人的同情和接納。北齊顏之推《顏氏家訓·省事》：“然而窮鳥入懷，仁人所憫；況死士歸我，當棄之乎？”

【窮通各有時】窮：窮盡，指失意潦倒。通：通達，指人生得意。時：時運。◇宿命論認為，人的失意和得意，都取決於自己的命運。

【窮富不認親】●有錢人不認窮親戚，窮人也不去攀附有錢人。◇窮人和富人不同道。

【窮達有命】窮：指失意潦倒。達：顯貴發達有地位。◇舊時認為，人的失意潦倒或富貴顯達，都是由命運決定的。漢代荀悅《前漢紀・孝平帝紀》："是故窮達有命，吉凶由人。"清代畢沅《續資治通鑒》卷一百五十一："夫人窮達有命，不在巧圖，惟忠孝乃吾事也。"

【窮猿奔林，無暇擇木】窮：走投無路。暇：多餘的時間。●走投無路的猿猴跑進樹林，沒有時間去思考，應該爬上哪一棵樹。◇喻指人在處境窘迫的時候，顧不上挑剔，只求有處容身之地就滿足。南朝宋劉義慶《世說新語・言語》："李弘度常歎不被遇，殷揚州知其家貧，問：'君能屈志百里不？'李答曰：'《北門》之歎，久已上聞，窮猿奔林，豈暇擇木？'遂授剡縣。"

【窮嫌富不要】●窮人嫌棄，有錢人不要。◇喻指沒有任何價值，誰都不願意要。

【窮算命，富燒香】算命：根據人的生辰八字，推算吉凶禍福。燒香：拜佛時，把香點着插在香爐中。◇窮人愛算命，期望命運會好轉；富人愛燒香，祈求神佛保佑長久富貴。

【窮漢憐窮漢，黃連近苦瓜】黃連、苦瓜：味道苦的兩種植物。◇喻指境遇悽慘的人在一起，互相同情，互相

幫助。

【窮遮不得，醜瞞不得】◇家境貧窮是掩蓋不住的，別人一看就能知道；做了醜事是隱瞞不住的，別人遲早會知道。

【窮幫窮，財氣雄；富鬥富，沒房住】◇窮人們互相幫助，可以共同致富；富足的人互相爭鬥，也會由富變窮。

【窮難惹，飢難擋】惹：招惹。擋：阻擋。◇喻指身陷絕境的人為了活命，甚麼事情都做得出來。

【蝨多不癢，債多不愁】蝨：蝨子，寄生在人或豬、牛等牲畜身上，吸血液的小昆蟲。●身上的蝨子多了，反而不覺得癢；欠下的債多了，反而不發愁。◇喻指問題積壓太多了，積重難返，反而不急於處理。◎蝨子多不咬，債多不愁

【劈了大樑當燒火棍】劈：用刀斧破開。大樑：架在屋架或山牆上面最高的一根橫木。●把能做正樑的木料，砍成木柴片用作燒火。◇喻指大材小用，浪費人才。

【劈柴不尋紋，氣死旁邊人】劈：砍。紋：木柴的紋路方向。●劈柴時不順着紋路砍，既費力，又難劈開，別人看了乾着急。◇喻指做事不會找竅門，事倍功半。

【劈柴先劈節】劈：砍。節：樹的節瘤。●劈柴時，先把節疤劈開，其他部分就容易了。◇喻指處理問題，首先要抓住問題的關鍵。

【劈柴要尋紋，挖樹要挖根】◇喻指處理問題要抓住關鍵，因勢利導，才能事半功倍。

【劈柴看絲，打石問絡】絲：指紋路。絡（liǔ）：指紋理。◐劈柴要觀察木柴的紋路，鑿石頭要弄清石頭的紋理，這樣才省力。◇喻指掌握事物發展的規律，因勢利導，問題就容易解決。

【履霜堅冰至】履：走。至：到。◐走在有霜的地上，就可以預料到即將遇到堅硬的冰。◇喻指由微小的跡象可以預測到未來的趨勢。《周易・坤》：“初六，履霜，堅冰至。”

【履雖鮮不加於枕，冠雖敝不以苴履】履：鞋。鮮：新。冠：帽子。苴（jū）履：麻鞋。◐鞋雖新，不可以把它放在枕頭上，帽子再破舊，也不能把它當作麻鞋。◇喻指不同事物要各安其位，不能混淆。《漢書・賈誼傳》：“臣聞之，履雖鮮不加於枕，冠雖敝不以苴履。”

【彈琴不入牛耳】◇❶對蠢人講大道理是白費口舌。❷用來譏笑那些說話不看對象的人。

【彈琴知音，談話知心】◇聽琴聲可以知道對方的心意，談話能知道對方的思想。

【嬌子不孝】◇告誡人對子女過分寵愛不加管教，最終會使其驕橫不知禮，不能善視父母。◎嬌兒無孝子

【嬌子不能立業，嬌妻不能興家】◇嬌氣的兒子不能建好家業，嬌氣的妻子不能理好家務，無法使家庭興旺。

【嬌子如殺子】◇過分地嬌慣孩子其結果只能是害了孩子。

【嬌養不如歷艱】◇告誡父母與其對孩子嬌生慣養不如讓孩子去經歷一些艱難。

【駑馬十駕，功在不捨】駑：能力低下的馬。十駕：馬的十天行程。捨：停止。功：成功。◐能力低下的馬所以能走出十天的路程在於努力堅持不懈。◇喻指遲鈍的人只要肯勤奮努力，終會成功。《荀子・勸學》：“騏驥一躍，不能十步；駑馬十駕，功在不舍。鍥而舍之，朽木不折；鍥而不舍，金石可鏤。”

【駑馬戀棧豆】棧（zhàn）：養牲畜的柵欄；豆：指飼料。◐能力低下的劣馬，大多貪戀馬棚的飼料，懶於行走。◇喻指學識淺薄、貪圖安逸、缺乏雄心壯志的人不堪重用。《晉書・高祖宣帝紀》：“大司農桓範出赴爽，蔣濟言於帝曰：‘智囊往矣。’帝曰：‘爽與範內疏而智不及，駑馬戀棧豆，必不能用也。’”

【駕輕車，就熟路】◐駕御着輕便的馬車，走熟悉的道路。◇形容對要做的事情很熟悉，做起來很容易。唐代韓愈《送石處士序》：“若駟馬駕輕車就熟路，而王良、造父為之先後也。”

十六畫

【靜而少動，眼花耳聾；有靜有動，無病無痛】◇如果平時不愛運動，久而久之就會變得眼睛花，耳朵聾；如果既注意休息，又注意經常活動，就不容易生病。

【靜坐常思己過，閒談莫論他非】◇沉靜下來要經常自省自己的過失，進而以是克非、為善去惡；閒談的時候莫議論別人的是非得失。強調嚴於律己，寬厚待人。

【憨人有憨福】◇強調做人要誠實憨厚，為人憨厚一些沒有壞處。

【憨頭郎兒增福增壽】◇指憨傻的人心眼實在、樸實，往往有福氣，壽命長。

【蕎麥皮裏擠油】蕎麥：一年生草本植物，果實三角形，有棱。◆蕎麥皮本沒有油分，卻硬要榨出油水。◇喻指敲榨勒索，過分苛刻。◎蕎麥皮裏也要擠出四兩油

【操心怎似存心好，爭氣何如忍氣高】◇勸人與其多一事，不如少一事；與其鬥閒爭氣，不如忍讓一些。

【擒虎容易告人難】告：央求，請求。◇開口請別人幫忙，比捉老虎還要難。喻指求人不易。

【擒雀需用擒虎力】◆捕捉麻雀也應使出捉老虎的力量。◇喻指無論事情大小，對手強弱，都應認真對待，全力以赴。

【擒賊先擒王】◇打擊壞人應該先打擊其首要分子。杜甫《前出塞九首》："挽弓當挽強，用箭當用長。射人先射馬，擒賊先擒王。"◎擒賊定須擒賊首／擒賊要擒大賊

【擒龍敢下東海，打虎敢上南山】◇喻指面對險境無所畏懼，不怕艱難險阻。

【燕子銜泥空費力，毛乾大時各自飛】◇喻指養育子女是白費力氣，孩子大了就會各奔前程。◎燕子銜泥一場空／燕子養兒空勞力

【燕子識舊巢】◆秋去的燕子，春來時仍會飛回原窩。◇喻指人無論流浪到何方，都不會忘記自己的故鄉。

【燕孤一時，雁孤一世】◆燕子失去配偶，會再找新的配偶；大雁失去伴侶，就會孤獨一身，不再找新的伴侶。◇喻指人失去配偶後的孤獨。◎雁孤一世，燕孤一時

【燕雀安知鴻鵠之志】安：哪裏。鴻：大雁。鵠（hú）：天鵝。◆燕子和麻雀哪裏懂得大雁和天鵝的凌雲壯志。◇喻指普通人怎麼會理解胸懷大志者的抱負。《史記·陳涉世家》："陳涉太息曰：'嗟乎，燕雀安知鴻鵠之志哉！'"

【燕雀處堂，不知大廈之將焚】◆燕子麻雀居住在殿堂上，卻不知殿堂將要被焚燒。◇喻指處在危險的環境中，卻不知道自身的危險。《三國演義》第一百十三回："翔奏曰：'近日中常侍黃皓用事，公卿多阿附之。入其朝，不聞直言；經其野，民有菜色。所謂燕雀處堂，不知大廈之將焚者也。'"

【樹大有枯枝】◇喻指人多了難免良莠不齊。

【樹大招風，人老成精】精：精靈。◇喻指人到了老年，經驗豐富，對事物的觀察更透徹清楚，就像樹長大了，枝葉繁茂就能招來風一樣。

【樹大招風風撼樹，人為名高名傷人】撼（hàn）：搖動。◆樹大會招風吹，風吹樹搖容易動根；人因出名，就會受到傷害。◇喻指名聲大，地位高，容易引人注意，或遭人忌妒。《西遊記》："這正是樹大招風風撼樹，人為名高名傷人！"◎樹大招風

【樹大枝散，自然之理】◆樹大了枝杈散開，是自然的規律。◇喻指家中孩子長大了，分家是很自然的事。

【樹大蔭涼大】⊙樹大枝葉茂密，遮蔽陽光的面積也大。◇喻指家大業大，開支也大。

【樹小扶直易】⊙小樹長彎了，要扶直很容易。◇喻指教育孩子要從小做起。

【樹不砍不成材】⊙不把樹枝砍掉，樹木就不能成材。◇喻指人才的成長需要培養。

【樹不修不成材，兒不育不成人】◇喻指孩子不加以教育，便成不了有用之才。◎樹不修不成林，兒不育不成人

【樹正不怕風搖動，身正不怕影子斜】⊙樹長得正直就不怕風搖動，人的身子端正就不怕身影是斜的。◇人只要行得端，坐得正，就不怕別人說三道四。◎樹正不怕風搖動／樹幹生得牢，不怕風來搖

【樹正何愁移月影，根深哪怕大風搖】⊙樹長得端正，就不怕影子跟着月亮移動，根扎得深，就不怕狂風吹襲。◇喻指只要正大光明，行為端正，就不怕別人歪曲、攻擊。◎樹正不怕月影斜／心正不怕影兒斜，腳正不怕倒踢鞋

【樹老生蟲，人老無用】⊙樹老了容易長蟲子，人上年紀精力不旺盛，就無所作為了。◎樹老招風，人老招殘

【樹老半心空，人老事事通】⊙樹老了樹心變空，人老了就事事都懂。◇喻指老人見識多，經驗豐富。◎樹老根多，人老見識多

【樹直用處多，人直朋友多】⊙樹長得直，利用率高；人正直就能交許多朋友。◇勸人做人要正直。

【樹要成林，人要成群】◇喻指人多力量大。

【樹荊棘得刺，樹桃李得蔭】樹：栽種，種植。⊙栽種荊棘只能獲得刺，栽種桃樹李樹能獲得桃李的果實。◇喻指做好事有好的結果，做壞事只能得到壞的結局。《警世通言·老門生三世報恩》：“蒯公大喜，想道：‘樹荊棘得刺，樹桃李得蔭’，若不曾中得這個老門生，今日身家也難保。”

【樹挪死，人挪活】⊙樹挪個地方栽種，往往會傷其根而種不活；而人與其固守舊狀，不如加以變通，往往會有好的變化。◎人挪活，樹挪死

【樹倒猢猻散】猢猻：猴子的一種。⊙樹倒了，樹上的猴子各自散開離去。◇喻指首領垮台勢力消失，依附他的人一哄而散，各自離去。宋代龐元英《談藪·曹詠妻》：“宋曹詠依附秦檜，官至侍郎，顯赫一時。……詠百端威脅，德斯卒不屈。及秦檜死，德斯遣人致書於曹詠，啟封，乃《樹倒猢猻散賦》一篇。”

【樹高千丈，葉落歸根】⊙樹再高，落下來的葉子，總是要歸到根上。◇喻指長期漂泊異鄉的人，最後終歸要回到故鄉。《醒世姻緣》第九十六回：“可是說樹高千丈，葉落歸根，你明日做完了官，家裏做鄉宦，可俺止合一個徒弟相處好呀，再添上一個好呢？”

【樹高而曲，不如短而直；水深而濁，不如淺而清】⊙樹長得高大而彎曲，不如矮而挺拔好；水很深卻渾濁，不如水淺卻清澈好。元代關漢卿《狀元堂陳母教子》第二折：“（王拱辰云）樹高而曲，不如短而直；水深

而濁，不如淺而清。蜂蛛有絲，損人利己；蠶腹有絲，裕民潤國。但凡為人三思，然後再思可矣。"

【樹欲靜而風不止，子欲養而親不待】◐ 樹要靜止而風卻不停地颳着；孩子要孝養父母，父母親卻已經離開人間。◇重在勸人要及早行孝。漢代韓嬰《韓詩外傳》卷九："樹欲靜而風不止，子欲養而親不待也。"

【樹葉打破頭】◐ 怕被樹上掉下來的樹葉打破腦袋。◇喻指人膽小怕事。◎樹葉掉下來怕砸破頭

【樹德莫如滋，去疾莫如盡】樹：建立，培養。滋：增加，增多。◇培養良好的品德，必須逐日積累；消除疾病或剷除禍害必須乾淨徹底。《左傳・哀公元年》："樹德莫如滋，去疾莫如盡。"

【橫吹笛子豎吹簫】◐笛子要橫着吹，簫要豎着吹。◇喻指做事要根據不同的情況，採取不同的方法。◎橫吹笛子直吹簫

【橫栽山芋豎栽葱】山芋：甘薯。◐甘薯要橫着栽，大葱要豎着種。◇喻指辦事要根據不同的情況，採取不同的辦法。

【橫草不拿，豎草不拈】◇諷喻極為懶惰的人，連最省力的事也不願意去做。◎橫針不拈，豎線不動

【橫財不富命窮人】橫財：指來路不正的錢財。◐用不正當手段得來的錢財，不會使命中註定窮的人富起來。◇勸人不要去貪來路不正的錢財。

【橋歸橋，路歸路】◇喻指完全不同的事物，不能混淆在一起。◎橋是橋，路是路

【機不可失，時不再來】◐ 機遇得來不易，故不可輕易失去。◇勸人莫失良機。《舊五代史・安重榮傳》："仰認睿旨，深惟匡瑕，其如天道人心，難以違拒，須知機不可失，時不再來。"◎機不可失／時不可失

【機不密，禍先招】◇機密大事要保密，否則事未成反而先招來了災禍。◎機不密，禍先發／機事不密則害成

【機兒不快梭兒快】◐織布機走不快，織布梭子走得快。◇喻指在有些情況下主要人物不厲害，次要人物厲害。

【輸得自己，贏得他人】◐只有自己受到一些損失，才能戰勝別人。◇喻指要想辦成任何事情，都得付出一定的代價。

【輸贏無定，報應分明】◇宿命論認為，誰輸誰贏，雖然無法確定，但誰該得到甚麼樣的報應，卻是清楚的。

【整天打壺不認錫】◐ 舊時水壺是用錫鍛打而成的，整天打壺卻不認識錫。◇喻指對整天接觸的人或事物，有時反倒不能真正了解。

【賴來的東西不長盛】◇強求到的東西不會長久地豐盛。

【賴象嗑瓜子，眼飽腹中飢】賴：依靠。象：大象。◐依靠大象嗑瓜子，只能是眼睛看飽了，肚子還餓着。◇喻指如果用人之所短，就不可能使其發揮應有的作用。

【頭上是天，腳下是地】◇喻指行得端，坐得正。

【頭回上當，二回心亮】◇第一次上當吃虧後，第二次吸取教訓，就不會再上當受騙了。

【頭要冷，心要熱】◇對待周圍的事物，要有滿腔的熱情，但頭腦要冷靜，不要衝動。

【頭雁先飛，群雁齊追】◇喻指領導要帶頭幹，群眾就會跟進。

【頭痛治頭，足痛治足】◇喻指就事論事，不作整體考慮，不從根本上解決問題，只是應付了事。◎頭痛醫頭，腳痛醫腳

【頭對風，暖烘烘；腳對風，請郎中】◇睡覺時頭不怕風吹，腳不能吹風，如果腳吹風受涼就會生病，就要請醫生治病了。

【頭髮長，見識短】◇古代婦女不允許讀書習字，所以被認為見識短淺。

【頭髮雖細，捆起來是一把】◇喻指積少可以成多。

【頭醋不酸二醋酸】◇喻指第一次沒有做成功，第二次接着幹，取得了成功。

【頭醋不釅徹底薄】釅（yàn）：汁液濃厚。◇喻指第一次不成功，以後事情就難辦了。◎頭醋不酸，到底兒薄

【盧醫不自醫】盧醫：也稱秦醫，指扁鵲（姓秦，春秋時代盧城人），這裏泛指名醫。◇名醫雖醫術高明，能醫好別人的病，但不能醫治自己的病。元代施惠《幽閨記》：“（淨）犯了些腰頭病。（末）你何不自醫？（淨）自古道：‘盧醫不自醫。’”

【瞞官漏稅，拿着問罪】◇告誡人不要偷稅漏稅，否則就會觸犯法律而受到制裁。

【瞞債必窮，瞞病必死】◇隱瞞債務，只會變得越來越窮；隱瞞病情，往往會造成死亡。喻指如果是隱瞞不該隱瞞的事，必將會自己害了自己。

【縣官不如現管】縣官：泛指更上級的領導。現管：指頂頭上司。◇頂頭上司雖然官不大，但直接管着手下的人，比高層領導管得更具體，更有權利，更起實際作用。

【鴨子不跟雞合夥】◇喻指志趣不同的人合作不到一起。

【鴨不怕冷，酒不結冰】◐鴨子不怕冷，酒不會結冰。◇説明任何事物都有其自己的特性。

【鴨肫難剖，人心難料】肫（zhūn）：鳥類的胃。◐鴨的肫很難剖下來，人的內心很難預料。◇喻指人的心思是難以猜測的。

【閻王也怕鬼拚命】◇喻指有權勢的人也怕別人豁出性命來跟他拼。◎閻王老爺還怕拼死的鬼

【閻王不嫌鬼瘦】閻王：佛教稱管地獄的神。◐小鬼再瘦，閻王也不嫌棄。◇喻指惡人只要有點油水就要設法榨取。◎閻王不怕鬼瘦，富人不怕窮人瘦 / 閻王不嫌鬼瘦，蕎麥皮上榨油

【閻王叫你三更死，誰敢留人到五更】◇生命到了該死的時候是無法拖延的。◎閻王造定三更死，誰敢留他到五更

【閻王好見，小鬼難當】◇喻指奴才依仗主子的權勢，比主子還兇狠，而且更難對付。清代李寶嘉《官場現形記》第十九回：“閻王好見，小鬼難當，旁邊若有人幫襯，敲敲邊鼓，用一個錢，可得兩錢之益。”◎閻王不

好見，小鬼更難纏／閻王好見，小鬼難纏／閻王好見，小鬼難求／閻王好惹，小鬼難搪

【閻王開酒店，鬼也不上門】◇喻指如果服務態度不好，顧客就不會上門。◎閻王老子開飯店，鬼都不上門

【閻王路上無老少】◇死亡來臨時，是不會分年老年少的。

【閻王催命不催食】◇即使是碰上要命的緊迫事，也不能不讓人家吃飯。

【閻王殿前，沒有放回來的鬼】◇喻指獲利的機會一旦出現，財迷心竅的人就會緊緊抓住不放，不可能讓賺錢的機會悄悄溜走。

【嘴上無毛，辦事不牢】◇喻指年輕人缺乏經驗，辦事往往不牢靠。清代李寶嘉《官場現形記》第十五回："俗語說道，'嘴上無毛，辦事不牢'，像你諸位一定是靠得住，不會冤枉人的了？"

【嘴不讓人皮吃苦】◇如果說話刻薄或得理不饒人，就會激化矛盾，反而可能招致皮肉之苦。

【嘴巴兩塊皮，說話無定儀】◇形容說話隨便的人，往往不負責任。◎嘴巴兩片皮，翻來翻去都是理／嘴巴兩張皮，說話沒根據

【嘴是蜜罐子，心是蒜瓣子】◇形容有一種人嘴上說得很甜，內心裏卻非常毒辣。◎嘴裏噙着蜂蜜碗，懷裏藏着殺人刀／嘴裏吐出糖來，腰裏摸出刀來／嘴像蜜缸，心像尖鑽

【嘴強的爭一步】◇嘴巴能說會道的人佔上風。

【嘴裏唸彌陀，心賽毒蛇窩】◇喻指表面上和善，內心卻十分狠毒。◎嘴裏彌陀，心裏殺人

【螞蟻不叮無縫的磚】◇喻指如果自身沒有問題，壞人就沒有空子可鑽。◎螞蟻不鑽無縫的雞蛋

【螞蟻洞雖小，能潰千里堤】◇❶喻指小的漏洞如果不儘快修補，就會釀成大的禍患。❷指如果忽視小問題，也會鑄成大的災難。三國魏應璩《雜詩》："細微可不慎，堤潰自蟻穴。"◎千里之堤，潰於蟻穴

【螞蟻雖小，敢搬大山】◇喻指人小志氣大。

【噙着骨頭露着肉】噙：含。➓口裏含着骨頭，肉卻露在外邊。◇喻指說話吞吞吐吐，有所保留。

【積下閒時錢，留得急用時】◇告訴人們，平時要把閒錢積攢下來，留到急用時使用。

【積羽沉舟，群輕折軸】羽：羽毛。輕：輕微的東西。軸：車軸。➓羽毛雖輕，積累多了可以使船沉沒；輕的東西裝載多了，可以壓斷車軸。◇❶喻指小毛病積累多了會造成大禍害。❷指謠言多了，能混淆是非。《戰國策·魏策一》："臣聞積羽沉舟，群輕折軸，眾口鑠金，故願大王之熟計之也。"◎積羽沉舟，群輕折軸，眾口鑠金

【積財千萬，不如薄技在身】➓積累成千上萬的錢財，還不如學會點小技能，有一技之長在身，對將來的生活更有幫助。北齊顏之推《顏氏家訓·勉學》："諺曰：'積財千萬，不如薄伎在身。'伎之易習而可貴者，無過

讀書也。”◎積財千萬，不如薄藝在身／積財千萬，不如一藝在身

【積善降善，積惡降惡】◇總是做好事，樂於幫助人的人，定會得到好的回報；總是做壞事，坑人害人的人，定會得到壞的報應。《易經・坤》：“積善之家，必有餘慶；積不善之家，必有餘殃。”

【積絲成寸，積寸成尺，寸尺不已，遂成丈匹】◉織布通過一根棉絲一根棉絲地織才能織成一寸長的布；再一寸一寸不斷地織下去，才能織出一尺長的布；就這樣一寸一尺不斷地織下去，才能織出成丈成匹的布來。◇喻指積少成多，積小成大。宋代王應麟《小學紺珠》：“積絲成寸，積寸成尺；寸尺水已，遂成丈匹。”

【積穀防饑，養兒防老】◇積蓄糧食可以防備饑荒，生兒育女可以防備年老體衰時有個依靠。《敦煌變文・父母恩重講經文》：“書云：積穀防饑，養兒備老。”《明成化説唱詞叢刊・包龍圖斷曹國舅公案傳》：“養兒防老從來有，積穀防饑自古聞。”元代關漢卿《山神廟裴度還帶》第三折：“(旦兒云) 哀哀父母，生我劬勞。養小防老，積穀防饑。妾雖女子，亦盡孝也。”◎積穀防饑，養子防老

【積鬱成病，積勞成疾】◉長期積聚憂鬱就會得病，長期勞累也會得病。◇提醒人要避免憂鬱，不要過於勞累，以免損害健康。

【築室道旁，三年不成】◉在路旁蓋房，蓋房人因眾説紛紜而無所適從，結果多年都蓋不成房屋。◇喻指眾説紛紜就會拿不定主意，結果辦不成事。《後漢書・曹褒列傳》：“諺言：‘作舍道邊，三年不成。’”◎築室道邊，三年不成

【篩子遮不住太陽】◉篩子有孔是遮不住太陽的。◇喻指真相是任何力量也遮擋不住的。

【舉一綱而萬目張】綱：提網的總繩。目：網眼。◉提起一根網繩，許多網眼都能張開。◇喻指只要抓住了事物的主要環節，就能帶動其他各個環節。漢代鄭玄《詩譜序》：“舉一綱而萬目張，解一卷而眾篇明。”

【舉手不容情】◇動手除惡，不能手軟，對壞人要毫不留情地嚴懲。

【舉頭三尺有神明】◉距離頭頂三尺，就會有神靈的監察。◇勸善規過，讓人不要做壞事。

【興一利必有一害】◉辦一件有利的事情，也會帶來不利的一面。◇喻指任何事物都有兩面性。清代阮葵生《茶舍客話》卷三：“然則欲禁燒酒，必先禁民飲乃可行。能乎？否乎？語云：行一利必有一害。”

【興師十萬，日費千金】◉動用大批兵馬，每天要耗費巨額錢財。◇強調戰爭會使國家和百姓付出巨大代價。《史記・主父偃列傳》：“高皇帝蓋悔之甚，乃使劉敬往結和親之約，然後天下忘干戈之事。故兵法曰：‘興師十萬，日費千金。’”

【興家猶如針挑土，敗家好似水推舟】◇要想家業興旺，像用針挑土一樣，需要長期積累財富；要使家業敗落，就像順水推舟一樣，絲毫不費力氣。◎興家好比針挑土，敗家好比水推舟

【學不盡的乖，走不盡的街】◇形容人的一生中，總有學不完的經驗、吸

取不完的教訓。◎學不盡的乖，逮不盡的蠢

【學乎其上，僅得其中】◇向上等水平的人學習，只能達到中等的水平。宋代嚴羽《滄浪詩話》："學其上，僅得其中；學其中，斯為下矣。"

【學而不已，闔棺乃止】已：停止。闔（hé）：蓋。◇喻指人應該活到老，學到老。漢代韓嬰《韓詩外傳》第八卷："學而不已，闔棺而止。"

【《學而》第一須當記，養子休教不讀書】《學而》：《論語》第一篇的篇名。◇強調為人父母一定要教育子女認真讀書。元代關漢卿《狀元堂陳母教子》："黃卷青燈一腐儒，九經三史腹中居。學而第一須當記，養子休教不看書。"

【學好千日不足，學歹一日有餘】◇一個人想學好要經過長期的努力；想要學壞則不需要多少時間。形容學壞容易學好難。◎學好三年不得，學壞三日便成 / 學好三年，學壞三天 / 學善如爬壁，學惡一下成 / 學善三年，學惡一朝

【學者如牛毛，成者如麟角】牛毛：指數量很多。麟：麒麟，傳說中的瑞獸，極少出現。麟角：比喻人才稀有可貴。◇學習的人很多，但能夠有所成就的人，卻像麒麟角一樣極少。◎學如牛毛，成如麟角

【學到知羞處，方知藝不精】◇學到的技藝在實踐中應用時，發現自己的短處，才知道技藝沒學到家。◎學到知羞處，武藝才能高

【學書費紙，學醫費人】書：書法。◇學習書法要用掉很多紙；學習醫術要在很多病人身上進行實驗。◎學書紙費，學醫人費

【學問之根苦，學問之果甜】◇學習知識的過程雖然艱苦，但學成之後就可體會知識所帶來的好處。

【學問勤乃有，不學腹空虛】◇勤奮學習才能獲得學問，不學習就會心中無物，無所作為。

【學問勤中得，富從儉中來】◉學問是從勤奮學習中獲得的，富裕是從勤儉節約中積攢的。◇勸人要勤奮學習，勤儉持家。

【學問學問，邊學邊問】◇學習要不恥下問，才能學到知識。◎學問學問，不懂就問

【學習全憑自用功，先生好比指路人】◇學習要靠自己的努力，老師只不過起指導作用。◎學習自己要用心，先生不過引路人

【學習如行舟，不進便會退】◉學習就像在水中行駛的船，不前進就會向後倒退，所以要勤奮上進，不能有絲毫懈怠。

【學習如趕路，不能慢一步】◇提醒人們，學習必須堅持不懈，一步趕不上就會越落越多。

【學無老少，能者為師】◇學習不論年紀大小，誰學得好，誰就能當老師。

【學無前後，達者為先】達：通曉，懂得。◇學習不分時間先後，而是看在學問上誰先領悟通達。◎學無前後，達者為師

【學然後知不足】◉經過學習之後，才知道自己的知識不足。◇告誡人要

不斷學習上進，不能自滿。《禮記·學記》：“故學然後知不足，教然後知困。知不足，然後能自反也；知困，然後能自強也，故曰：教學相長也。”

【學勤三年，學懶三日】 ◐ 學習勤快需要三年時間，學習懶惰三天就學會了。◇喻指懶惰的習性容易養成，勤勞的美德不易培養。

【學會下棋，不嫌飯遲】 ◑ 只要學會下棋，飯吃得晚一點也不在乎。◇喻指學會一種技藝，投入其中，往往會忽視外界的干擾或影響。

【學會百藝不壓人】 ◇多學一些技藝不會有壞處。

【學戲先學聲，打鐵先打釘】 ◇學習任何技能都應該從基礎開始，先練好基本功，再逐步提高。◎學戲先學聲，學木匠先鑿空，學鐵匠先打釘，學和尚先唸經

【學醫不明，暗刀殺人】 ◇醫術不精的醫生給人治病，不但治不好病，反而可能誤診誤治，導致病人病情加重甚至死亡。

【學藝終身福，是藝不虧人】 ◑ 學成一門手藝就會終身受益，手藝是不會虧待人的。◇勸人要認真學習技藝。

【儒生三寸舌，將軍一紙書】 儒生：指讀書人。◑ 讀書人的口舌就像領兵作戰的將軍的一道命令一樣。◇形容讀書人能言善辯。明代湯顯祖《牡丹亭》：“‘儒生三寸舌，將軍一紙書。’書儀在此。”

【儒為席上珍】 儒：儒生，指讀書人。席：筵席。珍：寶貴的東西。◑ 讀書人就像筵席上的美味。◇喻指讀書人受人尊重。

【儒冠多誤身】 儒冠：原指遵從儒家學說的讀書人，後泛指讀書人。◑ 舊時指讀書人大多空懷抱負，壯志難酬，眼看誤盡了事業和前程。今也指讀書不識變通，過分執着於信條，反而耽誤了自己。杜甫《奉贈韋左丞丈二十二韻》：“紈褲不餓死，儒冠多誤身。”

【儒學醫，菜作齏】 儒：讀書人。齏(jī)：切碎的醃菜或醬菜。◑ 讀書人斷文識字，能讀醫書，學當醫生，就像把菜做成醃菜一樣容易。◎秀才作醫，如菜作齏

【錯在一着，空了滿盤】 ◇如果在關鍵環節上發生失誤，往往會導致全局失敗。◎一着不到處，滿盤俱是空

【錢可通神】 ◑ 錢財可以買通鬼神。◇喻指金錢的力量極大，無所不能。唐代張固《幽閒鼓吹》卷五二：“明旦，案上復見帖子，曰：‘錢十萬貫。’公曰：‘錢至十萬，可通神矣，無不可回之事。吾懼及禍，不得不止。’”◎錢能通神／財可通神

【錢出急家門，財與命相連】 ◑ 碰到急難的事，就需要花錢來救急，這時花錢可以救命。

【錢在手頭，食在口頭】 手頭：指伸手可及的地方。◑ 指手裏一有錢，就吃喝玩樂，肆意揮霍。

【錢有磨盤大，膽比綠豆小】 ◇喻指看重錢財，空想發財，但又膽小怕事不敢做。

【錢到手才算財，肉到口才算吃】 ◇錢財弄到手後，心裏才感覺踏實，就像肉吃進嘴裏才算吃一樣。

【錢到手，飯到口】◇❶喻指沒有積蓄，現掙現花。❷喻指有了錢自然就不愁吃穿。

【錢到手，樣樣有】◐有了錢，就甚麼都有了。◇喻金錢萬能，有錢好辦事。

【錢若不賺，豬當馬騎】◇如果有賺錢的機會卻輕易放棄，就像把豬當馬騎一樣愚不可及。

【錢財份上無父子】◇涉及到錢財時，就不能顧及父子的情分，錢是錢，親是親，要把賬算清楚。

【錢財如糞土，仁義值千金】糞土：喻指不值錢的東西。仁義：仁愛和正義。千金：指很多的錢。◇指人輕視錢財，看重仁愛和正義。

【錢財如糞土，臉面值千金】糞土：喻指不值錢的東西。千金：指很多的錢，指珍貴。◇輕視錢財，看重人的尊嚴和名譽。

【錢財是身外之物】◐金錢和財產是人身體以外的東西。◇提醒人不要過分看重錢財。

【錢財容易得，人意最難求】◐金錢和財富容易獲得，人與人之間的情意最難得到。◇喻指人情比金錢和財富更寶貴。

【錢眼出火，財眼生力】◇為了得到錢財，人往往會產生不尋常的力量。

【錢眼裏翻觔斗】錢眼：舊時銅錢中間的方孔。◇喻指全部心思都圍繞着錢轉，動錢的腦筋。

【錢過北斗，米爛陳倉】北斗：星宿名。斗：為量器，借用"北斗"喻極大的容器。◐錢財很多，連天上巨大的北斗都盛不了；糧倉裏的米堆積很多，吃不了爛在倉裏。◇形容十分富裕。《三遂平妖傳》第十六回："其中有一員外，家中巨富，真個是錢過北斗，米爛陳倉。"

【錢聚如兄，錢散如奔】◇有錢時稱兄道弟，沒有錢時躲得遠遠的。喻指人情勢利，嫌貧愛富。

【鋼刀雖快，不斬無罪之人】◇喻指國法雖嚴，不殺無罪之人。◎鋼刀不斬無罪之人

【鋼不煉不硬，兵不練不精】◇喻指必須經過艱苦的磨煉才能鍛煉出有過硬本領的人才。

【鋼不壓不成材】◇喻指一個人需要有一定的壓力才能鍛煉成材。

【鋼在火中煉，刀在石上磨】◐鋼必須在烈火中才能煉成，刀必須在石頭上磨才能鋒利。◇喻指人的才幹只有在艱苦的環境中才能磨煉出來。

【鋼要用在刀刃上】刀刃：刀口，此處指事物的關鍵。◇喻指做任何事都要抓住關鍵，在關鍵處下工夫。◎鋼要用在刀口上

【鋼要經過千錘百煉，人要經過挫折考驗】◇好鋼要經過反覆錘煉，人要經過困難和挫折的考驗才能成材。

【鋼條針，寧折不彎】◇喻指意志堅強的人，寧死也不屈服。

【鋼淬火才硬，樹剪枝才正】◇喻指一個人只有接受良好的教育，經過艱苦環境的鍛煉，才能品行端正，意志堅強。

【鋼樑磨繡針，功到自然成】◇喻指只要有恆心，有毅力，再困難的事情也能辦成。

【鋼鐵怕火煉，困難怕志堅】◇意志堅強的人再大的困難也能克服。

【錦堂客至三杯酒，茅舍人來一盞茶】錦堂：華美的廳堂，指富貴人家。茅舍：茅草房屋，指貧寒人家。❷富貴人家來了客人，以酒款待，貧寒人家來了客人，以茶招待。◇強調無論是家貧家富，都應該注意禮節，熱情招待來的客人。元代鄭光祖《醉思鄉王粲登樓》："可不道錦堂客至三杯酒，茅舍人來一盞茶。"

【鋸快不怕樹粗】◇喻指本領過硬的人，遇到再強的對手也不怕。

【貓不急不上樹，兔不急不咬人】◇喻指在危急情況下，任何人都難免會被迫做一些超乎尋常的冒險事。◎貓急上樹，狗急跳牆

【貓走鼠伸腰】❷貓走了，老鼠就要猖狂起來。◇喻指正氣如果不能發揚，歪風邪氣就會上升。

【貓兒見腥，無有不吞】◇喻指貪財的壞人，一旦見到財物，沒有不想方設法去竊取的。

【獨坐窮山，引虎自衛】◇孤立無援的窘急情況下，想借助他人的力量來加強自己的防衛能力，結果引虎入室，反而貽禍於己。《三國演義》第六十三回："卻說嚴顏在巴郡，聞劉璋差法正請玄德入川，拊心而歎曰：'此所謂獨坐窮山，引虎自衛者也！'"

【獨虎架不住群狼】❷一隻老虎招架不住一群狼的攻擊。◇喻指孤不敵眾，武藝再高強的人，也難敵武藝平庸的群體。◎獨虎戰不過群狼／獨虎怕群狼

【獨樹不成林】◇喻指勢單力薄，成不了大事。《古今樂錄》："梁曲曰：獨柯不成樹，獨樹不成林。"《紅樓夢》："湘雲因說他：'先還單絲不成線，獨樹不成林，如今有了個對了了。'"

【謀而不得，則以往知來，以見知隱】見（xiàn）：同"現"，顯露。❷如果計謀一時想不出來，可以用往事來推測，用已經顯露出來的現象去判斷。◇強調做事要善於借鑒，善於觀察。《墨子·非攻中》："古者有語：'謀而不得，則以往知來，以見知隱。'謀若此，可得而知矣。"

【謀事在人，成事在天】◇指籌劃事情在於人，但在一定的情況下，事情的成功與否還在於周圍的客觀條件。《三國演義》一零三回："不期天降大雨，火不能着，哨馬報說司馬懿父子俱逃去了。孔明歎曰：'謀事在人，成事在天，不可強也！'"◎謀事在人成在天

【謀道不謀食】◇強調做人應當重視道德修養，不要單純追求衣食享樂。《論語·衛靈公》："子曰：'君子謀道不謀食。耕也，餒在其中矣；學也，祿在其中矣。君子憂道不憂貧。'"

【憑君情似桃潭水，難買錢塘蘇小心】憑：任憑。桃潭水：桃花盛開時，雨水多，潭水加深。錢塘：指杭州。蘇小：指蘇小小，古代名妓，用情專一。❷任憑你感情多麼深，都難以讓杭州蘇小小的改變心意。◇喻指男子傾心，女子卻無動於衷。

【憑書請客，奉貼勾人】憑：根據。書：邀請客人的名單。奉：接受，按照。

勾：招引。◇喻指按照別人指令辦事，由不得自己做主。《水滸傳》第二二回：“朱全道：‘然雖如此，我們憑書請客，奉貼勾人，難憑你説不在莊上。你等我們搜一搜看，好去回話。’”

【磨刀不誤砍柴工】○磨砍柴的刀，雖然費些工夫，但是由於刀口鋒利，砍柴砍得快，並不耽誤時間。◇喻指做事要預先做好充分的準備，雖然事前費些工夫，但加快了工作進度。

【磨鐮不誤工】◇喻指做事先做好準備工作，能加快進度，並不會耽誤時間。

【瘸子打圍坐山喊】打圍：打獵。◇喻指只説空話，不見行動。

【瘸子腿用棍科】科：判刑，指打。○本來就是瘸腿，又遭受棍打刑罰。◇喻指本來情況就不好，又遭逢災禍，境遇更加不幸。

【瘸和尚登寶座，能説不能行】瘸：腿跛。登寶座：指登壇講經説法。○跛腿的和尚講經説法，雖然能説卻不能走。◇喻指只會説空話，不能做實事。◎瘸和尚説法，能説不能行

【親不間疏，先不僭後】間（jiàn）：間隔，有距離。僭（jiàn）：後面的超越前面。◇關係親密的人不會因關係不深的人而有所疏遠，先到的人不會因為有後來的人就讓其領先自己。

【親不過父母，近不過夫妻】◇父母與子女之間的感情最深，夫妻之間的關係最密切。◎至親者莫過父子，至近者莫過夫妻

【親不擇骨肉，恨不記舊仇】骨肉：指父母兄弟子女等至親。○親近誰，不計較他是否是自己的親人；憎恨誰，不總惦記舊日的冤仇。◇喻指心胸坦蕩，不因跟自己關係的好壞而區別對待。

【親不親，一家人】◇同宗同族的人，骨肉相連，關係密切，感覺親近。

【親不親，枕邊人】枕邊人：指妻子。○無論親密與否，畢竟是自己的妻子。◇喻指夫妻關係密切。

【親不親，故鄉人；美不美，鄉中水】◇熱愛家鄉的山水人情，遇見家鄉的人，感到格外親熱，見到家鄉的山水，感覺格外親切。◎美不美，江中水；親不親，故鄉人

【親友救急不救貧】◇遇到天災人禍、飢餓、疾病時，親戚朋友可以出資救助，但卻不可能幫人由貧窮變為富足。◎救急不救窮

【親兄弟，明算賬】○即使是親兄弟，涉及到錢財，也要把賬算清，以免引起糾紛。◇喻指關係很密切的人，在錢財方面也應該彼此算清楚。

【親有遠近，鄰有裏外】◇親戚有遠親近親之分，鄰居有遠鄰近鄰之別，人際關係也有親疏遠近的區別。

【親向親，故向故】親：親戚。故：朋友。◇親戚朋友之間要互相幫忙，患難與共。

【親向親，鄰向鄰】◇親戚和鄰居的關係是近的，遇到事情一定要互相照顧。

【親者割之不斷，疏者續之不堅】○關係親密的，用刀割也分不開；關係疏遠的，硬拉在一起也不牢靠。◇説明關係親疏和感情厚薄，不是輕易能改變的。

【親者嚴，疏者寬】◇同樣的事情，對關係親密的人應該嚴格要求，對關係疏遠的人則要寬容。

【親的掰不開，疏的貼不上】◇關係親密的人就是想讓他們分開也不可能，關係疏遠的人就是想讓他們親近也不可能。

【親是親，財是財】◇雖然都是親戚，但涉及到錢財時，也要分得清楚，以免日後產生糾紛。◎親是親，財帛分

【親為親好，鄰為鄰安】◇親戚、鄰居之間，要相互照顧，替對方着想，希望對方過得好。◎親為親好，鄰為鄰好

【親戚有遠近，朋友有厚薄】●同是親戚，有遠親近親之分；同是朋友，有好朋友和一般朋友之別。◇關係的親密程度不同，感情也就不一樣。

【親戚門外客】●親戚如同大門外的外姓客人一樣。◇強調即使是親戚，也不能插手別人家庭內部的事情。

【親戚遠來香】◇遠方來的親戚，因相距很遠，平時又不常走動，見面就會覺得特別親切。◎親戚遠來香，隔房高打牆／親親故故遠來香

【親幫親，鄰幫鄰】●親戚幫助親戚，鄰居幫助鄰居。◇關係親近的人，應該互相幫助，互相提攜。◎親幫親、鄰幫鄰，觀音菩薩也向着自家人／親幫親，鄰幫鄰，和尚維護出家人

【辦事不由東，累死也無功】東：指主人或上司。◇❶ 如果不按主人的吩咐辦事，即使是累死也無功勞。❷ 如果不按照上司的意圖辦事，即使再累，也無成績。

【辦酒容易請客難，請客容易款客難】◇辦酒席容易，要請客人來難；請客容易，要招待好客人難。

【龍生九種，九種各別】◇喻指同是生長在一個家庭裏的孩子，聰愚好壞各不相同。《西遊記》："行者道：'一大一妻，如何生得這幾個雜種？'敖順道：'此正謂龍生九種，九種各別。'"

【龍多乃旱】◇喻指人太多，辦事容易互相推諉，難以成功。宋代李季可《松窗百説・恃眾》："徐笑謂鄰座曰：'一二客在，豈至是乎？今不救之，罪分於眾而難責，則皆莫之顧，況橫身犯眾，為人肩利害事耶？諺所謂龍多乃旱是也。'"

【龍投大海，虎奔高山】◇喻指有才幹的人往往要到適合自己、能發揮所長的地方去。明代周楫《西湖二集》："這一去正如龍投大海，虎奔高山。"◎龍歸大海，虎進深山／龍歸滄海，虎入深山

【龍怕揭鱗，虎怕抽筋】◇喻指有本領的人也怕傷其要害。

【龍鬥魚損】●龍與龍之間爭鬥，會使魚蝦受到傷害。◇喻指強者雙方爭鬥很容易波及到周圍的弱小者，使無辜者受到傷害。

【龍眼識珠，鳳眼識寶，牛眼識青草】◇喻指有眼光有水平的人見識也高，沒眼光沒水平的人見識也低。◎龍識珠，鳳識寶，牛馬只會識稻草

【龍游淺水遭蝦戲，虎落平陽被犬欺】平陽：平地。●龍游在淺水中會被蝦戲弄，虎落在平地上會被犬欺負。◇喻指英雄在失勢時會受小人的欺

負。清代西周生《醒世姻緣》八八回："只是這一時龍游淺水遭蝦戲，虎落深坑被犬欺！"◎龍游淺水遭蝦戲，虎落平原被犬欺／龍游溝壑遭蝦戲，鳳入牢籠被鳥欺

【糖食壞齒，甜言奪志】◐ 甜東西吃得太多，就會有蛀牙；甜言蜜語聽得太多，就會奪去人的志向。◇告誡人不要被甜言蜜語迷惑住，失去奮志。

【燒火剝葱，也當一工】◇喻指不管幹甚麼活，都是一項工作。

【燒火剝葱，各管一工】◇喻指誰幹甚麼活，有明確分工，各自負責自己工作。

【燒的紙多，惹的鬼多】紙：指祭神時燒的紙錢。◇喻指許諾給別人的錢物越多，找上門來的人也越多，麻煩也就越多。

【燒香引得鬼進來】◇ ❶喻指做好事反而惹來麻煩。❷喻指好動機換來了壞結果。

【燒香的少，拆廟的多】◇喻指真心做事的人少，謀個人私利的人多，甚至因得不到好處，拆台搗亂的人也不少。

【燒香望和尚，一得兩便】◇喻指在做某件事的同時，又順便做了另一件事情。

【燒香點茶，掛畫插花，四般閒事，不宜累家】◐ 諸如燒香、點茶、掛畫、插花等許多閒雜事情，都應交給下人去辦理，不應該勞累當家的。◇喻指當領導要集中精力抓大事，不應在小事上糾纏不休。

【燒魚的葱，燒肉的薑】◇喻指各有各的用途。

【螢火之光，照人不亮】◇喻指力量很薄弱，難以幫助他人。

【燈不點不亮，話不説不明】◐ 油燈不點不會亮，話不説透了，別人不會明白。◇喻指有話不要放在肚子裏，説出來對方才能明白。

【燈消火滅，水盡鵝飛】◇喻指已傾家蕩產，財窮勢盡。元代關漢卿《望江亭》第二折："你休等的我恩斷意絕，眉南面北，恁時節水盡鵝飛。"

【燈蛾撲火，惹焰燒身】◇喻指不自量力，自取滅亡。《水滸傳》二六回："這賊配軍卻不是作死！倒來戲弄老娘，正是'燈蛾撲火，惹焰燒身'，不是我來尋你。"

【澡盆裏學不會游泳，平地上打不着老虎】◇喻指要想掌握本領，取得成就，就必須到實踐中去鍛煉。

【激人成禍，擊石成火】◐ 用言語刺傷人會使人因受刺激而發生意外，釀成禍殃，就像撞擊石頭會引起火災一樣。◇提醒人説話要慎重，不可故意刺傷人。

【激石乃有火，不激原無煙】激石：擊石取火的意思。◐ 擊石才能取到火，不擊石原本沒有煙。◇喻指只有施以外力的刺激，才能激發出某種反應。

【激起波濤翻己船】◇喻指激化矛盾、挑起衝突的人最後受害的恰恰是他自己。

【遲是疾，疾是遲】疾：快。◇辦事條件成熟，雖慢實快；條件不成熟，雖快實慢。

【遲飯是好飯】◇吃飯時間晚，肚子餓，食慾就強，一般的飲食也會覺得特別好。

【嬖女不敝席，寵臣不避軒】嬖(bì)女：受寵愛的女子。敝：破舊。寵臣：受恩寵的臣子。避：同“敝”。軒：古代有帷幕的車。● 受寵倖的女人，還沒有用破一張席子，就失寵了；受恩寵的臣子，還沒有用舊一輛車子，就不受信任了。◇喻指榮寵轉瞬即逝，難以長久。《戰國策·楚策一》：“江乙曰：‘以財交者，財盡而交絕；以色交者，華落而愛渝。是以嬖女不敝席，寵臣不避軒。今君擅楚國之勢，而無以深自結於王，竊為君危之。’”

【選日不如撞日】● 挑選好日子不如趕上好日子。◇喻指順其自然，不要刻意為之。

【隨你乖如鬼，也吃洗腳水】◇喻指即使是再機靈的人，有時也會吃虧。

【隨借隨還，再借不難】◇借別人的東西，用後要及時歸還，就能得到別人的信任，如果下次再借就更容易了。◎好借好還，再借不難

【險山不絕行路客，惡水也有擺渡人】◇喻指無論多麼困難，都會有勇敢的人去克服。

【縛虎休寬】● 捆綁老虎不能寬鬆。◇喻指對於本領高強的對手不可大意，要嚴加防範。

【縛虎則易，縱虎則難】◇喻指厲害的對手要捉住他容易，捉住後再放就難了，因為可能會招致加倍的報復。◎縛虎容易縱虎難／伏虎容易縱虎難／擒虎容易放虎難

十七畫

【幫人一口得一升，救人一命積善功】◇強調做善事是建功德，會得到善報。

【幫人幫到底】◇強調幫助別人，就要幫到實處，真正解決困難。

【幫藝不幫錢】◇教人掌握技藝比給人錢財更有用。◎幫人百元錢，不如把藝傳

【駿馬只需一鞭，懶馬打斷皮鞭】◇喻指明智勤快的人只需稍加點撥，就能做得很好，而懶惰的人無論怎樣督促也不一定見效。

【薑是老的辣】◇喻指老年人閱歷多，辦事老練，經驗豐富。◎薑老辣，竹老硬／薑是老的辣，醋是陳的酸／嫩薑沒有老薑辣

【薑桂之性，到老愈辣】◇喻指人到年老時，經驗會更多，辦事會更嫻熟老練。

【趨名者於朝，趨利者於市】趨名：追求名聲。朝：朝廷，引申為官場。趨利：追求錢財。市：市場。● 追求名聲的人到朝廷裏去做官，追求錢財的人到市場去賺錢。◇喻指志向不同，選擇也不同。《戰國策·秦策一》：“臣聞：‘爭名者於朝，爭利者於市。’今三川、周室，天下之市朝也。而王不爭焉，顧爭於戎狄，去王業遠矣。”

【趨時則吉，違眾則危】趨時：迎合潮流。違眾：跟眾人的做法不同。◇做事迎合潮流就會順利，跟眾人不同就有危險。

【薦賢不薦愚】◇應該推薦德才兼備能幹的人，不可推薦愚蠢無能的人。

【薄餅從上揭】◯一沓薄餅，得一張一張從上往下揭。◇喻指辦事要按照正常順序，一步一步地進行，才有好效果。

【擠瘡不留膿，免受二回痛】◇❶喻指除害要乾淨徹底，以免死灰復燃。❷喻指改正錯誤要堅決徹底，以免重犯。

【聲無細而弗聞，事未形而必彰】弗：不。彰；顯現。◯即使最細微的聲音也能有人聽見，即使沒確定的事也會顯露出跡象。◇告誡人只要做了壞事，無論多麼隱秘，遲早會被人知道。《晉書‧苻堅載記上》："諺曰：'欲人勿知，莫若勿為。'聲無細而弗聞，事未形而必彰者，其此之謂也。"

【聰明一世，懵懂片時】懵（měng）懂：糊塗。◇一向聰明的人，有時候也會糊塗。《醒世恆言‧杜子春三入長安》："又想道：'我杜子春聰明一世，懵懂片時。我家許多好親好眷，尚不禮我，這老者素無半面之識，怎麼就肯送我銀子？……'"◎聰明了一世，懵懂在一時／聰明一世，懵懂一時

【聰明反被聰明誤】誤：耽誤，妨害。◇聰明人自恃聰明，自以為是，反而被聰明耽誤了。宋代蘇軾《東坡續集‧洗兒》："人皆養子望聰明，我被聰明誤一生。"◎聰明偏受聰明苦，癡呆越享癡呆福

【聰明者一點就透，愚蠢者捧打不回頭】◯聰明人一經指點就能明白，愚蠢人卻捧打都不肯回心轉意。◇喻指明智的人和愚蠢的人領悟力差異極大。

【聰明的人不吃眼前虧】◇聰明人能見機行事，不至於當面受辱、受困。

【擊蛇者先擊其首】◯打蛇要先打蛇的頭部。◇打擊敵人要先打其首領，擊其要害。宋代司馬光《資治通鑑》卷一百二十四："以問崔浩，對曰："夫擊蛇者先擊其首，首破則尾不能掉。今蓋吳營去此六十里，輕騎趨之，一日可到，到則破之必矣。破吳，南向長安亦不過一日……"

【臨下驕者事上必諂】諂（chǎn）：巴結奉承。◇對下級驕橫跋扈的人，對上級必定阿諛奉承。

【臨危好與人方便】◇見到別人遭遇危難時，應當給予幫助。

【臨事而懼，好謀而成】◇遇到事情要謹慎小心，善於謀劃辦事才容易成功。《論語‧述而》："子路曰：'子行三軍，則誰與？'子曰：'暴虎馮河，死而無悔者，吾不與也。必也臨事而懼，好謀而成者也。'"

【臨時上轎馬撒尿】◇說明有時事到臨頭也難免又發生問題，應隨時有思想準備。

【臨財毋苟得，臨難毋苟免】臨：面對。毋：不要。苟：苟且。◇面對錢財不要企圖苟且得到，面對危難不要企圖苟且倖免。《禮記‧曲禮上》："臨財毋苟得，臨難毋苟免。很毋求勝，分毋求多。疑事毋質，直而勿有。"◎臨財勿苟得

【臨陣磨槍，不快也光】◯臨到上陣時才磨槍，雖然不鋒利，卻也光亮。

◇諷喻事先不做準備，事到臨頭匆忙想些辦法，也能應付一下。

【臨崖勒馬收韁晚，船到江心補漏遲】臨：到。●已到懸崖才想到停馬收韁，就太晚了；船已行駛到江心才想到補漏洞，就太遲了。◇提醒人們，要及早發現問題，儘快採取補救措施。元代鄭光祖《智勇定齊》三折：「這廝不識咱運機，將人來緊追襲，呀，你如今船到江心補漏遲，抵多少懸崖勒馬才收騎。尚兀自追趕着爭持，不睹事撞入咱陣裏，你正是有路無歸。」◎臨崖立馬收韁晚，船到江心補漏遲／臨崖失馬收韁晚，船到江心補漏遲

【臨淵羨魚，不如退而結網】淵：深潭。●站在水邊想得到魚，不如回去織魚網。◇喻指要想達到某種目的，與其空想，不如實際去做。《淮南子‧説林訓》：「臨河而羨魚，不如歸家織網。」◎臨淵羨魚，不如歸而結網

【醜不醜一合手，親不親當鄉人】一合手：左手和右手相合。當鄉人：同一鄉里的人。●不管長得醜不醜，只要是自家人就有親情；不管有無親屬關係，只要是同鄉人就有鄉情。

【醜話説在前頭】◇雙方合作之前，先把需要説明的話，向對方毫無隱瞞地表明，免得日後節外生枝，引起誤會。◎醜話説在前邊

【醜媳婦怕見公婆面】◇喻指做錯了事，難以見人，但又不能長期躲起來不見。

【霜打過的柿子才好吃】◇喻指經過艱苦磨煉的人，才能成材。

【霜降而堂鐘鳴，雨下而柱礎潤】◇寒冷時，鐘收縮會發出聲音；下雨前，天氣轉潮，柱子底部會濕。説明自然界事物之間互相聯繫，會受外部條件變化影響而變化。

【戲在人唱，地在人種】●戲要靠人去演唱，才能看出好壞；地要靠人種植，才能有收穫。◇強調人是事情成功的決定因素。

【戲全靠演，官全靠做】◇戲精彩與否靠人來演，官做得好壞，要靠實幹，不能光説不幹。

【戲法人人會變，各有巧妙不同】◇喻指辦同樣一件事，但各人有各人的不同辦法。◎戲法人人會變，各人巧妙不同

【戲法無真，黃金無假】●戲法沒有真的，黃金沒有假的。◇喻指假的真不了，真的假不了。

【戲場一日假公堂，公堂千古真戲場】◇戲場扮演公堂只是臨時的，公堂卻永遠同戲場一樣，真真假假變化無窮。揭露舊時官府的黑暗。

【戲無益，勤有功】●嬉戲沒有好處，勤奮能取得成功。◇提醒人不要沉溺於享樂，而要勤奮努力，不斷進取，才能成就事業。

【虧人是禍，饒人是福】虧人：使別人吃虧。饒人：饒恕人。●總使別人吃虧的人，終會招來禍殃；能寬容、饒恕別人過失的人，終會獲得幸福。◇強調應寬厚待人，不可刻薄虧人。

【虧心折盡平生福，行短天教一世貧】◇如果昧着良心做惡事，就會折消一生的幸福；如果品行不端正，上天就必有懲罰，使其一生貧窮。

【虧心空燒萬爐香】◇常做傷天害理虧心事的人，拜佛燒香再多也抹不掉罪惡，得不到神佛的護佑。

【虧心難做】◇告誡人違背真理、虧負良心的事不要做。

【虧是福，人人不；利是害，人人愛】❷吃虧是福，但一般人不願吃虧；得利是害，但一般人都喜歡它。◇說明人們容易被眼前的即時利害所左右。

【螳螂捕蟬，黃雀在後】❷螳螂正要捉蟬，不知道後面的黃雀正準備吃牠。◇喻指只看到眼前有利可圖，不知禍害就在後面。《莊子·山木》：“睹一蟬方得美蔭而忘其身；螳蜋執翳而搏之，見得而忘其形；黃鵲從而利之，見利而忘其真。”◎螳螂捕蟬，黃雀隨後／螳螂捕蟬，豈知黃雀在後

【螻蟻不鑽無縫階】螻蟻：螞蟻。階：台階。❷螞蟻不鑽沒有縫隙的台階。◇喻指如果自身沒有短處、漏洞，別人就不會來鑽空子。

【螻蟻尚且貪生，為人何不惜命】◇螞蟻尚且貪戀生命，人怎能不珍惜生命。元代馬致遠《薦福碑》第三折：“螻蟻尚且貪生，為人何不惜命。”《儒林外史》第四八回：“我兒，你氣瘋了！自古螻蟻尚且貪生，你怎麼講出這樣話來！”◎螻蟻尚且貪生，為人豈不惜命

【螺蛳殼裏做道場】道場：和尚或道士做法事的場所。◇❶喻指在狹窄簡陋處做複雜的場面和事情。❷喻指條件不具備，就難以把事情辦成。

【雖有十分量，莫喝十分酒】❷即使自己有十分的酒量，也不要喝十分的酒。◇勸人喝酒要有所節制，不要喝得太多。

【雖有刀傷藥，不割破的更好】◇喻指即使有補救的辦法，也以不出問題為上。

【雖有千黃金，無如一斗粟】粟：小米。❷即使有一千兩黃金，也不如我有一斗小米，飢餓時能充飢。◇喻指糧食珍貴。

【雖無千丈線，萬里繫人心】❷雖然沒有長線牽着，但心裏總是惦念着遠方的親友。◎雖無百丈線，萬里繫人心

【雖親有罪必罰，雖怨有功必賞】❷即使是親近的人，犯了罪也要懲罰；即使是自己的仇人，有了功勞也要獎賞。◇喻指賞罰要分明，不挾個人恩怨。

【篾纏三轉緊，話説三遍穩】篾：竹子劈成的薄片。◇喻指重要的話要多説幾遍才穩妥。

【禦寒莫如重裘，止謗莫如自修】◇要想抵禦寒冷，不如穿厚襖；要想制止別人對自己的誹謗，不如加強自身修養。《三國志·王昶傳》：“諺曰：‘救寒莫如重裘，止謗莫如自修。’”

【鍥而不捨，金石可鏤】鍥：用刀子刻。捨：停止。金石：金屬和石頭。鏤（lòu）：雕刻。❷不停地雕刻下去，就是金屬和石頭也能雕刻出花紋。◇做事只要有恆心、有毅力，困難再大也能克服。《荀子·勸學》：“騏驥一躍，不能十步；駑馬十駕，功在不舍。鍥而舍之，朽木不折；鍥而不舍，金石可鏤。”

【餵牛的先得犁，餵馬的先得騎】◇喻指誰付出勞動，誰就先受益。

【餵老鼠，咬破袋】◇喻指養奸害己。

【餵的雞多，下的蛋多】◇喻指花的本錢多，投入大，得到的回報也多。

【臉不常洗生油膩，屋不打掃起灰塵】◇喻指人要經常自我檢查，保持頭腦清醒，才能不犯或少犯錯誤。

【臉污易洗，心污難除】◇喻指表面上的毛病容易克服、糾正，精神或靈魂深處的缺點卻很難修正。

【膽大得一半，膽小得一看】◇膽子大的人會積極參加，能分到利益；膽子小的人不敢參與，只有望而興歎。

【鮮魚要爛，先從肚起】☑鮮魚如果腐爛，先從內臟開始。◇喻指事物發生變化，或者腐爛先從內部開始。

【謠言腿短，理虧嘴短】◇謠言是無中生有造出來的，沒有事實依據，因此傳播不了多遠；理虧的人站不住腳，因此說話不能理直氣壯。◎謠言腿短，理虧嘴軟

【糟糠之妻不下堂，貧賤之交不可忘】糟糠：酒糟、米糠等粗劣食物。糟糠之妻：指貧窮時共患難的妻子。下堂：舊時妻妾被丈夫休棄。◇曾經患難與共的妻子不能隨便遺棄；貧賤時交的朋友不能輕易忘記。《後漢書・宋弘傳》：“〔光武帝〕因謂弘曰：‘諺言貴易交，富易妻，人情乎？’弘曰：‘臣聞貧賤之知不可忘，糟糠之妻不下堂。’”◎糟糠妻，不下堂；養育恩，不能忘

【糠能吃，菜能吃，氣不能吃；吃讓人，喝讓人，理不讓人】◇可以吃苦，但不能受氣；可以處處謙讓別人，但不能不堅持真理。

【糠裏榨不出油來】◇喻指對窮困的人，即使施加再大的壓力，也榨不出錢來。◎乾竹竿，逼不出油來

【鴻鵠高飛，一舉千里】鵠（hú）：天鵝。◇喻指有抱負、有才能的人，一旦有了機會便能充分施展自己的才華。《史記・留侯世家》：“鴻鵠高飛，一舉千里。羽翮已就，橫絕四海。”◎黃鵠之飛，一舉千里

【濕柴怕猛火】☑只要火旺，濕柴也能燃燒。◇喻指條件差的情況下，因某一方面條件特別好，也可以使事情運作起來。◎濕柴擋不住熱灶。

【濟人之困，救人之急】◇救濟人應該在別人最困難的時候，救助人應該在別人最危急的時候。

【濟人須救急，為人須為徹】為人：指幫助人。◇救助人要救助在別人最緊急的時候，幫助人要幫助到底。

【濟人須濟急時無】◇救濟人要救濟那些無法獲取而又急切需要的人。

【懦者事之賊】懦：懦弱。賊：大害、大敵。☑懦弱是事業成功的大敵。◇強調遇事要堅強果斷，不可優柔懦弱。

【禮失而求之野】野：這裏指民間。◇古代的禮儀如果失傳，就到民間去尋找。《漢書・藝文志》：“仲尼有言：‘禮失而求諸野。’”

【禮有經權，事有緩急】經：經常，正常。權：暫時。◇講禮節有正常情況和特殊情況之分，事情有一般和緊急之分，應區別對待。

【禮到人心暖，無禮討人嫌】◇對人有禮貌，會使人感到親切、溫暖；如果對人沒有禮貌，會讓人厭惡。

【禮輕人意重】◇送的禮物雖然輕微，體現的情意卻很深厚。元代李致遠《還牢末》："兄弟，拜義如親，禮輕義重，笑納為幸。"

【禮貌衰則客去】◐對客人如果不以禮相待，客人就會離去。◇提醒人待人要注意禮貌。

【避色如避難，冷暖隨時換，少飲卯時酒，莫吃申時飯】色：女色。卯時：清晨五點到七點。申時：下午三點到五點。◇舊時養生之道，即要像躲避災難那樣遠離女色；要根據天氣變化，隨時增減衣服；大清早不要喝酒；下午三五點鐘不宜吃飯。

【避風如避箭】◇中醫學認為，風邪侵襲人體會得病，因此躲避風邪的侵襲，要像躲避利箭的襲擊一樣。

【牆上畫狗不咬人】◇喻指徒有其表，不能產生實際作用。◎牆上畫虎不咬人／牆上畫龍不咬人

【牆上畫馬不能騎，紙上畫餅不充飢】◇❶喻指空口許諾，兌現不了，沒有甚麼價值。❷喻指空有虛名不實惠。

【牆打百遍也透風】◐築土牆時，就是拍打百遍，牆也會透風。◇喻指無論採取甚麼措施，總難免會走漏消息。◎牆泥百遍還透風／牆打百桿也透風

【牆有縫，壁有耳】◐牆上總有縫隙，四壁也長着耳朵。◇事情不可能完全保密，難免會洩露出去。《金瓶梅》："你罵他不打緊，牆有縫，壁有耳，恰似你醉了一般。"◎牆有眼睛，壁有耳朵／牆有風，壁有耳

【牆角追狗，回頭一口】◐狗被追得無路可走時，就會垂死掙扎，瘋狂反撲。◇喻指人被逼得走投無路時，就會拚命反擊。

【牆倒眾人推，鼓破亂人捶】捶：敲。◇形容人一旦失勢或陷入困境，眾人就會趁勢打擊。《紅樓夢》第六十九回："他雖好性兒，你們也該拿出個樣兒來，別太過逾了，牆倒眾人推。"◎牆倒眾人推／牆倒眾人掀／壁倒眾人推

【牆無破洞狗不鑽】◇喻指自身無懈可擊，沒有破綻，壞人就無法利用。

【牆裏開花牆外香】◐牆裏開花，卻在牆外散發着香氣。◇喻指有才幹的人不一定被當地人重視，但在遠處卻很吃香，很有影響。

【牆裏説話牆外聽】◐在屋裏説話，屋外可能有人偷聽。◇喻指隔牆有耳，要提防別人偷聽。◎牆裏説話，牆外有人聽

【牆頭的冬瓜兩邊滾】◇喻指人沒有一定的立場，兩邊討好，無原則地折衷。

【牆頭草，風吹兩邊倒】◇喻指人的立場不穩，像牆頭上長的草一樣，哪邊勢力大就倒向哪一邊。◎牆頭一棵草，風吹兩邊倒／牆頭草，隨風倒

【牆頭草遇上大風吹，你倒東來我倒西】◇喻指人碰到困難，在處境惡劣的情況下，各奔東西，自找出路。

【隱疾難為醫】◇隱處的病患不好醫治。《禮記·曲禮上》："名子者不以國，不以日月，不以隱疾，不以山川。"鄭玄註："隱疾，衣中之疾也。謂若黑臀黑肱矣。"

【縱有大廈千間，不過身眠七尺】◇喻指縱然擁有很多財富，但個人生

活所需，只是其中很少的一部分。勸人對財富的追求適可而止，莫太貪婪。

【縱有千年鐵門檻，終須一個土饅頭】
土饅頭：指墳墓。◇喻指一個人不管多麼富有，多麼高貴，終究免不了一死。宋代范成人《重九日行營壽藏之地》：「家山隨處可行楸，荷鍤攜壺似醉劉。縱有千年鐵門限，終須一個土饅頭。三輪世界猶灰劫，四大形骸強首丘。」

【縱有千隻手，難捂萬人口】◇即使個人的本事再大，也難以阻止眾人發表意見。

【縱然是塊鐵，下爐能打得幾根釘】
◇喻指個人的力量有限，起不了多大的作用。

【縱龍入海，放虎歸山】◇喻指放過壞人，一定會留下後患。《三國演義》二一回：「昔劉備為豫州牧時，某等請殺之，丞相不聽，今日又與之兵，此放龍入海，縱虎歸山也，後欲治之，其可得乎？」◎放虎歸山，必有後患／縱虎歸山，必有後患

十八畫

【騎人家的馬，耍人家的槍】◇喻指倚仗別人的勢力擺架子，逞威風。◎騎人家的馬，架人家的鷹

【騎上毛驢找毛驢】◐騎在毛驢背上，卻到處找毛驢。◇要尋找的東西就在身邊，卻四處尋找。◎騎驢找驢／騎上駱駝找駱駝

【騎上虎背不怕虎】◇既然已經承擔了重任，就不會怕遇到困難。

【騎上虎背難下地】◇做事情過程中，遇上了重大的困難，迫於形勢又難以停手不幹。◎騎上虎背，下不來

【騎老鼠，耍麥芒，小人小馬小刀槍】◐把老鼠當成駿馬來騎，把麥芒當成刀槍來耍。◇喻指思想狹隘，只會玩弄雕蟲小計謀，沒有甚麼大出息。

【騎在虎上不怕狗】◇喻指仰仗別人的勢力和威風，或借助某種旗幟來虛張聲勢，既為自己壯膽，也為嚇唬別人。

【騎虎不怕虎下山，撐船不怕船下灘】◐既然有膽量騎在虎背上，就不怕老虎從山上下來；既然有能力把舵行船，就不怕下水航行。◇只要有勇力、有能力承擔重任，就不怕冒風險做事情。

【騎馬也到，騎驢也到】◇喻指雖然採取的方法不同，但得到的結果和目的相同。

【騎馬不撞着親家公，騎牛便就撞着親家公】親家公：兒子的丈人。◇喻指做體面事沒人知道，做錯事或出醜時偏讓人看見了。◎騎馬遇不着親家，騎牛反要遇着／騎牛撞見親家公

【騎馬打鑼唱過街】◇喻指自己覺得體面時，故意在眾人面前炫耀。

【騎馬行船三分險】◐騎馬走路和駕船航行都要擔些風險。◇喻指做甚麼事情，都要冒風險。

【騎馬坐轎遇不着熟人，穿着草鞋遇見了熟人】◇自己風光體面時，沒有被熟知的人看見，自己落魄困窘時卻被人碰上了。

【騎馬坐轎還有三分險】○ 騎在馬背上或坐在轎子裏，雖然輕鬆省力，但也要擔些風險。◇喻指無論做甚麼事情，都要承擔風險。

【騎馬防跌，坐船防翻】○ 騎馬走路時要當心摔下來，坐船過江時要小心船傾覆。◇提醒人們，生活中時常會有意想不到的禍患，因此出門在外，要處處謹慎。

【騎馬怕馬死，穿鞋怕鞋爛】◇喻指顧慮重重，説話做事過分謹慎。

【騎馬過竹橋】○ 竹子搭的橋，表面光滑，騎馬走在上面容易出意外。◇喻指局勢不穩，處境困難。

【騎馬攬頭，穿衣提領】○ 騎馬的時候要抓緊控制馬的韁繩，穿衣服的時候要提住衣服領子。◇告訴人們，做事情要抓住關鍵問題。

【騎着脖梗拉屎】脖梗：脖子的後部。○ 騎到別人脖子上拉屎。◇喻指欺人太甚，讓人難以忍受。◎騎着脖子屙屎／騎在人頭上拉屎／蹬着鼻子撒尿

【騎着黃牛就當馬】◇ ❶ 喻指人容易滿足，沒有太高的要求。❷ 喻指隨便拿點敷衍充數。

【騎着驢騾思駿馬】驢騾：公馬和母驢交配生的雜種。駿馬：好馬。◇喻指人的慾望永遠沒有滿足的時候。

【騎驢扛布袋】○ 騎在驢背上卻把布袋扛在自己身上，實際上並沒有減輕驢子的載重量。◇喻指有心做好事，但方法不對，白費了力氣，別人也沒得到好處。◎騎驢扛布袋，白搭好心腸

【騎驢的不知趕腳苦】趕腳：趕驢、馬、騾子供人僱用的人。○ 騎在驢背上的人，不知道趕驢人走路的辛苦。◇ ❶ 喻指處境好，地位優越的人，根本體會不了別人的困難。❷ 指幹哪一行都有那一行的辛苦。

【薰猶不同器】薰：香草。猶（yóu）：臭草。○ 香草和臭草不能放在同一器物裏。◇喻指好人和壞人不會在一起。《魏書・釋老志十》："其於污染真行，塵穢練僧，薰猶同器，不亦甚歟！"宋代王柏《上王右司書》："願執事審時度勢，熟慮精思，薰猶同器，決無久馨之理。"

【舊書不厭百回讀】◇書要多次反覆地閱讀。宋代蘇軾《送安惇秀才失解西歸》："舊書不厭百回讀，熟讀深思子自知。"

【舊瓶裝新酒】◇喻指利用舊的形式表現新的內容。

【舊涼傘，好骨氣】○ 涼傘雖舊，骨架完好。◇喻指人雖窮，卻有骨氣。

【擺渡擺到河邊，送佛送到西天】◇告訴人們，幫助人要幫到底。

【鞭長不及馬腹】○ 鞭子雖長卻打不到馬肚子。◇喻指能力有限，怎麼下工夫，也達不到目的。《左傳・宣公十五年》："古人有言曰，雖鞭之長，不及馬腹。天方授楚，未可與爭，雖晉之彊，能違天乎？"◎鞭子雖長，不及馬腹

【鶉鳩樹上鳴，意在麻子地】鶉鳩：即鵓鴣。○ 鵓鴣鳥在樹上叫，心裏想的卻是麻子地裏好吃的東西。◇喻指嘴上説得好聽的人，心裏想的卻是另一套。

【鷶鴿子旺處飛】鷶鴿子：鴿子。◎鷶鴿喜歡棲息在人煙興旺的地方。◇喻指人世多有趨炎附勢的小人。◎鷶鴿子旺邊飛／鷶鴿揀着旺邊飛／雀兒揀着旺邊飛

【覆水難收】◎潑出去的水不能再收回。◇喻指事已定局，無法改變。《後漢書‧何進列傳》：「苗謂進曰：'始共從南陽來，俱以貧賤，依省內以致貴富。國家之事，亦何容易！覆水不可收。宜深思之，且與省內和也。'」◎潑出去的水收不回／潑水難收，人逝不返

【覆盆不照太陽暉】◎扣放的盆子裏，照不到太陽的光輝。◇喻指多年沉冤無法得到昭雪。《抱朴子‧辨問》：「周孔自偶，不信仙道，日月有所不照，聖人有所不知，豈可以聖人所不為，便云天下無仙！是責三光不照覆盆之內也。」

【覆巢之下無完卵】◎倒翻的鳥巢下，不會有完整的鳥蛋。◇喻指整體都覆滅了，個體也不可能倖免。《戰國策‧趙策四》：「臣聞之：'有覆巢毀卵，而鳳皇不翔；刳胎焚夭，而麒麟不至。'」南朝宋劉義慶《世說新語‧言語》：「兒徐進曰：'大人豈見覆巢之下，復有完卵乎？'」◎覆巢之下，必無完卵／覆巢之下，焉有完卵

【醫生有割股之心】◇醫生為了把病人治好，願意割下自己腿上的肉替人治病。

【蟲蛀木斷，水滴石穿】◎蟲子一口一口地咬，能把木頭咬斷；水一滴一滴地滴，能使石頭穿孔。◇喻指做事只要持之以恆，就會有成效。

【蟬鬧綠槐，須顧螳螂】◇喻指得意之時，莫放鬆警惕，注意提防他人暗算。

【鵝毛船上邀朋友】◎鵝毛做的船載不住人。◇喻指使壞，搞陰謀詭計，將人誘入險境。元代楊顯之《酷寒亭》第二折：「蜘蛛網內打筋斗，鵝毛船上邀朋友。」

【簡髮而櫛，數米而炊】櫛（zhì）：指梳頭。◎數着頭髮梳頭，數着米粒做飯。◇❶比喻處理事情的方法瑣碎，多勞而少益。❷諷喻人過分計較小利，很難辦成大事。《莊子‧庚桑楚》：「簡髮而櫛，數米而炊，竊竊乎又何足以濟世哉！」

【雙木橋好走，獨木橋難行】雙木橋：橋面用兩根木頭鋪成的橋。獨木橋：橋面用一根木頭鋪成的橋。◇喻指集體力量大，人多好辦事，單幹有風險。◎雙橋好過，獨木難行

【雙日不着單日着】着（zháo）：接觸，碰上。◎逢雙的日子碰不上，逢單的日子一定能碰上。◇總有碰面的一天。

【雙手招郎郎弗來】弗：不。◎用雙手熱情召喚男子過來，男子不過來。◇喻指一廂情願的事情，難以成功。

【雙陸無成，反輸一帖】雙陸：古代的一種棋戲名。帖：量詞。◎雙陸不能成功，反倒輸了一張。◇喻指事情沒能辦成，反而蝕了本。

【鎖鑰儘固，徑竇可由】徑：小路；竇（dòu）：孔，洞。◎儘管鎖和鑰匙都非常堅固，但也有進去的小孔。◇喻指即使再周密，也有縫可鑽。明代周

履靖《錦箋記・訪姨》："自古道鎖鑰儘固，徑竇可由。"

【翻手為雲覆手雨】◇喻指做事反覆無常，或指善於玩弄權術。唐代杜甫《貧交行》："翻手作雲覆手雨，紛紛輕薄何須數。君不見管鮑貧時交，此道今人棄如土。"

【雞刀難以屠牛】◖殺雞的刀難以屠宰牛。◇喻指才能小的人不可委以大任。漢代王充《論衡・程材》："牛刀可以割雞，雞刀難以屠牛。"

【雞大飛不過牆】◖雞長得再大也飛不過牆去。◇告誡人們，辦事要根據客觀條件去努力，才有可能成功，不要只憑主觀願望，盲目空想。

【雞毛撞鐘鐘不響】◇❶喻指以小擊大，不會產生反響。❷喻指人微言輕，說話常常不受重視。

【雞司晨，犬警夜】司：主持。警：警戒。◖雞在拂曉時打鳴，狗在黑夜裏守衛。◇喻指各盡所能，各司其職。明代宋濂《蘿山雜言》："雞司晨，犬警夜，雖堯舜不能廢。"

【雞多不下蛋，人多吃閒飯】◖雞養得多了，如果管理不善，吃食不均，下蛋就會少；來幹活的人多了，如果組織不好，分配不當，就會有人遊手好閒。◇強調管理工作的重要。

【雞肚不知鴨肚事】◇喻指兩種不同類型的人很難相互了解。

【雞兒不吃無土之食】◇稍微懂點事理的人也不能不幹活兒白吃飯，沒立功，白得賞。

【雞寒上距，鴨寒下嘴】距：足。◖雞冷時縮一足而立，鴨冷時把嘴藏入翅膀下。◇喻指事物各有特性。

【雞窩裏飛不出金鳳凰】◇喻指荒山僻壤裏很難出有才幹的人才。

【鯽魚主水，鱨魚主晴】鱨（cháng）：即毛鱨魚。◇水溝內逆水而上的魚如果是鯽魚，預示天將下雨；如果是鱨魚，預示天將晴朗。

【謹防怒裏性，慢發喜中言】◇要謹防在生氣的時候發脾氣，在高興的時候說話要慢，避免因情緒激動而失言。

【謹防惡人聽到耳，好事當成惡事傳】◇說話要防止被壞人聽到，把好事也當成壞事傳播。

【謹則無憂，忍則無辱】◇謹慎行事就不會有後顧之憂，能夠忍耐、克制自己，就不會受污辱。

【謹開言，慢開口】◇說話要謹慎，凡事都要經過考慮以後再開口發表意見。

【謬以毫厘，失之千里】◖極小的差錯也能造成極大的損失。◇強調不可忽視小的問題。《禮記・經解》："《易》曰：'君子慎始，差若毫厘，謬以千里。'"

【甕中捉鱉，手到拿來】◇喻指很有把握，容易做到。元代康進之《李逵負荊》四折："管教他甕中捉鱉，手到拿來。"

【斷酒白首，舖糟而朽】◎糟：吃糟酒。◇戒酒不飲一定能長壽到白頭，見酒就喝會體弱多病。

【斷蛇不死，刺虎不斃，傷人愈多】◇受了傷的蛇和老虎，性情更加暴戾，傷害人就更加眾多。喻指除惡不盡，為害更大。蘇軾《續歐陽子朋黨論》：「譬斷蛇不死，刺虎不斃，其傷人則愈多矣。齊田氏、魯季孫是已。」

【斷錢如斷血】◇生活中如果沒有錢，就像人體斷了血一樣，無法生存下去。喻指錢非常重要。

十九畫

【騙人騙自己，害人害自己】騙：欺騙。害：傷害。◇欺騙別人的人，企圖傷害別人，但多次行騙一定會被人識破，最終會禍害到自己。勸誡人們不要做壞事。

【藝不壓身】◇多掌握一些本領或技藝，對自己總會有好處。清代李綠園《歧路燈》第四十四回：「這孫海仙說了這些江湖本領，不耕而食，不織而衣，遨遊海內，藝不壓身。」

【藝高人膽大】◇本領高強的人做起事來膽子大。清代石玉昆《三俠五義》第六十六回：「這正是藝高人膽大。蔣爺竟不慌不忙的答道：『實是半路出家，何必施主追問呢？』」

【藝高不如德高】◇品德高尚比技術高超更重要。強調道德修養的重要。

【藕發蓮生，必定有根】● 有根才能生長蓮和藕。◇喻指任何事情的產生都是有根源的。

【藕葉蓮生，十指連心】◇就像藕葉傍托着蓮花生長一樣，手的十指的痛癢，牽連着心臟。

【藕斷絲不斷】● 藕已折斷，藕絲尚連。◇喻指人與人之間雖然表面上已經分開，實際仍有牽連。多指男女情意不斷。唐代孟郊《去婦》詩：「君心匣中鏡，一破不復全。妾心藕中絲，雖斷猶牽連。」◎藕已斷，絲尚連

【藥不能治假病，酒不能解真愁】◇如果是裝病，再好的醫藥也治不了，借酒消愁也消除不了真愁悶。◎藥不治假病，酒不解真愁 / 藥難醫假病，酒難解真愁 / 藥治不得假病，酒解不得真愁

【藥不執方，合宜而用】● 沒有一成不變的藥方，只要適宜就能治病。◇喻指不要固執於某一個成法，應當對症下藥。

【藥不輕賣，病不討醫】◇醫生不必主動向病人推銷藥品，也不必主動要求給人治病，以免招人嫌忌。《西遊記》：「行者道：『這招醫榜，委是我揭的，故遣我師弟引見。既然你主病，常言道：藥不輕賣，病不討醫。你去教那國王親來請我，我有手到病除之功。』」

【藥不對方，不怕用船裝】◇如果藥不對症的話，吃得再多也沒有用。

【藥方無貴賤，效者是靈丹】◇藥沒有貴賤優劣之分，只要能治好病，就是靈丹妙藥。

【藥有八百八味，人有四百四病】● 藥的品種和病的種類都很多，應當用不同的藥醫治不同的病。◇喻指不同的問題應採用不同的方法解決。

【藥好不用緊搖鈴】◇喻指只要有真本事，不必自我標榜吹噓，也會有人賞識。◎藥好不用盡搖鈴

【藥苦治好病，言甜會誤人】◇喻指嚴厲批評能幫助人們改正錯誤，甜言

蜜語會貽誤別人。◎藥苦能治病，言甜能誤人

【藥無分貴賤，野草是靈丹】◇藥無所謂貴賤，只要能治病就是好藥。

【藥補不如肉補，肉補不如養補】◇靠吃補藥來滋補身體，還不如多吃點營養豐富的食物好；靠吃營養豐富的食物來補養身體，又不如好好休息調養身體好。◎藥補不如食補／藥補勿如肉補／藥養不如食養

【藥農進山只見藥草，獵人進山只見禽獸】◇幹哪一行熟識哪一行，而且只會對本行的事物感興趣。

【藥對方一口湯，不對方一水缸】湯：指湯藥。◐中醫治病，如能對症下藥，喝一口湯藥就會見效；若不對症下藥，喝得再多也無濟於事。◇喻指處理問題要有針對性，要抓住要害，就能迎刃而解。

【藥對如開鎖】◇如果對症下藥，就像鑰匙開鎖那樣，一下子就能藥到病除。

【藥醫不死病，死病無藥醫】◇藥物只能治好不致命的病，如果是致命的病就無法用藥物可以醫治。◎藥醫不死病，佛度有緣人／藥醫勿是病，是病無藥醫

【壞竹也能出好筍】◇喻指在一定的條件下，事物可以相互轉化。

【壞事容易成事難】◇破壞一件事情很容易，促成一件事情很難。

【壞筍子出不了好竹子】◇喻指根子上壞了，就不可能成為好人。

【難事必作於易，大事必作於細】◐對難辦的事要從容易的地方着手；對大事要從細小的地方做起。◇提醒人們，要踏實做事，不可好高騖遠。

【難家不會，會家不難】◐覺得難做的事是因為不會做，會做了就不覺得難了。◇告訴人們，世上無難事，只要用心學，都能學會掌握。◎難者不會，會者不難

【難處幫一把，一世不得忘】◇如果在別人最困難的時候給予幫助，往往會令人終生不忘。

【難得者兄弟，易得者田地】◇產業財物並不難得，休戚相關、患難與共的兄弟情誼卻很難得，應當珍惜。

【難將一人手，掩得天下目】◐用一個人的手去掩蓋天下人的眼睛是不可能。◇說明用隻手遮天，想掩蓋劣跡醜行是不可能的。唐代曹鄴《讀李斯傳》："欺暗尚不然，欺明當自戮。難將一人手，掩得天下目。"◎難將一人手，掩盡天下目

【鵲知風，蟻知水】知：預先感知。◐喜鵲因為在樹上築巢，所以能預知要起風；螞蟻因為在地裏穴居，所以能預知要下雨。◇長期處在某種環境中，對於涉及自身利益的事情，能夠事先感覺到。

【鵲聲報喜，鴉聲報凶】◇舊時迷信說法喜鵲叫報告喜慶的消息，烏鴉叫報告災禍的消息。

【攀高燈，借大亮】◇結交有權勢的人，可以獲取利益。

【攀親不如下店】攀親：拉親戚關係。下店：到客店住宿。◐出門在外，攀結親戚關係，以求借宿，不如找個客店自己住下方便。◇喻指仰承別人幫忙，不如依靠自己。

【攀龍鱗，附鳳翼】鳳：鳳凰。翼(yì)：翅膀。◇指趨炎附勢，投靠有權勢或名望的人。漢代揚雄《法言·淵騫卷第十一》："攀龍鱗，附鳳翼，巽以揚之，勃勃乎其不可及也。如其寢！如其寢！"《後漢書·光武帝紀上》："耿純進曰：'天下士大夫捐親戚，棄土壤，從大王於矢石之閒者，其計固望其攀龍鱗，附鳳翼，以成其所志耳。……'"

【繫狗當繫頸】⊙拴狗應當拴牠的脖子。◇喻指打擊敵人要擊其要害之處。《晉書·后妃傳上·惠賈皇后》："后曰：'繫狗當繫頸，今反繫其尾，何得不然！'"

【繫獄之囚，日勝三秋】繫：拘束。⊙關在牢房裏的囚犯，過一天就像過三年。◇喻指在艱苦的環境裏，會感覺時間過得很慢。

【願在世上捱，不願在土裏埋】⊙寧願在世上受苦，也不願被埋在地下。◇活着再苦也比死強。

【願怠慢君子，不怠慢小人】⊙寧願怠慢君子，也不怠慢小人。◇提醒人們，與小人交往要倍加小心。◎願得罪君子，不得罪小人

【願捱的嘴巴不怕疼】◇自己願意捱打就不會怕疼。

【關門養虎，虎大傷人】在家裏餵養老虎，等老虎大了便會傷害主人。◇喻指庇護壞人，往往是自留後患。清代錢彩《說岳全傳》第四十回："古人說的'關門養虎，虎大傷人'。這個東西，如何養得熟的。"

【關起門來打狗，堵起籠子抓雞】◇喻指把敵人引入包圍圈，緊緊包圍

住，是一舉殲敵的好方法。

【蠅子不抱沒縫的雞蛋】◇喻指沒有漏洞就不會被壞人鑽空子。

【蟻多困死蟲】◇喻指弱小者只要團結起來，就能打敗或制伏比自己強大的對手。

【蟻能測水，馬可識途】⊙螞蟻能預測天是否下雨，馬能認識道路。◇喻指即使是極其普通的人也有不平凡的地方。

【獸惡其網，民惡其上】⊙野獸痛恨捕捉牠們的網，老百姓痛恨他們的統治者。◇舊時指統治者欺壓百姓，因而被百姓痛恨。

【獸窮即觸，鳥窮即啄，人窮即詐】⊙鳥獸窮困時，會展開爭奪，人窮困時就會變得狡詐。◇喻指人被逼到無可奈何的境地時，就會鋌而走險。《文子·下德》篇："獸窮即觸，鳥窮即啄，人窮即詐，此之謂也。"

【獸醫多了治死牛】◇喻指拿主意的人多了，反而辦不成事。

【穩坐釣魚船】◇喻指雖身處險境，但鎮定自若，絲毫不動搖自己的信心。

【簸箕大的手，掩不住眾人的口】◇❶即使再有權勢，也無法堵住悠悠眾口。❷指人言可畏。

【鏡子不擦起灰塵，人不勤勞成廢人】◇一個人如果長期不做事，就會四體不勤，無所作為，這就像鏡子不擦會積滿灰塵一樣。

【鏡不古不靈，士不古不成】靈：這裏指明亮。士：這裏指讀書人。◇舊指讀書人不精通古代經典，就會

像銅鏡不古不明亮一樣，往往不容易成功。

【鏡不擦不明，腦不用不靈】◇強調人要多用腦筋，動腦越多才能越靈活。

【鏡明則塵埃不染，智明則邪惡不生】◇喻指明智的人不會產生邪惡的念頭。《明心寶鑒下篇·直言訣》曰："鏡以照面，智以照心。鏡明則塵埃不染，智明則邪惡不生。人之無道也，如車無輪，不可駕也。人而無道，不可行也。"

【鯰魚上竹竿】鯰（nián）：魚名，大首偃額，大口大腹，無鱗，能上竹竿。◇喻指上升艱難。◎鯰魚上竹

【識者曰寶，不識者曰草】◇只有對事物有深刻的認識，才能知道它的真正價值。

【識真金才能辨假貨】◇ ❶只有認識真貨，才能辨別甚麼是假貨。❷喻指只有見多識廣，才能分清真假，辨別是非。

【識破人情便是仙】◇能洞察人情世故，就會像神仙那樣快活自在。

【識時務者為俊傑】時務：指當時的形勢或時代潮流。◇能認清當時的形勢，順應事物發展的規律，才是傑出的人物。《三國志·蜀書·諸葛亮傳》："儒生俗士，豈識時務？識時務者在乎俊傑。此間自有伏龍、鳳雛。"

【離家三里遠，別是一鄉風】◇各處風俗習慣不同，即使相隔不遠，也會是另一種風習。《西遊記》："三藏聞言，點頭誇讚：'正是離家三里遠，別是一鄉風。我那裏人家，更無此善。'"

【離群的綿羊，遲早要餵狼】◇喻指脫離群體的人很危險，勢單力薄容易遭受損害。

【麒麟不走牛羊路】麒麟：古代傳說中一種像鹿的動物。指傑出人才。◉稟賦出眾的人有不同凡響的地方，與常人不一樣。

【麒麟不踏無寶之地】麒麟：古代傳說中一種像鹿的動物，象徵祥瑞。◉人傑地靈的地方才會出現麒麟。◇喻指地方物產豐富，人才輩出。

【麒麟易乘，駑馬難馴】駑馬：跑不快的馬。◉麒麟雖然神異，卻容易駕馭，而跑不快的馬卻很難馴化。◇喻指傑出的人才無論在哪裏，都可以施展他的才華；才能低下的人無論怎麼造就，也難以成材。

【麒麟落在豬狗窩】麒麟：古代傳說中一種像鹿的動物，指出眾的人才。◇喻指傑出的人才，因時運不濟，在困厄中淪落。

【麒麟與羊難同道，鳳凰與雞難共籠】麒麟、鳳凰：指才能出眾的人。羊、雞：指平庸的人。◇喻指傑出的人物見識、謀略與常人不同，自然超凡脫俗。

【麒麟撼斷黃金索】撼：搖動。◉黃金鏈子也捆綁不住神異的麒麟。◇喻指才能出眾、品德高尚的人不受功名利祿的束縛。

【羹裏來，飯裏去】◇喻指財物從哪裏得來的，還應該用到哪裏去。

【懶人回頭，力大如牛】◇懶惰的人經過教育，如果醒悟過來，幹勁將會很大。

【懶人沒腿】◇諷喻懶惰的人不愛勞動，只愛動嘴，不愛動手。

【懶牛屎尿多，懶人明天多】◇諷喻那些懶惰的人總是強調客觀原因，把當天能做的事推到第二天去幹。◎懶人嘴裏明天多

【懶惰，懶做，必定冷餓】◇告誡人們，人要勤，不可懶。◎懶惰懶惰，捱飢受餓

【懶惰懶惰，捱飢受餓；勤謹勤謹，衣服把穩】◇告訴人們，要勤勞謹慎，才會一生吃飯穿衣都穩妥；如果長期懶惰，吃飯穿衣都會沒着落。

【懶漢下地事兒多，懶驢上地屎尿多】◇諷喻那些借故偷懶、不願多出力的人。

【懶貓逮不住老鼠，懶人出不了成果】◇如果懶惰就會一事無成。

【懶驢上磨屎尿多】◇諷喻那些總想找借口少幹活的人。

【懷善如珍，脫惡如履】履：鞋。◇喻指對優點應該像懷藏珍寶一樣珍惜，對不良的習慣和行為，應該像脫掉蹩腳的鞋一樣拋棄。

【寵婢作管家，鑰匙不響手撥剌】婢（bì）：奴婢。撥剌：用手撥動出聲。◐受主人寵愛的奴婢當了管家，鑰匙不響就用手撥剌它。◇喻指小人得勢，就會炫耀自己。

【繩子總在細處斷】◇喻指薄弱的環節容易出問題。

【繩鋸木斷，水滴石穿】◐用繩子能鋸斷木頭，水能把石頭滴穿。◇喻指只要鍥而不捨，不停地幹下去，最難的事情也能辦到。宋代羅大經《鶴林玉露》卷十："一日一錢，千日千錢，繩鋸木斷，水滴石穿。"

【繡花針對鐵樑，大小各自有用場】◐繡花針和鐵樑柱，大小粗細很不相同，但各自有不同的用處。◇喻指東西不論大小，各有各的用處。

二十畫

【蘆柴成把硬】◐蘆柴雖然不硬，但如果捆成了把，就結實可用了。◇喻指人多力量大。

【蘇文熟，吃羊肉；蘇文生，吃菜羹】蘇：蘇東坡，唐宋八大家之一。◐這是宋代推崇蘇軾文章的一個典故。熟讀蘇東坡的文章，就能考取功名，自有錦衣玉食；如果沒有讀熟蘇東坡的文章，就考不了功名，只能粗茶淡飯。陸游《老學庵筆記》："建炎以來，尚蘇氏文章，學者翕然從之，而蜀士尤盛。亦有語曰：蘇文熟，吃羊肉；蘇文生，吃菜羹。"

【蘇常熟，天下足】蘇：指江蘇的蘇州；常：指江蘇的常熟。◇蘇州、常熟兩地的莊稼獲得了豐收，全國的糧食就富足了。陸游《常州奔牛閘記》："方朝廷在故都，實仰東南財賦，而中吳爲東南根柢，諺曰蘇常熟，天下足！"

【攔路的石頭有人搬】◇路上阻擋人前行的石頭會被搬走，喻指阻擋人前進的障礙終會被消除。

【勸人出世易，自到臨頭難】出世：超脫世俗。◇勸說別人超凡脫俗容易，事情落到自己頭上，要超脫就很難。

【勸人爬上樹，樓梯卻舉走】◇誘使別人冒風險，自己卻乘機設計害人。

【飄風不終朝，驟雨不終日】飄風：狂風。終朝：整天。驟雨：暴雨。終日：從早到晚。● 狂風不會整天都颳，暴雨不會從早下到晚。◇喻指事物的發展不可能長期持續不變。《道德經》第二十三章：“希言自然，故飄風不終朝，驟雨不終日。”

【獻玉要逢知玉主，賣金須遇買金人】● 獻玉要遇到懂得玉的人再獻，賣金子必須遇到真要買金子的人再賣。◇告訴人們，寶貴的東西要給對識貨的人。

【懸崖勒馬收韁晚，船到江心補漏遲】◇喻指事情到了十分危急的時候，才想辦法補救，已經為時太晚，無可挽回。

【懸崖勒馬，後福無量】◇喻指犯了嚴重錯誤能當機立斷，加以改正，前途還是無限光明的。

【蟓蟲飛過都有影】蟓蟲：身體極小、黑褐色、像蚊子似的昆蟲。◇喻指凡是做過的事，不管大小，總會留下痕跡。

【嚴父出孝子，慈母出巧女】● 嚴厲的父親能教育出孝順的兒子，慈祥的母親能培養出心靈手巧的女兒。◇說明有甚麼樣的父母就能教育出甚麼樣的子女。

【嚴以責己，寬以待人】◇對自己要嚴格要求，對別人要寬宏大量。◎嚴以治己，寬以待人

【嚴明出孝子，溺愛多敗兒】● 對子女嚴格管教，子女往往孝順；對子女溺愛，子女多是敗家子。◇提醒人們，對子女要嚴格要求，不要過分溺愛，這樣有利於子女的成長。

【嚴是愛，寵是害】◇對孩子嚴格要求，才是真正的愛；過於溺愛，不進行管教，實際上是害他們。◎嚴是愛，鬆是害，不管不教要變壞 / 嚴是愛，鬆是害，放任自流要變壞

【嚴師不如益友】◇經常能互相切磋學業和交流思想的朋友，有時比要求嚴格的老師更有幫助。

【嚴師出高徒】◇要求嚴格的師傅才能培養出高明的徒弟。

【嚴家無悍虜，慈母有敗子】虜：指奴隸。● 威嚴的人家不會有兇悍的奴僕，慈祥的母親會有敗家的兒子。◇喻指威嚴能夠杜絕罪惡，過於寬厚卻往往產生悖亂。

【嚴婆不打笑面】● 再嚴厲的婆婆也不打笑臉相迎的兒媳。◇即使是盛怒的人也不會去打笑容可掬、態度謙和的人。

【嚴霜單打獨根草】◇喻指不幸常常落在勢單力薄、無依無靠的不幸者身上。◎嚴霜單打獨根木，寒風只吹無衣人 / 嚴霜偏打獨根草，大水單沖獨木橋

【鐘不敲不響，話不說不明】◇話不說出來，別人就不會明白，這就像鐘不敲不響一樣。◎鐘不扣不鳴，鼓不打不鳴 / 鐘勿撞勿鳴，鼓勿敲勿響

【鐘鼓在樓，名聲在外】◇喻指事情隱瞞不住，早晚會傳揚出去。◎鐘在寺裏聲在外 / 鐘在寺院，音在外邊

【饒人三分不為癡】饒：饒恕。癡：癡呆，傻。● 適當地寬讓別人一些，並不說明自己呆傻。◇勸誡人們遇事要寬容。

【饒人不是癡，過後得便宜】饒：寬恕。癡：傻。便宜：好處。◐遇事能夠忍讓，寬恕別人並不說明自己傻，事情過後自然能得到好處。◇勸誡人們遇事要寬容。◎饒人不是癡，癡漢不饒人

【饒人是福，欺人是禍】饒：寬恕。欺：欺負。◐寬容地對待別人，會給自己帶來福分，欺負別人會給自己招來災禍。

【饒你奸似鬼，也吃洗腳水】饒：儘管，任憑。奸：奸滑。◇儘管奸詐狡猾，也還是上當受騙。◎由你奸如鬼，吃了洗腳水

【饒君掬盡錢塘水，難洗今朝滿面羞】饒：儘管。君：對人的尊稱。掬：用雙手捧。錢塘：錢塘江。今朝：今天。◐儘管捧著錢塘江水來洗臉，就是用盡了江水，也難以洗掉今天的羞辱。◇喻指不管怎麼樣都洗刷不去受到的羞辱。◎饒君掬盡三江水，難洗今朝一面羞 / 饒君掬盡湘江水，難洗今朝滿面羞

【癢處有蝨，怕處有鬼】◇喻指如果躲躲閃閃不敢面對，或者極力迴避某事，就說明有見不得人的地方。◎咬處有蝨，怕處有鬼

【爐子不旺有焦擋】◇喻指做事不順利、不暢通，必定是遇到了某種障礙，一旦排除障礙，辦事自會暢通無阻。

【爐中有火休添炭】◇喻指別人正紅火、順利、幸運的時候，不必去幫忙。

【寶馬配金鞍】◇喻指優質產品要有精美的包裝。

【寶劍脫與烈士，紅粉贈與佳人】烈士：壯士，指有志於建功立業的人。佳人：美女。◐把寶劍送給壯士；把脂粉送給美女。◇告訴人們，禮物要送給相稱的人。元代無名氏《凍蘇秦》第一折：“先生何出此言？豈不聞‘寶劍賣與烈士，紅粉贈與佳人。’以先生之才，怕不進取功名，易如拾芥！”元代鄭光祖《王粲登樓》第一折：“卻不道寶劍贈與烈士，紅粉贈與佳人。小官有白金兩錠，青衣一套，駿馬一匹，薦書一封，送賢士去投託荆王劉表。劉表見了小官的書呈，必然重用。”明代高明《琵琶記・兩賢相遘》：“寶劍賣與烈士，紅粉贈與佳人。夫人，妝奩衣服在此。”

【寶劍鋒從磨礪出，梅花香自苦寒來】◐寶劍的利刃出自磨石，梅花的清香來自寒冬。◇喻指人的成就來自勤奮與刻苦。

【寶器玩物，不可示於權豪；古劍名琴，常要藏於櫃櫝】櫝：匣子。◇告誡人們，珍貴的東西，要好好收藏，不要輕易示人，以免招致巧取豪奪。

二十一畫

【驅羊入虎口】驅：驅趕。◐把羊趕到老虎嘴裏。◇喻指讓人去送死。

【騾馬背上無天平】◐在騾馬背上馱東西，因搖晃不定，無法安放天平。◇喻指立場搖擺不定的人，處事不可能公正。

【蘭生幽谷，不以無人而不芳】◐蘭花生長在幽深的山谷中，不會因為無

人欣賞而不芳香。◇喻指有德才的人即使生長在偏僻的地方，不易被眾人發現和賞識，但依然才華橫溢，德澤鄉里。《孔子家語‧六本》："與善人居，如入芝蘭之室，久而不聞其香，即與之化矣；與不善人居，如入鮑魚之肆，久而不聞其臭，亦與之化矣。"。

【櫻桃好吃樹難栽，小曲好唱口難開】◇喻指要做好事情，開頭很難。也喻指享受容易，勞作不易。◎櫻桃好吃樹難栽，魚湯好喝網難抬

【露水夫妻不長久】露水夫妻：指非正式結合的男女同居。◇告誡人們，苟合的男女不會長久，婚姻大事不可草率。

【蠟燭不點不亮，油燈不撥不明】◇喻指事物的變化有時要靠外力的推動。

【鐵打的衙門，流水的官】◇衙門好像鐵打的一樣，長期存在，官員卻像流水一樣，時常更換。

【鐵杵磨成繡花針，功到自然成】杵（chǔ）：舂米或捶衣用的棒。◇喻指功夫到家，事情自然就會成功。◎鐵棒磨繡針，功到自然成／鐵打的房樑磨繡針／鐵打房樑磨成針，功到自然成

【鐵板上釘釘子】◇喻指事情已敲定了，萬無一失。

【鐵怕落爐，人怕落套】◇鐵怕落入爐內被燒化，人怕落入圈套受人擺佈。

【鐵樹開了花，啞吧説了話】鐵樹，即蘇鐵，常綠喬木，原產熱帶，傳説六十年開一次花兒。◇喻指非常罕見的事情發生了。《五燈會元‧焦山師體禪師》："淳熙己亥八月朔示微疾，染翰別郡守曾公，逮夜半，書偈辭眾曰：'鐵樹開花，雄雞生卵，七十二年，搖籃繩斷。'擲筆示寂。"

【鐵罐莫説鍋黏灰，鯽魚莫説鯉駝背】◇大家都有缺點，不要互相取笑。

【護家之狗，盜賊所惡】惡：厭惡，憎恨。◙能夠保護家宅的狗，是盜賊所憎惡的。◇喻指一心為國為民忠貞不二的人往往被邪惡的小人所憎恨。

【爛泥搖椿，越搖越深】◇提醒人們，當處於困境時，切不可越陷越深，不能自拔。

【爛泥糊不上牆，朽木當不了樑】◇喻指不堪造就的人沒有用處。◎爛泥糊不上壁

【爛船還有三千釘】◇喻指富貴人家即使衰敗了，也仍會有一些積蓄。

【爛麻擰成繩，力量大千斤】◇喻指團結起來力量大。◎爛麻擰成繩，力勝千斤鼎／爛麻擰成繩，力量大無窮

【懼法不犯法，畏刑可免刑】◇凡是懼怕法律的人往往不容易犯法；凡是害怕被判刑的人往往不容易觸犯刑律。

【懼法朝朝樂，欺公日日憂】朝朝：天天。◙敬畏法紀的人，天天心地坦然；欺公瞞眾的人，天天提心吊膽。◇勸告人們要遵紀守法，秉公辦事。

【顧了田頭，失了地頭】◇喻指有時很難兩頭兼顧。

【鶴非染而自白，鴉非染而自黑】◇喻指一個人的正派與否，是由自身決定的。

【屬垣有耳】垣（yuán）：牆。◐躲在牆根附近偷聽。◇喻指沒有不透風的牆，要防人偷聽。《詩經‧小雅‧小弁》："君子無易由言、耳屬于垣。"

【響鼓不用重槌，明人無需細說】◇喻指聰明人一點就透，一說就明白，不必費多人的力氣去教導。◎響鼓不要重打，靈人不要多言／響鼓不用重打，有智不用惡辣／響鑼不用重錘，快馬不用鞭催

二十二畫

【驕子不孝】◇驕奢淫逸的子弟，不會孝敬父母。

【驕字不倒，前進不了】◇告誡人們，驕傲自滿是前進的大敵，一個人只有克服驕傲自滿的心態才能取得進步。

【驕兵必敗】◇❶指恃強輕敵的軍隊必然失敗。❷指驕傲自滿輕視工作的人必定無成果。

【驕兵必敗，嬌子必壞】◇恃強輕敵的軍隊必定打敗仗，嬌生慣養的孩子必然容易學壞。

【驕者愚，愚者驕】◇驕傲的人自以為是，不能虛心學習，就會變得愚蠢；愚蠢的人知識貧乏，沒有自知之明，往往會盲目驕傲。

【驕溢之君無忠臣，口惠之人無必信】◇驕橫的君王沒有忠臣，話說得動聽的人不一定是誠實的人。《淮南子‧繆稱訓》："驕溢之君無忠臣，口惠之人無必信。"

【攢矢而折，不若分而折之之易也】攢：湊聚。矢：箭。◐把箭湊聚到一起折斷，不如分開一枝一枝地折斷容易。◇喻指對敵全面出擊，不如各個擊破。明代劉基《鬱離子‧田鮢論救楚》："諺有之曰：'攢矢而折之，不若分而折之之易也。'此秦之已效計也。楚國朝亡，齊必夕亡。"

【攢錢如針挑土，花錢如水推沙】◐攢錢就像用針挑土一樣艱難，花錢卻像流水一樣容易。◇即是說花錢容易，攢錢難。◎攢錢好比針挑土，花錢好似浪淘沙

【鰲魚脫了金鈎去，擺尾搖頭更不回】鰲（áo）：傳說中海裏的大鰲或大龜。◇喻指本領大的人，一旦擺脫困境，就會遠走高飛。◎鰲魚脫卻金鈎去，擺尾搖頭不再回／鰲魚脫卻金鈎去，擺尾搖頭定不歸／鰲魚脫卻金鈎釣，擺尾搖頭任所為

【聽人家的喝，砸自己的鍋】◐聽別人一吆喝，就砸自家的鍋。◇喻指遇事沒有主見，聽信別人，結果虧了自己。

【聽人說千遍，不如親眼見一見】◇告訴人們，不要輕信傳聞，要親身實踐和實地觀察。

【聽人勸，吃飽飯】◇只要善於聽取別人的勸告，日子就能過得溫足安穩。

【聽人勸，得一半】◇虛心接受別人的勸說就能夠得到益處。

【聽千曲者辨其音，觀千劍者識其器】◐聽過一千首曲子，就能夠辨別出音調；觀察過一千把寶劍，就能夠識別是否鋒利。◇喻指熟能生巧，見多了就能分辨優劣。

【聽不得雷聲，經不起風雨】◇喻指人經受不了各種考驗。

【聽百次不如看一次，看百次不如做一次】◇即是耳聞不如目睹，目睹不如動手，強調實踐的重要性。

【聽其言，觀其行】◇判斷一個人，不僅要聽他怎麼說，而且還要觀察他怎麼做。《論語·公冶長》：“子曰：‘始吾於人也，聽其言而信其行；今吾於人也，聽其言而觀其行。於予與改是。’”

【聽事不真，喚鐘作甕】真：確實，確切。甕（wèng）：一種盛水、盛酒的陶器。◐聽事沒有聽清楚，把鐘叫作甕。◇喻指做事不認真，馬馬虎虎，就難免出錯。

【聽風就是雨】◐聽見颱風的聲音就以為是下雨了。◇喻指做事輕率，過早下結論；也喻指太輕信，未經調查就信以為真。

【聽過不如看過，看過不如做過】◇耳聞目睹都不如親自動手，強調實踐的重要性。

【聽話聽音，刨樹刨根】◇聽話要注意領會話外之意；刨樹一定要從根子上去刨。

【歡來苦夕短】◇人在歡樂的時候，總會感覺時間過得太快。東晉陶淵明《歸園田居詩五首》：“悵恨獨策還，崎嶇歷榛曲。山澗清且淺，遇以濯吾足。漉我新熟酒，隻雞招近局。日入室中暗，荊薪代明燭。歡來苦夕短，已復至天旭。”

【歡喜破財，不在心上】◇指人在高興的時候，即使是多花點錢財，也不會覺得可惜。

【歡樂嫌夜短，愁苦恨更長】更：古時夜裏計時單位，一夜為五更，每更約兩小時。◐歡樂時總嫌夜裏時間太短，愁苦時卻恨夜裏的五更太長了。◇說明在歡樂與愁苦時人的不同心理狀態。◎歡娛嫌夜短，寂寞恨夜長

【囊裏盛錐自出尖】◐裝在口袋裏的錐子會自行冒出尖來。◇喻指懷有才能的人不會被埋沒，總會顯露頭角。◎囊裏盛錐，尖自出

【鑒於水者見面之容，鑒於人者知吉與凶】◇借着水面來照自己，可以看見自己的面容，借鑒別人的經驗可以明白怎樣做有利，怎樣做不利。《墨子·非攻中》：“古者有語曰：‘君子不鏡於水而鏡於人。鏡於水，見面之容；鏡於人，則知吉與凶。’”《史記·蔡澤列傳》：“吾聞之，‘鑒於水者見面之容，鑒於人者知吉與凶’。書曰‘成功之下，不可久處’。四子之禍，君何居焉？”

【蠮口好封，人嘴難捂】◇形容不讓人講話是不可能的。也喻指人多嘴雜，很難保密，早晚總會洩露。◎蠮口封得住，人口封不住

【讀書人識不盡字，種田人識不盡草】◇知識無止境，任何一個讀書人不可能認識所有的字，任何一個種田人不可能認識所有的草。

【讀書不知意，等於啃樹皮】◇讀書如果不能領會書中的內容意義，那就像啃樹皮一樣，不但毫無滋味，而且還得不到益處。

【讀書未到康成處，安敢高談議漢儒】康成：鄭玄，字康成，東漢經學家。處：指程度。漢儒：漢代經學家。◐學問不及鄭康成，就不要妄議漢儒的是

非。◇喻指讀書做學問沒有達到一定的水平，不要妄加評論名家權威。

【讀書破萬卷，下筆如有神】 ◇多讀書知識就會淵博，下筆寫文章、就好像有神相助，優美流暢。杜甫《奉贈韋左丞丈二十二韻》："讀書破萬卷，下筆如有神。"

【讀萬卷書，行萬里路】 ◇書讀得越多知識就越淵博；經歷越多經驗就越豐富，也強調知識和實踐要相結合。董其昌《畫禪室隨筆》卷二："讀萬卷書，行萬里路，胸中脫去塵濁，自然丘壑內營，立成鄄鄂。"《清史稿·鳳瑞傳》："鳳瑞博學，工書畫，遊跡遍天下，嘗自刊玉章，曰'讀萬卷書，行萬里路。'著有《老子解》、《如如老人詩草》及《殉難錄》等。"

【彎刀撞着瓢切菜】 ◇喻指某些人或物，本身客觀條件不是很好，但湊巧遇上了特殊環境，還有可用之處。◎彎刀對着瓢切菜

【彎木要過墨，橫人要過理】 ◇彎曲的木頭要用墨線把它取直，蠻橫的人要用道理使他明白是非。

【聾子不怕炮，瞎子不怕刀】 ◔ 耳聾不怕放炮，眼盲不怕動刀。◇喻指糊塗人察覺不到或看不清事態的嚴重性。

【灑土迷了後人眼】 ◔ 前面的人揚一把土，會迷了後面人的眼睛。◇喻指前面人做的壞事，會連累後面人。《紅樓夢》第七十二回："我因為想着後日是二姐的周年，我們好了一場，雖不能別的，到底給他上個墳，燒張紙，也是姊妹一場。他雖沒個兒女留下，也別'前人灑土，迷了後人的眼睛'才是。"

【竊鈎者誅，竊國者侯】 誅：殺。侯：封侯。◇偷鈎子的人要被處死，篡奪國家權力的人卻得以封侯。舊時用以諷刺法律的虛偽和不合理。《莊子·胠篋》："彼竊鈎者誅，竊國者為諸侯，諸侯之門，而仁義存焉，則是非竊仁義聖知邪？"

二十三畫

【蘿蔔上了街，藥方把嘴嘞】 藥方：此處喻指醫生。◔ 蘿蔔上了市，醫生就會因為來就醫的人減少而生氣。概因蘿蔔有順氣、消積、化痰等功能，多吃蘿蔔，不僅能治病，而且還有利於身體健康。

【驚弓之鳥，夜不投林】 ◇喻指從危難中掙脫出來的人，往往不敢再回險地。《晉書·王鑒傳》："釁武之眾易動，驚弓之鳥難安，鑒之所甚懼也。"

【髒生蝨，懶生瘡】 ◇髒人不講衛生，身上容易生蝨子，懶人不愛活動，容易生病和長瘡。

【髒衣的蝨毒，惡人的話毒】 ◇髒衣服上的蝨子咬人厲害，惡毒的話傷人厲害。

【體壯人欺病，體弱病欺人】 ◇身體健壯的人不容易生病，身體虛弱的人容易受疾病的侵襲。

【鼷鼠殺象，蝍蚣殺龍】 鼷(xī) 鼠：小家鼠。◔ 鼷鼠能殺大象，蝍蚣能殺巨龍。◇喻指弱小者也能打敗強大者。

【鷦鷯巢深林，無過佔一枝；鼴鼠飲黃河，無過裝滿腹】 鷦鷯 (jiāo liáo)：鳴禽類鳥。鼴：讀 yǎn。河：

指黃河。◐鷦鷯在樹林裏築巢，所佔不過一根樹枝；鼴鼠在黃河裏飲水，只不過喝滿肚子。◇告誡人們，人生需求有限，不必貪心多佔。《莊子‧逍遙遊》：“鷦鷯巢於深林，不過一枝；偃鼠飲河，不過滿腹。歸休乎君！予無所用天下為。”◎鷦鷯巢林，不過一枝；鼴鼠飲河，不過滿腹

【變古亂常，不死則亡】◇經常隨意變更古人的禮制，不按常規行事的人，即使不造成殺身之禍，也得逃亡他鄉。《史記‧晁錯列傳》：“晁錯為家令時，數言事不用；後擅權，多所變更。諸侯發難，不急匡救，欲報私讎，反以亡軀。語曰‘變古亂常，不死則亡’，豈錯等謂邪！”◎變古易常，不亂則亡

【變通之際，間不容髮】變通：改變原先的規定。間（jiàn）：間隔，空隙。間不容髮：二者之間放不進一根頭髮，指間隔極小。◇改變原先的規定，形勢緊迫，一分一秒不得拖延。

【變戲法的瞞不過打鑼的】◇想暗做手腳瞞不過知情人。◎變戲法的瞞不了敲鑼的

【鷸蚌相爭，漁翁得利】鷸（yù）：一種長嘴的水鳥。◇喻指雙方爭鬥激烈，結果常常是兩敗俱傷，最後第三方得利。《戰國策‧燕策二》：“趙且伐燕，蘇代為燕王謂惠王曰：‘今者臣來，過易水，蚌方出曝，而鷸啄其肉，蚌合而鉗其喙。鷸曰：‘今日不雨，明日不雨，即有死蚌。’蚌亦謂鷸曰：‘今日不出，明日不出，即有死鷸。’兩者不肯捨，漁者得而並禽之。’”

【纖介之仇必報，一飯之德必酬】纖介：很細微。酬：報答。◇喻指極小的仇恨也要報復；再小的恩德也要酬謝。

二十四畫

【蠹眾而木折，隙大而牆壞】◐蠹（dù）蟲多了就會蛀斷樹木，縫隙大了牆壁就會坍塌。◇喻指小害不及時除掉，定會釀成大禍。《商君書‧修權》：“諺曰：蠹眾而木折，隙大而牆壞，故大臣爭於私，而不顧其民，則下離上，下離上者，國之隙也，秩官之吏，隱下以漁百姓，此民之蠹也，故有隙蠹而不亡者，天下鮮矣！”

【鹽多了不鹹，話多了不甜】◇鹽放多了，不是鹹而是苦；說話太多使人膩煩，不會引起別人賞識。

【鹽多不爛糟，糞多不壞田】◇喻指有益的東西付出的多，只會有好處。

【鹽放在哪裏都鹹，醋放在哪裏都酸】◇喻指優秀的人物放在哪裏都能發揮作用。◎鹽從哪兒鹹，醋從哪兒酸／鹽皆那麼鹹，醋皆那麼酸

【鹽緊好賣，賊緊好偷】◐鹽控制得越緊，倒賣鹽的越多；抓賊抓得越緊，偷東西的人越多。◇喻指防備越嚴，絞盡腦汁想獲取非法利益的人越多。

【靈芝無根，醴泉無源】靈芝：菌類植物。醴泉：指甘美的泉水。◇喻指一個人的成就，完全可以不依仗任何靠山，而憑自己努力取得。◎芝草無根，醴泉無源

【靈禽在後，笨鳥先飛】◇喻指聰明伶俐的人常常不急於向前，愚笨的人往往要搶先一步。元代關漢卿《陳母教子》：“我和你有個比喻：我似那靈禽在後，你這等坌（笨）鳥先飛。”

【罐口好封，人口難封】◇說明人們的議論是無法制止的。◎罐嘴封得住，人嘴封不住／罐嘴能紮住，人嘴紮不住

【讒言誤國，妒婦亂家】讒言：誹謗或挑撥離間的話。妒婦：心懷嫉妒的女子。◘讒言會損害國家，妒婦會使家庭不和。

【讓一得百，爭十失九】◘遇事稍微忍讓一點，過後會獲得很大的好處；如果想爭奪全部的利益，反而會遭受嚴重損失。◇勸誡人們，凡事要忍讓，有捨才有得。

【讓人不為低】讓：退讓，忍讓。◇喻指在非原則性問題上忍讓別人，並不表示自己低人一等，而是有修養的表現。

【讓了甜桃尋苦李】苦李：味道苦澀的李子。◇喻指有福不享，卻自討苦吃。◎讓了甜桃覓苦瓜／讓了甜桃，去尋酸棗

【讓你三斤薑，你還不識秤】◘給了好處，對方卻不理會。◇喻指好心沒有得好報。◎饒你四兩薑，還說我不識秤

【讓到是禮，心到佛知】讓：謙讓。◘只要謙讓到了，就算盡到了禮數；只要心意虔誠，神佛就會知道。◇喻指事情做到某種程度，對方明白即可。

【讓禮一寸，得禮一尺】◇謙恭禮讓，敬人以禮，別人會更加敬重你。《太平御覽》卷四二四引三國魏曹操《禮讓令》：“里諺曰：‘讓禮一寸，得禮一尺。’斯合經之要矣。”

【鷹立如睡，虎行似病】◘鷹站立時閉着眼睛，好像在睡覺一樣；老虎走路搖搖擺擺，好像生了病似的。◇喻指真有本領的人不會輕易表露自己。明代洪應明《菜根譚》：“鷹立如睡，虎行似病，正是他攫人噬人手段處。故君子要聰明不露，才華不逞，才有肩鴻任的力量。”

【鷹飽不拿兔，兔飽不出窩】◘鷹吃飽了不抓兔子，兔子吃飽了就不出窩找食。◇喻指一旦基本需求滿足後，就失去努力的動力。

二十五畫以上

【觀人必於其微】◘觀察一個人必須注意他細微的地方。◇說明察小可以知大，從某些小事情上往往能看到一個人的真正本質。

【觀其外，知其行；觀其友，知其人】◇對一個人，通過觀察他的外表情況能夠了解他的行為；通過觀察他的朋友能夠知道他的品格。

【觀往以知來】觀：觀察。往：以往，過去。來：未來，將來。◇考察過去的歷史就可以推知未來可能發生的變化。《列子・說符》：“是故聖人見出以知入，觀往以知來，此其所以先知之理也。”

【觀於海者難為水】◘看見過大海的人，再看一般的江河，就會覺得微不足道，沒甚麼可以看的了。◇喻指見過大世面的人有時容易眼光高，小看他人。《孟子・盡心上》：“孟子曰：‘孔子登東山而小魯，登太山而小天下。故觀於海者難為水，遊於聖人之門者難為言。’”

【觀棋不語真君子】觀：觀看。語：說話。這裏指亂出點子。◇提醒人們，作為局外人在不知底細的情況下，不要亂出主意。明代馮夢龍《醒世恆言》卷九："觀棋不語真君子，把酒多言是小人。"

【籬笆破，狗進來】◇喻指如果防範不嚴，有漏洞，壞人就容易乘虛而入。

【籬笆紮得緊，野狗鑽不進】◇喻指如果防範嚴密，壞人就沒有空隙可鑽。◎籬牢犬不入

【籬幫樁，樁幫籬】籬：籬笆。樁：木椿。◐籬笆與木椿相輔相依。◇說明一個整體，只有在相互間的支持幫助下，才有可能牢固。

【饞貓改不了吃腥，田鼠改不了打洞】◇喻指人的本性難改。

【蠻幹不如巧幹，遲幹不如早幹】◇告訴人們，幹活要善於找竅門巧幹，而且要能早幹就早幹。

【驢馬不同途】◐驢和馬走的道路不同。◇喻指不同品德的人，從善趨惡不同，各自選走的道路也必然不同。

【驢糞球兒外面光】◇驢糞球兒外表烏黑光亮。諷喻那些外表好、實際糟，表裏不一的人或事物。

【鸕鷀不打腳下塘】鸕鷀（lú cí）：通稱魚鷹，是善於捕魚的水鳥。◐鸕鷀不在自己棲息的地方捕魚。◇喻指不侵擾自己生活的地方及其周圍地帶。

【鑼鼓聽音，説話聽聲】◇聽人説話，要像聽鑼鼓時聽音拍一樣，洞察話中的用意、內涵。

【鑿不停則溝深，斧不停則柴多】◇喻指做事只要持之以恆，就能取得成就。◎鑿不休則溝深，斧不止則薪多

【鸚鵡舌，畫眉嘴，心頭藏個鬼】◐鸚鵡能學人説話，畫眉的叫聲很優美。◇喻指有的人嘴上説得好聽，心裏卻打着壞主意。◎鸚哥嘴巴毛蟲心／鸚鵡舌頭畫眉嘴，肚子裏頭藏個鬼

詞條索引

本表按詞條首字筆畫數排列，同筆畫的字，則按字的起筆，以橫（一）、豎（丨）、撇（丿）、點（丶）、折（一）為序；首字相同，則按次字筆畫數排列。詞條右邊的號碼是詞典正文的頁碼。

二　畫

〔一〕

〔一〕

三　畫

〔一〕

四　畫

〔一〕

五　畫

六　畫

〔一〕

〔ㄐ〕

七　畫

〔一〕

八　畫

〔一〕

九　畫

十　畫

〔一〕

〔一〕

十一畫

〔一〕

〔丨〕

〔丿〕

十二畫

〔一〕

十四畫

〔一〕

十六畫

〔一〕

〔丨〕

十七畫

〔一〕

十八畫

十九畫

二十五畫以上